천일의 유리

SEN′NICHI NO RURI
by Kenji MARUYAMA

이 도서의 국립중앙도서관 출판시도서목록(CIP)은
e-CIP 홈페이지(http://www.nl.go.kr/cip.php)에서 이용하실 수 있습니다.
(CIP제어번호: CIP2007000982)

천일의 유리 2

마루야마 겐지 장편소설 | 김난주 옮김

문학동네

나는 지혜의 고리*다.

떨리는 손과 떨리는 사고력 덕분에 소년 요이치가 큰 어려움 없이 풀어버린 고난도의 지혜의 고리다. '마호로 마을의 자연을 지키는 모임'의 회장 자리에 올라앉은 후, 어찌된 셈인지 집중력이 현저히 떨어진 전직 대학교수는 나를 푸는 데 상당히 애를 먹었다. 간신히 나를 푼 그는 곁에 있는 늙은 아내에게 말했다. "이걸 고안한 사람은 아마 대단한 두뇌의 소유자일 거야."

그러고는 더 복잡한 나에게 도전하려 한 그는 날마다 가벼워지는 햇볕과 밤마다 무거워지는 눈을 헤치고 가는 소년을 보았다. 그는 죽을 때까지 스승이라 우러를 자를 만나지 못할 병든 소년을 불러세워 집으로 들어오라 이르고 이름을 물었다. 따뜻한 코코아를 마시고 비스킷을 오물오물 씹는 요이치의 눈앞으로 부인이 나를 내밀었다. 요이치가 미처 손을 대지도 않았는데 나는 좌르르 흩어지고 말았다. "우연이겠지"라고 전직 대학교수가 말했다. 그러나 요이치는 두번째와 세번째도 간단히 풀어 틀림없는 정답을 테이블 위에다 툭 내던졌다.

요이치의 승리는 다름아닌 전직 대학교수의 패배를 의미하였고, 그것은 지식인의 자존심에 상처를 입히고 체면을 망가뜨렸다. 부인은 흥분한 목소리로 보기 드문 영재가 아니냐고 말했다. 그러자 남편은 "이 아이는 지성으로 푼 게 아니야"라고 말하고, "원시적이고 동물적인 직감을 아직도 간직하고 있는 거지"라고 말했다. 그리고 그는 나와 비스킷을 손에 쥐여주며 요이치를 내몰았다. 요이치는 비스킷만 가지고 나는 물거품 호수에 던져버렸다.

2월 13일 화요일

---

* 여러 개의 금속 고리를 끼웠다 뺐다 하며 노는 장난감.

나는 민요다.

먼 옛날부터 전해 내려오고 있지만 지금은 거의 불리지 않는 마호로 마을의 민요다. 늙어서도 죽어가지 않는 기생은 일 때문에 부르튼 손으로 낡은 샤미센을 퉁기면서 계절 따라 피는 꽃을 엮어 담은 노래를 흥얼거리고, 그런 후 참으로 오랜만에 — 거의 반세기 만에 나를 소생시켰다. 그러고는 나를 구성하는 몸가짐이 정숙하고 아리따운 아가씨와 그녀의 기구한 운명을 짙은 어둠과 어둠 너머를 가로지르는 오류강으로 흘려보냈다.

그러나 너무 오래 산 그녀의 기억은 세월을 못 이기고 뚝뚝 끊어졌고, 노래 역시 군데군데 토막났다. 그러자 그녀는 나의 공백을 자신의 체험으로 메웠다. 아가씨는 들꽃다발을 가슴에 안은 채 비에 젖어 호숫가에 서 있었다. 아가씨는 약속을 나눈 상대방의 마음이 갑자기 변했다는 애기를 듣고 달려가는 길이었다. 아가씨는 풍토병에 걸려 자리에 누워 있는 어머니의 이불 밖으로 비어져나온 발을 물끄러미 쳐다보고 있다. 아가씨는 흔들리는 결심 탓에 얼굴마저 뒤틀린 아버지에게 소리를 지르며 뚜쟁이가 내미는 돈을 얼른 받으라고 재촉하였다. 산과 들에 초봄의 싱그러움이 충만한 어느 이른 아침, 아가씨는 소리 없이 마을을 떠났다. 그리고 몇 년 후 다시 고향으로 돌아왔다. 혼만 돌아왔다.

그녀가 노래하며 오열을 터뜨린 탓에 나는 뚝 끊어지고 끝내 사라지고 말았다. 그러나 나는 어딘가에다 몸을 두고 돌아온 아가씨와 드넓은 우주의 조그만 살덩어리에 지나지 않는 소년 요이치의 기적과 함께 싸락눈이 되어 춤췄다.

2월 14일 수요일

나는 스코프(Scope)다.

골짜기 건너편 산자락을 지나는 암사슴을 정확하게 포착하고 있는, 밀렵꾼의 공기총과 한몸이 되어 한 치의 어긋남도 없는 스코프다. 곧장 방아쇠를 당기지 않는 것은 거리가 너무 멀어서이지 주저 때문이 아니다. 매끈한 털과 나무랄 데 없는 생명감에 넘치는 그 사냥감은 다행히 눈 쌓인 비탈을 따라 조금씩 이쪽으로 다가오고 있다.

반나절이나 눈만 먹으며 한 곳에서 꼼짝 않고 기다린 밀렵꾼은 피에 주린 가슴속으로 "좋아, 좀더 이쪽으로, 그렇지"라고 중얼거리고 있다. 그의 몸은 지치고 싸늘하게 식었지만, 충분히 쓰러뜨릴 만한 상대가 나타나자 추위도 떨림도 달아나고 말았다. 그렇게 미동조차 하지 않는 나는 확실하고 멋들어지게 죽음을 선사해야 한다는 중대한 책임을 지고 오로지 한 점을 지향하고 있다. 뜻하지 않은 재앙이 닥칠지도 모르는 짐승은 지금, 여전히 영원 속의 한순간을 살고 있다. 또는 순간 속의 영원에 느긋하게 잠겨 있는지도 모르겠다.

그러나 그때 긴박한 상황을 깨부수는 놈이 등장한다. 그 이상한 손발의 놀림만으로도 상대방이 알아차릴 텐데 놈은, 소년은 재채기까지 하고 있다. 총성이 재채기의 뒤를 좇아 귀를 제압하는 굉음이 된다. 소리가 잠잠해졌을 때 이미 사냥감의 모습은 없었다. 나는 증오심에 불타는 눈길로 모자람을 타고난 소년을 쏘아본다.

2월 15일 목요일

나는 눈사람이다.

근력이 한참이나 부족한 소년 요이치와 시력이 제로인 소녀 사이에 태어난, 절대적이고도 상대적인 눈사람이다. 내 둥그런 등은 물거품 호수를 향하고 찌그러진 얼굴은 마을을 향하고 있다. 나 자신은 잘 모르겠지만 숯 대신 까만 나뭇가지로 그려진 표정은 하루하루 생활에 쫓기는 자가 하늘을 우러러 길게 탄식하는 모습으로 보이기도 하고, 산달을 맞이한 여자가 뜬눈으로 밤을 새우려는 모습으로 보이기도 하는 모양이다.

요이치는 잎이 달려 있는 소나무 가지를 내 좌우에 꽂아놓고, 그것을 팔이라 한다. 그 팔은 어쩌면 뜻에 맞지 않는 일이 너무 많아 고뇌에 찬 나날을 보내느라 타인을 돌아볼 여유가 없는 사람들을 살며시 안아주기 위한 것인지도 모른다. 즉, 나의 완성도는 조물주의 재주에 한없이 다가선 것이었다. 불치병에 걸린 소년은 큰유리새의 우짖음을 흉내내면서 내 주위를 빙빙 돌고, 희망을 잃어본 적이 없는 소녀는 보이지 않는 눈을 바짝 갖다대고 내 퀭한 안구를 들여다보려 한다.

요이치는 자립과 극기의 정신을 터득한 어엿한 남자 같은 소리를 내며 웃고 제멋대로 지껄이고, 나를 꼭 껴안은 소녀는 낮은 목소리로 좋아하는 노래를 부르다가 감동한 나머지 눈물을 흘린다. 웃는 소년의 눈에는 눈물이 엷게 고여 있고 훌쩍이는 소녀의 입가에는 희미한 미소가 어려 있다. 지금 울고 웃는 그런 둘을 지켜보고 있는 것은 오로지 나뿐이다.

2월 16일 금요일

나는 길가에 선 채 나누는 대화다.

마른 생선을 팔러 다니는 처자와 요이치의 어머니가 흩날리는 눈 속에 선 채 하염없이 나누는 대화다. 도로의 제설 작업이 아직 끝나지 않아 버스의 출발이 늦고 있다. 쉬지 않고 내리는 눈은 두 사람의 전신과 앞날마저 새하얗게 물들이고 말았다. 처자가 손에 들고 있는 보자기 꾸러미도 하얗고, 말린 가자미가 들어 있는 요이치 어머니의 장바구니도 하얗고, 끝내는 나마저 하얗게 되었다.

엄격한 아버지 밑에서 자란 처자는, 아버지가 죽은 후 자신은 살맛을 잃었고 어머니는 돈벌이에만 급급한 신흥 종교에 빠진 나머지 가세가 기울어 오랜 신산을 겪었다고 말한다. 덩달아 눈물을 훌쩍이는 요이치의 어머니 또한 불평에는 남 못지않다. 시집을 가기 전이나 후나 좋은 일은 하나도 없었다고 말하고, "어차피 여자로 태어난 몸, 이렇게 살다 가는 거지 뭐"라고 말한다. "그런 걸까요"라고 처자가 반문한다. 눈발이 굵어진다. 버스는 아직 오지 않는다.

그렇다고 두 사람이 완전히 속내를 털어놓은 것은 아니다. 나는 그저 그녀들이 조금이나마 후련한 기분으로 집에 돌아갈 수 있는, 겨우 그 정도의 힘을 부여했을 뿐이다. 그래도 그것은 두 사람 모두 오래도록 느껴보지 못한 기분이었다. 요이치의 어머니는 머지않아 언덕이 팔릴 것이란 얘기는 하지 않았고, 처자 역시 미쳤다고밖에 여길 수밖에 없는 어머니가 머지않아 죽을 것이란 말은 하지 않는다. 눈 속에서 희미하게 저녁 종소리가 울리고, 마침내 죽음의 사자 같은 버스가 눈 속에서 불쑥 나타난다.

2월 17일 토요일

나는 고드름이다.

요양원 처마에 조르륵 매달려 간혹 얼빠진 고양이를 찌르기도 하는 공포의 고드름이다. 관리인 밑에서 일하는 남자는 갈고랑이가 달린 의수로 나를 하나하나 부러뜨린다. 그리고 그는 다른 한쪽, 손끝까지 피가 통하는 진짜 손으로 떨어진 내 조각을 그러모은다. 그는 그중 하나를 찻잔에 넣고, 서양물이 든 문화와 설탕을 섞어 손쉽게 만든 국산 위스키를 찰랑찰랑하게 따르고, 눈을 감고 단숨에 삼킨다.

주위에는 아무도 없는데, 그는 어쩐 일인지 옛 친구와 해후라도 한 듯한 표정을 짓는다. 두 잔째를 따르다 도중에 취기가 돈 그는 벌게진 얼굴로 차가운 바람을 맞으며 일부러 내 바로 밑 눈 위에 털썩 주저앉는다. 나는 고양이만이 아니라 인간의 몸에도 구멍을 뚫을 수 있는 힘을 숨기고 있다. 그걸 잘 알고 있을 그가 아직은 더 살아야 한다는 말을 뱉자마자 벌렁 큰 대자로 드러누워, 당당하게 가슴을 내 쪽으로 향한다.

어린애 장난 같은 짓이라고 웃어넘길 일이 아니다. 그는 나를 우습게 여기고 있든지 아니면 죽고 싶어하든지, 둘 중 하나다. 나로서는 그냥 두고만 볼 수 있는 태도가 아니다. 그러나 태양은 내 편을 들어주지 않고, 마냥 두꺼운 구름 속에 숨어 있다. 잠시 후 그는 수증기 같은 움직임으로 이동하는 이상한 소년을 보고는, 이렇게 말을 건다. "어이, 여기서 나랑 같이 한숨 쉬어가는 게 어때?"

2월 18일 일요일

나는 관찰이다.

결코 만천하에 알려지는 일이 없을 소설가, 마호로 마을을 집요하게 응시하고 있는 그에게 가해지는 소년 요이치의 관찰이다. 요이치의 전에 없이 날카로운 시선은 상대방의 얼굴 삼분의 일과 마음을 온통 가리고 있는 도수 높은 짙은색 선글라스마저 꿰뚫고 만다. 그것은 이미 훌쩍 왔다가 훌쩍 사라지는, 마비된 뇌가 지배하는 소년의, 언제든 누구에게든 무시당하는 그런 희미한 눈길이 아니다. 적어도 투석 이상의 효과는 있다. 나를 느낀 상대방이 당황하여 어쩔 줄을 모르는 것이 그 증거다. 괴한에게 습격이라도 당한 듯한 얼굴이다. 그런데도 나는 그를 따라 접근하여, 불과 십 센티미터 거리에서 똑바로, 자기는 주저하지 않고 남을 보는 주제에 남이 보는 것은 싫어하는 남자를 쏘아본다. 새끼 곰을 닮은 시커먼 삽살개마저 움찔대며 뭉툭한 고개를 떨어뜨린다.

남자는 이념에 반하는 불을 지핀 흔적이 여기저기 남아 있는 가슴속을 들키고 싶지 않아, 잔뜩 긴장한 채 변명조의 말을 늘어놓는다. 예를 들면 일 때문이 아니면 뭣 때문에 그리 보겠는가, 라고 말한다. 그러나 나는 진짜 그런 이유만으로 타인의 모든 것을 보고자 하는가, 라고 다그치고, 혹 타인 속에서 자기를 찾으며 안심하는 것은 아니냐고 힐문한다. 어이가 없어진 상대방은 더이상 참지 못하고 개와 함께 자리를 피한다. 나는 더욱 다그쳐 묻는다. "대체 너는 누구냐?"

2월 19일 월요일

나는 덧없는 세상이다.

어떻게 살든, 어떻게 노력하든, 마호로 마을에 사는 사람들을 한없이 우롱하는 덧없는 세상이다. 신행을 쌓고 직무에 충실하며 풍채가 빼어난 큰 인물이 느닷없이 감정을 드러내며 내게 묻는다. "너에게는 대체 어떤 의미가 숨겨져 있는가?" 나는 히죽히죽 웃으며 이렇게 대답한다. 그런 것은 하나도 없다고. 남자는 또다시 물고 늘어진다. "나 같은 사람까지 괴롭히는 것은 어찌된 속셈이냐?" 그러니 재미있지 않느냐고 나는 대답한다.

그러자 남자는 경직된 태도로 "너하고는 이제 인연을 끊겠다"고 말한다. 그래서 나는 죽을 작정이냐, 아니면 중이라도 될 생각이냐고 묻는다. 남자는 아무 대꾸도 하지 않고, 저 건너 눈길을 걸어가는 검은 집단, 나로부터 벗어나기 위해 자기 주위에 계율이란 높은 담을 쌓은 선승들을 힐끗 쳐다보고, 이어 돌아오지 않는 다리 아래서 주워모은 음식찌꺼기를 우적우적 먹고 있는 거지에게 시선을 돌린다. 그러고 나서 그는 보통 여자보다 열 배는 어린 시절의 모습을 간직하고 있는 통통한, 숲속의 정령 같은 미친 여자를 힐금힐금 쳐다보고, 교합을 서두르기 위해 대낮부터 러브호텔 '낙원'에 틀어박히려는 야윈 남녀의 뒷모습을 쳐다보고, 그리고 일개 독립한 인간으로 보기에는 너무도 문제가 많아 어쩔 도리가 없는 소년 요이치를 뚫어져라 쳐다본다.

나는 보기만 해도 역겹기 짝이 없는 그를 이렇게 자극한다. "나를 거역해볼 테면 어디 한번 해봐."

2월 20일 화요일

나는 에이즈 록*이다.

돈깨나 있다는 섬나라 사람들에게 대륙이 무엇인지를 과시하는 호주의 관광 포스터에 실린 붉은 에어즈 록이다. 이 행성에서는 가장 크다고 인정받은 나는 아직은 젊은 항성의 기울어가는 빛을 한껏 받고 행복한 색으로 물들어 있다. 나는 황막한 대지를 묵직하게 누르고 극단적으로 수분이 적은 풀을 짓밟는 들개의 마음의 은신처가 되어 있다.

삼각형 모양 지붕의 여행사 앞에서 나를 열심히 바라보며 고개를 끄덕이고 있던 소년은 사무원이 보는 앞에서 나를 가지고 가려고 뜯어내어 둘둘 말았다. 손님 다루기에 이골이 난 남자 사원이 놀라 소리지르는 사무원을 제지하며 "괜찮아, 저런 거는 얼마든지 있으니까. 저 아이가 가지고 싶어하거들랑 팬티든 뭐든 그냥 다 줘" 하고 혼자 웃었다.

소년은 다시 눈이 내리듯 찌뿌듯한 하늘 아래서 바람을 거스르며 언덕을 걸어올라 집으로 돌아갔다. 자기 방 벽에 나를 붙인 소년은 벌렁 누워 파란 새와 함께 나를 뚫어져라 쳐다보았다. 그렇게 보이고 있자니 나는 그저 단순한 사진이 아닌 것 같았다. 그런 기분이 들었다.

밤이 되자 나는 위대한 사막의 바람을 보내주었다. 큰유리새의 말에 귀를 기울이고 있던 소년은 지평선 너머로 파도처럼 밀려오는 비구름을 감지하고 "오오, 오오" 하고 외치며 나에게 매달려 벽을 기어오르려 하였다.

2월 21일 수요일

---

* Ayers Rock. 호주 중앙부에 있는 거대한 바위언덕.

나는 거절이다.

혼자 힘으로 수행의 길을 걷게 된 젊은 중, 그의 앞길을 가로막는 온갖 거절이다. 오늘도 또 그는 입춘을 기다리고 있는 마을을 주린 배를 껴안고 비틀비틀 걸어다닌다. 그러나 사찰이라는 배경을 잃어버린 탁발은 뜻대로 되지 않는다. 첫번째 집 앞에서 일찌감치 그는 나와 맞닥뜨리고 만다. 그 옆집에서도, 또 그 옆집에서도 나는 그를 기다리고 있다. 어떤 집에서는 안에 사람이 있으면서도 없는 척하고, 어떤 집에서는 성급하게 이빨을 드러내는 개를 내세우고, 어떤 집에서는 고귀한 인격자로 통하는 노인이 나와서 나의 이유를 분명하게 밝혔다.

나의 주된 이유는 이랬다. 차림새야 이전과 다름이 없지만 승적을 박탈당했으니 이미 중이 아니다. 과거 온천 마을에서 삐끼를 했던 노인네는 거지라면 거지답게 행세하라고 말했다. 그런데 그런 그에게 푼돈을 적선한 자가 있었다. 그렇다고 그 여자의 도량이 넓은 것은 아니었다. 그녀의 목표는 어디까지나 빡빡 밀어 새파란, 그리고 동글동글한 머리통이었다. 그 창부는 그것을 새가슴과 투실투실한 사타구니로 품어보고 싶었던 것이다. 중은 돈을 돌려주고 도망쳤다. 나 살려라 도망치는 그의 눈에 나는 선사를 보듬고 있는 은령(銀嶺)을 비쳐주었다. 그는 하루 종일 나에게 시달리다 결국은 자기 돈으로 먹을 것을 살 수밖에 없었다. 자동판매기 앞에서 그는 소년 요이치와 함께 컵라면을 후르륵후르륵 먹었다. 요이치가 중얼거렸다. "아직 멀었군."

2월 22일 목요일

나는 향응이다.

이름을 파는 일과 여망을 모으는 일을 구별하지 못하는 남자가 염치도 없이 거듭 베푸는 향응이다. 그는 우선 위문이라 자처하며 양로원을 방문하여, 명부에 오르기 전까지는 한 표의 권리를 쥐고 있는 노인네들에게 술과 음식을 제공하였다. 세상이야 어찌 돌아가든 아무 상관 없는 늙은 사람들은 남자의 속셈이나 판에 박은 연설 따위는 흘려듣고 나만을 환영하였다. 그들은 모두 읍장 선거가 있는 해면 내가 빈번하게 베풀어진다는 것을 잘 알고 있었다.

남자는 먹고 마시기에 여념이 없는 사람들 앞에서 생각했다. '읍장으로서의 본분을 행사하고 진가를 평가받는 것은 지금부터다. 휴양지 개발로 마을이 크게 변화하려는 이때에 읍장 자리에 앉지 못하면 지금까지 애써온 의미가 없다. 명절 때 들어오는 뇌물의 양이나 질부터 달라질 것이다' 라고. 분연한 결의는 그에게 점점 더 겸허한 태도를 취하게 하였고, 젊은이 못지않은 식욕으로 우물우물 먹어대는 버려진 사람들에게 만분의 일만큼이라도 생의 보람을 부여하려 한다.

읍장은 "장수하신 여러분들의 본을 받고 싶습니다"라고 그들을 치켜세운 후, 전원에게 술잔을 돌리고는 아낌없이 주민에게 봉사하는 저를 잊지 말아달라고 허리를 굽히고, 십 년 전에 전국을 풍미하였던 저속한 노래를 부르고, 추종자들에게 그 노래에 맞추어 춤을 추라고 하였다. 춤추면서 은밀하게 다른 마음을 품는 작자는 한 명도 없었다. 배를 내밀고 춤추는 남자를 향하여 빈정거림이 날아들었다. "가발 벗겨지겠네."

2월 23일 금요일

나는 흉내다.

소년 요이치가 휘파람으로 기억하는 파란 새의 지저귐을, 빨간 모텔에서 노란 앵무새가 보란 듯 재현하는 흉내다. 나는 진짜와 비교해도 전혀 뒤지지 않을 것이다. 그렇게 똑같지는 않더라도 이 계절에 여름새의 소리로 우짖을 수 있다는 것만 해도 충분한 가치가 있다.

실제로 내 덕분에 이곳에서 일하는 종업원들이 손님을 대하는 눈길이 현저하게 달라졌다. 그녀들은 이미 타인의 정사를 질투할 뿐인, 여자로서의 인생에 종지부를 찍은 아줌마가 아니다. 그 나이가 되어 동네 사람들의 눈치를 살펴야 하는 일을 한다는 부담도 사라졌다. 또 남자와 여자 사이에는 결국 그것밖에 없다는, 오래 산 셈 치고는 천박하기 그지없는 철학도 힘을 잃어가고 있다. 적어도 내가 이 모텔을 감싸고 있는 동안, 그녀들은 손뼉을 치며 노래를 흥얼거릴 만큼 들뜬 기분에 잠길 수 있을 것이다. 그리고 손님은 겸연쩍음도 거리낌도 없이 지상의 희열을 향하여 그 볼썽사나운 허리를 마음껏 흔들 수 있을 것이다.

오늘, 요이치가 나를 흉내내었다. 내가 다르다고 할 때마다 요이치는 다시 하였다. 그러다 우리는 혼란에 빠져, 어떤 것이 진짜인지 알 수 없게 되었다. 이 소리 저 소리 시험하고 있자니 물건이 뜻대로 서지 않아 짜증이 난 손님이 "시끄러워!"라고 소리를 질렀다. 나는 입을 다물었고 요이치는 돌아갔다.

2월 24일 토요일

나는 실의다.

전직 대학교수를 꼼짝 못하게 하고, 널찍한 회장에 침울한 공기를 불어넣는 한없는 실의다. 나는 웅성거리는 장내와 전원 일치의 갈채와 추천을 기대한 그의 뒤통수를 호되게 한 대 때렸고, 궐기집회 운운할 때가 아니라며 심각한 사태를 자각하게 하였다. 그는 고개를 푹 숙이고, 그럼에도 여전히 할말을 찾아 노쇠한 뇌에 낡은 피를 열심히 모아들였다.

마호로 마을의 자연을 지키고 싶어하는 사람은 주최측을 포함하여 고작 열세 명이었다. 더구나 그중 한 명은 추진파의 끄나풀이었다. 가발 쓴 읍사무소 직원은 나를 선물로 남기고 가벼운 발걸음으로 회장을 물러났다. 하지만 그렇다고 회의가 무산된 것은 아니었다. 전직 대학교수는 중앙에서 불러들인 자신의 제자인 조교수에게 이렇게 말했다. "미안하군, 자네. 애써 여기까지 왔는데 이 모양이니." 그러나 강연은 중지되지 않았다.

바람과 달을 벗삼아 살고자 하는 조교수는, 정치색을 불식한 말투로 자연이 파괴되는 과정과, 그 엄청난 악영향, 산사태의 공포에 관해서 말했다. 마을 회관의 벽으로 메아리치는 강사의 목소리는 나 때문에 출구가 막혀 기어들어갈 뿐이었다. 마침내 주최측도 열의를 잃어 분위기를 쇄신할 기력도, "그래도 해야지"란 말도, "하는 데까지는 해봐야지"란 말도 없이, 안 하는 편이 나았다는 박수로 마감을 하고, 일동은 눈 쌓인 뒷골목으로 터덜터덜 나갔다.

2월 25일 일요일

나는 폐옥이다.

돈을 제때 마련하지 못하여 건축이 중단된 이후로 황폐해져만 가는 폐옥이다. 나를 완성하여 행복한 만년을 보낼 계획이었던 남자는 누적된 적자를 어쩌지 못하는 처지임에도, 과거의 재력을 회복하려 초조한 마음에 분에 넘치는 사업에 뛰어들었다. 그러나 아직 마호로 마을에 찾아오지 않은 환상 속의 호경기에 휘둘리기만 했을 뿐, 경영난에 허덕이다 끝내는 마지막 자산을 탕진하였다.

그는 '삼광조'에서 매일 밤 열리는 도박판에 뻔질나게 드나들었고, 주색에 몸을 망쳤고, 앞으로 천 년의 수명이 주어진다 해도 갚을 수 없는 빚을 지고는 결국 속세를 버렸다. 삼 주 전의 일이다. 그런 그가 오늘 밤 훌쩍 돌아왔다. 이렇게 깊은 밤 불을 끈 자동차가 느릿느릿 다가왔을 때 나는 불길한 예감이 들었다. 지붕에 구멍이 뚫린 내 안으로 주춤주춤 들어온 그는 기죽은 기색도 없이 대들보에 기대어 오래도록 반짝이는 별빛에 넋을 빼고 있었다. 그러고 나서 그는 고아한 마음을 유지한 채 천천히 로프를 꺼내어 대들보에 걸었다. 그러나 나는 이미 극단적인 절망감에 죽음을 선택한 남자의 힘이 되어줄 수 없는 처지였다. 그가 시험 삼아 로프를 잡아당겼을 때 나는 요란한 소리를 내며 무너져내리고 말았다. 찰과상 하나 입지 않은 그는 "이렇게 된 것도 다 네 몸 탓이야"라면서 나에게 화풀이를 하였다. 그리고 상황을 살피러 온 소년 요이치에게 "좋겠다. 네 녀석은 속이 편해서"라고 주절거리며 다시금 모습을 감추었다.

2월 26일 월요일

나는 선망이다.

창부를 창부라 알면서도 바라보는 여고생들의 뜨거운 눈길에 가득 담겨 있는 선망이다. 단것과 성적인 꿈이라면 사족을 못 쓰는 교복 차림의 그녀들은 일제히 멈춰 서서, 꽃가게에서 신품종 시클라멘 화분을 껴안고 나오는 창부 쪽을 돌아보았다. 그녀들은 모두 알고 있다. 그녀의 일터가 '낙원'이라는 것도, '삼광조'가 보금자리라는 것도, 또 삼층짜리 빌딩에 둥지를 틀고 있는 자들과의 관계도 모두 알고 있었다.

하지만 나는 그런 것까지 전부 포함하여 그녀를 긍정하고 소녀들의 탐욕스런 가슴을 설레게 한다. 소녀들은 모두 교태를 부리는 그녀의 몸짓 하나하나에서 타락의 아름다움을 느끼고, 특히 요염한 선을 그리고 있는 허리 부근에서는 탐닉의 충족을 발견하고, 눈이 많은 고장에 살면서도 뽀얗고 부드러운 피부와 수정처럼 투명한 목소리에 숨겨진 어떤 유의 애절함마저 부러워한다. 그리고 그녀와 스치기만 했는데도 소녀들은 오랜 친구 같은 친밀함을 느끼고, 바람에 휘날리는 그녀의 검은 머리칼에서 박애의 정신을 배우기도 한다. 그녀는 마호로 마을에서 그런 장사를 하는 외부인이면서도 냉대와 차별을 면하고 있는 유일한 사람일 것이다.

물론 시클라멘도 어울리지만 그녀에게는 소년 요이치가 더욱 어울린다. 요이치의 파랑은 시클라멘의 빨강을 부각시키고 그녀의 하양을 더욱 눈부시게 한다. 길가에 서서 요이치와 얘기하는 그녀의 모습은 나 역시 더욱 빛나게 한다. 그녀가 저쪽으로 가버리자 나는 이른 봄에 내리는 눈처럼 사라져 없어지고 요이치의 그림자만 또렷하게 남았다.

2월 27일 화요일

나는 장갑이다.

요이치의 누나가 성큼성큼 다가오는 봄을 안타까워하면서, 첫 남자를 위해 직장에서 열심히 짜고 있는 장갑이다. 요즘 그녀는 나에게 푹 빠져 연애소설에도 전혀 손을 대지 않는다. 여전히 도서관을 이용하는 사람은 없고, 거기에서는 여느 때와 다름없는 조용하고 따뜻한 시간이 천천히 흘러간다. 완성이 머지않자 나는 만족스런 정념으로 그녀를 포근히 감싼다.

내가 감싸줄 남자의 손, 지금 그것은 그녀의 생애 역시 감싸려 하고 있다. 이렇다 할 사건 하나 없었던 삼십 년, 기대한 일은 소설 속에서나 일어났던 삼십 년, 그 세월 속에서 그녀를 구해낸 남자의 손을 내가 보증한다. 나 정도 가지고는 미덥지 못하다고 할지도 모르겠으나, 현재 그녀가 의지할 곳은 나밖에 없다. 용접용 불꽃을 튀기며 무거운 망치를 휘휘 내두르는 손은 그녀의 젖가슴을 움켜쥐고, 그녀의 알록달록한 속옷을 걷어내고, 그녀의 운명을 애무하며, 그녀를 외딴 언덕 아래로 끌어내린다. "나 같은 남자라도 정말 괜찮아?"라고 만날 때마다 확인하는 상대방의 손을, 그녀는 지그시 쳐다본다. 그러는 사이 자신이 그 손 없이는 살 수 없게 되었음을 깨닫는다.

꼼꼼한 손놀림으로 나는 저녁 산바람이 불어올 무렵에 완성된다. 요이치의 누나는 내 안에 자기 손을 넣고, 그 손으로 얼굴을 감싸고 앞으로 있을 눈부신 삼십 년을 꼭꼭 껴안는다. 내 좌우 사이즈가 다소 다르다는 것 따위 그리 큰 문제가 아니다.

2월 28일 수요일

나는 귀향이다.

이런 방법 저런 수단 다 써보았지만 결국 흥행에 실패한 마호로 마을 출신 트로트 가수인 그녀의 갑작스런 귀향이다. 악천후 때문에 누구 하나 나를 알아채는 사람이 없었다. 밤은 흐느적대며 깊어가고, 어느 틈엔가 오가는 사람들의 모습도 끊어지고, 먼 데서 개 짖는 소리가 애달파지면서 정적이 사방에 퍼졌다. 그녀는 누구와도 얼굴을 마주하고 싶지 않아 옆 마을에서 택시를 탔다. 그러나 뭐라 변명해야 할지 생각할 시간이 필요해 집에서 멀찍한 곳에서 내렸다. 발길이 무거운 탓은 택시비를 내고 나니 텅 비어버린 지갑 때문이 아니라, 여전히 특출한 재능 바로 그 때문이었다. 그렇게 나쁜 곡이 아니었다. 그러나 세상은 좀더 젖가슴이 큰 동안(童顔)의 가수가 브라운관에 등장하자 그 나쁜 곡을 받아들이고 그녀를 잊어버렸다. '영광에 이르는 지름길은 없다'는 자필 액자를 벽에 걸어놓고 있는 음반 회사 사장은 그녀에게 쥐꼬리만한 돈을 건네주고는, 속일 뜻은 전혀 없었다고 말했다. 그녀 역시 더이상 아무 할일 없는 나날을 견디기 힘들었다. 다행히 그녀의 소담스럽고 풍만한 가슴은 무사했다. 타인의 손끝 하나 닿지 않은 젖가슴과 함께 돌아온 그녀는, 소년 요이치와 스칠 때 자기 노래를 흥얼거렸다. 그러고 나서 그녀는 가로등 아래서 머리와 어깨에 쌓인 무겁고 축축한 눈을 털어내고는, 자기 집 대문을 살며시 밀고 들어가 현관문을 꼭 닫고 조용히 하얀 숨을 토했다.

3월 1일 목요일

나는 골격이다.

소년 요이치의 지나치게 유연한 몸과 두서없는 정신을 안쪽에서 그럭저럭 버티고 있는 골격이다. 나는 그 어떤 종류의 바람에도 요이치의 몸을 맞출 수 있다. 단단히 뿌리내린 나무와 콘크리트로 만든 전신주까지 쓰러뜨리는 폭풍도 요이치를 날려보내지는 못한다. 나는 곡선으로 직선의 공격을 받아낸다. 아무리 무례한 집단이 몰려와도 요이치는 무사히 빠져나온다. 축제날의 인파에 휩쓸려도, 프로레슬링 경기장의 관객들에 에워싸여도, 온갖 자동차가 폭주하는 도로에 발을 들여놓아도 요이치만은 늘 매끄럽게 통과한다. 요이치는 어느 누구보다 부자연스러운 이 세상에 익숙하다. 다 내 덕분이다. 나는 절대로 요이치를 시간보다 빠르게 걷도록 몰아세우지 않고, 일부러 늦도록 하지도 않는다. 요이치는 늘 현재와 함께하며, 느긋하게 지금을 만끽하고 있다. 다 내 덕분이다.

위태로운 걸음걸이로 여울을 훌쩍 건너고, 질척한 논밭을 가로지르고, 산꼭대기로 이르는 바위너설을 끝내 오르고 마는, 그런 요이치를 본 적이 있는가. 물론 그는 앞날이 기대되는 그런 아이는 아닐지도 모른다. 아무리 발버둥쳐봐야 마호로 마을의 중추 구실을 하는 어른이 될 리는 없을 것이다. 그러나 요이치는 거머리도 아니고 지렁이도 아니다. 또 오랜 병에 지치고 늙은 자도 아니다. 요이치만큼 원활하게 현세와 접할 수 있는 인간이 달리 있는가. 있다면 가르쳐다오.

3월 2일 금요일

나는 자만이다.

저녁나절, 읍에서 운영하는 기원에 모여 한담을 즐기는, 더이상 늙을 리 없을 노인네들의 쓰잘데 없는 자만이다. 뼈대가 우람한 한 노인이 말했다. 젊은 시절에는 선로 부설 공사와 제방 공사 양쪽을 한꺼번에 뛰었었다고. 이마에 주름살이 별스레 적은 한 노인이 말했다. 서 있는 모습이 농염한 여자가 술주정을 부리는 남편을 뿌리치고 장대비를 뚫고 자기 품으로 도망쳐왔다고. 노래방을 좋아하는 한 노인이 말했다. 라디오 노래자랑에서 망향가를 불러 박수갈채를 받은 적이 세 번이나 있다고. 유난히 힘줄이 불거진 어느 노인이 말했다. 소금물에 데친 누에콩과 강물로만 연명하며 두 달을 견딘 적이 있다고. 군인 연금을 받고 있는 한 노인이 말했다. 허리에 찬 칼을 빼들기만 해도 적병들은 전투 의욕을 잃었다고. 정치 얘기를 즐겨 하는 한 노인이 말했다. 굶주린 자들을 사주하여 소요를 일으킨 적이 있다고. 진위 여부는 알 수 없지만 다들 대단한 기세였다.

그들을 유치하기 짝이 없는 자들로 변모시켜 오늘 하루도 그럭저럭 살게 하는 힘을 주는 것은, 복용량을 지키라고 까다롭게 구는 간호사도 아니거니와, 청하지도 않았는데 산에서 내려와 고리타분한 설교를 늘어놓는 중도 아니고, 참혹한 상태에 빠져 있으면서도 여전히 살아 있음을 말없이 어필하는 새를 좋아하는 소년도 아니고, 실은 나다. 하지만 "전부 지어낸 얘기거나, 아니면 타인의 체험담을 제 얘기인 양 늘어놓는 것이겠지"라며 내 코를 납작하게 짓누르는 자는 아직 한 명도 나타나지 않았다.

3월 3일 토요일

나는 오토바이다.

술 담배도 하지 않고 여자를 탐하지도 않는 읍립 병원의 젊은 의사, 그가 몰고 있는 시험용 오토바이다. 나는 찬바람이 몰아치는 오류 강 어귀로 달려가 물방울을 튀기면서 얕은 강물을 가로지르고, 창고만한 바위를 잇달아 넘고, 자갈을 채취하고 난 분화구 같은 구멍 속으로 거꾸로 처박고, 보잘것 없는 성공에 만족하는 마음에 일격을 가하고, 환자들과의 악연을 끊고, 그리고 벽처럼 보이는 급사면을 단숨에 달려 오른다.

그러다 그만 나는 기운이 넘쳐 구멍 테두리보다 훨씬 높은 공중으로 날아올라, 그대로 같은 구멍으로 떨어질 뻔한다. 의사는 순간적으로 윗몸을 바짝 구부리고 핸들을 뒤덮을 듯한 자세를 취하여 간신히 위기를 모면하고 무사히 착지한다. 나를 상대한다는 이유 하나만으로 곱지 않은 세상 눈길을 받고 있는 그는 주변에서 제일 큰 바위 위로 나를 몰고 올라가, 병에서 헤어나지 못하는 마호로 마을 사람들의 몸을 향하여, 퉷 하고 침을 뱉는다.

그리고 그는 앞으로도 내내 진찰을 게을리 하면 안 될 소년 요이치가 강둑 위를 걷고 있는 것을 본다. 그는 추위 탓에 일그러진 요이치의 표정을 오해한다. 즉 그는 인간의 변종에 불과할지도 모르는 상대가 자기에게 조소를 보낸 것이라고 착각한 것이다. 그러자 그는 나한테도 털어놓지 못하는 속내를 자기도 모르게 피력한다. "이런 짓이라도 하지 않으면 살아 있다는 게 실감이 안 나"라고 말하고, "건강하다고 다 되는 게 아니야"라고 말했다. 그런 그를 치료할 수 있는 것은 나밖에 없다.

3월 4일 일요일

나는 치와와다.

하마터면 차에 치여죽을 뻔한, 마호로 마을에 단 한 마리밖에 없는 치와와다. 나를 그런 지경에 빠뜨린 것도, 또 나를 구해준 것도 하룻밤 새 꽁꽁 얼어버린 눈길이었다. 여론을 이기지 못하고 스파이크 타이어와 인연을 끊은 운전자 수에 비례하여 조금만 굽은 길에서도 미끄러지는 차가 늘어난 탓이다. 브레이크를 슬쩍 밟았는데 미끄러지고 만 트럭이 내 쪽으로 돌진해왔다. 도망치려 한 나 또한, 막 발톱을 다듬은 터라 휘청 미끄러지고 말았다. 만약 미끄러지지 않았더라면, 내 뼈란 뼈는 단박에 산산이 부서지고 말았을 것이다.

트럭은 전신주에 쾅 부딪친 채 멈췄고, 나는 용케 보도로 올라갔다. 운전하던 남자도 무사했다. 그는 헝클어진 머리칼을 매만지며, 주변에 목격자가 없는 것을 확인하고서 내게 다가와 말했다. "이 녀석, 네놈 때문에 큰일날 뻔했잖아! 이거 어떻게 할 거야, 엉?" 그는 움푹 들어간 범퍼와 깨진 앞 유리창을 가리켰다. 그는 한 손으로 내 멱살을 움켜쥐고는, "이런 일로 죽어서야 쓰겠나"라고 말하고 이어 "겨우 운이 좀 틔었는데"라고 말하고는, 화풀이로 내 스웨터를 벗겨 내던지고 서둘러 작은 불운에서 도망쳤다. 스웨터를 주워 내게 입혀준 것은, 나와는 각별한 사이의 소년이었다. 요이치는 나를 껴안고 얼어붙은 길을 건너느라 세 번을 넘어졌고, 넘어질 때마다 깔깔 웃었다.

3월 5일 월요일

나는 색종이다.

사람 살에 닿고 싶어 어쩔 줄 모르는 눈먼 소녀의 열 손가락이 줄줄이 창조해내는 신기에 넘치는 색종이다. 나는 그녀 자신은 절대로 볼 수 없지만 담백한 정취 가득한 조형물을 소년 요이치에게 보여준다. 산자락에 걸려 있는 초승달을, 창공 저편을 가로지르는 희망을, 저무는 햇살에 비쳐 가슴으로 절절하게 저며드는 비애를, 봄날의 새벽 꿈을 깨는 눈사태를, 세심한 주의를 기울여 뿌리를 가른 국화를, 깊은 눈에 묻힌 길을 가는 사람들의 한숨을, 나는 정확하게 접는다.

그러고 나서 나는 새벽녘 이슬을 맞아 죽은 장미꽃을, 변두리 극장 앞에서 해묵은 포스터를 바라보고 있는 의지할 곳 없는 남자를, 마호로 마을을 죽음을 맞을 장소로 정하고 무념무상의 경지에 빠져 있는 노인을 접는다. 또 나는 술 취한 손님을 재치 있게 다루면서 미소를 잃지 않는 처자와, 바위 틈새로 솟아나는 맑은 샘물 앞에 서 있는 재덕을 겸비한 부인과, 은밀한 정인의 연인과 남자를 향한 오랜 세월의 원한을 물리치고 산달을 맞이한 어머니를 접는다. 이어서 나는 타는 듯한 열기에 짓무른 길을 터벅터벅 걸어, 자신의 그림자를 데리고 들판을 헤매는 소년 요이치와 몰아치는 뜨거운 바람에 힘껏 몸을 부딪치며 날아오르는 파란 새를 접는다.

그리고 소녀는, "마음에 드는 것 줄게"라고 말한다. 요이치는 재빨리 큰유리새를 고르고 나머지는 거들떠보지도 않는다. 소녀는 남은 나를 돌풍에 내맡긴다. 요이치가 "너를 접어주지 않을래?" 하고 부탁한다. 그러자 소녀는 "나 자신을 본 적이 없으니 접을 수 없어"라고 대답하고서, 애견과 돌아가는 길을 서두른다. 요이치는, 아직도 그 언저리에 흩어져 있는 나를 하나하나 밟아 뭉갠다.

3월 6일 화요일

나는 부루퉁한 얼굴이다.

억지로 끌려가, 마호로 마을 경찰서에서 하룻밤 철창 신세를 진 창부의 부루퉁한 얼굴이다. 시치미를 떼며 거짓말을 할 수도 있고, 자기에게 불리한 일은 절대로 얘기하지 않는 그녀는, 법의 경적을 울리는 노련한 경찰들이 으름장을 놓아도, 어르고 달래어도 꿈쩍도 하지 않았다. 또 속이 뻔히 들여다보이는 유도신문에 넘어가 실토하는 일도 없었다. 그리고 그녀가 상대한 손님 역시 건실한 사람임에도 시치미가 능해 증인이 되기를 끝까지 거부하였다.

아무리 근거 있는 추론이라고 하나, 그것만으로는 필요한 절차를 밟을 수 없었던 경찰은 결국 단념하고 오늘 아침 그녀를 풀어주었다. 담당 형사가 생각해주는 척 나에게 충고하였다. "손을 씻으려면 지금이 기회다"라고 말하고, "까딱 잘못하면 큰일이 터질 수도 있다"고도 했다. 그럼에도 창부는 무슨 소린지 잘 모르겠다는 표정으로 시치미를 떼고, 큰 키와 투쟁심이란 축복을 받은 청년과 함께 노형사가 반국민적 색깔과 모양이라고 평한 검정 차에 올라탔다.

둘은 묵묵히 식어빠진 붕어빵을 우물거리면서 이미 겨울색이 아닌 햇살을 멍하니 바라보았다. 핸들을 잡고 있는 청년이 "당분간은 얌전히 있는 게 좋겠어"라고 말하고, 이어 "이 동네도 점차 경기가 좋아질 거야"라고 말했다. 창부는 입 안 가득 붕어빵을 우물거리며 창문에 비친 나를 바라보다가 건너편 길을 지나가는 소년 요이치를 발견했다. 창부는 옛 소꿉동무라도 만난 것처럼 손을 흔들면서, "저 아이한테 용돈 좀 줘"라고 소리를 질렀다. 브레이크를 밟는 소리가 나를 지웠다.

3월 7일 수요일

나는 조소다.

마침내 돌아오지 않는 다리 밑에 눌러살게 된 거지가 바로 옆으로 이사를 온 중에게 날리는 조소다. 만약 그럴싸한 인사 한마디라도 있었다면, "잘 부탁한다"고 한마디만 했어도, 내가 나설 자리는 거의 없었을 것이다. 추위를 견디려고 다리 밑으로 기어들어온 중은 거지의 집을 빤히 관찰하였다. 그러고 나서 어디선가 썩어가는 목재를 날라와 거지의 집보다 엉성하고 볼품없는 집을 지었다. 나는, 이 예절도 모르면서 아직도 자긍심 나부랭이에 매달려 있는 젊은이에게 통렬한 일격을 가하고 싶은 마음이 들었다. 나는 "그런 꼴을 하고서도 잰 체하는 거냐?"라고 말하고, "더 두껍게 입어야지 안 그러면 얼어죽을걸"이라 말했다. 그리고 "먹을 거 없으면 나눠줄 수도 있지"라고 말하고, "네놈 혼자만 살면 그만이라고 생각하는 그 얄팍한 근성이 마음에 안 든단 말이야"라고 말했다.

그러나 그는 나 따위는 전혀 아랑곳하지 않고 구멍투성이 오두막에 고양이처럼 웅크리고 앉아 허공만 쏘아보았다. 내가 토한 말은 간장을 조준하여 퍼부은 묵직한 펀치처럼 뜨끔뜨끔 효과가 나타날 것이다. 적어도 내가 거지에게 우월감을 주고 있는 것은 사실이었다. 거지는 나와 함께 오체가 만족스럽고 젊고 다소의 소양은 갖고 있을 법한 중을 보란 듯 우롱하였다. 그러다보니 나는 어느 사이엔가 거지 자신을 상대하고 있었고, 당사자도 그 점을 깨닫고는 나를 오류 강으로 내던져 버렸다. 차가운 강물에 떠내려가는 나를 향하여, 소년 요이치가 다리 위에서 손을 흔들었다.

3월 8일 목요일

나는 나다.

어디에 사는 누구도 아닌 것처럼 여겨지지만, 실은 어딘가에 사는 누군가이며, 또 어디에 사는 누구이기도 한 나다. 아니면 그와 정반대인 나다. 나는 마호로 마을 어디에나 있는 태생이 경솔한 자며, 자연과 더불어 유유자적하게 생활하는 자며, 부모가 남겨준 유산으로 놀고먹는 자며, 그리 심각하게 생각지 않고 몸을 파는 자다.

나는 늘 상사의 처분에 따라 이리저리 심부름 다니는 역할에 안주하는 자이며, 주위 사람들은 그 가치를 인정하지 않는 평생의 큰 바람을 향하여 돌진하는 자이며, 앞날이 내다보이자 단박에 직무를 소홀히 하는 자이다. 나는 흔치 않은 대장부이며, 가발 없이는 외출하지 못하는 자이며, 뇌 어딘가에 골치 아픈 장애를 지닌 아이이기도 하다. 나는 늘 허튼 소문에 우왕좌왕하는 자이며, 푼돈에 눈먼 자이며, 적이 파놓은 함정에 덜컥 걸려들고 마는 자다.

나는 약해 보이는 대상을 찾아 굴종을 종용하는 자며, 중요한 비밀을 섣불리 흘리고 다니는 자며, 겉으로만 세계 평화를 부르짖는 자다. 나는 타인에게 원한을 품은 자며, 실패를 호도하는 자며, 비분을 참을 수 없다 말하면서도 그럭저럭 참고 있는 자다. 나는 넋두리를 늘어놓으며 우는 자고, 자기 외엔 존경하는 스승이 없는 자이고, 항상 실행을 의심하고 주저하는 자이다. 그리고 나는 3월 9일 정오를 정확하게 사는 나며, 어차피 지금을 살 수밖에 없는 나다.

3월 9일 금요일

나는 재회다.

같은 마호로 마을에서 태어나 자랐고, 벌써 오랜 세월 눌러살고 있는 피를 나눈 형제의 십여 년 만의 재회다. 외딴 언덕 꼭대기에서 처자식을 거느리고 사는 형이, 산속에서 잉어와 함께 사는 동생을 찾았다. 형은 어색함과 찜찜함을 조금이라도 완화시키기 위하여 아직도 병의 원인을 알지 못하는 몸이 부자유스런 아들을 앞세웠다. 그러나 그 소년은 별 도움이 되지 못했다.

두 사람은 서로의 얼굴을 제대로 쳐다보지 못하고, 옛날 얘기는 물론 날씨 얘기조차 하지 못하고 한동안 말없이 차를 마셨다. 나로서는 몹시 답답한 시간이 흘렀다. 과거 이런저런 일이 있었다고는 하지만 남남도 아니므로 좀더 부담 없이 대했어야 했다. 소년은 연못을 질러 오는 바람을 상대로 돌고 도는 세상에 대해 얘기하고, 고리타분한 천변지이설에 대하여 자랑스럽게 늘어놓았다.

마침내 형이 마음을 다잡고 찾아온 용건을 짤막하게 전했다. "땅을 팔기로 했다"고 말하고, 돈을 받으면 너에게 절반을 줄 생각이라고 말했다. 그러나 동생은 "필요 없다"고 답했다. 그러자 형은 본론을 꺼냈다. "그 회사는 이 땅도 사들이고 싶어해"라고 말하고, "이 연못이 반드시 필요한 모양이더라"라고 말했다. 동생은 얼굴을 찌푸린 채 저녁노을이 진 하늘로 눈길을 돌렸다. 다시 침묵이 찾아왔다.

결과가 좋지 않게 끝난 절충은 나를 한층 시큰둥하게 만들었고, 견딜 수 없어진 형은 아들의 걸음걸이도 아랑곳하지 않고 혼자서 재빨리 집으로 돌아갔다.

3월 10일 토요일

나는 등나무 의자다.

겨울 내내 바깥에 방치되어 있다가 눈비에 몇 번이나 상처입은, 거의 쓸모가 없어진 등나무 의자다. 그럼에도 나는 마지막 허세를 부려 검게 얼룩진 잔설 위에 마치 옥좌라도 되는 양 떡하니 자리잡고 있다. 내게 느긋하게 앉아 쾌적한 수면을 즐기고, 가을의 긴 밤을 얘기꽃으로 밝히고, 물거품 호수에 얽힌 전설의 유래를 들었던 자는 이미 이 세상에 없다.

잠시 후에 소년 요이치가 나타나 꼬박 한 시간이나 걸려 나를 언덕 꼭대기로 날랐다. 그러고는 다시 한번 멀뚱멀뚱 나를 바라보면서, "아아"니 "우우"니 하는 짐승 같은 소리를 지르고 침이 마르도록 나를 칭찬하였다. 신바람이 난 나는 그만 허풍을 떨고 말았다. 내게 앉는 자는 이 세상의 끝을 볼 수 있으며, 사흘 낮과 밤을 계속해 앉아 있는 자는 그 자신의 끝을 볼 수 있다는 둥 얼토당토않은 소리를 하여, 끝내는 은혜를 원수로 갚는 꼴이 되고 말았다.

안전한지 확인도 제대로 안 하고서 내게 털썩 앉은 요이치는 벌러덩 나자빠지고 말았다. 그것도 거꾸로 처박혀 눈 쌓인 비탈을 미끄러졌다. 그 흐물흐물한 몸체는 대지의 요철을 따라 파도를 그렸고, 그 흐늘흐늘한 혼은 딱딱한 진리를 교묘히 피해 지나쳤다. 미끄러질 만큼 미끄러지고 나서야 멈춘 요이치는 히죽히죽 웃으면서 돌아와, "네 말이 맞았어, 진짜 보였어"라고 말하고, 납작하게 뭉개진 나를 벼랑 아래로 내던졌다.

3월 11일 일요일

나는 황홀이다.

대마에서 피어오르는 연기가 한 쌍의 파란 새 배지를 가슴에 단 젊은 남녀를 확실하게 인도하는 빛나는 긍정의 황홀이다. 두 사람은 작년 여름 산에서 채집하여 가을 동안 건조시킨 대량의 자생 대마를 팔아치웠다. 그러나 자기들이 쓸 만큼은 챙겨두었는데, 그것도 이제 얼마 남지 않았다. 두 사람이 나에 빠져 있는 것은 비단 대마에 포함된 성분 때문만은 아니었다. 그들은 겨우 다섯 번 상경에 일 년 치 생활비를 벌어들였고 독일제 사이드카까지 사들였다. 놀고먹을 수 있는 신분이 되고 보니 그런 생활이야말로 이상적이라는 것을 알았고, 그런 생활이야말로 자유라는 것을 알았다. 그 외의 날은 이상과는 거리가 먼, 자유의 편린조차 없는 즉 살 만한 가치도 없는 날이라 단정지었다. 온갖 고뇌 따위도 이미 없었다.

두 사람의 구름 위에 뜬 듯한 기분은 아침 눈을 뜨고서 시작되어 밤늦게 잠들 때까지 일사불란하게 계속되었다. 더구나 그들에게는 대의명분이란 것도 있었다. 사리사욕을 채우기 위해 마호로 마을의 자연을 파괴하고 풍광을 해치는 사람들에 대항하는 투쟁은, 일말의 불안과 께름칙함을 불식하고도 남음이 있을 터였다. 나는 두 사람에게 "그대들은 젊은 나이에 모든 것을 손에 넣었다"고 말했다. 또 "절대적인 것을 얻은 거야"라고 말하고, "이제 마음껏 인생의 봄을 즐기는 일만 남았지"라고 말해주었다. 그러자 금속제 큰유리새가 내 위를 기세등등하게 맴돌며, "뭘 이까짓 것을 가지고"라고 울었다.

3월 12일 월요일

나는 뉴트리노(Neutrino)다.

과감하게 어둠에 맞선 태양의 중심부에서 만들어지고 빛보다 십몇만 년이나 빨리 이 행성에 도달한 뉴트리노이다. 이 세상으로 돌진하는 나의 진행을 방해할 물질은 지금으로서는 전혀 없다. 나는 내 앞길을 가로막는 모든 것을 통과하여 질주한다. 대기권을 돌파하고, 기압 때문에 팽창을 면하고 있는 바닷물을 통과하고, 깊은 바다 속에서도 살 수 있는 심해어의 정수리를 꿰뚫고, 부글부글 끓어오르며 분출의 기회를 엿보는 마그마 층을 지나면서도 같은 속도를 유지한 채, 육십 킬로미터 두께의 지핵마저 통과한다.

나는 지금, 한바탕 비바람이 몰아칠 듯한 하늘을 뚫고, 생과 사의 경계를 헤매는 무인 보트를 뚫고, 저 보잘것 없는 산 위 호수의 담수를 뚫고, 물 밑에 가라앉아 거품을 토해내는 관음상을 뚫고, 이 예외적인 미친 별을 스르륵 뚫고 지나가, 믿는 자에게는 무한한 의미가 있다는 암흑의 우주 저편으로 날아가려 하고 있다. 그런데 어찌된 영문인지 선창 끝에 서서 유독 새침을 떨고 있는 소년의 진기한 몸 속에서 나는 그만 뚝 멈추고 만다. 개벽 이래 처음 있는 일이다.

그곳은 뇌도 순환기도 아니고, 근육도 혈관도 아니며, 그 어떤 내장도 들어 있지 않은, 물질 외의 무엇으로 넘치는, 유한이며 동시에 무한인 불가사의한 공간이었다. 움직임을 멈춘 나는 이제 소멸하는 길밖에 없다. 그러나 그 소년이 휘파람을 불어 큰유리새의 우짖음을 흉내내자 나는 다시금 직진 운동을 시작하여, 없다고 믿는 자에게는 아무런 의미도 지니지 않는 이 천구 저편으로 날아간다.

3월 13일 화요일

나는 잡담이다.

술이 세기로는 남에게 뒤지지 않는 남자들이 나누는, 제자리를 맴돌기만 할 뿐 전혀 결실이 없는 잡담이다. 그런데도 나는 우물에서 불순물을 걷어내듯 그들의 가슴에 맺혀 있는 씁쓸한 기억을 제거하고 편견을 바로잡는 역할을 다하고 있다. 그들은 해를 거듭하며 불어나는 피로라 할 수 없는 피로를 자각하면서 이렇게 말한다. 우리의 업적은 여전히 매몰되어 있지 않은가, 라고. 언제쯤 되어야 탁월한 인물을 배출할 수 있는 그런 동네가 될 것인가, 라고. 우리가 사는 동네는 지금껏 시대의 변화에 부응하지 못했다, 그런데 요즘 들어 갑자기 새 시대의 맥박이 느껴지지 않는가, 하고. 구태의연한 정책밖에 세우지 못하는 읍장은 물러날 때라고. 조직 폭력단에도 정의를 표방할 자격과 권리가 있다고. 시골 촌구석에서 썩어 죽어갈 사람들에게 이 얼마나 멋진 나날이냐고. 그러고서 나는 저 진기하기로 그 예를 찾을 수 없는 인간 요이치에 대해서도 슬쩍 언급한다. 그 자리에 있던 남자들은 신출귀몰하는 요이치를 이렇게 평한다. 그 녀석은 우리를 싸늘한 눈초리로 바라본다고. 그 녀석은 살아 있는 게 괴로워 그렇게 걸어다니는 것이라고. 신도 실수를 하는 모양이라고. 가엾은 말로를 걷지 않으면 좋으련만, 이라고. 가엾은 것은 오히려 그 녀석을 가엾다 여기는 사람들이 아니겠냐고. 그 녀석보다 자기가 낫다고 누가 말할 수 있겠느냐고. 나는 지금도 여전히 주절주절 계속되고 있다.

3월 14일 수요일

나는 서광이다.

줄줄이 이어진 산등성이 오목한 골짜기를 넘어 마호로 마을의 동쪽 하늘을 비추며 덧없는 세상에 망망한 시야를 제공하는 금빛 서광이다. 내가 비추어 그 존재를 알리는 물질 모두는 하나하나가 다 개성이 뚜렷하여 같은 것을 찾아볼 수 없다. 설사 내 눈이 닿지 않는 곳에 조금도 다르지 않은 둘이나 셋이 있다 해도, 그것을 모두가 똑같다고 할 수는 없다. 꼭 닮아 보이는 일란성 쌍둥이도, 같은 주형으로 찍어낸 쇠병도, 바이오 테크놀로지의 신묘한 기술을 이용해 젖소의 태에서 태어난 두 마리 육우도, 그 정신은 닮으려야 닮을 수가 없는 것이다. 그 점을 간과해서는 안 된다.

나는 지금까지 몇억 년에 걸쳐, 구름과 어둠과 안개와 압정의 방해를 받으면서도 오로지 그 점만을 강조해왔다. 그리고 어떤 자에게는 곤경을 타개하는 힘을 부여하였고, 어떤 자에게는 불합리한 요구를 일언지하에 거절하는 용기를 부여하였고, 또 어떤 자에게는 무슨 일이든 타인에게 의지해서는 안 된다고 설득하였고, 또 어떤 자에게는 남들과 발맞춰 걷는 것이 얼마나 어리석고 거추장스럽고 위험한 일인지를 깨우쳤다. 그들은 나에게 감사하면서, 늦었지만 그렇게 살아보겠노라고 맹세했다.

그런데 그들은 아침밥을 먹는 사이에 그 맹세를 깨끗이 잊어버리고 전날 밤의 속수무책인 그들로 다시 돌아가버렸다. 그렇다고 단념한 것은 아니지만, 오늘 아침 나는 그들을 무시하고, 결코 나를 무시하는 일 없는 소년 요이치에게만 초점을 맞추어, 적어도 수정 구슬보다는 고급스러운 그의 눈망울 속에 있는 혼을 비추어 체온만큼의 온기를 지니게 한다.

3월 15일 목요일

나는 찬사다.

흐르는 세월에 갈리고 닦이며 사는 기술을 터득한 '삼광조' 여주인에게 쏟아지는 키 큰 청년의 덜함도 더함도 없는 찬사다. 고개를 앞으로 약간만 숙여도 품에 숨긴 비수와 승냥이의 마음이 들여다보이는 조직원의 눈은 여주인의 매끄러운 목덜미와 그 너머에서 반짝반짝 빛나는 아름다운 산수를 향하고 있다. 그리고 그는 "지금까지 살아오면서 당신만큼 배짱 좋은 여자는 처음 봤어"라고 진정으로 말한다.

그러나 여주인은 아무런 응수도 하지 않는다. 그렇다고 싫어하는 것은 아니다. 그녀는 책상 앞에 앉아 열심히 장부를 쓰고 있다. 옆에서는 감기약과 달걀술을 같이 마신 창부가 코를 골며 자고 있다. 그녀의 숙면은 나를 점점 대담하게 만든다. 나는 계속한다. 다들 제대로 못 보는데 당신은 달라. 당신은 정말 묘한 사람이야. 당신은 누구와도 공평하게 사귀잖아. 당신은 쓰레기들을 멸시하지도 않거니와, 우리 같은 놈들에게 물들지도 않아. 그렇다고 모든 것을 방기한 것도 아니고 매일 즐기면서 살고 있어.

여주인은 전자계산기를 두드리던 손길을 멈추고 뜨거운 차를 홀짝거리면서 잠든 창부 쪽을 돌아보고는, "나도 이 아이는 당해내지 못하지"라고 말한다. 그러자 청년은 "이 계집애는 멍청한 바본데 뭘"이라고 말한다. 그러고서 여주인은 호수 쪽에서 정원으로 들어와 나무에 부딪치며 이쪽으로 다가오는 소년을 위해 서랍에서 양갱을 꺼내며, "저 아이는 더더욱 당해내지 못하지"라고 말한다.

3월 16일 금요일

나는 바리캉이다.

한 달에 한 번, 깜박 잊었어도 두 달에 한 번꼴로는 소년 요이치의 머리를 깎는 구식 바리캉이다. 요이치는 노골적으로 나를 기피한다. 나 역시 좋아해주길 바라지 않는다. 그러나 요이치의 아버지는 나를 싫어하지도 좋아하지도 않는다. 그는 아들의 가마 없는 울퉁불퉁한 머리에 공무원 기질을 고스란히 드러낸 사무적인 손놀림으로 나를 미끄러뜨린다. 그리고 요이치는 잘려나간 머리칼을 걷어차며 아직 살아 있지는 않은지 확인하려 한다. 또는 머리칼이 혹 깃털로 변하지는 않았는지 확인한다.

아버지가 말한다. "너도 크면 틀림없이 대머리가 되겠구나"라고 말하고, 이어 가벼운 말투로 "내가 죽으면 대체 누가 네 머리를 깎아줄지"라고 말한다. 늘 하는 소리다. 그 동안에도 나는 묵묵히 움직여 새의 깃털과는 달리 별 쓸모도 없을 것 같은 머리칼을 깎아낸다. 아직 머리가 벗겨지지도 않았는데 흰 머리가 몇 오라기 섞여 있다. 쉰 개는 넘을 것 같다. 한 올은 파랗게 돋아 있다. 파릇파릇 가느다란 머리칼을 받치고 있는 것은, 지난날 영험한 나무라고 노인네들이 숭배하던 삼나무에 부딪혔을 때 생긴 주먹만한 혹이다.

파란 머리칼을 보지 못한 아버지는 "내가 죽을 때 너도 죽어준다면야 아무 문제도 없겠지만"이라고 말한다. 그러자 요이치와 붕우의 연을 맺은 큰유리새가 날카로운 소리로 울어 그 말을 지운다. 나도 오랜 세월 쌓아온 정을 보아, 덩달아 분주하게 찰칵찰칵 소리내어 요이치의 귀를 막는다.

3월 17일 토요일

나는 숫자다.

들새 모임의 회원들이 카운터로 헤아리는, 북쪽 나라로 돌아갈 날을 며칠 앞두고 있는 물거품 호수의 백조의 숫자다. 그런 조사에는 이미 익숙해졌고 일하는 솜씨도 경지에 올랐는데, 어쩐 일인지 그들은 도무지 나를 파악하지 못한다. 백조들이 비행과 착수를 쉴새없이 되풀이하고 있는 것도 아니고, 여기저기 흩어져 날개를 접고 있는 것도 아니다. 보트 대여점 아저씨가 뿌리는 모이를 주워 먹기 위해 한 마리도 남김없이 선창 주변에 모여 있다.

지나치다 싶게 성실한 회원에게 아저씨가 말한다. "한두 마리 차이 나면 좀 어때서 그래. 이렇게 다 모여 있는데 뭐가 불만이야." 회원들은 아저씨를 자기편으로 포섭하기를 포기한 지 오래였다. 과거에 아저씨는 그들에게 이렇게 말했다. "당신네들이 좋아하는 게 정말 새 맞아?"라고 묻고, "새가 아니라, 새에 빠져 있는 자기 자신을 좋아하는 거겠지"라고 말하고, "현실을 직시하지 못하는 혼을 새를 빌려 날려보내려 해봐야 아무 소용 없다는 것 정도는 알고 있어야지"라고 말하고, "새는 새고, 인간은 인간이야"라고 말하고, "가끔은 자기가 도피한 수도 세어보지그래"라고 말했다. 이후 아저씨는 모두가 싫어하는 사람이 되었다.

회원들은 아직도 나를 좇고 있다. 그 자리에 병 때문에 특이한 재능을 갖게 된 소년이 나타나, 남아 있는 눈 위에 세 자리 숫자를 쓴다. 그러나 그가 나를 단박에 파악했다는 것 따위는 아무도 알아차리지 못한다.

3월 18일 일요일

나는 삼월이다.

날짜가 한참 지나고 나서야 사람들이 의식해주는, 한풍과 일심동체인 마호로 마을의 삼월이다. 그럼에도 나는 물거품 호수에서 겨울을 난 철새를 쫓아내고, 초목에는 새싹과 새 뿌리를 움트게 할 준비를 시키고, 아직도 겨울잠에 빠져 있는 짐승들에게는 올 한 해도 살아 있을 수 있음을 가르쳐주고, 주민들을 위해서는 폭설에 묻혀 있었던 며칠이, 제설 작업으로 뼈마디가 쑤셨던 며칠이, 내 어찌 죽으랴며 혼자 중얼거린 말이 싸락눈에 휘날려갈 듯했던 며칠이 이미 먼 과거의 일임을 알려준다.

더 나아가 나는, 어른이 깔아놓은 레일 위를 쉬지 않고 달리는 아이들에게 엉뚱한 행동을 저지를 기회를 부여하고, 눈과 얼음에 갇혀 태평한 잠을 탐닉하는 방향으로 구부정하게 기운 젊은이들에게는 태어난 곳을 박차고 떠날 용기를 준다. 또 노처녀 가슴에는 창 너머로 점찍어둔 이성에게 접근할 수 있는 묘안을 떠오르게 하고, 제법 상당한 논객임에도 때를 만나지 못한 채 몇십 년을 허송세월한 남자에게는 기다리고 기다리던 인생이 이제야 시작될 것 같다는 착각을 품게 한다.

그리고 나는 병자와 노인들에게는 그 어떤 비참한 운명이라도 공기처럼 받아들이리라 각오하게 하고, 이미 혼수 상태에 빠져 있는 자에게는 찬란하게 빛나는 수면과 그 너머에 있는 빛의 터널을 분명하게 보여주어 안심시킨다. 또, 인간일 수밖에 없는 형태를 슬슬 갖추기 시작한 태아에게는, 일단 자궁 밖으로 나오면 무슨 짓을 저지를지 모를 만큼의 자유를 허락한다. 오늘 요이치의 누나는 도서관 화장실에서 자신의 임신을 알았다.

3월 19일 월요일

나는 의견이다.

마호로 마을에 봄이 왔음을 알리느라 몰아치는 눈보라 속에서 하염없이 평행선을 그리는 양자의 의견이다. 아무리 권해도 절대로 문지방을 넘지 않으려는 동생은 "여기서 얘기하죠"라며 고집을 부렸다. 할 수 없이 형은 아내의 코트를 둘러쓰고 고무장화를 신고 밖으로 나갔다. 그리고 두 사람은 언덕 꼭대기 눈과 바람의 한가운데 서서 힘겨운 얘기를 시작했다.

동생은 확고한 대답을 형에게 분명하게 전했다. 땅을 팔 생각은 전혀 없다, 죽는 날까지 비단잉어와 함께 살 것이란 뜻을 전했다. 그러자 형은 노후를 진지하게 생각해보았느냐고 물었다. 동생은 여러모로 생각해보았다고 대답했다. 그러나 말싸움으로 번지는 일은 없었고, 나는 어디까지나 존중되었다. "요이치 때문에 돈이 필요해"라고 형이 말했다. "혼자 사는 놈이 돈 많아봐야 좋을 게 없지"라고 동생이 말하고, "언젠가 파란 잉어를 내 손으로 만들어내고 싶어"라고 말했다.

하지만 그 대화는 헛수고로 끝나지 않았다. 친형제가 십여 년 만에 흉금을 털어놓을 수 있었으니 말이다. 용건이 끝났으니 돌아가겠다는 동생을 형이 불러세웠다. "이제 아버지도 없으니까, 차라도 마시고 가려무나"라고 형이 말하자, 동생은 "다음에 마시지 뭐"라고 말하고, 조카에게 줄 선물로 가져온 새를 불러모으는 피리를 꺼냈다. 그리하여 동생은 이 언덕 위의 집에서 보낸 유년 시절의 추억을 선물로 받아 눈보라가 몰아치는 언덕 기슭으로 내려갔다. 형은 그런 동생을 배웅하다 눈발에 가려 동생의 뒷모습이 보이지 않자 나와 대나무 피리를 품에 안고, 그때로부터 십여 년 세월이 흐른 집으로 돌아갔다.

3월 20일 화요일

나는 소름이다.

보낸 이의 이름이 없는 편지를 펼쳐보는 주부의 지친 몸을 공포와 함께 훑고 지나가는 소름이다. 그 봉투에는 반듯하게 접힌 하얀 편지지가 들어 있을 뿐이었다. 그러나 그녀는 그 하얀 편지지에 또렷하게 씌어 있는 '살인자'란 글자를 읽어냈다. 그 다음에는 이렇게 적혀 있을 것이다. 벌금을 내고 형무소에 다녀온 정도로 죗값을 치렀다고 생각하지 마라. 그런 내용의 말이 줄줄이 엮여 있을 것이다. 벌써 열 통째다.

그러나 그녀는 오늘밤에도 그 편지를 남편에게 보이지 않고, 구깃구깃 구겨서 다른 쓰레기와 함께 양동이에 넣어 태우고, 그 재를 하수도에 흘려보낸다. 그럼에도 나를 지울 수는 없어 그녀는 하염없이 바들바들 떨고 있다. 물론 그녀는 나의 존재를 알아차리고 있지만 내가 정신의 균형을 유지하고 있는 것까지는 알지 못한다. 그리고 더욱 중대한 일도 아직은 모른다. 즉, 그 하얀 봉투를 보내는 자가 다름아닌 그녀 자신이라는 것을 전혀 깨닫지 못하는 것이다.

그녀는 나를 쥐어뜯으면서 어둔 밤으로 뛰쳐나간다. 그리고 누가 듣기에도 새소리는 아닌 소리가 나는 쪽으로 달려가, 막 모퉁이를 돌아 거의 밤에 녹아 있는 소년을 붙잡고 그 입에서 대나무 피리를 낚아채, "제발 이 소리만은!"이라 외치고, "휘파람을 불어, 휘파람을!"이라 애원하고는, 다시 서둘러 집으로 돌아간다.

잠시 후 소년의 휘파람 소리가 나를 깨끗이 거두어간다.

3월 21일 수요일

나는 몰두다.

마호로 마을 중학교 음악 선생의 나날이 깊어만 가는 시타르에 대한 몰두다. 나는 천 갈래 만 갈래 흐트러진 마음을 다독인다. 나이, 고향, 학력, 육친, 직업을 잊게 하고, 뭇사람들의 통념과 상식이니 하는 것들을 빼앗아간다. 그는 지금 하숙집에 틀어박혀서 마호로 마을과 마주하고, 끝없이 밀려오는 우려감을 타국의 악기에 실어 표현한다. 현을 퉁겨 공명현이 울리는 동안은 폐부를 도려내는 말이 근접할 수 없고, 숙고에 숙고를 하여 요지부동의 결론을 짜낼 필요도 없고, 선지식을 그러모아 이 세상을 한정할 일도 없고, 불안한 앞날을 점쟁이의 힘을 빌려 밝히지 않아도 된다.

나와 함께 있는 한 사람은 진실한 순간을, 우주의 중심으로 뻗어 있는 영원한 순간을 살 수 있다. 무슨 생각을 하는지도 모를 학생들을 오는 순서대로 줄 세우는 일도, 모차르트가 작곡한 음악에 과도한 평가를 내리는 일도, 동료의 배은망덕한 행위를 꾸짖는 일도, 머리를 짓누르는 검은 구름에 겁먹는 일도 없다.

그리고 나는 내 소신을 말한다. 액이 낀 날이니 재수가 없는 날이니 하는 것은 없다. 언제든 죽기에도 살기에도 가장 좋은 날이라고. 사람들은 모두 저마다 다른 꼴로 비정상적이고, 그렇기에 살 수 있는 것이며 그렇기에 죽을 수도 있는 것이라고, 힘찬 음파로 얘기한다. 그런데 큰유리새의 울음소리를 흉내낸 소년의 휘파람 소리가 나와 선생 사이에 끼어들어 둘을 갈라놓으려 한다. 선생은 열심히 동양적인 것도 서양적인 것도 아닌 악기에 도움을 청한다.

3월 22일 목요일

나는 협곡이다.

부득이 합류하는 강을 끼고 험준한 영산의 일부를 이루는, 사람들의 죄처럼 아니면 신들의 죄처럼 깊은 협곡이다. 곧추선 벼랑의 돌고 도는 능선에서 폭포가 되어 떨어지는 눈 녹은 물은 떨어지고 떨어져 계류로 흐르고, 또는 젊은 중의 체모 짙은 전신을 격렬하게 채찍질한다. 고뇌의 포말을 덮어쓰면서 혼절 직전에 있는 수행승은 자신이 하고 있는 일이 얼마나 위험한지를 이미 잊어버렸다.

심장의 움직임을 정지시킬 수도 있는 차가운 물도 그렇지만, 물에 섞여 있는 암석의 파편도 심성이 곱지 못하여, 그 하나하나가 치명상을 입힐 수도 있고 한 방에 정수리를 날려버릴 수도 있는 힘을 숨기고 있다. 그러나 다행히 아직 그런 우발적인 사고나 신의 벌이라 여길 만한 사고는 일어나지 않았다. 아무리 해도 남들처럼 살 수 없으며 그렇다고 떠도는 생활을 즐길 수도 없는 그는 내 안에서 흔들릴 대로 흔들리고, 타오를 대로 타오르고, 부서질 대로 부서진다.

그리하여 그는 내가 쉬지 않고 소리내는 온갖 중저음을 하늘의 소리라 착각하고, 한마디도 놓치지 않으려 혼신으로 귀 기울인다. 그토록 열심히 귀를 기울이는데, 그럴싸한 말 한마디라도 던져줘야 할까보다. 나는 그에게 이런 조언을 한다. 이승에서의 마지막이라 여기며 지금을 살라고. 또 번뇌는 어리석음의 극치라 말하고, 그 소리를 들으라고 말해준다. 그러나 나의 목소리는 그의 귀에 너무 가까이 울린 탓에 오히려 이해되지 못하고, 멀리 떨어진 외딴 언덕 꼭대기에 사는 소년과 큰유리새의 고막을 뒤흔들었을 뿐이다.

3월 23일 금요일

나는 지온(地溫)이다.

슬금슬금 봄이 다가와 여명기를 예감케 하는 바람이 불고, 그에 따라 급격한 상승을 보이고 있는 마호로 마을의 지온이다. 내쉬는 숨이 하얗게 보이는 계절에 질릴 대로 질려 푸른 바람을 애타게 기다리던 사람들이 나를 알아차리고 자기도 모르게 발길을 멈춘다. 그러고는 산기슭 쪽은 눈이 거의 녹은 이승 산으로 눈길을 돌린다. 그들 중 몇몇은 손으로 햇살을 가리며 혼미함 속에서 서광을 찾는 눈빛을 하고, 또다른 몇몇은 무의식중에 대신 죽어줄 자를 찾는다.

그러고 나서 나는 아이들을 컴퓨터 게임에서 떼어내 길거리에서 놀게 한다. 그들은 빛 속으로 몰려나가, 나날이 기운을 회복하는 오류 강둑을 따라 달리고, 구르고, 뛰고, 서로를 도우면서 친구가 무엇인지를 알고, 자기들이 어디에서 살고 있는지를 깨닫는다. 이어 그들은 마치 참새처럼 강둑에 조르르 앉아 웃통을 벗고 일하는 남자들을 바라본다. 포클레인을 멋들어지게 부려 강바닥을 훑고 있는 남자, 벼를 베고 난 논에 보리를 심으려 땅을 뒤집는 남자, 밀봉을 덮친 벌 때문에 뼈아픈 손해를 입었던 작년의 서러움 따위 까맣게 잊고 양봉에 종사하는 남자, 번쩍번쩍 갈아둔 전기톱을 메고 벌목을 하러 나서는 남자, 그들은 모두 성실히 이 세상을 살고 있다.

나는 눈이 녹아 질척질척한 봄길을 가는 소년 요이치에게 들끓는 마그마의 열을 만분의 일 정도 전해주면서 대지도 살아 있다는 엄연한 사실을 일깨운다. 내 기세에 눌려 죽어가는 모든 생물은 낯빛이 흑색이다.

3월 24일 토요일

나는 작별의 말이다.

중학교를 졸업하고 취직을 위해 마호로 마을을 떠나가는 소년에게, 그의 할아버지가 선물하는 작별의 말이다. 나는 체면 따위 아랑곳하지 않고 소년의 부모에게도 배웅 나온 친구들에게도 다 들릴 목소리로 분명하게 전해진다. 성공을 하든 못 하든, 절대로 돌아와서는 안 된다, 라고. 나는 뭐 상대방의 예기치 않은 행동을 미연에 방지하려고 그런 소리를 한 것은 아니고, 또 증오를 담아서 말한 것도 아니다. 성심으로 사람을 대하는 그 노인의 성격이 피상적인 것을 싫어할 뿐이다. 그는 더욱 목소리를 높였다. 이곳은 정상적인 사람들이 사는 동네가 아니다, 라고 말하고, 여기 사는 인간들은 모두 그럴싸한 얘기를 기다리기만 할 뿐 스스로 움직이려 하지는 않는다, 라고 말했다. 그는 덧붙여 "힘깨나 있어 보이는 놈이 나타나면, 그놈이 어떤 놈이든 고개를 굽실거리는 인간들뿐이다"라고 단언하였다.

소년의 아버지는 화가 나서 눈을 번들거리고, 어머니는 사람들 듣는 데서 그 무슨 민망한 소리냐고 말하고, 동네 사람들은 가슴속으로 "길 떠나는 아이에게 무슨 소리를 하는 거야, 이 할방구가"라고 중얼거렸다. 그러나 내 가혹한 말투는 예상한 만큼의 반감을 사지는 않았다. 혹자는 고개를 끄덕이기도 하였다. 떠나가는 소년은 나의 의미를 절반밖에 이해하지 못했지만, 세월이 흐르면 이해할 수 있을 것이라고, 할아버지이기에 할 수 있는 그 말을 가슴 깊이 새겼다. 그러자 어디선가 갑자기 튀어나와 버스를 급정거시킨 파란 소년이 그의 여행길에 어울리는 용기를 한층 고무하였다.

3월 25일 일요일

나는 마호로 마을이다.

낡은 것과 새로운 것이 공존하고, 다른 마을만큼이나 고생의 씨앗을 안고 있고, 혼미한 현대의 사조에 적지 않은 영향을 받고 있는 마호로 마을이다. 귀에 못이 박이도록 들은 이야기와 신선한 이야기들이 밤낮으로 뒤섞이고, 얼토당토않은 소문이 유포되고, 탐욕이 서로 충돌하여 곱지 못한 불꽃이 튕겨나오고, 그 빛 속에서 희망 비슷한 것을 발견하여 가끔은 적의 이해와 나의 이해가 합일을 보는 때도 있다.

혼란을 미연에 방지한 적은 한 번도 없고, 곪아터질 만한 문제는 반드시 곪아터져 결국은 갈 데까지 가고 만다. 늘 그렇다. 지금까지 나는 이 정도면 안심해도 좋겠다는 여유를 가져본 적이 한 번도 없다. 관광객이 찾아오는 여름 한철은 다소 화려하게 보이지만, 내실은 텅 빈 수레로, 살림은 빠듯한 예산으로 간신히 유지된다.

주위에 있는 나와 비슷한 규모의 마을은 다들 나를 싹 무시하고 쑥쑥 앞으로 나아가, 고향을 떠난 자만 해도 나의 절반밖에 안 되고, 후세에 길이 빛날 빛나는 공적 한두 개쯤 갖고 있으며, 눈부신 발전을 꾀하고 있다. 그렇다고 내가 의기소침해져서 수치스럽다는 생각만 하고 있는 것은 아니다. 지금 내게도 약진의 기회가, 단숨에 선두로 나설 수 있는 절호의 기회가 다가오고 있다. 목하 그 소문이 자자하게 퍼져 있다. 몇 년 후 나의 명물은 물거품 호수와 소년 요이치 외에도 몇 가지나 더 생겨 있을 것이다.

3월 26일 월요일

나는 말대답이다.

일 년 내내 일정한 시간에 잠들고 일어나는 쌍둥이 형제가 난생처음으로 시도하는 부모에 대한 말대답이다. 어젯밤과 별다를 바 없는 오늘밤, 그들은 예기치 않은 반격에 나섰다. 옳게 먹지도 쉬지도 않고 로봇처럼 일하고 있는 그들의 부모는 전혀 마음의 준비가 안 돼 있었던 터라 내게 어떻게 대처해야 좋을지 몰라 당황할 뿐이었다.

거대한 바위를 연상케 하는 상대에게 나는 혼신의 용기를 짜내어 맞서고 있다. 자는 시간 정도는 내 스스로 정하고 싶다, 고 말하고, 일일이 간섭하지 않아도 숙제 정도는 혼자서 할 수 있다, 고 말하고, 그 밖에도 이런저런 예를 들며 대들고 있다. 형제는 이미 아버지의 호통에 기죽을 나이가 아니었다. 부모 역시 이미 폭력으로 자식을 복종시킬 수 있는 나이가 아니었다.

상황을 어떻게 타개하면 좋을지 몰라 쩔쩔매는 부모는 잠시 험악한 눈초리로 자식을 쏘아보며 침묵하였다. 그러다 마침내 어머니는 두 자식이 자기 배를 가르고 나온 아이들임을 상기하고 평소처럼 고함을 질러댔다. 그러나 나는 정연한 사리로 그것을 물리쳤다. 그러자 아버지가 회유 작전을 써서, "마음대로 해라"라고 말하고, "늦잠 자서 지각해도 난 모른다"라고 못을 박았다. 오늘밤을 경계로 형제는 급성장을 시작하였고, 부모는 갑자기 늙어버렸다. 공부방에서 자고 싶을 때 자고 일어나고 싶을 때 일어나는 소년 요이치의 휘파람 소리를 들은 형제는 행복에 한 걸음 다가서 있었다.

3월 27일 화요일

나는 수리다.

날개 없는 생물에게는 공포의 대상일 수밖에 없는, 절벽 둥지에서 유유히 날아올라 돌아오지 않는 다리 주변을 날아다니는 삭은 새들을 기습하는 수리다. 나의 출현을 감지하고 우왕좌왕하는 검은 방울새 떼는 흩날리는 꽃보라와 떨어지는 단풍잎처럼 아름답다. 오로지 자기 목숨의 무사함을 비는 그들의 비명은 수컷을 유혹하는 지저귐보다 몇 배 구성지고, 푸르르 떠는 날개 소리는 그들 자신을 매료하고 있었다.

목덜미가 야들야들해 보이는 한 마리를 겨냥한 나는 비행 속도를 높이고 선회의 각도를 좁혔다. 그리고 맹금류 못지않은 비행술을 아낌없이 발휘하였다. 그러던 도중 나는 다리 위에서 내게로 쏟아지는, 특별하고도 왠지 마음에 걸리는 인간의 시선을 느꼈다. 큰유리새의 지저귐을 멋들어지게 흉내내는 소년 요이치의 시선을 의식한 순간, 나는 어쩐 일인가 오랜 다짐을 오늘에야 달성하리라 생각하였다. 오늘에야말로 한꺼번에 두 마리를 포획하리라 뜻을 굳힌 것이다.

성패의 여부를 떠나서 도전해볼 가치는 있을 터였다. 저놈이다 싶은 두 마리가 황망히 날갯짓하며 빛 속에서 엇갈리는 순간을 포착한 나는 주무기인 발톱에 힘을 꽉 주었다. 누런 깃털이 사방으로 흩날리고, 이루 형용할 수 없는 뿌듯함이 느껴지고, 두 생명은 바들바들 떨었다. 이리하여 나는 지난 몇 년 동안의 숙제를 완수하였고, 새 이상의 무엇으로 변용된 듯한 착각과 다리 위에서 울려오는 박수갈채 소리에 힘입어, 높이높이 날아올라, 살생의 미학을 탐닉하였다.

3월 28일 수요일

나는 개입이다.

휴양지 개발 계획을 둘러싸고 대립하고 있는 두 세력의 옥신각신에 끼어든, 마호로 마을에서는 새로운 수법의 범죄가 될 첫 개입이다. 그러나 나는 우선은 그리 두드러지지 않고 철없어 보이는 행동부터 시작했다. 전직 대학교수이자 지금은 '마호로 마을의 자연을 지키는 모임'의 회장직에 있는 남자는, 깊은 밤 전화가 걸려와 받으면 끊어지기를 여러 번 계속해도 아직 내 정체를 눈치채지 못하고 있다.

부부는 머리를 쥐어짠 끝에 추진파가 반대파에 행하는 단순한 해코지라는 결론을 내렸다. 그런데 그는 불쾌하기는커녕 오히려 정반대의 감정이 불끈 솟는 것을 느꼈다. 잠옷 차림으로 침대에 걸터앉아 전화벨이 울릴 때마다 수화기를 들었다가 내려놓기를 몇 번이고 계속하는 그의 눈빛은 이미, 호숫가의 별장에 틀어박혀 여생을 보내는, 이루지 못한 뜻만 많았던 반생을 되돌아보기만 하는 남자의 그것이 아니었다.

그는 활기찬 목소리로 말했다. "해볼 테면 해보라지"라고 말하고, 그답지 않은 대담한 미소를 띠었다. 남편의 그런 모습을 오랜만에 보는 아내의 눈빛 역시 여느 때와 달랐다. 일찌감치 무덤 자리를 봐둔 자들의 눈빛이 아니었다. 그리고 삼층짜리 검은색 빌딩의 한 방에서 익명의 전화를 걸어대는 말단 신참도 키 큰 형님에게 지시받은 첫 일거리에 눈을 반짝이고 있었다. 그러나 깊은 밤중에 동정을 유발하기에 충분한 파란 휘파람 소리가 다가오자, 말단 신참 소년은 그 소리가 지나갈 때까지 숨을 죽이고 있었다.

3월 29일 목요일

나는 욕조이다.

보트 대여점 아저씨가 보다못해 거지에게 만들어준 드럼통 욕조다. 그리고 아저씨는 싫다 하는 거지에게 거들라 하여 나를 오류 강 한가운데 있는 모래톱으로 날랐다. 왜 이런 곳으로 가냐고 거지가 묻자, 아저씨는 이런 데서 씻어야 마음 놓고 마음의 때까지 씻어낼 수 있지 않겠냐고 진지하게 대답했다. 아저씨는 오류 강의 물을 퍼다 날랐고, 거지는 아저씨가 하라는 대로 투덜투덜 마른 나뭇가지들을 주워다 날랐다.

김이 모락모락 오를 무렵이 되자, 거지는 눈빛을 죽이고 순순히 옷을 벗었다. 그런데 막상 내게 잠길 단계가 되자 격에 맞지 않게 부끄러워 주춤거리면서, "뭐가 재미있다고 그리 쳐다보는 거야!"라고 소리를 버럭 질렀다. 그러자 아저씨는 나중에 데리러 오겠다면서 나룻배를 저어 돌아갔다.

이래저래 십 년이나 목욕을 하지 않은 자치고는 그리 때가 많지 않았다. 들개 수준이었다. 그런데 나는 마침내 그가 경원하는 것이 내가 아니라는 것을 알았다. 그가 두려워하는 것은 나로 인해 생길 수도 있는 변화였다. 당연하다면 당연한 일이지만 재미도 아무것도 없는 생활, 일하면서 처자식을 먹여 살리는 생활로 돌아가게 될지도 모른다는 나의 생각이었다. 그러나 지금의 그에게 거기까지 마음 쓸 여유는 없어, "야! 이거 좋군!"이란 말만 연신 중얼거릴 뿐이다. 그때 강가를 걸어가는 이상한 소년이 그쪽을 보고 기성을 질렀다. 거지는 "나도 네놈만 보면 웃어주고 싶다구!"라고 고함을 지르고는 우하하하, 큰 소리로 웃었다.

3월 30일 금요일

나는 정신적 피로이다.

물거품 호수의 미묘한 변화까지 감지할 수 있는 마호로 마을 한구석에서, 사람들과 섞이지 않고 조용히 살고 있는 미친 여자의 자신에 대한 정신적 피로이다. 꿈 한 번 꾸지 않는 편안한 잠을 즐기고, 세 끼니를 꼬박꼬박 챙겨먹고, 해야 할 일은 다 하면서 빈틈없이 살고 있는 그녀인데, 오늘에야 드디어 내가 비집고 들어갈 틈이 생겼다. 그녀는 저녁을 먹은 후 침대에 있으면서 북쪽 지붕에 얇게 남아 있는 눈이 자기를 짓누르는 듯한 감각에 사로잡혔다. 십 톤 분량의 석탄에 깔려 있는 듯한 망상이었다.

이어 그녀는 아침 여섯시에 일어나 밤 열시에 잠들기까지 내내 그녀의 심중을 살피고 있는 또하나의 자신을 깨달았다. 영육의 싸움이 시작된 것은 그 직후였다. 그녀는 태어나서 처음으로 시간을 낭비하고 있는 자신이 안타까워, 이런 곳에서 대체 뭘 하고 있는 거냐고 스스로에게 물었다. 그렇게 그녀는 자신을 점차 의심의 눈초리로 들여다보게 되었고, 깊고 오랜 생각에 잠기고, 보통 사람들 수준의 사유로 기울었다. 그러고는 마침내 지금까지 벌레처럼 그냥 살았을 뿐이 아니냐는 결론에 도달했다. 나는 부모에게 버림받았음을 자각하는 방향으로 그녀를 움직였다.

그런데 그녀가 그 점을 자각하기 직전에 봄기운에 자극받은 성적 충동이 나를 거칠게 몰아냈다. 격렬한 피의 요동이 그녀를 그녀 원래의 모습으로 돌려놓았다. 동공이 소용돌이쳤다. 벌떡 일어난 그녀는 욕정을 풀 상대로, 창 너머로 지나가는 소년 요이치에게 눈독을 들였다.

3월 31일 토요일

나는 두유다.

오로지 안락사하는 꿈의 여운에 잠겨 참을성 있게 생의 종식을 기다리는 두 노인, 그들이 마시는 두유다. 양지바른 곳에 쭈그리고 앉아 처음 나를 마시는 그들의 감상은 대충 이런 식이다. "이렇게 맛없는 걸 매일 마시고 고작 한 달 정도 더 살아봐야 수지가 안 맞잖아"라고 일흔 살 노인이 말했다. "이거 혹시 우유보다 위에 나쁜 것 아니야?"라고 여든한 살 노인이 말했다.

그럼에도 두 노인은 나를 도중에 포기하지는 않았다. 또 마침 지나가던, 별볼일 없는 병 때문에 발육이 일그러진 소년을 불러세워 나머지를 마시라고 하지도 않았다. 그들은 나를 찔끔찔끔 마시고, 지금까지 음식물을 소화시켜온 위장으로 내려보내면서, 어제와 조금도 다르지 않은 수상에 잠기고, 몇 번이나 되풀이했는지 모를 옛이야기를 다시 또 끄집어낸다.

두 노인은 허물없는 말투로, 집에 불이 나서 전 재산을 다 잃고 몰락하여 뿔뿔이 흩어진 가족 이야기와, 좋은 집안에서 태어났기에 성품도 고왔던 외동딸에 대해 한바탕 늘어놓는다. 그리고 나를 한 방울도 남기지 않고 다 마신 한 노인이 이렇게 중얼거렸다. "요컨대 우리는 할 수 없는 것도 없고 할 수 있는 것도 없는 인간이라 이거지"라고 말하자, 다른 한 노인이 만감이 교차한다는 듯 한숨을 내쉰다. 그리고 두 노인은 얼굴을 마주보고, 애초의 각오를 아직도 유지하고 있는지 서로를 확인한다. 결국 나는 두 노인의 목숨을 늘이지도 않았거니와 줄이지도 않았다.

4월 1일 일요일

나는 파도 소리다.

태풍에 휘말려 물거품 호수로 날아들었다가 마호로 마을에 눌러살고 있는 갈매기가 매일 밤 꿈속에서 듣는 파도 소리다. 하늘 가득 별 돋은 밤에 갑자기 생겨난 나는 산 위 호수의 잔물결을 부정하고, 달을 향하여 투망을 던지는 순간 장딴지에 쥐가 난 남자의 비명을 지우고, 소년 요이치의 불규칙한 발소리와 삼나무 꽃가루가 원인인 재채기 소리를 덮고, 시신을 채찍질하는 소리를 중단시킨다.

그러고서 나는 함부로 사람을 매도하는 거친 목소리를 잠재우고, 부정행위를 힐난하는 목소리를 삼키고, 사소한 실패 때문에 시름시름 마음을 앓다가 자포자기에 빠진 자의 한숨 섞인 목소리를 가린다. 또 정적의 정당한 발언을 강압적으로 무시하는 탁한 목소리와, 상대방의 획책을 간파하고 화가 머리끝까지 나 있는 자의 신음 소리와, 때를 벗은 여자의 속셈 있는 교태와, 입이 짧아서 경련을 자주 일으키는 병약한 아이의 울음소리를 마호로 마을 밖으로 멀리멀리 몰아낸다.

그리고 나는 갈매기를 좀먹는 소외감을 부채질하여 하루라도 빨리 바다로 돌아가라고 채근한다. 이렇게 좁아터진 호수에서 유별난 새로 생을 마감할 거냐고 윽박지르고, 정말 그래도 좋냐고 밀어붙인다. 그러자 갈매기는 괴로운 나머지 내 쪽으로 힘차게 날개를 퍼덕거려 보인다. 그러나 어차피 꿈속이다. 자기 날개 소리에 잠을 깬 갈매기는, 내가 물거품 호수에 남겨놓은 바다의 여운을 찾아 두리번두리번 사방을 돌아보고는, "좋을 것도 나쁠 것도 없지, 뭐"라고 중얼거리고, 소년 요이치의 휘파람 소리를 들으면서 이번에는 꿈이 없는 잠으로 빠져든다.

4월 2일 월요일

나는 요설이다.

허풍이 몸에 배어 있어 때로는 명사의 이름을 사칭하기도 하는 남자, 그런 외부인이 풀어내는 요설이다. 원래부터 나는 자신이 있었다. 이런 시골뜨기, 가발인 줄 뻔히 알 수 있는 가발을 쓰고 다니는 남자 따위, 한 시간이면 충분히 그 신뢰를 얻어 보일 수 있다고 생각했다. 일주일도 걸리지 않아 인감을 넘겨받고, 한 달이면 전 재산을 팔아넘겨 빈털터리로 만들어놓고, 재빨리 다른 동네로 도망칠 수 있으리라 여겼다.

그런데 얼빠진 인상의 그 지방 공무원도 제법 세상살이에 인이 박여 있었던 것이다. 나에 대한 그의 대답은 그 자리에만 한한 것이었고, 게다가 그는 술에 절어 있는 동안 웃음을 머금고 "들어 알고 있는 한 그런 사실은 전혀 없다"라고 단호하게 말하고는 피식 웃었다. 이어 나는 그의 논리정연한 반박에 할말을 잃고, "어느 쪽이 맞는지 경찰에 가서 확인을 해보자"는 은근한 협박까지 당하여 손을 터는 수밖에 없었다. 나를 유일한 무기로 험난한 세상을 살면서 탈법과 위법을 일삼았던 남자는 자존심에 심한 상처를 입고, 이대로 순순히 물러설 수는 없다는 생각에 푼돈이라도 사기를 치러 담배 가게에 들렀다. 그러나 그때 읍사무소의 옥상에 매달려 있는 확성기가 그의 인상과 수법을 온 마을로 전달하면서 주민들에게 경계를 촉구하였다. 겁에 질린 남자는 서둘러 버스에 올라타 마호로 마을을 떠났다.

4월 3일 화요일

나는 체취다.

마호로 마을에 사는 모든 개와 냄새를 맡을 수 있는 사람이면 누구나 꽤 멀리 떨어진 곳에서도 냄새의 주인공이 누군지를 알아맞힐 수 있는 소년 요이치의 체취다. 나는 따로따로 생각할 수 없는 요이치의 육체와 정신 그 자체이며 동시에 삼라만상에 배어들고, 어떤 종류의 바람에도 거침없이 녹아든다. 나는 달밤에 들뜬 걸음으로 안개 자욱한 산과 들을 헤치고 들어가, 파종기를 맞은 경작지대를 가로지르고, 목판화처럼 선명한 물결무늬 구름과 놀면서 새 아침의 도래를 알리는 역할을 다하고, 때로는 요이치를 대신하여 모습을 감추기도 한다.

나는 술 취한 얼굴을 들이밀고 거친 숨을 몰아쉬는 아버지와 그 변덕스런 사랑을 물리치고, 약삭빠른 얼굴로 교육에 임하는 자들의 의욕을 단숨에 빼앗고, 치정 놀음 중에 속이 뻔히 들여다보이는 교성을 지르는 기름진 여자들을 움츠러들게 한다. 나는 단상에 올라 예나 지금이나 똑같은 훈시를 늘어놓으며 득의양양해하는 읍장을 침묵하게 하고, 혼수 상태에 빠져 있는 환자에게는 정신을 차리게 하는 강력한 약구실을 하고, 격식 있는 가풍을 지키며 단정한 몸가짐을 한시도 잊지 않는 유약한 여자를 다소나마 타락시킨다.

그리고 나는 봄 들어 가장 먼저 피는 풍매화의 수분을 촉진시키고, 잔설에 깔려 제 색을 잃은 풀들을 새싹다운 색으로 물들이고, 또는 온 마을 보리밭의 면적을 정확하게 파악하고 있는 종달새가 대지로 뿌리는 지저귐 소리에 맞춰 흥겹게 춤춘다. 요이치가 현관문을 드르륵 여는 순간, 큰유리새가 나에게 이렇게 말한다. "너야말로 이 세상 냄새로구나"라고. 그러나 어머니는 이렇게 말한다. "오늘은 꼭 목욕해야 돼!"

4월 4일 수요일

나는 퇴거다.

벽이 무너져내리는 토광에 마치 쥐처럼 눌러앉아 살고 있던 젊은이, 그런 그에게 말쑥한 차림의 조직원이 강요하는 퇴거다. 키 큰 청년 뒤에 선 말단 신참 소년은 협박의 기술을 톡톡히 배우고 있다. 병을 앓고 난 뒤라 두 뺨이 홀쭉하게 팬 상대라도 나는 절대로 봐주지 않는다. 내일이 아니라 오늘, 그것도 지금 당장 비워, 라고 말한다. 그러나 상대방도 만만치 않게 끈질기다. 그곳이 이미 남의 손에 넘어간 땅임을 알리는 서류를 죽 훑어봤을 뿐 대답이 없다. 젊은이는 벽 쪽으로 몸을 돌리고 누워 꿈쩍도 않다가, 천천히 일어나 컵라면에 뜨거운 물을 부으면서 "원래는 우리 땅이야"라고 말하고, 현재의 소유주와도 가까운 사이임을 열심히 강조한다. 키 큰 청년이 손을 대지 않는 것은 양복을 더럽히고 싶지 않아서이다. 그는 그 관계에 대해서는 알고 있다고 전제하고, "그 친척이란 사람이 자네가 나가주었으면 하고 있어"라고 말한다. 그러고 나서 그는 양복 소매를 걷어올리고 먹고 있는 라면을 한 줌 움켜쥐고 상대방의 얼굴에 문질러댄다. 젊은이는 달리 갈 곳이 없다면서 울상으로 호소한다. 그러나 나는 사정을 봐주지 않는다. 말단 신참 소년에게 모범을 보여주어야 한다. 비장(脾腸)을 걷어차여 기절하기 직전 젊은이는 우짖는 큰유리새 소리를 닮은 소리를 지르고, 그 소리는 그 근처에 있는 진짜 큰유리새의 우짖는 소리와 멋들어진 합창을 이룬다.

4월 5일 목요일

나는 바깥 계단이다.

급조한 가옥의 이층과 호젓한 골목길을 직접 연결하고, 한 가정을 둘로 나누고 있는 누렇게 녹슨 바깥 계단이다. 꽃다운 나이에 용모는 평범한 처녀가 지금, 꾸밈없는 태도로 내 중간쯤에 서서 봄의 징표인 짙은 안개를 망연히 바라보고 있다. 우윳빛으로 물든 아래층 대기는 마호로 마을의 고유한 것과 마호로 마을 사람이면 누구나 갖고 있는 심리를 어여삐 감싸 부드러운 색조로 바꿔가고 있다.

그리고 안개는 보고 싶지 않은 것과 봐서는 안 될 것을 하나하나 소거하고, 더 행복한 나날을 보내기 위한 사람들의 노고를 부차적인 문제로 격하시킨다. 내 위로 비어져나와 처녀의 시야에 보이는 주된 건물은 모두 좌초한 배처럼 아름답고, 여기까지 들리는 소리는 그것이 설사 산산조각으로 부서지는 그릇 소리거나 어제부터 아무것도 먹지 못한 들개가 짖어대는 소리라 할지라도 정녕 유적(幽寂) 그 자체이다.

안개가 짙어지면서 오히려 처녀의 마음은 후련해지고, 도박에 빠져 제 일을 소홀히 하는 아버지도, 병마를 무릅쓰고 일하러 다니는 어머니도, 제 몸만 말쑥하게 건사할 줄 알았지 매사에 발뺌만 하는 오빠도, 사표를 내야 하나 말아야 하나 고민하고 있는 자기 자신마저도 지금은 전혀 마음에 거슬리지 않는다. 내가 버티고 있는 것은 그녀의 몸무게일 뿐, 다른 어떤 것도 아니다. 안개는 지금도 여전히 밀려와 그녀의 목 아래를 전부 덮어 가린다. 그녀의 고뇌는 안개 밑으로 가라앉고, 잠시 그윽한 정경에 빠져 있는 그녀 바로 아래로, 마치 요마(妖魔) 같은 소년이 지나간다.

4월 6일 금요일

나는 헛소문이다.

계절에 어울리지 않는 유행성 독감과 함께 마호로 마을 구석구석까지 전파되는 악질적인 헛소문이다. 나를 액면 그대로 받아들인 자들은 기뻐 날뛰기도 하고 또는 미친 듯이 화를 내기도 하고 또는 허둥지둥 당황하기도 하였다. 호기심 많은 사람들은 휴양지 개발 계획과는 아무 관련이 없어도 재미를 배가시키기 위해서 자진하여 나를 거들고 나섰다.

과연 반향이 컸다. 팔 만한 땅을 갖고 있는 사람들은 나에게 휘둘려 호들갑을 떨고, 정보망이 철저하지 못함에 새삼스럽게 놀라면서 온갖 데로 전화를 걸어댔다. 그런 그들에게 가능한 것은 추론뿐이었다. 요이치의 아버지는 읍장을 만나, 모두들 다시 모여 재차 확인해야 한다고 진언하였다. 분노한 얼굴로 읍사무소로 몰려든 사람들은 앞질러 정식 토지 매매 교섭에 들어갔다는 배신자를 찾아내려고 서로를 힐금힐금 주시하였다. 기침 소리와 재채기 소리가 난무하였다.

그들의 절반이 감기에 걸려 있었고, 거품을 물고 토해내는 열변이 감염자의 수를 배가시켰다. 그들은 오로지 "누가 얼마에 땅을 팔았나"를 연발하였고, 읍장은 "자자, 좀 진정들 합시다"라고 고래고래 소리만 지를 뿐, 거기에는 지혜로운 자도 혜안이 있는 자도 없어, 덕분에 나는 마음껏 그들을 휘저을 수 있었다. 공허한 소동은 해가 지도록 계속되었고, "팔 때는 모두 같이 판다"는 여론을 재확인하고 해산하기는 했지만 그들은 나를 완전히 떨쳐버릴 수 없었다.

4월 7일 토요일

나는 첫 울음소리다.

서리막이가 거두어질 무렵, 사사건건 불평을 늘어놓는 자를 침묵케 하고, 남녀노소 구별 없이 마음을 들뜨게 하는 휘파람새의 첫 울음소리다. 그런데 이 봄, 내 소리에 귀 기울이는 자는 극소수에 불과하다. 모두들 다른 것에 마음이 가 있는 모양이었다. 그들의 귀는 금전욕이라는 때로 막혀 있었다. 그런데도 나는 기죽지 않았다. 나를 알아주는 자에게는 나름의 보상을, 용기나 희망 정도는 못 되더라도 그 비슷한 것을 선사할 작정이었다. 나는 양지바른 곳을 전전하였다.

친구들과 교제를 끊고 홀로 살기를 고집하고 있는, 잠자리가 뒤숭숭한 남자가 나를 알아차렸다. 또 목 매어 죽은 처자의 뒤를 따라 스스로 목숨을 끊으려 했으나 이루지 못하여 밤이면 밤마다 개조차를 몰고 돌아다니는 남자와, 저명한 학자 여럿을 친구로 두고 있으면서도 자기 자신은 그렇지 못한 전직 대학교수가 나를 알아차렸다. 헤어짐의 슬픔을 견디지 못하여 툭하면 이사를 하는 젊은이와, 눈먼 돈을 얻었으나 불안에 시달리다가 사랑의 도피 행각을 벌여 한 이불 속에서 잠드는 남녀와, 아킬레스건이 끊어져 일 년을 허송세월한 마라톤 선수가 나를 알아차렸다.

그리고 외지에서 굴러들어와 마구 날뛰어대는 악덕 부동산업자 한 명과, 고향에 부모를 남겨두고 남루한 차림으로 먼 곳으로 떠나야 하는 여자와, 가당치 않은 사명의 완수에 목숨을 건 조직원과, 뱃속 아기가 거꾸로 서 난산에 몸부림치는 열아홉 살 엄마와, 길흉에 신경을 쓰는 구두쇠와, 큰유리새의 우짖음 소리를 멋들어지게 흉내내는 소년이 나를 알아차렸다. 나는 그들 모두를 껴안았다.

4월 8일 일요일

나는 죽순 밥이다.

속세를 떠나 이승 산 어딘가에 사는 노인이 요행히 위기를 모면한 자신을 축하하기 위해 지은 죽순 밥이다. 골짜기를 향해 험악한 산길을 내려가다가 그늘진 곳에 남아 있는 눈에 발이 미끄러져 이백 미터나 되는 급한 언덕길을 단숨에 굴러떨어졌는데도 살점 한 군데 떨어져 나가지 않았고 뼈마디 하나 부러지지 않았다. 툭툭 털고 일어나, 이제는 죽었다고 체념했던 자신을 비웃고, 앞으로 천 년은 더 살 수 있을 만큼 신중한 걸음걸이로 대나무 숲속 잠자리인 암자로 돌아왔다.

그리고 그는 고등어 통조림과 죽순과 잘게 썬 생강을 깨끗하게 씻은 쌀에 섞어 나를 지었다. 간 무를 반찬으로 막 지은 나를 입 안 가득 우물거리며 그는 "나도 아직은 쓸 만한 모양이야"라고 자화자찬을 늘어놓다가, 여전히 생에 집착하고 있는 자신을 깨닫고는 "이런 속물"이라고 중얼거리고, 이 마당에 이르러서 후회하는 자신을 비하하는 한편으로 듬직하게 여기기도 하였다.

젊은 시절, 황무지를 개간하여 밭을 일구었고, 새끼 말을 몇십 마리나 조련하였고, 세상을 떠들썩하게 한 대사건에도 연루된 적이 있는 노인은, 내가 그 무엇보다 맛있는 음식이었던 당시를 회상하며 결국은 모든 것이 헛된 꿈으로 끝나는 생애를 웃음에 날려보냈다. 그 신들린 듯한 웃음소리에 이끌리듯 다가온, 그대로 살아 있는 편이 좋은 것인지, 일찌감치 죽어버리는 편이 좋은 것인지 알 수 없는 소년이, 꾹꾹 주물러 주먹밥으로 만들어진 나를 기꺼이 받아들고, 소중히 껴안고서 더욱 높은 곳을 향해 산길을 올라갔다.

4월 9일 월요일

나는 유리창이다.

물거품 호숫가 도로변에 있는, 허술한 드라이브 인 상점의 갈라진 금투성이 유리창이다. 내 안쪽에서는 지금 자리에 막 앉은 가족이 메뉴를 열심히 들여다보고 있다. 그리고 내 바깥쪽에서는 싸구려 원고지와 수성 볼펜심을 사가지고 집으로 돌아가는 남자가 무책임한 눈길을 내 쪽으로 보내고 있다. 그 남자가 타고 있는 스쿠터 뒷자리에는 검은 삽살개가 앉아 있고, 어디 처박혀 있는지 모를 그놈의 눈 또한 주인을 따라 부모와 누나 사이에 앉아 있는 소년을 똑바로 향하고 있다.

소리에 반응하여 움직이는 장난감처럼 움직이는 소년은 새끼 곰 같은 개를 무심히 바라보고 있다. 양자 사이에는 아무것도 없다. 빛도 그림자도 없고, 나조차 존재하지 않는 것 같다. 거기에 있는 것은 오직, 같은 시골 동네에 사는 자로서, 잡식 동물로서, 이 세상과 타협하고 있는 자로서, 있는 모습 그대로 살 수 있는 자로서, 그저 살아만 있어도 자유로운 정신을 키울 수 있는 자로서 서로에게 추구하는 동감 그뿐이었다.

그러나 그 개의 주인과 소년의 가족들 사이에는 엄격한 거리가 있다. 내가 아무리 어설퍼도 양자를 똑같이 취급할 수는 없는 것이다. 소설을 쓰고 있는 남자 역시 그 점은 알고 있을 것이다. 어쩌면 그는 나란 존재를 강철보다 단단하다고 느끼고 있을지도 모르겠다.

4월 10일 화요일

나는 시합이다.

빗속에서도 강행되는, 현재 막상막하의 실력으로 진행되고 있는 고등학생들의 축구 시합이다. 처음에 원정 팀은 마호로 마을 팀의 실력을 얕보았다. 그런데 전반에 두 번, 세 번 잇달아 된서리를 맞고서 후반에 들어서야 겨우 쫓아갈 수가 있었다. 그러나 쏟아지는 비와 흙탕이 된 운동장에서 뜻한 바대로 움직이기가 수월치 않아 양 팀 모두 아무리 애를 써도 볼이 득점으로 이어지지 않았다.

관객석은 텅 비어 있었다. 홀로 관전하고 있는 소년은 규칙 따윈 전혀 모르고, 그것이 스포츠라는 것조차 모르는 투였다. 그런 것은 몰라도, 볼 만한 구경거리라는 것에 대해서는 격렬하게 흔들리는 몸 전체로 이해하는 듯했다. 나는 이미 연습 시합의 영역을 넘어서 있었다. 소년은 쏟아지는 빗속에서 우산도 쓰지 않고 우뚝 서서, 원숭이에 가까운 소리를 지르고 있다.

나는 오늘, 두 팀의 출전 선수 전원과 대기 선수 한 명 한 명에게 형식이나 실력, 또는 한계 밖에 무엇이 있는지 분명하게 보여주었고, 그것을 몸 전체로 깨닫게 하였다. 그 열렬한 영향은 운동장 밖까지 미쳐 나 같은 것하고는 평생 연이 없을 소년의 부자유스런 몸에도 반응이 일어났다. 소년이 삼 미터 아래 있는 통로를 향하여, 새의 날갯짓을 흉내낸 것이 분명한 대담한 몸짓으로 뛰어내려, 아니 날아내려, 둥실 유연한 착지에 성공한 것이 그 증거다. 아무도 보지 않았지만 비와 내가 목격하였다.

4월 11일 수요일

나는 족자다.

요즘 들어 병이 잦은, 마침내 신기가 쇠하기 시작한 기생이 사들인 낡은 족자다. 그녀는 나를 당장에 벽에 걸어놓고 싸구려 차를 마시면서 찬찬히 바라보았다. 내가 그런 어수선한 방에 어울리지 않는다는 건 그녀 자신도 잘 알고 있는 것 같았다. 그런데도 그녀는 구름발이 빠르게 지나가는 하늘과 산과 들에 서늘하게 어려 있는 기운과 골짜기마다 하늘거리는 저녁 안개와 정취 가득한 산수를 순순히 받아들였다.

그녀는 작은 새가 촘촘히 매달려 있는 비녀를 내 앞에 빼어놓고 옷도 갈아입지 않은 채 팔을 괴고 선잠에 빠졌다. 이미 그녀는 마음씨 비뚤어진 노파도, 늙어 욕심만 남은 사악하고 악의에 찬 낯짝 두꺼운 노파도 아니었다. 그녀는 지금 산정에서 구름바다를 바라보고, 이슬에 젖은 산길을 산책하며, 피기 시작한 복숭아꽃 아래서 봄빛을 즐기고 있다. 그러고서 그녀는 자신이 살아온 탁하디탁한 세월을 생각하면서 피어오르는 갖가지 상념에 잠기기도 하고, 오가는 사람들의 발길이 끊긴 내 구석에 머리칼을 묻는다.

그렇게까지 내게 마음을 기울인 사람은 그녀가 처음이었다. 나는 감사하는 마음으로 봄을 여름으로 바꾸고, 큰유리새가 더욱 활기차게 지저귀게 하고, 외지에서 병들어 죽은 그녀의 남편을 소생시켰다. 한여름 무더운 햇살에 땀범벅으로 일하는 남편을 위해서 그녀는 우물물에 보리차를 식히고, 흐드러지게 핀 정원의 꽃에 에워싸여 몸의 열기를 물을 끼얹어 가라앉혔다. 그리고 나는 소나기를 내려, 아직도 수많은 재난과 조우할 그녀의 앞날을 깨끗이 씻어내렸다.

4월 12일 목요일

나는 소견이다.

오랜 세월에 걸쳐 소년 요이치의 자유를 빼앗고, 또 누구 못지않은 자유를 준 병에 대한 의사의 소견이다. 좋아지지도 않았지만 나빠지지도 않았다, 그것이 나의 본심이다. 달리 그럴싸한 표현이 있을 리 없으니, 매번 들어 익숙한 그 말을 되풀이할 수밖에 없다. 그리고 환자의 엄마는 아무 동요 없이, 마치 일기예보라도 듣듯이 나를 받아들였다. 답답한 심정도, 암울한 기분도, 자기 아들의 불운을 나누겠다는 비장한 각오도 먼 옛날 얘기가 되고 말았다. 또 증상을 세세히 열거할 뿐인 의사에게 달려들어 한바탕 소동을 일으키는 일도 없고, 간병의 피로감 따위도 잊은 지 오래다.

요이치의 어머니가 요이치에게서 얻은 것은 결코 적지 않다. 그녀는 수십 년을 살아온 생애에서 특히 지난 몇 년 동안에 인내심을 톡톡히 배웠고, 당당하게 방관하는 것을 배웠고, 해결하기 어려운 문제를 남에게 맡겨버리는 기술을 터득하였다. 그러니 그녀는 타개책이나 궁여지책이란 것에서 간신히 이탈할 수 있었던 셈이다. 만에 하나 자기 자식을 잃을 때에 대비하여 각오를 다질 필요도 없어졌다. 나는 그렇게 느꼈다.

나의 가슴 답답한 말을 여느 때처럼 무심하게 흘려들은 요이치의 어머니는, 요이치를 위해서가 아니라 자기 자신을 위해서 산 초콜릿을 가방에서 꺼내 재빨리 입 안으로 던져넣고, 처녀 적 기분으로 도피하였다.

4월 13일 금요일

나는 요트다.

지금까지 반입된 요트들 중에서 크기도 가장 크고 선도 가장 아름다운데도 어쩐 일인지 물거품 호수에는 전혀 어울리지 않는 쌍동형(雙胴型) 요트다. 나는 하양과 파랑 돛에 이른 봄의 충일감을 팽팽하게 싣고서, 선체를 우월감에 찬 각도로 기울이고 가볍게 달리고 있다. 나를 조종하고, 내게 조종되고 있는 네 명의 중년 남자는 내가 뿜어내는 자유와 개방이란 착각에 취해 감탄의 소리를 내지르고, 나를 구하기 위해 지고 만 사등분의 빚을 잊는다. 부서지는 파도가 그들의 뜻한 바대로 이루어지지 않는 나날을 씻어내고, 햇살이 그들의 가슴속 깊이 묻혀 있는 고뇌를 떨쳐낸다.

외지 사람들의 호탕한 웃음소리는 나를 바람보다 더 빨리 달리게 하고, 그들의 다소 지친 몸과 온 근육에 꿈틀거리는 피는 나를 여기저기로 내달리게 한다. 그리하여 잠시 후 그들은 회사원으로 생활한 그 동안의 고생을 잊고, 본인이 생각하는 이상으로 마모되어 있는 신경을 잊고, 이곳이 내게는 너무 좁은 호수라는 것을 잊는다. 내 제일 높은 곳에 하얀 새 한 마리가 앉고, 그것이 틀림없이 갈매기임을 안 그들은 엉겁결에 환호성을 지른다. 그 소리는 드넓은 해원으로 그들을 인도하고, 나까지도 진정으로 흑조(黑潮)를 떠올린다. 그러나 내가 썩어가는 선창으로 다가가면서, 그 끝에 서서 몸을 흔들며 현실이 무엇인가를 보여주고 있는 소년의 모습이 시야에 들어오자, 바람은 뚝 그치고 네 사람의 마음도 납처럼 무거워진다.

4월 14일 토요일

나는 환각이다.

토광 구석에 누워 높은 열에 신음하고 있는 젊은이, 퇴거를 강요당해도 달리 갈 곳이 없는 그를 농락하고 있는 환각이다. 나는 우선 그를 해양성 기후 속에 던져넣고, 이어 파도를 이길 수 있는 뗏목을 끌어들인다. 뗏목 위에서 위액까지 전부 토해내게 하고는, 이번에는 접안 공사를 하고 있는 건장한 남자들 속에 억지로 가담시킨다. 그리고 그들을 향해 미증유의 해일을 보낸다.

허둥지둥 도망치는 사람들의 절규가 토광 가득 울려퍼지면서 젊은이의 증상을 더욱 악화시킨다. 그러자 젊은이의 혼의 표면이 조금씩 떨어져나가면서, 숨기고 숨겨 본인조차 모르고 있던 근원이 점차 제 모습을 드러냈다. 요컨대 그는 전진을 거부하고 끝없는 후퇴를 바라고 있는 것이다. 또는 시대의 흐름을 거슬러 자궁으로 회귀하기를 바라는 것이다. 그렇지도 않다면 죽음으로 도피하기를 바라는지도 모르겠다. 그 어느 쪽이든 내가 바라는 바다.

나를 발생케 하는 어떤 자의 배후에는 명실상부한 죽음이 딱 들러붙어 있다. 그때 젊은이를 더욱 고통스럽게 할 상대가 나타난다. 조폭의 똘마니 소년이 성큼성큼 토광 안으로 들어온다. 그러나 그는 병자를 걷어차지도 못하거니와, 용건조차 전하지 못하고 그냥 돌아간다. 그와 스치듯 다른 소년이 나타난다. 그는 토광의 문을 한껏 열어젖혀 내부의 눅눅한 공기를 밖으로 몰아내고, 이어 나를 두들겨 깨워서 휘파람 소리와 햇살로 채운다.

4월 15일 일요일

나는 정다운 대화다.

봄빛이 그야말로 무르익은 밤, 요이치의 누나와 난로장이 남자가 한 이불 속에서 소곤소곤 나누는 정다운 대화다. 깊어만 가는 두 사람 사이를 갈라놓을 악재는 하나도 없으니 나는 여유롭게 행복을 불러들인다. 남자는 자신의 소심함을 웃어넘기고, 보잘것없는 신분을 부끄러워하고, 이 세상을 헛것이라 여기지 않을 수 없었던 지금까지의 처지가 한심하였다는 것을 순순히 인정한다.

그러고서 남자는 한동안 거드름을 피우면서 전처와의 이혼이 성립되었음을 고백하고, 같은 실수는 두 번 다시 저지르지 않겠노라 맹세하고, 재혼할 여자를 꽉 껴안고 오늘밤의 첫 사정을 하면서 여자의 이름을 일곱 번 반복해서 부른다. 그 순간, 시간 가는 줄 모르고 탐독하였던 연애소설의 수많은 감촉이 그녀의 체내를 휘저었고, 유방 속에서는 삶에 대한, 그저 늙어갈 뿐인 나날들에 대한 막연한 의혹이 봄 눈 녹듯 녹아내린다.

밤을 새우는 버릇이 있어서 낮에는 거의 존다고 여자가 말하면서, 차갑게 식었지만 속은 아직도 뜨거운 엉덩이를 쑥 치켜올린다. 남자는 참지 못하고 다시 올라타, 하루라도 빨리 가정을 꾸리자고 말한다. 나는 연기처럼 천장을 따라 흐르고, 갈라진 벽 틈 사이로 빠져나가, 마당으로 숨어들어 창문 아래 웅크리고 가만히 귀 기울이고 있는 소년 요이치를 살며시 감싼다. 그리하여 나는 요이치의 성대를 통해 증폭되어, 마호로 마을의 어둠 속으로 조용히 녹아든다.

4월 16일 월요일

나는 잡념이다.

물거품 호수에 띄운 보트 위에서 명상에 잠겨 있는 젊은 수행승, 그런 그를 쉬지 않고 방해하는 잡념이다. 봄빛에 둘러싸인 호숫가에는 음행에 물든 자들, 두려움을 모르고 불손한 언행을 일삼는 무리, 먹고 싶은 대로 먹고 마시고 싶은 대로 마시면서 만연하게 세월을 보내는 자들이 인생을 즐기고 있다. 그리고 보트 바로 밑에는 그 어떤 뻔뻔스런 바람이라도 들어줄 듯한 관음상이 있고, 득도의 경지를 미끼 삼아 성품만 좋은 얼간이를 낚아올리려는 죽음이 있고, 폐고 위고 장이고 할 것 없이 물에 잠가버리고 마는 공포가 있다.

또 수행승의 머리 위에는 마음을 고쳐먹을 것을 촉구하는 어지러운 구름이 떠 있고, 언행의 불일치야말로 진리를 품고 있다고 설법하는 수심스런 빛이 있고, 스스로 계율을 만들어 그것에 따를 수 있는 절개가 있는지를 묻는 바람이 있다. 그러나 내게 가장 강력한 힘이 되는 것은 뭐니뭐니 해도 소년 요이치다. 요이치는 지금, 아무 말도 하지 않고 아무것도 하지 않고, 대류를 거듭하는 대기에 병든 육체와 혼을 내맡기고 있다. 때로 그는 참을성 없는 걸음걸이로, 물과 모래의 경계가 없는 호숫가를 걷는다. 그렇게만 해도 절대적인 효과가 있는데, 요이치는 개벽 당시의 흔적을 지금도 보존하고 있는 호수에 푸릇푸릇한 휘파람 소리를 보내어 나를 부추기고 있다. 마침내 수행승의 인내는 한계에 달하여 "야!" 하고 고함을 지르고, "이 꼬마 녀석, 저리 안 가!"라고 외친다. 하지만 그 목소리는 언덕에 반사되어 다시 돌아와 그의 어깨를 철썩 때린다.

4월 17일 화요일

나는 증오다.

오늘 새벽, 간밤에 내린 서리 때문에 씨 뿌릴 시기를 놓친 남자에게 갑작스럽게 싹튼 격렬한 증오다. 나는 본디 성품이 명랑하고 온화하였던 그를 순식간에 아량 없는 남자로 바꾸어놓고, 그의 오른팔과 그 팔을 받치고 있는 어깨에 구타로 직결되는 충격성 전류를 흘린다. 시간이 그만큼 흘렀는데도 여전히 재기하지 못하는 아내의 뒷모습을 지켜보는 그의 눈이 편집광의 그것처럼 가늘어진다. 그러나 내가 폭력이 되어 겉으로 넘쳐나는 일은 없다. 말이 되고 태도가 되어 싸늘한 바깥 공기에 접하는 일도 없고, 오로지 그의 가슴속을 헤집고 다닐 뿐이다.

남편의 지극한 정성은 끝내 아내의 사회 복귀에 아무런 도움도 되지 못했다. 형무소에서 그녀가 행한 반성이 지나쳤던 모양이다. 그녀가 운전하는 차에 치여 죽은 사람은 살 만큼 살아 목숨이 간당거리는 여든세 살의 무력한 노인이었다. 그의 죽음은 돈이 되었고, 그의 아들은 그 돈으로 집을 증축하였다. 혹자는, 그 사람들이 오히려 감사를 해야지, 라고 말하기도 했다.

그런데도 그의 아내는 아직도 사람들을 만나지도 않고 한낮의 빛을 피하고 있다. 친구가 많았던 과거의 그녀는 모습은 온데간데없다. 변함없이 그녀는 비참한 과거에 몸을 묻고, 남편의 부름에도 응하지 않고, 어떤 말도 귀담아듣지 않고, 그녀를 위한 손길도 뿌리치고, 주눅든 자신의 마음을 드러내면서 온몸으로 바깥 세상사에는 거의 반응하지 않는다. 오직 그 소년에게만은, 쓰러질 듯 쓰러지지 않고 죽을 듯 죽지 않는 그 소년에게만은 관심을 보이고 있다.

4월 18일 수요일

나는 목소리다.

옳고 그름을 가리고 여론을 환기하기 위해서라며, 거리에서 마호로 마을 주민들에게 서명을 요구하는 남녀의 목소리다. 수치를 모르는, 가슴에 파란 새 배지를 단 두 사람의 입에서 기운차게 터져나오는 나는 길 가는 사람들의 시선은 끌지언정 걸음을 멈추게 하진 못한다. 그리하여 나는 비가 내리다 말다 하는 하늘 아래 허망하게 사라져간다.

그런데도 나는 마음을 다잡고 쉴새없이 사람들의 고막을 자극하고 양심에 호소한다. 무엇보다 절도 있는 생활을 필요로 하는 남녀는 번갈아 마이크를 쥐고 자연보호를 외친다. 두 사람 모두 상당한 달변이다. 더구나 달포 남짓 계속된 그 운동 덕분에 자못 총명하게 얼굴 생김도 바뀌었다. 전직 대학교수와 주고받은 선물이라도 되는 것일까. 이미 그들은 사랑의 도피중인 남녀도 아니고, 바람처럼 떠도는 뜨내기도 아니고, 이기주의자도 아니고, 소외된 자도 아니다. 적어도 내가 난무하는 동안만큼은 그런 인간이 아니다. 마치 장대한 뜻을 품고 있는 자 같다.

그러나 내게 가장 열심히 귀 기울이는 것은 당사자들뿐, 그들 외엔 아무도 없다. 이런 일이 국가 시책에 따른 사업일 리 없다고 나는 말하고, 만약 국가가 강요한다면 국가는 파괴자라고 말한다. 뇌가 마비된 아이의 손을 잡은 엄마가 배지를 가슴에 단 남녀에게 무뚝뚝하게 인사를 하고는 재빨리 지나간다.

4월 19일 목요일

나는 비판이다.

죽음보다 검고 우주보다 깊은 소년 요이치의 눈동자 속에서 마호로 마을에 사는 비교적 선량한 사람들이 문득문득 느끼는 자기에 대한 비판이다. 빌린 보트를 호숫가에 버리고 돌아가려던 외지 사람은 나를 깨닫고 서둘러 발길을 돌리고, 들뜬 마음으로 꽃놀이에 나선 행락객들은 나뭇가지를 꺾으려던 손길을 황망히 거두어들인다. 또 제멋대로 자유롭게 생활하던 노인은 "나를 비난하는 것은 잘못"이라고 난생처음으로 변명을 하고, 삼층짜리 검은색 빌딩에 주르륵 늘어선 무뢰배들은 아주 잠깐이지만 세상에 거들먹거리기를 멈춘다.

또 분수에 맞지 않는 고급차를 사달라고 월급도 얼마 안 되는 아버지에게 졸라대던 얼빠진 아들은 이참에, 오토바이라도 괜찮다, 라고 말한다. 또 마음만 먹으면 마호로 마을을 송두리째 사들일 수 있을 만큼 재력이 막강하고, 정계에도 무시 못 할 영향력을 행사하며, 서민을 짓밟고 올라선 문학물깨나 먹은 실업가는 불행한 아이들을 볼 때마다 용돈을 주고 싶어한다.

그리고 뻔히 알면서도 절호의 기회를 놓치고 발을 동동 구르며 분해하는 개미 투자자는 뒤통수를 얻어맞은 게 자기만이 아님을 그제야 깨닫는다. 아픈 몸을 이끌고 회사로 나온 중견 사원은 일로써 슬픔을 잊고자 함이 얼마나 허망한 것인지를 알고 무단 조퇴를 한다. 오늘도 소년 요이치는 지나치는 사람들 모두를 마치 빛과 바람처럼 용인하고, 삶과 죽음이 돌고 도는 조그만 소용돌이를 뿌리면서 발길 가는 대로 걷는다.

4월 20일 금요일

나는 턱 굄이다.

잠시 휴가를 내어 휴양차 마호로 마을을 찾아든 남자가 여관집 이층에 틀어박혀 하릴없이 취하고 있는 턱 굄이다. 나는 성인 남자의 평균에 비해 오 그램 정도 웃도는 무게의 머리를 받치고, 몇십 년이나 속전속결주의를 내세우며 악착스런 장사에 몸담아 닳아빠진 혼을 받치고, 임기응변만으로 세상의 거친 파도를 헤쳐온 긴 세월을 받치고 있다.

자금을 조달하기 위해 동분서주하고, 순간적인 판단으로 땅을 사들였다가 사흘 후에는 싹 팔아치우는 나날이 더이상은 그를 지탱하는 힘이 되지 못한다. 확고부동한 대기업의 엄청난 대자본 사이를 헤치고 다니면서 푼돈을 슬쩍 탈취하고, 실패하면 물건을 팔아 호구를 해결하고, 일 년에 대여섯 개나 회사를 세우고, 얼굴을 마주할 수 없는 자가 늘어나고, 경찰 신세를 지고, 여자는 금방 곁을 떠나가고, 때로는 얻어맞아 죽을 뻔도 하고…… 그렇게 사반세기가 흘렀다.

산에 올라 호연지기라도 기를까, 하고 남자는 중얼거린다. 그는 아무래도 진심인 듯하다. 한탕 벌어들이고자 마음먹으면 쉽사리 성사될 법도 한 이 마을에 전혀 흥미를 못 느끼는 모양이다. 바람의 세기와 방향에 따라 움직이는 소년을 발견한 그에게 나는 이렇게 말해보았다. 가끔은 자기 자신을 위해서 땅을 사보는 것도 좋지 않은가, 라고. 큰 재능을 갖고 있으면서 세속에 묻혀 사는 고결한 인사처럼, 호숫가에서 여생을 보내보는 것도 좋지 않은가, 라고. 남자는 말한다. "글쎄, 과연."

4월 21일 토요일

나는 화염병이다.

온 나라에 파급된 항쟁이 한창인 가운데, 적의 기도를 좌절시키기 위하여 공동 모의를 거친 결과 던져진 화염병이다. 무모한 추월을 감행하여 상대방이 나를 눈치챘을 때는 이미 트럭 덮개가 튕겨나갔고, 바로 옆을 달리던 하얀 승용차에서도 다섯 명의 오른팔이 날아갔다. 그리고 보기 좋게 명중한 내가 고급차를 불덩이로 만들었을 때 이미 트럭은 마호로 마을 밖으로, 법률의 경계를 벗어나 전속력으로 질주하고 있었다.

대낮에 벌어진 일이라 목격자들은 사건의 전말을 빠짐없이 알고 있을 터였다. 그런데 별탈 없고 무사한 일상을 사는 사람들은 나의 난폭함에 얼이 빠져 경찰에게 도움이 될 만한 진술을 전혀 하지 못했다. 만약 가로수가 용케 승용차를 받아 안지 못했더라면 나는 채소 가게로 뛰어들어 훨씬 크게 번졌을 것이다. 아슬아슬하게 재난을 모면한 채소 가게 부부는 입을 쩍 벌린 채 얼어붙어 있었고, 가게 안에서는 그들의 어린 자식들이 요란을 떨며 좋아하고 있었다.

충격으로 자동차 문이 열리지 않았더라면, 운전하던 키 큰 청년과 동승한 여자는 목숨이 성치 못했을 것이다. 즉 화려한 소동이었던 데 비해 피해는 적었던 것이다. 외제차 한 대와 포플러 한 그루, 그리고 읍사무소 직원이라는 남자의 가발이 한 움큼 늘었을 정도로 일이 끝났으니 말이다. 안정이 나를 비웃었다.

4월 22일 일요일

나는 바다다.

과거 보트 대여점 아저씨가 체험한, 소금기를 머금은 바람과 함께 지금도 여전히 그의 가슴 깊이 새겨져 있는 바다다. 그로부터 사십 년이란 세월이 덧없이 흘렀고, 그 동안 그는 한 번도 마호로 마을 밖으로 나가지 않고 오로지 물거품 호수를 바라보며 살아왔다. 서쪽 하늘에 희뿌연 잔월이 뜨는 날씨 좋은 날이면 나는 산으로 부는 바람에 바다 냄새를 섞었다. 또 서늘한 골바람이 불어오고 세찬 비가 뿌리는 날에는, 그를 위해 구릿빛으로 탄 어부들이 우렁차게 노 젓는 소리를 되살려주었다. 또 훈훈한 남동풍이 부는 날에는 광활하게 펴지는 심상으로 그를 유도하였다.

그리고 그럴 때마다 나는 갯마을에서 만나 그 고장에서 연을 맺은 여인의 추억을 곁들여주었다. 패권을 장악하기 위한 무모한 전쟁이 뜻하지 않은 종국을 맞이하고, 시대가 한층 험악한 양상을 띠자, 두 사람은 유랑생활을 시작하여 마호로 마을로 흘러들어 이 호숫가에 정착하였다. 두 사람은 물거품 호수를 나라고 여긴 것이다. 두 사람은 젊고, 한겨울에도 맨발로 견딜 수 있었으니, 언제든 흑조가 흐르는 고향으로 돌아갈 수 있으리라 믿었다. 그러나 머지않아 두 사람은 동시에, 소박한 식사가 원인인 병에 걸렸고, 혼자 살아남은 그는 아내를 잃은 고장을 떠날 수 없어, 나는 이도 운명이라 체념할 수밖에 없는 그의 가슴에 묻히고 말았다. 오늘 그는 아내의 산소를 둘러보며 나를 바쳤다. 내게서 울려나오는 파도 소리와 소년 요이치의 휘파람 소리가 떨어지는 눈물 사이를 스치고 지나갔다.

4월 23일 월요일

나는 외계다.

수직을 유지할 수 없는 소년과 눈먼 소녀가 봄의 손길이 이끄는 대로 걸어, 자기들이 흥얼거리는 노랫소리에 힘입어 걷고 또 걸어 드디어 태어나 처음으로 접하는 외계다. 언덕마루를 넘은 둘은 마호로 마을에서 열 걸음 정도 떨어진 곳에서 틀림없는 내 안의 공기를 마시고 있었다. 쿵쿵거리는 가슴을 가라앉히려고 애써야 하는 쪽은 오히려 나였다. 나처럼 보잘것 없는 자가 누군가를 그토록 감격시킨 일이 지금껏 한 번도 없었기 때문이다.

나는 그저 마호로 마을의 바깥에 불과하고, 경치라고 해봐야 마호로 마을과 별 차이도 없으며, 딱히 진귀한 새들의 서식지인 것도 아니었다. 내가 지니고 있는 유상무상은 마호로 마을 역시 똑같이 지니고 있을 터였다. 실제로 내게도 그 소년과 비슷한 아이들이 있고, 눈먼 소녀도 있다. 또 현명하고 자애로운 흰 개도 있다. 그런데도 마호로 마을에서 온 두 아이는 내게 압도되고 말았다. 소년은 끝없이 펼쳐지는 짙푸른 산맥을 접하고는 한결같은 태도로 "오오, 오오, 오오" 하고 외쳤다. 소녀는 흔하디흔한 사월 속에서 내가 알지 못하는 무언가를 감지하고, 보이지 않는 눈에 반짝반짝 광채를 띠었다. 늘 그녀 곁을 떠나지 않는 하얀 개는 한없는 감동을 담아, 컹, 하고 내 안 가득 번지는 울림으로 짖었다. 그후 둘은 자동판매기에서 컵라면과 주스를 사 먹고 의기양양하게 마호로 마을로 돌아갔다.

4월 24일 화요일

나는 꽃놀이다.

마호로 마을 최고의 미모를 자랑하는 한 여자가 도굴의 상처가 남이 있는 고분 위에서 홀로 외롭게 즐기는 꽃놀이나. 겨울이면 멋들어진 수빙(樹氷)을 보여주는 그 벚나무 아래에 깔개를 깔고 단정하게 앉은 그녀는 온 하늘을 뒤덮은 포말 같은 하얀 꽃을 바라본다. 그녀는 내가 마련한 연회석 한가운데에 동그마니 앉아 분경(盆景) 같은 풍경의 일부로 화한다. 내 쪽도 그녀를 보고 있다.

나는 그녀에 대해 약간은 알고 있다. 부모의 손을 잡고 나를 만나러 온 것은 벌써 오랜 옛날 일이다. 이후 나는 봄철마다 그녀를 보고 있다. 일찍이 세상을 뜬 어머니를 쏙 빼닮은 얼굴과, 장수를 누린 아버지에게서 물려받은 솔직한 성품은 끝내 그녀에게 남들만큼의 행복조차 선사해주지 않았다. 사람들은 모두 정직을 신조로 사는 그녀에게 지나치게 다가갔다가 자신의 흠집이 두드러질까봐 두려워했던 것이다. 즉 마호로 마을은 그녀에게 어울리는 곳이 아니었다. 그런 그녀에게는 벚꽃 정도나 어울리지 않을까 싶다.

사람들의 싸늘한 눈초리를 견디는 그녀의 마음고생이 여간이 아니었다. 그런데도 그녀는 마호로 마을에 영합하지 않고, 그렇다고 거만을 떨지도 않고, 아름답기에 지켜야 하는 절도를 반듯하게 지켜 요망한 꽃이 되는 길을 피했다. 그녀는 내게 푹 빠져 있고, 나 또한 그녀를 부각시키며 그녀의 앞날에 기다리고 있는 단조로운 나날을 공중에 띄운다. 언덕 위에서 부는 소년의 휘파람 소리와 고귀한 산 기운이 나를 통하여 그녀의 생애에 배어들었다.

4월 25일 수요일

나는 얼굴이다.

마호로 마을에 속하는 산촌, 골짜기에 자리한 동네에 사는 농부의 부식토처럼 어두운 얼굴이다. 하루에 몇 번, 때로는 일주일에 몇 번꼴로 내가 중얼중얼 늘어놓는 말은, 멋대가리 없는 이야기와 얼토당토않은 절충안뿐. 이래 보여도 내게도 웃음이 끊이지 않고 일 년 벌이에 자신 있던 때가 있었다. 그런데 마흔 살이 넘고 해마다 이어진 풍작에 마비된 지금 나는 깊고 긴 주름으로 덮였고, 혼의 틈새이기도 한 그 주름 하나하나에 모든 웃음이 갇혀, 사월의 빛조차 빨려들어가버렸다.

그리고 색소세포와 더불어 불어나는 욕망은 해를 더하여 쇠해가는 체력에 반비례한다. 그러나 늘 속수무책일 뿐 그는 언제고 채워지지 않는다. 눈에 띄게 얄팍해진 가슴속에서는 질투의 불길이 연기를 피우고 있고, 폐수를 닮은 그 빛은 움푹 들어간 눈 속에서 독화살이 되어 밖으로 튀어나온다. 그러나 그 화살의 사정거리는 짧고, 화살의 독 역시 독성이 미미하여 표적이 되는 것은 언제나 피를 나눈 친척이거나 이웃 사람들뿐이다.

땀 흘려 황무지를 개간하고, 작물을 모두 전멸시킬 만큼의 한발과 풍해를 상대로 분투하였던 그의 모습은 이미 내 어디에도 없다. 오늘 그는 그런 자신을 깨달았음에도 전혀 동요치 않았다. 마을에서 본, 바람을 잡고 걷는 소년과 양동이에 담긴 음식찌꺼기를 탐식하는 거지의 기억이 지금도 여전히 나를 지탱하고 있기 때문이다.

4월 26일 목요일

나는 젖니다.

맥우(麥雨)가 부슬부슬 내리는 오늘, 쑥떡에 꽂혀 쏙 빠진 소년 요이치의 윗니다. "역시 다른 애들보다 늦네. 새로 날 거니까 걱정 마"라고 요이치의 어머니는 말하고, 돈을 벌기 위해서, 그리고 또 자식에게 벗어나기 위해서 재빨리 언덕을 내려갔다. 노란 우산이 점이 되도록 어머니의 뒷모습을 배웅하고 난 요이치는 나를 손바닥에 올려놓고 새삼스럽게 요모조모 쳐다보았다.

그리고 요이치는 나를 원래 자리에 돌려놓기도 하고 콧구멍에 밀어넣기도 하면서 놀았다. 그렇게 놀다보니 분신이란 생각이 희미해져, 요이치는 "너한테 줄게"라고 말하면서 나를 새장 속으로 휙 던지고 말았다. 나는 물이 담긴 도기에 부딪쳐 짤그랑, 소리를 냈다. 그러자 큰유리새가 화들짝 놀라 눈빛을 바꾸며 핀셋 같은 부리를 내 쪽으로 내밀었다. 정신을 차려보니 나는 횃대에서 큰유리새의 다리에 짓눌려 날카로운 부리의 공격을 받고 있었다. 상대의 목표는 내 뿌리께에 들러붙어 있는 미미한 살점이었다. 파란 새는 그것을 요리조리 콕콕 찍어서는 삼키고, 삼키고는 또 콕콕 쪼았다. 요이치는 새에게 물었다. 친구의 살인데 모이로 삼느냐고. 날마다 똑같은 모이를 먹는 상대는, 이렇게 되면 이미 누구의 살도 아니라고 대답했다. 그리고 먹을 것이 없어진 나를 물어 새장 밖으로 던지고는 찌직, 하고 울었다.

4월 27일 금요일

나는 허튼소리다.

아직은 드나드는 업자의 접대술에 길들지 않는 읍사무소 젊은 직원의 허튼소리다. 그는 오늘밤, 자기 돈으로 마신 술의 힘을 빌려 상사에게 진정을 토로하면서 인사 문제에 관한 자기 의견을 피력하였다. 그러나 그의 상사는 바꾼 지 오래지 않은 가발에만 열심히 신경을 쓰고 나를 한량의 잠꼬대 취급하면서 한 귀로 흘려들었다. 그리고 다독거리기 쉬운 부하를 상대로 따뜻한 술을 꿀꺽꿀꺽 들이켜고, 닭꼬치와 함께 조소를 발바닥에 뿌렸다.

그럼에도 나는 굴하지 않고 계속했다. 우리 마호로 마을은 당면한 문제가 산적해 있으며 이대로 가다가는 온 동네가 거덜날 것이라 말하고, 단물을 빠는 것은 결국 자본을 쏟아부은 자들이고 우리 마을 사람들은 혹사당할 뿐이라고 말하고, 또 경기가 나빠져서 계획이 무산되면 그자들은 손을 씻으면 그만이지만 우리는 그렇지 못하다고 말했다. 대머리에 가짜 머리칼을 덮어쓰고 있는 상사는 넌더리가 난다는 표정으로 "아무러면 어떤가"라고 말하고, "비극으로 끝나든 희극으로 끝나든, 그런 건 다 상관없는 일이야"라고 말했다. 그리고 이렇게 덧붙였다. "가장 나쁜 것은 아무 변화도 없는 거야"라고 말하고, "나는 극이 시작되기를 오래 전부터 기다려왔어"라고 말했다. 그러자 젊은 직원은 후다닥 가게 밖으로 뛰쳐나가, 전신주를 붙잡고 위 속에 든 것을 나와 함께 왝왝 토해냈다. 토할 만큼 다 토하고 다시 옆자리로 돌아온 부하에게 상사가 물었다. "그렇게 토할 것을 알면서 왜 마시나?"

4월 28일 토요일

나는 자물쇠다.

토광 문 안쪽에 부착되어 있는, 어차피 허울뿐인 미봉책에 지나지 않는, 크기만 하고 허술하기 싹이 없는 자물쇠다. 안으로만 틀어박히고 싶어하는 젊은이는 열쇠를 품에 간직하고는, 쇠창살이 끼어 있는 높은 창문으로 새어드는 달빛을 벗삼아 저녁을 먹었다. 사들고 온 도시락을 먹고, 미지근한 물을 마시고, 추억 속의 사과를 먹었다. 그럭저럭 내일 아침까지 버틸 수 있는 영양분이 기름기 없는 머리칼 끝까지 퍼져나갔다.

그리고 그는 도로보수 공사에서 허드렛일을 하며 지친 몸을 주워온 매트 위에 누이고, 역시 어디선가 주워온 휴대용 라디오를 틀어 마호로 마을의 밤을 수놓는 찰나적인 정보에 귀 기울였다. 아니 그는 자신의 숨소리 외에는 아무것도 듣고 있지 않았다. 그는 잠시 후 나를 다시 한번 만지작거리며 단단히 잠겨 있음을 확인하고, 수백 킬로미터 저편에서 날아오는 전파에 맞추어 손뼉을 치면서, 실로 진묘한 춤을, 순간의 안식을 위한 '안도'를 춤췄다.

나는 퇴거를 재촉하는 자를 포기하게 하고 더불어 토광에 사는 자신을 스스로 유폐시키는 소도구일지언정, 갑자기 찾아와 육체가 별탈 없음의 고마움을 가르쳐주는 소년을 물리치기 위한 것은 아니었다. 그러나 오늘밤 그를 찾는 이는 없고, 밤만이 하염없는 정적 속에 고여 있었다. 나는 편안히 쉬고 있는 그에게 한 가지 힌트를 주었다. 좀더 안심하고 싶으면 땅바닥을 파서 지하실을 만들라고. 그러자 그는 춤을 거두고, 내가 내민 제안에 달려들어 삽질을 서둘렀다.

4월 29일 일요일

나는 애국심이다.

주민들의 종용으로 입후보하여, 기대와 희망을 등에 지고 정계로 나아가려 획책하는 남자, 그런 그가 자부하는 애국심이다. 과거 그는 막강한 정적의 소행을 낱낱이 밝혀 실각시킨 바람에 세상에 악명을 날렸다. 그리고 지난번 선거에서는 돈의 위력을 발휘하여 분투하였지만 근소한 차로 패하고 말았다. 그러나 그는 포기하지 않았다. 나를 연설의 초석으로 삼아 민족의식에 눈뜰 때가 왔다고 선동하는 그를 지지하는 사람들은 아직도 많았다. 마호로 마을에서도 어찌된 일인가, 그 수가 조금씩 늘어나고 있었다.

오늘 그는, 작년까지 안중에도 없었던 마호로 마을을 일부러 찾아와, 예외 없이 나를 내세워 물거품 호숫가의 휴양지 개발 계획을 추진하고 있는 실업가와는 잘 아는 사이라며 거짓말을 하고, 본인이 믿고 있는 만큼 탁월하다고는 할 수 없는 정치가로서의 재능을 입이 마르도록 늘어놓았다. 그 뻔뻔스러움에 혼을 빼앗긴 마호로 마을 사람들은 생각을 바꾸어, 어쩌면 이 남자는 그 뜻을 따를 가치가 있는 인간일지도 모르겠다고 생각하기 시작했다.

적어도 야유를 퍼붓는 자는 한 명도 없었다. 승리의 고지를 보존해야 하는 입장에 있는 자들마저 침묵하였고, 추진파와 티격태격 격론이 벌어지지도 않았다. 더욱이 나를 깨부술 정도로 기개 있는 자는 끝까지 나타나지 않았다. 그러나 나는 기뻐할 수 없었다. 그들은 나의 진정한 수호자들이 아니었다. 보상만을 기대하는 그들은 언제든 내게 역심을 품을 수 있는 자들이기 때문이다. 그때 요괴 같은 소년이 길을 지나가며 혀를 쏙 내밀었다.

4월 30일 월요일

나는 노동이다.

사소한 일 하나라도 일일이 상사의 판단에 따르지 않으면 안 되는 마호로 마을 대부분의 어른, 그들의 영육을 부지런히 좀먹는 안 하느니만 못 한 노동이다. 방해꾼이며 폭군인 나는 단조로움과 따분함을 무기로 삼아 그들을 몰아세운다. 나는 부지런함과 나태함의 정도에 따라 그들을 구별하고, 이 세상에서 그들이 받을 수 있는 대우까지 정한다. 나는 별일 아닌 것도 따져묻고 항상 고언을 내뱉으며, 주의할 점을 철저히 가르친다.

나는 그들의 목숨을 단축시키고, 심신의 안식을 빼앗고, 피로를 원인으로 하는 병을 선사하고, 심지어 개인적인 일까지 간섭한다. 그런데도 그들은 때로 내게 울며 매달리고, 나를 위해 음습한 음모를 획책하기도 하고, 바쁘다는 핑계로 생의 본질을 망각하고, 나 없이는 삶의 보람을 느낄 수 없으며 하루도 살 수 없다고 착각한다. 그리하여 그들은 자기들도 모르는 사이에, 중대한 사실을 오인하고 하나는 알아도 둘은 모르는 어리숙함을 드러내고, 자신과 타인의 경계를 확정하지 못하는 우를 범한다.

그들은 내 말을 진정으로 받아들여 가슴에 새기고, 친구도 육친도 아닌 나에게 오히려 속마음을 털어놓는다. 참으로 어처구니없는 일이다. 앞날이 보여도 그들은 내게 헌신하고 심혈을 기울이고, 지지 않아도 좋을 책임까지 떠맡으며 나의 주구가 된다. 그러면 마침내 나는 속속들이 다 파먹혀 앙상한 뼈마디만 남은 그들의 혼을 황혼 속에 던져버린다. 소년 요이치를 상대로 내 험담을 늘어놓는 거지의 머리 위로 벚꽃 꽃잎이 휘날린다.

5월 1일 화요일

나는 '설마' 이다.

마호로 마을을 관통하는 도로에 몸을 던져, 끝내 차에 치여 죽은 아이를 둘러싼 얘기를 듣고 사람들이 입을 모아 연발하는 '설마' 이다. 황급히 달려온 경찰들 사이에서도 나는 수없이 연발되었다. 그저 단순히 한 아이가 자살한 정도라면 그렇게 내가 남발되지는 않았을 것이다. 내가 문제삼고 있는 것은, 그 아이가 목숨이 끊어질 때까지 자기 손가락과 흘린 피로 노면에 써놓은 선명한 글자였다.

아이를 친 십 톤 트럭의 운전사는 자기 과실이 아니라고 중얼거리며 도망쳤다. 누군가가 경찰에 신고할 때까지 몇 분 동안, 그 아이는 짓뭉개진 집게손가락으로 글귀를 남겼다. 하지만 그를 치고 도망간 운전사의 단서가 될 만한 내용은 아니었다. 또 읽기 쉬운 글자인데도 그 진의를 정확하게 파악하는 사람은 한 명도 없었다. 글자는 또박또박하게 '이 세상에 너무 깊이 관여하였다' 라고 씌어 있었다.

아이의 어머니는 숨이 끊어질 듯 울어댔고, 아버지는 방화벽을 좀처럼 고칠 수 없었던 자기 자식의 갑작스런 죽음에 어떤 표정을 지어야 할지 당황하고 있었다. 결국 두 사람 역시 나에게 매달릴 수밖에 없었다. 그리고 검정 삽살개를 스쿠터에 태우고 나타난 남자는 "아까운 아이를 잃었군"이라고 말했지만, 자기가 관찰하고 있는 아이가 아님을 알고는 안심하였다. 그는 노면에 씌어 있는 글자를 읽고, 그러고서 구경꾼들 사이에 끼여 있는 파란 소년의 집게손가락이 빨갛게 물들어 있는 것을 알고는, 내게 뒤통수를 얻어맞았다.

5월 2일 수요일

나는 만가다.

새장 속의 큰유리새, 소년 요이치의 파란 새가 방화벽이 있던 천재 소년의 죽음을 애도하여 부르는 만가다. 나는 숨이 막힐 정도로 무겁고 눅눅한 대기를 물리치고 언덕을 내려가, 고요한 밤의 품에 안긴 마호로 마을 어귀로 파고든다. 그리고 지금 막 불이 켜진 한 소박한 집 앞에 멈춰 선다. 내 뒤를 쫓아온 달은 나를 잃고 되돌아간다.

문제아를 잃은 부모의 그림자는 낙담하여 어깨를 떨군 모습도 아니요, 발을 구르며 안타까워하는 모양도 아니다. 오히려 해방된 자의 형상으로 보인다. 나의 편견 때문에 그렇게 보이는 것일까. 아쉬워하는 사람 하나 없다 해도 나만은 그의 죽음을 아쉬워한다. 그는 날 때부터 인간의 혼에 통달하였고, 권위와 명예를 혼동하지 않는 위대한 시인이었다. 언젠가, 아마도 유정(遺精)을 처음 경험하는 날, 그는 백 엔짜리 라이터 대신 수성볼펜을 손에 쥐었을 것이다. 즉, 아이가 자기 손으로 지은 반역의 시를 드높은 목소리로 낭독할 날이 바로 코앞에 와 있었던 것이다.

그런 아이에게 손톱만큼의 배려도 하지 못한 시골 마을은 지금, 일단은 가슴을 쓸어내리며 꿈 없는 편안한 잠에 빠져 있다. 낮에 난무하였던 고함 소리가 아직도 두세 마디 남아 나를 위협한다. 나는 밤바람을 타고 거리를 빠져나와, 저 유례없는 사건의 현장으로 질주하여, 드라이브 인 상점의 입간판을 벌렁 쓰러뜨린다. 그러자 거기에 소년 요이치가 우뚝 서 있다.

5월 3일 목요일

나는 착상이다.

파란 유성이 물거품 호수의 수면에 비치는 순간, 난로장이 남자의 머리를 스친 반짝이는 착상이다. 그는 호숫가로 밀려온 인간의 형상을 닮은 나무토막에 앉아 있었다. 동행한 여자는, 몇천 몇만의 파도가 서로 간섭하며 내는 영롱한 소리에 자궁을 내맡기고 소나무에 기대어 있었다. 그녀는 뱃속에 폭발적인 증식을 계속하고 있는 신선한 생명을 품고 있었다.

"맞아, 그거야!"란 짧은 말과 함께 그의 입에서 튀어나온 나는 청량한 음파가 되어 태아의 양순한 기질에 영향을 주었다. 그리고 잠시 후 나는 그 아이 아버지의 귀를 자극하고, 그리 좋다고는 할 수 없는 두뇌를 돌아다니면서 강한 전류를 구석구석까지 전달하여 한 가지 해답을 산출하였다. 남자는 여자에게 말했다. "그래, 풍경을 만들자." 여자가 단박에 대꾸했다. "부지깽이로 만든 풍경은 이미 있는데." 남자는 말했다. "그것보다 훨씬 큰 것을 만들자구. 풍경인지 모를 만큼 크고 튼튼한 것을 말이야."

여자는 부지깽이로 만든 풍경이 어떤 모양인지 설명했다. "모양은 같아도 상관없지만 더 굉장한 것을 만들 거야"라고 남자는 말했다. 언덕 위의 집에 매달면 그 소리가 호수까지 울려퍼지는, 저 건너편에서도 들리는, 그러면서도 소리가 귀에 거슬리지 않는 풍경을 만들면 틀림없이 잘 팔릴 거야, 라고 남자는 말했다. 여자는 난로보다 단가가 싸다는 점을 염려하면서도, "정말 그렇네, 만들어봐요"라고 말했다. 나는 두 사람의 아이를 위하여 한없이 부풀었다. 그러나 쪼그라들지도 터지지도 않았다.

5월 4일 금요일

나는 거목이다.

황량한 들판 한가운데 홀로 서서 하늘에 빛나는 별을 가리키는, 옹이에 수액과 절망을 가득 담고 있는 거목이다. 잠시 후 하늘이 어두워지면서 별들도 사라지고, 드디어 비가 뿌리기 시작하는데도 달빛은 사라지지 않고, 빗발이 굵어져도 그 위성은 희뿌연 빛으로 나를 비추고 있다. 나의 표면을 빽빽하게 뒤덮고 있는 이끼를 타고 폭포처럼 흐르는 빗물이 반짝반짝 빛난다.

빛나면서 나는 봄날의 한밤에 둥실 떠올라, 덕분에 교목이라는 것 이상의 자긍심을 지닌다. 그 남자가 비에 젖은 생쥐 꼴을 하고서도 돌아가려 하지 않고 하염없이 내 주위를 걸으면서 묵상에 잠겨 있는 까닭은 아마도 내 장엄함에 감동을 받았기 때문일 것이다. 짐작컨대 그 남자는 선량한 국민의 조건에 해당하는 성실함을 갖추고 있는 것 같지는 않았다. 그렇다면 피를 뿜으며 쓰러져야 마땅할 남자다.

비는 따스하고, 비와 더불어 부는 바람도 따스하고, 남자의 등에서 춤추는 비단잉어 역시 따스할 것이다. 그는 나에게 몇 번이나 똑같은 것을 묻는다. "정말 그냥 이대로도 좋으냐?" 라고. 나 역시 그가 물을 때마다 똑같은 대답을 반복한다. "그대로면 어떠냐" 라고. 즉, 비단잉어 외에는 아무것도 추구할 필요가 없으니, 가정을 꾸릴 필요도 자손을 남길 필요도 없고, 홀로 이 땅에서 그 목숨 다하라고 말한다. 그리고 또 이런 말도 한다. 피가 들끓어 견딜 수 없을 때는 내게 생채기를 내라고. 그가 사라진 후, 그의 조카가 나타난다. 그 소년은 수동 드릴로 불룩 튀어나온 내 배에 구멍을 뚫기 시작한다.

5월 5일 토요일

나는 아침이다.

예산 부족과 관심 부족으로 손질을 충분히 하지 못한 공원에 소리 없이 찾아온, 청량하면서도 어딘가 애처로운 아침이다. 엉성하게 배치되어 심어진 나무들은 마호로 마을의 풍부한 수분과 궁핍한 양분을 빨아들이며 성장한 가지를 무성하게 드리우고 우표처럼 종류별로 나뉜 넓적한 초록 잎을 봄의 공간에 열거해놓고 있다. 그리고 한 쌍의 작은 새 같은 형상으로 연못 한가운데 놓인 채 그럭저럭 삼십 년 동안이나 순결을 지켜온 소녀상은 내가 찾아온 기쁨을 통통한 두 뺨과 탐스런 엉덩이로 표현하고 있다. 어젯밤 그녀에게 천박한 욕지거리를 늘어놓으며 꽃놀이를 즐긴 노인네들이 먹다 흘린 음식물을 철이 바뀌어도 돌아갈 줄 모르는 새들이 몰려들어 처리하고 있다.

현재 나를 모독하고 내 신경을 거슬리는 자는 없다. 장소를 불문하고 똥을 누고 다니는 공중도덕을 모르는 개도, 풀숲으로 숨어들어가 피임구를 끼고 성이 무엇인지를 확인하는 남녀 고등학생의 모습도, 불단에 바칠 석남화를 몰래 꺾으려고 오는 노파도, 수금용 가방에서 두 홉들이 싸구려 술병을 꺼내는 알코올 중독 장사꾼도, 밤에 오줌을 싼다고 엄마에게 꾸중을 듣고 집을 뛰쳐나오는 아이도, 새를 잡으러 오는 외팔이 사나이도, 새끼 곰을 꼭 닮은 삽살개와 산책하는 소설가도, 인간이기를 포기하고 새나 될 수밖에 없는 소년도 지금은 없다. 나는 그 사실에 만족하는 한편 약간의 불만을 느끼고 있다.

5월 6일 일요일

나는 주제넘은 간섭이다.

아무리 물어도 자신을 밝히지 않는 여자가 전화를 사용하여 요이치의 어머니에게 시도하는 주제넘은 간섭이다. 나는 우선 이렇게 말을 꺼냈다. "당신 아들 일로 진작부터 말하고 싶은 게 있었는데요"라고 서두를 꺼낸 뒤, 예의 본론으로 들어가, 자기 자식에 대한 배려가 너무도 부족한 것이 아니냐고 지적하였다. 그러자 요이치의 어머니는 얼굴이 보이지 않는 상대를 향하여, "대체 무슨 뜻으로 그런 말을 하는 거죠?" 라고 물었다. 틀림없이 마호로 마을에 사는 사람일 그 여자는 기다렸다는 듯이 이렇게 대답했다. "실례되는 말씀이지만, 그렇게 그냥 내버려두어서야 들개하고 어디 다를 게 있겠어요"라고 말하고, 어째서 마땅한 병원이나 시설에 맡길 생각을 하지 않느냐고 따져묻고, 요이치 때문에 마호로 마을의 이미지가 떨어지는 것도 모르느냐고 말하고, 마지막으로 이렇게 말했다. "이제 곧 돈이 왕창 들어온다면서요. 조금은 그 아이에게 투자를 해야지, 안 그래요? 너무 불쌍해서 보기가 민망할 정돕니다."

그렇게 심한 말을 들으면서도, 어쩐 일인지 요이치의 어머니는 일언지하에 나를 물리치지 못했다. 격렬한 분노가 온몸에 독소처럼 퍼져나가고 있음에도, 그녀는 "친절한 말씀 고맙군요"라고 되받는 게 고작이었다. 내려놓은 수화기에서 뚝뚝 떨어지는 나를 쳐다보면서 그녀는 직장 동료가 어깨를 툭 칠 때까지 망연하게 서 있었다. 창 밖으로 들개의 무리를 데리고 소년 요이치가 지나간다.

5월 7일 월요일

나는 면도칼이다.

이승에서 지낼 날이 얼마 남지 않았는데도 속세를 등진 생활을 동경하여 산속 암자에서 사는 노인, 그가 정성스럽게 갈고 있는 면도칼이다. 겨울 동안 눈으로부터 그의 암자를 무사히 지켜낸 대나무 숲은 잎을 떨며 다시금 주인을 맞이한 기쁨을 드러내고 있다. 두 종류의 숫돌과 눈 녹은 물과 세상을 등진 마음으로 갈린 내 날은 노천에 빛나는 잔월의 날카로움에 육박하고 있다.

그리하여 나는, 때로는 부드러운 빛과 따스한 바람을 휙휙 가르고, 몇 달 동안이나 어쩔 수 없이 자기 집에서 지내야 했던 그의 가슴속에 둥지를 튼 긍정적인 생각을 비웃어 마땅할 단견이라 토막질낸다. 그때 그의 맑고 아름다운 눈은 나의 광채를 단연 넘어선다. 실로 그것은 적을 닥치는 대로 몰살하고, 쌓이고 쌓인 시체들 사이에서 호탕하게 웃는 피비린내나는 과거 군인의 눈빛이다.

민주주의를 국시로 하는 세상이야 어떻든, 무슨 일이든 운명이라고 치부하는 점성술을 터득한 자의 의견이야 어떻든, 그 자신은 아직도 자신의 과거를 용서하지 못한다. 그러니, 지금 그의 목덜미를 매끄럽게 오가고 있는 나는 다음 한순간에는 어쩌면 수염이 아닌 것까지 잘라버릴지도 모를 일이다. 골짜기에 핀 꽃을 얻기 위해 산길을 걸어가는 소년을 보았을 때, 그의 뇌리에 총신으로 때려죽인 대륙 아이들의 모습을 떠올랐다. 소년의 떨리는 몸의 움직임은 마지막 숨을 헐떡거리는 아이들의 모습과 똑같아…… 서둘러 눈을 감았지만 미처…… 경동맥을 가로지르기 직전에 나는 그 소년이 부른 휘파람 소리에 저지되어 별일은 없었다. 하느님 맙소사!

5월 8일 화요일

나는 불똥이다.

요즘 짜증이 심해진 어머니 탓에 소년 요이치에게 튄 엉뚱한 불똥이다. 요이치의 부모는 어젯밤, 아들의 앞날을 놓고 드물게 격론을 벌였다. 아버지는 지금까지 그래왔던 것처럼 자기 하고 싶은 대로 하게 놔두자고 말했다. 어머니는 그건 무책임한 짓이라며 언덕을 판 돈과 퇴직금을 가지고 마호로 마을을 떠나자는 극단적인 말을 하였다. 어차피 하는 이사니까 요이치를 맡길 만한 시설이 있는 큰 도시로 가자고 말했다. 그러나 두 사람은 끝내 해답을 얻지 못한 채 잠이 들었다. 아침이 되자 어머니는 요이치에게 마을로 내려가지 말라고 금족령을 내렸다. 요이치의 누나가 "왜?" 라고 물었다. 그러자 어머니는 "세상에는 이 아이를 보고 싶어하지 않는 사람도 있다구!" 라고 고함을 질렀다. 누나는 "이제 와서 새삼스럽게" 라고 중얼거리고, 아버지는 쓰디쓴 위약을 맹물과 함께 꿀꺽 삼키면서 얼굴을 찡그렸다.

나는 요이치를 흥분시켰다. 그는 온 방을 어질러놓고, 큰유리새가 지저귈 때마다 쏘아보고, 텔레비전의 볼륨을 있는 대로 올려 폭로된 연예인의 추행과 소란스런 정쟁으로 언덕을 뒤덮어버렸다. 그러고 나서 요이치는 파란 새 앞에 벌렁 뒤집혀 죽은 척하려고 애썼지만 의지와는 달리 움직이는 몸을 어쩌지 못하여 포기하고 아래층으로 내려갔다. 그런 다음 집을 나서서 호수에 면한 벼랑 끝 흔들바위로 기어올라, 거기에서 나를 내던진 후 언덕을 내려가 마을로 향했다.

5월 9일 수요일

나는 마중이다.

때 아닌 비 내리는 밤, 마호로 마을에서 다섯 손가락 안에 드는 재산가를 위한, 겉으로는 공손하나 내실은 무례하며 차마 거절할 수 없는 마중이다. 그 집 사람들은 내가 그들의 상투적인 수단이라는 것조차 알지 못했다. 새로 구입한—거의 빼앗다시피 한 것이지만—외제차를 몰고 나타난 키 큰 청년은 웅장한 돌기둥 문의 값을 어림하면서 벨을 눌렀다. 나는 부재를 확인하고 다시 오리라 생각할 만큼 담백하지도 또 우둔하지도 않았다. 깔봐서는 안 된다.

청년은 대문을 타고 넘어 백 년이나 된 정원수 사이를 헤치고 현관 앞에 도착하자, 멋대로 문을 열고 구둣발로 성큼성큼 안으로 들어섰다. 부인의 얼굴이 창백해졌다. 남편은 감기 기운이 있다고 거짓말을 하였다. 응접실로 안내된 청년은 소파에 앉지 않고 바닥에 정좌를 하고서 가져온 값비싼 양주를 내밀었다. 그러자 주인은 뜻밖에도 온순한 상대방의 태도에 용기를 얻어, "이제 그런 짓은 그만두기로 했네"라고 말했다. 청년은 조금도 당황하지 않고, "나도 그렇게 생각합니다"라고 말하더니 이렇게 덧붙였다. 법률로 금지된 도박에 관계한 것은 사실이니, 이 길로 경찰에 자수를 하러 가지 않겠느냐고.

주인은 "오늘밤만 하고 끝이야"라고 말하고 부인에게 지갑을 가져오게 하였다. 청년은 "그런 말씀 마시죠"라고 말했다. 단골손님은 자동차 불빛에 드러난 어둠을 헤엄치는 소년의 모습에 불길한 예감이 들어 자기도 모르게 고개를 숙였다.

5월 10일 목요일

나는 인감이다.

호수 위에서 도깨비불이 타오르는 밤, 밤처럼 파란 소년이 주운, 그 누구의 것도 아닌 가짜 수정 인감이다. 소년은 우선 나로 자기 손바닥을 꾹 눌렀다. 나는 그 소년이 다른 누구도 아님을 증명하고 보증하였다. 소년은 만족하였다. 이어 그는, 노송의 밑동에 웅크리고 있는 늙은 뱀을 손아귀에 움켜쥐고, 그 좁은 이마에 나를 꾹 누르고는 원래 자리에 돌려놓았다. 나는 뱀이 뱀임을 증명하고 보증하였다. 뱀은 만족하였다.

그러고서 소년은 인기척 하나 없는 휑한 거리를 걸어가면서 길가에 정연하게 서 있는 전신주 하나하나에 나를 눌렀다. 또 체육공원의 강렬한 야간 조명을 받으며 공 하나를 다투어 걷어차는 의기투합한 젊은이들의 등에도 누르고, 낙담한 모습이 보기 안타까운 장사꾼의 어깨에도, 가난한 친구를 어떻게 해서든 구제하려는 의리 두터운 자의 팔에도, 어떻게 정을 통하게 되었는지를 손자에게 들려주고 있는 할아버지 할머니의 얄팍한 엉덩이에도, 반대파를 굴복시키려 갖은 지혜를 쥐어짜는 책략가의 울퉁불퉁한 머리에도, 뱃속이 부글부글 끓을 정도의 배신을 당하고 울부짖는 여자의 목덜미에도, 멋진 계획이 허망하게 실패로 끝나 옛 인연을 찾아 마호로 마을로 흘러든 남자의 구두에도 나를 꾹 눌렀다. 나는 그들을 증명하고 보증하였다. 그들 모두가 만족하였다. 그러나 나를 증명하고 보증해줄 자는 어디에도 없었다.

5월 11일 금요일

나는 청중이다.

마호로 마을에 사는 신통치 않은 사람들의 심정을 꿰뚫는 탁월한 연설에 이끌려 어디선가 모여드는 청중이다. 애당초 팔릴 법한 땅 한 뙈기 갖고 있지 않은 사람들과, 휴양지 개발 계획이 실현돼봐야 별 이득이 없는 사람들로 이루어진 나는, 그 수가 늘어나면서 결코 소수파가 아님을 깨닫고, 서서히 자신감을 회복하여 마을 주민 대다수가 휴양지 개발에 찬성하고 있다는 착각을 거두고 있다.

나는 지금까지 해온 생각을 바꾸지 않으면 안 된다. 호숫가 별장에 살면서 무슨 일이 있을 때마다 시골 마을을 비웃는 외지 사람의 의견에도 귀 기울일 만한 가치가 있다. 예전에 대학교수였다는 남자는 진정으로 마을의 장래를 염려하고 있다. 그렇게 보인다. 지금은 '마호로 마을의 자연을 지키는 모임'의 회장직을 맡고 있는 그 신사는 끓어오르는 정의의 열정을 내게 터뜨리고 있다. 그는 천편일률적인 보호를 외치고 있지 않다. 오염된 물거품 호수에 대해서도, 원시림의 소실에서 오는 악영향에 대해서도 거의 언급하지 않는다.

그러나 그는 환경 파괴의 공포에 대해서, 소년 요이치의 불완전한 육체를 빌려 간결하게 설명한다. "예를 들어 이런 아이가 늘어나도 괜찮겠습니까?" 라고 호소한다. 그리고 그는 이렇게 덧붙인다. 득을 보는 것은 소수에 불과하다고. 나는 그 한마디가 제일 마음에 걸린다. 내가 가장 두려워하는 것은 건강 따위가 아니라 득을 볼 사람들에게 뒤지는 것이다.

5월 12일 토요일

나는 사막이다.

소년 요이치의 방 벽에 붙어 있는 관광용 포스터 한가운데서 마호로 마을을 비추는 지녁 햇실에 빛나는 붉은 사막이다. 그러나 사진 속의 나는 호우를 맞고 있다. 비가 내리는 지역은 점차 늘어나고, 지표를 뚫고 솟아 있는 세계 최대의 바윗덩어리는 사방팔방으로 마치 폭포처럼 대량의 빗물을 쏟아내고 있다. 중천에 걸린 일시적인 하늘 폭포와 간단없이 터지는 천둥 소리는 마음대로 살리고 죽일 수 있는 마력을 숨기고, 요이치와 요이치가 기르고 있는 금조 큰유리새의, 또는 그 파란 새와 파란 새의 비호 아래 사는 병든 소년의 가슴을 때린다.

나는 인간과 새의 벽을 허물고 지금은 막역한 친구가 된 소년과 큰유리새를 정중하게 초대한다. 그리고 나는 그들에게 지평선이 둥글다는 것을 깨닫게 하고, 삶과 죽음 또한 그렇다는 것을 얘기하고, 비와 마찬가지로 드넓게 피어 있는 꽃들을 보여주고, 그 꽃의 꿀을 빨아먹고 서둘러 자손을 남기는 곤충과, 그 곤충을 포식하여 이슬 같은 목숨을 잇는 작은 동물들의 기척을 느끼게 하고, 도처에 정화 작용과 해독 작용의 힘이 넘치고 있음을 가르치고, 이 세상이 살 만한 곳이라는 증거를 넘치도록 보여준다. 그러고서 요이치와 큰유리새는 쉴새없이 비가 뿌려 이승 산의 분수령이 조금씩 깎이고, 높은 지대에도 들꽃이 움트기 시작한 마호로 마을로 날아 돌아가, 깊어진 밤 속에서 이유도 없이 겁에 질려 외치지 않아도 좋은 편안한 잠에 든다.

5월 13일 일요일

나는 헬멧이다.

새끼 곰을 닮은 삽살개의 안전을 위한다는 이유로 씌워진, 주인과 똑같은 파란색 헬멧이다. 삽살개는 처음부터 내가 마음에 쏙 들어 끈을 꽉 조여도 싫어하지 않고, 스쿠터가 달리기 시작하자 오히려 백미러를 열심히 들여다보면서 아무것도 쓰지 않은 다른 개의 주의를 끌기 위해 짖어댔다. 그는 내 덕분에 자기가 개라는 것을 잊었는지도 모르겠다.

아니면 개를 넘어선 다른 생물이 되었다는 착각이라도 한 것일까. 만약 그렇다면 오래도록 삽살개의 주인을 지배하고 있는 착각과 마찬가지다. 그가 사반세기 동안 쥐고 있는 펜은 그가 한 사람의 인간에 지나지 않음을 잊게 하였고, 때로는 인간 이외의 무엇이 되었다는 환각을 조장하여 얼토당토않은 착각을 하게 만들었다. 삽살개는 그것을 모르기에 행복한 것이고, 주인이 이따금 비극적인 그림자를 떨어뜨리는 까닭은 그것을 알기 때문이다.

삽살개는 오늘도 마호로 마을의 공기가 고이지 않도록 휘젓고 다니는 소년에게 기세등등하게 짖어대고 나를 자랑하고 싶어 몸을 잔뜩 내밀었다가 스쿠터에서 굴러떨어졌다. 나 때문에 머리가 무거워 떨어졌지만 내 덕분에 두개골이 깨지지 않았다. 삽살개가 무사한 것을 확인한 주인은 나를 벗겨 쓰레기통에 내던지고는, "웃고 싶으면 웃어!"라고 소년에게 소리치고 언어의 세계로 뒷걸음쳤다.

5월 14일 월요일

나는 구멍이다.

무너져가는 토광에 족제비처럼 눌어붙어 떨어지려 하지 않는 젊은 이가 바닥에 파고 있는 구멍이다. 지난 닷새 동안 그는 노동조건이 열악한 날품팔이도 하지 않고 부삽을 거머쥔 채 오로지 나를 상대하며 지냈다. 파낸 흙은 주머니에 담아, 누가 볼까봐 한밤중에 숲에다 내다 버렸다. 그 검은 흙에는 한 구의 해묵은 인골이 섞여 있었다. 그는 조상의 것일지도 모르는 뼈를 향하여 이렇게 말했다. "너는 빛을 쏘여라. 나는 흙에 묻히겠다"라고.

그리하여 엿새째인 오늘, 당당한 골반을 지닌 건강한 처자의 자궁 못지않은 나는 그를 그의 혼과 더불어 송두리째 집어삼켰다. 그는 지친 자신의 몸을 내게 맡기고, 손을 뻗으면 만져질 듯 짙은 어둠에 싸여 안심하였다. 풍요로운 흙이 애당초 잘못되어 있던 그의 세월을 빨아들였다. 잠시 후 나는 마호로 마을을 뒤덮고 있는 적막한 밤을 거둬내고, 마호로 마을의 말석에 자리한 슬픔을 살며시 몰아냈다.

그런데도 여전히 나는 세상의 잡음을 완전히 차단할 수는 없었다. 처음 한동안 그는 그 소리가 심장의 고동 소리라고 생각했다. 그런데 실은 물거품 호수의 물이 흔들리는 소리였다. 그는 그 중저음 속에서 탄생의 소리를 듣고, 신생아의 첫 울음소리 뒤로 삶과 죽음의 권한을 쥔 자의, 도저히 인간이라 여겨지지 않는 자의 기척을 느꼈다. 이어 큰 유리새의 울음소리가 들렸다. 그러자 그의 안도는 가속되고, 잠시 후 모든 존재를 쉽사리 굴복시키는 잠이 찾아왔다.

5월 15일 화요일

나는 집이 내는 소리다.

전혀 앞일을 내다볼 수 없는데도 의욕을 잃지 않은 농부를 밤마다 괴롭히는, 집이 내는 소리다. 나는 습도나 기온의 현저한 차이나 돌풍과 지진에 의해 생기는 것이 아니다. 나는 그의 조상들의 의견 차이에서, 즉 자손에 대한 경고와 격려의 소란스런 다툼에서 생겨나는 것이다. 논과 밭의 토질은 아직도 비옥하니 절대로 포기해서는 안 된다는 목소리, 요즘 같은 세상에 가축의 힘을 빌려 경작을 하다니 말도 안 되는 소리라는 목소리, 농부가 땅을 버린다는 것은 죽고사는 문제를 야기한다는 목소리, 제반 정세를 고려하여 판단하건대 이대로 가다가는 더욱 가난해질 뿐이라는 목소리, 지방색이 풍부한 산물을 일궈보라는 목소리. 나는 잠든 농부의, 농부라는 이유만으로 마흔이 가깝도록 혼처를 찾기 못한 남자의 가슴을 한바탕 휘젓고, 샘물에 빨갛고 하얀 잉어를 풀어놓는 운수 좋은 꿈을 산산이 조각낸다.

잠에서 깨어난 농부는, 곁에 누워 있는 죽은 것인지 살아 있는 것인지 모를 아버지의 잠든 얼굴을 본다. 나는 그 틈을 노리고, 살 사람이 나타난 지금이야말로 땅을 팔 때다, 라는 뜻의 말을 단호하게 내뱉고 결단을 촉구한다. 이런 생활은 이제 그만두라고도 말한다. 그는 견디지 못하고 밖으로 뛰쳐나간다. 날이 밝아오는 참이다. 그는 수면 위로 반짝이는 새벽빛을 쏘아본다. 그러나 어째야 좋을지 답은 없다. 생각하다 못한 그는 누워만 있는 아버지에게 묻는다. "어쩌면 좋겠습니까?" 말조차 제대로 못 하는 노인을 대신하여, 가는 봄을 아쉬워하는 파란 소년이 대답한다. "아버지한테 죽으라고 해."

5월 16일 수요일

나는 섬광이다.

길다면 길고 짧다면 짧은 하룻밤이 가고 날이 밝으려는 때, 마호로 마을 상공에 번쩍인 눈부신 섬광이다. 그러나 나는 비구름이 몰고 온 것도 아니고, 불꽃놀이나 가솔린 폭발로 야기된 것도 아니다. 핵을 탑재한 병기의 오폭은 더더욱 아니다. 천체의 대이변, 예를 들면 초신성의 폭발이나 지나치게 번성한 생물을 주기적으로 멸한다고 하는 별의 첫 조각이 낙하한 것도 아니다. 또 이 세상을 빙 둘러싸고 있는 방둑 일부가 터져, 믿기에 족한 무언가가 저세상에서 왈칵 흘러들어온 것도 아니다. 또는 불행을 물리치고 사방을 비추는 서광도 아니며, 인간의 형상을 하였으되 인간이 아닌, 늘 어떤 힘이 작용하여도 바뀌지 않는 물체처럼 가상의 존재에 지나지 않는 자의 배후를 비추는 후광도 아니다.

순간적인 일이었기 때문에 나를 알아본 자는 없었다. 동물이나 식물도 전혀 느끼지 못했다. 그런데 예외가 있었다. 언덕 위의 집에서 키우고 있는 큰유리새가 놀라 날개를 퍼덕거렸다. 그뿐이었다. 내 탓에 마호로 마을에 어떤 변화가 오지도 않았다. 무엇보다 나 자신이 나의 정체를 모르고 있었다. 만약 내게 "넌 뭐야?" 라고 묻는 이가 있다면, 나 역시 똑같은 질문으로 되받을 작정이었다. 내가 사라지기까지, 시간이라 할 수 없는 짧은 사이, 마호로 마을에 수천억의 생명이 탄생하였고, 수천억의 생명이 사멸하였다.

5월 17일 목요일

나는 문답이다.

막 호수 바닥에서 좌선을 끝내고 올라온 젊은 수행승과, 마호로 마을을 지나는 행려승 사이에 오가는 불꽃 튀는 문답이다. 왜 흘러다니는가, 하고 젊은 수행승이 물었다. 외눈박이 행려승은 계율을 어긴 철면피가 되기 위해서 여행하는 것이라고 대답했다. 그러자 젊은 수행승은, 그렇다면 어렵지 않은 일 아닌가, 라고 말하면서 불 피울 준비를 하였다. 연기가 똑바로 피어올랐다. 행려승은 막상 해보니 쉬운 일이 아니라고 말하고, 담배를 꺼내 불을 붙였다.

그리고 행려승은 "불한당처럼 되기가 좀처럼 쉽지 않아"라고 말하고, "유치한 날치기가 되는 데도 십 년이나 걸렸어"라고 말했다. 젊은 중은 내게 흥미를 잃고, 마른 옷을 몸에 걸치고 어디선가 들려오는 큰유리새 소리에 귀를 기울였다. 행려승은 말을 이었다. "이러다가 언제쯤 사람을 죽일 수 있을는지"라고 말하고, "역(逆) 또한 참이라고 생각했는데, 어째서 어째서"라고 말하고는 컬컬 웃었다. 그렇게 웃더니 이번에는 그가 물음을 던져 상대방에게 중압감을 주었다. 젊은 수행승은 날카로운 질문에 당황하고 대답에 절절매고, 마치 못 먹을 것을 삼킨 젖먹이처럼 눈알을 희번덕거렸다. 그는 호수 바닥에 있는 관음상을 마지막 카드 삼아 말을 되받았다. 행려승은 "그런 것에 고마워하다니, 차라리 찌르면 피가 나는 관음상에 절을 하지그래"라고 말하고, 나를 담배꽁초와 함께 모닥불 속에 던지고, 어디론가 사라졌다.

5월 18일 금요일

나는 타고 남은 불이다.

흉계의 악취를 풍기면서 아직도 여기저기서 연기를 피워올리고 있는 원인 모를 산불이 다 타고 남은 불이다. 물거품 호수에 가까운, 유방을 닮은 두 개의 자그마한 산을 완전히 불태운 맹렬한 불길은 혼신의 소화활동과 대량의 구름이 몰고 온 비로 간신히 잡혀 더이상 번지지는 않았다. 그러나 나는 죽지 않았다. 언제든 기세를 회복할 힘을 온전히 보존한 채, 호숫가의 별장과 언덕 위의 외딴집 한 채를 전소시킬 가능성을 은닉하고 있었다. 애당초 그랬어야 마땅한, 하룻밤 새 이 일대를 초토화시키는 게 목적인 산불이었다. 애석한 일이다.

하지만 마호로 마을 사람들은 이 계절에 흔히 발생하는 예사 산불로 여겼고, 경찰이나 소방 관계자들도 별다른 의심을 품지 않았다. 자연발화설을 주장하는 자까지 있었다. 그러나 그 일을 하청받아 계획적으로 방화한 남자는, 풍향까지 정확하게 계산하여 단단한 각오로 실행에 옮겼다. 그에게 그 위험한 일을 의뢰한 자의 목적은 조상대대로 일궈온 땅에 집착을 버리지 못하는 땅주인들의 마음을 뒤집는 것과 더불어 다소나마 정지 작업의 품을 덜자는 두 가지였다. 그러니 적어도 절반은 성공한 셈이다.

가령 의심을 받는다면, 숯을 만들기 위해 준비 작업을 하고 있던 노부부든가, 산에서 불쏘시개를 줍거나 잡목을 잘라 생계를 잇고 있는 노인이든가, 장소를 불문하고 모닥불을 피우는 거지든가, 언제 어디서 무슨 짓을 저지를지 모르는, 죄를 덮어씌우기에 더할나위없는 소년 요이치든가, 그런 사람들일 게 틀림없었다.

5월 19일 토요일

나는 독백이다.

화창한 일요일, 사소한 볼일을 보고 집으로 돌아가는 휠체어에 탄 청년의 가슴 답답한 독백이다. 봄을 무르익게 하는 따스한 기단을 거역하듯 나는 잇달아 두서없는 말을 내뱉는다. "그런 꼴을 하고서도 살아 있다니 미친 짓이다"라고 나는 다름아닌 청년 자신에게 말했다. 하지만 있으나 마나 한 다리를 가진 청년은 아무 대답도 하지 않고, 부드러운 햇살 속을 매끄럽게 가로지른다.

"그렇게까지 하면서 살 가치가 어디 있다고"라고 나는 신변을 경계하면서 삼층짜리 검은색 빌딩으로 들어가는 남자들을 두고 말했다. 항상 성급하게 행동하기를 즐기고, 항상 강경한 수단을 즐기는 그들은 오늘 역시 잡혀 죽기 직전의 들개들처럼 생기발랄하다. "대체 언제까지 살 작정이냐"라고 나는 길가 공원에서 용변을 보고 막 한산한 거리로 돌아온 소년 요이치를 두고 말했다. 그는 타고 남은 촛불보다, 짓뭉개진 피멍보다 훨씬 낫다.

"결국 그런 식으로밖에 살 수 없는가"라고 나는 팔다 남은 빵을 얻어 우물거리고 있는 거지를 두고 말했다. "네놈들의 번뇌 따위는 일말의 가치도 없지"라고 나는 탁발중인 수행승을 두고 말했다. "왜 나를 무시하는 거지"라고 나는 대낮부터 술에 취해 비틀거리는 창부를 두고 말했다. 그리고 나는 마호로 마을에 사는, 진정한 민주주의 밖에서 사는 사람들에게 이렇게 말한다. "다들 용케들 살고 있군. 대단해."

5월 20일 일요일

나는 트럼펫이다.

태양 아래서 팡파르 연습에 여념이 없는 중학생들의 손에 들려 있는 금색과 은색 트럼펫이다. 삼화음으로 구성된 간단한 곡인데도 내가 내는 소리는 언제까지고 화음을 이루지 못하여 몇 번이나 되풀이했는지 모른다. 그럼에도 반짝반짝 빛나는 고음은 마호로 마을 구석구석까지 울려퍼져, 딱히 내세울 것 없는 오늘을 살고 있는 사람들에게 적당한 자극을 주고 있는 듯하다. 나는 아직도 눈이 쌓여 있는 산맥의 위용을 강조하고, 늦게 움트는 높은 산의 초목에게 발아를 재촉하고, 이승산의 메아리를 걷어차고, 시대를 반영하는 물거품 호수의 난반사를 크게 촉발한다. 그리고 나는 부드럽게 우회하는 말투를 즐기는 자들에게는 직설적인 말투의 소중함을 일깨우고, 이미 대답이 나와 있음에도 주저하는 자들에게는 일사불란하게 밀고 나가는 삶을 권하고, 세속을 피하여 산중에서 한가로운 날을 사는 자에게는 방약무인한 자의 삶을 본받으라 가르치고, 상무의 정신을 그리워하는 전직 군인에게는 비장하게 최후를 맞이한 전우의 얼굴을 여럿 떠올리게 해준다.

그러고 나서 나는 죽음의 독에 절어 죽어가고 있는 자에게는 조심해서 죽으라는 하늘의 소리를 들려주고, 나잇값도 못 하고 색도에 빠져 고뇌하는 자에게는 추락할 대로 추락해보는 것의 짜릿함을 깨닫게 하고, 이례적인 승진에 춤추는 자에게는 홍청망청 한잔 하라고 말한다. 그러나 이 세상에 무리 없이 물든 소년 요이치에게는 아무 상관 하지 않는다.

5월 21일 월요일

나는 앞날이다.

늦은 봄, 북쪽으로 떠나지 않고 물거품 호수에 남아 있는 백조의, 어두운 그림자가 드리워진 앞날이다. 마지막까지 그 백조와 함께하던 한 마리가 기다리다 지친 나머지 어제 새벽 혼자서 남과 북을 오가는 용맹한 여행길에 올랐다. 이리하여 산 위 호수에는 길을 잃고 헤매 날아온 뒤 그대로 눌러사는 갈매기와 게으름뱅이 백조 두 마리만 남았다.

장기간 날 수 없는 병에 걸린 것도 아니고, 날개에 상처를 입은 것도 아님을 확인한 보트 대여점 아저씨는 늘 주던 빵 부스러기를 주지 않았다. 그러자 백조는 할 수 없이 제 부리로 모이를 찾고, 아무것도 없자 관광객에게 매달리고, 때로는 움찔움찔 답답하게 움직이는 소년 요이치의 손에서 과자를 빼앗기도 하고, 밤이 되자 낡은 선창 밑에서 잠자면서 좋지 않은 전례를 남길 꿈만 꾸다가 아침이 되자 텃새인 척 하였다.

그래서 아저씨는 오늘, 돌을 던져 나를 쫓으려 하였다. 그러나 효과는 없었다. 보트를 타고 쫓아다녀도 소용이 없었다. 드러누워 시종일관 그 모습을 바라보고 있던 거지가 "그냥 놔둬"라고 말하고, "늘 똑같은 생활에 넌더리가 난 모양이지 뭐"라고 말했다. 그러자 아저씨는 이렇게 말을 받았다. "저 녀석을 위한 일이라구"라고 말하고, "해야 할 때 하지 않는 녀석에게 무슨 앞날이 있겠어"라고 말하고, 그래도 나를 쫓으려 하였다. "그런가"라고 거지는 말했다. 그의 "그런가"는 산에 산에 메아리쳐 나의 듬직한 동료가 되어주었다.

5월 22일 화요일

나는 거짓말이다.

한 차례 소나기가 쏟아진 밤, 마호로 마을에 유일한 창부가 넉살 좋게 둘러대는 허황된 거짓말이다. 나는 모텔에 들어가서도 점잔을 떠는 손님의 긴장을 풀어주고, 세상 물정에 어두운 순박한 손님을 즐겁게 하고, 아무리 노력해봐야 어리숙한 여자에게는 걸려들 것 같지 않은 손님의 마음속 갈증을 해소한다. 그러고서 나는 불행하게도 예의범절을 깍듯이 지키는 집안에서 자란 손님의 물건에 뜨거운 피가 집중되도록 도움을 주고, 반려하는 마음이 앞서 죽어 마음 붙일 곳 잃은 손님을 부드럽게 감싸안는다.

또 나는 막상 돈을 지불할 단계가 되자 갑자기 욕지거리를 내뱉는 손님을 단번에 침묵케 하고, 추잡한 소도구를 반입하여 억지를 강요하는 손님을 두려움에 떨게 한다. 그리고 나는 안하무인격인 키 큰 조폭 청년에게는 자랑하기에 모자람이 없는 의협심을 가진 그윽한 남자라고 착각하게 하고, '삼광조'의 여주인에게는 연일 밤 계속되는 위법의 연회를 즐기는 여유를 갖게 하고, 붉은 꽃을 피우지 않은 지 오랜 시클라멘에게는 다음 겨울의 탐스러운 개화를 믿게 하고, 저 소년 요이치에게는 언젠가 새가 될 날이 틀림없이 올 것이라 생각하게 한다.

그리고 무엇보다 창부 자신에게 나는 무엇과도 바꿀 수 없는 용기를, 세상의 본보기가 될 수 있을 정도의 용기를 준다. 그녀가 인간 세상의 비애를 크게 맛보지 않을 수 있는 것은, 세상 쓴맛을 크게 겪지 않을 수 있는 것은 모두 다 내 덕분이다. 그녀는 지금 운수를 보기 위해 산 복권을 손에 쥐고 툇마루에서 편안히, 산에 산에 울려퍼지는 천둥 소리와 어지럽게 난무하는 번개에 이제는 망가질 대로 망가져 돌이킬 수 없는 몸을 맡기고 있다.

5월 23일 수요일

나는 구역질이다.

요즘 들어 연일 요이치의 누나를 괴롭히는, 정말로 그런 것 같은 입덧이 동반하는 구역질이다. 나의 공적은 뭐니뭐니 해도 결혼식 날짜를 앞당긴 것이리라. 내 정체를 일찌감치 눈치챈 어머니는 요즘 세상에는 흔한 일이라며 태연하였다. 그러나 아버지는 첫날밤의 의의까지 들먹이며 격노하였다. 그러자 누나가 "난 벌써 서른이 넘었다구요!"라고 같은 말을 몇 번이나 되풀이하다가 끝내 울음을 터뜨려 일대 소동이 벌어졌다. 일가의 소동은 바람에 날려 한밤중의 산사에서 울리는 종소리와 함께 물거품 호수로 가라앉았다. 아버지는 상대방 남자에게 달려가 담판을 짓겠노라 으름장을 놓았지만, 그래봐야 집안의 내막이 세상에 알려질 뿐이란 것을 알고는 발길을 거두었다. 어머니가 말했다. "잘된 일이죠 뭐"라고. 술을 내놓자 아버지는 입을 다물었다. 그리고 나는 임부를 밖으로 데리고 나가 흔들바위를 잡게 했다. 벼랑 끝 쪽으로 몸을 내민 그녀의 입에서 튀어나온 것은 위액 따위만이 아니었다. 언덕 위의 집에서 지낸 부자유스러웠던 나날들에 대한 험담과 불평, 생각 이상으로 마음의 부담이 되었던 동생에 대한 결별, 정작 결혼할 단계가 되면 남자가 도망칠지도 모른다는 일말의 불안감, 그런저런 것들이 소용돌이 모양을 그리며 벼랑 아래 밤안개 속으로 쏟아져내렸다. 그럼에도 마음이 그리 공허하지 않은 것은 자궁의 팽창이 날로 확실해지기 때문이다. 레몬의 신맛과 큰유리새의 지저귐 소리가 나를 진정시켰다.

5월 24일 목요일

나는 신기한 일이다.

날씨가 온화한 날, 불과 반나절 사이에 갑작스럽게 물거품 호수에서 일어난 전대미문의 신기한 일이다. 날이 밝을락 말락 할 무렵 수위가 쑥쑥 내려가기 시작하여, 돌아가기를 잊은 저 뻔뻔스러운 백조마저 놀라 호숫가로 올라오고 말았다. 그리고 정오에는 호수 바닥의 일부가 햇살에 드러났다. 물고기들은 환경이 바뀌어 어쩔 줄을 몰라하며, 우왕좌왕 깊은 쪽으로 도망치고, 호숫가 조류(藻類)는 당장에 말라버리고, 절에서 쫓겨나 홀로 수행에 정진하고 있는 젊은 수행승은 물 속에서의 좌선을 포기하였다. 중은 나의 원인을 곰곰 생각해보지도 않고 단박에 관음상과 연관지었다. 즉 나를 법력이나 기적류라 여기고 넙죽 엎드려 열심히 염불을 윈 것이다. 그러나 대량의 물을 단숨에 빨아들인 자의 정체는 절대로 그런 것이 아니었다. 모래 위에 널브러져 있는 관음상 머리에 새가 앉은 후에도 수위가 같은 속도로 내려간 것이 그 증거다.

내 소문을 듣고 모여든 마호로 사람들은 이러쿵저러쿵 여러 가지로 추측하였지만, 천재지변이 일어날 징조가 아니겠냐는 말만 내뱉을 뿐 끝내 원인을 밝히지 못했다. 그리고 저녁이 되자 반대로 수위는 점점 올라갔다. 그 엄청난 기세에 수면 여기저기에서 성단 같은 소용돌이가 일고, 그 소용돌이 하나하나의 중심에서 큰유리새의 울음소리를 닮은 소리가 울려나와, 사람들은 공포를 잊고 그 소리에 넋을 잃었다. 한밤에는 여느 때의 호수로 돌아와 있었다.

5월 25일 금요일

나는 회의장이다.

이웃 마을의 휴양지 개발 계획에 따른 자연 파괴, 그 상세한 보고를 받고 소란스러워진 회의장이다. 마호로 마을 의회의 계획에 대하여 적부 심사를 하는 세력은 현재 셋으로 나뉘어 수습할 수 없는 지경이다. 반대파는 "풀벌레와 새들 다음으로 죽는 것은 인간"이라고 주장하고, 중도파는 "참고하면서 추진해야 한다"고 주장하고, 추진파는 "절대로 그런 일은 없을 것"이라고 주장한다. 무슨 바람인지 꽉 찬 방청석에서도 다양한 생각과 속셈이 담긴 비난이 일었다.

그리하여 반대파가 기세를 몰아 제출한 긴급 동의는 불발로 끝나고, 팔백에 달하는 법령과 조례를 어떻게 딛고 일어서느냐는 문제도 흐지부지되어 일촉즉발의 위기가 도래한다. 회의 진행이 강압적이라는 이유로 반대파 의원과 그 지지자들이 우르르 의장석으로 몰려나온다. 누군가가 누군가의 멱살을 잡고, 머리를 퍽 친다. 고함 소리와 함께 의자가 날아간다. 그런 와중에 가슴에 파란 새 배지를 단 젊은 남녀가 단상으로 뛰어올라, 준비해온 현수막을 좍 펼친다. 읍사무소 직원들이 총출동하여 저지한다. 직원 한 명의 머리에서 가발이 벗겨지고, 미친 듯 화가 난 그 남자는 소담스럽게 손질된 소나무 분재를 뒤집는다. 배를 잡고 껄껄 웃는 자도 있다. 나는 이토록 활달한 마을 주민의 얼굴을 보기는 처음이다. 반대파의 선동적인 언동은 결국 허사로 끝났지만, 그래도 기삿거리가 없어 난감했던 지방지를 꾸미기에는 더할나위없는 그림이었다.

5월 26일 토요일

나는 산들바람이다.

기묘하고 우스꽝스럽고 조금은 잔인하기도 한, 그러나 흔하디흔한 사건이 잇달아 발생하고 있는 마호로 마을을 소리 하나 내지 않고 살며시 스치고 지나가는 산들바람이다. 나는 오월의 햇살에서 나른한 파동을 느끼며 물거품 호수를 건너 마을로 들어가, 사람들의 왕래가 잦은 큰길과 얼룩 고양이나 어슬렁거리는 골목길과 연륜 많은 사람들의 발자국으로 가득한 아마비코 신사의 참배길을 헤치고 들어간다.

그리고 나는 해명의 여지가 없는 사람들 사이를 뚫고 나가, 좋든 싫든 언제나 사건의 소용돌이에 휘말리고 마는 사람들을 피하여 지나간다. 나는 불필요한 생각에 지친 사람들의 머리를 쉬게 하고, 본령에 어긋나지 않으니 모순이 아니라는 논리로 모든 것을 해결하려 하는 사람들의 황폐한 마음을 따스하게 감싼다. 나는 땅값을 매기느라 세월 가는 줄 모르는 사람들의 술렁거리는 피를 다소나마 진정케 하고, 주택난 해소를 갈망하는 저소득층 사람들을 체념의 경지로 조용히 인도한다.

나는 표류하다 해변으로 밀려올라온 익사체 같은 꼴로 선잠을 취하는 양로원 사람들에게 이 세상에서 얼마 남지 않은 날들을 마음껏 즐기는 꿈을 꾸게 하고, 열심히 이익집단에 포함되기 위한 교육을 받고 있는 젊은 사람들에게는 그렇지 않은 길도 있음을 속살거리고, 태어난 지 몇 달 되지 않아 장내의 솜털이 다치지 않은 갓난아기들에게 낙관의 자장가를 들려준다. 그리고 나는 저 소년 요이치를 피하여 지금도 눈이 몇 미터나 쌓여 있는 높은 산봉우리를 넘어간다.

5월 27일 일요일

나는 향수다.

인상이며 키며 천박한 성격까지 꼭 닮았으나 쌍둥이는 아닌 여자들이 애용하고 있는 향수다. 전국을 제패하겠다는 장대한 꿈을 품은 기업의 첨병인 두 여자는 일몰과 동시에 밤하늘색 차를 몰고 마호로 마을에 나타나, 미리 손을 써둔 가발 쓴 읍사무소 직원을 앞세워 곧바로 일에 착수한다. 권모술수에 능한 간부의 계획을 따라 땅의 소유자들을 있는 대로 우롱하는 그 일에 나도 조금은 도움을 주고 있을 것이다.

욕심 많고 용의주도한 땅주인들도 일단은 묻고 대답함에 소홀함이 없는 미모의 교섭 상대에게 쩔쩔매고 이어 나에 당혹한다. 그런데도 얘기는 착오 없이 진행된다. 하기야 그녀들이 맨 처음 노리는 사람들은 필요 없다면서 손을 내미는 자든가 아니면 먹고살기가 고작인 살림에 지치고 지친 자들에 한한다. 가가호호의 그런 세세한 정보를 가르쳐 주고 있는 읍사무소 직원 역시 나에게 혹해 마음을 졸이고 있다. 어리석은 남자다.

두 여자가 가방을 열어 현금을 보이자 동시에 어리석은 남자가 옆에서 끼어들어, "파격적인 가격입니다"라고 말한다. 나에 취한 땅주인은 휘청휘청 일어나 서랍 속에서 도장을 꺼내온다. 여자들은 가격에 관한 정보를 흘리지 말라는 약속을 받고, 또 계약을 반드시 엄수하라고 새삼 강조하고 치졸한 안내자를 재촉하여 자리를 뜬다. 변덕을 방지하기 위해 나의 일부를 남겨놓고서. 이제 땅주인이 아닌 남자는 황홀한 표정으로 구름 위로 솟은 산봉우리를 쳐다보듯 돈다발을 우러러본다.

5월 28일 월요일

나는 용기다.

마치 무대효과처럼 암전된 마호로 마을을 휩쓸고 지나가는 회오리바람 속에서 어린아이를 보호하는 눈먼 소녀의 용기다. 그녀는 익숙한 손놀림으로 그 아이를 꼭 껴안고 벤치 뒤로 몸을 피했다. 그리고 주인을 지키려고 당당하게 바람과 맞서고 있는 하얀 개는, 바람 자체가 적임을 간파하고 네 발로 대지를 버틴 채 하늘을 향해 컹컹 짖어댔다.

소년 요이치도 내게 가세해주었다. 그는 높이 치솟은 흙먼지 소용돌이 중심에 우뚝 서서, 두 팔을 휘휘 돌리면서 강압적인 수단으로 나오는 상대에게 "아아, 우우, 아아" 하고 외쳤다. 그러자 그때, 눈먼 소녀가 나를 감지하였다. 그리고 몇 초 후 그녀는, 늘 누군가에게 의지하지 않으면 살 수 없는, 늘 누군가의 보호를 받지 않으면 살 수 없는 무상한 자신의 입장에서 홀연 벗어났다. 즉, 험악한 지형과 기온차가 현저한 대기에서 발생한 별볼일 없는 바람이 소멸하면서 동시에 눈먼 소녀는 십 년분의, 아니 그 이상의 성장을 꾀한 것이었다. 도움을 받는 기쁨보다도 도움을 주는 기쁨이 한층 더하다는 사실을 깨달은 것이다. 겁에 질린 어린아이는 그녀에게 매달렸다. 하얀 개는 주인을 칭송하여 컹 하고 짖었고, 요이치 또한 자기도 모르게 쾌재를 불렀고, 소나무 숲속에서 사건의 전말을 지켜보던 거지도 불룩 나온 배를 두드리며 기뻐하였다. 황급히 달려온 어린아이의 엄마가 몇 번이나 고맙다는 인사를 하였다. 소녀는 수줍은 듯 손을 입에 대고 호호 웃었다.

5월 29일 화요일

나는 사심이다.

보통 사람의 전형인 남자, 그런 그의 마음속 공백에 불쑥 생겨난 사심이다. 나는 때를 가늠하여, "지금이야, 눈 딱 감고 저질러"라고 부추기고, "아무도 보는 사람이 없다구. 우물쭈물할 것 없어"라고 재촉한다. 훌륭한 인간을 지향하여 수양을 쌓은 적도 없고 원숙한 인격의 소유자도 아닌 그는 내 한 방에 형체도 없이 스러지고 만다. 얼굴 가득 괴로운 빛을 띠고서도 그 손은 이미 성게 통조림을 잡고 있었고, 그는 그것을 순식간에 점퍼 주머니에 쑤셔넣는다.

그러나 그 이백 그램이 단박에 죄의 무게가 되어 그를 덮친다. 자신이 무슨 짓을 했는지 뒤늦게 깨달은 그는 눈앞이 캄캄해지고 숨쉬기가 힘들어진다. 서둘러 그 자리를 뜨려는 그에게 나는 이렇게 충고한다. 그렇게 허둥대면 오히려 의심을 받을 텐데, 라고. 이어 나는 성공을 확인시켜 자신감을 갖게 하고 두번째 거사를 부추긴다. 어차피 손댄 일인데 좀 값나가는 것으로 하지 그래, 라고 속삭거린다. 저기 있는 통조림이 어때.

그러나 남자는 난생처음 행하는, 평생 인연이 없으리라 여겼던 행위에 바짝 긴장하여 그대로 계산대 앞에 선다. 그러나 만약 그가 나의 부추김에 놀아났다면 고참 여점원이 일을 온건하게 처리하지는 않았을 것이다. 그녀는 남자의 불룩한 주머니를 가리키면서, "그것도 계산을 해야지요"라고 작은 소리로 말했다. 어깨를 떨구고 가게를 나오는 혼의 껍데기 같은 남자에게 정나미가 딱 떨어진 나를 파란 소년이 짓뭉개고 지나간다.

5월 30일 수요일

나는 전단이다.

사이드카를 몰고 다녀 사람들에게 알려진 남녀가 재빨리 전봇대에 붙이는 전단이다. 가슴에 파란 새 배지를 단 두 사람은 한 장을 붙일 때마다 두리번두리번 사방을 살핀다. 그러나 밤 깊은 이런 시간에 거리를 나다니는 사람은 거의 없다. 있어봐야 소화전을 껴안고 떨어지지 않는 취객이거나 술은 한 방울도 마시지 않았는데 뱀처럼 구불구불 걸어다니는, 살아 있는 물체라 보기에는 너무도 뒤틀려 있고 죽은 물체라 보기에는 너무도 기운 넘치는 소년 정도다.

남자는 말한다. 이 나라 사람들이 자연에 깊은 애정을 갖고 있다는 말은 터무니없는 소리라고. 그리고 여자는 읍장과 그 일파를 혹평한다. 남자는 이마에 맨 스카프와 텁수룩한 수염과 함께 묶어 어깨 뒤로 늘어뜨린 긴 머리칼로 부담감의 절반을 가리고 있다. 여자는 극단적으로 짧게 깎은 머리로 남자와 대등하게 얘기할 수 있는 자격을 얻었다고 착각하고 있다. 날이 밝으면 나는 읍민들에게 호소할 작정이다. 마호로 마을을 죽여서는 안 된다고. 미미한 파괴가 쌓이고 쌓여 결국에는 인류를 멸망의 길로 인도한다고. 자연만 살아 있으면 그 다음 문제는 어떻게든 해결할 수 있다고. 수백 년을 사는 나무는 있어도 수백 년을 사는 돈은 없다고. 나는 이 남녀에게도 하고 싶은 말이 있다. 대마의 연기로 폐를 더럽혀서는 안 되며 대마를 판 돈으로 유유자적 지내는 그런 생활을 해서는 안 된다고. 그런데 사이드카의 강압적인 배기음이 단번에 나를 침묵시키고 말았다.

5월 31일 목요일

나는 시간이다.

마호로 마을의 사소한 변화에도 우주의 팽창에도 소년 요이치의 몸 세포가 살고 죽는 것에도 깊이 연관되어 있는 무한한 시간이다. 어떤 일정한 방향을 향하여 일직선으로 또는 느낄 수 없을 정도로 완만한 곡선을 그리며 나아가는 나를 저지할 수 있는 자는 현재 존재하지 않는다. 나는 인간만을 괴롭힌다. 인간 이외의 생물은 모두들 나에게 길들어 나를 따라 살고 있으며 나와 친밀한 관계를 맺고 있다. 내가 빚어낸 커다란 흐름에 잠겨 있다는 자각조차 없는 그들에게 한시도 소홀히 할 수 없는 중대사 따위는 없다. 설사 일 초 후에 비참한 죽음이 기다리고 있다 한들 그들은 현재를 충분히 즐길 수 있다. 그들에게는 있지도 않은 행복을 기다리다 지쳐 이 세상은 아무 재미도 없다는 결론을 내리고 방구석에 웅크려야 할 필요도 없다.

그런데 인간은 나를 너무 잘 알고 있다. 이론과 진리와 본질을 추구하고 탐구하고 싶어하는 그들은 나를 알면 알수록 다양한 비극을 양산하고, 미친 욕망을 빛의 속도보다 빠른 속도로 날려보내려 몸부림친다. 그런데도 그들은 내가 무엇인지는 정확하게 파악하고 있지 않다. 그들의 행복은 나를 잊고 그들 자신을 잊는 것에 있는데, 그들은 정반대 방향으로 움직이면서 과거의 나에 대한 환상에 마음을 의지하거나 오지도 않은 나의 그림자를 두려워한다. 나는 지금이란 순간 속에 존재하는데도 말이다.

6월 1일 금요일

나는 화약이다.

휴양지 개발 계획의 진행을 널리 알리고 기정사실화하기 위해, 기반을 조성하기 위해 파랗고 흰 거대한 바위를 폭파하는 대량의 화약이다. 나의 위력은 상상 이상으로 막강하여, 나로 인하여 생긴 지진이 물거품 호수의 수면을 일그러진 파도로 덮었고, 충격파는 호수 바닥에서 명상에 잠겨 있는 수행승의 뇌파를 교란시켰고, 집집의 유리창을 뒤흔들고, 그저 살아 있는 게 고작인 소심한 자들의 심장을 쿵쾅거리게 하였다. 그뿐 아니다. 마호로 마을의 정세가 순식간에 긴박해지고, 반대파는 흥분하여 술렁거리고, 들새도 집새도 울음을 뚝 그치고, 삼층짜리 검은색 건물에 둥지를 틀고 있는 남자들마저 엉겁결에 바닥에 엎드린다. 또 읍장은 전에 없이 긴장한 얼굴로 "할 수밖에 없어"라고 그 자신에게 말하고, 거지는 주워 먹고 있던 떡이 목에 걸리고, 버들처럼 유연하게 흔들리면서 낡은 선창 끝에 서서 잉어를 부르던 소년은 자칫 굴러떨어질 뻔했다.

내가 날려보낸 바위의 파편 몇 개는 수면에 떨어져 물보라를 일으키고, 지난번 산불로 절반이 타버려 지금은 빈집이 된 별장의 지붕에 구멍을 뚫는다. 그러나 성난 사람들이 현장으로 몰려갔을 때 발파를 실행한 자들은 이미 자취를 감추고 없었다. 반대파 사람들이 항의할 대상을 찾아 사방을 서성거리고 있다. 하지만 그들도 마침내는 내 냄새 안에 잠재해 있는 거역할 수 없는 힘을 느끼고 풀이 죽어 돌아간다. 부서진 바위 속에서 튀어나온 사대주의의 잔재가 그들의 뒤를 좇는다.

6월 2일 토요일

나는 축배다.

소년 요이치의 아버지와 난로장이 남자가 의기투합하여, 골목 안 선술집 구석에서 들어올리는 축배다. 나는 임박한 결혼식과, 뒤이어 탄생할 아이와, 언덕을 고스란히 팔아 들어올 떼돈과, 입지조건이 좋은 땅에 새로 세울 편리하고 세련된 집과, 시험 삼아 제작한 풍경의 품평을 겸하여, 좋은 일로 가득한 미래를 몇 번이나 핥는다.

그리고 나는 전혀 남남인 두 남자를 우정이라 불러도 좋을 단단한 인연으로 맺어준다. 이미 그들은 우회적인 말투 따위 전혀 사용하지 않고, 끊임없이 상대방의 의향을 타진하는 비굴한 짓도 하지 않는다. 따라서 서로의 얘기를 곡해하지도 않고, 기탄없이 흉금을 털어놓을 수 있다. 그 골목 안은 지금 트로트 가수가 되지 못한 처녀의 노랫소리와 그 노랫소리를 뒷받침하는 박수 소리로 가득하다.

요이치의 아버지가 말한다. "정년퇴직을 하면 자네 제자로 들어가야겠어"라고. 난로장이 남자는 우쭐한 말투로 말한다. "부모의 정에 굶주렸던 날도 이제는 안녕이로군요"라고. 세차게 내리는 비는 따뜻하여 노랫소리를 방해하지 않고, 마을의 불빛을 받아 긍정의 빛을 발하고 있다. 두 사람은 마음껏 마시고 한껏 대화를 나눈다. 얘기는 끝이 없다. 그러나 그들이 아무리 오래도록 얘기를 나누어도 어째서인가 소년 요이치가 화제에 오르는 일은 없다. 그래서 나 역시 요이치를 피해 지나간다.

6월 3일 일요일

나는 기구다.

사회주의는 명분뿐, 교조적인 독재자가 날뛰고 있는 작은 나라에서 띄워 자본주의가 무르익고 있는 경제대국에 떨어진 기구다. 목직이 무엇인지 나 자신도 모른 채 기류를 타고 날아 좁은 해협을 단숨에 건넌 나는 가스가 조금씩 새어나가 결국 산중에 떨어지고 말았다. 내 바로 아래에 마치 남근처럼 매달려 있는 단순하나 기묘한 기계—시간이 지나면 주성분이 분명치 않은 액체가 흘러나오도록 장치되어 있는—가 자작나무 가지에 걸려 간신히 힘겨운 여행을 끝냈다.

그러나 나는 어차피 기계인지라 가벼워지자 부력을 되찾아 빗속에 둥실 떠서 대기의 흐름을 따라 흔들렸다. 원숭이 떼가 놀라 도망치고 맹금류들도 일제히 날아올랐다. 인간 중에서 유일하게 나를 알아챈 소년이 오래오래 나를 올려다보았다. 마침내 그는 내게 접촉을 시도했다. 돌을 던지고 나뭇가지를 휘둘러보기도 했지만, 나보다 열 배는 흐물흐물한 그 연약한 몸으로 무엇을 어찌할 수 있으랴. 그런데도 소년은 포기하지 않고 나무 위로 기어올라왔다. 그는 게으름뱅이 같은 동작으로 천천히 내게 다가왔다. 그리고 나를 나뭇가지에서 떨어뜨렸다. 그는 나의 원리를 깨닫고, 기계 대신 자기가 매달리기로 하였다. 그는 나를 끌고 언덕 위의 집으로 향했다. 내 힘을 과대평가한 그가 만약 기뻐 날뛰며 언덕길을 뛰어올라가다가 구르는 바람에 나를 놓치지 않았더라면, 필경 나를 잡고 벼랑 아래로 몸을 날렸을 것이다.

6월 4일 월요일

나는 익사다.

푸른 잎사귀와 꽃들이 이루는 선명한 무늬에 에워싸인 물거품 호수에서 올해 들어 처음 발생한 익사다. 사건은 사소한 착시에서 비롯되었다. 장시간 관광버스에 시달리며 간신히 마호로 마을에 도착한 그 늙은 여자는, 수면의 눈부신 반사광 탓에 작은 배를 묶어둔 선창 끝이 잘 보이지 않았던 것이다. 그 나이가 되도록 용케도 살아 있었다 싶은 그녀의 가녀린 몸이 휘청 기우는가 싶더니 물방울이 튀면서 목 아래까지 물에 잠겼다.

그런데 그것은 너무도 소박하고 조심스러운 낙하였기에, 때가 되어도 돌아갈 줄 모르는 백조와 갈매기가 있었기에, 그녀의 친구들도 남들보다 한결 눈치가 빠른 가이드도 전혀 알아차리지 못했다. 더구나 그녀는 별로 몸부림치지도 않고 얼굴만 수면 위에 내놓고서, 소리를 지르려면 얼마든지 지를 수 있었음에도 유람선 쪽으로 자리를 옮기는 친구들에게 도움을 청하지 않았다. 의식은 그런 일을 당하기 전보다 훨씬 명료했다.

그녀는 물에 잠긴 채 마치 오래도록 가슴에 새기고 있던 뜻이라도 이룬 듯, 또는 깨달음이라도 얻은 듯한 표정으로 쾌청한 하늘을 올려다보았다. 그러자 물에서 나오기가 더욱 귀찮아지고 생과 사에 대해서도 의연해져, 가라앉기 직전의 그녀 눈은 휘파람을 불며 시원한 나무 그림자 속을 걸어가는 소년을 포착하고, 그의 뒷모습을 향해 일생일대의 웃음을 던졌다. 그리고 그 눈은 가라앉는 도중에, 숨이 차서 부상중이던 수행승의 볼썽사나운 모습을 또렷하게 포착하고, 청청한 빛을 발했다.

6월 5일 화요일

나는 이혼이다.

허구에 한없이 가까운 꿈 같은 기분으로 일 년 남짓 신혼생활을 보낸 후, 불과 일주일 만에 후다닥 결정된 이혼이다. 양가 부모의 지원 덕분에 부족함 없이 편안한 나날을 보낼 수 있었던 젊은 두 사람은 심각해야 할 법적 절차를 무심하게 처리하고, 각자 좋아하는 노래를 흥얼거리며 가구와 놀이기구를 나누었다. 체면을 염려한 것도, 티격태격 말싸움을 벌인 것도 양가 부모들이었다.

양가의 부모는 서로들 자기 자식을 비호하려 상대방을 욕설로 매도하다가 다소 기분이 누그러들자 이번에는 어떻게든 관계를 회복시키려 설득을 시작했다. 그러나 이미 틀려버린 일이란 것을 깨닫자 그들은 자기 자식들에게 마호로 마을을 떠나 살라고 권했다. "이렇게 좁은 동네잖니"라고 어머니들은 말했다. "돈은 다 대줄 테니까"라고 아버지들은 말했다. 그러나 당사자들은 나쁜 짓을 한 것도 아닌데, 라고 말하고, 앞으로도 우리는 좋은 친구로 지낼 것이라고 말했다.

그리고 두 사람은 마지막으로 근처에 있는 공원을 산책했다. 걷는 도중 욕정이 끓어올라 수풀에 숨어들어 재빨리 일을 끝내고는, 불빛으로 번쩍이는 분수 앞에서 손을 흔들며 헤어져 다시 원래 입장으로 돌아갔다. 자리잡을 곳이 없어진 나는 세놓을 집 한구석에 뒹굴었다. 오늘, 곧 가정을 꾸린다는 한물간 남녀가 찾아와 나를 두들겨 내쫓았다. 남자의 몸에서는 쇠냄새가 나고 여자의 몸에서는 책냄새가 났다.

6월 6일 수요일

나는 새 잎이다.

방화로 발생한 산불 때문에 새카맣게 눌어붙은 나뭇가지를 다시금 소생시키는 새 잎이다. 이후 나는 나날이 수가 늘어나, 지금은 산불에도 타지 않았던 수목을 능가할 정도로 무성하다. 올해 안으로 반드시 산 본래의 모습을 되찾을 것이다. 그 점은 곤충과 들새도 알고 있고 소년 요이치도 알고 있지만, 다른 마을 사람들은 전혀 눈치채지 못하고 있다.

사람들은 기다림에는 이제 지칠 대로 지쳤다면서 산을 소생시키겠다는 내 말에 귀 기울이지 않는다. 엊그제는 한 남자가 나타나 산림의 가격을 계산하였고, 어제는 재빨리 매매를 위한 측량이 마무리되었고, 그리고 오늘은 드디어 전기톱을 멘 사내들이 골짜기로 들어왔다. 나무야 어찌되든 산이야 어찌되든 아무 생각이 없는 그들은 이런 말을 하였다. 밑동까지 다 태웠으면 일손을 덜었을 텐데, 라고.

물론 그들은 나를 인식하였고 나의 무한한 생명력을 인정하고 있었다. 그러나 산사태가 발생할 가능성이 높아진 것까지는 미처 생각지 못한 그들은 가치가 없는 것일수록 질기다면서 가학취미를 노골적으로 드러내고 엔진을 켠 전기톱을 휘둘렀다. 자멸의 길을 재촉하는 거친 작업이 어느덧 끝나갈 무렵, 그러니까 사면이 그대로 드러나고 산이 한갓 흙덩이로 변했을 무렵, "괜찮을까, 괜찮을까"라는 소년 요이치의 떨리는 목소리가 들렸다. 나는 그 소리를 들으면서 죽어갔다.

6월 7일 목요일

나는 전망이다.

현기증과 헉헉거리는 거친 숨 사이를 오가면서 간신히 외딴 언덕을 올라간 거지가 내려다보는, 눈 아래로 펼쳐진 아름다운 전망이다. 나는 게으름뱅이 그의 투실투실한 몸을 괴롭히는 고통을 해소하고, 얻어먹고 주워 먹는 버릇 때문에 대책 없이 비틀려버린 성격을 자각하게 한다. 그러고서 나는, 오랜 옛날 그가 부모에 의지하여 사는 신세였을 무렵에 올랐던, 마치 여자의 몸 같은 화산을 떠올리게 한다.

브라질로 이민 가기를 열망하였던 당시의 그는 그저 해안에 서기만 해도 날씨에 상관없이 수평선 저 너머까지 내다볼 수 있었다. 지금 그는 입신출세의 의욕에 불타 큰 뜻을 품고 위험한 임지로 떠난 채 돌아오지 못하는 사람이 된 아버지를 회상한다. 아버지를 잃은 그는 땅만 쳐다보며 살게 되었고 마음속에 어떤 뜻도 품으려 하지 않았다. 이후 그는 움직임을 멈추었다.

세월의 흐름을 통감한 거지는 반짝이는 나를 향하여 "지금 와서 새삼스럽게 뭘 어쩌겠어"라고 중얼거리고 남은 언덕을 마저 올라가, 마호로 마을에서 일조 시간이 가장 긴 집의 문 앞에 섰다. 그리고 소년 요이치가 밖으로 나오자, 괜스레 기운찬 행동으로 "배고프다, 뭐 좀 줘"라고 말한다. 이층 창가에서 큰유리새가 "저런 몹쓸, 저런 몹쓸"이라고 지저귄다. 요이치는 자기 도시락을 절반 떼어 그에게 나누어주었다. 그리고 두 사람은 벼랑 끝에 앉아 나를 바라보며, 반드시 살기 위한 것만은 아닌 식사를 시작한다.

6월 8일 금요일

나는 포치*다.

물거품 호숫가 별장의, 나무 기둥과 나무 지붕과 나무 바닥으로 멋들어지게 구성되어 크림색 페인트로 마감된 포치다. 올봄에 만들어진 나는 찬란하게 빛나는 수면을 향해 뾰족 튀어나와 생활의 냄새를 물리치고 있다. 읍내는 시골답지 않게 얼토당토않은 사건이 생겨 시끌시끌한 모양이지만, 그 요란스런 소음은 수면을 가로지르는 동안 신뢰성을 잃고, 내게 도착했을 때는 이미 바람 소리의 일부로 변해 있다.

나는 주말을 이용하여 여자도 동행하지 않고 홀로 찾아온 별장 주인을 현실로부터 유리시켜놓는다. 그는 이미 회사를 송두리째 털어먹을 기운도, 죽은 친구가 남긴 빚을 감당할 기력도 없다. 인력 부족으로 인한 생산량 저하로 날로 쇠해가는 그의 사업은 지금 무지개 저편으로 기울고 있다. 이미 장래를 내다보며 원대한 계획을 세우는 그가 아니다. 서둘러 욕심 없는 사람으로 변해가고 있는 그는 지금 내 한가운데 의자를 내놓고 앉아, 향리의 물을 마시며 향리의 저녁 풍경에 젖어 탐욕스러웠던 자신의 과거며 뜻한 바와 다른 나날들에 휘둘리고 있다. 어느 틈엔가 내 난간에 비둘기가 앉아 날개를 접고 있다. 어느 틈엔가 온 마을로 울려퍼지던 사이렌 소리가 사그라지고 있다. 어느 틈엔가 주전자가 비어버렸다. 어느 틈엔가 언덕 위의 집으로 돌아가는 소년이 어둠에 묻혀버렸다. 그리고 이곳에도 어둠이 찾아온다. 그러나 아직도 살아야 하는 남자는 여전히 내 곁을 떠날 줄 모른다.

6월 9일 토요일

* 건물 입구에 지붕을 갖추어 차를 대도록 한 곳.

나는 불화다.

예로부터 어지간히 예의를 존중하고 신의 뜻을 거스르지 않는 길만 골라 걷는 신관(神官) 부자 사이에 생긴 불화다. 그들은 이른 아침부터 신목(神木)의 취급을 둘러싸고 말싸움을 시작했다. 그토록 심한 말싸움을 하기는 처음이었다. 선철을 스승으로 우러르는 아버지는 언제까지고 네 하고픈 대로 하도록 놔둘 수는 없다고, 더이상 구멍을 뚫었다가는 썩어 고사하고 말 것이라고 말했다. 그럴 법한 이유였다.

그러나 방류를 즐기는 아들은 "웬 허풍을 저리 떤담"이란 말을 연발하며, 이만한 일로 고사한다면 신목으로서의 자격이 없다고 말했다. 아버지가 그것은 사람의 도리에 어긋나는 행위라고 단정짓는 순간 나는 단박에 감당하기 어려운 자가 되어 신목이 어쩌니저쩌니 하는 문제를 떠나고 말았다. 아들은 소년 요이치를 두둔해야 하는 자기 입장을 깨끗이 잊고 자신을 옹호하기 위해 애를 태웠다. 그리하여 옥신각신하는 사이 아버지는 나의 정도를 깨달았다. 요컨대 전통을 전부라 여기는 것은 자기다움을 전혀 갖지 않는, 가지려 하지 않는 자의 삶이라는 것을 깨달은 것이다.

해가 중천에 걸렸을 즈음, 두 사람은 마치 수수께끼 같은 말다툼을 그치고 각자 침묵 속에 갇혀 산 몸을 흐르는 피를 느끼고 있었다. 나는 아마비코 신사에 눌러앉은 채로 밤이 되도록 물러나지 않았다. 소년 요이치가 수동 드릴을 내게 들이댔을 때, 팽팽하게 당겨진 활에서 퉁겨나온 화살이 신목에 꽂혀 푸르르 떨었다. 그러나 요이치는 떨지 않았다.

6월 10일 일요일

나는 재채기다.

가난을 그리 고통스러워하지 않으며 옷차림에도 관심이 없고, 자만도 하지 않거니와 겸손도 떨지 않는 남자의 호쾌한 재채기다. 삼나무 꽃가루가 철탑 꼭대기에서 일하는 그의 코를 자극하여 마치 포탄 같은 기세로 뛰어나온 나는 적어도 사방 일 킬로미터에 있는 사람들의 삼분의 일을 되돌아보게 하였다. 그리하여 나는 긴 봄날을 한가로이 노닐며 지내는 노인네들의 수명을 한 시간만큼 단축시키고, 참선을 하고자 산길을 오르는 몽매한 자들의 걸음을 멈추게 하였다.

그리고 나는 경리장부의 난맥상을 악용하고 있는 남자로 하여금 부정이 발각되는 것을 두려워하게 하고, 절박한 얘기를 나누면서도 천박한 웃음을 흘리는 주부들을 침묵하게 하고, 운명이랄까 기연이랄까, 먼 친척 아이를 보살피게 된 부부에게 단단히 각오를 다지게 하였다. 또 예정보다 열흘이나 빠른 자식의 탄생 소식을 듣고 여행지에서 서둘러 돌아온 남자에게는 기쁨의 눈물을 흘릴 기회를 제공하고, 방금 전까지 목례를 나누는 정도에 지나지 않았던 남녀의 사이를 툭 터놓고, 일손이 모자라 발을 동동 구르는 상점 주인에게는 난국을 타개할 기발한 아이디어를 생각나게 하였다.

그리고 나는, 오늘도 곤약처럼 흐물거리며 살고 있는 소년의 등뼈를 잠시나마 꼿꼿하게 해주었다. 내 영향이 꺼져갈 무렵, 철탑 위에서 전선을 만지고 있는 남자는 "딱히 뭐 대수로울 게 있겠어!"라고 큰 소리로 말하고, 이어 아무도 알아듣지 못할 낮은 목소리로 "이 세상이 말이야"라고 말을 이었다.

6월 11일 월요일

나는 엎드려 절하기다.

비단잉어를 등에 새긴 남자에게 다 큰 남자 세 명이 이마를 땅바닥에 대고 빌어대는, 다분히 연기적인 엎드려 절하기다. 그러나 시종일관 단독 행동을 취하며 비단잉어와 더불어 산 남자는 내가 아무리 애원하여도 고개를 끄덕이지 않는다. 그는 이를 닦으면서 나를 경멸스런 눈빛으로 보고 있다. 그러고는 잉어를 기르는 연못 둑 위를 오락가락한다. 그럼에도 포기하지 않으려는 나를 뻐꾸기가 바보 취급하며 우짖는다.

잠시 후 상대가 말한다. 장사치들에게나 통할 수법이 내게도 통용되리라 생각하는가, 라며 팔 수 없는 것은 팔 수 없다고 고집스럽게 퉁긴다. 세 명의 조직원은 몇 번이나 똑같은 말을 반복한다. 물거품 호숫가를 휴양지로 만드는 계획에는 대량의 물이 절대적으로 필요하다고 말하고, 이 연못만 있으면 물거품 호수의 물을 펌프로 퍼내지 않아도 골프장을 유지할 수 있다고 말한다. 손가락이 오분의 삼밖에 없는 남자가 이 연못을 팔지 않으면 계획 자체가 무산될 수도 있다고 말하고, 우두머리 격인 남자는 "그렇게 되면 남자 체면이 뭐가 되느냐"고 덧붙인다.

그러나 상대는 콧방귀를 뀌면서 나를 웃어넘기고, 연못으로 흘러드는 골짜기 물로 입을 헹구고, 그 물을 세 남자 앞에다 퉤 뱉어낸다. 벌써 두 시간이나 지났는데 아무런 진전도 없다. 울컥 화가 치민 키 큰 남자의 얼굴이 수면에 비쳐 흔들흔들 흔들린다. 하양과 검정 얼룩무늬 잉어가 펄쩍 튀어오른다.

6월 12일 화요일

나는 우체통이다.

오래도록 소식 없는 아들에게 보내는 절절한 마음이 담겨 있는 편지를 막 집어삼켰는데도 여전히 배고픈 우체통이다. 그 가엾은 어머니는 편지가 떨어지는 소리를 분명히 들었음에도 내 입에 억지로 손을 밀어넣고, 편지가 어디에 걸리지는 않았는지 꼼꼼히 살폈다. 그렇게 확인한 후에도 그녀는 자리를 떠나지 못하고, 당장이라도 나를 껴안을 듯 하염없이 서 있었다.

누가 보아도 그녀가 후회하고 있음은 명백했다. 남편을 저세상으로 먼저 보낸 그녀는 외동아들을 마호로 마을 밖으로 내보낸 일을 몹시 후회하고 있었다. 보다못한 나는 이렇게 말해주었다. 남자가 그리 되는 것은 당연한 세상 이치가 아니겠느냐고. 말이 나온 김에 새삼스럽게 의지할 상대를 찾아서는 안 된다는 말도 하였다. 그러자 그녀는 "알고 있어"라고 중얼거리고, "그런 거야 다 알고 있지"라고 말했다. 그러고서 그녀는 사방에 사람의 눈길이 없음을 확인하고는 갑자기 내게 몸을 기댔다. 그녀는 말했다. "어미가 되는 게 아니었어"라고. 그러다 길 건너에서, 병든 몸이지만 맨주먹으로 이 세상과 마주하고 있는 소년의 모습을 발견하고는 서둘러 내게서 몸을 떼고 다시금 홀로 사는 나날로 돌아갔다. 그 소년은 내 입에 파란 새의 깃털을 하나 떨어뜨리고, 나를 꽉 껴안더니 "인간이 되는 게 아니었어"라고 또렷하게 말했다. 저녁나절이 되자 나는 다시금 텅 비고, 늦은 밤이 되자 가발 쓴 취객이 내 입에다 토악질을 해댔다.

6월 13일 수요일

나는 교섭이다.

마호로 마을에서 유일한 창부와, 호수 바닥에서 고행을 쌓고 있는 젊은 수행승 사이에 오가는 가격에 대한 교섭이다. 처음에 창부는 상대가 상대인지라 내게 응하려 하지 않았다. 그러나 수행승은 심각했다. 그는 시장을 보고 돌아오는 그녀를 미행하여 말을 걸 기회를 엿보았다. 만약 그녀가 곧바로 '삼광조'로 돌아갔더라면 내가 나설 여지는 없었을 것이다.

창부는 딴 데로 빠졌다. 그녀는 올해 들어 처음 듣는 매미 소리에 이끌려 소나무 숲으로 걸음을 옮겼다. 그리고 아무리 일해도 거칠어지기는커녕 오히려 윤택함을 더하는 피부를 나뭇잎 사이로 스미는 햇살에 드러냈다. 그녀를 불러세운 수행승은 마른 목소리로 가격을 물었다. 창부는 갑작스런 손님을 멀뚱멀뚱 쳐다보면서, 이 정도만 있으면 충분하다는 뜻으로 손가락 세 개를 세워 보였다. 그러나 이런 말을 덧붙이는 것도 잊지 않았다. "그런 얘기는 손님과 직접 하면 안 되게 돼 있어요." 그러고는 사무실 전화번호를 가르쳐주었다.

그러자 수행승은 제삼자를 개입시키고 싶지 않다고 말하면서, 돈을 지불하는 목적도 다르다고 말했다. 함께 호수에 잠수를 해주면 된다고 그는 말하고, 제안을 받아들이면 두 배로 지불해도 좋다고 말했다. 창부는 그 말을 듣는 순간 겁에 질려 뒷걸음질을 치면서 도움을 청하려 "요이치!"라고 외치고, 호숫가를 걷는 소년 쪽으로 뛰어갔다. 나는 수행승이 끌끌 혀를 차는 소리에 공중으로 산산이 분해되었다.

6월 14일 목요일

나는 미의식이다.

정진에 정진을 거듭하여, 한 분야를 확실하게 개척했다고 자부하고 있으며 사실 그 방면의 대가가 된 화가의 미의식이다. 나는 마호로 마을에 넘치는 고상한 빛을 그리고, 그 빛을 부각시키기 위해서 최소한의 그림자만 곁들인다. 그리고 유난히 눈부신 빛을 한껏 받으며 사는 인간 비슷한 자를 곁에 곁들이고, 때로는 소녀 취향을 노골적으로 드러낸 하얀 말과 호숫가에 사는 짐승들을 여기저기 그려넣는다. 지금까지 나는 몇 번이나 그에게 충고하였다. "정말 그런 것들만 그려도 괜찮은 것이냐"고 말하고, "네 눈에는 그런 것들밖에 보이지 않느냐?" 고 물었다. 그러나 그는 나를 무시하고, 별스러우리만큼 유연한 몸짓과 도저히 예술가라 할 수 없는 얼빠짐으로 대가에 이르는 지름길을 쉼 없이 걸어 마침내 정상에 오르는 데 성공하였다. 하지만 나의 수준은 여전히 낮고, 내가 바람직하다 여기는 것은 권위에 약한 여자와 여자에 가까운 남자, 그리고 처세에 능한 미술 평론가와 상술이 빼어난 화상 정도였다. 나이를 먹은 그는 사후의 명성을 염려하여 이 도시 저 도시와 손을 잡으려다 거절당한 나머지 이 지방과 손을 잡고 미술관을 세웠다.

오늘 그는 마호로 마을을 찾아 물거품 호숫가에 서서, 물을 사이에 두고 대치하고 있는 이승 산을 스케치하였다. 물론 지방신문을 장식하기 위한 포즈였다. 나는 그에게 말했다. "저 아이를 좀 보라구"라고 말하고, "춤추듯 걷는 저 아이의 그림자는 어째서 그리지 않느냐. 빛도 굉장한데"라고 말했다. 그러나 말해봐야 소용없는 일이었다.

6월 15일 금요일

나는 알이다.

마호로 마을에 사는 그 누구도 이름을 모르는 벌레가 풀잎에 딱 한 개 떨어뜨려놓은 모래알 같은 알이다. 새들도 너무도 작아 눈에 띄지 않는 나를 눈치채지 못했다. 나를 직사광선으로부터 지켜주고 있는 풀잎조차도 알아차리지 못한다. 그러나 그런 나 역시 뜬세상을 유지케 하는 법칙 아래 다른 것들과 전혀 다르지 않게 평등한 대접을 받고 있다.

나 또한 중력의 영향 아래 있으며, 삶과 죽음의 순서를 그르치지 않고, 절대로 앞서는 일 없으며 한시도 홀대할 수 없는 상황 속에서 푸르디푸른 생명을 키워나가고 있다. 내 주위에는 잡초들이 무성하게 줄기를 뻗고 있고 조금 멀리 떨어진 잡목림에서는 둥지를 떠날 연습에 열심인 어린 새의 날갯짓 소리가 간단없이 들린다. 내 곁을, 구도에 마음을 빼앗겨 입문하고 무채색 옷을 두른 남자들 무리가 지나간다. 잠시 후에는 숙련된 살인자인 키 큰 청년이 지나간다. 그리고 도처에서 화합과 합성과 탄화가 서로 다른 목적에 부응하여 순조로이 진행되고 있으며, 살아 있는 모든 것은 창의를 구사하여 생존의 신기축을 내세우고 섭리에 잠재하는 세력을 폭발시키고 있다.

머리통이 똑바로 서지 않아 우연히 나를 발견한 소년은 내게 몸으로써 삶의 고충을 보여주고 각오는 되어 있느냐고 묻는다. 보시다시피 완벽하다고 나는 대답한다. 그러자 소년이 말한다. "처음에는 모두들 그렇게 말하지."

6월 16일 토요일

나는 벌목이다.

온 산과 온 숲과 온 마호로 마을을 뒤엎는 가차 없는 벌목이다. 나는 전기톱을 휘두르며 나무들을 무차별 살육하고 불도저를 끌어내어 산처럼 쌓인 사체를 효율적으로 정리한다. 백 년이 넘게 걸려 조성된, 물이 잘 빠지면서도 비옥한 이상적인 토지가 하루아침에 허허벌판이 되었노라고 누군가가 한탄하며 나에게 항의한다. 그 항의에 나는 이렇게 고함을 질러주었다. 지금은 부수적인 일을 생각할 때가 아니야.

울창한 숲을 우주로 삼아 삶을 영위한 무수한 생물들이 숨을 죽이고 상황을 살피고 있다. 나무와 흙이, 나무와 물이, 나무와 바람이, 나무와 인간이 얼마나 밀접한 관계에 있는지 모르는 것이냐면서 누군가 나에게 대들었다. 나는 주저 없이 대꾸한다. 이미 다 끝난 일이라고 말하고, 나야말로 마호로 마을의 백년대계를 수립할 자이며, 더 나아가서는 국가의 기둥이 될 자라고 말한다. 이리하여 나는 논쟁의 불길을 들쑤시고, 항상 민의를 존중한다고 자부하는 읍장에게로 항의 전화와 편지를 쇄도케 한다. 그러나 반대를 뜻하여 든 손의 수가 압도적으로 늘어나는 일은 없었다.

오늘 만약 나무로 태어났더라면 당연히 무차별 학살을 면치 못했을 소년, 푸른 새 같은 색을 띠고 있는 소년이 하필이면 맨주먹으로 내게 맞섰다. 그러나 소년은 단박에 목덜미를 잡혀 공사현장으로 변한 산 밖으로 떨쳐졌다.

6월 17일 일요일

나는 도시락이다.

빛과 열을 방사하는 별 아래서 웃통을 벗고 일하는, 땀에 젖은 건장한 남자들이 짐심시간에 담식하는 도시락이다. 나는 그들로 하여금 잠시나마 혹사와 착취라는 말을 잊게 하고, 전 재산인 몸뚱어리가 뜻대로 움직여주지 않을 날이 반드시 찾아온다는 사실을 잊게 해준다. 그리하여 그들은 내 안에서 처자식의 미래를 발견하고, 일자리를 잃고 궁핍한 가운데 일자리를 찾아 헤매다닌 지난날들을 떠올리고, 고난을 이겨낼 수 있는 기개를 키운다. 비록 반찬은 식용 색소와 방부제에 전 멸치조림과 무말랭이뿐이지만 말이다.

그들은 빵과 우유로 점심을 때우는 신참에게 말한다. 가정을 꾸리기 전에 마호로 마을을 떠나라고. 이곳은 멀쩡한 젊은이들이 있을 곳이 아니라고. 그러자 토광 바닥에 판 구멍에서 사는 젊은이가, 마호로 마을을 떠나서는 하루도 살고 싶지 않다고 말한다. 그런 그에게 누군가가 "다시 한번 나가보지그래"라고 말한다. "그게 싫으면 여자라도 하나 꿰차든지"라고 다른 누군가가 말한다. 젊은이는 나를 곁눈질하면서 끼니와 여자에 홀려 이 자유를 잃을 수는 없다고 말한다. 다른 누군가가 말한다. "그런 것만 먹고 어디 목숨 부지할 수 있겠어?"라고 말하고, "우리 친척 중에 아주 참한 색시가 하나 있는데, 소개해줄까? 실은 한 번 실패한 경험이 있지만 말이야"라고 말한다.

젊은이는, 저수지 건너편을 향하여 괴상한 소리를 지르면서 아지랑이 같은 몸짓으로 지나가는 소년을 바라보고는 "난 필요한 거 하나도 없습니다"라고 말한다.

6월 18일 월요일

나는 풍경이다.

곧바로 흐르는 강처럼 시원스런 소리를 내면서 그 어떤 전의도 묵살해버리는 철제 풍경이다. 원래 내 평판은 그런대로 괜찮았다. 제작자인 난로장이 남자에게 모두들 이렇게 말했을 정도였다. 아무 멋도 없는 난로보다는 이쪽이 훨씬 성품에 어울리는 것 같은데, 라고. 그리고 난로만큼이나 나의 상품가치도 날로 높아져, 아직 여름이 찾아오지 않았는데도 밀려오는 주문을 감당할 수 없었다.

그런데 애써 쌓아올린 평판이 하루아침에 곤두박질치고, 소리가 나빠진 것도 아닌데 사람들은 어쩐 일인가 눈썹을 찌푸렸다. 앞장서서 나를 칭찬했던 남자는 맥주병을 세워놓고 젓가락으로 두드리는 소리 같다며 혹평하고, 이웃에 사는 여자는 시끄러워서 잠을 잘 수 없으니 어떻게 좀 하라고 불평하였다. 얼마 후에야 난로장이 남자는 그 이유를 이해할 수 있었다. 그들이 언짢은 까닭은 내가 아니라 내가 불러들이는 많지 않은 돈이었다. 아니면 그가 나이 들어 거머쥔 조촐한 행복이었는지도 모르겠다.

즉 그들은 그의 일이 궤도에 오르고 있는 것도 배우자를 맞이하는 일도 아내가 될 여자의 친정에 목돈이 굴러들어올 것이라는 소문도 모두모두 마음에 들지 않아 내게 화풀이를 하는 것이었다. 그런데 그가 나를 처마에서 떼어내겠노라 작심한 오늘, 그의 재혼 상대의 동생이 누구인지 알려지는 순간 내 소리에 투덜거리던 사람들은 입을 꾹 다물었고 다시금 내 평판도 좋아졌다.

6월 19일 화요일

나는 세 갈래 길이다.

마호로 마을의 남남서쪽 어귀에서 지나가는 사람을 붙들고 따져물으려고 벼르고 있는 세 갈래 길이다. 나는 벌써 오랜 세월, 천 년이나 그렇게 사람들을 동요시킨 세 갈래 길이다. 내가 물고 늘어지는 질문은 언제나 "행복한가?" 하는 오직 한 가지였다. 고개를 깊이 끄덕이는 자에게는 이렇게 물었다. 그것은 투실투실 살이 찐 암송아지 같은 유의 착각이 아니냐고. 돼지나 닭에 비유하기도 하였다.

말을 꺼낸 김에 나는, 사실은 어쩔 수 없어서 그냥 살아 있는 것이 아니냐고 물어 상대방의 허를 찌르고, 그렇게 된 이유를 따져물었다. 그리고 둘러댈 말조차 없어 멍청하게 서 있는 자에게는 이렇게 추궁하였다. "자, 어느 쪽으로 갈 것이냐? 오른쪽? 왼쪽?" 어느 쪽을 택하든 나의 반박은 똑같은 내용이었다. "잘못된 선택이 아니라고 단언할 수 있는가?" 내 묵직한 목소리에 등을 얻어맞은 상대는 도망치듯 그 자리를 떠났다.

이리하여 나는 마을 사람들의 애물단지가 되었다. 사람들은 주춤주춤 나를 피했고 끝내는 나를 곁에 두고서 샛길을 찾는 이들이 많아졌다. 그런데 오늘 오후, 곰 같은 삽살개를 데리고 한 남자가 지나갔다. 그는 이렇게 대답했다. 글쎄, 뭐라 답하기가 곤란하군. 그러고는, 함부로 대답할 성질이 아닌 것 같군, 이라고 말했다. 결국 그는 오른쪽 길도 왼쪽 길도 선택하지 않았고, 그렇다고 온 길을 되돌아가지도 않았다. 그는 풀숲 어둠으로 모습을 감추었다. 저녁나절, 살아 있는 것만으로도 대단하다 싶은 소년 요이치가 나타나 내 한가운데다 똥을 누었다.

6월 20일 수요일

나는 악행이다.

어제와는 무언가 다른 하루를 보내려고 키 큰 조폭 청년이 오늘도 마다 않는 악행이다. 처음 뜻한 바를 절대로 무너뜨리려 하지 않는 그의 진정한 목적은 나로 인한 법망의 테두리를 벗어난 이익이 아니라 나 그 자체이다. 나와 더불어 사는 그는 나 없는 나날은 일고의 가치도 없다고 여긴다. 그런 남자를 키워낸 것은 빈곤이 아니다. 부모로부터 개처럼 버림을 받아서도 아니다. 또는 정반대로 풍요로운 환경과 지나친 투자 탓도 아니다. 가슴에 휑하니 구멍이 뚫린, 삐죽삐죽한 바람구멍으로 나로 메우려 하는, 조금은 동정의 여지가 있는 그런 남자가 아니다.

따라서 이 청년은 내게 깊이 관여함으로써 점차 그늘이 짙어지는 일도 없고, 경찰을 상대할 때는 어떨지 몰라도 자신이 죄를 저지르려 했음을 부인하는 일도 없으며 한밤중에 자지러지는 소리를 지르며 벌떡 깨어나는 일도 없다. 맨 처음 자기가 손댄 남자를 내려다보면서 온몸에 소름이 돋아 부르르 떨지도 않았으며, 오히려 그날 밤에는 정신없이 곯아떨어졌다고 한다. 적은 물론이요 그의 동료들마저 그를 두려워한다. 너무도 두려운 나머지, 이참에 적당한 방법으로 처리하는 편이 좋겠다고 생각하는 자까지 있을 정도였다. 그 자신도 예사가 아닌 자기 자신을 알고 있었다. 나 덕분에 독행(獨行)의 정신을 드높이고 있는 그는 알게 모르게 소년 요이치를 흉내내고 있으나, 그 점은 아직 자각하지 못하고 있다.

6월 21일 목요일

나는 새벽 종소리다.

자연 파괴의 세례를 받고 있는 마호로 마을, 그 천지에 가득한 정기를 뚫고 울려퍼지는 새벽 암자의 종소리다. 오랫동안 비에 젖은 나는 불도의 깨우침을 담아 종을 치는 자의 의도와는 전혀 다른 영향을 뿌리고 있다. 즉 속세와 인연을 끊으려 애태우는 자들의 치졸한 욕망을 자극하고, 소문에 휘말려 진퇴양난에 빠진 자의 악한 마음을 북돋우며, 강한 자의 뜻에 따를 뿐인 변절자와 앞서 한 말을 밥 먹듯 뒤집는 소갈머리 없는 자들의 수를 급증시킨다.

그러고 나서 나는 전력을 다해 일에 임하려는 자를 의심과 주저의 구렁텅이로 끌어들이고, 식견 있는 자의 제안으로 거행되는 궐기대회에 참가하고자 하는 마음을 뒤집고, 오래 살아남으려고 절식하고 있는 늙은이들에게 폭음과 폭식을 권한다. 그리고 나는 강에서 모래를 채취하여 생계를 잇고 있는 자에게 금광을 발견하는 헛된 꿈을 꾸게 하고, 반세기 전에 미개척지를 개간하여 독자적인 양상추 재배법에 성공한 자의 자부심을 짓뭉개버린다. 후련하다.

이어서 나는 모두가 좋아하는 순박한 아가씨를 사람의 속을 함부로 들춰내는 교활한 여자로 만들고, 올봄 초등학교에 들어간 아이들에게는 소년 요이치 같은 인간을 냉대하고 웃음거리로 만들어 오늘을 그럭저럭 살게 하는 기술을 가르친다. 또 나는 한 푼도 내고 싶어하지 않는 사람들에게 절의 수리를 위한 거액의 기부를 강요한다. 참으로 기분이 좋다. 그런데 내게 아무런 기대도 하지 않으며 아랫배에 힘을 준 채 손끝 하나 까딱 않고 나를 듣는 자에게는 내 음모가 전혀 통하지 않는다. 마음에 안 드는 자들이다.

6월 22일 금요일

나는 도약이다.

물거품 호수의 주인이며 어쩌면 마호로 마을의 주인일 수도 있는 거대한 잉어가 오랜만에 보여준 도약이다. 그러나 나를 목격한 것은 소년 요이치와 눈먼 소녀와 소녀의 사랑스런 개뿐이었다. 비가 멎은 틈에 호숫가를 찾은 그들은 호수를 향하여, 또는 미래를 향하여 튀어나온 다 망가진 선창을 조심조심 걸어, 어깨를 나란히 하며 그 끝에 섰다. 손님을 태운 유람선은 저 멀리 사라졌다.

그리고 요이치는 살 만큼 살아 얼굴이 쭈글쭈글한 노인처럼 하늘을 우러르며 감탄하였다. 또 아리따운 소녀는 어린애다운 수줍음을 보이면서도 단련된 직감으로 호수 주변의 풍경을 눈 뜬 자보다 정확하게 파악하였다. 그녀는 수면 위로 규칙적으로 올라오는 관음상의 신선한 물방울에 대해서도, 온화한 표정의 그 관음상 앞에서 돌을 껴안고 고행에 정진하는 수행승에 대해서도, 밀려오는 물결이 때의 흐름 그 자체임에 대해서도, 어느 틈엔가 발치로 다가온 거대한 잉어에 대해서도 알고 있었다.

그럼에도 소녀는 나의 엄청남에 압도되었고, 하얀 개도 얼이 빠졌다. 그러나 겁내지는 않았다. 내가 이 세상을 향하여 힘껏 발한 것은 근육 주사보다 확실하게 그들의 몸과 혼으로 스며들었다. 감격한 그들은 잠시 동안 입을 다물지 못했다. 거대한 잉어가 대기중에서 다시금 물 속으로 모습을 감추고, 선창의 흔들림이 완전히 멈춘 후에도 침묵은 계속되었다. 그리고 "보였어"라고 소녀가 중얼거렸다.

6월 23일 토요일

나는 깨달음이다.

게으른 잠을 즐기고 있는 거지의 여유로운 모습을 바라보다 젊은 수행승이 깨친 보살것없는 깨달음이다. 마호로 마을 제일가는 호화로운 음식찌꺼기를 배불리 먹고 등나무 아래서 성연을 베풀고 있는 노인에게서 값비싼 술을 취하도록 얻어마신 거지는, 종이상자로 만든 집과 집 위에 있는 돌아오지 않는 다리와 다리 위에 있는 별이 돋은 하늘과 하늘 위에 있을 정토의 보호 아래, 병적일 만큼 살찐 몸을 누이고 죽음처럼 깊은 잠에 빠졌다.

나는 느닷없이, 가혹한 생활을 하고 있는 셈 치고는 그리 야위지 않은 수행승의 온몸을 내달리며 척수를 관통하고 뇌까지 치고 올라가, 지금까지 나름대로 쌓아올린 정신을 격렬하게 뒤흔들면서 "이 남자와 너 사이에 대체 어떤 차이가 있단 말인가?" 하고 물었다. 수행승은 오류 강 강물로 눈길을 떨구었다. 나는 틈을 주지 않고 밀어붙였다. "너는 방황하고 있고 이 남자는 방황하지 않는다. 그것 말고 무슨 차이가 더 있겠느냐?" 고 다그쳤다.

마침내 그는 그럴싸한 대답 한 가지를 얻었다. 수행승은 순식간에 거지와 다를 바 없는 탁발을 그만두고 일하기로 결심하였다. 노동을 하여 이웃과 선을 긋기로 한 것이다. 그는 그길로 보트 대여점 아저씨에게로 달려갔다. 내게서 가장 멀고도 가까운 불치병의 소년 요이치에게 떡을 먹이고 있던 아저씨는 "그것 잘됐군"이라고 말하고, "당장 내일부터 와주게"라고 말하고 살색 달을 올려다보았다.

6월 24일 일요일

나는 괴우(怪雨)다.

사람들의 불안과 불길한 예감 등을 핵으로 하여, 이승 산 기슭에 부채꼴로 번지고 있는 개척지를 두드리는 색깔 있는 괴우다. 나는 들길에 핀 제비꽃을 붉게 물들이고 삼나무 높은 가지에서 가지치기를 하고 있는 남자의 얼굴 역시 같은 색으로 물들인다. 나무꾼 밑에서 잡일을 하고 있던 젊은이도 이변을 알아차렸다. 그는 나무꾼이 피를 흘리는 줄 알았다. 나무꾼 역시 자기 몸에 상처가 없는지 여기저기 살폈다.

잠시 후 그들은 사태를 파악하였지만 나를 제대로 설명할 수는 없었다. 오래 살기 위한 번거로움을 조금도 마다 않는 늙은 나무꾼은 "이런 비는 처음이로군"이라고 중얼거리고, "세상도 이제 슬슬 끝장인가 보군"이라고 말하더니, 얼마 일도 하지 않았는데 미련 없이 집으로 돌아갔다. 나는 숲과 들판의 녹음을 파멸의 색으로 물들였다. 그러나 속속들이 그럴 수는 없는 노릇이라 마호로 마을 전체로 보면 거의 변화라 할 만한 변화는 아니었다.

그런데 젊은이는 나를 아주 마음에 들어했다. 무슨 근거로 그리했는지는 모르겠으나 그는 나를 각별히 여기며 떠받들었다. 그리고 이 나에게 무슨 신비한 힘이 있을 것이라고 지레짐작한 그는 갑자기 옷을 훌훌 벗어던지더니 개간되지 않은 넓디넓은 토지 한가운데 서서 흙투성이가 되어, 핏빛으로 범벅이 되어 즉흥적으로 '유정'을 춤추었다. 춤을 추면 출수록 그의 피는 들끓었지만 나는 반대로 시큰둥해져서, 파란색을 좋아하는 소년이 나타나자 그 자리에서 평범한 비로 되돌아갔다.

6월 25일 월요일

나는 현장 단속이다.

마호로 마을의 경찰이 전원 출동하여 꼬투리를 잡으려 했지만 결국은 고배를 마시고 만 현장 단속이다. '틀림없는 정보'라는 자신에 찬 담당 형사의 말을 그대로 믿고 몰려든 경찰들이 본 것은 현금과 화투와 노름꾼과 손님들이 아니라 맛있게 저녁을 먹고 있는 다섯 사람이었다. 여주인은 차분한 말투로 "구둣발로 들어오시면 곤란하죠"라고 말하며 난입한 남자들을 올려다보았다.

창부는 맥주 거품을 내뿜으며 키들키들 웃었고, 키다리 청년은 새어나간 거짓 정보에 만족하면서 덜 익은 쇠고기를 밥 위에 듬뿍 얹어, "식사 좀 하시지요"라고 말하고, "아니면 수색이라도 하겠습니까?"라고 말했다. 말단 신참 소년은 공포에 부들부들 떨리는 이를 앙다물고 소년 요이치는 갑작스런 침입자들에게 날달걀을 던지며 환호하였다.

나는 패배를 순순히 인정하고 싶지 않았다. 내통한 자를 찾는 것은 나중으로 돌리기 위해 지금 이 자리를 어떻게든 무마해야겠다고 생각했다. 어색함을 둘러대기 위해 형사는 부하에게 각 방을 철저하게 조사하라고 명령하였다. 사소한 것이라도 분명 어떤 단서가 나올 것이라고 생각했다. 그러나 타인의 눈길을 꺼리는 장부는 물론이고 법에 저촉될 만한 무기나 약물류, 화투 한 장 나오지 않았다. 아무래도 내가 상대를 너무 얕본 모양이었다. 돌아가는 길에 형사는 요이치 쪽을 턱으로 가리키면서, "이 아이는 어쩔 생각이지?"라고 물었다.

6월 26일 화요일

나는 눈앞의 욕망이다.

전직 대학교수가 매사 순조롭게 진행되고 있는 요이치의 누나를 붙들고서 설명하는 눈앞의 욕망이다. 그는 일부러 도서관까지 걸음을 하여 "아버지보다는 자네 쪽이 그나마 말귀를 알아들을 것 같아서"라고 전제한 뒤 언덕의 소유권자인 딸에게 용건을 말했다. 듣자 하니 물거품 호수에 가장 잘 어울리는 그 언덕을 팔아넘긴다고 하는데, 그것이 사실이냐고 그는 물었다.

그녀는 아무 대답도 하지 않았다. 그러자 그는 자연 파괴가 몰고 올 재앙에 대해서 한바탕 늘어놓고는 "팔지 않도록 자네가 아버지를 좀 설득해주지 않겠나" 하고 부탁하였다. 그후 두 사람 사이에 숨막히는 침묵이 흘렀다. '마호로 마을의 자연을 지키는 모임'의 회장은 다시금 입을 열고 "책을 좋아하는 사람이니 이해해줄 것 같은데"라고 말하고, "안타깝게도 우리한테는 그 언덕을 사들일 만한 자금이 없어"라고 말했다. 그리고 그는 조금씩 말투를 강경하게 바꾸어가면서, 상대가 "저도 아버지와 생각이 같아요"라고 말한 직후 나를 퍼부어댔다.

내게 쫓기고 몰린 그녀는 이렇게 대꾸하였다. 사람은 모두들 그렇게 살아가고 있다고 말하고, "선생님도 노후의 보람을 위해서 그러는 것이지 사실은 마호로 마을 따위 어떻게 돼도 상관없잖아요"라고 말했다. 남자는 입을 다물었다. 도서관 밖에서 유치원 아이들이 재잘거리는 소리와 훈풍과 빛나는 물과 함께 내 친구들이 도처에서 재기발랄하게 깡충거리고 있었다.

6월 27일 수요일

나는 생기다.

친구들과 어울려 바다로 여행을 떠나려는 노인들이 타고 남은 재의 열기처럼 뿜어내는 생기나. 선원이 다섯인 그들은 이날을 위해서 일찌감치 잡다한 일들을 처리하고 체력을 보강해두었다. 전세낸 봉고 버스를 기다리는 동안 그들은 들뜬 대화를 나누고 있다. 활기차게 웃고 떠드는 소리가 온 마을에 들릴 정도였다. 활기차다는 점에서는 학교에 오가는 길에 조잘거리는 아이들의 목소리를 능가했고, 천황을 신으로 섬기는 나라에서 굳은 뜻을 발휘하였던 당시의 거짓 활기를 능가했고, 도박판에서 달구어진 손님들의 흥분을 웃돌고 있었다.

평소에는 노인들을 깔보던 들개들도 오늘은 내 기세에 눌려 피해가고, 마호로 마을의 좁디좁은 길에는 어울리지 않는 대형 승용차를 몰고 다니는 키 큰 조직원도 압도되었고, 의수 끝에 달려 있는 갈고리로 내일을 일일이 끌어당기지 않으면 안 되는 남자는 자기도 모르게 "이제 곧 목관 신세질 인간들이라 역시 굉장하군"이라고 중얼거렸다. 그들은 이미 아들에게 어려운 문젯거리를 제공하고 며느리에게 이러쿵저러쿵 잔소리를 해대는 미운 털이 아니다. 또 신의 품에 귀의하여 손끝 하나 꼼짝 못하는 어리석은 자도 아니다. 나는 그들을 뜬세상을 사는 좌표의 원점에 되돌려놓는다. 나는 그들을 데리고 파란 형광색 버스에 올라탄다. 그들이 땅바닥에 남겨놓은 등신대의 엷은 그림자를 소년 요이치가 밟고 지나간다. 그들과 그들의 빛을 태운 버스는 분수령을 이루는 산맥을 향하여 당당하게 달려나간다.

6월 28일 목요일

나는 액체다.

더듬더듬 깨달음의 길을 찾고 있는 수행승과 범인하고는 다소 다른 시각을 갖고 있는 소년 요이치, 그들이 덮어쓰고 있는 액체다. 수행승은 나에 에워싸여 썩어가는 관음상과 대좌함으로써 의식의 건너편에 있는 빛의 경지에 도달할 수 있을 것이라 믿고 있다. 그리고 요이치는 나에 잠겨 손발을 허우적거리고 있으면 언젠가는 하늘을 나는 능력을 터득할 수 있을 것이라고 믿고 있다.

요이치는 마당에다 내놓은 플라스틱 통에 나를 가득 채우고 알몸으로 풍덩 뛰어들어, 날개처럼 구부린 두 팔을 옆구리에 찰싹 붙이고 얼굴을 몇 번이고 내 안에 처박고는 푸들푸들 전신을 떨며 물방울을 튕긴다. 그러나 나는 요이치의 체내를 돌고 있는 장액이나 오체에 고여 있는 점액에 아무런 영향도 끼치지 못한다. 요이치의 피부에 들러붙어 있는 때를 약간 씻어냈을 뿐이다. 그런 요이치를 이층에서 바라보고 있던 큰유리새가 말한다. 새 흉내를 내다니 멋없는 짓거리라고 말하고, 그런 노력이 결실을 맺는 일은 절대로 없을 것이라고 충고한다. 그러나 나는 요이치 편을 들어, 무슨 일이든 해보지 않으면 알 수 없지, 라고 말한다.

한편, 호수를 가득 채우고 있는 나의 힘을 빌려 임사 상태에 다가가려는 수행승 또한 뜻한 바를 이루지 못하고 있다. 파도를 일으키며 돌진하는 모터보트에 위협을 느끼고 있을 뿐이다. 고속으로 회전하는 스크루는 "소용없어, 헛수고야, 괜한 짓이라구!"라고 고함을 지르고 있다. 하지만 나는, 해보지 않고서는 알 수 없는 일이라고 그를 변호하고 격려한다.

6월 29일 금요일

나는 자동차다.

자살로 생을 마감한 딸 때문에 눈물로 나날을 보내는 아버지가 미친 듯 몰아대는 개조된 자동차다. 그 자신은 재기를 위해서 다트 트라이얼* 연습에 정진하고 있다고 생각하는 모양이지만 내가 보기에 그것은 모터스포츠와는 거리가 멀고 복귀와도 전혀 맞지 않는 행위에 불과하다. 뒷바퀴를 움직여 내리막 급커브를 돌 때마다, 비보에 정신을 잃었던 그 쾌청했던 하루가 되살아나 딸의 숨통을 단단히 조였던 튼튼한 비늘 끈과 굵은 소나무 가지가 눈앞에 아른거리면서 자기도 모르게 탄식하는 그의 모습이 바로 그 증거다.

그날 이후 세상의 어두운 면만 보게 된 그의 눈은 구름 사이로 비치는 햇빛을 쬐면 반사적으로 감긴다. 그러고 나서 속도를 높이고 핸들을 죽음의 각도로 꺾으면서 내가 관으로 변할 기회를 노리고, 배기음을 능가하는 흡기음 소리에 취하면서 자신의 시비를 가려줄 하늘의 소리를 기다린다. 그러나 아무리 몰고 몰아도, 고함을 지르고 또 질러도 원래 자리로 돌아갈 수는 없으니 오늘 역시 허망하게 어깨를 축 늘어뜨리고 산을 내려오는 수밖에 없다.

마을로 내려온 그는 도서관에서 일하는 여자를 알아보고는 순간적으로 고개를 숙인다. 그는 딸의 친구가 얼마 안 있어 결혼한다는 것을 알고 있다. 어차피 며칠 있으면 축하의 뜻을 전해야 하겠지만 지금은 도저히 그럴 기분이 아니었다. 딸의 친구에게 아는 척조차 할 수 없는 그는 타인의 행복을 곁눈질하며 나와 더불어 재빨리 그 자리를 비켜간다.

6월 30일 토요일

* 포장이 안 된 노면 위를 달리는 모터 레이스의 일종.

나는 포효다.

마호로 마을이 적자를 감수하면서 운영하고 있는 동물원에서 오래도록 사육되고 있는 사자의 포효다. 나는 하루에 딱 한 번, 정오에 울리는 사이렌 소리와 함께 우리 밖으로 튀어나간다. 그렇다고 별 대단한 일이 벌어지는 것은 아니고 고작해야 동네 활엽수의 잎사귀가 파르르 떨 뿐이다. 이미 나는 먹이가 될 살과 피를 지닌 생물들에게 공포를 줄 만한 힘이 없다. 하물며 도리를 천명할 힘 따위는 잃은 지 오래다.

과거, 동물원을 찾는 사람들이 많았던 시절의 나는 그야말로 굉장한 힘을 갖고 있었다. 이래 봬도 그 시절의 나는 쓰잘데 없이 수다를 떠는 여자들을 침묵케 하고, 타인의 결점을 속속 들춰내는 자들을 침묵케 하고, 지위 있는 자들의 호언을 잠들게 하고, 어머니와 딸의 표피적인 욕망 탓에 벌어진 말다툼을 중단케 할 정도로 힘이 있었다. 그런 사람들 중에는 나를 스승의 꾸짖음이라 받아들이는 자도 있었다.

오늘, 소년 요이치가 나를 위로하는 표정으로 이렇게 말했다. 놀라서 뒤로 나자빠지는 줄 알았다고, 그렇게 말해주었다. 괜한 찬사라는 것을 알면서도 나는 신이 나서 대대적인 서비스를 해주었다. 그러자 요이치는 흔들거리는 몸을 뒤로 잔뜩 젖히고, "와, 이거 굉장한데. 기절할 것 같아"라고 말하고, 급기야 쓰러지는 흉내까지 내주었다. 그때 무슨 말이든 흉내를 내는 황금색 잉꼬가 요이치의 목소리를 흉내내어 이렇게 말했다. "이런 멍청이들."

7월 1일 일요일

나는 체면이다.

친절을 가장하고 성실한 교육자인 양 내숭을 떨면서 제자네 집에서 술을 얻어마시는 고등학교 선생의 체면이다. 그 선생의 수법은 이렇다. 제법 심각한 문제가 있는 학생의 부모에게 전화를 걸어 차분하게 상담을 좀 해야겠다고 하고서 이튿날 가정방문을 한다. 일단은 차 대접을 받고 길게 얘기를 끌어서, 저녁시간이 되어도 자리에서 일어날 생각을 하지 않는다. 식사를 권하면 깨끗이 먹어치우고, 드디어 술이 나오면 귀에 못이 박이도록 들은 녹슨 교육론을 목청 돋우어 펼치고, 있는 술이 다 거덜나면 "저한테 맡기고 안심하십시오. 절대 나쁜 길로 빠지지 않도록 할 테니"를 연발하고, 밤이 훌쩍 깊어서야 간신히 자리를 턴다. 상대방의 집안 사정이야 어떻든 상관하지 않고 몇 번이고 그런 짓을 반복한다.

그런 남자가 아직도 내가 유지되고 있다고 철석같이 믿고 있다. 그러나 실제의 나는 이미 빈사 상태에 있으며, 관계자들은 벌써부터 나의 죽음을 알고 있다. 그런데도 오늘 공짜 술에 취할 대로 취하여 돌아오는 길, 그는 가발 쓴 다른 술주정뱅이를 만났다. 두 사람은 서로 안면이 있는 사이였다. "주제에 그래도 선생이라고"라고 상대가 말했다. 선생은 "입 닥쳐, 빈대 근성이야 당신 쪽이 한 수 위지!"라고 버럭 고함을 질렀다. 자기가 얼마나 썩었는지 자각하지 못하는 선생은 도랑에 버렸던 나를 다시 주워 처자식이 기다리는 집으로 돌아갔다.

7월 2일 월요일

나는 혼수품이다.

결혼식을 앞두고 신방으로 옮겨지는, 마호로 마을의 전례로 봐서는 많지도 적지도 않은 혼수품이다. 나는 그녀의 남편이 될 남자가 갖고 있던 많은 것들을 몰아냈다. 난로와 풍경을 만드는 데 필요한 도구만 남겨놓고, 전처와 지낸 날들의 냄새가 배어 있는 가구며 의류, 이부자리, 식기, 앨범 따위를 모두 내몰았다. 이렇게 하여 나는 있어야 할 자리에 자리를 잡고 사방을 휘둘러보면서, 이 집의 주인이 누구인지를 다시금 남편의 자리로 돌아갈 남자에게 인식시켰다.

초혼인 그녀는 이참에 일터도 이 집 마당으로 옮기는 것이 어떻겠냐고 제안하였다. 그러나 재혼하는 남자는 애매한 대답밖에 하지 못했다. 내가 싫어서는 아니었다. 그는 나름대로 나를 환영해주었다. 내가 발하는 향기가 무척 좋다고, 만병통치약보다 좋은 냄새가 난다고 말했다. 그러면서도 막상 나에 둘러싸이자 어떤 유의 압박감을 느끼고, 출발점이 또 잘못된 것은 아닌지 불안해하였다.

아마도 내가 그의 출구란 출구—그런 것들은 어차피 환영의 산물에 지나지 않지만—를 다 막아버렸다고 생각한 것이리라. 아니면 운신의 폭이 좁아진 것에 대한 짜증인지도 모르겠다. 여자는 남자에게 속옷을 입으라 하고 낡은 속옷은 처분하려고 친정으로 가지고 돌아갔다. 그녀의 발소리가 멀어지자 남자는 자기 손으로 만든 무거운 풍경을 각 방의 천장에 하나씩 달고는 어떻게든 내게 대항하려 하였다.

7월 3일 화요일

나는 샘이다.

골짜기 웅덩이에서 퐁퐁 솟아나 눈길을 빼앗을 만큼 아름다운 뱀을 헤엄치게 하는 샘이다. 태양 광선이 만드는 멋들어진 얼룩무늬 속에서 나는 율동적인 춤을, 뱀은 곡선적인 춤을 하염없이 춘다. 그리고 언어와 목소리를 초월하는 육체의 표현을 지향하는 젊은이는 풍덩 내게 몸을 던지고 숙련된 솜씨로 뱀을 움켜쥐더니 격렬한 몸짓으로 '마음의 안식처'를 춤춘다.

내가 거느리고 있는 물의 흐름과, 골짜기 주변을 수놓은 키 작은 나무와 넝쿨손까지 바람의 지원을 받아 춤에 가담한다. 춤추는 젊은이는 지금 절망과 염세의 혼합물이며 동시에 자포자기와 파멸의 화합물이다. 그리고 또한 자기 자신의 대변자이다. 그는 소리를 지를 뿐인 자기 자신을 어떻게든 설복하지 않으면 안 된다. 휘둘리고 있는 뱀이 분풀이로 이렇게 외친다. 어디로 옮겨 살든 마찬가지다, 라고 말하고, 게다가 살아 있는 한 안주할 땅을 찾기는 어렵다고 극단적으로 말한다.

절대로 그럴 리 없다고 젊은이는 들은 말을 지우려 하지만, 피로 탓에 입이 제대로 돌아가지 않는다. 나는 움직임이 둔해진 그의 모습을 선명하게 비쳐내고, 네 꼴이 이렇다고 빈정거린다. 모태를 닮은 살 곳을 찾아 헤매는 어리석은 자라고 말한다. 그때 뱀이 그를 깨물었다. 그는 독을 빨아내면서 있는 힘을 다해 외친다. 그 절규의 절반은 지하수가 되기 위해 땅 속 깊은 곳으로 파고들고, 나머지 절반은 비가 되어 병에 휘둘리고 있는 소년의 머리 위로 떨어진다.

7월 4일 수요일

나는 이 세상이다.

마호로 마을의 속사정을 훤히 꿰뚫고 있는 파란 큰유리새가 그나마 마음을 써서 예찬하는 이 세상이다. 들판에 무성하게 자란 잡초와 흐드러지게 핀 온갖 들꽃들, 나무 그늘에 느긋하게 누워 있는 얼룩무늬 소, 여기저기서 난무하는 싱그런 목소리와 그들의 건강한 땀, 강어귀에 쳐놓은 통발 속에서 춤추는 은비늘, 기운 햇살에 긴 그림자를 드리운 잡초가 우거진 묘지, 문을 열자 손님이 몰려드는 고급스런 전통 과자집…… 그것이 나다.

무심한 손놀림으로 혼자만의 저녁을 준비하는 과부, 비옥한 땅 드문드문 의미 없이 널려 있는 시커먼 바위, 아들의 성공을 바라 마지않으며 기다리는 어머니, 고인이 아꼈던 물건들로 가득한 창고, 앉아서 죽을 때를 기다리는 사회운동의 선구자, 방치된 채 세월만 보내고 있는 당면한 문제와 연기에 연기를 거듭하는 답변, 날개를 활짝 펴고 구름을 헤치고 날아가는 대형 철새, 지난 의견과 조금도 다르지 않은 의견과 관외들이 주장하는 시기상조론, 무병으로 지내는 기형아…… 그것이 나다.

호숫물을 밀어내며 올라오는 공기 방울, 안정된 민정과 세태의 변천, 세인의 신망을 잃어가는 자와 명망을 모으고 있는 자, 손님이 많은 온천, 사방에 울려퍼지며 나를 지지하는 큰유리새 소리, 씨받이 돼지, 모든 생물과 모든 무생물, 모든 물질과 모든 암흑 물질…… 그것도 나다. 그러나 내가 그것들을 모두 만들어낸 것은 아니다. 그것이 나를 만드는 것이다. 따라서 나를 원망하는 것은 번지수가 달라도 한참 다른 일이다.

7월 5일 목요일

나는 무덤이다.

생전에는 품행이 방정하지 못했다는, 그러나 갓 피어난 나팔꽃처럼 해맑았다는 여자, 그녀의 뼈를 묻은 지 오래지 않은 무덤이다. 장례식을 치른 지 석 달이 지난 오늘, 다시금 나를 찾은 이가 있었다. 그는 소동이 잠잠해지기를 기다리고 있는 범죄자처럼 소리 없이 내게로 다가와서, 이슬비 같은 들꽃을 바치고서 쭈그리고 앉아 합장하면서 뭐라고 중얼거렸다.

거기까지의 그의 태도는 충분히 납득할 수 있는 것이었다. 그러나 그 다음은 도무지 이해할 수 없었다. 죽은 여자의 남편은 종이봉투에서 천천히 한아름이나 되는 수박을 꺼내 머리 위로 높이 들어올리더니, 갑자기 있는 힘을 다해 깨뜨렸다. 그리고 그는 몹시 화가 난 말투로 이렇게 고함을 질렀다. "자, 네가 좋아하던 수박이다, 실컷 먹어!" 내게 부딪친 수박은 산산이 깨지면서 사방을 시뻘겋게 물들였다. 당장에 검붉은 대형 개미와 금빛 은빛으로 요란한 매미가 모여들었다.

남자는 입가에 잔인한 미소를 띠고 마침내 소리내어 껄껄 웃었다. 그 웃음소리는 묘지 전체로 허망하게 울리고, 재로 변한 망자의 그림자에 반사되어 오열에 가까운 소리로 변했다. "또 오지"란 말을 남기고 돌아서는 그의 바짓자락이 흐트러져 있었다. 그후에 구멍투성이 파란 셔츠를 입은 소년이 나타나, 제일 큰 조각을 주워들더니 내게 기대어 우적우적 먹기 시작했다.

7월 6일 금요일

나는 환청이다.

일자리를 얻어 안정된 식생활을 영위하게 된 후에도 국 한 그릇에 찬 한 가지를 고집하고 있는 수행승, 그를 덮치는 환청이다. 그는 엉뚱한 착각을 하였다. 그저 영양실조에서 비롯되었을 뿐인 나를 호수 바닥에서 거품을 뿜어내는 관음상의 목소리라 여긴 것이다. 알아듣기 어렵게 웅얼거리는 소리가 오해를 불러일으킨 것이리라. 그때 그는 보트를 깨끗이 청소하는 것으로 하루 일과를 마치고, 물 속에서 좌선까지 다 하고 돌아오지 않는 다리 밑의 자기 집으로 가려는 참이었다.

나는 발치로 밀려오는 단조로운 물결을 멍하니 바라보고 있는 그를 덮쳤다. 나는 그의 귀를 통하지 않고 직접 뇌를 자극하였다. 그러자 그는 마침내 인간을 초월하여 존재하는, 불사신을 자처하는 자의 목소리를 들었다고 믿고 그 자리에 엎드려 몸을 조아렸다. 편협한 진리를 추구하는 그에게 나는 충고하였다. 조금만 생각해보면 이 세상이 지옥이라는 것 정도는 쉬 알 수 있을 텐데, 라고 말해주었다. 아니 그렇게 말한 것은 내가 아니었다. 내가 말하기 전에 내가 아닌 누군가가 말한 것이었다. 그러나 그의 주위에는 가마 없는 머리에 파란 모자를 쓴 소년이 위태로운 걸음걸이로 걸어가고 있을 뿐이었다. 나는 그 소년의 것일지도 모르는 말을 내 말인 척, 단순한 수행승의 머릿속에서 반복시켰다. 그러나 실제로 그의 전두엽에서 울려퍼진 것은 여자의 목소리였고, 의미 또한 내 말과는 전혀 반대였다.

7월 7일 토요일

나는 기념 촬영이다.

매미가 요란스럽게 울어대는 아마비코 신사에서 식을 올린 후 일가 친척들이 모여 거행하는 결혼 기념 촬영이다. 내가 가장 힘들었던 부분은 감격의 눈물로 몇 번이나 화장을 고쳐야 했던 신부가 아니라, 그녀의 남동생이라는 소년과 소년의 손에 들려 있는 새장 속 파란 새였다. 소년의 몸은 해초처럼 쉴새없이 흐물거렸고, 새 역시 잠시도 가만히 있지 않아 어느 순간에 셔터를 눌러야 할지 이만저만 고민이 아니었다. 애가 탄 사진사가 미소를 지우고, "그 아이 좀 어떻게 할 수 없습니까?" 라고 말했다. 그러자 어머니가 틀림없는 뚱뚱한 여자가 소년의 어깨를 뒤에서 꽉 잡고 흐물거리는 몸을 고정하였다. 그런데도 머리는 여전히 흔들거렸다. 아버지인 듯한 남자가 손을 뻗어 소년의 흐물흐물한 목을 받쳤다. 그러나 죽이지 않고서 새의 움직임을 멈추게 할 사람은 없었다. 나는 그런 장면을 찍을 자신이 없었다.

"새 따위야 아무려면 어떻습니까" 라고 소년의 아버지가 말했지만 나로서는 완전무결한 일을 하고 싶었다. 한 사람 한 사람의 마음속에 있는 응어리까지 찍어내는 주제넘은 짓은 할 수 없어도 최소한 그림 같은 사진을 찍고 싶었다. 그때 신부의 행복에 겨운 눈동자에 파란 새가 깃들였다. 젊은 시절 전국을 돌며 기량을 닦은 사진사는 그 순간을 놓치지 않았다. 나는 만족스러웠다. 이 남녀의 앞날이야 어떻게 되든 필름에 새겨진 빛은 행복이란 한마디로 족한 것이었으니.

7월 8일 일요일

나는 눈물 젖은 잠자리다.

제 눈앞에서 집 이상의 의미가 있고 마음이 마지막으로 기댈 언덕이었던 토광이 파괴되는 것을 본 젊은이의 눈물 젖은 잠자리다. 이런 일엔 이골이 난 남자들은 경고조차 하지 않은 채 고압력 엔진으로 자유로이 움직이는 강철 덩어리를 타고 저녁해를 등지고 돌진해왔다. 그들은 아마도 토광 문을 비틀어 열고 안을 힐금 들여다보고는 아무도 없다고 판단했을 것이다.

땅을 뒤흔드는 캐터필러 소리와 지진 같은 흔들림이 다가오자 토광 바닥에 판 구멍에서 잠자고 있던 젊은이는 흙을 들쓰셔 겁에 질린 지렁이처럼 당황하여 밖으로 튀어나왔다. 거의 동시에 벽이 무너지면서 지붕이 기우뚱 기울었다. 거친 신경과 건장한 근육이 자랑인 공사 관계자는 뭉글뭉글 피어오르는 흙먼지 속에서 나타난 젊은이를 보고는 소스라치게 놀라, 옷도 걸치지 못한 채 숲으로 도망치는 그의 뒷모습을 멍하니 바라보았다. 젊은이는 정신없이 달려 숲을 지나고 별장지대를 가로지르고 미친 여자를 얼빠지게 하고, 그대로 호수로 뛰어들어 헤엄쳤다. 그는 그저 두렵고 슬플 뿐 화가 난 것은 아니었다. 따라서 복수를 맹세하는 일도 없이 일찌감치 나에게 매달렸다.

그는 몸이 지치기를 기다렸고, 호수 바닥으로 가라앉을 운명을 기다렸다. 그런데 잠시 후 그의 손이 사람이 타지 않은 보트에 닿았다. 검은 보트 위로 기어올라온 그는 나와 함께 누워 자기의 거친 숨소리와 토광이 말살되는 굉음과 언덕 위에서 우짖는 큰유리새 소리에 귀 기울였다.

7월 9일 월요일

나는 결심이다.

마호로 마을의 고향집에 틀어박혀 있는, 트로트 가수를 꿈꾸다가 좌절한 아가씨, 그녀의 양미간에 넘치는 결심이다. 그후 다른 사무실에서 전화가 걸려와 신곡을 주겠다는 제안을 하였지만 이미 그녀는 그런 술수에 걸려들 바보가 아니었다. 그런데다 허점을 보여 한 푼도 남김없이 돈을 뜯기고 만 그녀의 부모는 상심에 찬 외동딸을 먹여 살리는 일조차 여의치 않은 형편이었다.

답답한 나날이 그녀를 갑자기 살찌게도 하고 여위게도 하였다. 나는 기대를 저버렸으니 이 집에서는 쓸모없는 인간이라며 생트집을 잡는 일도 있었다. 그런가 하면 발작적으로 집을 뛰쳐나가는 일도 있었다. 그길로 마호로 마을을 벗어나는 일도 있었으나, 의지할 곳 없는 몸이라는 것을 깨닫고는 터덜터덜 집으로 돌아오곤 했다.

어젯밤, 집을 뛰쳐나갔다가 돌아오는 그녀에게 나는 "저 소리 좀 들어봐"라고 말했다. 싸구려 술을 퍼마신 남자가 가발을 벗어던진 머리를 전신주에 쾅쾅 받아 삼류 프로레슬러처럼 이마에서 피를 줄줄 흘리며 노래를 부르고 있었다. 단박에 그녀는 그 노래가 자기 노래라는 것을 알았다. 행복한 술주정꾼 옆에서는 노랫소리에 맞추어 소년이 춤을 추고 있었다. 그녀의 눈에는 춤을 추고 있는 것처럼 보였다. 나는 그녀에게 말했다. "너도 할 만큼은 다 한 가수야, 정말이야."

오늘부터 그녀는 돌아오지 않는 다리 밑에 있는 식당에서 일하기 시작했다.

7월 10일 화요일

나는 농약이다.

사람들의 의혹을 사는 일에 익숙한 사람들이 산속 연못에 살포한, 독성이 몹시 강한 농약이다. 조직원이 되기를 소망하는 소년은 어둠을 틈타 어깨너머로 배운 솜씨로 주어진 일을 해치웠다. 뚜껑을 연 병 세 개를 물에 던지고 결과를 확인하지 않고 그 자리를 떠났다. 볼 필요도 없었다. 나의 활약은 눈부실 정도여서 많은 물을 몇 분 사이에 유해한 액체로 바꾸었고, 그 액체를 한두 모금 마신 잉어의 목숨을 차례차례 빼앗았다. 그리고 새벽녘에는 오직 미의 향유를 위해 몇 년 동안이나 선별에 선별을 거치고 개량되어 살아남은 수천 마리가 이미 아무 가치도 없는 죽은 몸뚱이로 변해 있었다. 그들을 격렬한 몸부림은 물 속에서만 이루어졌고 수면에는 잔물결 하나 일지 않았다. 대기 역시 잠잠했다.

그러나 연못 근처 집에서 자는 남자, 세상의 이치와는 담을 쌓고 사는 남자의 등에 새겨진 비단잉어는 일찌감치 바깥의 이변을 감지하고 남자의 가슴을 방망이질했다. 비탈을 뛰어올라가 둑 위에 선 남자는 나를 살포한 자와 그들의 배후에서 비밀리에 진행된 계획을 순식간에 간파하였다. 동시에 그의 가슴에는 수면을 가득 메우고 흐르는 단풍과 앞장서 달려든 남자를 단칼에 베어버린 젊은 날의 과오가 되살아나고, 그 혼은 점차 붉은색으로 물들어 과거 그가 부정했던, 당하면 되갚는다는 단순명쾌한 역학이 고개를 쳐들면서 내게 도전장을 내밀었다.

7월 11일 수요일

나는 전체다.

인간도, 인간 이하로 보이는 생물도, 인간의 나약함이 만들어낸 인간 이상의 환영도 미처 모르고 있는 마호로 마을 전체다. 나의 기원을 파헤치고 나의 수수께끼를 밝혀내려는 자는 그리 많지 않다. 그러나 있기는 있다. 무슨 일이든 다각적으로 고찰하지 않으면 속이 시원치 않은 학구파. 수성 볼펜과 유난히 발달한 직관력을 구사하여 나를 파고들려는 남자. 또는 자신의 유별난 정신에 반듯한 질서를 부여하고 번뇌와 본능으로 인한 불순물을 제거하려고 몸부림치는 남자. 또는 탁월한 재능을 마음껏 발휘하여 나를 캔버스에 담으려 시도하는 자…… 그러나 모두들 내게서 멀기만 하다.

나는 항상 그들에게 이렇게 묻는다. 나를 알아서 어쩌려는 것이냐고. 그리고 이렇게 덧붙인다. 당신이 당신 자신을 모르듯 나 역시 나를 모른다고. 그런데도 그들은 포기하지 않고 망망한 대해에 뛰어들어 나를 그 손아귀에 잡아넣으려고 쉬지 않고 헤엄친다. 나에 관한 잡다한 사고는 끝없이 늘어난다. 하지만 어느 것 하나 진리에 도달하지 못하고 여전히 그들의 암중모색만 계속되고 있다. 나는 재삼 이렇게 말했다. 나를 알고 싶으면 나를 알려 하지 말 일이다, 라고. 그 한 예로 나는 마음에 기록된 것을 무엇 하나 갖고 있지 않는 소년 요이치와 창 밖 풍경을 전 세계로 삼는 새를 든다. 그런데 말귀를 못 알아듣는 상대에게는 전혀 통하지 않는다.

7월 12일 목요일

나는 회오리바람이다.

최고 기온 기록이 갱신되려는 차에 갑자기 마호로 마을에 발생한, 산동네에서 발생한 회오리바람치고는 드물게 거대한 회오리바람이다. 나는 검은 구름의 일부를 실처럼 대롱대롱 물거품 호수에 늘어뜨려 수면에 거품을 일으키고 대량의 물을 빨아올린다. 사람들은 갑작스런 물과 대기의 요동에 겁에 질린다. 여우비 정도로 생각하고 하늘을 올려다보던 자도 처음 보는 나에게 오금이 저려 몸을 움츠린다. 나는 근처에 있는 보트를 몇 척이나 뒤집는다. 물로 내던져진 남녀는 다들 헤엄을 칠 줄 아는데도 일렁이는 물결과 익숙지 않은 천재지변에 어떻게 대처해야 좋을지 몰라 당황한 나머지 허우적거린다. 그러자 보트 대여점 아저씨가 그들을 구하려고 보트를 몰아 내 쪽으로 똑바로 달려온다. 그는 숙달된 솜씨로 보트를 운전하면서 물에 잠긴 남녀를 한 명씩 끌어올렸다.

마지막 한 명이 무사히 구출되자 호숫가에 모여 사태를 지켜보던 사람들 사이에서 환성이 일었다. 무거운 병을 앓고 있는 소년은 손뼉을 치며 기뻐하였고, 구경꾼 노릇밖에 못 한 자신이 부끄러운 젊은 수행승은 어깨를 축 늘어뜨렸다. 그럼에도 나는 여전히 난동을 부리면서 요즘 세상을 개탄하고 세태를 비웃고 중류의식이란 거짓 껍질을 벗겨내려 빙글빙글 돈다. 그러나 아무리 열심히 돌아도 전신주 하나 쓰러뜨리지 못하고, 산의 나무 하나 부러뜨리지 못하고, 구사일생으로 살아났다는 후일담 하나 남기지 못했다. 결국 체면이 구겨진 나는 단박에 소멸의 길을 걷는다.

7월 13일 금요일

나는 성장이다.

어머니가 위독한 병으로 자리보전을 하게 된 탓에 급히 여행지에서 돌아온 아들의 눈부신 성장이다. 그는 마호로 마을을 떠나면서, 믿음직한 남자가 되어 돌아오겠노라고 약속했다. 심각한 표정으로 그렇게 말했었다. 그 말에 거짓은 없었다. 나는 그를 불과 삼 년 만에 십 년 공력과 맞먹을 만큼 단련시켰다. 이불을 뒤집어쓰고 훌쩍거리는 소년에서 타인의 눈물을 닦아줄 수 있는 젊은이로 변신시켰다.

그런 그에게 쏟아지는 주위의 눈길은 경이와 신뢰의 빛으로 가득했다. 그리고 외딴 언덕을 올라 마호로 마을 전체를 한눈에 내려다보거나, 어릴 적 친구나 동창생들을 만날 때마다 그는 나를 향해 고개를 끄덕였다. 그런데 어찌된 일인지 아버지의 심기는 불편했다. 일념으로 분발한 적도 없으며 언제나 자기 잇속만 차리는 아버지는 안 그래도 희미한 자기의 존재감이 더욱 희미해질까봐 두려웠던 것이다.

아버지는 아들을 딱 하룻밤만 집에서 재우고 오늘 아침 일찍 쫓아냈다. "집 걱정은 하지 마라"라고 말하고, "너를 의지할 정도로 늙진 않았다"고 말했다. 그러다 하마터면 군색한 소리를 할 뻔한 아버지는 현관에서 아들을 배웅하였다. 그런 아버지의 속마음을 헤아린 아들은, "건강하세요"라는 말을 남기고 집을 뒤로했다. 그리고 그는 열악한 체력을 최대한 활용하여 걷는 소년의 내부에서도 나를 느끼고, 그의 파란 휘파람 소리를 물려받아 경쾌하게 버스에 올랐다.

7월 14일 토요일

나는 둥지다.

토광을 잃고서도 마호로 마을을 떠나지 못한 젊은이가 이 잡듯이 뒤져 겨우겨우 찾아낸, 이상을 넘어서는 둥지다. 토광을 잃고서 그는 언덕 기슭에 있는 자전거 보관 창고에 기어들기도 하고, 비어 있는 호숫가의 방갈로에서 자기도 하고, 때로는 간이음식점 한구석에서 밤을 밝히기도 하였다. 그런가 하면 전몰자의 위령비가 서 있는 황량한 들판 한가운데서 석유를 소재로 만들어진 셔츠를 입고 밤새워 '현신'을 춤추기도 하였다.

그런 그이지만 돌아오지 않는 다리 밑에서의 생활만은 시도하지 않았다. 그는 거기에 사는 두 사람을 따라 할 생각은 없었다. 그 사람들은 누구에게도 태생이 알려지지 않은, 따라서 어떤 수치스런 짓이라도 할 수 있는 마음 편한 외지 사람이라고 그는 생각하고 있었다. 흐르고 흐르다 마호로 마을에 자리를 잡은 자가 아니라 마호로 마을에서 태어나고 자란 그에게 어울리는 것은 어차피 나뿐이었다. 그는 오늘 아침 일찍 나를 발견하였다. 언덕의 북동쪽에 있는 깎아지른 듯한 벼랑, 그 바로 아래에 있는 바위들, 사람들의 근접을 꺼리는 그런 장소에 매료된 그는 손발이 엉망이 되도록 걷고 또 걸었다. 말라비틀어진 곰의 시체를 넘고 거목처럼 솟아 있는 바위 사이를 지나 동굴인 나를 발견하였다. 내 쪽은 그를 별로 대수롭지 않게 여겼는데 그는 내가 첫눈에 마음에 든 모양이었다. 비바람도 피할 수 있고 더구나 토광보다 한결 자궁을 닮았다고 직감한 그는 당장에 비쩍 마른 몸을 내게 누이고, 소년 요이치의 냄새를 지웠다.

7월 15일 일요일

나는 근심이다.

여행의 피로가 도져 끝내 자리에 누운 난로장이 남자, 그런 그의 마음을 차시하고 있는 근심이다. 두번째 신혼여행을 새 출발의 계기로 삼고자 한 그의 시도가 아무래도 뜻한 바대로 이루어지지 않은 것 같았다. 경제대국에서 몰려오는 관광객들의 무게로 가라앉을 것만 같은 화산도는 그저 덥기만 하고 불안정하고, 돈을 지불하는 자와 받는 자의 관계가 너무도 노골적이라서 예정된 마지막 날까지 적응할 수가 없었다. 밤에도 열을 뿜어내는 바다의 색은 물거품 호수의 파랑이 아니고 큰유리새의 파랑도 아니고, 또 화창한 날 마호로 마을을 뒤덮는 하늘의 파랑도 아니었다.

그러나 그의 새 부인은 무거운 몸인데도 속이 빤한 고장의 모든 것을 남김없이 받아들이고 마음껏 즐기면서, 이런 데서 살면 얼마나 멋있을까, 란 말을 계속 읊조려댔다. 그런 주제에 돌아오기 무섭게 그녀는 눈을 깜박인 숫자만큼이나 많은 사진과 몰래 사들고 온 쓸모없는 기념품 속에다 그런 꿈의 염원을 봉하고 자기 입장을 잘 아는 주부가 되었고, 물기가 많은 기후와 현실 외에는 아무것도 보지 않는 마호로 마을의 습성에 완전히 녹아들어 월급만이 목적인 근무처로 나갔다.

난로장이 남자는 손수 만든 풍경의 소리를 들으면서 잠들었다. 그리고 저녁나절이 되어 열이 내리자 그토록 싫어했던 한여름의 섬을 그립게 되새기면서, "그렇게 꿈 같은 공간이 있는 것도 나쁘지는 않지" 라고 나를 향해 중얼거렸다. 알로하.

7월 16일 월요일

나는 전파다.

빛에만 의지해서는 거의 포착할 수 없는 천체가 이 세상 구석구석을 향해 보내는 강력하고도 특이한 전파다. 저세상의 입구이기도 한 거대하고 바닥 없는 구멍으로 빨려들어가는 물질과 암흑 물질이 서로 부딪치면서 그 부딪침이 한계까지 압축되었을 때 토하는 단말마의 외침과 끊기 어려운 미련에서 생긴 나는, 대충 백억 광년의 거리를 달려, 존재와 무의 간격을 헤치고 나아가, 온갖 신들을 걷어차고, 자유주의 사상의 계보를 더듬고, 여러 성단을 관통하고, 뇌성벽력이 치는 어느 밤 마호로 마을에 신의 뜻을 담은 비를 내린다.

나는 조용하고 영원한 말로 얘기한다. 조화의 묘라는 둥의 말로 감탄만 하고 있어서는 안 된다고. 또 한없이 반복되는 인내와 순종의 운명에 농락되어서는 안 된다고 말한다. 또 이 세상의 지략에 속아서는 안 된다고도 말한다. 그리고 이 세상은 그저 경유지에 지나지 않으며, 출발점과 종점은 어디에도 없다고 말한다.

그러나 나는 사람들의 비탄에 젖은 눈물을 말릴 수 없고, 그들의 고뇌에 찬 표정을 누그러뜨릴 수도 없으며, 살금살금 남자의 방으로 들어가려는 여자를 막을 수도 없고, 지금 막 밀고 나오려는 쌍둥이를 태내 안으로 다시 밀어넣을 수도 없다. 오늘밤도 나는 찰나적인 정보를 발사하는 라디오와 텔레비전의 전자파에 밀려나고 만다.

7월 17일 화요일

나는 권유다.

요이치의 아버지가 자신과 마호로 마을의 발전을 바라며 주민의 수를 두 명 늘리려는 열성적인 권유다. 나의 목적은 두 가지다. 하나는 인구의 감소를 막는 것이며 다른 한 가지는 읍장 재선을 위해 귀중한 두 표를 확실하게 얻는 것이다. 그는 돌아오지 않는 다리에 사는 사람 둘을 붙들고 정식 주민이 되지 않겠느냐고 권했다. 성가신 절차도 대신 처리해줄 것이며 읍영 주택을 제공하겠노라 말하고, 좀더 번듯한 일자리를 알아봐줄 수도 있다고 말했다.

그러나 두 사람은 고개를 옆으로 저을 뿐이었다. 거지는 말했다. 한데서 자면서 정처 없이 떠도는 여행의 맛을 본 사람은 두 번 다시 제자리로 돌아갈 수 없다고. 그리고 스승의 말을 거역하고 절을 떠난 수행승은 수행을 빙자하여 단호히 거절했다. 그런데도 나는 계속 물고 늘어졌다. 어떤 식으로 살든 그건 자유지만 이 나라의 국민임에는 틀림이 없다, 국민이라면 최소한의 의무는 이행해야 한다고 말했다.

그러자 거지는 코웃음을 치고 수행승에게서 받은 불씨를 화로에 옮기면서 큰 소리를 쳤다. "이 나를 어떻게 할 수 있는 사람은 나밖에 없다구"라고. 수행승은 수행승대로, 자기가 따르는 상대는 인간이 아니라고 말했다. 그리고 거지는 다리에 부딪혀 죽은 멍청한 황어를 구워 먹고, 수행승도 옷을 벗고 티셔츠에 짧은 바지 차림으로 가게로 일하러 나갔다. 요이치의 아버지는 일단은 나를 물리고 "또 오지"라고 말하고 읍사무소로 돌아갔다.

7월 18일 수요일

나는 안도다.

풀벌레와 더위에 시달리면서 산속으로 들어가 야생 대마가 쑥쑥 자라고 있는 것을 확인한 젊은 부부의 안도다. 그러나 그것 말고도 두 사람에게는 걱정거리가 있었다. 거침없이 휴양지 개발 계획을 실행에 옮기고 있는 불도저 떼가 바로 산기슭까지 몰려와 있었다. 시야가 트여서 대마가 눈에 띄기 쉬웠다. 최악의 경우 이 골짜기가 뭉개져버리면 한가롭게 놀면서 지낼 수 있는 황금알을 낳는 거위 같은 풀이 송두리째 날아가고 만다.

산이 무사하면 대마도 무사할 것이며, 대마의 무사함은 곧 두 사람의 생활의 무사함이다. 모든 준비가 갖춰지지 않은 상태에서 시작된 개발 계획은 지금은 일단 소강 상태지만, 본격적으로 가동이 될지 어떨지는 읍장 선거에 달려 있었다. 현 읍장을 추대하는 무리는 무슨 짓을 해서라도 반대파의 삼분의 일을 잠재우려 하고 있고, 그들의 득표율은 목표하는 숫자에 다가서고 있었다. "이렇게 되면 선생님한테 출마를 부탁하는 수밖에 없지"라고 남자는 말했다. 그러자 여자는 나날이 듬직한 남자가 되어가는 남편을 대마밭에 쓰러뜨리고 올라타, 입술과 젖가슴으로 찬사를 표했다.

수영복 자국이 남아 있는 두 사람의 하얀 엉덩이가 빛나고, 가슴에 단 파란 새 배지가 부딪치면서 살아 있는 큰유리새마저 침묵시키는 소리를 냈다. 남자가 말했다. 가을이 되면 씨를 더 많이 받아서 더 멀고 안전한 산에다 뿌리자, 라고. 여자는 숨을 헉헉거리며 신음하였다. 모순투성이 일상을 보내고 있으면서도 전혀 자각하지 못하는 두 사람에게 나는 앞으로 반년 치의 행복을 약속하였다.

7월 19일 목요일

나는 미소다.

늙은 아버지를 모시기 위해 병약한 몸으로 수도 계량기 검침 일을 하는 여자, 그녀의 입가를 언제나 장식하는 미소다. 마호로 마을 사람들은 모두 나에게 경의를 표했다. 그리고 예상치 못한 곤경에 처한 사람들은 비를 피해 처마 밑으로 뛰어들듯 내게로 달려왔다. 말이 없는 그녀가 입에 즐겨 담는 말, "어쩔 수 없지"는 혼란스런 마음과 요동치는 마음과 우울한 마음에 특효약처럼 스며들었다. 외딴 언덕 꼭대기에 있어 수돗물을 펌프로 끌어올려야 하는 집에 살면서, 별탈 없이 목숨만 부지하기를 기도해야 하는 병으로 고생하는 아들을 가진 여자는, 지금까지 나와 "어쩔 수 없지"에 몇 번이나 위로받았는지 모른다.

그 말이 없는 여자는 오늘, 세상의 손가락질을 면할 수 없는 짓을 하고서 경찰의 조사를 받았다. 나와 기구한 운명을 무기 삼아 아는 사람에게 사기를 쳤던 것이다. 순순히 용의를 인정하고 저녁때는 풀려나 집으로 돌아왔지만, 그녀는 누워만 지내는 아버지를 새 타월로 목 졸라 죽이고 이어 자기도 음독자살하였다. 최신 화제에 뒤질세라 달려온 여자들, 아니면 그런 유의 비극으로 자신의 무사안일한 나날을 버티려고 달려온 여자들, 그녀들은 숨이 끊어졌는데도 여전히 살아 있는 나를 보며 놀라고 또 감동하고, 한편 실망하기도 하였다. 편안히 죽은 얼굴을 선물로 받아 집으로 돌아가는, 오늘 하룻밤은 행복하다 단언할 수 있는 여자들은 "어쩔 수 없지"를 연발하였다.

7월 20일 금요일

나는 고혹(蠱惑)이다.

감은 머리를 말리지도 않고서 시원한 저녁바람을 쐬고 있는 미친 여자의 눈길에 담긴, 꿈꾸는 듯한, 그리고 때로는 불타오르는 듯한 고혹이다. 아직도 그녀는 부모에게 버림받았음을 모른 채 호숫가의 생활을 즐기고 있고 변함없이 고독하다. 원체 건강하여 병 하나 앓지 않는 그녀의 장기는 마호로 마을의 그 누구보다도 순조롭게 섭취와 배설을 반복하고 있고, 그 터져나갈 듯한 젊음은 열심히 출구를 찾으며 내게 윤기를 더하고 있다.

이미 나는 소년 요이치처럼 불완전하고 미숙한 이성에게 주의를 기울이지 않는다. 이미 나는 어떤 남자에게 신호를 보내야 하는지 숙지하고 있다. 그렇다고 성인 남자면 가리지 않고 추파를 보내는 그런 일은 없다. 사람들 앞에서 교태를 부리는 일도 절대 없다. 나는 어디까지나 조심스럽게, 예를 들면 나무 울타리 사이로 살며시 풍겨나간다. 더구나 상대는 특정한 한 사람으로 정해져 있다. 뇌세포의 배열에 다소 어긋남이 있지만, 다소 뒤틀림이 있지만 남자를 보는 그녀의 눈은 정확하다.

그런데다 그녀는 많은 것을 바라지 않는다. 자기를 좋아해줄 만한, 약간은 별스런 남자들 중에서 가장 아름다운 남자를 골랐다. 찬찬히 뜯어보면 눈매가 서늘하고 용모도 단정한 그를 다른 여자들이 좇지 않는 까닭은 그가 벼랑 아래 동굴에서 살기 때문이다. 그는 지금 삽자루를 쥐고 불도저의 뒤를 따르는 하루 일을 끝내고 호숫가를 걸어 돌아가는 참이다. 지칠 대로 지친 그에게 이미 춤출 기력은 없다. 그런 그를 대신하여 내가 춤춘다.

7월 21일 토요일

나는 칼이다.

기름종이에 둘둘 말려 있기는 하나 십 년 세월을 천장 뒤에 방치되어 있던 탓에 완전히 녹슬고 만, 등록되지 않은 칼이다. 두 번 다시 나를 쥐지 않겠다던 남자가 칼집을 벗기고, 무 한 토막 자르지 못할 날을 물끄러미 쳐다보았다. 그러고 나서 그는 나를 빛 속으로 끄집어내고, 연못 앞에 쭈그리고 앉아 천천히 갈기 시작했다.

물에 독성 강한 약물이 섞여 있기 때문인지, 뜻밖에도 내 녹은 쉽게 떨어져나갔다. 그것도 그저 떨어져나간 것이 아니라 광기가 되어 내 안에 깊이 스며들었고, 그가 품에 손을 집어넣음과 동시에 상대방의 얼굴이 공포에 질렸던 그때보다 한층 번쩍거렸다. 둑 아래에다 판 길고 깊은 구멍 속에서는 대량의 비단잉어가 부패하고 있었다. 그러나 구슬땀을 흘리는 그의 등에서 춤추는 비단잉어의 기세는 예전과 조금도 다르지 않고 색 또한 바래지 않았다. 아니, 그 동그란 눈에는 거미집 모양의 핏줄까지 돋아 있었다.

네 종류의 값비싼 돌로 나를 간 남자는, 몇 번이나 독물에 담갔다가 햇볕에 비추어보았다. 나는 말했다. "어차피 이렇게 될 운명이었어"라고. 그는 아무 대꾸도 하지 않았다. 내게 비친 그의 얼굴에는 과거의 험악함이 돌아와 있었다. 그의 배후를 지키는 비단잉어 또한, 당시처럼 물러났다가는 체면이 말이 아니지, 라고 중얼거렸다. 그런데 어떤 심산인지, 그는 나를 다시 칼집에 집어넣고 이번에는 마룻바닥 밑에다 숨겨버렸다.

7월 22일 일요일

나는 영화다.

그럭저럭 영업을 계속하고 있는 '은영관'의 조그만 스크린을 가득 메우고 있는 선정적인 영화다. 아무 의미도 없는 성애 장면에 흔해빠진 묘사가 전부인 나는 그래도 손님 몇 사람을 흥분시키고 있다. 그들은 영화의 테크닉 따위 전혀 없는 끝이 빤한 가공의 스토리 진행을 마른침을 삼키며 지켜보고 있다. 다른 고장에서는 몰라도 이 마호로 마을에서 나는 인기 있는 작품이다.

통각을 민감하게 느끼는 부분을 압정으로 찔러가면서 보는 둥글넓적한 얼굴에 뚱뚱한 노인네, 많지 않은 서류를 죽 훑어보기만 하면 되는 일을 도중에 내팽개치고 온 가발 쓴 읍사무소 직원, 기분을 달래기 위해서라면 무슨 일이든 서슴지 않는 무산자 청년, 쇼핑하러 나가자 하고서 이번주에도 이곳으로 오고 만 금슬 좋은 젊은 부부, 벌써 오랜 세월 박복한 운명에 허덕이고 있는 데릴사위 상점주, 번듯한 집안의 미망인, 저 먼 갯마을에서 지고 온 건어물을 속시원히 다 판 행상 아가씨.

그들은 내게 정신을 팔고 있으면서도 서로를 의식하고 있었고, 자기도 모르게 웃음소리가 일치했을 때는 인연에 가까운 연대감마저 느끼고 있다. 하지만 어느덧 나의 마지막 장면이 다가오고 앞으로 몇십초 후면 실내가 밝아질 때가 되자 차례차례 자리에서 일어나, 세번째 프로를 볼 자는 화장실로 가고, 다 본 자는 황망히 밖으로 나와 진정한 빛 속으로 숨어버린다.

7월 23일 월요일

나는 연설이다.

합이 삼백 명에 달하는 참가자들의 찬동을 구하고자 힘차고 압도적으로 호소하는 전직 대학교수의 연설이다. 이제 나는 불필요한 마찰을 피하기 위하여 미적지근하게 말을 돌리지 않으며 뻔뻔스럽게도 앞서 한 말을 태연히 뒤집는 읍장과 그의 추종자들을 보란 듯 규탄한다. 나는 그들에게 발언의 철회를 요구하고, 쌍방의 의견을 감안하여 결정한다는 약속을 지키라고 몰아세운다. 정의는 내 편이다.

나는 또 이렇게 말을 쏟는다. 고향을 장사 도구로밖에 여기지 않는 무리의 의견에 동조하는 행정에는 승복할 수 없을 뿐 아니라, 그것은 그야말로 임무를 배신하는 행위라고. '마호로 마을의 자연을 지키는 모임'의 회장이며 차기 읍장 선거에 출마할 예정인 남자는, "아까워서 기부도 못 하는 주제에!"라는 비난이나 "타지 사람은 물러가라!"란 야유가 전혀 튀어나오지 않는 점에 더 흥이 나서, 그 자리에 있는 모든 사람이 같은 생각이라고 확신한다. 그리고 점점 더 열을 올리며 눈앞에 있는 삼층짜리 검은색 빌딩을 손가락질하고, 육중한 강철판 문을 뚫어져라 쏘아보면서 이렇게 말한다. 이대로 가다가는 우리 마을이 무법자들의 천지가 될 것이라고. 그렇게 되어도 좋으냐고.

그리고 그는 같은 손가락을 곁에 있는 소년 요이치에게 향하면서, 자기가 읍장이 되면 제일 먼저 이런 아이들에게 구원의 손길을 뻗을 것이며 물거품 호수의 물을 지킬 것이라고 말한다. 하지만 나에 대한 반응은 거의 없다. 박수 소리는 맥이 빠질 정도로 작다.

7월 24일 화요일

나는 무더위다.

피투성이가 되어 자기를 증명하고 있는 태양과 물거품 호수의 그칠 줄 모르는 수증기가 만들어내는 무더위다. 나는 나의 역할을 잘 알고 있다. 마호로 마을의 집집마다 무거운 온기를 드리우고, 모든 직장을 순량한 노동자들의 입김으로 숨막히게 하는 것은 바로 나다. 나는 용솟음치는 재기와 왕성한 지적 호기심을 싹쓸이하고, 인습을 타파하는 힘을 거두어들이고, 대신 얼빠짐을 선사한다.

사람들은 생활을 유지케 하는 일을 홀대하고 게으른 잠에 빠지고 망상에 홀리고 여색에 탐닉하고 외다리 상이군인처럼 자신의 비극을 대명천지에 드러내면서 절대로 해를 끼칠 줄 모르는 인간을 연기하고 있다. 쓸쓸한 독신생활을 하고 있는 애독가는 미학에 관한 책을 읽다 말고 침을 흘리며 잠들었고, 섬약한 체질로 태어난 젊은이는 좋아졌다가 나빠지기를 반복하는 병세에 휘둘리는 하루하루에 신물이 났고, 무거운 벌을 받아야 마땅할 땅딸막한 체구의 전범은 회개하기를 잊었다.

그리고 딸기코가 된 술주정뱅이는 대로에서 추태를 부리고, 고향의 자랑이 될 뻔하다 만 전직 트로트 가수는 답답한 시간의 흐름에 몸을 맡기고, 예술가를 자처하는 남자는 자신이 번듯하게 두각을 나타내는 백일몽 속으로 도망치고, 산골 동네로 놀러 온 검게 그은 얼굴이 다부진 어부는 "차라리 바다가 낫지"라고 중얼거리면서 돌아간다. 그리고 소년 요이치는 한여름의 광휘와 우울함을 한몸에 지고 휘청휘청 아름다운 형상의 언덕을 향해 올라간다.

7월 25일 수요일

나는 하품이다.

일반인들에게는 한없이 엄격하고 동료나 높은 사람들의 위반에는 한없이 자비로운 교통단속반 경찰들이 거의 자포자기 상태로 내뿜는 하품이다. 전파를 사용한 '쥐잡기'란 덫은 완전히 들통나고 말아, 가차 없이 벌을 줄 만큼 고속으로 돌주하는 자동차는 한 대도 없다. 나는 경기와 더불어 경찰들의 의욕을 빼앗고 마음가짐을 해이하게 만들고 더 나아가서는 능력에 맞는 일인지 아닌지를 의심하게 한다.

어쩌다 한 번씩 지나가는 트럭은 전자파가 닿기 직전에 속도를 갑자기 떨어뜨리고 운전사는 보란 듯 익살스런 표정으로 경찰을 쳐다보면서 슬슬 지나간다. 경찰들은 지난 한 달 동안 몸을 구부리고 고개를 조아리며 사과하는 운전자를 한 명도 보지 못했다. 또 이웃 동네까지 빵소니 자동차를 쫓아가는 일도, 난동을 부리며 저항하는 폭주족을 덮쳐 몰매를 때리는 즐거움도 오래도록 맛보지 못했다. 기온은 나날이 오르는데 제복 차림의 그들의 기분은 나날이 추락하고 있다. 그런 그들 앞으로 뭉게구름처럼 하얗고 화려한 외제차를 탄 키 큰 청년이 시속 오 킬로미터도 안 되는 속도로 지나간다. 하루에 서너 시간밖에 집필을 하지 않고 남는 시간에는 어슬렁어슬렁 지내는 남자가 스쿠터를 타고 지나간다. 그런 두 사람에게 나는 차례차례 옮아간다.

"아아, 지겹다"라고 조직원은 말하고, "아아, 인간 따위"라고 소설가는 말한다. 그러나 목적도 없고 인간임을 의식하지 않고서도 살 수 있는 소년 요이치는 나를 매몰차게 물리친다.

7월 26일 목요일

나는 환영이다.

마치 연도에 정렬한 군인들처럼, 마호로 마을 상공회의소 사람들과 읍사무소 직원들이 총동원된 환영이다. 엄청난 돈의 힘으로 이 시골 마을을 대대적으로 개조하겠다는 남자를 위하여 나는 기세등등하게 폭죽을 쏘아올린다. 빛 속에서 조용조용 나타난 승용차는 놀랄 만큼 길고, 선두에 있는 한 대는 읍사무소의 정면 현관에 정확하게 주차하기 위해 세 번이나 핸들을 꺾어야 했다.

그때까지 꼿꼿이 몸을 세우고 가발 쓴 부하 직원을 나무라고 있던 읍장은, 팔십이 넘은 나이에도 야망을 버리지 않고 관철하고 있는 주빈이 자동차에서 내리는 순간, 당사자도 머쓱할 만큼 비굴한 미소를 입가에 띠고 허리를 굽히며 다가갔다. 그런데 재계의 거물을 처음 보는 읍민들은 한결같이 실망한 표정이었다. 아마도 그들은 좀더 풍채가 좋고 도량이 큰 인물을 상상했던 모양이다. 모두의 눈에 그 남자는 세상 물정에 어둡고 말년을 연금으로 근근이 생활하는 노인네로밖에 비치지 않았다. 그들은 저렇게 늙은 몸으로 무엇을 할 수 있겠느냐고 불안해한다.

그럼에도 나는 빈틈없는 배려와 자상한 마음씀씀이로 다소나마 좋은 결과를 얻을 수 있기를 바라고, 금전으로 덕으로 보려는 자들을 위해 그 남자를 받아들인다. 가소롭기 짝이 없는 읍장의 말에 노인은 시큰둥한 대답을 반복한다. 박수 소리가 어느 정도 잠잠해졌을 무렵, 터지지 않은 폭죽 한 발이 오류 강 둔치로 툭 떨어졌다.

7월 27일 금요일

나는 나방이다.

푸른빛이 감도는 녹색 날개와 사악한 빛을 발하는 투실투실한 몸통을 지니고 발육이 온전치 못한 소년을 제멋대로 친구라 여기는 대형 나방이다. 소년은 지금, 어두운 밤에 빛나는 반딧불을 바라보다가 가로등 밑에 쭈그리고 앉아 자신의 엷은 그림자를 넋을 잃고 쳐다보고 있다. 그리고 나는 소년의 등에 찰싹 달라붙어 나비 따위는 절대로 맛보지 못할 어둠에 사는 자의 편안함을 만끽하고 있다. 그곳은 내게 최고의 은신처이다.

연일 무더운 한여름밤이 마호로 마을에 사는 사람들을 무자비하고 대범한 인간들로 변화시키고, 한층 의지가 약하고 행동이 경박한 무리로 만든다. 사소한 충족을 추구하는 보잘것없는 욕망만 본색을 드러내며 도처에 나뒹굴고 있다. 사람들의 눈은 세속에 물들어 탁하고, 웅지가 불탈 가능성은 거의 없어졌다. 이미 사회의 동정을 직시할 수 있는 눈은 없어졌다.

언뜻 보기에도 정체가 수상한 차림의 남자가 몇 명, 살의를 품을 정도로 만취하여 혼미 속을 헤매면서 여느 때와 다름없는 추태를 벌이고 있다. 그들은 보기 좋게 한 대 얻어맞았다는 말만 되풀이하고 있다. 그 중 한 사람이 소년을 알아보고 성큼성큼 다가간다. 그러나 그 남자는 소년을 좀먹고 있는 기이한 병과 내 날개에서 죽음의 모양을 보고는, 술기운이 싹 가셔 동료들과 함께 집으로 돌아간다. 곁에 있는 풀숲에서 사력을 다하여 싸우는 곤충들의 기척이 다시금 살아난다. 그러자 소년은 벌떡 일어나 내일을 살 힘을 열심히 불러모아 체내로 거둬들인다.

7월 28일 토요일

나는 달리아다.

'삼광조'의 여주인과 키 큰 청년의 눈길을 받고 있는, 알록달록하게 꽃을 피운 달리아다. 본의 아니게 전업을 강요당한 농가의 고육책으로 생겨난 나는 결국 출하되지 못했지만 주위의 어둠을 부각시킬 정도로 밝아 유난히 눈에 띄고 있다. 또 나는 개울물 소리와 들새 소리를 행복과 유사한 색으로 물들이고, 나를 바라보고 있는 두 사람에게는 어쩌면 그저 살아만 있어도 행복한 것인지 모르겠다는 눈부신 암시를 선사한다.

그리고 나는 의외로 어울리는 한 쌍인 두 사람 사이를 중재하는 역할까지 다하고 있다. 눈치 빠른 연상의 여자는 지난날을 회상하며 감개에 젖어 있고, 유독 생명에 대한 배려가 부족한 연하의 남자는 평소의 그답지 않게 고향을 그리는 마음에 젖어 있다. 그러나 두 사람은 기실 마음의 절반을 나에게 빼앗기고 있다. 나머지 절반을 묶어보는 것도 재미있겠다고 생각한 나는 두 종류의 호랑나비를 불러 두 사람 사이를 정신없이 오가게 하였다.

노력한 보람이 있어 어떤 경우에도 빈틈을 보이지 않고 사방을 살피는 남자의 표정이 슬며시 누그러진다. 앞섶을 잡고 쓰러뜨리는 식으로 다루어서 될 여자가 아니라는 것을 깨달은 그는 육욕을 제어하고, 끝내 손가락 하나 잡지 못하고, 답하기 곤란한 질문도 하지 못하고, 울타리 너머를 종종 달리는 새끼 말과 그 뒤를 좇는 병든 몸이지만 건강하게 살아가고 있는 소년을 바라본다. 마침내 여자는 바라는 바의 대부분과 바람의 절반을 미련 없이 내게 던져버린다.

7월 29일 일요일

나는 운석이다.

기회를 엿보면서 암흑의 우주를 방황하다가 간신히 가시의 세계로 뛰어든 자갈돌만한 운석이다. 그러나 대기를 무수히 오가는 전광 탓으로 나의 갑작스런 방문에 당황하는 자는 없었고, 밤을 비추는 신성한 불이라고 착각하는 자도 없었다. 살아 있는 모든 생물은 갖가지 수단을 다하면서 여느 때와 다름없는 잔혹한 삶을 영위하고 있었다. 매연과 초연이 유난스럽게 많은 이 행성의 인력권에 들어서는 순간, 어찌된 까닭인가 나는 익명의 누군가를 향하여 존재의 의미를 물었다. 그리고 지금 막 그 대답을 알았다. 아무런 영향력도 없는 나지만 소 한 마리 인간 한 명의 목숨을 빼앗을 정도의 힘은 있다. 이런 나에게도 존재의 의미는 있다. 지금까지 내가 긴긴 세월을 표류했던 것은 누군가를 죽이기 위해서였던 것이다. 나는 지금 그것을 확신한다. 만약 세계에서 으뜸가는 위업을 일궈낸 자의 머리통에 구멍을 뚫을 수 없다면, 전쟁 준비를 갖추고 있는 나라의 주된 인물의 등뼈를 부수어도 좋다. 그 일마저 무리라면, 가옥을 파손하든 농작물에 피해를 끼치든, 이 세상에서 제일 쓸모없는 자를 처리하는 일이라도 상관없다.

호수가 다가온다. 거기에 떠 있는 보트가 다가온다. 거기에 탄 가마없는 소년의 머리가 확대된다. 나는 인과를 끝맺기 위해서 존재했던 것이다. 틀림없다. 그런데 간발의 차로 흔들리는 몸이 스스로를 구하여 — 가만히 있었더라면 분명히 명중했을 것이다 —, 나의 의미 따위는 순식간에 호수에 묻혀버리고 말았다.

7월 30일 월요일

나는 과거사다.

지금은 과욕하지 않고 온화한 풍모의 노인이 된 남자가 깊고 밝은 숲을 거닐면서 회고하는 과거사다. 몇 번이나 사선을 넘은 그의 굽은 허리를 받치고 있는 것은 손으로 만든 지팡이지만, 그의 고고한 혼을 받치고 있는 것은 바로 나다. 젊은 시절의 그는 믿음직한 체구와 단정한 용모와 감탄할 만한 신경과 어이없을 정도의 강한 운으로, 창궐하였던 전염병에도 죽지 않고 비참하기 그지없었던 전쟁에서도 살아남았다. 굶주린 적도 있었지만 죽은 자의 명부에는 오르지 않았다.

젊은 시절 그는 유리 조각으로 오랏줄을 끊고 도주하여 도로 곳곳에 쳐진 방어선을 얼굴색 하나 바꾸지 않고 돌파하고, 분향의 연기가 끊이지 않는 누군가의 묘 앞에서 뒤쫓아온 두 사람을 군대식 방법으로 죽였다. 그러나 그는 지난날의 과오를 후회할 줄 몰랐으며 의분에 불타오르는 일도 없이 지금까지 살아왔다. 그런 그를 냉혈한이라고 단정짓는 자들은 어쩐 일인지 모두 일찌감치 죽어버렸다. 그의 처자식도 이미 이 세상 사람이 아니었다.

노후를 위하여 긴 세월 동안 모아놓은 적은 돈에 기대어 홀로 살고 있는 그에게 나는 줄곧 이렇게 말해왔다. 잘한 일이라고. 살아남기 위해 한 일은 선은 아니지만 악도 아니라고. 나는 전우의 살까지 먹은 경험이 있는 남자에게, 목숨을 부여한 자가 가장 중요하게 여기는 것은 바로 목숨이라고 말했다. 창처럼 뾰족한 지팡이 끝이 둥지에서 떨어진 갓난 큰유리새를 찌른 것도 모르고 그는 조용히 걷고 있다.

7월 31일 화요일

나는 인연이다.

냉혹하고 가시 돋친 말로도 끊기 어려운 남매간의 인연이다. 누나는 아무리 말해도 알아들을 리 없다는 걸 잘 알면서도 동생에게 이렇게 말했다. "이제 여기 오면 안 돼." 이어 "여기는 우리집. 너희 집은 저기 높은 데 있잖아"라고 말하고, "나는 이제 너희 집에 안 가니까 너도 우리집에 오지 마, 알았지"라고 말했다.

그러나 동생의 마음은 온통 처마 밑에 줄줄이 매달려 있는, 완성된지 오래지 않은 풍경 소리에 가 있었다. 그러자 누나는 부모에게 하고 싶었으나 지금까지 한 번도 하지 못한 말을 동생에게 쏟아부었다. 내 의지와는 아무 상관 없이 살아온 삼십 년을 결혼을 계기로 청산하고 싶다고. 그것이 가장 큰 소원이었다고 말했다. 동생의 눈은 한발로 갈라진 밭을 향하고 있었다. 누나는 계속 말했다. 앞으로는 하나에서 열까지 모두 내 생각대로 생활하고 싶다고, 또 "너 역시 너 살고 싶은 대로 살면 돼"라고 말하고, 더이상 핏줄에 얽매이고 싶지 않다고 말했다. 그리고 그녀는 여전히 두 사람 사이에 끼어들려는 나를 물리치면서 동생을 쫓아내고 현관문을 꼭 닫았다. 잠시 후 새빨갛게 달구어진 철을 두드려 펴는 망치 소리가 끊기고 신혼부부의 말싸움이 시작되었다. 동생은 무더위 속을 터벅터벅 걸었다. 하지만 나는 그래도 포기하지 않았다. 아니나 다를까, 얼마 후 아이스크림을 손에 든 누나가 동생을 뒤쫓아왔다.

8월 1일 수요일

나는 흙덩이다.

소박한 듯이 보여도 실은 더할나위없이 못된 농가 여자의 손이 움켜쥐고 있는 한 줌의 흙덩이다. 그녀는 아까부터 내내 그렇게 나를 얄밉다는 듯 노려보고 있다. 그러나 나는 여느 때의 나다. 나는 해마다 거의 풍작을 선사해주었다. 날씨가 어지간히 나쁜 해에도 비황작물조차 추위에 얼어죽는 피해를 입은 적이 한 번도 없었다.

더구나 그녀는 나의 저력 덕분에 극빈생활에 허덕이지 않아도 되었고, 마음은 다소 약하지만 단단한 골격과 순조롭게 성장한 그런대로 괜찮은 남자를 남편으로 맞을 수도 있었다. 그런 그녀가 나를 불만스럽게 여기는 까닭은 내가 세월과 관계없이 나에 불과하다는 점에 있는 듯했다. 그리고 그녀 자신 역시 언제고 그녀 자신에 불과하다는 것에 있는 듯했다. 즉 그녀가 소유한 논과 밭은 휴양지 개발 계획 구역 밖에 있어 논밭 이상의 가치가 없었던 것이다.

그녀는 갑자기 나를 대지에 내동댕이치면서 짓밟고 욕설을 퍼부었다. 그러고서 산림 소유주를 질투하고 토지의 경계를 빌미 삼아 괜한 생트집을 잡으려고 이웃 농가에 대고 고함을 질러댄다. 그러나 그녀의 속내를 알아차린 이웃 역시 "생트집 그만 잡아"라면서 질세라 고함을 지른다. 어쩔 수 없이 그녀는 지나가고 있던 불치병을 앓는 소년을 냅다 걷어찬다. 그러나 나의 품에 안겨 소년은 무사하다.

해가 기울면서 일방적으로 별리를 선언당한 그녀의 남편이 좋아라 하며 집을 나선다.

8월 2일 목요일

나는 집중호우다.

때마침 불어온 태풍의 도움을 받아 변화무쌍한 지형의 마호로 마을을 덮친 집중호우다. 지금 이 한정된 지역의 운명은 내 손아귀 안에 있다 해도 무방하다. 용기를 내어 출동한 소방단원들도 눈앞에서 요동치는 오류 강을 보고는 어디서부터 어떻게 손을 대야 할지 엄두가 나지 않는 형편이었다. 급류에 낡은 다리가 끊어졌고, 그나마 버티고 있는 돌아오지 않는 다리 밑에서는 종이상자로 만들어진 집이 탁류에 떠내려가 젊은 수행승과 늙은 거지가 하마터면 목숨을 잃을 뻔하였다. 수행승은 물거품 호수 바닥에 가라앉아 있는 관음상 덕분이라 생각하였고, 거지는 자못 불만스러운 말투로, "아아, 나는 죽어도 괜찮은데"라고 들으란 듯이 말했다.

내가 예년에 없이 난폭하게 굴었던 까닭은 호수와 접하고 있는 서쪽 산들이 빨갛게 맨살을 드러내고 있기 때문이었다. 나는 나무를 잃은 산을 단숨에 밀어내려고 대량의 토사를 호수로 흘려보내 물고기의 아가미와 수초의 기공을 막았다. 그리고 깊은 밤이 되자 내가 무너뜨린 조그만 산이 별장지로 향하여 아직 집이 서지 않은 잡목림 일부를 메웠다. 놀라 뛰쳐나온 미친 여자에게 나는 제정신으로 돌아올 기회를 주었는데, 안타깝게도 그 충격요법은 실패로 끝났다. 벼랑 아래 동굴에서 사는 젊은이는 나를 상대로 '파괴의 희열'을 춤추었고, 캠프장에서 밤을 밝히던 청년들은 겁에 질려 집으로 돌아갔다. 그리고 외딴 언덕 위의 집에 사는 소년은 벼랑 끝 흔들바위에 기대어 병든 몸을 내게 드러내놓고는, "자, 마음대로 해봐"라고 하늘을 향해 외쳤다.

8월 3일 금요일

나는 명성과 덕망이다.

큰비가 내린 탓에 산이 여기저기 무너지고 그 덕분에 주가가 올라간 전직 대학교수의 명성과 덕망이다. 나는 새로운 읍장의 등장을 위하여 기반을 닦고, 별장지를 자연보호 운동의 거점으로 강렬하게 인상지어주었다. 온통 흙빛으로 뿌연 물거품 호수를 보고 마호로 마을 사람들은 경악하여 혈색을 잃었고 본격적인 공사가 시작되었을 때의 일을 상상하면서 몸을 떨었다. 읍장마저 얼굴을 찌푸렸다. 철 따라 오가기를 포기하고 마호로 마을에 눌러사는 백조는 어디론가 날아간 채 돌아오지 않고, 다른 물새들도 앞을 다투어 도망치고, 유별난 갈매기만 남았다. 갈매기는 숨이 막혀 잇달아 떠오르는 물고기들을 주워 먹기에 여념이 없었다.

'마호로 마을의 자연을 지키는 모임'의 회장은 지지자들과 함께 재빨리 읍내로 나가 웅변을 토하였다. 호우로 인한 어쩔 수 없는 재해가 결코 아니었다고 호소하고, 사람의 욕심이 불러온 사고였음을 강조하였다. 그는 말했다. 나무가 없는 산으로 둘러싸인 호수의 탁한 물과 숲속에 있는 저수지의 맑은 물을 비교해보라고. 아직 태도를 결정하지 못한 사람들은 자연의 앙갚음을 믿는 마음에 반대파로 기울었고, 추진파는 무엇보다 나의 기세를 염려하였다. 그리하여 나는 공사를 일시적으로 중단한다는 약속을 얻어냈고, 일개 전직 대학교수에게 그의 실력에 비해 몇 배나 높은 명성을 안겨주었고, 머지않아 시작될 읍장 선거의 결과를 흥미롭게 만들었다.

팔릴 언덕을 소유하고 있는 남자가 나를 보고는 아내에게 마음 약한 소리를 하였다. "팔리지 않을지도 모르겠어."

8월 4일 토요일

나는 불꽃이다.

올여름 들어 최고 기온을 기록한 밤, 폭죽사들의 신 아오키 다몬(青木多聞)의 제자들이 쏘아올린 불꽃이다. 나는 어둠이 더러움을 가린 물거품 호수의 수면을 광기에 가까운 색으로 물들이고, 지칠 줄 모르는 욕망이 무참하게 깎아낸 호숫가의 산들을 어둠 위로 또렷하게 부각시키고, 기만과 편견으로 넘쳐흐르는 빛을 재빨리 교차시키며 사람들의 마음을 사로잡는다.

언제 죽어도 여한이 없다는 듯한 표정으로 감탄사를 연발하는 구경꾼들은 잇달아 터지는 리드미컬하고 외설스런 작렬음에 미련 없이 혼을 내주고, 언제 끝날지 모르는 허망한 자문자답에서 잠시나마 해방된다. 그러나 나의 관심은, 그저 어영부영 똑같은 생활을 계속하다가 거의 아무에게도 감명을 주는 일 없이 죽어가는 그들에게 있지 않다. 나의 관심은 언제든, 그들의 몽롱하게 취한 눈에 또렷이 비치는 나 자신이다.

아름답고 경탄에 값하고 달리 비교할 것이 없으며 완벽하게 비일상적인 존재는 나이지 그들이 아니다. 예를 들어 전망 좋은 외딴 언덕에서 나를 바라보는 가족, 그들이 만면에 띠고 있는 미소만큼 추악하고 어두운 것도 없다. 내게 그 표정은 울음에 지쳐 꺼져들어갈 듯한 모습과 전혀 다름이 없다. 나는 나를 한층 돋보이게 해주는 사람들에게 만족하면서 마지막 두 척짜리 폭죽에 점화를 하고, 그들의 마음을 좍 펼쳐준다.

8월 5일 일요일

나는 거대한 잉어다.

아직 나무가 남아 있는 산에서 흘러드는 맑은 물 덕분에 살아남은 물거품 호수의 거대한 잉어다. '삼광조' 여관의 정원을 가로질러 흘러드는 이 물만이 간신히 나의 목숨을 유지해주고 있다. 나를 따르던 동료들은 절반으로 줄어들었고 지금도 확실하게 전멸의 길을 걷고 있다. 심술궂고 생명력 왕성한 황어와 블랙배스도 죽어가고 있다. 내가 아는 한 이런 비극은 처음이다.

나는 얕은 물 속 모래바닥 위에 엎드려 머리를 호숫가 쪽으로 향하고 많지 않은 산소를 가만히 들이켜고 있다. 이런 나를 알아본 것은 소년 요이치 오직 한 사람뿐이다. 다른 사람들은 내가 너무도 큰 나머지 오히려 보지 못하고 있다. 만약 다른 사람들에게 알려진다면 만사 끝장이다. 투망을 껴안은 놈들이 우르르 몰려올 것이다.

요이치는 약속해주었다. 나를 누구에게도 떠벌리지 않겠다고. 그리고 요이치는 물로 들어와 내 등을 쓰다듬어주었다. 마호로 마을을 비추는 달이, 당분간은 비가 내리지 않을 것이라고 나를 위로해주었다. 오늘밤, '삼광조' 에서 흘러나오는 불빛은 전에 없이 가냘프고, 손님의 출입도 매우 적다. 동료들의 허망한 죽음을 안타까워하는 우리 담수어들의 소리 없는 울음도 이미 탁한 물에 삼켜버렸다. 요이치는 내 곁에서 휘파람을 불며 파란 노래를 불렀다. 물거품 호수의 대변자로서 목숨을 잃어도 상관없다고 나는 말한다. 그러자 영리할 것 같지는 않아도 살아남는 데 있어 탁월한 자질의 소유자인 요이치가 말했다. "죽는다고 뭐가 어떻게 된 적이 어디 있다고." 정말 그럴까.

8월 6일 월요일

나는 안개다.

촉망받는 실업가에게 아침을 떠느라 제정신이 아닌 마호로 마을에 자욱하게 낀, 계절에 어울리지 않는 안개다. 나는 암담한 전도를 덮어 가리고, 무료함을 푸념하는 나날을 감싸고, 장쾌한 기분에 찬물을 끼얹고, 모든 교화적인 의도를 흐지부지하게 만들고, 실정을 소상히 밝힐 필요 따위는 전혀 없다고 주장하고, 열혈한의 하늘을 찌르는 기개를 꺾는다. 나는 근면하고 우직한 성품의 남자에게 마음 내키는 대로 살기를 권하고, 세상에 정나미가 떨어진다고 생각하는 자에게는 공손히 기다리기를 권하고, 용감무쌍하게 앞으로 돌진하는 성격을 타고났으면서도 재기 불능에 빠져 있는 자에게는 잉어낚시를 권한다.

나는 경탄해 마지않을 행위나 침착하고 용감한 인간상에 언제까지고 집착하는 자에게는 더할나위없이 추잡한 언동을 권하고, 사실을 있는 그대로밖에 말할 줄 모르는 자에게는 얘기에 양념을 뿌려 즐기기를 권하고, 묵묵히 옛 습관을 지키며 전례를 따르면 틀림없다고 믿는 자에게는 기상천외한 파락호와의 교우를 권한다. 그런가 하면 종종 독선에 빠지는 자에게는 무리지어 모이기를 권하고, 고생을 마다 않고 걱정 근심이 끊이지 않는 자에게는 부모의 유산을 믿고 느긋하게 지내기를 권하고, 가족들에게 허술하게 대접받는 자에게는 예고 없는 가출을 권하고, 동료들로부터 따돌림을 받는 자에게는 좀더 바람직한 다른 무리에 끼기를 권한다.

그리고 나는 소년 요이치를 비롯한 모든 마을 사람들에게, 무슨 일이든 운에 맡기라고 말하고, 그렇게 안달복달하지 말라고 말한다. 그러나 한여름의 짧은 밤은 빨리도 밝아와, 태양이 나를 태워죽이려 대

8월 7일 화요일

나는 재건이다.

혼이 덜 났는지, 읍사무소 직원의 경고도 무시하고 돌아오지 않는 다리 밑에서 이루어지고 있는 거지의 집의 재건이다. 수행승은 보트 대여점 아저씨네로 굴러들어가 두 번 다시 이곳에는 가까이 오지 않는다. 거지는 예전 같았으면 하루에 모을 수 있는 종이상자와 판자를 사흘이나 걸려 주워모으고, 이전과 똑같은 쥐덫 모양의 집을 느릿느릿 만들고 있다. 가발 쓴 읍사무소 직원이 "이제는 죽어도 몰라!"라고 둑 위에서 소리를 질렀다.

그러자 투실투실 살찐 거지는 한 번 죽지 못한 자는 영원히 죽지 않는 법이라고 웃으면서, "보시라구, 이 호화스런 저택을!"이라고 말하고, "당신네들의 일생은 말이지, 땅과 집으로 다 끝이 나잖아!"라고 말하고, 더 큰 소리로 웃었다. 물거품 호수에서 흘러나오는 오류 강의 강물은 여전히 탁하고, 여전히 죽은 물고기가 둥둥 떠 있다. 거지는 또 자기는 무슨 일이 생겨도 다 받아들이기로 했다고 말하고, 설사 다시 한번 전쟁이 일어난다 해도 받아들일 것이라고 말하고, "벌벌 떨고 있어봐야 아무 소용 없다는 말이지"라고 말한다. 괜한 허세가 절대로 아닌 그 정신을 버팀목으로 하여 나는 조금씩 완성에 가까워진다.

마침내 거지가 읍사무소 직원과 그 곁에 있는 소년이 부자지간인 것을 알고는, "그 아이가 당신보다 훨씬 낫다"며 본받으라고 말하고, 우선 그 가짜 머리칼을 머리에서 떼어내는 것이 어떻겠냐고 진심으로 말한다.

8월 8일 수요일

나는 하마다.

마호로 마을 동물원에 사는 동물 중에서 가장 늙은, 원장조차 그 나이를 정확하게 모르는 하마다운 하마다. 나는 새로 들어온 사육 담당—그녀와는 아직 흉금을 털어놓지 않았다—이상으로 동물원이란 세계를 잘 알고 있었다. 동물원에 있는 동물들이 어떤 식으로 존재하는지를, 이 세상 누구보다 속속들이 알고 있었다. 그 증거로 나는 산과들을 마음대로 활보하는 자만큼이나 행복했다. 그러나 내가 얼마나 행복하게 살고 있는지를 아는 자는 아마 한 명도 없을 것이다. 나의 체중을 알고 있는 자도 거기까지는 모를 것이다. 하마치고는 작은 편일지도 모르는 내 안에 자리가 비좁다며 늘어서 있는 충족을 소년 요이치도 아마 모를 것이다.

나는 막 넓디넓은 연못에서 기어올라와 콘크리트 바닥에 누웠다. 나를 사이에 두고 세상 돌아가는 얘기로 얘기꽃을 피우고 있는 늙은이들의 비난 섞인 시선과 비록 열대의 동물이라지만 거역하기 어려운 강렬한 햇볕이 난무하고 있다. 오늘도 역시 나는 과하게 무겁지 않은 곡선적인 육체를 포함하여, 자유롭다. 그렇지 않다고 나를 자신감 있게 똑바로 쳐다보면서 이의를 제기할 수 있는 자는 아마 없을 것이다. 그런데 땀띠투성이 소년 요이치가 다가와 내게 말한다. 그는 강물을 건너고 물 속을 걷는 하마를 텔레비전에서 봤다고 말하고, "그게 하마지, 너는 하마가 아니야"라고 말했다. 나는 가만히 있을 수 없었다. "너도 인간이 아니면서 뭘."

8월 9일 목요일

나는 황토색이다.

여전히 물거품 호수의 물을 볼썽사납게 변모시키고 있는, 아무것도 모르고 찾아온 관광객을 실망시키는 황토색이다. 백조를 본떠 만든 유람선을 타고 있는 자들이나 대여 보트를 타는 자들이 수면을 들여다보고 발견하는 것은, 이미 싫증난 자신의 얼굴과, 딱히 내세워 자랑할 정도도 아니며 전환점에 와 있는 것도 아닌 자신의 인생이다. 그들의 야윈 얼굴은 오히려 내게 어울린다. 가사 상태에 빠진 그들의 표정.

보트 지키는 일을 나 몰라라 하고 호수 위로 떠오르는 공기 방울을 일일이 조사하고 있는 수행승의 안색이 점차 핏기를 잃어간다. 내가 아무리 방해해도 그는 한눈에 그 공기 방울이 관음상의 입에서 나온 것인지 아닌지 알아본다. 보트 위에 정좌를 하고 등으로 기우는 햇살을 받고 있는 수행승, 그의 충혈된 눈에 비친 것은 둥실 떠올라서는 빛 속에서 절명하는 물고기와, 이런 시골 동네에서 물장사에 매진하는 음탕하고 대범한 창부의 한없이 밝게 웃는 얼굴뿐이다.

나로서는 친절을 베푼다는 마음으로 그렇게 한 것이다. 나로서는 관음상을 대신하는 무언가를, 또는 그 이상의 무언가를 암시하고 있었던 것이다. 아직 젊어서 편협한 생각밖에 하지 못하고, 여전히 번뇌의 끈을 끊고 싶어하는 그의 결단력 없는 귀는, 저 산 너머를 달리는 천둥소리를 듣고, 외딴 언덕 꼭대기에 사는 큰유리새의 "속세가 중요하지, 속세가 중요하지"란 지저귐 소리를 심각한 얼굴로 듣고 있다.

8월 10일 금요일

나는 용태다.

낙담과 분노에 짓눌려 끝내 쓰러지고 만 요이치 삼촌의 염려되는 용대다. 상태를 보러 왔다가 놀라는 형에게 동생은 삼기라는 말밖에 하지 않았다. 독살당한 비단잉어에 대해서는 한마디도 언급하지 않았다. 형이 입원을 권했지만 동생은 거부하였다. 오래 살고 싶다는 생각은 한 번도 한 적이 없다고 그는 말하고, 조카를 남겨두고 가라고 부탁하였다. 형은 "이런 성가신 녀석이 곁에 있으면 내릴 열도 올라간다"라고 말했다. 동생은 "아뇨, 오히려 마음이 편안해집니다"라고 말했다.

형은 아들을 남겨두고 읍사무소의 경트럭을 타고 욕정과 무더위 속으로 돌아갔다. 조카는 삼촌 곁에 누워 살아 있는 것들의 기척이 완전히 끊긴 연못에 갑작스레 내리기 시작한 바늘처럼 날카로운 여우비를 바라보았다. 삼촌은 물베개도 얼음주머니도 소용없을 만큼 높은 열에 시달리고 있었다. 그리고 그는 "죽여버릴 거야, 죽여버릴 거야"라는 헛소리를 몽환처럼 듣고 있었다. 그러나 한편 세상으로 나다니지 않는 일로 하여 피붙이에게 끼친 수많은 폐가 되살아나고, 이런 일로 소동을 피울 마음은 없다고 굳게 맹세하고, 발을 씻겠노라 약속하고 마호로 마을로 돌아온 날도 생생하게 떠올랐다.

그런 갈등이 나를 악화시키고 있었다. 마침내 병자는 눈을 뜨고 마룻바닥에 숨겨놓은 칼을 조카가 알아차리지 못하도록 살짝 꺼내, 웃통을 벗어던진 가슴 위에 얹어놓고 꼭 껴안았다. 그때서야 나는 조금 호전되었다.

8월 11일 토요일

나는 동굴이다.

살 집을 잃고서도 여전히 고향을 잃어버렸다는 자각이 없는 젊은이가 굴러든 벼랑 아래 동굴이다. 하루 일을 끝내고 내게로 돌아온 그는 "여기가 바로 내 집이다"라고 몇 번이나 중얼거리고, 이어 보이지 않는 누군가에게 "내쫓을 거면 어디 내쫓아봐"라고 콧방귀를 뀌며 말한다. 그런 후 그는 캔맥주를 마시면서 두 종류의 도시락을 먹어치운다.

나는 비와 바람, 더위와 추위 정도는 막아줄 수 있지만 그 이상은 무리다. 고독과 허망함과 번뇌가 자유로이 드나들면서 내 안에서 발광하고 있다. 그러나 뜻을 알 수 없는 춤을 추기 위한 무대로는 내가 제일 안성맞춤일 것이다. 지금 그는 라디오 따위에 의지하지 않고서도 대지를 가득 메운 끝없는 음악에 맞추어 춤출 수 있다. 그러고는 정신을 잃을 정도로 지쳐서, 달랑 담요 한 장밖에 깔지 않은 다소 비탈진 딱딱한 잠자리에 벌렁 눕는다.

짙어지는 어둠과 도를 더하는 캠프장의 흥청거림과 함께 그의 잠은 깊어지고, 그 잠은 마호로 마을의 대기가 완전히 뒤바뀌는 새벽녘이 될 때까지 끊이지 않고 계속된다. 밤이면 밤마다 내 주변에서 펼쳐지는 작은 동물들의 아귀다툼과 정소와 난소를 가진 생물들의 교미, 그것은 그가 일절 관여하지 않는 다른 세상의 일이다.

오늘 비가 내려 그는 일하러 가지 않았다. 그는 비와 함께 벼랑 위에서, 그러니까 외딴 언덕 꼭대기에서 흘러내리는 큰유리새의 지저귐 소리에 맞추어 하루 종일 '자궁으로의 회귀'를 춤추었다.

8월 12일 일요일

나는 궁여지책이다.

마호로 마을의 읍장 자리를 어떻게든 지키고 싶은 남자가 불리한 형세를 단번에 역전시키려고 사용하는 궁여지책이다. 선거 참모인 치과 의사는 후보자가 난립하는 편이 이기기 쉽다고 말하고, 어차피 정공법으로는 이길 수 없음이 자명하다며 같은 배를 탄 동지들에게 기염을 토한다. 그러나 마호로 마을의 존망이 그대들의 양어깨에 걸려 있다는 따위의 듣기 좋은 말은 하지 않는다. 그 대신 떼돈을 거머쥘 마지막 기회라고 말한다.

나는 이때를 이용하여 한목 벌어들이고 싶은 그들에게 자금을 모으라고 명령하였다. 휴양지 개발 계획을 추진하고 있는 기업과 그 관련 회사는 내가 요구하는 금액의 세 배에서 다섯 배에 가까운 돈을 기꺼이 내놓았고, 모자라면 더 주겠노라고 말했다. 나는 힘을 얻었다. 아직 고시 전인데 나는 세심한 주의를 기울여 대담하게 돈을 뿌리면서 적을 와해시키는 공작에 돌입하였다. 더불어 물거품 호수의 물도 머지않아 원래 모습으로 돌아갈 것이라는 근거 없는 소문을 퍼뜨렸다. 또 막강한 후보자인, 신사연하는 외지인의 배후를 신사에 불을 지르고 천황을 없애려는 패거리가 조종하고 있다는 얼토당토않은 소문을 퍼뜨렸다.

그런가 하면 나는 해가 떨어지기가 무섭게 살금살금 온 읍내를 돌아다니면서, 그럴싸한 제안을 기대하며 들썩거리는 무리들과 체면과 속내 사이에서 오락가락하는 무리들을 찾아내서는, 가볍게 말을 걸고 그들의 마음을 사로잡는다. 현금을 받아든 자들 중에는 도서관에서 일하는 갓 결혼한 여자도 있었다.

8월 13일 월요일

나는 긴 대화다.

한결같은 마음으로 일하는 수행승과 그를 이해해주는 좋은 벗이며 고용주인 보트 대여점 아저씨가 나누는 긴 대화다. 비가 손님을 내몰고 있었다. 두 사람은 지금, 공사가 중단되어 다소 물이 맑아진 물거품 호수와, 불도저가 깎아낸 산의 토사를 다시금 떠밀어낼 위험성을 품고 있는 세찬 비를 바라보면서, 눅눅하고 탁한 말을 주고받고 있다.

수행승은 말한다. 이제 얼마 안 있어 호수는 죽겠지, 라고. 아저씨가 말한다. "다들 언젠가는 죽는 법이야"라고. 어떻게 죽느냐가 문제라고 수행승은 말한다. "나는 그런 거 문제삼지 않아"라고 아저씨가 말한다. 멀리서 보아도 임부임을 알 수 있는 여자가 언덕 위의 친정집에서 받은 식료품을 등에 지고 비탈길을 내려오고 있었다. 그리고 그녀의 동생이, 다른 사람들 눈에는 자아가 있는지 없는지 의심스러운 소년이 우산도 쓰지 않은 채 거의 죽어가는 사람처럼 비틀비틀 호숫가를 걷고 있다. 그 앞으로 목줄을 벗어던지고 들개가 된 애완견이 걸어간다.

아저씨가 말한다. "자네는 언젠가는 반드시 비범한 남자가 될 거야"라고 말하고, "나는 평범한 남자로 족해"라고 말한다. 수행승이 말한다. 나는 평범하지도 못하기 때문에 평범해지기 위해 노력하는 것이라고. 언덕을 다 내려온 임부가 조심조심 자전거에 올라탄다. 페달을 밟는 소리와 자전거가 삐걱거리는 소리가 나를 차단한다. 나를 완전히 침묵시키려고 언덕 위의 집 큰유리새까지 방해공작에 나섰다. 파란 새는 "쓸데없는 소리 하고 있네"라고 우짖고, "말에 속아서는 안 되지"라고 지저귄다. 그러나 나는 끝없이 계속된다.

8월 14일 화요일

나는 초열지옥*이다.

마호로 마을에 눌러사는 거지가 흔들리는 촛불의 그림자 속에서 똑똑히 보고 있는 초열지옥이다. 늦은 오후의 염천을 어느 틈엔가 쏟아지는 소이탄이 대신하고 있다. 그리하여 여름은 여름 이상의 계절이 되었고, 죄보다 검은 비행기 그림자가 통과한 직후에 일제히 불길이 올랐다. 그 직전까지 풀냄새를 풍겼던 들꽃까지 집과 전신주와 함께 타버렸고, 연못과 강물은 끓어올랐고, 파란 하늘은 점차 지워졌다.

지금도 여전히 나는 기억에서 체험 이상의 고통을 끌어내어 거지를 괴롭히고 있다. 방금 전까지 부질없는 허세를 부렸던 인간의 몸에서 육즙이 좌르르 흘러넘치고, 하늘과 땅에 끼여 있는 고난은 점점 더 손쓸 수 없게 되고, 국민에게 목숨까지 제공하라 했던 한 나라의 위신은 흔적도 없이 사라지고, 이웃을 위해 근심하는 일도 생에 대한 집착도 그 누구도 두려워하지 않는 기개도 순식간에 재로 변한다. 거지는 마침내 소리를 지른다. 그런데도 나는 공격의 손길을 늦추지 않는다. 엄청난 폭풍이 용맹을 숭앙하는 시대와 신을 자처하는 인간을 웃어 날리고, 입으로 일세를 진동시키려는 자의 허황된 목소리를 끊어놓고, 생존자를 확인하는 비통한 울음소리가 도처에 난무하고, 충실하게 격상된 신화가 산산이 부서져 이리저리 나뒹굴고, 산울림 같은 폭음이 멀어지고, 무사히 목숨을 부지한 사람들의 낙담하여 풀이 죽은 모습과 그들 위로 부드럽게 내리는 비가 나를 밀어내려 한다.

더위를 헤치고 나아가는 소년 요이치를 보고서 거지는 자기도 모르게 외친다. "오오, 살아 있었구나!"

8월 15일 수요일

---

* 도박, 음주, 음행 등의 죄를 지은 자가 떨어진다고 하는 불지옥.

나는 전구다.

세찬 뇌우 속에서 불쑥 튀어나온, 크기는 배구공만하고 태양처럼 눈부신 전구다. 마치 우주처럼 아무런 의미도 없이 생겨난 나는 죽은 자를 두려워하는 사람들이 빗속에서 보는 도깨비불 따위가 아니다. 희귀한 일이지만 나 역시 번개와 마찬가지로 명실상부한 발광체다. 그럼에도 나는 자신의 존재를 의심하면서 산 위 호수 주변을 어슬렁거리다가, 자신의 심신을 어쩌지 못하여 결국 누군가의 뒤를 따라가기로 한다. 딱히 특정한 누구를 선택한 것은 아니다. 우연히 거기에 나보다 한층 흔들거리는 소년이 있었을 뿐이다. 그가 바로 뒤를 따르는 나를 알아차리지 못하는 것은 비단 천둥 소리와 쏟아지는 빗소리 때문은 아니다. 잠시 후 소년은 언덕길을 오르기 시작한다. 낙뢰는 산에도 마을에도 떨어지고 그때마다 야인의 입장을 비추는 순간적인 불기둥이 치솟는다.

나는 소년의 앞으로 돌아, 여기가 어디냐고 묻는다. 그러자 태어날 때부터 허약 체질인 듯한 소년은 나를 제대로 보지도 않고 이렇게 대답한다. "그런 건 여기 말고 다른 데를 아는 사람들이나 묻는 말이야" 라고 말하고는, 아무 말도 없이 언덕 꼭대기까지 올라간다. 나는 그를 계속 따라가 집 안으로 들어가서도 같은 질문을 반복하였다. 소년 대신 새장 속 새가 대답한다. "여기밖에 모르면 여기를 받아들여" 라고. 그러는 길밖에 없다 생각하고 그렇게 하자고 결심했을 때, 나는 갑자기 퍽 소리를 내면서 터져 소멸한다.

8월 16일 목요일

나는 신물이다.

예리한 안광으로 세상 여기저기를 훑으며 사소한 입씨름조차 놓치지 않는 키 큰 조직원의 목구멍으로 기어오르는 신물이다. 나를 유난히 자극하는 것은 이런 작자들이다. 부드러운 목소리로 죽음에 대해 얘기하면서 시원한 바람 부는 들을 한가로이 노니는 노인네. 외지 사람과 전과자의 주소를 수첩에 메모해두었을 뿐 아무런 증거도 찾아내지 못한 채 쓸데없는 정보만 시시콜콜 상사에게 보고하는 형사. 대수로운 바람도 아닌데 한 차례 불어오면 맥없이 고개를 숙이는 초목. 강직한 성품으로 알려져 있었는데 나이가 들자 고집을 꺾은 남자. 목숨을 구걸했음에도 결국은 지하에 잠들게 된 멍청한 동업자들의 곰팡내 나는 혼. 유한계급에 속하면서 멋대가리 없는 나날을 보내는 구두쇠. 튤립의 구근과 함께 분노마저 땅에 묻고 마는 유약한 남자. 세력을 만회하기 위해서라지만 상대방의 허를 찌르는 묘책도 없이 적을 노리는 애송이. 바닥 모를 연못에 살면서 무사안일한 수백 년을 비늘에 새기고 있는 대어. 어린아이를 사랑으로 키운다는 모성 본능의 이면에 딱 들러붙어 있는 타산을 조금도 깨닫지 못하는 엄마. 대부분의 사람들이 신뢰하기에 부족함이 없다고 믿고 있는 왜곡된 보도. 애당초 팔아먹을 만한 절개도 없는 정치가. 전쟁놀이를 하고 싶은 마음에 자위대에 지원하는 젊은이. 누가 읽을지도 모르는 소설 한 편을 써내기 위해 세상사를 일일이 주목하는 소설가. 그리고 앞으로 얼마나 살 수 있을지 짐작조차 할 수 없는 소년 요이치.

8월 17일 금요일

나는 청비둘기다.

산골짜기에 살면서도 여름이 되면 반드시 바닷물을 마셔야 살 수 있는 청비둘기다. 마음 맞는 친구들끼리 짭짤한 바닷물을 실컷 마시고 있을 때도, 귀로에 오르려고 어떤 역 근처에 있는 시원한 잡목림에 집결했을 때도, 그리고 날고 또 날아 물거품 호숫가의 정든 숲으로 돌아왔을 때도 나는 그 아가씨를 보았다.

허망할 정도로 드넓은 해변에서 그녀는 반듯하게 배를 가른 물고기를 기하학적인 모양으로 모래 위에 배치하고 있었다. 다른 손님은 하나도 없는 무인역에서 그녀는 말린 생선으로 가득한 상자를 잔뜩 짊어지고 새벽 첫 기차를 기다리고 있었다. 그리고 마호로 마을에서 행상을 끝낸 그녀는 텅 빈 상자를 캠프장 소각로에 던져넣고 있었다. 그녀에게는 나를 매료할 만한 무언가가 있었다. 나는 한참이나 그녀의 동태를 살피고 있었다.

그후 건어물 행상 아가씨는 모여 있는 사람들을 들여다보고, 구급대원의 인공호흡을 받고 있는 수영복 차림에 털이 부숭부숭한 남자를 구경하고, 초대형 불도저가 모여들어 조성한 삭막한 산의 광경을 바라보고, 무더위 때문에 사고가 빈발하는 가도 쪽으로 눈길을 돌렸다가 외딴 언덕 꼭대기에 있는 집을 올려다보았다. 그러나 그녀는 어디에도 들르지 않고 마호로 마을의 수돗물을 한 입 머금었다가 푸 하고 내뱉고는, 버스 터미널을 향해 걷기 시작했다. 아마도 나밖에 눈치채지 못했을 테지만, 그녀의 길고 호젓한 그림자의 머리 부분에는 희미한 빛의 고리가 떠 있었다.

8월 18일 토요일

나는 땡볕이다.

마호로 마을을 고루고루 덮으며 뜨겁게 달구는, 마당에서 놀던 어린아이를 기절시킬 수도 있는 땡볕이다. 나는 아스팔트 깔린 도로를 축 늘어지게 하고, 오후 시간대를 교란시키면서 엄동에 진 빚을 갚아 장부의 아귀를 맞추게 한다. 그리고 나는 잔돈을 슬쩍하여 허리춤에 감추는 시어머니에게 현기증을 선사하고, 어젯밤 과하게 마신 남자들의 불쾌감을 배로 증가시키고, 호숫가의 보수 공사에 여념이 없는 인부들의 수명을 다소 단축시킨다.

그러고서 나는 새로 나온 장난감을 사달라고 울며 보채는 어리광쟁이를 열풍 속에 혼자 놔두고, 물거품 호수에 인접해 있는 습지대를 걸쭉하게 만들고, 운전자를 이유도 없이 짜증나게 하여 도로 여기저기에서 예상치 못한 사고를 일으키게 하는 원인을 제공한다. 나는 여름방학이라 귀향한 옛 친구와 얘기꽃을 피우고 있는 젊은이의 마음을 둔화시키거나 흥분시키고, 이승 산에 무리지어 사는 멧돼지를 깊은 밤의 감자밭 습격에 대비하여 푹 잠들게 하고, 교육의 민주화를 더욱 강화해야 한다고 주창하는 선생에게서 비난에 지지 않고 응수하는 기백을 빼앗는다.

나아가 나는, 본의 아니게 퇴직할 날을 기다리며 휴직중인 불운한 회사원을 얘기 도중에 물러나게 하고, 이 여름에도 예외 없이 떠오른 익사체를 검시하는 남자의 가슴을 메슥거리게 하고, 사실은 정밀하게 재고해야 할 중요한 의안을 별 가치 없는 것이라 무시하게 하고, 많은 주민들을 고향의 눈부신 발전이 드디어 시작됐다는 착각에 빠지게 하고, 소년 요이치의 후두부에 일격을 가하여 언덕길 도중에 쓰러뜨린다. 누가 어떻게 되든 이미 내 알 바가 아니다.

8월 19일 일요일

나는 얼음주머니다.

일사병에 쓰러진 소년 요이치, 오랜만에 그의 온몸에서 방사되는 열을 상대로 분투하는 얼음주머니다. 나를 도와주는 자는 없다. 물베개가 있지만 처음부터 사용하지 않았고, 해열제도 있으나 아무도 생각해내지 못했다. 아버지는 "이 땡볕에 바깥을 나돌아다니니까 그렇지" 라고 말하고는 심심풀이 삼아 다니는 직장으로 나갔고, 어머니 또한 한 고비 넘겼다고 제멋대로 단정하고는 언덕을 내려갔다.

아무리 시간이 흘러도 담당 의사가 오지 않는 것을 보면 아버지나 어머니나 결국은 연락하지 않은 것이리라. 머지않아 얼음이 다 녹아버리면서 냉수도 온수로 바뀌고, 나는 아무 쓸모 없는 것이 되고 말았다. 그런데도 요이치는 나를 성가셔하지 않았다. 나는 조금이나마 소년의 기대에 답하려고 열심히 노력하였다. 그러자 그 보람이 있었는지 열이 조금 내리고, 요이치는 잠이 들었다. 거의 흠집 없는, 아니면 상처투성이일 요이치의 혼은 재빨리 꿈속으로 도망쳐 빛을 발하는 불가사의한 새의 비호를 받으면서 말을 타고 새카만 어둠 저편으로 달려갔다. 멀어지는 말발굽 소리를 새장 속 큰유리새가 이어받았다.

온종일 바람 한 점 없었다. 온 산을 뒤덮은 매미 소리는 이미 팔월의 일부로 변해 있었다. 나는 요이치의 눈두덩 속을 달리는 마(魔)의 말을 빨아내고 대신 유리색으로 채웠다. 죽는 것이나 사는 것이나 딱히 그럴듯한 이유가 있어서는 아니라고 큰유리새가 우짖었다. 해가 기울자 다시금 열이 공세를 펼쳤다. 나는 그럭저럭 막을 수 있었다.

8월 20일 월요일

나는 그림자다.

특별히 좋은 점도, 그렇다고 나쁜 점도 없는 고지식한 인간이 사는 난층집을 몇 채나 깔고 있는 삼층짜리 검은색 빌딩의 그림자다. 내 위를 지나는 사람들은 모두 그 빌딩에 사는 사람들의 바람직하지 못한 평판을 떠올리며 눈살을 찌푸리고, 숨을 죽이면서 종종걸음으로 사라진다. 그리고 아니꼽고 역겨운 자칭 양식파인 훤칠한 남자는 사회정의라는 가짜 가죽으로 만들어진 구두를 신고 그 발로 나를 얄밉다는 듯 짓밟는다.

그러나 다만 그뿐, 이렇다 할 일은 달리 없고 해가 기울거나 구름이 져서 내가 사라지는 일은 있어도 그 빌딩과 빌딩에 사는 사람들까지 줄어드는 일은 절대로 없다. 나서야 할 때에 대비하여 강철 손톱을 갈고 있는 그들은 나날이 상비약처럼 정착하여, 물거품 호수나 이승 산이나 오류 강이나 아마비코 신사 정도는 아니더라도, 가령 소년 요이치처럼 없으면 왠지 허전한 존재의 하나로 승격되어가고 있다.

유전자에 빠짐없이 포함되어 있는 야만적인 공격 본능에 따라 살고 있는 삼인조, 어중간한 오기와, 학생들끼리 서로 자랑하는 정도의 무용담 따위는 발치에도 오지 못하게 하는 남자들, 그들은 날마다 이 한 목숨 빼앗기지 않으려고 세심한 주의를 기울이고, 갑작스럽게 출현하는 적에 대비하고 있다. 그리고 나는 그들의 공포를 상징하고, 그것을 찾아온 밤 속에 던져버린다. 그들의 입장을 부러워할 정도로 지금은 아무것도 없는 남자가 내 위를 터벅터벅 걷고 있다. 그는 전쟁에서 관통상을 입은 경험이 있다.

8월 21일 화요일

나는 단념이다.

촌각을 다투는 사태에 몰린 길 잃은 갈매기가 끝내 물거품 호수에 보내는 단념이다. 수질 오염에 의한 먹이의 절대 부족, 요 며칠 사이 사태는 점점 더 심각해졌다. 깃털의 순백색마저 유지할 수 없게 된 갈매기는 어젯밤 이렇게 중얼거렸다. 새에 대한 피해자 대책은 없는 것인가, 라고. 그리고 오늘 아침, 한참을 날아다니다가 간신히 죽어가는 조그만 황어를 삼키면서 이제 끝이라고 울었고, 순간적으로 마음의 준비를 갖추었다. 드디어 바다로 돌아갈 때가 온 것이었다.

지금 나는 물거품 호수는 물론 마호로 마을의 전부를 부정할 수 있다. 호수로 흘러드는 몇 줄기 시냇물도, 상류에 있어 야생 원숭이의 목욕탕으로 쓰이는 웅장한 폭포도, 폭포의 원류이며 절대 마르는 일 없는 무수한 샘도, 이제는 모두 부정할 수 있다. 이곳은 이제 끝났다. 많은 것을 잃어가면서 현재에 이른 마호로 마을은 마지막 재산마저 잃을 지경이다. 철분이 과다하게 포함된 물이 점차 폭을 넓혀가고 있다. 여전히 수구적인 인사들이 열어놓은 것은 결코 미래가 아니다.

산골짜기에 눌러산 일을 새삼스럽게 후회하는 갈매기는 근해의 자잘한 물고기들의 맛을 떠올리고, 풍어의 깃발을 휘날리면서 먼 바다에서 돌아오는 배의 마스트에 앉았을 때의 상쾌한 기분을 떠올린다. 그리고 언덕 꼭대기까지 날아올라 새장 속 큰유리새에게 "이곳은 정말 경치가 좋은 땅이었다"는 말을 남기고 황어 한 마리가 도저히 견디지 못할 긴 여행을 떠났다. 갈매기는 더욱 고도를 높여 아침부터 내리는 굵은 빗줄기를 내차며 한 번도 뒤돌아보지 않고 마호로 마을을 떠나간다.

8월 22일 수요일

나는 오늘이다.

어제와 조금도 다르지 않은, 아마 내일 역시 엇비슷할 소년 요이치의 오늘이다. 요이치는 먹고 자고 잊지 않고 파란 새를 보살핀다. 그러나 다른 일들은 깜박 잊고 언덕을 내려가 마호로 마을을 배회한다. 배회하면서 인간세계에서 부침하는 사람들을 만나고, 나무 그늘에 꼬여드는 풀벌레 소리에 귀를 기울이고, 바람 속에 서서 쾌락과 배덕의 향그런 냄새를 맡는다.

나와 동행한 요이치는 그 길로 가면 돌아가는 먼 길이라는 것을 잘 알면서도 그리로 가, 길옆에 자애로운 표정으로 서 있는 지장보살에게 코브라의 트위스트 같은 격렬한 재주를 보여준다. 그러고 나서 옛 습관을 고수하려는 생각밖에 없는 노인이 해주는 소중한 충고는 다 흘려듣고, 물이 조금은 맑아져 기운을 되찾아가고 있는 거대한 잉어의 까끌까끌한 등을 한 차례 쓰다듬어주고, 부모에게 받은 신체발부를 운명의 흐름에 드러내고, 딱정벌레들의 기세등등한 시합을 구경한다.

그리고 요이치는 집요하게 따라다니는 선글라스 낀 남자를 낮에도 밤 같은 숲속에서 따돌리고, 동쪽 저편을 흐르는 구름에서 번영의 종말을 읽어내고, 땅 경계에서 일어나는 제 문제를 조소한다. 이어 우르릉 쾅쾅 울려대는 천둥 소리 바로 아래를 태연히 걷고, 급격하게 가열된 욕망과 쏟아지는 소나기 사이를 뚫고 나아가, 분분한 낙화와 영롱한 무지개의 경치를 통과하고, 아마추어 사진가의 적외선에 감광하는 필름에 또렷이 포착된다. 뿐만 아니라 누군가에게서 밥을 얻어먹고, 두서없는 세상의 소문을 구별하면서 큰유리새의 품으로 돌아간다. 이렇게 나와 요이치는 매일 여유롭게 교제하고 있다.

8월 23일 목요일

나는 흐르는 눈물이다.

소년 요이치에게 부탁하여 진짜 큰유리새의 우짖음 소리를 듣고 있는 눈먼 소녀의 눈에서 흐르는 눈물이다. 파란 새를 새장째로 건네받은 그녀는 벤치에 앉아 그것을 무릎에 올려놓았다. 그러자 요이치의 새는 낯선 곳에서 모르는 사람과 대면하는 동요를 잊고 호숫가에서 찰랑거리는 물거품 호수의 물결 소리에 맞추어, 정상이라 할 수 없는 요이치의 호흡에 맞추어, 여름의 작용으로 이동하는 대기의 흐름에 맞추어 노래하기 시작했다.

소녀를 그림자처럼 따르는 하얀 개도 고개를 갸웃하고 경청하였다. 요이치는 벤치에서 조금 떨어진 곳에 서 있는 늙은 소나무를 껴안고 온 하늘을 덮고 있는 비구름에 넋을 잃고 있었다. 그런 요이치는 큰유리새가 성의를 다하여, 전에 없이 열성적으로 있는 소리를 다 쥐어짜내고 있음을 알고 있었다. 아주 잘 알고 있었다.

나는 소녀를 그녀의 애견과 함께 구름 너머에 있는 광대무변한 대우주로 인도하였고, 윤번제 또는 차례차례로 생멸하는 별들을 보여주었고, 없음을 한탄하는 공소한 마음을 날려보내고 대신 있는 것에 집중하여 사는 힘을 부여하였다. 새는 너무 분발한 나머지 선홍색 피를 한 방울 토했지만 그래도 침묵하지 않았고, 그걸 알아차린 주인에게 중단을 지시받지도 않았고, 또 그 정도 토혈로 정신을 잃거나 숨을 거두지도 않았다.

8월 24일 금요일

나는 가로등이다.

소나기를 맞아도 미동조차 하지 않는 남자와 그의 광기를 아련하게 비추고 있는 육십 와트짜리 가로등이다. 나는 작업용 비옷을 둔탁한 빛으로 물들이고, 허리춤에 찬 하얀 칼집을 어둠에 또렷하게 부각시키고 있다. 나는 또 그가 터뜨리려는 쌓인 한을 드러내 보이고 있다. 목표로 하는 상대를 참을성 있게 기다리고 있는 남자의 눈길은 '삼광조'의 문에서 한시도 떨어지지 않고, 그 문을 통하여 밖으로 나가는 자에게도 빠짐없이 쏟아진다.

큰돈을 끌어모았거나 푼돈을 벌어들인 손님들이 그 승패에 걸맞은 걸음으로 돌아간다. 오늘밤 담당 구역을 순찰하는 경찰차는 아직 나타나지 않았다. 경찰은 이미 의욕을 잃었는지도 모른다. 이제는 노름방 주인이 나오기를 기다리기만 하면 된다. 잠복하는 남자의 가슴속을 점하고 있는 비단잉어의 쌓이고 쌓인 시체가 분노의 악취를 뿜어내고 있다. 피를 보지 않으면 가라앉지 않을 듯한 격렬한 감정이 덩굴손처럼 제멋대로 뻗어 그를 친친 얽어매고 있다. 나는 앞으로 일어날 사건은 비추고 싶지 않다.

드디어 당사자인 키 큰 청년이 나타난다. 여주인이 그의 머리 위에 우산을 받쳐주고 있다. 전신주 뒤에 숨어 있는 남자의 등에서 비단잉어가 날뛰고, 그의 오른손이 재빨리 움직이면서 내가 발하는 약한 빛을 열 배로 되받는 훌쭉한 물건이 빗속으로 튀어나온다. 그때 나는 소년 요이치를 비춘다. 그러자, 보라. 비단잉어는 밋밋한 조각품으로 변하고, 긴 칼날은 지팡이로 변하고, 남자는 전신주의 일부로 변한다.

8월 25일 토요일

나는 녹조현상이다.

자연보호 운동에 한몫하고 있으며 오염된 세상을 등질 여유도 있는 보트 대여점 아저씨, 그 사람 앞에 끝없이 펼쳐지는 녹조현상이다. 내가 이 산 위 호수에 발생하기는 이번이 처음이다. 양으로 봐서는 아직 크게 문제될 것은 없다. 모르는 사람들은 나를 똥색 물의 탁함을 지우기 위한 소생의 전조라며 환영하였다.

그러나 내가 이 호수를 속속 메워 간신히 살아남은 몇 안 되는 물고기를 질식사시킬 날은 그리 머지않을 것이다. 그날을 위한 조건은 이미 다 갖추어져 있다. 비가 내릴 때마다 흘러내리는 산의 비옥한 흙, 캠프장과 간이식당에서 흘려보내는 오수, 예년보다 긴 여름과 열대야, 급증하고 있는 불행한 사태로 속셈이 빨라진 인간, 외국의 바다에서 몸을 태울 수 없는 관광객의 황폐한 마음, 그런 것들이 모두 다 내 편이다. 이런 식으로 가면 올해 안에 식수원으로서의 가치를 빼앗을 수 있을 터이니, 내년에는 그 가치가 관개용수로 격하될 것이다.

물심양면으로 곤경에 처한 보트 대여점 아저씨는 나에 관해 읍사무소 직원에게 집요하게 물었다. 그는 가발 때문에 짓무른 머리를 긁적거리면서 형식적인 설명만 하고 돌아가버렸다. 그러니까 그는 나 같은 것은 공사가 끝나면 당장에 사라지고, 원래의 물거품 호수로 돌아올 것이라는 터무니없는 말만 한 것이다. 어쩌면 이전보다 투명도가 높아질지도 모른다고 말하고, 나를 웃음으로 얼버무렸다. 나는 그 엉터리 해명을 헤치고 나아가 거대한 잉어와 그의 동료들이 사는 성역으로 돌진하였다.

8월 26일 일요일

나는 정이다.

암자에서 나와 혼자 힘으로 수행에 정진하고 있는 젊은 수행승의 애틋한 바람을 마침내 들어준 창부의 정이다. 그 일은 금전을 주고받지 않고 이루어졌다. 수행승은 제발 받아달라면서 품에서 새 지폐를 세 장 꺼냈다. 창부는 딱하다고 여겨 하는 일은 아니라면서 단호히 거절하였다. 수행승은 몇 번이나 고맙다는 말을 하고, 정체 모를 번뇌가 꽉 들어차 울룩불룩해진 머리를 몇 번이나 숙였다.

그러고 나서 두 사람은 보트를 타고 호숫가를 떠났다. 박쥐가 부산하게 날아다니는 일몰 직전이었다. 보트 대여점 아저씨는 절반은 놀림삼아 "절대 다른 사람들 눈에 띄지 말라"고 충고하고, 입이 건 사람들에게 걸렸다가는 끝장이라고 말하고, 일말의 불안을 컬컬대는 웃음으로 잠재웠다. 어슴푸레한 어둠이 치정의 극을 아는 여자와 아직도 몽정의 환희밖에 모르는 남자를 세상으로부터 가렸다. 두 사람을 보고 있는 것은, 보트 대여점 아저씨와 목격자로서는 아무 가치도 없는, 들개나 마찬가지인 병든 소년뿐이었다.

수행승은 과거 관음상이 공기 방울을 뿜어내던 수역까지 보트를 저어나가자 닻 대신 콘크리트 벽돌을 물에 던졌다. 이어 그는 속옷 한 장 차림으로 물에 뛰어들었고, 창부가 실오라기 하나 걸치지 않은 몸으로 뒤를 이었다. 두 사람은 곧추선 채 헤엄을 치면서 마주하였다. 손을 맞잡고 마음을 합하기 위해 소리 맞춰 구령을 발하고 단숨에 호수 바닥을 향했다. 나는 물 속에서도 유지되었고 식기는커녕 오히려 열기를 띠어 쌓인 토사 위에 두 사람을 정좌하게 하였다.

8월 27일 월요일

나는 고향을 떠남이다.

마호로 마을에서 태어나고 자란 지 삼십오 년째, 밥값도 제대로 못 건지고 있는 남자의 고향을 떠남이다. 그는 목숨 다음으로 소중한 찻집을 고스란히 팔아넘겼지만 도박으로 진 거액의 빚 때문에 손에 남은 돈은 불과 몇 푼 되지 않았다. 보물단지처럼 소중하게 다루었던 고가의 오디오 세트도 파격적인 가격으로 단골손님에게 팔아버렸다.

그런데 그 물건을 건네주기 전, 마침내 내가 나설 차례가 된 오늘밤 그는 가장 즐기는 명실상부한 곡을 마음껏 들었다. 파워 앰프의 계량 바늘이 부러져라 음량을 높인 오르간 곡의 중저음이 거의 한 시간에 걸쳐 깊은 밤의 정적을 깨뜨렸다. 집집에 불이 켜졌다. 그러나 그에게 직접 불평을 호소하는 자는 없었다. 사정을 알고 있는 동네 사람들은 창문을 열려고도 하지 않았다. 또 그를 빈털터리로 만든 삼층짜리 검은색 빌딩에 사는 사람도 침묵을 지키고 있었다.

마지막으로 광포한 곡이 끝나자 나는 그를 부추겼다. "좋아, 그럼 이쯤에서 그 말을 하지그래." 그러자 그는 스피커를 창 밖으로 꺼내놓고 마이크를 쥐고서 고래고래 소리를 질렀다.

"좀스럽고 궁상스럽게 사는 마호로 마을의 여러분, 안녕히 계십시오!"라고 몇 번이나 외쳤다. 그리고 그는 경찰이 달려오기 전에 지금으로서는 유일한 재산인 자전거를 타고 삼십오 년을 산 고향을 떠났다. 밤을 헤매는 행복한 소년이 나를 배웅해주었고, 그의 기성이 남자의 용기를 북돋워주었다.

8월 28일 화요일

나는 때까치다.

언덕 위의 외딴집 처마 밑에서 시원한 바람을 맞으며 뜬세상의 찬가를 우짖는 새장 속 새, 그 목숨을 기둬가려는 때끼치다. 그럴 생각은 조금도 없었는데 정신을 차렸을 때는 이미 내 두 다리는 대나무 조롱을 단단히 붙잡고 있었고 부리는 상대방의 머리통을 쫄 순간을 노리고 있었다. 나는 이른 봄부터 내내 단풍나무 가지에 앉아 이 파란 새의 노랫소리를 연습했다.

아흔아홉 가지 새소리를 습득한 나의 마지막 목표는 큰유리새였다. 마음을 비우고 귀 기울이고, 반복하여 완전히 마스터하였다고 생각했다. 실제로 어제 침엽수 숲에서 실험해보자 자기 영역을 침범했다고 착각한 큰유리새가 화를 버럭 내며 날아왔다. 나는 그놈을 죽였다. 그런데 새장이 세력권의 전부인 이 큰유리새는 내 입냄새에 조금도 동요치 않고 게다가 이런 식으로 놀리기까지 하였다. "흥, 과연 닮기는 닮았는데, 철학적인 울림만큼은 도저히 어떻게 하기 어렵겠지"라고 말했다.

살려둘 수 없다고 나는 생각했다. 해볼 테면 해보라고 상대는 나를 자극하였다. 큰유리새를 새장 구석으로 몰아넣지 않는 한 내 부리는 닿지 않는다. 나는 새장 주위를 빙빙 돌면서 위협하였다. 그러나 그놈은 조금도 당황하지 않고 새장 한가운데서 꼼짝하지 않은 채, "가끔은 자기 목소리로 울어보지그래"라고 말했다. 그 한마디에 나는 정신을 차리고, 수치를 느끼고, 흔들바위 너머 벼랑까지 날아가 날개를 접은 채 돌처럼 추락하였다.

8월 29일 수요일

나는 풍란이다.

목탄과 이끼를 껴안고 정원수에 화분째 묶여, 바람 한 점 불지 않는 오늘밤 끝내 하얀 꽃을 피운 풍란이다. 그러나 아쉽게도 정성을 다하여 나를 키운 자는 이미 세상을 떠났고, 넓기만 한 이 저택에 사는 사람들 중에 내게 눈길을 주는 멋스런 사람은 하나도 없다. 오래도록 정원을 손질하고 있는 정원사조차 나를 알아차리지 못하는 형편이다. 애호가들에게 절찬을 받았던 것도 다 옛날 얘기다. 그러나 청청한 밤을 향해 내가 풍기는 향내는 지금도 여전히 멀리까지 흐르고 있다. 그리하여 담을 넘고 강을 건너고, 골목길을 지나 밤과 낮에 관계없는 눈먼 소녀의 코를 실룩거리게 한다. 그녀의 침대 밑에서 잠자고 있는 하얀 개도 내 아련한 향기를 감지하고 고개를 불쑥 쳐든다. 그리고 소녀와 개는 나의 초대에 응하여 집을 몰래 빠져나온다. 잠든 마을을 가로질러 관광용으로 설치된 큰북 다리를 건너고, 걷고 또 걸어 활짝 열려 있는 문을 지나, 한 번도 헤매지 않고 내게로 다가온다.

정원 앞에 선 소녀는 내게로 살금살금 손을 뻗는다. 하지만 그 손은 너무 높은 데 있는 나를 도저히 만지지 못한다. 그러나 내 쪽은 그녀를 만질 수 있다. 나는 그녀의 긴 머리칼도, 빛이 한시도 끊이지 않는 그녀의 가슴속도 만질 수 있다. 토담 너머로 그녀의 친구가 작은 새소리를 흉내낸 휘파람을 불면서 지나간다. 그런데도 그녀는 움직이려 하지 않는다. 그녀와 그녀의 목숨까지 얻으려는 나 사이에는 달빛.

8월 30일 목요일

나는 원피스다.

마호로 마을에서는 그나마 세련된 물건을 파는 양품점에서 '삼광조'의 여주인이 고른 젊은 취향의 원피스다. 그녀는 특매품은 쳐다보지도 않는다. 체면에 그럴 수는 없지, 라고 혼자서 멋대로 생각하고 있기 때문이다. 그리고 남자로 태어난 것을 매일 밤 후회하고 돈에는 시끄러운 가게 주인은, 속이 얄아 뻔히 들여다보이지만 차용한 미학에 바탕한 달콤한 말을 입에서 나오는 대로 지껄이면서 열심히 물건을 판다. '삼광조' 여주인은 가게 주인이 권하는 대로 몇 번이나 옷을 갈아입는다. 가게 주인은 어떤 옷을 입든 입에 발린 칭찬을 하지만 내가 보기에는 어느 것 하나 어울리지 않는다. 거의 무의식적으로 사경에서 살 길을 찾는 그녀의 강인한 정신이 어떤 색도 어떤 디자인도 거부하기 때문이다. 그러나 그녀는 망설이고 망설인 끝에 다섯 벌이나 샀고, 그중에서도 가장 어울리지 않는 나를 입고 무더위 속으로 경쾌하게 걸음을 옮겼다.

아니나 다를까, 여주인에게 쏟아지는 눈길에 그리 큰 변화는 없다. 한창 꽃필 나이에 있는 아가씨들은 쳐다보지도 않고, 필요한 물건밖에 사지 못하는 주부들의 얼굴도 질투로 일그러지지 않는다. 길 건너편, 여느 때처럼 혼란스런 걸음걸이에 얼굴을 선풍기처럼 흔들며 걷고 있는 소년도 나 때문에 아는 사람인 줄을 전혀 모르고 있다. 그러나 안주인의 마음에 가장 거슬린 것은 그런 일이 아니다. 때마침 삼층짜리 빌딩에서 나온 키 큰 청년이 모르는 척 그냥 지나친 일이다.

한 시간 후 창부를 장식한 나는 한결 돋보였다.

8월 31일 금요일

나는 코뚜레다.

자식 없는 부부가 애완동물로 기르고 있는 소에게 단단히 붙들어 맨 금색 코뚜레다. 아마도 마호로 마을에서는 가장 행복한 동물일 그에게 나는 이렇게 말해주었다. 앞으로는 네 마음대로 울타리 밖으로 나가서는 안 된다고. 그러나 얼룩소는 뾰로통한 표정으로 콧방귀를 뀔 뿐이었다. 그래서 나는 대체 뭐가 불만이냐고 물어보았다. 소는 푸른 산을 등지고 따분한 되새김질을 반복하면서 어딘가 먼 곳을, 언덕에 서 있는 외딴집 한 채의 주변을 바라보고 있었다.

나는 다시 물었다. 야생동물도 아니고 홀스타인 주제에 인간의 도움 없이 어떻게 살 거냐고 말하고, 주인은 건강해서 앞으로 몇 년은 더 살 테니까 앞날은 걱정 안 해도 좋다고 말해주었다. 소는 입 속에 있는 여물을 서둘러 삼키고 이렇게 반론하였다. "네가 마음에 안 들어서 그런다"라고 말하고, "아무리 번쩍거려도 코뚜레임에는 차이가 없으니까 말이지"라고 말했다.

이번에는 내가 입을 다물 차례였다. 소는 단숨에 말을 쏟아냈다. 다시 데려가려고 붙들어맨 것이라면 아예 도망쳐버리겠다고 말하고, 그 밖에 진정한 자유란 무엇인지에 대해서도 늘어놓았다. 그때 소의 귀가 허약 체질과는 좀 다른 소년의 중얼거림을 포착하자, 영롱한 눈에 높이 일 미터나 자란 무성한 풀로 뒤덮인 초원 속 붉은 흙길과 과거의 편린조차 남기고 있지 않은 신선한 햇살이 비쳤다. 울타리를 걷어차고 그쪽으로 향할 때, 소는 나에게 이렇게 말했다. "너에게도 넓은 세상을 보여주지."

9월 1일 토요일

나는 연습이다.

과거 노인을 치어 죽여 그 가족을 은밀히 기쁘게 해주었던 여자가 휠체어를 상대로 시노하는 자살 연습이다. 그녀는 끝내 재기하지 못했다. 그녀 자신도 나름대로 노력하고 그녀의 남편도 여러모로 마음을 써주었지만, 도저히 형무소에 들어가기 전의 날들로는 돌아갈 수 없었다. 이미 많은 사람들 앞에서 주눅들지 않고 얘기할 수 있는 여자도 아니고, 해바라기 앞에서 쾌활하게 웃을 수 있는 여자도 아니며, 불시에 찾아온 손님을 대접함으로써 회사에서의 남편의 지위를 조금이라도 높이려 노력하는 주부도 아니었다.

그녀가 그렇게 되고 만 것은 결국 생명력의 부족 때문이었다. 나는 그렇게 보고 있다. 섬약한 의지는 어쩔 수 없다고 쳐도 그 나이가 되도록 산 여자치고는 뻔뻔스러움이 결여돼 있었다. 그녀는 죽어 마땅하다. 그리하여 남편을 해방시키고 남편으로 하여금 자기 몫까지 살게 하는 것이 마땅하다. 나는 그렇게 생각한다.

나는 우선 경사가 급한 차도로 뛰어들 것을 권했다. 그녀는 몇 번이나 시도하였다. 그후에 나는 저게 트럭이라 생각하고 시도해보라고 채근하였다. 그녀는 새하얗게 질린 얼굴로 경기용 휠체어를 요리조리 조종하는 청년 앞으로 뛰어들었다. 완벽한 타이밍이었다. 휠체어는 뒤집히고, 걷지 못하는 청년은 공중을 날아 비탈길을 굴렀고, 당사자는 죽었다는 기분을 만끽할 수 있었다. 달려온 사람들이 무사한 두 사람을 보고는 안심하고 다시 흩어졌다. 삶도 죽음도 생각하지 않고 살 수 있는 병든 소년이 다가와 나를 비웃었다.

9월 2일 일요일

나는 하늘이다.

예측이 불가능한 미래와 함께 마호로 마을 사람들의 마음을 무겁게 짓누르는 늦여름의 우중충한 하늘이다. 나는 육체의 눈부신 발육이 혼의 성장을 앞서는 초등학생들에게서 평소의 재기발랄한 대화를 빼앗고, 도금 공장에서 대량으로 사용하는 코를 찌르는 산(酸)냄새를 더욱 지독하게 하고, 개발이냐 보호냐를 둘러싸고 격렬하게 대립하는 쌍방의 의견을 듣고 절충안을 내놓으려는 자의 의욕을 빼앗는다.

나는 또 느닷없이 찾아온 손님 때문에 뜨거운 물로 얼른 밥을 짓고 있는 주부에게 혀를 차게 하고, 길고 지루한 인생에 권태를 느낀 관리에게 독직의 기회를 제공하고, 아직 기저귀도 떼지 않았는데 냉소를 배운 조숙한 아이에게 이 세상은 살 만한 가치가 없다는 해답을 바짝 들이민다. 그러고 나서 나는 전쟁 당시 대륙에서 포악무도한 만행을 일삼았던 전 군인의 머리를 어질어질하게 하고, 마호로 마을에도 인근 마을에도 피붙이가 한 명도 없는 자의 저력을 반감시키고, 돈을 갚으라고 재삼 위협하는 조직 폭력배의 말투를 한층 거칠게 만든다.

그리고 나는 풍진을 피하여 산에서 조용히 사는 늙은이를 자문의 회오리에 휘말리게 하고, 마음이 언제나 도읍에 가 있는 아가씨들에게는 이미 한물간 구닥다리 유행으로 몸을 휘감고 있음을 자각하게 하고, 사람들 앞에서는 자세를 흐트러뜨린 적이 없는 미인에게는 큰길에서 추태를 부리게 한다. 나는 여세를 몰아 상서롭지 못한 사건의 씨앗을 집집마다 뿌리고 간다. 그러나 그런 와중에서도 소년 요이치만큼은 결정될 수 없는 미래의 세부를 마다 않고, 드디어 인간으로서의 본령을 발휘한다.

9월 3일 월요일

나는 후일담이다.

기분전환 삼아 짧은 여행을 다녀온 노인이 귀를 찢는 천둥 소리도 아랑곳하지 않고 늘어놓는 후일담이다. 이야기를 들어주는 유일한 사람인 그의 아내는 여전히 병세에 차도가 없어 일진일퇴를 거듭하고 있지만 그래도 나 덕분에 다소는 좋아졌다. 어쩌면 번개에서 발생하는 강력한 전자파가 치료에 효과가 있었는지도 모르겠다.

마치 말라비틀어진 떡처럼 누워 있는 늙은 여자에게 나는 한 가지씩 한 가지씩 얘기를 들려준다. 태어나 처음으로 비행기를 탄 감동과, 도시에 우글거리는 엄청난 사람들과, 거기에 즐비하게 늘어서 있는 고층건물의 미친 짓거리에 대해서 얘기한다. 그리고 고속도로에서 발생한 처참한 연쇄 충돌 사고현장과, 진수식을 가진 초노급(超弩級) 유조선과, 냉혹한 임무를 마치고 명령에 따라 복귀하는 황군의 용맹스런 병사들을 빼닮은 회사원들에 대해 얘기한다.

지금까지 몸이 가루가 되도록 일했지만 얻은 것이라곤 의사도 포기할 정도의 병밖에 없는 늙은 부인은 남편의 체험담을 마치 자기 일처럼 눈을 반짝이며 듣고 있다. 나는 계속된다. 돌고래와 범고래의 조련에 남다른 재능을 갖고 있는 젊디젊은 처녀와, 사람들의 기척으로 빈틈없이 메워진 대평야를 점하고 있는 질서 있는 혼돈과, 사회의 밑바닥에서 북적거리는 사람들의 버들가지처럼 유연하게 휘어진 정신에 대해서 얘기한다. 그리고 번개 때문에 유리창에 또렷하게 비치는, 요즘 들어 부쩍 새를 닮아가는 소년의 그림자와, 내가 발하는 빛이 서로 조화를 이루어 누워만 있는 늙은 여인네에게 들러붙어 있는 울적함을 꼼짝 못하게 포박한다.

9월 4일 화요일

나는 빗물에 의한 침식이다.

마호로 마을의 골짜기란 골짜기를 더 깊게 파내려가고, 개발을 기다리다 지쳐 맥빠진 사람들의 마음까지 도려내는 빗물에 의한 침식이다. 길지만 얕은 잠에서 깨어난 주민들은 지난밤을 휩쓴 태풍에 흐트러진 마음을 다독이는 데 꽤나 공을 들였다. 그러나 나로 인해 뚫린 구멍을 보고는 다시금 망연자실한다. 어떤 자는 훗날을 기약하며 헤어진 친구를 회상하며 그 구멍을 메우려 한다. 또 어떤 자는 소금을 핥으며 연일 혹서의 항구에서 일했던 육체노동자 시절을 회상하고, 또다른 어떤 자는 옥사에 갇혀 있던 시절의 체험을 떠올리며 내게 대항하려고 한다. 개중에는 건망증에 걸린 척하는 자도 있다.

그러나 그들이 아무리 분발해도 나를 감당할 수는 없다. 투망을 의수에 동여매고 오류 강의 얕은 여울을 건너려는 남자는 내 탓에 암초에 걸린 배처럼 일 센티미터도 움직이지 못한다. 장식할 생화를 꺾꽂이하고 있던 여관의 여주인은 내 탓에 가슴을 누르면서 "아아, 아아" 하고 조그만 소리로 신음하고, 일찍이도 색정을 아는 나이가 된 유난히 기개 드센 계집애가 내 탓에 콧노래를 중단한다. 그리고 입원할 필요는 없지만 절망적인 병에 걸려 있는 아들을 가진 어머니는 언덕 위의 집에서 내 탓에 "몰라, 난 몰라, 이제 난 몰라" 하고 세 번이나 외친다. 그렇게 외치고서 그녀는 벌렁 누워버린다. 하지만 이층에서 들리는 큰유리새의 노랫소리와 지병이 심해지고 있는 큰아들의 목소리가 들리자 그녀는 주섬주섬 일어나 가족을 위한 아침식사를 준비하기 시작한다. 그런데도 나는 여전히 그녀를 좀먹고 한껏 늙어 보이게 한다.

9월 5일 수요일

나는 한탄이다.

큰비가 아니었는데도 물에 잠겨버린 논밭을 바라보면서 작황을 예상하는 농부들의 한탄이다. 시태가 그렇게 된 원인은 분명했다. 나무를 잃은 산에 빗물을 빨아들일 힘은 이미 없었다. 벼는 모두 쓰러졌고 수확을 앞둔 가을 채소도 뿌리째 떠내려갔다. 그러나 그 산을 팔아넘긴 것은 다름아닌 그들 자신이었다. 아무 가치도 없는 잡목뿐인 산이라고 믿었던 산들…… 매수자가 나타나 무사히 팔아넘겼을 때는 온 가족이 덩실덩실 춤을 추며 기뻐하였고, 일이 그렇게 된 것을 후회하지 않았는데 온 산은 초연히 말이 없다. 이제 도저히 어쩔 수 없는 상황이다.

암자의 소유인 이웃 산도 전멸 상태였다. 달려온 승들은 토사에 깔려 짓뭉개진 메밀을 넋을 놓고 바라만 보았다. 마침내 선배 격인 중이 이렇게 중얼거렸다. "이게 보복이라는 거지." 그 말은 누구보다도 농부들의 가슴을 울렸다. 나는 승려들에게도 들리도록 말했다. 설마 이런 일이 생길 줄은 꿈에도 몰랐다고 말했다. 물에 빠져서도 살아남은 벌레가 애절한 소리로 울었다. 황폐하고 허망한 광경 너머로 마호로 마을의 험악한 앞날이 가로지르고 있었다. 그때 홀연히 나타난 병든 소년이 질척질척한 비탈에 엎드려 미끄럼 타는 놀이를 시작하였다. 그는 내 앞을 기분 좋게 통과하면서, "이런 일이 생길 줄이야!"라고 소리를 지르며 키들키들 웃고는 캐터필러의 굉음이 나는 쪽으로 가버렸다.

9월 6일 목요일

나는 물이다.

토사 유실 방지를 위한 공사가 끝났는데도 비가 올 때마다 탁해져 황토색이 고동색으로 농축되고 있는 물거품 호수의 빈사 상태의 물이다. 호숫가의 산을 슬쩍 깎아냈을 뿐인데 그 뒤로 이어지는 어지러울 정도의 변모를 따를 수가 없어서 나는 그저 하루하루 정화력을 잃고 있을 뿐이다. 개발과 파괴의 인과관계, 그 역력한 증거를 제 두 눈으로 보며 생각 있는 주민들은 슬퍼하였고, 그리고 진심으로 개탄하였다. 그들의 분노가 곧 시작될 읍장 선거에 반영될 것은 빤한 일이고, 현 읍장은 고전을 피할 수 없을 것이다. 선거 연설장에서도 한바탕 소동이 벌어질 것이다. 그런데 현 읍장은 관심을 다른 데로 돌리려는 속셈으로, 늘어날 세금으로 모든 전선을 매설한다는 꿈 같은 안을 회의석상에서 제안해보기도 하고, 노인네들의 모임에 뻰질나게 얼굴을 내밀고는 황폐해진 절을 수리한다는 약속을 하고 다닌다고 한다. 오늘 보트 대여점 아저씨가 전직 대학교수의 부인을 상대로 이런 이야기를 하였다.

어차피 어린애 속임수 같은 계획이라고 나는 생각한다. 고육책이라 쳐도 너무 하잘것 없고, 잔꾀에도 분수가 있다. 그러나 놀랍게도 동조자들이 결코 적지 않다고 한다. "현금을 뿌리고 있어요"라고 전직 대학교수의 부인이 말했다. 판이 뒤집힐 가능성은 얼마든지 있다. 한동안은 예측을 불허하는 상황이 계속될 것이라고 그녀는 말했다. 저녁무렵, 소년 요이치가 내게 입을 대려다가 말았다. 새들조차 나를 꺼려하여 내리는 비를 직접 받아 마셨다.

9월 7일 금요일

나는 연꽃이다.

여봐란듯이 파계승이 된 젊은 남자와 창부가 되기 위해 태어난 젊은 여자가 마른침을 삼키며 지켜보는 가운데 잇날아 피어나고 있는 연꽃이다. 물론 소리가 나는 것은 아니다. 그럼에도 나는 봉오리를 터뜨리는 순간, 일부러 보러 와준 사람의 기대에 부응하는 무언가를 아주 조심스럽게 뿜어낸다. 진흙탕에 어울리지 않는 나의 실물을 처음 본 창부는 시클라멘을 볼 때와는 약간 다른 행복감에 젖어 있다. 그리고 그녀 바로 곁에 있는 수행승은 나를 그녀에 비유하며, 지금까지 보지 못한 아름다움이라느니 꽃을 초월한 꽃이라느니 하며 열심히 칭찬을 늘어놓고 있다. 그의 음경은 확실하고도 건전한 발기를 향하고 있다.

땅바닥에 쭈그리고 앉은 두 사람이 온화한 얼굴은 일부러 꾸며낸 것이 아니라 자연스러운 것이며, 이 세상에 사는 생물을 대표할 만큼의 광휘를 발하고 있다. 지금 두 사람은 서로에게 걸맞지 않은 조건도, 받아들이지 못할 성격도 갖고 있지 않다. 내가 보기에 두 사람은 이미 어엿한 한 인간이고, 수행할 필요가 없는 완전한 남자와 후회할 필요가 없는 완벽한 여자다. 과거 이 진흙탕에 빠져 죽을 뻔한 일이 있는 소년 요이치만 해도 이미 두 사람의 관계를 큰유리새의 우짖음 소리를 빌려 인정하고 있다. 잠시 작열하는 태양이 번쩍 빛나 기온이 단숨에 상승하자, 나는 나의 친구들을 어제의 다섯 배로 늘린다. 두 사람 사이가 아무리 깊어진다 해도, 다른 사람이라면 몰라도 내가 걱정할 일은 없을 것이다.

9월 8일 토요일

나는 변명이다.

칠이 벗겨져나가는 벽면에 신경을 쓰고 때를 가늠하여 손님에게 차를 내미는 요이치 어머니의 변명이다. 들새의 모임 회원임을 명함으로 알린 청년들은 다과에는 손도 대지 않고 아까부터 똑같은 말만 되풀이하고 있다. 큰유리새는 금조이기 때문에 집에서 길러서는 안 된다는 말만 계속하고 있다. 덧붙여 요즘 같은 계절에는 풀어줘도 숲속에서 스스로 잘 살아갈 수 있을 것이라고 말하고, 가을이 되면 동료 새들과 함께 남쪽으로 돌아갈 수 있을 것이라고 말한다.

아들이 돌아올 때까지만이라도 기다려달라고 부탁한 요이치의 어머니의 얼굴빛이 변한 것은 그때였다. 나는 백주대낮에 남의 집에 쳐들어온, 아무리 봐도 정직할 것 같지 않은 용모를 한 주제에 정의롭다고 자처하는 두 사람을 대뜸 깨물어주고, 요이치가 나를 기르는 것이 아니라 나 덕분에 요이치가 살아 있는 것이라고 말한다. "당신네들은 잘 모르겠지만 말이죠!"라고 고함을 지른 어머니는, 자기가 내뱉은 말의 정당함에 스스로도 놀란다.

그러나 어차피 내가 통할 상대가 아니다. 다른 동물도 아니고 하필이면 들새 위에 만들어진, 흔들림 없지만 어딘가 모르게 왜곡되어 있는 그들의 신념은 나를 일축한다. 그들은 마땅한 기관에 고발하겠다는 말을 남기고 달리 이렇다 할 일이 있을 것 같지 않은 허황된 나날을 향하여 언덕을 내려갔다.

9월 9일 일요일

나는 마음이다.

즉흥적으로 연주하고 있는 시타르의 음색에 어지럽혀져 점차 그쪽으로 기울어가는 음악 선생의 마음이다. 강렬한 직사광선으로부터 자신의 가냘픈 몸과 귀중한 악기를 지키기 위해 나무 그늘로 들어오기는 했지만, 그는 나를 다독일 수가 없다. 어떤 금기라도 범할 듯한 그 눈은 전력을 다해 일백 미터를 질주하고 잔디밭 위에 벌렁 쓰러지는 제자들로부터 한시도 떨어지지 않는다.

숨을 헐떡이는 그녀들의 허벅지를 덮고 있는 그물망 같은 혈관의 아름다운 모양. 흔히 볼 수 있는 풍만한 유방을 훨씬 능가하지만, 절대로 보이지 않는 조그맣고 딱딱한 유방. 마호로 마을에 쏟아지는 햇살을 한껏 흡수하고 다시 그 모든 것을 반사하고 있는 매끄럽고 검은 머리칼. 촌각을 다투며 엄청난 기세로 성숙을 향하여 돌진하는 미숙. 긴밀한 연락을 주고받으며 공모하는 땀과 피부. 그 이면에 잠복하고 있을, 가까운 장래의, 아니면 지금 당장 요동치는 욕정의 음모.

들판을 소리도 없이 불어오는 뜨거운 바람이 더욱 나를 부채질하고, 시타르의 음색을 한층 선정적으로 부추기고, 선생의 세계를 밑받침하는 시시비비주의를 타파하고, 쌍방이 합의한 교접이라면 어떤 관계든 허락한다. 쓸데없는 제지는 하지 말라고 나는 외친다. 그러나 앞으로 몇 년을 살아도 여자에게 홀딱 빠지는 일은 절대로 없을 듯한, 하늘보다 파란 셔츠를 입은 소년이 그 괴상한 모습과 투명한 휘파람 소리로 나를 방해한다. 시타르가 튕겨내는 번뇌의 선율이 뚝 끊기면서 선생은 살아 있는 몸이기를 끝낸다. 나는 갑자기 쪼그라들고 만다.

9월 10일 월요일

나는 밤이다.

어수선한 방향으로 나아갈 가능성 따위는 티끌만큼도 감지되지 않는 마호로 마을, 그 전체를 덮고 있는 적요한 밤이다. 나는 강물에 반사된 어렴풋한 빛에 의지하여 서로 몸을 핥으며 스쳐 지나가는 남녀들의 내일을 빼앗고, 그들에게 고백할 기회를 준다. 나는 아직 누구에게도 발견되지 않은 혜성을 주객이 전도된 사상에 기초하는 궤도를 따라 맹렬히 돌게 하고, 표리일체를 이루는 현세와 내세의 경계를 애매하게 만든다.

나는 아직도 목덜미에 돋은 솜털을 깎아내는, 죽을 날이 머지않은 늙은 기생에게 화려한 춤사위를 선보이게 하고, 참고서를 대충 읽고 시험에 대비하는 중학생에게 건강한 수마를 선사하고, 흑백을 분명히 가르고 싶어하며 늘 사태가 명백해지기를 바라는 자를 멸시한다. 나는 강한 운세에 힘입어 다방면에 걸친 사업에 손을 댄 결과 지금은 빼도 박도 못하는 입장이 된 남자를 재기하게 하고, 허울만 번드르르한 육체를 거울에 비춰보며 미소짓는 젊은이를 거세한다.

나는 전례에 따르는 것을 조금도 의심하지 않는 보수파 사람들에게 일말의 불안감을 조성하고, 할 수만 있다면 자유로운 언론을 봉쇄하고 틈만 보이면 정치운동을 금지하고 압박하는 무리의 앞잡이에게, "첫 희생자는 당신 자신이 될지도 몰라"라고 말한다. 나는 비천한 금속과 귀중한 금속의 차이를 단숨에 좁히고, 그래도 살아 있는 물과 죽을 수밖에 없는 물을 명확하게 구분한다. 그러나 빛과 어둠을 평등하게 헤치고 다니고, 의식하지 않아도 막대한 사랑을 뿌리며 자신이 결정한 바에 따라 살아가는 소년 요이치에게는 이러니저러니 말할 처지가 아니었다.

9월 11일 화요일

나는 대면이다.

별장지에 살면서 혹서와 호우로 뒤범벅이었던 여름을 아주 건강하게 지낸 미친 여자와 그녀의 부모 사이에 오랜만에 이루어진 대면이다. 그녀는 지금 나 덕분에 생긴 기쁨을 순순히 드러내고 있다. 먹고 입는 생활필수품도 그렇지만 그 이상으로 부모와의 재회가 그녀의 기분을 들뜨게 하고 있는 것이다. 다섯 살 전후로 퇴행한 그녀의 정신은 자신의 깊은 고독을 깨닫고 만다.

그러나 눈물을 머금고 어머니의 무릎에 기대는 그녀의 몸무게는 또래 아가씨들의 배는 족히 넘어 도저히 받치고 있을 수가 없다. 회사의 운명을 건 사업에 성공한 후 확실한 주식밖에 사지 않는 아버지는 자식의 예사롭지 않은 성장에 겁을 먹고 아내에게 눈짓을 보내면서 일어난다. 그리고 부모 자식 셋이서 하려던 식사도 그만두고 겨우 한 시간만에 돌아가려 한다. 아버지는 바쁘다는 핑계를 댔고 어머니는 "감기 안 걸리게 조심해"라는 마음에도 없는 소리를 하였다. 처녀는 부모의 말을 조금도 의심하지 않고 현관까지 배웅하였다.

부모는 어둠에 숨듯 돌아가는 자신들의 행동을 조금도 부끄러워하지 않는다. 아니 오히려 산골 동네를 휘감고 있는 이 어둠이 자기 자식을, 평범하게 자라지 못한 자식을 삼키고 녹여버리기를 바라고 있었다. 갑작스럽게 새로 산 차의 불빛 속으로, 몸부림을 치는 것인지 고통스러워하는 것인지 모를, 몸을 잠시도 쉬지 않는 소년이 부상하자 부모는 간담이 서늘해지면서 공포로 표정이 얼어붙는다. 그러나 처녀는 마음이 평안해져 흘리던 눈물을 닦아낸다.

9월 12일 수요일

나는 확성기다.

적수가 될 것이라고 미리부터 예정돼 있던 현 읍장을 악의적으로 매도하고, 아름다운 마호로 마을이 폐허로 변해도 좋으냐며 고함을 질러대는 확성기다. 나는 주민들 사이에 불만이 팽배해 있다고 단정하고, 다소 공리로 흐르는 경향은 있지만 개발을 배제한 진정한 번영을 주창하고, 마을 주민의 부탁에 반드시 답하겠노라 약속하고, 물과 나무를 지키는 모금 계획에 협조해달라고 호소한다. 산들이 나의 말을 복창하였다.

다음으로 마이크를 잡은 젊은이, 반대파의 필두에 선 전직 대학교수의 견해에 동조하는 가슴에 파란 배지를 단 외지인은 추진파에 속한 사람들의 이름을 거론한다. 그들은 한통속이 되어 선량한 사람들을 기만하고 있으며, 사리사욕의 권화이며, 인간 축에도 들지 못하는 놈들이라고 폄하한다. 언덕의 소유주이며 읍사무소의 직원인 남자의 이름을 들먹이고, 그의 집에서 큰유리새를 기르고 있다는 것까지 폭로한다. 금조인 줄 뻔히 알면서도 기르고 있을 뿐만 아니라 들새의 모임 회원의 권고를 무시했으며 산림과의 직원과 결탁하여 그 사실을 은폐하려 했다고 떠들어댄다.

내가 증폭시키는 탄핵의 목소리는 거리를 지나 의외로 멀리까지 울렸고, 기증받은 희귀본은 자전거에 싣고 가는 도서관 여직원의 귀에도 울린다. 또 더 멀리를 걷고 있는 그녀의 남동생에게도 들린다. 그러나 그 소년은 큰유리새란 말에만 반응했을 뿐 다른 말은 이해하지 못하여 사태의 중대함을 자각하기에 이르지 못한다. 마침내 그는 내 바로 옆을 해파리 같기도 하고 로봇 같기도 한 몸짓으로 통과한다.

9월 13일 목요일

나는 제물이다.

젊은 시절에 연예인 노릇을 그만두고 장가든 아마비코 신사의 신관의 손에 의해 불거품 호수에 바쳐지는 제물이다. 선상에서 던져진 나는 부침을 되풀이하며 그저 단순한 물체에서 의미 있는 물건으로 서서히 격상되어간다. 그러나 내가 과연 물거품 호수를 정화할지 아니면 수질 오염에 가담할지에 대해서는 의견이 분분했다.

하늘과 땅을 매개하는 자임을 자처하는 신관은 누가 부탁한 것도 아닌, 어디까지나 자발적인 의식을 끝내자 마을 사람 모두가 호인이라고 칭찬하는 아들에게 그 옛날에는 산 사람을 제물로 바쳤다고 말한다. 아들은 아버지에게 '야만인' 이라고 말한다. 멋들어지게 노를 젓는 보트 대여점 아저씨는, 이 정도 일로 물이 깨끗해지면 무슨 문제가 있겠느냐, 오히려 호수를 더럽힐 뿐이라고 말한다. 그같은 자의 눈에는 내가 그저 쓰레기로밖에 보이지 않는 모양이다.

나를 믿지 않는 아저씨는 호숫가를 돌풍에 펄럭이는 돛처럼 걷고 있는 소년을 물끄러미 바라보면서 이렇게 말한다. "인간 따위 살아 있을 적부터 쓰레기나 다름없는 존재지." 신관의 아들은 이렇게 말한다. "인간은 물을 좋아하지만 물은 인간을 싫어합니다." 그러자 신관은 "물은 신이라서 인간을 버리지 않아"라고 자신감에 차 단언한다.

그로부터 열 시간 후에 나는 어딘가 인간을 닮은 고양이와 함께 모래사장으로 밀려올라왔다.

9월 14일 금요일

나는 전세다.

적의 중상 비방 작전이 성공하여 갑자기 나빠진 현 읍장 진영의 전세다. 연명책을 이리저리 강구해보았지만 어느 것 하나 그럴싸한 것이 없었다. 관계자들 모두 마음이 급했다. 이 선거에 지면 마호로 마을의 쇠퇴는 짐작하고도 남는 일이었다. 맑은 물이 찰랑찰랑한 호수만 있을 뿐, 그저 그뿐 달리 아무것도 없는 시골 동네로 돌아갈 것이 불 보듯 뻔했다.

그리하여 오늘, 휴양지 개발을 계획한 기업의 주선으로 선거의 이면 사정에 통달해 있으며 뒷공작의 전문가라는 남자가 도착했다. 단정한 용모에 유독 눈매가 차가운 그 남자는 야단법석을 좋아할 뿐인 치과 의사를 대신하여 선거 참모 자리에 앉았다. 총기 가득한 눈으로 핵심을 놓치지 않는 그는 불과 한 시간 동안 설명을 듣고는 마호로 마을의 현재 상황을 간파하고, 두 시간 후에는 목하 급박한 문제를 헤쳐나가기 위한 효과적인 방법을 잇달아 제시했다. 그는 어중간하게 굴지 말고 몸을 아끼지 마라, 뿐만 아니라 돈도 아끼지 말라고 말했다.

그러고 나서 그는 읍사무소에 직접 전화를 걸어 가발 쓴 직원을 불러들여 이렇게 말했다. 전세가 이런데 아무리 사소한 꼬투리라도 잡히고 싶지 않다고 말하고, "그 뭐라고 하는 새를 놓아주면 안 될까요"라고 말했다. 그 말을 들은 남자는 잠자코 고개를 끄덕이고 늦더위가 기승을 부리는 세상 속으로 걸어나갔다가 다시 돌아와, 새를 놓아주라고 명령한 남자와 나를 견주어보고는 결국 아무 말도 못 하고 돌아갔다.

9월 15일 토요일

나는 해방이다.

새장 속 큰유리새에게 불쑥 찾아온, 실로 연극적이며 다소 대단원을 닮은 해방이다. 가슴에 파란 새 배지를 단 젊은이가 마호로 마을에서 사람이 제일 많이 모이는 장소에서 금조를 기르고 있는 읍사무소 직원의 이름을 내뱉자 동시에 나는 모두들 앞으로 날아올랐다. 마이크를 잡고 있던 남자는 새장을 껴안고 갑자기 튀어나온 예의 인물을 보자 거의 반사적으로 입을 다물고 몇 걸음 뒤로 물러났다.

요이치의 아버지는 울며불며 매달리는 자기 자식을 가리키면서 누가 기르고 있는 새인지를 모두에게 알리고, 새와 병든 자식의 관계를 숙지시켰다. 그러고 나서 그는 아이를 걷어차면서 눈을 질끈 감고 새장 문을 단숨에 열었다. 당황한 큰유리새는 처음에는 눈을 말똥거리다가 자기 주인을 알아보고는, 그가 필사적으로 마치 목숨이라도 애걸하듯 소리를 지르고 있는 것을 보고는, 그쪽으로 가려고 새장 밖으로 날았다.

그런데 큰유리새는 낯선 인간과 자동차의 배기음과 음악과 악취 풍기는 공기에 새삼 놀라 아무튼 그곳을 떠나지 않으면 안 되겠다고 생각하고 똑바로 하늘로 날아올랐다. 파란 하늘에 금방 녹아든 큰유리새를 나는 더욱더 높이 밀어올렸고, 이미 사람 손에 길러지는 새가 아니라는 것을 자각케 하였고, 이 세상의 함정에 빠진 남자를, 가발에 의지해서만 살 수 있는 남자를, 울부짖는 아들의 얼굴을 보고 평생에 한 번 찾아온 절호의 기회를 놓치기 싫어서 한 짓이 무얼 의미하는지를 비로소 깨달은 남자를, 깨알만한 크기로 축소시켰다.

9월 16일 일요일

나는 여우비다.

텅 빈 새장을 껴안고 하염없이 걷고 있는 소년 요이치를 적시고, 포기하게 하려는 여우비다. 나는 요이치가 가끔씩 생각난다는 듯 불어대는 맥없는 휘파람 소리를 가로막고, 보관하기 쉽도록 새장을 깨끗이 씻어주고, 요이치의 마음까지 푹 젖게 만든다. 물 한 모금 마시지 않고 하룻밤을 헤매고 다닌 요이치는 벌써 자기가 무엇을 찾고 있는지를 잊어가고 있다.

외꺼풀도 되고 쌍꺼풀도 되는 요이치의 눈은 이미 하늘을 올려다보지 않는다. 버섯을 닮은 요이치의 귀는 단속적인 상승 기류가 언덕 아래에서 날라다주는 들새들의 우짖음 소리에 아무 반응도 보이지 않는다. 만약 가능하다면 나는 차라리 요이치를 등뒤에 있는 벼랑에서 붉은 힘과 함께 밀어버리고 싶은 심정이다. 그러나 지금의 내 힘으로는 아무리 애써봐야 오동나무 이파리 하나 쥐어뜯지 못할 것이다. 아니, 나는 오히려 마호로 마을의 땅을 공연히 비옥하게 만들고, 초목을 푸릇푸릇하게 하고, 모든 생물을 기하급수적으로 번식시키고 있다.

내가 할 수 있는 것은 물거품 호수로 토사를 밀어보내 녹조를 발생케 하고, 수면을 눈 녹은 얼룩 같은 독(毒)의 무늬로 뒤덮는 정도다. 요이치는 새장을 흔들바위 위에 올려놓고, 쉴새없이 뒤틀리는 자기 몸을 오늘따라 유독 성가시게 느끼면서, 그리고 나 역시 귀찮게 느끼면서, 뱃속에서, 아니 혼의 저 깊은 곳에서 쥐어짜내듯이 내지른 엄청난 목소리를 온 하늘에다 흩뿌리고는, 아무도 기다리지 않는 집으로 돌아간다.

9월 17일 월요일

나는 수갑이다.

깊은 밤에 급습한 경찰들이 벽장 속에서 대량의 야생 대마를 발견하고 내민 수갑이나. 나는 지금까지 성실한 사람들로 통하는 젊은 부부를 범죄자의 입장에 몰아넣고 반사회적인 존재로 위치시키려 한다. 그리고 나는 두 사람의 파멸과 운이 다했음을 충분하게 알려준다. 여자는 비틀비틀 그 자리에 주저앉았고, 남자는 새파랗게 질린 얼굴로 "대체 누가 찌른 거지?"라는 따위의 말을 내뱉는다. 또 법을 지키기 위해서라면 비합법적인 짓이라도 서슴지 않고 저지를 수 있는 남자들은 예상한 이상의 성과에 만족하여 더욱 면밀하게 온 집을 수색하여, 마룻바닥과 천장에서 언제든 내다 팔 수 있도록 조금씩 묶어놓은 대량의 대마 꾸러미를 발견한다. 마침내 그들은 보도진이 다 모일 때를 가늠하여 뉴스감이 되기에 가장 알맞고 동시에 경찰의 위신을 치켜세워주기 쉬운 사건을 발표하고 사건 경위를 자세히 설명한다. 그리고 죄상의 시인 여부를 추궁당할 해당 사건의 용의자 두 사람이 클로즈업되어, 먹이를 찾는 강렬한 빛의 포로가 된다.

여자는 몸을 구부려 얼굴을 가렸고 남자는 가당치 않은 용기를 쥐어짜 가슴을 좍 펴고 있다. 나는 그 두 사람 덕분에 과거 한 번도 경험해보지 못한 화려한 장소에 출현할 수 있었다. 나는 터지는 플래시에 얌전히 응수하고 한껏 빛을 머금었다. 그런데 나보다 눈부시게 빛나는 물체가 있었다. 범인의 가슴에 달려 있는 새의 배지 세트는 파란색인데도 내가 발하는 은색을 제치고 보란 듯이 빛났다.

9월 18일 화요일

나는 화석이다.

아버지가 내몬 파란 새를 찾아다니다가 소년 요이치가 폭우 속에서 우연히 발견한 요이치 자신의 화석이다. 요이치는 무너져내린 수성암 벼랑 속에서 갑자기 모습을 드러낸 등신대의 나를 가리키면서 고래고래 소리를 지르고는 멀뚱멀뚱 쳐다보았다. 짐승 같은 탐욕을 알알이 드러낸 내 눈과 얄팍한 나의 마음과 내가 가지고 있는 갖가지 기벽과 내가 짊어지고 있는 차마 봐줄 수 없는 업을 요이치는 한눈에 알아보았다. 그리고 나 역시 아무리 세월이 흘러도 전망이 아득한 요이치의 '생'과 이 세상의 입구에서 앞으로 나아가지 못하는 요이치의 '죽음'을 분명하게 보았다.

그러나 나는 그렇다치고 요이치는 이 숙명적이랄 수 있는 만남을 어쩐 일인가 몹시 혐오하였다. 짐작건대 수만 년이라는 세월의 격차가 있음에도 여전히 양자 사이에 명암을 구분하는 것이 하나도 없음이 마음에 들지 않는 것이리라. "이런 거지 뭐"라고 나는 말했다.

그러자 요이치는 갑자기 화를 내면서 동시에 비통한 외마디소리를 지르더니, 내 뒤틀린 얼굴 한가운데를 조준하여 이 부근에서 제일 딱딱한 돌을 있는 힘을 다해 던졌다. 그 돌은 내 이마에 맞아 큰유리새의 모습을 새겼고 동시에 나는 그 새와 함께 산산조각이 되어 벼랑 아래로 떨어졌다. 그런데 강 바닥에 닿았을 때 나는 원래의 모습과 조금도 다르지 않게 재생되어 있었다. 물에 얼굴을 담그고 들여다보는 요이치에게 나는 다시 한번 말해주었다. "이런 거지 뭐."

9월 19일 수요일

나는 초원이다.

소년 요이치와 하얀 개를 초대하여 무성한 여러해살이풀로 뒤덮인 영원을 이해시키려 하는 한낮의 초원이다. 눈먼 소녀가 큰유리새를 대신하라고 빌려준 개는 텅 빈 새장에서 한시도 눈을 떼지 않는 요이치 곁에 꽤나 오랜 시간 누워 있었다. 그러다 끝내 자기가 아무 도움도 못 된다는 것을 깨닫고는 예절바르게 이별의 의미를 담아 "멍" 하고 한 번 짖고는 골목길에서 기다리는 어린 주인에게로 돌아갔다. 나는 요이치가 되어 그 '멍' 을 한동안 껴안고 있다가 풀내음과 함께 놓아주었다.

그러고서 내 친구 요이치는 일어나 개가 걸어간 쪽과는 정반대 방향을 향해 걷기 시작했다. 그러나 몇 걸음도 못 가, 일찌감치 타인을 괴롭히는 재미를 터득한 아이가 설치한 덫에 한쪽 다리가 걸려 공중제비를 돌며 쓰러졌다. 그러나 요이치치고는 흔치 않게 재빠른 동작으로 새장을 보호하여 새장에는 생채기 하나 나지 않았다. 새장보다 먼저 얼굴이 땅에 닿게 쓰러졌기 때문이다.

나는 땅에 엎드려 우는 요이치의 코피를 닦아주었다. 그리고 나는 사면팔방으로 수소문하여 그 큰유리새를 반드시 찾아주겠노라고 약속하고, 찾으면 설득하여 집으로 돌아가게 하겠노라고 위로하였다. 나는 시원한 바람을 보내주었고 이웃한 숲속에서 지저귀는 큰유리새임에 틀림없는 울음소리도 보내주었다. 하지만 요이치는 "저건 아니야" 라고 말하고, 해가 이승 산으로 기울자 욕망의 빛으로 번쩍이기 시작한 마호로 마을로 돌아갔다.

9월 20일 목요일

나는 달맞이꽃이다.

저녁해의 잔광 속에서 비비꼬인 꽃망울을 준비하였다가 밤의 장막을 예민하게 감지하고 단숨에 꽃망울을 터뜨리는 달맞이꽃이다. 갓난아기처럼 부드러운 나의 순백색은 어슴푸레한 어둠을 물리치고 해진 저녁 하늘의 푸른색과 조화를 이루며 황진을 피하여 이승 산 속에서 사는 노인네의 눈을 촉촉하게 적신다. 인생보다 깊은 대나무 숲의 암자에서 초저녁부터 잠들려 하였던 노인은 나에게 잠시 넋을 잃고 있다가 출려*를 채근하는 사람의 목소리가 끊긴 지 오래라는 것을 새삼스럽게 깨닫는다.

그리하여 너무 오래 산 남자는 평소처럼 마지막까지 겁쟁이에 불과한 자신을, 전혀 개심 가능성이 없는 황군의 말로에 불과한 자신을 자각한다. 툇마루에 걸터앉아 있던 그는 마당에 내려서서 내 정면에 자리를 깔고 그 위에 노쇠한 몸을 누인다. 여자에게 열을 올린 적도, 이상에 철저를 기했던 적도, 결행을 중단하였던 적도, 친척에게 의리를 지키느라 동료를 배신한 적도 있는 그는 나에게 이렇게 말을 건다. "밤이 밝기 전에 너와 함께 죽을 수 있다면 얼마나 행복할까." 만년에 할 만한 얘기는 속속들이 다 하고 만 노인은 쉰 목소리로 그렇게 말한다. 아무래도 그는 나에 대해 잘 알지 못하는 것 같다. 내 꽃이 설사 하룻밤 사이에 시든다 해도, 그것으로 끝나는 것은 아니다. 그때 바로 근처에서 "너 같은 인간은 괴로워하다가 죽는 게 어울린다"고 말한 것은, 오래도록 사람 손에 키워져 되바라진 큰유리새였다.

9월 21일 금요일

* 은퇴했던 사람이 세상에 나가 활동하는 것.

나는 부채다.

그 어떤 악행이라도 주저치 않고 할 수 있을 듯한 깊은 밤, 요이치의 누나가 온밀히게 돌리고 있는 부채다. 투표일을 하루 앞두고 읍내 도처에서는 감시원이 눈을 부라리고 있다. 그러나 서늘한 바람을 좇아 호숫가로 산책 나온 사람 같은 그녀의 유카타 차림은 아무에게도 의심받지 않는다. 여름이 되돌아온 것처럼 무더운 오늘밤이 그녀의 위반 행위를 도와주고 있다. 그리고 뒷문에서 그녀의 갑작스런 방문을 받은 사람은 말없이 나를 손에 받아들고는 그 예사롭지 않은 무게를 느끼고 뒤로 뒤집어 본다. 그러나 스카치테이프로 붙여놓은 조그만 봉투의 내용물에 대해서 굳이 묻는 자는 없다. 개중에는 "이런 거 받으면 안 되는데"라고 말하는 사람도 있지만, 그렇다고 나를 물리치지는 않는다. 그들은 마지막 순간까지 명확한 의사표시를 하지 않고 양쪽에서 돈을 받고 싶어하는 자들이다. 그들은 돈을 좇아 어느 쪽으로든 붙을 수 있는 그런 자들이다.

요이치의 누나는 서둘러 다음 집으로 향한다. 대문에 서 있던 자가 끝까지 기다리지 못하고 손짓하여 그녀를 대문 안으로 불러들인다. 남의 눈길을 염려하던 그녀의 마음은 나를 하나씩 나누어줄 때마다 엷어지고 일말의 꺼림칙함도 사라진다. 마지막에는 아버지의 부탁으로 남편의 반대를 무릅쓰고 하고 있는 이 흔치 않은 일에—물론 보수는 있다—어떤 유의 우월감을 느끼기까지 한다. 그녀는 나를 여럿 손아귀에 쥐고 자기 얼굴 앞에다 부치면서 정말이지 시원하다는 말투로 "바람이 아주 잘 나는군요"라고 중얼거린다.

9월 22일 토요일

나는 선거다.

마호로 마을의 미래를 크게 좌우할 중대사이면서도 그리고 실로 제멋대로 치러지는 선거다. 불과 이틀 전까지만 해도 승패의 귀추가 불분명했는데 지금은 누가 보아도 결과가 명백했다. 선두에 서서 밤이고 낮이고 심신을 혹사했던 전직 대학교수는 투표를 마치는 순간 쓰러져 입원했고, 밤이 되어 큰 표차로 뒤진 결과가 나오자 그의 부인이 마지막까지 끈질기게 자리를 지켜준 지지자들 앞에 섰다.

그녀는 너무 뒤늦게 입후보한 것이 패인이었다고 단정짓고, 지지자들 중에 대마 소지로 체포된 자가 있었다는 것에 대해서는 한마디도 언급하지 않았다. 또 이 고장 사람들의 인간성에 대해서도 언급하지 않고, "모두들 수고하셨습니다"라고 말을 맺고 깊이 고개를 숙였다. 몸을 사리지 않고 일해준 지지자들은 남자나 여자나 서로 어깨를 껴안고 울었다. 부인은 갑자기 그런 사람들이 역겨워졌다. 즉, 이런 일이라도 하지 않으면 아무 변화도 없는 나날을 끝없이 계속할 뿐인 사람들, 변화와 감동에 굶주린 그들의 촌스런 잔치에 이용되었을 뿐이 아닌가, 하고 의심하기 시작한 것이다.

그리고 자기 역시 그런 사람들 중 하나이지 않았나 하고 생각하자 견딜 수가 없어, 입원한 남편의 상태를 보고 오겠다는 구실을 대고 그 자리를 빠져나왔다. 그녀는 탁한 물거품 호수와 무너져내린 산들과 새장을 껴안고 휘청휘청 헤매다니는 소년 요이치를 가능한 한 보지 않으려 애쓰면서 홀로 집으로 돌아왔다. 이긴 쪽의 소동은 밤이 깊어서까지 계속되었고, 그들이 소란을 피울수록 나는 급속하게 잊혀져갔다.

9월 23일 일요일

나는 염천이다.

여름은 벌써 가버렸다고 생각하게 해놓고서 느닷없이 가뭄을 불러들인 십 년 만의 염천이나. 나는 마호로 마을 도처의 골짜기를 말려버리고 물거품 호수의 수위를 쑥쑥 내려놓았다. 어느 것이나 다 아름다웠던 강바닥의 돌은 지금은 그저 어디에나 나뒹구는 흔해빠진 돌에 불과하고, 아직 의욕이 남아 있는 농부가 재배한 가을 채소는 막대한 피해를 입었다. 그러고서 나는 오늘 하루 사이에 막 젖을 뗀 갓난아기와 집을 나간 후 소식이 묘연한 딸의 안부를 걱정하는 늙은 어머니와 아직 어린 아내를 학대하는 술주정꾼 남편 이 세 사람의 목숨을 주저 없이 빼앗고, 여세를 몰아 부주의가 원인인 화재를 거들어 초등학교의 노후한 건물 한 채를 재로 만들었다.

그러나 성패 여부를 무시하고, 잃은 것의 중요함을 되돌아보지 않고 개발이라는 길을 질주한 마호로 마을은 나의 장난질 따위에는 꿈쩍도 하지 않았다. 찬반양론을 바람직하다 여기기를 그만둔 주민들 사이에서 돈만 있으면 어떤 가난도 견딜 수 있다는 상투적인 농담이 난무하기 시작했다. 그리고 다시금 권세를 쥐게 된, 인상은 좋아도 여자라면 사족을 못 쓰고 실력은 그에 미치지 못하는 읍장, 그는 재정의 빈곤을 웃어넘긴다. 빈축을 살 만한 행위들이 궤변가의 수에 비례하여 급증한다. 자본주의의 은혜에 꼬여들어 광분중인 남자들은 화장실 안에서 흐뭇하게 미소짓는다.

정오가 지날 무렵에, 나는 주인에게 돌아가기로 뜻을 굳히고 숲에서 날아오른 큰유리새를 떨어뜨렸다. 그러나 목숨까지 빼앗을 수는 없었다.

9월 24일 월요일

나는 이정표다.

이승 산 정상을 가리키고 선 지 올해로 꼭 십 년이 되는, 앞으로 십 년은 족히 버틸 수 있을 이정표다. 나무가 아니라 돌로 만들어진 나는 세찬 비바람에도 뒤틀릴 염려 없이 주어진 중대한 사명을 완수해왔다. 이렇게 말하면 다소 어폐가 있을지도 모르겠으나 이승 산에서 목숨을 잃은 등산객들은 모두 그들 자신에게 책임이 있었다. 그들은 장비를 제대로 갖추고 있지 않았거나 체력의 한계를 몰랐고, 때로는 죽고 싶어한 사람도 있었다.

지금까지 나는 인생의 능선보다 거친 산맥을 답파하고 싶어한 자의 목숨을 몇이나 구했는지 모른다. 감사해야 마땅할 일이다. 그런데 오늘, 짙은 안개에 휩싸여 하마터면 조난당할 뻔했던 젊은이가 분풀이를 한 것인지, 하필이면 나에게 낙서를 하였다. 그는 늘 고가품이라고 자랑하는 피켈로 산정을 가리키는 내 오른팔에 '지옥'이라 새기고 마호로 마을을 가리키는 왼팔에는 '극락'이라고 새겼다. 그리고 잠시 후 이번에는 수행보다는 오히려 정양이 필요할 젊은 수행승이 올라와 나를 쳐다보았다. 그런데 그는 낙서를 지워주기는커녕 좌우 글자를 바꿔 놓고는, 대체 뭐가 그리 슬픈지 훌쩍훌쩍 울면서 하산하였다. 잠시 후에는 내 머리 꼭대기에 누가 기르던 새인지 세상 물정 모르는 큰유리새가 머물면서, "어느 쪽이든 다 그렇지 뭐, 어느 쪽이든 다 그렇지 뭐"라고 우짖었다.

9월 25일 화요일

나는 우상이다.

마호로 마을에 사는 노인네들과는 적지 않은 인연으로 맺어진, 마음을 위로하는 잡다한 꿈을 제공하는 우상이다. 그저 덩치만 터무니없이 클 뿐 예술성은 보잘것없는 바위에 불과한 나에게 노인네들은 화해를 주선케 한다. 또 그저 오래되기만 했을 뿐 그 이상의 가치는 없는 보통 거목에 지나지 않는 나에게, 액운을 물리치고 불행을 거둬가달라고 빈다.

그렇다고 그들이 나 자체를 숭배하고 있는 것은 아니다. 그들은 자기들 멋대로 내 안에다 심어놓은 그들 자신의 공포에 경의를 표하고, 그들 자신의 뇌에 포함되어 언제 어디서 무슨 짓을 저지를지 모르는 본능을 경외할 뿐이다. 그리고 그들이 내게 손을 내밀게 된 것은, 그들이 믿기에 모자람이 없는 진정한 신을 잃어버렸든지 아니면 아직 만나지 못했기 때문이다. 아니면 신과의 교제에 답답함을 느꼈든지 아니면 입교와 동시에 이득이 생긴다고 교묘한 술수를 쓰는 신흥 종교의 부추김에 들떠 있기 때문이다.

나는 그런 그들을 절대로 거부하지 않고 한데 뭉뚱그려 받아들인다. 물론 나는 돌로서, 또는 나무로서 가능한 성의밖에 표시할 수 없지만 그래도 한때의 편안함 정도는 어떻게 해볼 수 있다. 지금은 자기가 무슨 신이라도 된 듯한 기분에 젖어 있는 나를 소년 요이치만 유독 싫어한다. 요이치는 내게 뾰족한 돌을 던져 생채기를 내고 수동 드릴로 구멍을 뚫어놓는다. 그런데 그가 오늘은 내게 공손히 고개를 숙였다. 그는 말했다. "부탁이야, 큰유리새를 돌려줘."

9월 26일 수요일

나는 목숨이다.

멀고도 먼 노정을 정처 없이 걸어서 오늘 드디어 마호로 마을로 흘러든 노승이 거지에게 들려주는 목숨이다. 그는 내가 물질과 암흑 물질의 우연하고도 멋들어진 융합에 의해 초래된 물질이며 그것의 분리가 즉 죽음이라고, 말해봐야 부질없는 상대에게 설파하고 있다. 죽음은 부패로 물질을 변화시키고 암흑 물질은 중력에서 해방되어 광활한 우주로 흩어지며 다음 기회에 대비하여 빛의 대해원을 떠다닌다.

팔다 남은 건포도빵을 막 얻어온 거지는 절반으로 잘라 노승에게 건네고는 자기도 옛날에는 발 닿는 대로 여행을 하였노라고 말했다. 노승은 받은 빵을 맛있다는 듯 한입 가득 베어물면서, 이 얘기는 아직 아무에게도 하지 않았다, 라고 아깝다는 투로 말했다. 이 우주는 실은 수정된 지 오래지 않은 알이라고 말하고, 팽창을 계속한 후에는 세포분열을 하여 언젠가는 사람의 형상을 한 거대 생물로 성장할 것이라고 말했다.

그러자 거지는 갑자기 기분이 나빠져서, "그래서 어쨌다는 거지?"라고 말했다. 노승은 껄껄 웃으면서 "어쩌기는 뭘"이라고 말했다. 그의 굵직한 웃음소리는 돌아오지 않는 다리의 교각에 부딪쳐 작은 바람을 만들고, 나의 무게를 다소 덜어 가볍게 외딴 언덕 위로 불어 날리고, 거기 있는 외딴집 처마에 매달린 풍경을 흔들고, 텅 빈 새장을 껴안고 잠든 소년을 눈뜨게 하였다. 어찌된 영문인지 격해 있는 그 소년은, 호수가 발아래로 내려다보이는 벼랑 끝에 서서 나를 밀어뜨리려 하였다.

9월 27일 목요일

나는 잉꼬다.

요이치의 어머니가 큰유리새 대신 사들고 온, 뭐라 형용할 수 없는 미호로 마을의 애수가 담긴 가을빛으로 뒤덮인 잉꼬다. 그녀는 훈련하기에 따라서 인간의 말도 흉내내고 노래도 한 곡쯤은 할 수 있을지도 모른다고 말하고, 나를 고풍스런 새장에 밀어넣었다. 그리고 그녀는 어머니로서 할일은 다 했다는 표정을 짓고는 내게, 이 언덕이 팔리게 됐어, 지금 그 많은 돈을 어떻게 써야 할지를 생각하고 있는 참이야, 라고 말하고 나서 계단을 우당탕탕 뛰어내려갔다.

내게는 어울리지 않는 장소이며 가정이며 새장이며 주인이었다. 나로서는 마을에 있는 좀더 세련된 집에서 아주 평범하고 건강한 아이의 보살핌을 받고 싶었다. 그런데 하필이면 이런 소년이라니. 무의미한 동작을 끊임없이 계속하고, 협조나 양보의 정신은 눈곱만큼도 없을 듯한 눈으로 허공만 바라보는 소년이라니. 그리고 그는 내 쉰 목소리를 싫어하고, 매끄럽지 못하고 뒤뚱거리는 내 몸짓을 경멸하고, 지나치게 낙천적인 성격을 거부하였다.

나는 이렇게 울었다. "……주제에 건방 떨기는. ……주제에 이상만 높아서. ……주제에 살아 있기는." 그러자 소년은 나를 새장에서 집어내어 창문을 열고 어둠 속에 풀어놓았다. 바라던 바였다. 나는 "덜떨어진 주제에"라고 울면서, 밤이 되어도 작업을 쉬지 않는 불도저의 빛에 의지하여 어지럽게 변화하는 부정한 세상으로 날아갔다.

9월 28일 금요일

나는 지겨움이다.

문학을 업으로 삼아 온 마음을 쏟아 일하고 있는 남자의, 자기와 타자를 번갈아 힐금힐금 쳐다보는 나날에 대한 지겨움이다. 지금 나는 인력 부족과 태만함 때문에 마호로 마을 우체국에 산처럼 쌓여 있는 소포처럼, 또는 집요한 늦더위 탓에 늘어나고만 있는 물거품 호수의 녹조처럼 도저히 어찌할 길 없는 지경에 이르렀다. 그래서 나는 오늘 그에게 이렇게 말했다. 이 세상이 어떻게 되든 상관하지 말라고. 그런 일은 하느님이나 부처님, 또는 하느님을 찾거나 부처님에게 용서를 비는 자들에게 맡기라고. 인간이라면 인간의 역할에 충실하라고. 예를 들어 아내 말고 다른 여자의 엉덩이라도 쫓아다니면서 그 비참한 실패담에 양념을 쳐서 쓰든지, 아니면 그 상판으로는 평생 경험하기 힘들 지상의 연애라도 쓰면서 즐기는 것이 어떻겠냐고 말했다.

그 순간 남자는 소리를 버럭 지르면서, "물론 나는 인간 이외의 아무것도 아니지만"이라고 말한 뒤, 인간이기에 개나 원숭이가 하지 않는 짓을 하고 생각하지 않는 생각을 하고 싶은 것이라고 말했다. 그렇게 말하고서 그는 나를 훽 걷어차내고, 곁에서 바보 취급이라도 하듯 웃고 있는 아내의 머리를 한 대 콩 박아주고, "여자가 뭘 안다고!"라고 고함을 질렀다. 그러고 나서 삽살개와 스쿠터를 타고 큰유리새를 잃은 소년과 그를 둘러싼 사람들과 아무리 살아봐도 정체를 알 수 없는 자신의 그림자를 찾아, 9월치고는 기록적인 혹서 속으로 뛰쳐나갔다.

9월 29일 토요일

나는 마음씀씀이다.

나날이 못된 짓을 계속하는 키 큰 청년과, 아무것도 추구하지 않고 살기로 한 '삼광조' 여관 여주인의, 소년 요이치에 대한 마음씀씀이다. 두 사람은 도박의 포로가 된 패거리가 돌아간 새벽녘까지 얘기를 나누고 있었다. 그러나 두 사람에게 공통된 화제는 극히 한정되어 있어 그 탓에 아직 포옹할 기회조차 못 잡고 있었다. 창부가 애를 써서 순진한 경찰을 포섭할 수 있었고 덕분에 경찰의 현장 수사를 사전에 간파할 수 있었던 이야기나, 명함이나 배지만 보여도 들어오는 그렇고 그런 돈 이야기만으로는 시간을 오래 끌 수 없었다.

그런데 요즘 들어 소년 요이치의 상태가 좀 이상하다는 화제가 나오면 어색한 침묵의 순간이 난데없이 생기발랄해져 한없이 얘기를 주고받는다. "표정이 어째 좀 이상하던데, 틀림없이 무슨 일이 있었을 거야"라고 청년이 말했다. "길에서 말을 걸어도 대꾸조차 하지 않더라니까"라고 여주인이 말하고 이어 "하늘만 쳐다보고 있었어"라고 말했다. 일을 한 차례 끝내고 돌아온 창부도 그 화제에 가담하였다. 그녀는 말했다. "아마 새 때문일 거예요"라고 말하고, "늘 자랑했잖아요, 큰유리새라는 새. 그 새가 도망쳤대요"라고 말했다. "어디서 들었는데?"라고 청년이 물었고 "오늘밤 손님한테서요"라고 창부가 대답했다. "그게 누군데?"라고 여주인이 묻자 "요이치의 아버지요"라고 창부는 말하고, "그 사람 말이죠, 그거 할 때도 가발을 안 벗는다니까요"라고 말하고 다시 생각해도 우습다는 듯 웃었다.

9월 30일 일요일

나는 수영이다.

이유를 모르는 자에게는 물에 빠져 허우적거리는 것으로 보일, 소년 요이치의 서툴기 짝이 없는 수영이다. 실제로 나를 보자마자 옷을 입은 채 물거품 호수에 뛰어든 자와 보트 위에서 노를 내밀며 "잡아, 잡으라구!"라고 외친 자는 지금까지 몇 명이나 있었다. 그러나 가을이 되어 관광객의 발길이 끊긴 지금 나를 방해할 자는 없어 요이치는 부쩍 늘어난 쓰레기와 절망과 함께 탁한 물 위에 떠다니고 있다. 호숫가 길에는 사람 그림자 하나 없고, 나무 그늘에서 쉬는 노인들의 모습도 보이지 않고, 초목을 빼앗긴 산에서는 무수한 중장비가 변함없이 말도 안 되는 처신을 감행하고 있으며, 시커먼 승용차를 타고 마호로 마을을 뻔질나게 드나드는 자들은 시커먼 투혼을 불태우고 있다. 요이치가 놀리는 손발의 움직임은 어떤 수영법에도 해당되지 않는다. 의지와 무관한 움직임은 전진과 후퇴를 되풀이하면서, 그러나 분명 어딘가로 향하고 있다.

요이치는 물 속에서 숨을 토하고, 대기중에서 물을 토한다. 그러다 간혹 그 반대가 되는 경우도 있다. 그러면 요이치는 컥컥거리면서 정말 빠져 죽을 것처럼 버둥거리고, 죽음의 신 비슷한 자의 마수가 슬며시 다가온다. 혹은 떠다니는 검은 보트를 때리는 물결 소리가 다가온다. 그런데도 요이치는 필사적으로 몸부림치지 않는다. 그러면 나는 다시 안정을 되찾고 요이치는 마침내 호수를 횡단한다. 오늘 나는 고금을 막론하고 위업을 이룬 자들의 반열에 든, 그런 기분이다.

10월 1일 월요일

나는 사색이다.

서로 비슷하게 생긴 이름도 없는 두 산 사이에 끼여 있는 연못 끝에서 요이치의 삼촌이 대지에 반듯하게 누워 행하는 사색이다. 그는 나잇값도 못 하고 들끓는 피를 그럭저럭 가라앉히고 이성을 되찾아, 그냥 놔둘 수 없는 상대가 누구인지를 간신히 찾아냈다. 즉 문제는 삼층짜리 검은색 빌딩에 소굴을 튼 자들이 아님을 깨달은 것이다. 그리고 푼돈으로 무슨 짓이든 하는 놈들의 상투적인 수단에 일일이 상대해봐야 그것은 진정한 복수가 아님도 깨달았다.

빚을 갚아야 할 상대는 돈을 받고 행동한 자도 아니고 그들에게 돈을 건넨 자도 아니고 또 돈을 건네라고 명령한 자도 아니다. 어차피 그들은 손을 더럽히는 것 외에는 사는 방법을 모르는 자들이다, 라고 나는 비단잉어를 등에 지고 있는 남자에게 말한다. 분노를 잠재우기 위해서는 꼭대기에 있는 자를 노려야 한다는 말도 한다. "대체 그게 누구지?" 라고 그가 묻는다. 그야 뻔하다. 금력을 아낌없이 사용해 마호로 마을에서 하고자 하는 일을 전국 각지에서 추진하여 막대한 이익을 거두어들이고, 예술가를 진실로 이해하는 척, 자신도 문학물깨나 먹은 것처럼 행세하는 세계 굴지의 저 자산가가 아니고 누구겠는가. 그만큼 오래 살았으면서도 그 인간은 돈의 가치는 알아도 비단잉어의 비늘 하나의 가치는 모른다. 더이상 살 가치가 없는 남자다.

붉은 산이 요이치의 삼촌에게 상대로서 모자람이 없다고 말하고, 푸른 산이 이름을 남기고 죽을 수 있을 거야, 라고 충동질한다. 나는 이참에 형의 가족에게 미칠 영향 따위 생각할 필요가 없다고 일갈한다.

10월 2일 화요일

나는 팽이다.

벼랑 아래 암벽에 뚫린 구멍 속에서 성적인 신음을 내지르면서 회전하고 있는 균형 잡힌 팽이다. 나에게 숨이 있는 회전을 부여하고 나와 더불어 '영원'을 춤추는 젊은이는 일찌감치 눈이 어지러워 픽 쓰러지고 만다. 나는 그런 그의 귓전에다 대고 마호로 마을은 너를 죽일 것이다, 라고 속삭인다. 너를 옭아매고 놓아주려 하지 않는 이 땅은 너의 정기를 빼앗고 있다고. 너는 고향에 보기 좋게 속은 것이라고. 이미 무엇 하나 얻을 것이 없는 땅에 집착하는 것은 잘못이라고.

그럼에도 이 젊은이는 마호로 마을 안에서 계속 춤을 출 작정이다. 가슴 깊이 새겨져 있어 잊을 수 없는 소년 시절의 나날 주위를 돌고, 피하기 어려운 헛수고 주위를 돌고, 어떻게 살아야 좋은 것인지 아직도 짐작조차 못 하는 자신 주위를 돌고 있다. 가엾은 그에게 원래는 소년 요이치의 것이었던 나는 이렇게 말한다. 네가 추구하는 모든 것은 마호로 마을 밖에만 있다고. 아는 사람 하나 없는 곳이야말로 네게 어울리고, 그런 곳에야말로 너와 공명할 수 있는 자가 있을 것이라고. 정말 진심으로 춤추는 인생을 바란다면 엽기적인 살인사건이 쉴새없이 발생하고 의무의 수락을 당당하게 거부할 수 있는, 수많은 강물의 합류점에 있는 그 도시로 가라고. 춤추는 나날은 외부인에게만 허락되는 특권이라고.

채소를 섭취하지 않아 온통 습진으로 덮여 있는 젊은이의 등에 오한이 달리고, 동시에 나도 쓰러진다.

10월 3일 수요일

나는 행렬이다.

땅에 묻힌 페로몬을 따라 이어진 검정 개미의 길고 긴 행렬이다. 그 행렬을 소년 요이치가 좇고 있다. 거대한 바위 바로 밑에 지은 정밀한 구조의 집과 공동묘지의 제물인 달콤한 만두 사이를 빈틈없이 잇고 있는 나는 전체주의를 확신해 마지않는 자다. 나는 늘 자손의 번영과 일치단결과 약육강식의 세계에서 최소한의 희생만 치르고 살아남기 위해 만전의 조치를 강구한다.

나는 우리의 집을 탈취하기 위해 암약하는 다른 벌레들을 견제하고, 개체를 멸하고, 존재를 과시하고, 지상으로 내려앉은 온갖 새들을 쫓아버린다. 그렇다, 나는 대지를 기어다니며 사는 자들의 우두머리다. 또 때로는 뱀을 끌어들인 소동의 장본인이 되기도 한다. 용맹한 병사와 근면한 노동자들로 구성된 나는 끈질긴 노력 끝에 목적을 달성하고 중대한 문제로 해결하지만, 그렇다고 내가 일부 특권 계급을 위한 존재인 것은 아니다.

내가 가장 싫어하고 혐오하는 것은 정체이며 어떤 집단에도 속하지 않는 소년 요이치다. 요이치는 늘 혼자이고, 늘 우주와 직접 마주하고 있다. 요이치와 우주 사이에 끼여 있는 것은 하나도 없다. 법도 권리도 도덕도 없고, 그리고 무언가 아주 소중한 것을 잃어버린 듯한 지금의 요이치에게는 사랑조차 없다. 드디어 요이치가 나를 갈가리 끊어놓고 허망한 그림자를 데리고 돌아간다. 그러나 나는 불과 오 분도 채 안 돼 나를 재생시키고, 요이치의 고독한 혼을 비웃어준다.

10월 4일 목요일

나는 장엄이다.

어두컴컴한 숲속에서 소년 요이치를 감동시킨, 겁이 나서 오금이 저릴 정도이고 손으로 만질 수 있을 정도의 장엄이다. 요이치가 구불구불한 오솔길을 가는 도중에 우연히 마주친 길 잃은 원숭이, 그 녀석은 마치 인간처럼 두 다리로 우뚝 서 있었다. 양팔은 몸을 따라 축 늘어뜨리고, 등줄기는 꼿꼿하게 펴고, 약간 비스듬히, 지혜와 용기를 겸비한 무사도 겁에 질릴 만한 얼굴로 요이치 쪽을 똑바로 향하고 있었다.

그러나 그 자세는 결코 일시적인 것이 아니었다. 인체처럼 지속적으로 유지되고 있었다. 나는 당황하여 안절부절못하는 요이치의 발목을 잡았다. 원숭이는 마치 깊은 수심이라도 있는 듯 침착한 눈빛으로 요이치를 쳐다보았다. 얇고 감정이 풍부한 입술은 무슨 말을 하고 싶은 듯 움직거렸지만 목소리가 나오는 일은 없었다. 그리고 양자 사이의 거리가 좁혀지는 일도 없었고, 상하관계를 분명히 하려는 위협적인 줄다리기도 없었다.

보통 몸집에 키도 보통이고 털이 텁수룩한 상대로부터 요이치는, 원숭이를 넘어선, 아니 인간조차 아득하게 넘어선 무언가를, 혼을 관통하는 말이 아닌 말을 헤아릴 수 있었다. 그러고 나서 원숭이는 요이치에게 영광을 돌리듯 그 자리를 떠나, 역시 두 다리로 요이치의 걸음걸이를 똑같이 흉내내어 한층 더 깊은 숲속으로 모습을 감추었다. 나는 요이치를 옴짝달싹 못하게 하였다. 요이치는 손가락 하나 떨지 못하고 눈도 깜박거리지 못하고, 텅 빈 새장을 들고 텅 빈 마음을 껴안은 채 해가 기울도록 그 자리에 서 있었다.

10월 5일 금요일

나는 새그물이다.

장엄하고 아름다운 모습의 이승 산 허리, 맑은 물이 퐁퐁 솟아나는 골짜기에 쳐진 폭이 오 미터가 조금 넘는 새그물이다. 가을색에 녹아 있는 나의 속셈을 간파하는 새는 그리 흔치 않다. 그러나 내게는 강력한 후원자가 있다. 내 바로 아래에서는 큰유리새가 드높은 소리로 우짖으며 자기 영역을 선포하고 있다. 그것은 물론 카세트에 녹음된 울음소리지만, 미끼로서는 음량의 풍부함과 쉬지 않고 노래할 수 있다는 점에서는 진짜보다 몇 배나 효과적이다.

풀숲 속에 몸을 숨기고 상황을 지켜보고 있는 것은 아직 새를 죽인 적은 없어도 인간의 생명을 빼앗은 적은 있는 키 큰 청년이다. 그는 조장이 취미 삼아 수집하고 있는 들새 소리 테이프에서 큰유리새 소리만 따로 복사하여 온통 그 소리만 담긴 테이프를 만들었다. 어제의 일이다. 그리하여 오늘, 그는 애완동물 가게에 가서 사용은 금지되어 있지만 사고파는 것은 자유로운 모순투성이의 나를 입수하여 산으로 들어온 것이다.

우리는 여섯 시간을 기다렸다. 그 동안 장소를 다섯 번이나 바꾸었다. 하지만 계절이 계절인지라 큰유리새는 나타나지 않고 어치 한 마리와 흰할미새 두 마리가 걸려들었을 뿐이었다. 기다리면서 그는 소년 시절의 추억에 잠겼다. 하지만 마음의 오랜 상처가 근질거리거나 가업에 염증이 나는 일은 없었다. 끝내 포기한 그는 단도로 나를 갈가리 찢어버리고는, 불법으로 입수한 무기를 쏘면서 산을 내려갔다.

10월 6일 토요일

나는 염증이다.

읍장 선거전에서 강력한 후보자로 전심전력을 다했던 전직 대학교수, 그런 그를 친친 휘감고 떨어지지 않는 염증이다. 나는 어마어마한 표차로 어이없이 참패한 결과에 충격을 받았고, 책임을 통감하고 마음이 상한 나머지 몸져눕기까지 한 그의 틈을 노린다. 그 이후로 칩거의 날이 계속 이어지고 있다. 대낮이 되어서야 자리에서 일어나는 그는, 그 나이가 되어 새삼스럽게 멋을 부림으로써 수심에 겨운 몸을 가리려 하는 아내와 늦은 아침을 먹고 곧장 반지하 서재에 틀어박혀 독서삼매에 빠진다.

다시금 책을 손에 들게 된 그는 금서 한 권 없는 서가에서 패배를 알면서도 강변할 만한 그럴싸한 말을 찾고 있다. 그러다가 침묵 속에서 다람쥐 쳇바퀴 도는 듯한 사고를 거듭하다가 그만 나에게 사로잡히고 만다. 결국 그는 나에게 무릎을 꿇고 급기야는 마호로 마을에서의 생활을 단념하기로 한다. 집도 땅도 다 팔아버리고, 훨씬 더 기후가 온화하고 땅을 뒤흔드는 듯한 불도저 소리도 들리지 않으며 조용히 죽어가기에 안성맞춤인 곳으로 멀리멀리 이사하자고 생각한다. 손에 손을 잡는 일도 사람과 사람의 화합을 꾀하는 일도 시대의 요청에 응하는 일도 이제는 다 싫다고 생각한다.

그는 그 결의를 아내에게 전한다. 그러나 그녀는 거짓말이라고 단정짓는다. 그는 테라스에 나가 계절을 바라본다. 가을이 되었는데도 아직 여기저기서 송충이를 볼 수 있다. 가까이서 우는 큰유리새 소리를 들었을 때, 그의 하얀 머리칼은 배로 늘어난다.

10월 7일 일요일

나는 암자다.

전쟁의 중심에 있던 천황이 살아 있을 무렵, 이승 산의 대나무 숲속에 세워진 초가지붕 암자다. 나는 내 주인의 늙은 몸과 그 꾸밈없는 성품을 비바람으로부터 보호해준다. 그리고 나는 차고 기우는 달과, 때로 다채로운 행사를 펼치는 바람과, 원래 목적에서 일탈하여 우짖어대는 들새와, 만사 빈틈없이 준비된 계절과, 아름답지는 않아도 감촉이 좋은 다기와, 모처럼 발언할 기회를 얻었음에도 결국은 침묵을 지키는 소심한 성격과 더불어 하루하루를 편히 지내는 기술을 주인에게 가르쳐준다.

전쟁 개시 직전에 순조롭게 꾸며졌던 음모도 전시중의 괴로웠던 잠행활동도 전후에 속출한 동료들의 전향과 배신도 나는 하나하나 빨아들인다. 또 내가 감당할 수 없을 정도로 괴로운 추억은 뒤편에 있는 폭포가 산산이 부수어 용소에 가라앉힌다. 그는 천황의 전사였으며 동시에 반전 투사이기도 했다. 나는 이미 끝난 일이라고 주인을 위로한다. 이미 몸과 마음을 합하여 사태에 임할 필요도, 피로 맹세하여 정의를 관철할 필요도 없다고 말하여 그의 마음을 진정시킨다.

그러나 이 과묵한 사람은 내게 물을 말을 잃었다. 이미 그는 집단과 조직의 말단까지 뻗어 있는 힘의 정체를 알고 있었다. 그의 전우나 동지가 당해야 했던 비극 모두가 거기에 원인이 있었다. 우리 주인은 오늘, 비단잉어를 등에 지고 있는 남자가 대나무를 상대로 칼을 시험하는 장면을 보았다. 그 대나무는 소리 없이 죽어갔다.

10월 8일 월요일

나는 밀담이다.

바닥을 알 수 없는 심연을 들여다보고 있던 소년 요이치가 우연히 듣고 만 부모의 밀담이다. 아버지나 어머니는 요이치가 집에 돌아와 있는 줄을 모르고 있었다. 언덕 아래의 편리한 생활이 평범한 수준에 불과하다는 것을 깨달은 두 사람은 이참에 그 이상의 행복을 누리고 싶어했다. 새로운 생활을 시작하려는 이때에 모든 것을 처음으로 되돌리고 싶어했다.

아버지는 십 년 후의 요이치를 걱정하는 척하고, 어머니는 이십 년 후의 요이치를 배려하는 척했다. 그러면서도 두 사람은 요이치와의 인연을 완전히 끊을 수 있는 방법을 생각했다. 요이치만 어떻게 할 수 있다면 불행의 조건이 하나도 남김없이 사라진다고 생각한 것이리라. 그리하여 당장에 구체적인 방안이 나왔다. 언덕을 판 돈의 일부로 요이치를 다른 지역에 있는 시설에 맡기자는 것이었다. "그 아이를 위하는 일이다"라고 아버지는 말했다. "그렇게 일이 해결되면 좋은 거지"라고 어머니가 대꾸했다.

그러나 그들이 말을 지나치게 많이 한 탓에 나는 해이해지고 말았다. 두 사람은 말만으로도 기분이 후련해져서, 아니 대화의 내용이 너무도 끔찍한 것을 그제야 깨닫고서는 제정신을 차리고 서둘러 나를 내팽개친 것이다. 어머니는 요이치의 유년 시절을 돌아보며 훌쩍 눈물을 흘렸고 아버지는 가슴속에 응어리진 무언가를 몰아내려고 낮은 신음소리를 뱉었다. 요이치는 죽이고 있던 숨을 나와 함께 천천히 내쉬었다. 그러고는 살금살금 이부자리로 파고들어가 벽에 붙어 있는 포스터의 에어즈 록 꼭대기에서 완전무결한 파란 새가 되어 날아내렸다.

10월 9일 화요일

나는 우주다.

항상 마호로 마을 사람들의 의식 밖에 있으면서 늘 그들의 혼 한가운데에 위치하는 영구불변의 우주다. 작은 일로 안달복달하고 나오는 대로 말을 지껄이며 약속의 파기도 묵계도 의심하고 변덕과 변심을 반복하고 고생이 물거품으로 돌아가 발을 동동 구르고 오로지 대인관계에만 시시콜콜 마음을 쓰는 그들에게 나 따위는 무용지물에 불과하다. 유감스러운 일이다.

요즘 들어서 그들은 밤에도 좀처럼 하늘을 우러러보는 일이 없다. 해질녘이 되면 무섭다고 울음을 터뜨리는 아이들의 수도 현저히 줄어들었다. 확장 일변도에 있는 공사현장의 강렬한 야간조명 탓도 있을 것이다. 그들이 밤에도 자지 않고 온갖 방면에서 검토하는 것은 내가 아니라 그들 자신의 미미한 욕망에 따른 가까운 장래, 그들이 살고 있는 아주 한정된 범위의 현실에 불과하다.

눈먼 소녀가 길가에 앉아 즐기는 하늘의 별은 검고, 해와 달의 운행은 따분하기 그지없고, 온 하늘에 박혀 있는 천체의 빛은 미약하기 짝이 없다. 암흑에 삼켜지지 않고 나를 돌파할 수 있는 빛은 한 줄기도 없고, 신이 발하는 빛조차 끝내는 사그라지고 만다. 단 하나, 소년 요이치의 불안정한 육체와 다른 사람보다 배는 흔들리는 마음이 충돌하여 사방으로 튀는 불꽃만큼은 예외다. 그것은 파랗고 가느다랗고 일정한 에너지를 보유하고 있으며, 하염없이 직진하여 마침내 나를 관통한다. 그러나 그것이 죽은 자의 부패와 산 자의 고환과 자궁을 통하여 다시금 내게로 돌아오는 일은 없다.

10월 10일 수요일

나는 의기소침이다.

정도가 아주 심한데도 가족들 누구 하나 알아차리지 못하는 소년 요이치의 의기소침이다. 아버지는 머지않아 들어올 목돈 냄새에 취하여 마음껏 마시게 될 수도 있을 술과, 지분으로 치장한 여자의 백일몽에 잠겨 있다. 누나는 자기 뱃속에서 마치 우주처럼 팽창하고 있는 생명밖에는 안중에 없다. 또 어머니 역시 병든 아들 걱정으로 지새는 여자가 아닌 지 오래였다. 새소리도 줄어들었다.

나는 요이치에게 들러붙어서 떠나지 않는다. 요이치는 요즘 들어 밖으로 나다니지도 않는다. 내가 그렇게 만들고 있다. 나는 요이치의 가슴속 심층부에서 심해에 사는 물고기처럼 엎드려 움직이지 않는다. 요이치는 온종일 자기 방에 틀어박혀 파란 모자를 깊숙이 눌러쓴 채 풍경과 함께 처마 밑에 매단 텅 빈 새장을 바라보며 지낸다. 새장 문은 열려 있지만 날아오는 것은 살이 깎여 죽어가는 산들의 절규와 이웃 마을의 선망에 찬 한숨뿐이다.

요이치에게 그나마 아직 식욕이 남아 있는 것은 이따금 큰유리새 울음소리가 들리기 때문이다. 하지만 요이치는 그 소리가 자기가 기르던 큰유리새의 울음소리가 아니라는 것을 금방 알 수 있다. 그리고 그 수도 날로 줄어들고 있다. 그들이 남쪽으로 날아가고 있는 것이다. 요이치는 지금, 아마도 올해 마지막일 소나기를 바라보고 있다. 빗발이 거세게 뿌리고 난 후에 무지개가 물거품 호수를 가로질렀다. 무지개가 사라지자 가을이 찾아오고, 요이치의 견디기 어려운 하루가 조용히 막을 내린다.

10월 11일 목요일

나는 코 고는 소리다.

천하를 내 손아귀에 쥘 것이라고 허풍을 떤 후 곤드레가 되어 나가떨어진 거지의 코 고는 소리다. 나는 종이상자로 지은 집을 뒤흔들고 돌아오지 않는 다리의 교각에 부딪쳐 울리고 흐르는 물소리와 팽팽하게 겨루면서 오류 강 바닥에서 나락의 바닥까지 내려간다. 그리고 나는 마호로 마을에 살 수밖에 없는 사람들에게도 그 나름의 영향을 미친다.

일방적으로 약혼을 취소당한 후 사람들 앞에 나서기를 수치스럽게 여기기 시작한 내성적인 처녀. 한 가지 일로 다른 일까지 유추하여 서둘러 답을 내고 싶어하는 조급한 남자. 과부를 고집하면서 무슨 말이든 모나게 하는 여자. 상중에는 자중하자며 품행을 조심하고 있는 방탕아. 상대에 따라 융통성 있는 남자로 바뀌는 가발 쓴 읍사무소 직원. 한번 들어보라면서 십 년 전의 고리타분한 지식을 늘어놓는 자. 건강한 아이를 낳고 싶은 일념에 적당한 산책과 두 잔의 우유를 거르지 않는 임부. 빚을 갚으라는 화살 같은 독촉을 받고 있는 도박꾼.

그런 그들에게 나는 "자자, 침착하라구. 그렇게 아등바등해봐야 아무 소용 없다고"라고 말한다. 그러나 효과는 전혀 없다. 그들은 내 말 따위에는 콧방귀도 뀌지 않고 여전히 무리한 나날과 얼토당토않은 생각에 잠겨 있다. 그러다 나는 오히려 다리 위에서 주저하는 누군가의 발을 잡아당기고 말았다. 이미 끝났다고 할 수 있는 그 남자가 나를 계기로 마음을 다지고 난간을 뛰어넘은 것이다. 거꾸로 떨어지는 그의 뭐라 말할 수 없는 목소리와 머리가 바위에 부딪쳐 깨지는 소리에 나는 그만 두 손을 들고 말았다.

10월 12일 금요일

나는 옷이다.

유난히 번들거리는 하늘 아래, 여름의 기운이 훌쩍 물러간 풀 위에 내던져진 잿빛 승복이다. 내 옆에는 시클라멘 꽃무늬가 프린트된 원피스가 마치 매미 허물처럼 내던져져 있다. 짙은 어둠과 공사현장의 야간조명 사이에서 물거품 호수의 수면은 콜타르처럼, 욕망 그 자체처럼 검게 빛나고 있다.

호숫가를 맴도는 찰나주의자인 바람이 나를 팔락팔락 나부끼게 한다. 미미한 지진이 일어난다. 진앙은 아마 마호로 마을 어디일 것이다. 귀뚜라미가 울기 시작한다. 흉측하게 생긴 벌레가 얇은 날개를 비비면서 내는 소리는 무상한 울림으로 다가와 나를 어둠에 녹이려고 한다. 그러나 원피스가 별들의 빛을 빨아들여 시클라멘 꽃무늬를 점점 더 선명하게 부각시킨다.

무성한 풀숲에 숨은 두 사람은 서로 언약한 유서 있는 집안의 남녀가 부럽지 않다. 이제 호수 바닥으로 잠수할 필요가 없는 두 사람은 금전의 주고받음 없이, 너무도 모양이 다른 양자의 성기 이상으로 단단히 결합되어 있다. 두 사람을 빙 둘러싸고 있는 것은 오랜만에 언덕으로 내려와 탐방을 재개한 소년 요이치의 기척뿐, 다른 것은 없다. 요이치는 귀뚜라미와 함께 쾌락의 극점을 향하는 다정한 소리에 귀 기울이고 있다. 마침내 요이치는 무슨 생각을 했는지, 나를 얄밉다는 듯 두 발로 밟아 짓뭉개고 원피스를 넘어 망령보다 잠잠한 소나무 숲을 가로질러 어디론가 사라져버렸다.

10월 13일 토요일

나는 토로다.

난로장이 남자가 훌쩍 나타난 요이치를 상대로 묻지도 않았는데 털이놓는, 흔해빠진 진징한 토로다. 그래봐야 어차피 여자는 다 마찬가지인가보다고, 나는 그 말만 되풀이하고 있다. 또 남자는 애당초 여자와 견줄 만한 힘을 갖고 있지 않은 것인지도 모르겠다는 말도 한다.

가을이 되었는데도 어쩐 일인가 날개 돋친 듯 팔리는 풍경의 소리가 다소나마 나를 완화시켜주었다. 땀범벅이 되어 새빨갛게 달구어진 철을 두드려 펴는 남자는 일을 하면서도 요이치에게 말한다. 쓰레기 소각장의 열을 이용한 읍영 수영장에서는 드높은 물방울과 건강한 환성이 쉴새없이 튀어오르고 있다. 지금까지 부부의 굳은 언약을 두 번이나 한 남자는 요즘 들어서는 머지않아 태어날 아이를 위해 성심성의껏 일하고 있다. 그는 말한다. “누나가 어머니나 네 생각은 조금도 하지 않는 것 같더구나”라고 말하고, 다소 뜸을 들이고는 “하기야 누구든 자기 생각밖에 안 하는 법이지”라고 말하고, 무거운 망치를 내던진다. 그러고서 그는 “나는 어쩌면 똑같은 실수를 했는지도 모르겠어”라고 중얼거리고, 풀무의 모터를 돌린다. 단박에 불기가 세지고 윙윙거리는 소리가 높아지는 가운데 그가 말한다. 혹 중증 장애아가 태어난다면 이전보다 더 무참한 실수를 하는 셈이지, 라고. 그러나 나는 불길에 삼켜 순식간에 불평과 지나친 생각의 재가 되었다. 그뿐이었다.

10월 14일 일요일

나는 가을이다.

'삼광조' 여관의 뜰에 홀로 서서 집 뒤쪽 대나무 숲에서 울어대는 벌레 소리에 가만히 귀 기울이고 있는 여주인, 그런 그녀를 혼란케 하는 가을이다. 그는 나를 느끼고는 몸가짐을 단정히 하고 육감적인 기운을 억누르고 처염한 미소를 지운다. 그러고 나서 미간을 찌푸리고 죽어가는 물거품 호수와 나날이 변형되고 있는 호수 건너편의 산들을 바라본다. 지금 호수를 질러오는 것은 점점이 보이는 하얀 돛의 그림자와 일상을 뿌리치려 바둥거리고 감동에 굶주린 관광객의 천박한 웃음이다. 아니면 몹쓸 병에 이리저리 휘둘리고 있는 소년 요이치의 구슬픈 휘파람 소리와 어딘가에 사는 누군가의 조상의 혼인 듯한, 흔들리는 빛의 덩어리다.

오늘 여주인은 여느 때의 여주인이 아니다. 마음의 갈등과는 거의 무관한, 어떤 역경에도 초연할 수 있는, 배짱 두둑한 파락호도 따르게 할 수 있는 그런 여자가 아니다. 무척 좋은 사람이라는 점에는 변함이 없지만, 오늘 그녀는 주뼛주뼛 내 안색만 살피고 있다. 내가 북쪽에서 날라오는 애틋한 상념과 통한에 일일이 마음이 흔들리고, 마치 약혼자라도 있는 아가씨처럼 나약한 여자를 연기하고 있다. 기구한 운명을 역이용하여 꿋꿋하게 사는 여자는 지금 그녀가 아니라 문에서 디딤돌을 따라 걸어들어오는 창부다. 창부는 돌아오는 길에 산 군고구마를 우물거리면서 장사가 아니라 순수하게 사귀고 있는 수행승에 대해서 얘기한다. 이런 시절에 밖에서 만났더니 몸 속까지 얼어버렸다고 넉살 좋게 얘기한다. "왜 그러는데요?" 라고 창부가 묻자 "아니, 아무것도 아니야" 라고 여주인은 대답한다.

10월 15일 월요일

나는 고추냉이 가루다.

야외에서 놀 수 없는 악동들이 김밥 안에다 듬뿍 뿌려넣은 고추냉이 가루다. 그들의 심술궂은 작전은 멋들어지게 성공하였다. 사람들이 많이 모인 곳에서 부르는 소리에 걸음을 멈춘 우스꽝스런 꼴의 소년은 순순히 다가가 손을 내밀었다. 소년은 그들이 권한 김밥을 냄새를 킁킁 맡아보거나 혀끝으로 슬쩍 맛을 보지도 않고, 몹쓸 병 탓에 꼭 다물리지 않는 입을 병아리처럼 하늘을 향해 한껏 벌리고 악의의 덩어리를 단숨에 꿀꺽 삼켰다.

나는 한시도 쉬지 않고 떨리던 소년의 몸을 순식간에 고정시켰다. 악동들은 일변한 소년의 표정에 놀라 공정한 입장을 고수하는 사람처럼 굳은 얼굴로 비칠비칠 뒤로 물러서면서 웃음을 잠시 보류하기로 하였다. 그러나 다음 순간에 나는 훨씬 더 강렬한 경련을 유발하였고 소년은 하등동물이 움직이듯 몸을 뒤집고 뒹굴면서 자기 손으로 자기 목을 때리고 눈물을 흘렸다. 그러나 그 정도로도 끝나지 않았다. 내 자극은 소년의 혼 그 자체까지 격앙시키고 말았던 것이다.

뇌를 점하고 있는 단순하고도 복잡한 회로에 불가사의한 전류가 요동하는가 싶더니 그것은 마음속 깊은 곳까지 도달하였다. 소년은 벌떡 일어났다. 이어 그는 키들키들 웃으면서 몸을 한 번 빙그르르 돌렸다. 그러자 쓸 만한 인물이 되기에는 떡잎부터 노란 악동들이 나란히 벌렁 쓰러지면서 안 그래도 나쁜 머리가 쾅 하고 땅에 부딪쳤다. 그들은 잔뜩 구름 낀 하늘을 올려다보면서 기절하고 말았다.

10월 16일 화요일

나는 음파다.

때까치의 월동용 먹이가 된 도마뱀 같은 자세로 누워 있는 소년 요이치, 그의 귀에 줄줄이 들려오는 속세의 음파다. 이제 곧 철거될 운명에 있는 언덕 위의 외딴집 이층에서 요이치는 가능한 한 몸을 움직이지 않고 내가 배달하는 정보를 귀담아듣고 있다. 그렇게 큰유리새의 소식을 들으려 하지만, 파란 새에 관한 정보는 무엇 하나 들어오지 않는다.

뜻하지 않게 큰돈을 챙기게 된 사람들의 주변을 뒤흔드는 홍소. 비합법적인 협력을 전제로 만용을 베풀어 부정한 융자를 내주는 은행가의 "좋아"라는 결단의 한마디. 공사가 재개되어 다시금 수질 오염이 심해진 물거품 호수를 쓸쓸히 주항하는 백조 유람선의 늘어진 엔진 소리. 소방 훈련 전에 늘 행해지는 점호. 마호로 마을을 질시하는 이웃 마을이 발하는 검은 중얼거림. 텔레비전 연속 드라마의 주인공이 처한 비운에 자기도 덩달아 우는 근성이 썩은 노파. 개발을 반대한다는 생각만 비칠 뿐 그 이상 아무것도 할 수 없는 사람들의 한숨. 급습에 대비하여 사방에 방어막을 친 삼층짜리 검은색 빌딩에 소굴을 튼 조직원들의 은밀한 대화. 오늘도 또 여색에 미혹되는 수행승의 혼잣말.

나는 점차 요이치를 궁지에 몰아넣는다. 요이치는 이미 산다는 것에 그리 집착하지 않는다. 요이치는 잎사귀 뒤에 몸을 숨긴 벌레들의 입장을 동경하고 있다. 지금 요이치는 마호로 마을의 모든 것을 듣고 보기에 싫증나 있다. 그런 요이치에게 나는 무덤 앞에서 통곡하는 자를 보내준다.

10월 17일 수요일

나는 유혹이다.

물거품 호수를 영원히 배회할지도 모르는 검은 보트가 집요하게 시도하는 소년 요이치에 대한 유혹이다. 어젯밤과 마찬가지로 오늘밤에도 요이치는 지칠 대로 지쳐 있다. 언덕을 올라 집으로 돌아갈 체력도 없거니와 마을 여기저기를 어슬렁거리며 사람들이 생활 속에서 얻는 긍정적인 에너지를 흡수할 기력도 없다. 그리고 요이치는 부주의하게도 서로 떼려야 뗄 수 없는 관계에 있는 시간과 공간, 빛과 그림자, 생과 사 같은 것들과 정면으로 대치하고 만다.

요이치의 발 언저리를 본 나는 단박에 말한다. "어때, 이거 타보지 않을래?" 라고 말하고, "이제 슬슬 타도 좋을 때가 아닌가" 라고 말한다. 그러자 요이치는 물가로 내려와 새 같은 걸음걸이로 성큼성큼 보트 쪽으로 다가간다. 그러나 금방은 타려 하지 않는다. 찰랑거리는 물가에 선 요이치는 몹시 망설이고 있다. 이미 큰유리새의 계절은 지났다고 나는 말하고, "너는 앞으로도 내내 따돌림이나 받을 외톨이 신세야" 라고 연거푸 말을 쏟는다.

요이치는 먼저 오른발을 물에 적신다. 그러나 더이상 접근하려 하지 않는다. 그래서 나는 마지막 일격을 가한다. 여기서 가까운 곳에, 저 호수 건너편에, 산 자들에게는 보이지 않는 별이 반짝이는 빛의 터널이 있다고 말한다. 그러자 그때 거대한 잉어가 물 위로 불쑥 고개를 쳐들고, 검은 보트를 콧등으로 밀어 물가에서 떠나보낸다. 또 차가운 물이 위험을 예지하는 요이치의 능력을 두드려 깨우고, 그 순간 요이치는 내 손을 뿌리친다. 북풍으로 변한 바람과 거대한 잉어가 밤의 저편으로 보트를 밀고 가버린다.

10월 18일 목요일

나는 식당이다.

음산하게 내리는 비 때문인가, 점심때인데도 손님이 둘밖에 없는 돌아오지 않는 다리 밑의 오래된 식당이다. 게다가 주문을 한 것은 요이치뿐, 요이치를 내게로 데려온 창부는 차밖에 마시지 않는다. 그러나 창부가 주문한 음식은 가짓수가 많다. 매끄럽게 번쩍번쩍 닦인 테이블 위에는 라면과 볶음밥과 중국식 카레라이스가 듬뿍 담긴 접시가 주르륵 놓이고, 그것들은 요이치의 그칠 줄 모르는 식욕을 고루 충족시키고 있다.

창부는 "기분이 그럴 때는 먹는 게 최고야"라고 말하고 긴 잎담배를 빠끔빠끔 피우면서 앞길을 가는 늘어진 사람들과 양보를 모르는 자동차의 행렬을 멍하니 바라본다. 주방에서는 망가져가고 있는 기름때 낀 환풍기가 요이치의 움직임에 맞추듯 덜덜 돌아가고 있다. 계산대 밑에서는 살찐 고양이가 거슴츠레하게 눈을 뜨고 축 늘어져 있다. 또 이층에서는 나와 더불어 뼈가 부서지도록 일하며 살아온 노인네가 혼자 이불을 덮어쓰고 당장이라도 숨이 끊어질 것처럼 씩씩거리고 있다.

그리고 지금은 내 안에서 일하고 있는 전직 트로트 가수 아가씨는 꿈자리에 나타난 죽은 친구와 다리 옆에 서서 누군가를 기다리는 여자를 위하여 제일 잘 부르는 노래를 흥얼거린다. 노래보다 그녀의 목소리에 마음이 젖은 창부는 살며시 눈꼬리를 누르고는 또 차를 찔끔찔끔 마시고 담배를 피우고 "기분이 그럴 때는 먹는 게 최고야"라고 말한다. 묵묵히 먹고 있는 요이치는 과거 가족과 함께 이곳에 왔던 먼 옛날 여름날의 무더웠던 하루를 추억하고 있다.

10월 19일 금요일

나는 일선이다.

마호로 마을 같은 벽촌까지 찾아온 관광객과 마호로 마을을 이 세상 전부라고 여기는 토박이들 사이에 그어진 일선이다. 늘 그렇듯 서로 양보하지 않는 그들은 나를 넘어서 오가는 교류를 극구 회피하고 있다. 토박이는 천연덕스런 얼굴로, 조잘거리는 외부인들의 모습을 찬찬히 관찰하면서 들뜬 기분을 나눠 가지려 한다. 한편 관광객은 모처럼 좋아진 기분을 상하지 않으려고 더욱 들뜬 목소리로 떠들어대고 촌뜨기들의 눈에 자기들이 어떻게 비칠까를 이따금 확인하면서 우월감에 찬 미소를 띤다.

대부분 소심한 그들은 내게 너무 다가갔다 싶으면 금방 발길을 돌리고 속속들이 알고 있는 자신들의 영역으로 재빨리 돌아간다. 그리고 그들은 서로들 제 손아귀 안에 있는 보잘것없는 행복을 자랑한다. 관광객들은 내 저쪽 물가에 서서 산기슭에서 타오르는 저녁해를 바라보며 자기들의 요원한 앞날을 잠시 잊는다. 토박이들은 이쪽에서 신변에서 일어나는 사건에 잠기기를 잠시 중단하고 코앞에 있는 일상을 무시한다.

지금 나를 전혀 개의치 않고 어느 쪽이든 자유롭게 드나들 수 있는 것은 하얀 개를 데리고 다니는 눈먼 소녀뿐이다. 그녀는 이쪽으로 와서는 둘도 없는 친구의 발소리를 찾고, 저쪽으로 가서는 큰유리새의 우짖음 소리를 흉내낸 휘파람 소리를 찾는다. 마침내 그녀의 애견이 내 바로 위에서 "멍" 하고 한 번 짖어, 찾는 상대가 어디에도 보이지 않음을 어리고 기운찬 주인에게 전한다.

10월 20일 토요일

나는 운동회다.

쾌청한 하늘 아래 마호로 마을 제일초등학교 학생들이 펼치는, 평생 잊을 수 없는 발랄한 순간의 추억을 하나 둘 새기는 가을 운동회다. 나는 아직은 고향의 때가 조금밖에 끼지 않은 아이들을 빛나는 미래를 향하여 전력으로 질주하게 하고, 도처에다 저의가 없는 폭소의 소용돌이를 만들고, 포식과 게으름으로 몸이 완전히 둔해진 학부모들을 끌어내어 숨차게 한다.

아이들은 뿜어나오는 땀과 드높은 고동을 통해 성장으로 돌진하는 육체가 무엇인지를 알고, 어른들은 역시 정신만으로는 살 수 없다는 기본으로 되돌아간다. 그리고 나는 강둑 위에서 구경하고 있는 소년 요이치의 결코 정상적이랄 수 없는, 위로할 말조차 없는 오체를 크게 자극한다. 그러나 요이치의 가슴속을 어지럽게 나는 파란 새가 그의 모든 세포를 완벽하게 활성화하고 있어 내가 나설 자리는 없다.

요이치 옆에서는 투실투실한 얼굴의 거지가 노인처럼 축 늘어진 배를 껴안고 펑퍼짐하게 앉아 있다. 그의 목적은 점심시간이 지나면 학부모석에서 나올 음식찌꺼기이다. 배가 고픈 그는 이틀 전까지 죽은 자를 덮고 있던 담요를 두르고 있다. 그가 요이치에게 말한다. 오늘 먹을 것이 생기지 않으면 마호로 마을을 떠날 작정이었다고. 그러나 요이치는 내게 마음을 빼앗겨 뜨거운 승부에 몰두하면서 몸은 몰라도 그 마음은 내가 펼치는 전 종목에 참가하고 있다. 그렇게 요이치는 큰유리새를 잊으려 하는 것이다.

10월 21일 일요일

나는 걱정 근심이다.

소년 요이치의 등을 향하여 세상을 개탄하는 말을 토하는 전직 대학교수의 심각하다면 심각하고 별볼일 없다면 별볼일 없는, 두시없는 걱정 근심이다. 끝내 진퇴양난에 빠진 그는 무참한 회한에 사로잡혀 스스로를 가엾게 여기고, 자칫 세상을 등질 수도 있는 선까지 몰리고 말았다. 술을 마시는 정도로 울분을 터뜨릴 수 있었던 것은 벌써 오래전 일이다.

선거에 출마한 탓에 마호로 마을의 애들한테까지 이름을 불리게 된 그는 망부의 유언이며 좌우명이기도 한 말을 새삼스럽게 떠올린다. "예순을 넘기면 현역으로 복귀할 생각을 해서는 안 되고 또 같은 족속들을 모아서도 안 된다." "옳은 말"이라고 그는 중얼거린다. "예순이 넘어서도 앞뒤로 적을 맞는 것은 어지간한 악당에 한한다." "그렇지"라고 그는 중얼거리고 몇 번이나 고개를 끄덕인다.

우체국에서 돌아오는 길에 그는 읍장의 추종자 중 한 사람인 가발 쓴 읍사무소 직원을 만났다. 직원은 이렇게 말했다. "선생님, 그렇게 낙담하실 것 없지 않습니까"라고 말하고, "그래봐야 시골 촌동네의 선거잖습니까"라고 말하고, 검정 배기가스를 뿜어대는 경트럭을 타고 사라졌다. "거참" 하고 전직 대학교수는 중얼거렸다. 고작 이런 일로 내가 생겨난 것이다.

그의 아내는 내년 봄을 위하여 정원수의 뿌리 둘레에 비료를 주고 있다. 이미 그녀는 이 고장에서 죽음을 맞기로 마음을 굳힌 모양이었다. 나는 남편에게 이렇게 말해준다. "비참하지 않은 말로가 어디 있겠어."

10월 22일 월요일

나는 수동 드릴이다.

소년 요이치가 또다시 꺼내어 아마비코 신사의 신목에 별의 수만큼이나 많은 구멍을 뚫으려 하는 수동 드릴이다. 경내의 삼분의 이를 그림자와 정적으로 덮고 있을 정도로 거대한 나무를 향하여 나는 수도 없이 돌격을 감행한다. 그러나 요이치가 아무리 용을 써봐야 구멍의 수는 쉰도 채 못 된다. 또 요이치가 지금까지 판 구멍까지 전부 합해봐야 큰유리새를 잃어 요이치의 가슴에 뚫린 구멍의 크기에는 이르지 못한다. 요이치는 지금 발광하고 있다.

오늘밤에야말로 혼쭐을 내주려고 뛰쳐나온 신관은 하염없이 울고 있는 상대를 알아보고는 몸을 숨긴다. 그리고 그는 신전에 이마를 조아리고 요이치의 죄를 어떻게 해야 할지 하늘에 묻고, 자기 멋대로 답을 내고는 잠을 자러 돌아간다. 그리고 나는 친부모도 꺼려하여 의지할 만한 곳이 없어진 요이치를 신음 소리 하나 내지 않고 꼭 껴안고 있는 거대한 나무에게 몇 번이나 사과한다.

그러자 신목은 괜한 신경 쓰지 말라며, 이 아이는 틀림없이 물건이 될 것이라고 말했다. 틀림없이 그렇게 말했다. 그러나 너무도 기쁜 나머지 나는, "다만……"이라고 이어지는 말을 미처 듣지 못하고 말았다. 내가 가장 두려워하는 일은 요이치가 나를 제 몸에 사용하는 것이다. 자기 스스로 몸에 드르륵드르륵 구멍 뚫을 장면을 생각하면 정말 소름이 끼친다. 그래서 나는 마음을 굳히고 스스로 몸을 비틀어 날을 뚝 부러뜨린다.

10월 23일 화요일

나는 농염한 자태다.

상념을 춤으로 표현하고 싶어하는 젊은이를 향하여 아낌없이 발산하는 미친 여자의 넘쳐흐를 듯 농염한 자태다. 너덜너덜 찢겨나간 음산한 산허리의 광경 속에서 '수치와 악'을 춤추는 젊은이의 탄탄한 육체에서 흘러 떨어지는 땀방울은 지금 나 이상으로 선정적이다. 여기에 있는 남자는 오직 그 한 사람뿐, 여자를 힘으로 제압하는 비열한 근성의 소유자는 벌써 다른 산의 공사현장으로 옮겨갔다.

마침내 젊은이는 나를 발견하고 눈썹을 찌푸리기는 하였지만 추던 춤을 그만두지는 않고, 내일로 기울기 위하여 오늘을 웃음으로 날려보내는 태양의 움직임에 맞추어 보통 사람보다 훨씬 긴 손발을 휘휘 내저으며 번쩍번쩍 빛난다. 잠시 후 미친 여자는 들판 끄트머리에 있는 오두막 뒤에서 나와 춤추는 젊은이를 아주 가까운 거리에서 바라보며 타인을 개의치 않는 열렬한 성원을 보낸다. 그리고 끝내는 자기도 함께 춤추기 시작한다.

도저히 미려하다고는 할 수 없는 그녀이지만, 세인들이 백안시하는 사이에 알게 모르게 닦인 그 나름의 여자다움과 부모의 진심을 알아챈 일로 비롯된 처절함이 나를 전면으로 밀어내어, 고향으로 돌아온 이후 여러 가지 각인이 찍힌 젊은이의 다양하게 변화할 수 있을 것 같으면서도 움직임이 한정돼 있는 오체에 깊이 스며든다. 그때 아직 마호로 마을에 머물러 있는 큰유리새가 날아와 정열적인 지저귐으로 나와 함께 두 사람의 춤에 흥을 돋운다.

10월 24일 수요일

나는 약속이다.

허심탄회하게 대화를 나눈 결과 적대관계에 있는 조직 폭력단 사이에 오간, 말뿐인 약속이다. 더없이 험상궂은 얼굴에 칼자국까지 남아 있는 대표자들은 말투가 한결같이 위압적이었고, 서로 마음대로 죽고 살릴 수 있는 능력을 과시하였다. 두목을 호위하는 역할을 맡은 훌쩍 큰 키에 몸집이 호리호리한 청년의 혈압은 살의를 향해 쉬지 않고 높아지고, 또 상대편 두목을 따르는 거한의 캐러멜 같은 모양의 반지를 몇 개나 낀 두 손은 적의 날카로운 기세를 꺾으려고 소라처럼 주먹을 딱딱하게 만들고 있었다.

양쪽을 중개한 유난히 언동이 부드러운 입회자는 애가 탄다는 표정으로 이렇게 말했다. "늙은 몸을 추스르고 이런 시골까지 출장 온 내 체면도 조금은 세워줘야지." 그러고서 그는 이렇게 제안하였다. 한쪽은 마호로 마을만 담당하고 다른 한쪽이 지금까지 그래왔던 것처럼 그 지방 전역을 담당하면 어떻겠느냐고. 지금의 마호로 마을에는 그럴 만한 가치가 있었다.

쌍방이 그 조건을 받아들이는 수밖에 없었다. 중개자인 노인은 의안을 번쩍거리면서 그렇게 정했으니 따라달라고 당부하였다. 그러나 계약서를 쓰게 하거나 의형제의 연을 맺으라고 권하지는 않았다. 형식뿐인 내게 만족한 그는 정원에 서 있는 병든 소년을 보면서 "자네들 구역에서는 자선사업도 시작한 건가?" 라고 말하며 웃었다.

양쪽 대표자들과 노인은 '삼광조' 밖에서 헤어졌다. 헤어지는 순간에 각자는 나를 걷어차고 심술궂게 불어오는 돌풍 속으로 얌전하게 흩어졌다.

10월 25일 목요일

나는 신이다.

그 존재의 진위 여부에 관해 제씨의 견해가 분분함에도 불구하고 어디까지나 내 뜻을 관철하는 신이다. 어중이떠중이가 대부분인 이 마호로 마을에 한해서 얘기하자면 나에 관해 왜곡되게 설명하는 자는 거의 없다. 따라서 나에 관한 식언에 혼란스러워하는 자도 적고 또 나를 깔보는 자의 비율도 아주 건전한 범위 내에 머물러 있다.

애당초 나는 인간과는 생각을 달리하는 자이며 마음의 동요를 은폐하는 명수이며 때로는 민중을 억압하는 죄 많은 독재자이다. 비난의 화살이 나를 향할 때는 전혀 기억에 없는 일이라고 시치미를 떼고, 지난번 약속도 아직 다 지키지 못했는데 새로운 밀약을 나누고, 마계(魔界)에 소굴을 튼 자들과 유착하고 결탁하여 죄 없는 사람들을 학대하며 즐거워한다. 그것이 나다.

나는 종종 행복과 불행의 의미와 파란색과 유리색을 혼동하는 어리석은 자이며, 나야말로 유일하고도 절대적인 존재라고 공언하여 마지않는 희대의 사기꾼이며, 편의적이고 변명에 능하고 시답잖은 해결방법만 잔뜩 알고 있는 자이다. 출중한 인간을 수하로 삼고 싶어하며, 뱃전에 걸린 국기를 펄럭이게 하는 바람을 보내어 당대의 권력자를 포섭하고, 풍향이 수상해지면 재빨리 모습을 감추고, 언행의 모순 따위 개의치 않으며, 죽은 자의 머리맡에 엎드려 우는 자를 심각한 표정으로 조롱하고, 비장의 보물을 산더미처럼 갖고 있으나 책임을 회피하고, 그리고 소년 요이치 같은 자를 철저히 해코지한다. 그것이 나다.

10월 26일 금요일

나는 바닥이다.

아마비코 신사의 한구석에 있으나 지금은 전혀 사용되지 않는, 황금빛 어린 물을 담고 있는 오래된 우물의 바닥이다. 오늘 낮, 마호로 마을 같은 시골에서는 명실상부하게 희귀병에 속하는 병에 걸린 소년이 나를 찾아왔다. 그는 지구력이 거의 없는 근육을 참담하게 움직여 간신히 우물의 무거운 뚜껑을 옆으로 삐익 밀었다. 그러고 나서 부드러운 눈길로 나를 들여다보고, 무슨 생각을 했는지 휘파람으로 큰유리새의 지저귐 소리를 흉내냈다.

나는 그에게 말했다. 먼 옛날, 뚜껑이 없었던 시절에 굴뚝새가 시원하게 쉬고 간 적은 있지만 큰유리새를 불러들인 일은 아직 한 번도 없다고. 그러자 그는 물에 비친 자기를 향해 침통하고 또는 자못 얄밉다는 표정으로 "넌 누구지?" 라고 매몰차게 추궁하였다. 그 목소리는 복잡하게 메아리쳐 음질뿐만 아니라 말의 내용까지 바뀌고 말았다. "넌 누구지?" 가 "누구 없어" 가 되었고 마지막에는 "누구 나 좀 도와줘" 가 되었다.

그 혼선을 틈타 나는 도와줄 테니까 내려오라고 꼬드기며, 가짜 큰유리새 소리를 들려주었다. 소년은 내 쪽으로 몸을 쑥 내밀었다. 그런데 이제 조금만 더 내려오면 내 것이 될 참에 엉뚱한 방해꾼이 끼어들었다. 나타난 신관이 소년의 어깨를 움켜쥐고 우물에서 떨어뜨려놓았다. 신관은 뚜껑을 제자리로 돌려놓고 어린아이의 완력으론 움직일 수 없는 돌을 뚜껑 위에 올려놓았다. 바람도 불지 않는데 신목이 자글자글 소란을 피우고 가지까지 흔들흔들 흔들렸다.

10월 27일 토요일

나는 환희다.

언덕 위의 외딴집으로 훌쩍 돌아온 큰유리새를 본 소년 요이치의 전신에서 흘러넘치는 환희다. 요즘 들어 배운, 일부러 벼랑가를 골라 걷는 놀이에 열중하고 있던 요이치는 말라가는 초목의 색과는 분명히 다른 색 덩어리를 발견하였다. 그 파랑은 그냥 파랑이 아니라 가을빛을 받아 광물적인 빛을 발하고 있었다. 그것이 무엇인지 알았을 때, 요이치의 몸은 떨림을 멈추었고 동시에 흔들바위도 움직임을 멈추었다.

그것이 살아 있는 생물이며 그것이 작은 새이며 그것이 큰유리새이며 그것이 친구라는 것을 알았을 때, 요이치는 허둥지둥 달려가 살며시 안아올렸다. 물거품 호숫가에서 처음 만났을 때처럼 큰유리새는 지쳐 축 늘어져 있었다. 그러나 심장의 움직임으로 아직 살아 있음이 확인되고, 반짝거리는 그 눈에 자기 모습과 우주가 또렷하게 비치는 것을 알자, 요이치는 난치병에 걸린 몸이라 여겨지지 않을 만큼 큰 소리를 질렀다.

나는 소리치는 요이치의 몸을 광휘로 감싸고, 지금까지 삶의 의욕이 그다지 별로 없었던 정신에 활기를 부여하고, 언덕 전체를 떨게 하고, 전원지대를 자극하여 벼이삭을 더욱더 고개 숙이게 하고, 넌더리가 나는 공사현장의 흙먼지를 잠재운다. 그런가 하면 약해져만 가는 대지의 힘을 북돋고, 모든 물상을 생명을 가진 자 쪽으로 초대하여 퇴폐 일로를 걷고 있는 마호로 마을 구석구석까지 양의 기운으로 덮는다. 그러나 큰유리새에게 변화는 없고 요이치의 손바닥 안에서 여전히 꼼짝하려 하지 않았다. 날개를 접을 기운조차 없는 듯하였다.

10월 28일 일요일

나는 산 먹이다.

주인 없는 나날을 보내느라 건강의 균형을 잃고 식욕마저 잃은 큰유리새에게 소년 요이치가 주는 산 먹이다. 지금껏 현관 전등 주변에 끈적끈적하게 그물을 치고 나방을 포식하는 우리를 건드리는 것은 고작해야 벌 정도였다. 놈들은 스스로 내 덫에 걸려 난동을 부리면서 우리를 죽이고, 그 자리에서 살 경단을 만들어 가지고 돌아갔다.

그러나 그들이 매일 우리를 건드리는 것은 아니었다. 가을이 깊어지면서 그 수가 줄어든 덕분에 나는 오늘까지 살아남을 수 있었다. 그런데 벌보다 한층 강력한 적이 나타났다. 인간이었다. 소년 요이치는 대나무 막대기로 우리를 잇달아 잡아들여 병에 가두었다. 우리는 모두 큰유리새가 그냥 죽어주기를 필사적으로 기도하였다. 요이치의 파란 새는 물을 마실 기운도 없어 타월 위에 웅크리고 꼼짝도 하지 않았다.

그런데 요이치가 드디어 우리 친구들 중 한 마리를 집어들고 도망가지 못하도록 다리 수를 절반으로 줄이고는 큰유리새 앞에 던졌다. 가엾은 친구는 남은 네 다리로 도망치려고 몸부림쳤다. 잘하면 도망칠 수도 있었다. 그런데 그때, 죽지 못한 새가 벌떡 일어나 보이지도 않을 만큼 빠른 속도로 뾰족한 부리를 내미는가 싶더니, 불쌍한 친구의 모습은 이미 거기에 없었다. 친구들이 차례차례 사라졌다. 다행히 나는 파란 새가 사료에 관심을 보인 덕분에 목숨을 건졌다.

10월 29일 월요일

나는 간병이다.

아직도 여전히 사경을 헤매고 있는 큰유리새를 위한 소년 요이치의 간병이다. 큰유리새 곁을 잠시도 떠나지 않는 나는 큰유리새에게 꿀을 먹이고 삶은 노른자위를 먹이고 일부러 먼 샘에서 길어온 시원한 물을 마시게 하고 늘 신선한 공기를 들이쉴 수 있게 해주면서 "죽지 마라"라고 말하고 있다. 파란 새 곁에 누워 자는 아들을 보고 어머니는 말했다. "엄마도 그렇게 너를 키웠어"라고 말하고, "그래서 네가 지금까지 살아 있을 수 있는 거야"라고 말했다.

텔레비전 앞에 누워 있던 아버지가 슬쩍 중얼거렸다. "살아 있다고 다 좋은 건 아니지"라고. 그러고 나서 아버지와 어머니는 예상치 못한 행운으로 갑자기 빛나기 시작한 나날들을 향하여 발걸음도 가볍게 언덕을 내려갔다. 불도저 떼가 철저하게 짓뭉갠 산은 이미 까마귀나 모여드는 산이 되었다. 그리고 너무도 급격한 변화 탓에 악영향을 받고 있는 사람들은 나를 이해하지 못하고 있었다. 그래봐야 새잖아, 라는 소리가 들렸다. 서른이 넘어서도 부모에게 용돈을 달라고 떼쓰는 소리나 바람직하지 못한 교우관계가 확산되는 소리도 옆방에서 나누는 얘기 소리처럼 생생하게, 큰유리새를 통하여 요이치의 귀에 들렸다.

요이치는 새에게 말했다. 혼자서는 살 수 없다고. 그러자 새는 잠자코 고개를 끄덕이고는 "죽을 때는 혼자 죽을 수밖에 없는데"라고 작은 소리로 울고는, 잠시 후 이번에는 다소 기운찬 목소리로 "살아야지"라고 우짖었다. 나는 양자의 연을 세계에서 그 유례를 볼 수 없을 만큼 돈독하게 해주었다.

10월 30일 화요일

나는 빨대다.

어린이용 종합 비타민 용액을 빨아들여 아직도 회복을 보이지 않는 큰유리새에게 먹이는 빨대다. 처음에 나는 병자임에 틀림없는 소년 쪽이 복용하는 줄로만 알고 있었다. 상대가 새라는 것을 알았을 때 나는 오히려 안심하였다. 소년의 병은 감당하기 어려웠지만 새의 병 정도라면 내 힘으로 어떻게 해볼 수 있겠다고 생각했다.

노랗고 들쩍지근하고 끈적한 액체를 나는 그 파란 새의 목구멍 속 깊숙이 흘려넣었다. 익숙하지 않은 맛에 새는 눈알을 두리번거리고 고개를 부르르 떨었다. 남은 액체를 소년은 자기 입 안에다 털어넣었다. 그저 맛을 확인하고 싶었던 것인지 아니면 자기 병을 고치고 싶었던 것인지는 나도 잘 알 수 없었다.

잠시 후 새는 타월로 만든 자리에서 일어나 횃대에 앉았다. 그리고 방랑하느라 여기저기 상처입은 날개를 폈다 접었다 하면서 손질하기 시작했다. 그것을 본 소년은 나에게 용액을 듬뿍 빨게 하였다. 노란색이 그의 빨간 혀를 덮고 누릿누릿하게 때 낀 이를 감싸고 식도를 자극적으로 물들였다. 잠시 후에는 파란 새가 횃대에 앉은 것처럼 그도 기운차게 창틀에 앉아 두 팔을 위아래로 흔들었다. 만약 파란 새가 날갯짓을 했더라면 그 역시 두 팔을 퍼덕거리면서 이층 창문에서 뛰어내렸을지도 모를 일이다. 새는 자기 힘으로 물을 마시고 사료를 쪼아 먹었다. 소년은 그 옆에서 도시락을 펼치고 웃으면서 먹었다.

10월 31일 수요일

나는 진리다.

마호로 마을 동쪽 하늘에 천국처럼 황홀한 빛이 비치자 소년 요이치와 그의 주변 사람들이 직관하는 진리다. 또는 제 손으로 사발에 밥을 담아 먹는 채소 가게 어린아이가 매일 만나는 신선한 진리다. 또는 휠체어를 조종하여 경사 급한 언덕을 단숨에 올라간 청년이 물거품 호수가 만드는 바람과 함께 터득하는 진리다. 또는 제 버릇을 절대로 고치려 하지 않는 사연 많은 남자가 금지된 물건을 내다 팔 때마다 손에 쥐는 진리다. 그리고 술 때문에 회사에서 쫓겨난 회사원이 술집 앞을 지날 때면 반드시 떠올리는 진리다. 그런가 하면 각고의 노력으로 성공한 남자가 기부를 강요당할 때마다 새삼 깨닫는 진리이며 늙은 자가 길가에 핀 들국화와 갖은 이파리에서 떨어지는 이슬에서 얻는 진리이며 겨우겨우 복권이 인정된 파산자의 가족이 가을 하늘 가득한 고추잠자리에게서 보는 진리다.

그러니까 나는 오류 강 둔치에 나뒹구는 돌만큼이나 그 수가 많은 셈이다. 어디서든 누구나 발견할 수 있는 나는 이 세상 구석구석까지 신경을 쓰면서 감명과 성찰, 깨달음과 각오의 소지를 끊임없이 만들어내고 있다. 그러나 매사의 표면만 핥고서 만족하는 사람들은 나와 한 차례 노닐고는 금방 거부감을 느끼고, 뒤탈을 걱정하며 나를 휙 내던지고는 뉘우치지 않아도 좋을 길을 콧노래를 흥얼거리며 다시 걷기 시작한다. 그러나 그 또한 진리다.

11월 1일 목요일

나는 청구다.

키 큰 조직원 청년이 전혀 사악한 기가 없는 미소를 띠면서 창부에게 불쑥 요구하는 도리에 어긋나는 청구다. 그는 우선 "요즘 거지 땡중하고 사귀고 있다면서?" 라고 물었다. 그러고서 또 이렇게 말했다. "누구하고 자든 상관은 없지만 돈은 받아야지." "우리 쪽도 장사니까 말이야." 그리고 그는, 상납금이 올라서 아귀를 맞추느라 고생이 말이 아니라며 투덜거렸다.

창부는 갸름한 얼굴을 물거품 호수 쪽으로 향하고 툇마루에 누워 적당히 대꾸만 하고 있었다. '삼광조'의 여주인은 한가하게 방을 장식할 꽃을 꽂고 남은 꽃은 불단에 바치고, 잠시 쉬면서 호수 위로 미끄러지는 배 그림자를 새삼스럽게 넋을 잃은 듯 바라보고 있었다. 언젠가는 피로써 조직원이 되는 의식을 치러야 할 신참 소년은 폭이 너무 넓어 마호로 마을의 길에는 적합하지 않은 차를 번쩍번쩍 닦으면서 작은 눈을 한층 가늘게 뜨고 무법의 나날을 즐기는 휘파람을 불고 있다. 그 휘파람 소리 뒤를, 간신히 사경을 벗어난 큰유리새 주인의 휘파람 소리가 따라와 국화가 함께 뜰 한 귀퉁이를 메웠다.

휘파람 소리는 창부에게 용기를 주었고 반항의 힘을 부여하였다. 그녀는 돈을 내놓으라 채근하는 나를 수행승을 대신하여 매정하게 거절하였다. 청년의 발에 걷어채어 툇마루 아래로 굴러떨어진 창부는 짓밟힌 개구리보다 처참한 꼴로 납작 엎드렸다. 그러자 명랑한 휘파람 소리가 끊기고, 꽃줄기를 적당한 길이로 자르던 가위 소리도 뚝 끊겼다. 연달아 뺨을 때리는 소리가 그 소리를 대신하였다.

11월 2일 금요일

나는 강연이다.

마호로 마을이 거금을 들여 초대한 정부의 어용 문화인, 그런 남자가 천 명 남짓한 청중을 바라보며 하는 강연이다. 저녁식사도 대충 하고 집을 나선 사람들은, 자신이 대체 무엇을 기대하고 있는지도 생각지 않고 그저 연사가 저명한 사람이며 그가 때로 텔레비전에 등장하는 정부의 고위 인사들과 대등하게 얘기한다는 이유만으로 강연장에 모여들었다. 그들은 나의 내용이 아니라 나를 직접 접할 수 있다는 것에 크게 만족하고 있었다.

그리고 그런 그들의 심중을 잘 알고 있는 연사는 말투만은 열정적으로, 이런 시골구석에서 죽어가는 사람들이 기뻐할 만한 말을 줄줄이 늘어놓기는 하였지만, 엄격한 선택을 채근하는 말은 일절 하지 않았다. "그대들은 그저 살다가 그저 죽을 뿐이다"라는 따위의 말도 한마디 하지 않고, 고작 이 지방 고유의 산업을 장려하고, 그 다음은 패권주의에 직결되는 자유주의와 제왕신권설에 한없이 가까운 아나크로니즘을 떠들어대어 청중을 압도하고, 늘 그렇듯 합해서 다섯 번의 눈물을 흘리고, 다섯 번 다 청중의 눈꼬리를 적셨다.

이 마을 사람들 역시 다른 동네 사람들과 마찬가지로 감동의 눈물을 머금었고, 만족하였고, 무슨 대단한 것이라도 얻은 양 착각하였다. 그들은 눈물 저편에 아무것도 없다는 것을 끝까지 알아차리지 못하고도 아낌없는 박수를 보내면서 다시 무사안일한 일상으로 돌아갔다. 연사는 가발 쓴 읍사무소 직원이 건넨 돈을 안주머니에 쑤셔넣고 일찌감치 다음 행선지를 향했다.

11월 3일 토요일

나는 동창회다.

전원이 모이리라고는 기대하지 않았는데 한 명도 빠짐없이 모여 전에 없는 활기를 보여준 마호로 마을 중학교의 동창회다. 오랜만에 출석한 요이치 누나의 미래를 향하여 한껏 튀어나온 배는 그녀의 예상을 넘어 사람들의 눈길을 끌었다. 그녀는 등을 젖히고 가슴을 좍 펴고, 뒤늦게나마 잡은 행복을 옛 친구들에게 과시하였다. 그러고는 "하나도 안 변했다, 얘" "정말 몰라볼 뻔했어"라고 판에 박은 인사를 나누면서 자기가 얼마나 행복한지를 줄줄이 늘어놓았다. 언덕이 팔리고 나서 평지에서 시작될 친정의 언덕 아래에서의 새로운 생활과 예술에 버금가는 일을 하고 있는 남편의 깊은 사랑과 지금까지 여러 번 청혼을 받았지만 번번이 거절했다는 새빨간 거짓말을 몇 번이나 되풀이한다.

늘 존재의 의의가 의심스러울 만큼 소심하고 책만 읽던 그녀의 모습밖에 모르는 친구들은 모두 기이하게 여겼다. 또 제자들에게는 바르게 살라고 떠들어대면서 정작 자신은 뒷거래를 해 파격적인 승진을 이룬 은사는 하마터면 그녀를 몰라볼 뻔하였다. 그런데도 그녀의 자랑을 괜스레 불쾌하게 생각하거나 질투하는 친구, 동생은 잘 있냐고 물어 찬물을 끼얹는 친구는 없었다. 그녀가 거머쥔 행복이 여느 사람들과 별다르지 않았기 때문일 것이다. 그녀의 그런 변화는 오히려 해마다 새로운 화젯거리에 궁했던 나에게 신선한 자극이 되었고 흥을 돋우어 주었다. 뱃속의 아이를 염려하여 술을 한 방울도 마시지 않은 그녀는 이차 삼차에 동행하면서 음도 맞지 않는 노래를 열 곡이나 불렀다.

11월 4일 일요일

나는 코스모스다.

끊임없이 꽃을 피울 거라는 착각을 유도하면서 가을바람에 흔들리는 코스모스나. 물거품 호숫가를 알록달록 장식하고 있는 나를 일부러 걸음을 멈추고 바라보는 자는 없지만 그러나 나를 무시할 수 있는 자도 없다. 언덕 위의 외딴집 이층에서 속세를 관망하고 있는 소년 역시 지금은 나 없이는 감격하는 일도 없을 것이다.

올해에는 노란 꽃을 피우는 신품종이 우리의 친구가 되었다. 그 뜻을 표시하기 위해 간판까지 세웠는데도 아무도 알아보지 못했다. 작년까지만 해도 절대로 이런 일은 없었다. 물거품 호수의 물이 맑았던 시절의 마호로 마을 사람들 같으면, 적어도 꽃을 좋아하는 노인네들 정도는 한창 흐드러지게 핀 내 앞을 그냥 스쳐 지나가지 않았다. 어쩌면 배경을 이루는 탁한 물이 우리의 색까지 삼켜버렸는지도 모르겠다.

그러나 나 역시 그들을 볼 마음이 없다. 지금은 전혀 딴 세상 사람들 같은 마호로 마을 사람들, 제 분수를 모르고 부끄러움을 모르는 그들의 언행, 저열한 취미, 성급한 소문과 귀가 솔깃해지는 소문, 춥고 썰렁한 방에 홀로 남겨진 생기다 만 아이, 근거가 희박한 논리, 요령을 알 수 없는 대답, 험악한 분위기…… 나는 더이상 아무것도 보고 싶지 않다.

그리하여 오늘, 추적추적 내리는 가을비 속으로 눈먼 소녀가 하얀 개를 데리고 나타나 조용히 내 옆을 지나갔다. 개는 어린 주인이 되도록이면 내 곁을 스칠 수 있는 코스를 골랐다.

11월 5일 월요일

나는 단풍이다.

순수하고 선명한 빨간색으로 물들어 보는 자의 마음을 빼앗는, 이승 산 골짜기를 가득 메운 단풍이다. 일흔 남짓한 남자 두 명이 어깨를 나란히 하고 계곡을 따라 꼬불꼬불한 산길을 느린 걸음으로 여유 있게 걷고 있다. 그들은 거의 말을 하지 않는다. 아주 조용한 사람들이다. 어째서인지 감탄사는커녕 나를 제대로 보려고도 하지 않는다.

나 역시 머리가 이미 희끗희끗한 그들을 똑바로 볼 수가 없다. 기껏해야 지나가고 나서 뒷모습을 슬쩍 훔쳐볼 뿐이다. 목이 굵직한 한 남자는 점퍼의 오른쪽 소매에 넣을 팔이 없고, 코가 납작한 한 남자는 바짓자락에 넣을 다리가 한쪽밖에 없다. 그리고 그들의 어깨는 책무를 다한 자처럼 축 늘어져 있다. 잠시 후 나는 심안을 열고 그들을 본다. 두 사람은 나의 색에 물들고 싶어 이곳을 찾은 것이 아니다. 그로부터 사십몇 년이 지난 지금도 가슴속에 튀는 핏방울을 내가 빨아내주기를 원하여 온 것이다.

두 사람은 해외파병이 합헌인지 위헌인지에 대해서 의견을 나누는 것도 아니고, 국방의 충실을 기하는 정부를 함부로 비난하는 것도 아니고, 핵의 억지력에 대해서 얘기하고 싶어하는 것도 아니고, 또 칙명을 받들어 모시는 시대가 다시 오기를 기대하는 것도 아니다. 그들은 그저 그 체험을 평생토록 잊으려 했을 뿐이다. 그러나 빨간색인 나로서는 그들에게 아무런 도움도 줄 수 없다. 산길을 내려오는 소년 요이치의 파란색 휘파람으로도 어찌할 수 없다.

11월 6일 화요일

나는 도마뱀이다.

초·중학생을 상대로 앙케트를 해, 그 결과 올가을 마호로 마을 동물원이 사들이게 된 대형 도마뱀이다. 나의 정식 이름은 '나일 큰도마뱀' 이고, 몸통이 긴 게 자랑거리다. 꼬리는 그보다 더욱 길고, 인간들의 눈에는 전체적으로 누렇게 보일 것이다. 우르르 몰려든 아이들 앞에서 기운찬 모습을 보여주어야 할 것이다. 또 피도 눈물도 없는 냉혹한 생물이라는 것을 증명하고 생명의 본질이 무엇인지도 알려주어야 할 것이다.

새로운 우리로 옮겨진 오늘, 오랜 여행을 막 끝낸 참이니 무리하지 말라는 사육사 아가씨의 말을 흘려듣고 사명감에 불타오른 나는 힘에 넘쳐 하늘을 날듯 살아 있는 닭을 덮쳤다. 그리고 통째로 삼켜버렸다. 그러고 나서 연못에 들어가 마음대로 헤엄치고, 바닥까지 잠수를 하기도 하였다. 나는 이곳이 아주 마음에 들었다. 전에 있었던 도시의 동물원보다 훨씬 편했고, 구경꾼들의 눈빛도 도시 인간들에 비하면 몇 배나 빛났다. 게다가 코모도 섬에 산다는 초대형 나의 동족과 비교하면서 아는 척하는 인간도 없었고 고춧가루가 들어 있는 모이를 던지는 정신 이상자도 없었다.

물론 읍민들 모두가 쌍수를 들어 환영해준 것은 아니다. 하지만 나를 위해서 폭죽을 터뜨려주었고 전직 트로트 가수가 축하의 노래도 불러주었다. 꽃다발 증정도 있었다. 나는 그 꽃을 우적우적 먹어치웠다. 그러나 몸을 너무 내민 나머지 내 눈앞으로 떨어진 새를 닮은 소년은 먹지 않고 그냥 살려주었다.

11월 7일 수요일

나는 감사다.

정성스런 간호 덕분에 한 목숨을 구하고 기운을 되찾은 큰유리새가 소년 요이치에게 표하는 감사다. 나는 온갖 기교를 다한 감미로운 지저귐으로 뜻을 다한다. 그러나 안타깝게도 요이치는 지금에야 간병의 피로가 도졌는지 잡동사니에 에워싸여 잠들어 있다. 잠든 얼굴이 암울한 것은 아마도 불미스런 꿈 탓이리라. 언덕 주변에는 눈부시지만 어딘가 모르게 쓸쓸한 11월의 빛이 쏟아지고 있다.

큰유리새는 그저 시간에 끌려다니며 살 수 있는 데까지 사는 도리밖에 없는 이 소년과 함께 변함없는 태도로 불우한 일생을 살리라 스스로에게 맹세한다. 그러고 나서 잠들어 있는 주인을 향하여 애타는 정을 고백한다. 자기는 그저 평범한 새에 불과할 뿐 우짖음 이상의 무언가를 가져다주는 행운의 새다, 고난에 찬 세상에서 몸부림치며 살 수밖에 없는 하잘것 없는 새라고 말하고, 그러니 아무 기대도 하지 말라고 말한다. 절대로 과소평가가 아니다.

요이치는 파란 모자를 쓴 채 이 별의 자력의 방향에 몸을 맞추고 떨리는 손발로 천장의 네 귀퉁이를 가리키면서 잠자고 있다. 나는 목숨에 가볍고 무거운 것은 없다고 거짓말을 하고, "너를 대신하여 살아줄 수도 없거니와 너를 대신하여 죽어줄 수도 없다"고 말한다. 큰유리새의 지저귐과 처마에 매달린 철제 풍경과 흘러가는 가을이 요이치의 암울한 표정을 과연 조금이라도 위로하고 있을까.

11월 8일 목요일

나는 혼란이다.

오랜 세월, 이래저래 이십 년이나 육아에 전념해온 여자, 그런 그녀의 다밍한 생활에 불현듯 나타난 혼란이다. 사흘 전 오후, 그녀는 시장을 보고 돌아오는 길에 들개의 출산을 목격하였다. 잇달아 이 세상으로 나오는 미끈미끈하고 꿈틀거리는 물체는 무슨 까닭인지 그녀의 마음을 암울하게 만들었다. 이튿날 밤에는 자기 아이의 얼굴이 보기 싫어졌고, 오늘 아침에는 시큰둥한 표정으로 남편을 회사에 보냈다.

그러고서 그녀는 평소에 하던 대로 아이의 시중을 들고 주부로서 해야 할 일을 다 하고는 몰래 비디오를 빌려왔다. 그녀는 거친 말을 몰아 가슴 후련하게 달리는 무법자에게 넋을 잃고, 세계일주의 장도에 오른 대항해시대의 모험가에게 혼을 빼앗기고, 수많은 신산을 겪은 끝에 극한의 대지에서 아무도 모르게 죽어가는 여자의 모습에 눈물을 흘렸다. 저녁이 되도록 세 편의 영화를 본 그녀는 내게 이렇게 물었다. "그에 비하면 너의 나날은 대체 뭐냐?" "그래도 살 작정이냐?" 그녀는 갈팡질팡하며 태어난다는 것과 산다는 것이 허망해서 못 살겠다고 말하고, 왜 이런 생활을 하지 않으면 안 되는가, 라고 자문하고, 저쪽에서 정처 없이 헤매는, 원숭이의 후예인 소년이 다가오자 창문을 탁 닫았다.

그러나 한결같은 성실로 살아온 그녀는 남편이 돌아오기 전에 비디오테이프를 돌려주고, 나를 억누른 채 아이들 한 명 한 명을 꼭 껴안아주고는 저녁 준비를 시작하였다.

11월 9일 금요일

나는 음담이다.

산을 오르는 도중에 서로 등을 마주대고 잠시 쉬는 농부들, 그들 사이에 무성하게 오가는 음담이다. 농한기를 이용하여 이승 산의 정상에 있는 사당을 청소하러 나선 그들은 내가 펼쳐내는 농담에 키들키들 웃는다. 나는 작물을 수확하느라 몸이 바스러져라 일한 그들의 지친 몸을 치유하고, 국가의 지나친 비호와 그 뒤에 이어지는 냉담한 처사 때문에 완전히 주눅이 든 그들의 마음을, 타인의 불행을 기뻐하는 뒤틀린 마음을 잠시나마 풀어준다.

휴양지 개발 계획 덕분에 산림과 논밭을 팔아 목돈을 거머쥔 자도, 이제 거머쥘 자도, 내다 팔 땅뙈기 하나 없는 자도, 빚이 변제될 꿈만 꾸는 자도, 모두들 나의 너무도 저급하나 핵심을 찌르는 웃음 속에서 한순간의 구원을 발견한다. 그리고 나의 웃음은 오래도록 꼬리를 끌어, 특히 여자를 처음 알게 된 중과 사랑이란 것을 처음 알게 된 창부가 벌이는, 장소를 가리지 않는 격렬한 교접의 목격담은 그들을 단숨에 산꼭대기까지 밀어올릴 만큼의 힘을 은닉하고 있었다.

누군가가 "아, 그 중은 나도 알고 있지"라고 말하고, 다른 누군가는 "할 수 있을 때 마음껏 하는 게 좋지"라고 말하고, "아, 그 아가씨는 한 번 품었던 적이 있지"라고 또다른 누군가가 말한다. 내가 만들어내는 웃음은 그들 자신의 몸으로 스며들어, 도마뱀 꼬리 못지않은 강렬한 생명력을 부여한다. 그러나 산을 내려오고 있는 온통 파란 소년에게는 전혀 통용되지 않는다.

11월 10일 토요일

나는 출혈이다.

요이치 누나의 갑작스런 사산에 동반된, 시간의 흐름까지 멈추게 할 정도로 가차 없고 무지막지한 출혈이다. 나는 그녀를 쭈그리고 앉은 채로 절규하게 한다. 나는 예사롭지 않은 아내의 비명 소리를 듣고 달려온 남편을 그 자리에 우뚝 서게 한다. 한 조각 꿈으로 변해버린 태아는 파멸의 색으로 물들어 고리 모양의 동물을 연상케 하는 모습으로 미끈미끈한 변기 속에 나뒹굴고 있다.

강직하고 과단성 있는 성격의 소유자도, 기골이 장대한 남자도 아닌 남편은 나에 경악하고 아내 이상으로 동요했다. 무엇을 어찌해야 좋을지 몰라 전신은 돌덩이처럼 굳고 밋밋한 얼굴은 푸들푸들 경련을 일으키고 있다. 당사자인 아내 쪽도 위급한 일을 당하면 튀어나온다는 여자의 저력을 미처 발휘하지 못하고 공포로 벌어진 입을 닫지 못한다. 두 사람의 얼굴이 점차 새파랗게 질려간다.

나는 쏟아부은 페인트가 아니다. 나는 썩은 달리아꽃도 아니고 물고기의 내장도 아니다. 나는 절대적인 색의, 앞으로 몇 년이나 마음의 무거운 짐이 될 행복의 종식을 고하는 액체다. 상상을 뒤엎는 결말을 아직 믿지 못하는 두 사람을 향하여 나는 여봐란듯이 또는 안하무인격으로 행동한다. 한참이나 지나서 남편은 전화를 걸기 위해 달려가고 아내는 자기 몸에서 분리된 조그만 주검 덩어리를 맨손으로 움켜쥔다. 계절에 어울리지 않는 풍경 소리가 죽음과 나 사이에 끼어들었다.

11월 11일 일요일

나는 초롱이다.

호젓한 골목 한 귀퉁이와 늘 빛나는 달의 반면과 눈먼 소녀의 발치를 비추는 장난감 초롱이다. 나는 조그맣지만 위대한 촛불을 저세상의 색으로 물들여 이 세상의 어둠을 밀어내고, 사악함이 없는 작은 공간을 만들고, 소녀의 앞날까지 비추려 안간힘을 다하고 있다. 그러나 소녀 자신은 내가 발하는 미미한 열기 속에서 추구하는 모든 것을 감지하고 있으며, 그 외의 무언가를 구할 마음은 없다.

없는 것은 구하지 않는다, 그런 주인과 어떻게 산책해야 하는지를 잘 아는 하얀 개가 느긋한 걸음으로 내 앞을 간다. 소녀의 등뒤에서는 병약한 체질로 태어났으나 성품이 착한 아버지가 천천히 걷고 있다. 나를 알아본 동네 아저씨는, 오래 전 어느 여름날 바람도 쐴 겸 즐겼던 산책을 떠올리고, 이어 인륜의 가르침을 떠올린다. 그리고 어떤 자는 철리(哲理)를 실천하고 있는 현장을 목격하고 있는 듯한 생각에 사로잡히고, 어떤 자는 봐서는 안 될 것을 보고 말았다는 느낌에 순간적으로 고개를 돌리고, 또 어떤 자는 내 안에서 한 줄기 광명을 찾은 듯한 착각을 만끽한다.

지금 나는 내 옆을 지나는 자동차 한 대를 비추고 있다. 그 자동차에는 화장기 없는 얼굴의 창부와 술 취한 손님이 타고 있다. 손님은 가발이 거의 벗겨져 있는 것도 모를 정도로 취해 있다. 나는 핸들을 잡고 있는 신참 소년, 언젠가는 살인 수업도 받게 될 소년의 옆얼굴을 비춘다. 인상만큼은 벌써 어엿한 조직 폭력배다.

11월 12일 월요일

나는 대나무 잠자리다.

보트 대여점 아저씨가 한가한 틈을 이용하여, 소년 요이치를 위해서라지만 실은 자기 자신을 위해 만든 대나무 잠자리다. 나는 가마가 없는 소년 요이치의 머리 위로 비상하여 소나무 숲 여기저기로 흩어지는 모닥불의 연기와 마호로 마을이 뿜어내고 있는 나태를 휘젓는다. 그리고 하나를 보면 열을 알 수 있을 만큼 어중간한 세상의 풍조와 그저 살아 있는 것만으로도 기력을 죄다 소진한 사람들의 답답한 한숨을 넓은 하늘로 날려보낸다.

나는 또한 모진 바람 때문에 쓰러진 벼와, 밤이면 밤마다 호숫가에 출몰하여 음식찌꺼기를 헤집고 다니는 곰과, 그 새끼와 길모퉁이마다 눌어붙어 있는 시시껄렁한 악감정과, 쉴새없이 뒤바뀌는 마을 사람들의 변덕과, 세상사에 능하여 어느 쪽에도 붙지 않는 애매한 태도를 취하는 사람들의 역겹기 짝이 없는 꼬락서니와, 마호로 마을 내부의 동향을 상징하는 사소하지만 웃을 일이 아닌 사건들을 내려다본다.

보트 대여점 아저씨는 나를 심기일전의 기회로 삼으려 한다. 요이치는 내 안에 새를 동경하는 마음을 싣는다. 나는 한없이 맑고 푸른 하늘로 쑥쑥 올라간다. 그러나 실제로는 간신히 소나무 가지 언저리에 도달했을 뿐 그후에는 회전력을 잃고 퇴락의 힘에 이끌려, 현실과 유리된 의견 한마디 토해내지 못하고, 보트 대여점 아저씨의 산산이 갈라진 동심과 요이치의 본능에 하염없이 가까운 비상 원망과 함께 잔물결이 밀려오는 호숫가에 맥없이 떨어져 탁한 물에 휩쓸린다. 아저씨는 "이제 끝"이라고 말한다. 그러나 요이치는 절대로 포기하지 않는다.

11월 13일 화요일

나는 따스한 기운이다.

초겨울 따스한 기운과는 다소 성질이 다르지만 마호로 사람들을 안심시킨다는 점에서는 다를 바 없는 따스한 기운이다. 나는 일을 하다가 잠시 쉬면서 담배를 피우고 있는 노인의 눈을 길가에 무성하게 핀 꽃으로 향하게 하고, 불같이 일어날 듯하던 자연보호 운동의 기세를 둔화시키고, 지조 없는 읍장에게는 잠시나마 읍의 책임을 맡은 자로서 부끄러워해야 마땅한 행위란 무엇인가를 생각하게 하고, 순간적인 욕망으로 하찮것 없는 것을 훔치는 덩치만 큰 소녀에게 자제할 여유를 부여한다.

나는 열렬한 애국심에 찬물을 끼얹고, 서민들의 속사정을 다 아는 척하는 위정자에게 자학의 미소를 띠게 하고, 치정으로 치닫기 쉬운 자의 머리를 식히고, 학생 시절을 회상하면서 흔들리는 마음을 진정하려는 중년 남자를 한숨 돌리게 하고, 토지 매매 건으로 사기꾼에게 걸려들어 전전긍긍하고 있는 여자를 위로하고, 부모의 일을 도와가면서 면학에 정진하는 수험생에게는 광대무변한 대지가 있음을 가르치고, 시속 백팔십 킬로미터까지 표시할 수 있는 속도계를 쏘아보면서 핸들을 잡고 있는 남자에게는 감속의 쾌감을 느끼게 하고, 가열된 영역 다툼과 치열한 전쟁으로 날을 보내는 조직원들에게는 소강 상태를 얻을 수 있는 길을 가르쳐주고, 불행하게도 첫아이를 사산한 여자에게는 모든 책임이 너무 더웠던 지난 여름에 있다고 말해주고, 과연 보기에는 꼴사납지만 열등한 인간은 아닌 소년 요이치를 그 이상의 비극으로부터 멀리 떨어뜨려놓는다.

이렇게 하여 나는 광범위하게 영향을 끼쳤으나 해가 기울면서 다시금 청량한 가을이 나를 밀어내, 해가 지고 나서는 도로아미타불이 되고 말았다.

11월 14일 수요일

나는 소년 요이치다.

궁상맞은데다 잠시도 가만히 있지 못하고, 밤낮으로 다음 작품 생각만 하는 소설가와 현재 불가분의 관계에 있는 소년 요이치다. 늘 검은 삽살개를 데리고 다니면서 집요하게 나를 뒤쫓고 때로는 슬금슬금 다가오고 때로는 불미스런 질문을 해대는 그를 나는 오늘 처음으로 똑바로 쳐다보았다. 병원에 갔다가 의사의 사무적인 문진을 받고 돌아오는 길이었다.

그는 여느 때처럼 파란 스쿠터에 올라탄 채 새끼 곰 같은 개의 머리를 쓰다듬으면서 열심히 내 쪽을 살피고 있었다. 짙은 선글라스가 그의 마음까지 가리고 있었다. 따라서 타인을 그런 식으로 빤히 쳐다보면서 염치를 아는지 모르는지에 대해서는 뭐라 말할 수 없었다. 그의 눈은 이탈자 특유의 냉철함을 담고 있는 것 같기도 하고 아니면 자기 주관으로 모든 사람을 판단하고 싶어하는 자의 뻔뻔스러움을 담고 있는 것 같기도 하였다. 어쨌거나 그 정도의 인간에 지나지 않았다.

나는 타인인 네가 왈가왈부할 일이 아니란 뜻을 담아 자그마한 몸집의 그 남자를 쳐다보았다. 이 세상이 살 만한 가치가 있는지 없는지를 생각하기 전에 너 자신이 세상을 살 만한 가치가 있는 인간인지 아닌지를 생각해보라는 그런 의미를 담아서. 그러나 그는 요즘 들어 눈에 띄게 머리카락이 줄어든 이마만큼도 내 시선에 개의치 않는 대신, 누나가 입원한 탓에 아침 일찍 달려온 어머니가 첫 손자를 잃은 슬픔에 비틀비틀 다리가 꼬이는 순간을 포착하였다.

11월 15일 목요일

나는 선율이다.

시골 학교 선생으로는 안성맞춤이라고 자처하게 된 청년이 연주하는 시타르의 명상적인 선율이다. 나는 번뜩이는 재능의 편린에 의지하지 않고, 인간성의 탐구를 지향하는 것도 아니며 낡은 사상에서 벗어나기를 희망하지도 않고, 하물며 자기의 몰각을 채근하지도 않는다. 오히려 사람의 도리에 어긋나는 소리를 어둠에 잠긴 마호로 마을에 흘려보내는 나는 법을 지키려는 자의 마음에 사념(邪念)을 떠오르게 하고, 설익은 지식과 선부른 짐작으로 말하게 하고, 드디어 수상해진 세상의 풍조를 게임처럼 즐기게 하고, 사실과 일치하지 않는 일이 너무 많아도 일일이 동요하지 않게 하고, 온건치 못한 말투를 권하고, 유약함의 매력을 배우게 한다.

그리고 나는 중년의 몰지각한 사랑에 잠 못 이루며 몸부림치는 기쁨을 선사하고, 부모의 간곡한 유언을 위반하게 하고, 오래 사귄 친구를 앞지르게 하고, 힘있는 자의 선봉에 서게 하고, 타인의 옥신각신에 재미 삼아 끼어들게 하고, 형제에게 기형 물고기를 먹게 하고, 글에 대한 책임 따위 생각하지 말고 마음껏 써대라고 고함을 지르고, 조용한 언사로 이루어지는 정당한 요구를 매몰찬 폭력으로 물리치게 하고, 변화무쌍한 세상을 한껏 만끽하는 기술을 가르친다.

모양이 일정치 않은 혼을 지닌 소년 요이치가 내 쪽으로 다가온다. 그는 술에 취해 길바닥에 쓰러져 있는 아버지의 등을 알면서도 짓밟고 이어 나마저 짓밟으면서, 큰유리새가 지저귀는 소리가 들리는 방향으로 사라진다.

11월 16일 금요일

나는 타격이다.

결혼하자마자 가정의 전권을 거머쥔 요이치의 누나가 사산으로 인해 받은 너무도 큰 정신적 타격이다. 자궁이 텅 비어 몸은 오히려 임신중일 때보다 좋아졌지만 마음은 그렇질 못했다. 퇴원이 허가되었음에도 그녀는 집으로 돌아가지 않고 분별력을 내동댕이친 채 변덕이 심한 여자처럼 처신하였다.

그녀는, 남자는 꼴도 보기 싫다면서 면회하러 온 아버지를 쫓아내고, 어머니에게는 아이 하나 제대로 낳지 못하는 핏줄이 아니냐고 생트집을 잡고, 남편에게는 재혼한 여자가 애도 못 낳는 여자라니 참 운도 더럽게 없는 남자라고 비아냥거렸다. 어머니는 갑자기 생활환경이 변한 탓이라고 주장했고, 아버지는 "아이는 또 만들면 되지"라고 무심하게 말하면서 나를 거들었다. 남편은 이때야말로 아량을 베풀 때라는 듯 미소를 지었지만 눈썹은 여전히 팔자로 찌푸린 채 역시 내게 힘을 실어주고 말았다.

그녀는 동생이 가져다준 큰유리새의 파란 깃털을 둥글게 말아 창밖으로 내던졌다. 큰유리새의 몸에서 저절로 떨어진 그 깃털은 소슬바람을 타고 높이 날아올라, 나를 데리고 대기중에 원대한 이상을 상징하는 큰 원, 또는 허무의 포물선을 그리고, 구불구불 끝없이 이어지는 산맥을 넘어 생멸유전하는 만물의 하나로 하늘의 한 점으로 빨려들어갔다.

11월 17일 토요일

나는 철사다.

장사 밑천인 여자에게 돈도 지불하지 않고 열을 올리고 있는 중과 여자의 뒤로 묶인 두 손을 조이고 있는 철사다. 무참하게 얻어맞는 중의 얼굴은 볼썽사납게 일그러져 있었다. 그를 그런 지경에 빠뜨린 키 큰 청년은 다시금 상대방의 코끝에다 비수를 들이밀고 여자를 만난 횟수만큼 대금을 지불하겠다는 승낙을 받아냈다. 그리고 그는 약속을 지키지 않을 경우에는 비석을 등에 지워 물거품 호수에 가라앉히겠다는 말을 남기고 다음 일을 내게 맡긴 채 사라졌다.

보트를 보관하는 창고 한구석에 방치된 중은 소리 없이 울었다. 그가 그렇게 우는 것은 아픔이나 굴욕감 때문이 아니었다. 또 자신이 어리석고 겁 많은 남자에 불과하다는 것을 알았기 때문도 아니었다. 아무리 살아도, 무슨 일을 시도하든 어떤 일에 도전하든 결국은 원래의 자기 자신으로 돌아오고 만다는 것을 분명하게 깨달았기 때문이다. 그는 부모님 슬하를 박차고 떠나온 날을 떠올리고, 다시 만날 날을 약속하고 헤어진 친구들을 떠올리고, 그리고 처음으로 길거리에서 방황하던 날을 떠올렸다.

한참 후 그는 다소 기운을 차리고 "좋아"라고 몇 번이나 말하고는 자신이 그저 평범한 인간이 아님을 스스로에게 보여주려 하였다. 그래서 그는 큰유리새의 우짖음 소리를 휘파람으로 흉내내는 소년이 바로 곁을 지나도 도움을 청하지 않고, 보트 대여점 아저씨가 갈지자걸음으로 다가와도 찍소리 하나 내지 않았다. 그러고는 상체를 비틀면서 나에게 정면 도전을 시작했다.

11월 18일 일요일

나는 먼 저편이다.

소년 요이치가 기르고 있는 파란 새밖에 보지 못하는, 너무도 멀어서 죽은 사조차 근섭할 수 없는 먼 저편이다. 내 주변에는 은하는커녕 별 부스러기 하나 떠 있지 않고, 때의 흐름도 없고, 빛도 어둠도 없고, 한없이 펼쳐진 공간도 없고, 따라서 신 따위도 존재하지 않는다. 나는 나를 쳐다보는 자밖에 쳐다보지 않는다. 나는 활 모양의 달 아래서 남모르게 애태우는 큰유리새를 본다. 또는 더럽고 탁해진 호수를 떠나기 위해 날아오르는 철새 떼와, 칼을 휘두르면서 연못가를 서성이는 비단잉어를 등에 진 남자와, 신사로 통하는 연도의 삼나무 가로수와, 그리 청결하다 할 수 없는 마을의 길거리와, 그 변방의 땅을 가득 채우고 있는, 무기질로 이루어진 물질과 유기질로 이루어진 물질들을 빠짐없이 보고 있다.

이어 나는 그 호수의 물을 원류로 하는 유역에 산재하는 수많은 도시와 마을과, 일방적으로 파혼당한 채 강을 따라 내려가는 처녀의 등과, 마치 대열을 이루어 전진하는 함대 같은 모양의 각 지방이 속해 있는 섬나라와, 고인의 유지를 받들어 호헌운동에 열을 올리는 자와, 상투적인 수단과 비정상적인 분투와 과도한 적응으로 그로테스크한 번영을 계속하고 있는 국가를 바라본다. 나는 터무니없는 이치를 강압적으로 관철하기 위해 발동된 국권으로 인한 전쟁과, 육체와 정신을 소홀히 다룰 수밖에 없는 많은 사람들과, 그들의 시대에 시시각각 다가오는 황혼과, 애린의 정에 몸부림치는 그들의 행성을 똑바로 쳐다본다. 나는 요이치의 큰유리새에게 부탁한다. 더이상 내 쪽을 보지 말아달라고.

11월 19일 월요일

나는 살의다.

기적적인 확률을 노리고 교배에 교배를 거듭하기에 충분히 값하는 비단잉어를 잃어 지금은 일자리조차 없는 몸이 된 요이치의 삼촌이 품은 살의다. 그의 영락한 나날을 지탱해주고 있는 것은 바로 나다. 나는 예리하게 갈린 그의 오래된 칼과 함께 그를 이 땅에서 쫓아내려고 하는 무리의 등장을 이제나저제나 기다리고 있다. 그러나 아직 마호로 마을에 그럴 만한 상대는 나타나지 않았다. 현금으로 꽉 찬 가방을 껴안고 오는 자도, 나와 비등하거나 혹은 나 이상의 위험한 물건을 품에 숨긴 자도 아직은 모습을 보이지 않고 있다.

요즘 들어 갑자기 귀가 밝아진 그의 오수를 방해하고 있는 것은 말참견을 좋아하는 물까치의 소란스런 울음소리다. 모든 구속을 물리치듯 벌떡 일어난 그는 까악까악 울어대는 소리 쪽으로 천천히 걸어간다. 손에는 칼이 들려 있다. 독기를 없애기 위해 물을 뺀 연못 바닥은 완전히 말라 사방팔방으로 금이 쫙쫙 가 있다.

잎이 다 떨어진 벚나무 아래서 물까치 몇 마리가, 겨울잠에 들기 전 은빛으로 빛나는 뱀을 둘러싸고 있다. 나는 우선 남자의 오른팔에 집중되고 서서히 칼로 옮겨간다. 물까치가 나를 방해하지 않으려고 일제히 뒤로 물러서자 거의 동시에 뱀의 목이 날아갔다. 물까치는 와 하고 환성을 지르고 격렬하게 꿈틀거리는 긴 몸통 쪽에 공격을 가한다. 남자의 발에 짓뭉개진 뱀의 머리는 나와 칼자루와 함께 그의 가슴속에 간직된다.

11월 20일 화요일

나는 전선이다.

북쪽에서 만들어진 기단과 남쪽에서 만들어진 기단의 상호 공격을 널리 일리면서 바호로 마을 상공을 가로지르는 전선이다. 물기를 머금은 하늘에 길게 뻗어 있는 띠구름, 그것이 나다. 나는 동쪽으로 미끄러지듯 이동하면서 마호로 마을의 날씨를 둘로 가른다. 내가 통과한 직후인 한쪽은 기우는 햇살을 똑바로 받아 그림처럼 화창하고, 대기는 한없이 투명하고, 모든 빛이 정취 있는 색으로 변하고, 물결무늬를 그리며 이어져 있는 산들 하나하나에 볼 만한 무엇을 선사한다. 그리고 소년 요이치의 휘파람 소리와 큰유리새의 지저귐이 빚어내는 음파는 반쪽 하늘을 덮은 구름 끝까지 닿는다.

사람들은 아등바등하기를 멈추고 금빛 어린 노란색으로 변해가는 빛을 바라본다. 이 세상 것 같지 않은 그 광선은 차고 넘쳐 마호로 마을의 격조를 단숨에 높이고 모든 물상에 존재의 의미를 부여한다. 이 고장 토박이들에게는 이곳에 살기를 정말 잘했다고 절감하게 하고, 어중이떠중이 외지인들에게는 이왕 사는 것 여기서 살자고 다짐하게 한다. 그리고 그 뭐라 형용할 수 없는 빛은 외딴 언덕 꼭대기에 알몸으로 서 있는 요이치와 그의 전신을 덮은 솜털을 황금색으로 물들이고, 마침내 장밋빛으로 바꾸어 바로 코앞까지 밀려온 밤의 군청색과 어울리고, 거기에 단풍색이 더해진다. 나는 바로 여기가 선경이라 외치고, 또는 저세상으로 들어가는 입구라고 그림으로 보여준다. 그리고 나는 살아 있기를 잘했다고 여기는 사람들의 한숨과 요이치의 재채기를 데리고 상승과 하강을 어지럽게 되풀이하면서 당당하게 사람들의 세상을 지나간다.

11월 21일 수요일

나는 골짜기다.

깊어질 대로 깊어진 가을이 옛정을 잊지 못하는 바람을 부드럽게, 때로는 난폭하게 통과시키는 골짜기다. 나는 내내 기다리고 있었다. 예년 같으면 조용히 나를 찾는 자가 몇 명이나 있었는데 올해는 아직 한 명도 나타나지 않아 소년 요이치의 근황조차 듣지 못했다. 자신을 갖고 미래로 돌진할 기회를 얻은 듯한 마호로 마을 사람들은 나를 경원하여 가까이 오려고도 하지 않는다.

그런데 오늘에야 한 사람이 나타났다. 소년 요이치가 아니고 그의 어머니가 일을 쉬어가면서 송이버섯을 따러 온 것이다. 그런데 그녀는 송이버섯의 훈향에 이끌려 그만 길을 헤매고 내가 만드는 바람을 온몸으로 쐬고 말았다. 그러자 그토록 고급스런 버섯이 단박에 그녀에게서 멀어졌다. 온몸의 털구멍이란 털구멍이 한꺼번에 닫힐 정도로 차가운 바람 속에서 그녀는 정면에 우뚝 서 있는 푸른 산에 넋을 잃고, 그러다 보니 자신이 아내이며 어머니이고, 여자라는 것마저 잊고 말았다. 그녀는 이끼가 군생하고 있는 움푹 팬 땅에 누웠다.

그러다 속절없이 잠이 든 그녀는 저 먼 과거로 되돌아갔다. 흩날리는 낙엽 속에서 월동 채비에 분주한 어머니 모습이 바로 곁에 아주 또렷이 보이고, 바람에 꺾인 나뭇가지를 주워모아 버섯을 넣은 죽을 제 손으로 끓였던 먼 날이 생생하게 되살아났다. 그리고 출생을 숨겨야 하는 운명의 어린 남동생과 함께 배를 타고 강어귀까지 내려갔던 아득한 날의 가을이 애틋하게 떠올랐다.

바람이 멎자 그녀는 지금 자신의 처지로 돌아와 발길을 휙 돌리고는 도망치듯 나를 떠났다. 애써 딴 버섯을 고스란히 놔두고.

11월 22일 목요일

나는 땅울림이다.

소년 요이치의 청회색 대뇌를 점하고 있는 주름과 그의 큰유리새의 깃털 속에 숨이 있는 귀벽에 감지할 수 없는 미미한 땅울림이다. 거의 매일 땅과 접하고 있는 토목 관계자들도 그들 자신이 조종하는 중기의 굉음 때문에 나를 알아차리지 못한다. 배기음이 어마어마한 엔진과 캐터필러가 흩뿌리는 진동에 비하면 나 따위는 명함도 내밀 수 없다. 그렇다고 나의 저력을 얕잡아본다면 위험천만한 일이다.

내가 숨기고 있는 파괴력은 적어도 핵폭탄 한 개분에 해당하며 암석이 드러난 험준한 산을 불과 몇 초 만에 무너뜨릴 만큼 굉장하다. 인간들이 자신들의 욕망을 동력으로 산을 깎아내는 만큼 내 힘 또한 배가하고 있다. 나는 자신의 우짖음 소리로 기분을 북돋우는 새장 속의 새에게 이렇게 전한다. 이미 붕괴의 기초는 다 닦여 있노라고. 그리고 그 어떤 것에도 구애받지 않는 요이치에게는 언덕 아래서 살아서는 안 된다고 경고한다. 그러니까 언덕을 떠나는 날에는 새가 될 수도 있는 좋은 기회를 영영 놓치게 될 것이라고 말한다.

그런데도 파란 새는 그래봐야 부질없는 짓이라는 표정으로 가볍게 흘려듣고, 또 요이치는 요이치대로 세상의 모든 것을 기꺼이 받아들이는 버릇을 따르고 있다. 요이치는 내가 벼랑 아래로 떨어뜨릴 수 없었던 흔들바위에 달라붙어 바위에 귀를 바짝 갖다대고 내가 미리 통지하는 재해의 신호를 황홀하게 듣고 있다. 그런 그에게 내 말 따위는 새의 우짖음 소리와 다르지 않다.

11월 23일 금요일

나는 인격이다.

싫든 좋든 이 마호로 마을에서 형성된 요이치 아버지의, 이제 와서 새삼스레 어떻게 해볼 수도 없는 인격이다. 나는 다른 사람들과 유사한 점도 많이 갖고 있으며 이 고장의 지형과도 비슷한 특징을 갖고 있다. 어디로 통하는지 알 수 없는 구불구불한 산길에도 비유할 수 있으며 날씨에 따라 모양이 결정되는 얼음꽃에 비유할 수도 있다. 이곳 남자들은 대개 잔재주를 피우는 것보다 나은 일은 하지 못하고, 책임져야 할 중요한 임무로부터 도망치기에 능하다. 주권이 진정 주민에게 있는지 한 번도 진지하게 생각해본 적이 없는 그들은 위압적인 태도에 약하며 배후에서 지휘하는 인물을 두려워한다. 외지인을 평하기에 열심인 그들이지만 그 안목은 늘 온전치 못하여 타고난 자질이 풍부하며 재기가 번뜩이는 자의 진가를 제대로 알아챈 적이 없다.

나는 직책을 가벼이 여기면서도 실패나 불행을 초래할 지위를 탐하고, 결국은 일을 차례차례 행하기가 고작이고, 초목이 서리를 맞아 시든 벌판에 섰을 때는 추위와 함께 고독을 느껴 서둘러 집으로 돌아가고, 넌지시 주워들은 소문을 안주 삼기에 능하고, 무릎 꿇고 빌기 또한 능숙하며, 공사를 혼동하는 것은 주특기이다. 나는 정해진 시간에 일을 마무리짓기에 서툴고 가장 중요한 고비를 깨닫는 것에도 더디며, 동료의 이례적인 출세와 선악을 실천하는 것과 양식에 어긋나는 절차와 뜻대로 다루어지지 않는 부랑자와 뇌물 협의와 아버지로서의 자격을 묻는 인도주의자를 싫어한다. 그리고 나는 물거품 호수의 변모와 더불어 조금씩 변화하고 있다.

11월 24일 토요일

나는 푸른 하늘이다.

하늘 한쪽을 가르고 있는 단풍 든 산과 더불어 "서로 돕고 살아야 한다"는 말을 좋아하는 마호로 마을 사람들을 들뜨게 하는 푸른 하늘이다. 백일하에 크고 작은, 그러나 어차피 말라비틀어진 혼을 드러내고 있는 그들은 각기 세상의 법칙에 따라 오늘도 두루 섞여 살고 있다. 사소한 일에 집착하며 전체적인 상황을 보려 하지 않는 자, 술과 여자로 몸을 망친 자, 이것으로 빚은 다 갚았다고 큰소리를 치는 자, 엉뚱한 누명을 썼다고 허풍을 떨면서 사실과 부합하지 않는 자백을 하는 희대의 악당, 직권을 넘어서는 일까지 하고 싶어 억지를 부리는 읍장, 이제는 제도하기가 어려워졌으나 실은 올바른 길을 나아가고 있다 할 수 있는 수행승. 나는 그들을 고루 인정하고 고루 받아들이며 고루 뿌리치고 있다.

이제 와서 염치도 없이 친정으로 돌아갈 수는 없는 자, 벌써 오래 전부터 공금 횡령을 기도하고 있는 자, 종잡을 수 없이 주장이 엇갈려 이십 년 동안이나 쌓아온 친분을 끊은 자, 골프에 미쳐 줄곧 집을 비우는 자, 그럴 만한 그릇도 못 되면서 사람들의 우두머리가 되어 회유책만 쓰고 있는 자, 힘이 강한 쪽에만 가세하는 자, 어째서 자신이 국수주의에 심취하는지 그 진정한 이유를 깨달은 자, 자연도태라는 체로 거를 것도 없을 만큼 지난한 병을 짊어지고 있는 소년. 나는 그들을 고루 경멸하고 고루 멀리하며 고루 상찬한다. 용케도 살아 있다고.

11월 25일 일요일

나는 가랑비다.

완전히 회복된 요이치 누나의 발목을 잡고서 자살한 친구의 뒤를 쫓지 않겠느냐고 유혹하는 가랑비다. 우산을 가져오지 않은 그녀는 집으로 돌아갈 준비를 하고서도 한참이나 도서관 현관 앞에서 나를 바라보고 있다. 남편에게 데리러 오라는 전화를 걸까 말까 망설이고 있는 것이다. 자작나무 숲속에 묶여 있는, 관광객을 위한 마차를 끄는 백마가 울타리 안에서 비에 젖은 채 조용히 풀을 뜯고 있다.

그러고서 그녀의 눈은 비칠비칠 언덕 위의 집으로 올라가는, 여전히 비참하기 이를 데 없는 동생의 모습을 포착한다. 그녀는 서둘러 물거품 호수로 눈길을 돌린다. 그 물의 탁함은 내 탓이 아니다. 그러나 공사 관계자들은 도리어 나를 원망하고 자기들이 깎아낸 산의 토사가 더이상 무너져내리지 않도록 파란 비닐 시트를 대량 사용하여 절개지를 덮고 있다.

느닷없이 요이치의 누나가 나를 향하여 분풀이할 곳 없는 분노를 터뜨린다. 그러나 나는 그것을 묵묵히 받아주고 순식간에 씻어준다. 마침내 그녀는 언덕 위의 속박에서 벗어나려 했던 일을, 그리고 실제로 벗어났던 일을 후회한다. 후회하는 자신을 깨닫는다. 그녀는 주저한다. 동생의 뒤를 따라 친정으로 돌아갈 것인가, 아니면 남편 곁으로 돌아갈 것인가. 그녀는 결정을 내리지 못하여 무겁고 눅눅한 마음을 언제까지고 내게 맡기고 있다. 그녀는 나에 맞추어 노래를 부른다. 노래하는 도중에 그녀는 좋은 배우자를 만났다는 것을 깨닫는다. 그녀는 남편이 운전하는 자동차를 타고 집으로 돌아간다.

11월 26일 월요일

나는 고함 소리다.

국가의 압력 때문에 해마다 농경지가 줄어들어 분노에 치를 떨고 있는 농부가 항상 난용(亂用)의 위기에 빠져 허덕이는 관권을 향해 내지르는 고함 소리다. 입이 열리자마자 격노에 찬 비판의 말을 내던진 나에게 애당초 자기 일을 달가워하지 않았던 공무원들은 모두 주눅이 들어 어깨를 움츠린다. 그런데도 나는 과감하게 물고 늘어진다. 더할 나위없이 비옥한 토지에서 메밀 따위를 키워 어쩔 작정이냐고 말하고, 본디 농부인 자에게 골프공이나 줍는 일을 시킬 작정이냐고 말하고, 그것이 농정이냐고 말하고, 흉년이 들었던 해에 어떤 일이 생겼는지 벌써 잊었느냐고 추궁한다.

그러나 항상 현 정권의 꽁무니를 쫓는 일밖에 염두에 없으며 둘러대기에 능한 상대는 나의 단순하기 그지없는 공격을 슬쩍, 또는 어물쩍 비켜간다. 끝내 그들은 "이것도 다 당신네들이 뽑은 선생님이 결정한 일이야"라는 말을 내뱉고 월급과 보너스와 퇴직금과 연금으로 빈틈없이 구축된 철밥통의 입장으로 돌아간다.

동료들 사이에서는 다소나마 눈치 있는 다른 농부가 이런 말을 한다. 앞으로 우리 농부들은 세상의 거친 파도에 맞서 스스로를 철저히 단련해야 한다고 말하고, 우는소리는 더이상 하지 말자고 말한다. 내가 침묵한 것은 절반은 그 말 때문이요, 나머지 절반은 매서운 바람에 찢겨나갈 듯한 사지를 그럭저럭 자기 혼자 힘으로 이끌고 나아가 실로 성가신 병에서 헤어나려 애쓰는 소년의 뒷모습 때문이다.

11월 27일 화요일

나는 비난이다.

외딴 언덕의 일부를 이루는 험준한 벼랑 동굴에서 생활하는 젊은이, 그런 그가 마을 사람들에게 받는 까닭 없는 비난이다. 그는 일일이 나에게 반론을 편다. 상대가 미친 여자라는 점을 이용한 것은 절대로 아니라고. 친교를 맺은 것은 틀림없지만 절대로 남녀관계는 아니라고. 그저 둘이서 '무정 속의 유정'을 춤추었을 뿐이라고 주장한다. 참으로 어처구니없는 놈이다.

나는 단박에 되묻는다. 문제는 서서 춤을 추었느냐는 것이다, 라고. 만약 누워서 춤을 추었다면 그것은 이미 춤이 아니다, 라고. 이미 나는 상대의 말 따위는 귀담아들을 여유가 없다. 사실은 이런 쓰레기 같은 놈에게 발언권을 주고 싶은 마음조차 없다. 나는 마호로 마을에서 불거진 많지 않은 존재인 그를 몰아세운다. 이전부터 그러고 싶었다. 즉 미친 여자의 터져나갈 듯 농익은 순결한 몸을 울퉁불퉁한 손으로 어루만지는 꿈을 남몰래 품었던 마을 남자들은 그가 그리 했다는 헛소문을 그대로 믿은 것이다.

성급한 자들은 경찰에 연락을 하고, 또 정의란 이름하에 타인을 해칠 기회만 엿보고 있던 자들은 춤추는 재주밖에 없는 젊은이에게 몰매를 가한다. 도망치려고 엉덩이를 드는 순간 무수한 발길에 걷어차인 그는 둑을 굴러 공사중인 수로에 떨어져 진흙탕이 된다. 모두가 사라진 둑 위로 소년 요이치가 나타난다. 요이치는 나를 상대로 춤추며 기어오르는 젊은이의 모습에 손뼉을 치며 기뻐 날뛰었다.

11월 28일 수요일

나는 가경(佳境)이다.

갈라진 구름 사이로 비치는 엷은 달빛과 언제 그칠지 모르는 안개비와 마침내 떨어질 때가 되어가는 단풍이 빚어내는 마호로 마을의 가경이다. 너도밤나무 아래에서 노니는 행복한 소는 아직 드문드문 남아 있는 풀을 온화한 눈빛으로 바라보고 있다. 떨어진 낙엽에 덮인 공동묘지 한구석에서는 황국에 이용되어 분사한 우국지사와 거품 같은 인생을 보내다 객사한 자와 무거운 책임을 견디지 못하고 자살한 회사원과, 멀리 프랑스까지 갔으나 일류가 되지 못한 화가가 나란히 잠들어 있다.

못 먹을 것이라도 먹었는지 들개가 여러 크고 작은 흐름이 모이는 곳에서 몸을 뒤틀며 심하게 토악질을 해대고 있다. 이승 산은 헛물을 켜게 하기 위한 철리를 숨긴 채 말없이 구름 위로 우뚝 솟아 있다. 수로를 따라 물거품 호수를 빠져나가는 방추형 물고기가 있다. 갓 태어난 남자아이 옆에 누워 있는 건강한 어머니의 눈길은 창문 너머 유복한 유성군에 사로잡혀 있다. 잔바람에 흔들리는 억새풀은 답답하고 좀스런 이 마을을 받치고 있는 거대한 반석을 애무하고 있다. 땀을 뻘뻘 흘리며 숨을 몰아쉬고 있는 뚱뚱한 노파에게는 머지않아 빛나는 절명의 순간이 찾아올 것이다.

초목이 영락하는 계절의 한가운데서 나는 지금 고루 존재하는 아름다움을, 시정하고 아득하고 종잡을 수 없는 나날을 수묵화처럼 뿌옇게 흐려놓고 이질적인 것과 버무려 애매한 세계로 변조시킨다. 그리고 나는 태교에는 좋다 할 수 없는 들개 같은 소년 요이치를 멋들어진 점경의 하나로 내 안에 조화롭게 받아들인다.

11월 29일 목요일

나는 경의다.

늦가을 해질녘, 소년 요이치가 강가의 네모난 집에서 사는 자기보다 나이 많은 아이에게 보내는 얼룩 하나 없는 경의다. 요이치보다 세 살이 많은 그 아이는 드디어 늑대를 다루는 데 성공하였다. 이 년 남짓한 세월이 걸렸다고 한다. 그것도 미끼를 전혀 사용하지 않고서 말이다. 잔뜩 흥미가 쏠린 요이치를 위해서 그는 집 뒤쪽에 있는 숲을 향하여 "이리 와봐, 어이, 이리 와보라구!" 라고 늑대를 불렀다. 그러자 떼지어 다니기를 즐기는 새와 짐승들의 기척이 뚝 끊기고 나무 위에서 열매를 뜯고 있던 외톨이 원숭이도 모습을 감추었다. 그 아이는 울창한 숲 한군데를 부리부리한 눈으로 쏘아보며 계속 소리를 지르면서 친구를 기다렸다. 그의 등에서 요즘 세월에 보기 드문 누덕누덕 기운 셔츠가 바람에 나부꼈다. 요이치의 눈에는 그것이 새의 깃털처럼 보였다. 모래 병풍을 연상케 하는 풍경 앞에 선 둘은 아버지보다도 한결 수준이 높았다.

늑대는 단박에 모습을 나타내지는 않았다. 가까이 와 있으면서도 마른풀 속에 몸을 숨기고 제삼자인 요이치를 똑바로 쏘아보고 있었다. 복슬복슬하고 아름다운 털에 덮인, 한 점 나무랄 데 없는 그 짐승은 경계할 게 없다고 판단했는지 훌쩍 모습을 나타냈다. 개와 비슷하면서도 다른, 야생 생물을 자기 두 눈으로 이렇게 가까이서 처음 본 요이치는 압도되어 다리가 움츠러들었다. 그 녀석은 인간의 아이가 머리를 한 차례 쓰다듬어주자 눈만을 인상에 남기고 숲으로 부는 바람과 함께 발소리도 내지 않고 사라졌다. 그러나 그 아이는 요이치와 큰유리새의 관계를 규탄하지는 않았다.

11월 30일 금요일

나는 체육관이다.

오늘부터 마호로 마을에 사는 사람이면 누구나 무료로 이용할 수 있게 된, 기업의 자금을 등쳐 이 고장에 어울리지 않을 만큼 훌륭하게 완성된 체육관이다. 그런데 첫날부터 나를 찾는 이가 아무도 없었다. 오늘을 위해 최신식 근력 트레이닝 기재를 들여오고, 이웃 도시에서 코치를 발탁해오고, 마을 홍보지에 사진까지 곁들인 기사를 실어 대대적으로 선전했는데도 이 꼴이다. 스포츠와 전혀 인연이 없는 읍장은 "머지않아 몰려오게 될 거야"라고 호언하고, "하기야 지금은 다들 돈 벌기에 정신이 없으니까 말이지"라고 허세를 부리며, 추종자들을 이끌고 돈벌이를 하러 돌아갔다. 혼자 남은 젊은 코치는 "역시 거절하는 거였는데 그랬어"라고 맥없이 중얼거리고, "시골 사람들이 일이 아니면 땀을 흘리고 싶어하겠어"라고 말하고, 거울 앞에 서서 은색 아령과 함께 아무리 근육을 단련해봐야 변하지 않는 미래를 올렸다 내렸다 한다.

오후가 되어 그 어떤 스포츠보다 격렬한 춤을 추는 남자가 나타났다. 코치를 무시하고 느닷없이 춤을 추기 시작한 그의 관심거리는 내가 아니라 벽 한 면을 온통 차지하고 있는 거울이었다. 온몸이 시퍼런 멍투성이인 그는 '자기애'를 춤추면서 거울 속 자기와 홍정하며 교섭을 벌이려 하였다. 이런 놈은 딱 질색이다. 그 뒤에 온, 제멋대로 생긴 체형에 제멋대로 움직이는 소년 역시 마찬가지였다. 그들에게 필요한 것은 병원이었다.

12월 1일 토요일

나는 도피다.

이 세상에서 참혹한 취급을 받은 사람들에게 살며시 구원의 손길을 내밀고 따뜻하게 받아들이는 도피다. 나는 마땅하고도 순조로운 승진을 계속하면서 인사 발령에 따라 마호로 마을로 전근 온 회사원을 가벼운 병으로 풀어놓아준다. 나는 진위 여부를 따지는 일에 더이상 견딜 수 없어진 전직 대학교수를 보트와 함께 물과 빛 외에는 아무것도 없는 물거품 호수 한가운데에 풀어놓아주고, 키가 훌쩍 크고 유들유들한 꼬락서니에 무례하기 짝이 없는 조직 폭력배를 살집이 넉넉하고 배짱도 두둑한 연상의 여인에게 풀어놓아준다.

또 나는 오로지 학업에 정진하면서도 앞날에 닥칠 수많은 변화에 전율을 느껴 밤에도 마음 놓고 잠들지 못하는 수험생을 거짓 친절로 가득한 심야방송으로 유인한다. 또는 이유도 밝혀지지 않은 채 혼담이 깨진 마음씨 고운 아가씨를 달콤한 과실주로 유혹하고, 숙성한 기운을 꽉 잡고 부쩍 두각을 나타내고 있는 예술가를 보다 높은 차원으로 이끌고, 첫아이를 산 채로 출산하지 못한 어머니를 다시금 거짓말로 범벅된 연애소설로 인도한다.

그리고 나는 남아도는 자유 때문에 오히려 불안에 시달리고 언제까지고 자립하지 못하는 많은 사람들을 술과 담배를 끊은 발원과 권위주의로 이끌어준다. “구해줄까?” 하고 나는 소년 요이치에게도 말을 걸어본다. 그러나 요이치는 돌아보지도 않는다.

12월 2일 일요일

나는 간이식당이다.

물거품 호숫가에 급조되어 오백여 명에 달하는 노무자들의 갈가리 찢긴 생활을 떠안고 있는 간이식당이다. 지금 그들의 절반은 진흙으로 범벅된 현장에서 언제 붕괴될지 모르는 산을 깎아내리고 있다. 그리고 나머지 절반은 하루 종일 사용한 면장갑처럼 더러운 이불을 둘둘 말고 거의 만성이 된 피로와 함께 죽음에 가까운 잠을 탐식하고 있다.

속옷만 입고서 주황색 전등빛을 받으며 잠든 그들의 몸집은 전혀 우람하다 할 수 없다. 오히려 가냘프게 보일 정도이며 그 표정은 한결같이 생기가 부족하다. 도저히 훈육을 받은 소년 시절이 없었을 것 같은 그들의 지쳐 잠든 모습은 목 졸려 죽은 주검을 닮았다. 매일 그들의 탄력 잃은 피부를 덮는 구슬땀은 식은 후에 악취를 풍기며 개인적 공권을 조소하고 불간섭주의로 치닫는다.

그들이 가늘게 뜬 눈 어디에서도 이 우주 어딘가에 편재한다는 신의 기운을 느낄 수 없으며, 보이는 것은 그저 돈의 힘으로 복종을 강요하는 자의 그림자뿐이다. 그들의 나뭇잎 모양 폐에서 잇달아 터져나오는 것은 언제 소식을 끊어도 상관없을 자포자기한 나날과 체면조차 잊은 지 오랜 현실의 덩어리다. 온몸의 근육을 총동원하여 고향에 남겨두고 온 가족들의 생활비를 벌어야만 하는 그들에게 큰유리새의 지저귐 소리를 꼭 닮은 휘파람 소리 따위는 아무런 도움도 되지 못한다.

12월 3일 월요일

나는 철탑이다.

소년 요이치가 기분이 내킬 때면 한 번씩 올려다보고, 동네에 사는 새들이 종종 모임 장소로 이용하는 고압선 철탑이다. 같은 종류 중에는 아마도 가장 규모가 클 나는 밀려오는 차가운 바람을 굵은 전선으로 갈가리 찢으면서, 오늘도 보이지 않는 수직선을 따라 대지에 꼿꼿하게 서서 쉴새없이 몸을 떠는 장애아를 향하여 위압적인 말투로 나야말로 신이라고 공언하였다. 그냥 살아만 있어도 문제가 많은 그 소년이 눈을 찡그리고 나를 올려다보는 것은 어느 틈엔가 내 등뒤로 올라온 태양 탓이었다.

나는 다시 한번 우렁찬 목소리로 같은 말을 하였다. 그러나 세뇌할 가치도 없는 대뇌를 가진 소년의 입에서 영탄의 한숨 소리가 새어나오는 일은 없었다. 그저 내 주변에서 열심히 주절댈 뿐이었다. 이래가지고야 본보기가 될 수 없었다. 뚜렷한 증거 하나쯤 보여주어야겠다고 생각한 나는 파란 불꽃을 두세 개 터뜨리고, 벌써 오래도록 이 세상을 정점에서 관측하고 있는 나의 의견을 두세 가지 피력하였다. 예를 들면 이런 말을 해주었다. 불완전한 인간이 지나치게 많은 까닭은 시행착오를 거듭하고 있는 그들에게 책임을 분담시켰기 때문이라고. 그러자 요이치는 나야말로 악마다, 라고 태연한 얼굴로 내뱉고는 내 발치에다 누런 오줌을 갈기고 완벽한 발걸음으로 산을 내려갔다. 무리를 이끄는 하얀 까치가 "모처럼 강림하신 신도 영 형편없군"이라고 말하며 나를 조롱하고, 악에 물든 친구들을 데리고 음식찌꺼기를 뒤지러 어디론가 날아가버렸다.

12월 4일 화요일

나는 돌계단이다.

딸린 식구가 너무 많아 궁핍한 생활을 걱정하는 남자의 미약한 발소리와 애틋한 중얼거림을 반사하는 아마비코 신사의 돌계단이다. 요즘 들어 혼잣말을 중얼거리는 버릇이 더 심해진 그는 오늘도 하루 종일 중얼거렸다. 다음달에는 지출할 일이 많다고 투덜거리고, 허망한 꿈을 꾸는 것도 이제는 그만두어야겠다고 중얼거리고, 오늘밤 일이 성공하면 실컷 마시리라고 말했다. 하지만 나는 알고 있었다. 오늘밤의 그는 신전의 돈을 훔치는 것으로 만족하지 못한다는 것을. 이 정도의 남자이니 아마도 있는 지혜를 다 짜내 생각이 미쳤을 것이다.

그는 신전이 눈앞에 다가오자 신발을 벗고 맨발로 살금살금 걸었다. 신관은 곤하게 잠들어 있었다. 또 소원 성취를 비는 노인네의 모습도 없었다. 그가 염려하는, 드릴로 신목에 구멍을 내고 싶어하는 소년의 모습도 다행히 보이지 않았다. 그런데 실은 먼저 온 손님이 있었다. 더구나 그 작자는 그가 노리는 것을 한발 앞서 거머쥐고 있었다. 그 작자도 맨발이었고, 훔치고 싶은 것을 훔치고서도 서둘러 도망가지 않고 내 위에서 펄쩍펄쩍 뛰고 있었다. 몸의 움직임이 빨라지자 그 작자는 훔쳐낸 보검을 쓱 뽑아 칼집은 왼손에 쥐고 삼나무 숲을 뚫고 지상으로 뿌리는 달빛을 받으면서 몸을 팽이처럼 회전시켰다. 그것은 보통 회전이 아니라 춤사위로서의 회전이었다. 발바닥과 내가 부딪쳐 나는 소리가 같은 보검을 훔치러 온 남자를 내몰았다.

12월 5일 수요일

나는 악습이다.

마호로 마을 남자들을, 그중에서도 자영업을 하는 자와 그 후계자인 아들을 타락으로 물들인 악습이다. 그들은 밤마다 '삼광조' 여관의 도박장에 모여들어 반드시 운이 터진다는 자리를 앞다투어 차지하고, 또는 어지간히 음란한 주문도 대충 다 들어주는 여자를 사고, 또는 잠자는 시간도 아까워 각성제에 손을 댄다. 그들은 가까이에 있으면 손쉽게 얻을 수 있는 향락에 만족하고 그 안에서 생의 보람을 찾고 있다.

그런 그들을 덕행으로 교화할 자는 없다. 만약 아무도 없다면 그 큰 임무를 내가 맡아도 좋다. 오늘밤 나는 그들이 산 나날이 도저히 긍정할 수 없는 것임을 깨닫게 하리라. 이대로 가면 어제와 조금도 다르지 않은 오늘이 있고, 오늘과 조금도 다르지 않은 내일이 있을 뿐이라고 말해주리라. 그리고 세월이 흘러 언젠가 때가 바뀌면 술값조차 마련하기 힘들어질 것이며, 여자에게 말 붙일 기력마저 없어진 노인들 사이에 전염되는 하품을 따라 하게 될 것이며, 그리고 언젠가는 무엇을 위한 수십 년이었는지 알지도 못한 채 망자가 될 것이라고 알려주리라.

'삼광조' 여관에 틀어박힌 그들은 등뒤로 스멀스멀 다가오는 그림자가 어느 정도 짙은지를 아직도 모르고 있다. 그들은 아직도 내가 봉으로 삼고 있는 것은 다른 사람이지 절대 자기들이 아니라 믿고 있다. 한판 크게 딴 손님 하나가 "이것으로 그 병을 고쳐라"라면서 소년 요이치에게 지폐 두 장을 쥐여주었다.

12월 6일 목요일

나는 체념이다.

떠 있는 구름의 모양을 보고 가을을 느꼈던 일이 천 년이나 먼 옛날 일로 여겨지는 와병중의 남자, 그런 그가 덮어쓰고 있는 체념이다. 이미 그의 슬픔과 분노는 녹슬어버렸다. 겨드랑이에 끼고 있는 체온계도 잊고, 기적적인 효능을 보인다는 새로운 약 소문을 들어도 씁쓸하게 웃기만 하는 그는 이 세상에 아직도 이렇게 살아 있다는 신기함과 원망스러움에 의문을 품는 것도 포기했다. 그는 가족에게 배달된 편지를 슬쩍 훔쳐보는 것도, 고금을 통하여 훌륭한 문학작품에 경의를 표하는 것도, 생명보험을 해약하는 것도, 항간에 떠도는 소문에 귀 기울이는 것도, 손바닥 뒤집듯 태도를 바꾼 친구에게 화를 내는 것도, 간단한 일이라면 할 수 있을지도 모른다는 기대도, 신선한 흰살 생선을 끓는 물에 살짝 데쳐 양념간장에 찍어 먹는 즐거움도, 늦어도 열시에는 불을 끄고 자는 습관도 모두 잃어버렸다.

오늘, 반년 만에 병문안을 온 손님이 있었다. 옛 친구라는 그 남자는 한눈에 나를 알아보고는, 언덕이 송두리째 팔려 목돈이 굴러들어온 얘기는 한마디도 하지 않고, 가발을 벗어 보이는 것으로 위로의 말을 대신하였다. "보게나, 이 모양이야"라고 그는 말하고, 이내 다시 가발을 쓰고는, 요즘 들어 주량이 확 줄었다고 힘없이 중얼거렸다. 그러고서 두 사람은 물거품 호수에 배를 띄우고 둥근 달을 우러러보며 술잔을 기울였던 먼 옛날을 회상하고, 이 마을에서 코카콜라가 처음으로 시판됐던 날의 얘기를 나누고 희미하게 웃었다. 웃음소리가 꼬리를 감춘 그 순간에 나는 한층 기세를 더했다.

12월 7일 금요일

나는 혼이다.

특별한 조건이 갖추어진 밤, 환상성운의 빛과 함께 남몰래 물거품 호수의 수면에 투영된 산 자들의 혼이다. 어느 사이엔가 나는 이해타산이란 때에 절어 마가 끼어들 한순간을 애타게 기다리는 지경이 되었다. 나는 샘물의 충고와 거대한 잉어의 애틋한 소망을 등한시하고 진리를 추구하는 힘을 잃어가고 있다. 지금, 사람들의 그런 몽매함을 깨우치고자 하는 자의 기운은 어디에서도 느낄 수 없다. 이곳에는 저급한 개념이 있을 뿐이다.

이 산 위 호수의 오탁은 즉 나의 오탁이다. 그러니까 나는 과거에 경험했던 적이 없는 위기에 직면해 있는 것이다. 오륙십 년 전, 무슨 일에든 강권을 발동하고 싶어했고 자국의 권익밖에 염두에 없었던 정부의 부추김에 분별력을 잃었던 나도 꼴불견이었지만, 현재의 나 역시 속수무책이다. 내 탓에 지금 또 초미의 문제가 파생되었다. 그러나 신속하게 그 문제에 대처할 수 있는 자는 없다. 이렇게 가다가는 추락하는 데까지 추락하는 길밖에 없을 듯하다.

사람들은 의심에 사로잡혀 진위 여부를 가리지 못하고, 뒤로 돌아서서 이런저런 음모를 획책하고, 물욕에 찬 염원만 달성하고 싶어하며, 원숭이조차 바라지 않는 행복을 일념으로 기도하고, 앞뒤가 맞지 않는 말을 태연히 주절거리고 있다. 그리하여 의사소통의 길은 막히고, 어울리지 않는 꼴사나운 애욕에 몸을 태우고 있다. 나는 소년 요이치의 휘파람 소리에도 정화되지 못한다. 하물며 그의 파란 새는 "당연한 결과지 뭐"라고 빈정거릴 뿐이다.

12월 8일 토요일

나는 브레이크다.

사람을 치지 않기 위해 운전자가 모든 체중을 실어 꾹 밟고 있는 튼튼한 디스크식 브레이크다. 나는 순식간에 바퀴 네 개의 회전을 정지시켰다. 고속 주행에 능숙한 운전자의 솜씨와 랠리용으로 개조된 자동차 덕분에 신속한 대응이 가능했던 것이다. 그렇다고 차체 자체의 움직임까지 멈춘 것은 아니었다. 뿔을 휘두르는 암소처럼 아직도 달리고 있다. 더구나 내리막길이라서 자동차는 얼음판을 미끄러지듯 내려가 전신주 뒤에서 갑자기 튀어나와 노면에 엎드린 여자를 향하여 쑥쑥 나아가고 있다. 타이어가 연기를 내뿜고, 깎여나간 고무 조각이 사방에 튀었다. 그 불과 몇 초 사이에 운전자의 가슴을 스친 것은 언젠가는 이렇게 되리라고 예상했던 일이 드디어 현실이 되었다는 생각과, 그리고 죽는 것은 내가 아닐까 하는 무상한 생각이었다. 부릅뜬 여자의 눈에는 헤드라이트에 드러난 밤풍경이 한결 아름답게 비쳤다.

그런데도 나는 포기하지 않았다. 운전자 역시 최후의 순간까지 사력을 다했다. 덕분에 자동차는 사고 직전에 정지하였다. 범퍼에 부딪혀 튕겨나온 것은 죽음을 각오한 여자의 극도로 고양된 기분과, 쇼윈도에 도마뱀처럼 착 달라붙어 있는 소년의 한숨 정도였다. 혹 나는 쓸데없는 참견을 했는지도 모르겠다.

12월 9일 일요일

나는 위로의 말이다.

태어난 지 며칠도 못 되어 죽은 아이의 엄마가 사산을 경험한 요이치의 누나에게 베푸는 다소 거친 위로의 말이다. 그녀는 복스런 얼굴 하나가득 유들유들한 미소를 띠고는 이렇게 말했다. "그나마 댁이 포기하기 쉽지." 그러고는 꼭꼭 닫혀 있는 창문을 차례차례 열어 도서관에 고여 있는 답답한 열기를 빼낸다. 단박에 두 여자의 숨이 하얘지고, 꽃병에 꽂혀 시들어가던 국화 한 송이가 이번에야말로 정말 시들어버린다.

여자가 창문을 재빨리 닫으면서, "나도 낳을 테니까, 댁도 다시 낳으면 되잖아"라고. 그러자 요이치의 누나는 호숫가의 산이 하루하루 깎여나가는 삭막한 풍경을 바라보면서 힘없이 고개를 저었다. "난 이제 됐어요"라고 중얼거리고, 더욱 먼 곳으로 눈길을 돌린다. 강한 여자는 우유를 배달시켜 꼬박꼬박 먹으면서 체력을 보완해야 한다고 권하고, "또 실패하면 그때 가서 생각하면 되잖아"라고 거침없이 말하고, "둘째쯤 되면 충격도 덜해"라고 말하고, "여자는 그래도 애를 낳아야지"라고 말하고, "이대로 애 안 낳으면 댁이 지는 거야"라고 말하고, 주책스럽게 웃었다.

요이치의 누나는 내가 누구를 위한 것인지 눈치채고 있었다. 한동안 나는 두 사람 사이를 오갔다. 그러나 결국은 아무것도 얻지 못한 채 빠른 속도로 사그라지고 말았다. 두 사람은 침묵한 채 암홍색 국화꽃을 하염없이 들여다보고 있다.

12월 10일 월요일

나는 하산이다.

세상의 풍진으로부터 되도록 멀리 떨어져 노경을 즐기던 노인네가 거울 한기에 쫓겨 결정한 하산이다. 온 산이 눈으로 덮이기 전에 대나무 숲속 암자를 나선 그는, 돌아보고 또 돌아보면서 곤들매기가 뱀을 덮치는 계곡을 따라 산을 내려왔다. 한 걸음 내디딜 때마다, 자신이 가족의 일원, 장남이 부양하는 가족의 한 사람이라는 입장이 명확해졌다.

그는 올해에도 역시 산에서 죽지 못했다. 독사에 물리지도 못했고, 낙석의 직격을 받지도 못했고, 죽음을 초대하는 병에 걸리지도 못했다. 산에서 보낸 한가로운 몇 달은 예년과 다를 바 없이 무수한 추억에 잠기는 것으로 끝났다. 날이 밝도록 친구와 대화를 나누었던 빛나는 날들. 인간을 평등하게 해방하는 운동의 선봉에 서고자 압제 정치를 상대로 혈기에 충만했던 날들. 굳이 말하지 않아도 모든 것을 서로 이해할 수 있던 사랑하는 아내와 함께했던 만 일이 넘는 날들. 끝없는 황야에서 펼쳐진 육탄전과, 눈 속에 한 줄로 서서 전진했던 죽음의 행군 같았던 몇 년. 맹종하는 자와 새로이 복속된 자들 사이의 전쟁으로 보낸 충실한 세월. 그후 혼란에 빠진 끔찍하도록 긴 세월.

흰 점토가 산출되는 산에서 채초지로, 그리고 불도저가 깎아내린 산으로 내려가는 그에게 나는 말했다. 충분히 살지 않았는가, 라고. 운명을 개척하는 삶이지 않았는가, 라고. 노년에 이르러 더이상 아무것도 바라지 않는 그는 고개를 끄덕였다. 이제 내년 봄부터는 손자 녀석 재롱이나 보면서 마을에서 지내는 것이 어떻겠는가, 라고 말했다. 그는 언덕 위의 외딴집으로 돌아가는 소년의 그림자를 물끄러미 바라보았다.

12월 11일 화요일

나는 손가락이다.

깊은 밤 갑자기 마음이 움직여, 언덕 위의 집 한 채를 정확하게 가리키는 눈먼 소녀의 가느다란 손가락이다. 그녀는 비몽사몽간이다. 흔들흔들 흔들리는 침대에서 몸을 일으켜 부풀어오른 눈을 반쯤 뜨고, 윗몸을 비틀어 본인만 아직 모르는 얼굴을 창 쪽으로 향하고, 오른팔을 똑바로 뻗었다. 그리하여 나는 그녀가 부모와 사랑하는 개 다음으로 원하여 마지않는 상대가 있는 곳을 한 치의 오차도 없이 향하게 되었다.

내 끝에서, 손톱 틈새에서, 마치 레이저 광선처럼 발사된 상념은 가랑비 사이를 뚫고, 대대로 내려오는 가훈이며 흔해빠진 교훈 따위에는 끄덕도 하지 않는 사람들의 우행의 흔적을 헤치고 나아가, 그렇게 하면서까지 살고 싶어하는 허망함과 그렇게 하면서까지 죽고 싶어하는 무상함을 가르고, 과다한 정보 때문에 초래된 다소의 혼란과 가벼운 문제를 걷어차고, 가지가 휘도록 열린 자잘한 감을 빨갛게 물들이고, 마호로 마을의 좌표축을 수정하고, 머리맡에 큰유리새가 들어 있는 새장을 놓아두고, 잠자는 소년 요이치의 꿈을 지나 무한한 우주로 뛰어들어 별들의 광도를 순간 높인다.

엄마는 소녀를 다독여 재우면서, 내가 하고자 하는 말의 뜻을 간파하고 이렇게 말했다. "요이치도 벌써 잠들었어." 그리고 커튼을 닫아 세상의 빛을 차단하였다. 그러나 엄마가 방에서 나가자 하얀 개가 벌떡 일어나, 커튼을 다시 활짝 열고 살며시 주인의 손을 잡아 이불에서 꺼냈다. 나는 언덕을 가리켰다.

12월 12일 수요일

나는 장례 행렬이다.

산에 있는 장지를 향하여 느릿느릿 나아가는, 마호로 마을 굴지의 지산가였으나 자신을 계도하기에는 실패한 남자의 장례 행렬이다. 도박의 구렁텅이에 빠져 백 년을 지켜온 자산을 일 년 사이에 탕진한 그는 피붙이들의 맹렬한 비난을 받고 또 스스로도 도를 넘어선 어리석음을 절실하게 후회하였지만 끝내 사람들의 충고는 받아들이지 않았다. 죽는다고 해서 뭐가 어떻게 되는 것은 아니지만 아무튼 결론을, 나로서는 최선의 결론을 내린 것이다.

자산을 쏟아부어 고향에 유형무형의 원조를 계속한 명사로 땅에 묻히고 싶어했던 그는, 세상의 규범이 되겠노라는 초지를 관철하지 못한 그는, 시시각각 퍼져나가는 죽음의 반점에 한없는 원한을 남기고 있었다. 구불구불 긴 행렬을 이루며 모여든 사람들은 이제 기대할 거라곤 아무것도 없음을 잘 알고 있으면서도 지금까지의 버릇대로 행여 떡고물이라도 떨어지지 않을까 눈치를 살피고 있었다. 그 너무도 졸렬한 근성이 나를 선도하고, 유산 배분을 포기하지 못하는 사람들의 뿌리 깊은 욕망이 내 뒤를 따랐다.

자신의 양양한 전도를 믿어 의심하지 않는 가발 쓴 읍사무소 직원은 바로 옆에서 걸어가는 처음 보는 남자에게 이렇게 말했다. "술 마시고 바람피우는 것으로 끝냈으면 좋았을 것을"이라고 말하고, "하지만 이렇게 죽는 것도 반드시 나쁘다고만은 할 수 없지"라고 말했다. 그러자 남자는 뒤를 돌아보면서 내 길이에 새삼 놀라, "정말 대단하군요"라고 말했다.

12월 13일 목요일

나는 시야다.

한눈 하나 팔지 않고 걷는 요이치 누나의, 극단적으로 좁아 거의 아무것도 보지 않고 있는 시야다. 나는 쉼 없이 진행되고 있는 대대적인 토목 공사를 피하고, 어디선가 그러모아온 외국인 노동자들을 턱으로 부리는 일에 보람을 느끼는 현장감독을 피하고, 아침나절부터 술 한잔 걸치고 탁한 목소리로 조잡한 노래를 불러대는 부랑자를 피하고, 산등성이 여기저기 거북등처럼 갈라진 틈새를 피한다.

또 나는 이층 창가에 앉아 검고 긴 머리를 빗질하는 소녀를 피하고, 종이가 다하도록 써대기는 하지만 절대로 소설가라 인정하고 싶지 않은 선글라스 낀 남자를 피하고, 고아를 입양하여 반듯하게 기르고 있는 노부부를 피하고, 삼층짜리 검은색 빌딩에서 황급히 빠져나오는 두 대의 자동차를 타고 어디론가 바삐 가는 구원받기 어려운 악당들을 피한다.

그녀가 보고 있는 것은 전신주만 우뚝우뚝 서 있는 좁은 길과, 마호로 마을의 앞날을 암시하듯 온 하늘을 뒤덮은 검은 구름과, 마호로 마을을 그냥 지나치는 순례하는 고승의 뒷모습과, 희뿌연 반달과, 아직도 포기할 수 없는, 자궁 속에서 굳어 덩어리가 된 분신의 목숨이다.

나는 말싸움이 끊이지 않는 가정을 피하고, 보도를 가득 메운 채 웃고 조잘거리며 걸어가는 십대 소녀들의 무리를 피하고, 암캐의 등에 올라타 헐떡이는 수캐를 피하고, 아침저녁으로 불단 앞에서 합장하는 노령의 아낙을 피하고, 마당에 나와 보란 듯이 아기에게 젖을 물리는 젊은 엄마의 시선을 피한다.

12월 14일 금요일

나는 열정이다.

정신을 가다듬고 다시금 휴양지 개발 반대운동의 선봉에 서려는 전직 대학교수의 열징이다. 만인에게 맡기기를 단념하고 각오를 단단히 다지고 임하기로 한 그는 자진하여 읍장을 직접 만나 면담을 하고, 공사 중지를 요청하는 결사대를 결성하고, 자연 파괴 행위임에 분명하며 또한 불법인 토지 매수 계획의 전모를 파악하기 위해 분주하게 뛰어다녔다. 자금 부족으로 더이상 진척이 없을 시에는 집도 땅도 다 포기할 각오를 하였으며, 그의 아내 역시 '아무것도 하지 않는 남편'을 보고 싶지 않아 그 뜻에 찬성하였다. 그녀는 말했다. "이대로 조용히 죽어서야 어디 분통이 터져서 되겠어요."

그를 지지하고 응원하고 도와줄 사람들의 수는 선거 당시의 십분의 일에도 미치지 못했다. 그러나 이번에는 동기가 불순하거나 애매한 자가 거의 없었다. 남이 이익을 보는 게 배가 아파 참가한 자는 한 명도 없었다. 다만 자신이 가야 할 길을 찾지 못하여 방황하는 자가 다소 섞여 있었다. 하지만 그들은 나를 직접 접하고는 확실하게 무언가를 배워나가고 있었다. 어떤 장애에도 굴하지 않고 앞으로 나아가기로 맹세를 나눈 그들은 이미 이전의 그들이 아니었다.

회장은 소년 요이치를 약자의 상징으로 내세우거나 왜곡된 번영을 대신할 대안을 제시하는 안이한 짓거리는 일체 배제하였다. 또 현 읍장에게 좋지 않은 감정을 품고 있는 유력자와 결탁하는 일도 없었다. 나는 그런 그를 불길하게 여기면서, 죽을 때가 되었나 하고 의심하였다.

12월 15일 토요일

나는 가족이다.

화창하게 갠 마호로 마을의 오후, 오랜만에 전원이 모여 편안한 한 때를 보내고 있는 요이치의 가족이다. 나는 다 쓰러져가는 언덕 위의 외딴집에 소생의 기운을 선사하고, 새장 속 새의 입장에 만족하고 있는 큰유리새의 지저귐을 부드럽게 다독이고, 네 사람의 표정을 온화하게 만든다. 앞으로도 여전히 생활의 걸림돌이 될 요이치는 양지바른 곳에 누워 잠시 졸고, 어제 부하에게 늘어놓은 훈계에 흡족한 아버지는 만취하여 무아지경을 헤매고 있고, 어머니는 첫 손자를 위해 준비했던 부드러운 감으로 아들의 이불 커버를 만들기 위하여 가위질을 하고 있다.

"역시 우리집이 최고야"라고 누나가 말한다. 그러자 어머니는 "그렇게 나가고 싶어한 주제에"라고 말한다. 누나는 화제를 바꾸지만, 언덕 아래 생활에 대해서는 한마디도 언급하지 않는다. 풍경과 난로를 만드는 남자에 대해서도 말하지 않는다. 어머니 역시 묻지 않았다. 밖에서는 북풍이 몰아치고 있다. 나는 이전의 나로 돌아간 듯한 기분에 젖어 있다. 네 사람 모두 말은 하지 않지만 가능하면 언덕을 사고 싶다는 자가 나타나기 이전의, 앞날을 전혀 예측할 수 없었던 그 시절로 돌아가고 싶어한다. 돌아갈 수 없기에 더욱 그러길 바라고 있다.

저녁때가 되었는데도 누나는 돌아가지 않고 두부를 토막토막 자르고 있다. 어머니는 밥을 짓고 말린 생선을 굽는다. 요이치는 큰유리새를 식탁에 올려놓는다. 그리고 아버지는 건배를 외쳤다.

12월 16일 일요일

나는 측량이다.

땅주인의 입회하에 원뿔 모양 언덕의 실제 면적을 산출하기 위해 마침내 시작된 치밀한 측량이나. 케이블카의 기둥은 어디에다 몇 개나 세우면 될 것인지, 전망대를 갖춘 레스토랑 겸 역을 건설하기 위해서는 정상을 어느 정도나 깎아내야 할 것인지, 마호로 마을의 경치를 찬미한 관광객들의 경제 사정은 과연 어느 수준일지…… 내가 계측하는 것은 면적이나 체적, 높낮이뿐만이 아니다.

아직 아무도 눈치채지 못하고 있지만, 사실 나는 사람의 마음속까지 잴 수가 있다. 땅주인 남자는 돌풍이 그의 가발을 곤두서게 해도 시종 잔잔한 미소를 잃지 않는다. 그의 아내 역시 정식 계약이 아직 끝나지 않았음을 우려하면서도 겨울과 함께 눈앞에 다가온 행복을 실감하고 있다. 그리고 그 부부의 실패작인 아들은 나의 정체를 파악하지 못한 채 암울한 예감에 사로잡혀 서성거리고 있다. 그 소년이 기르는 파란 새 또한 "그만두는 게 좋을 텐데, 그만두는 게 좋을 텐데"라고 섬세한 소리로 지저귀며 경고하고 있다.

소년의 부모의 마음은 이미 계측하기 어려울 정도로 급한 경사를 이루고 있다. 그러나 똑바로 서 있을 수 없는 소년은 오히려 이 세상의 근본으로부터 조금도 벗어나지 않고 하늘과 땅 사이에서 보란 듯 수직을 유지하고 있다. 흔들바위에 눈길이 멈춘 공사 관계자는 입을 모아 그 풍광을 칭찬한다. 모두들 "이거 굉장한데"라고 말하고, "아주 그럴싸한 상품이야"라고도 말한다.

12월 17일 월요일

나는 꾀병이다.

오늘 아침 느닷없이 염증이 나서 도무지 일하기가 싫어진 창부가 마지막 수단으로 생각해낸 꾀병이다. 안 그래도 지난 며칠 동안 마음 고생이 심해 안색이 창백하고 초췌해진 그녀의 거짓말을 꿰뚫어보는 자는 없었다. 턱없이 키가 크고 혈기왕성한 조직 폭력배도 전혀 의심하지 않았다. 그는 먼 도시에 전화를 걸어 그녀를 대신할 여자를 불러오려 하였으나 순조롭지 못했다.

'삼광조' 여관의 여주인은 불안한 표정으로 창부를 쳐다보면서 이것저것 자상하게 대해주었다. 그러나 이참에 아주 손을 떼지, 하고 권하는 선까지는 이르지 못했다. 하물며 억지로 사이를 갈라놓은 스님과 손에 손을 잡고 마호로 마을을 떠나는 것이 어떻겠냐는 권유 따위는 여주인으로서는 상상도 할 수 없었다. 관리당하는 입장밖에 모르는 당사자는, 보통 세상이 어떠한지 상상조차 해본 일이 없는 창부는 앞으로 어찌해야 좋을지 모르는 채 이부자리에 누워 여주인이 사다준 유난히 색이 짙은 시클라멘을 멍하니 바라볼 뿐이었다.

창부는 마침내 눈을 가늘게 뜨고 사방을 둘러보면서, 처음 장삿속이 아닌 진심으로 사귄 남자가 혹 곁에 있지는 않은지 확인하였다. 그러나 그녀에게 다가온 것은 소년 요이치였다. 요이치는 정말 병에 걸렸을지도 모르는 그녀의 흐트러진 머리에 파란 깃털을 하나 꽂아주었다. 창부는 기쁜 나머지 똑똑 눈물을 흘렸다. 그녀가 내준 양갱을 먹어치우고 돌아가는 요이치의 휘파람 소리가 "도망가지그래, 도망가지그래"라고 속삭였다.

12월 18일 화요일

나는 번민이다.

밤새 내린 비에 끝내 떨어지고 만 들장미의 마지막 꽃잎을 물끄러미 쳐다보고 있는 젊은 중의 번민이다. 그는 여느 때처럼 보트 대여점 한구석에 웅크리고서 밤을 밝히며 기다렸지만, 그녀는 나타나지 않았다. '삼광조' 여관에 의지하여 몸을 팔고 있는 여자가 몸져누웠다는 소식을 그에게 들려준 것은 소년 요이치였다. 그러나 요이치의 전언은 틀리지는 않았어도 허풍이 지나쳤다. "아직 살아 있다"느니, "아직 죽지는 않았다"는 말에 중은 몹시 당황하여 나를 부채질하고 말았다. 그런데도 중은 그저 기다리기만 했다. '삼광조' 여관에 숨어들어가 살금살금 그녀의 방으로 접근하거나, 요이치에게 편지를 맡기거나, 보트 대여점 아저씨에게 중재를 부탁하는 일 없이 오로지 기다렸다. 그녀가 감시의 눈길을 피해 나와주기를 기다리고, 또한 자신이 도움의 손길을 뻗을 수 있는 남자가 되기를 기다렸다.

그러나 아무리 기다려도 여자는 나타나지 않고, 자신도 여전히 겁쟁이였다. 그렇다고 거지가 권한 것처럼 전국 순례길을 떠날 마음도 생기지 않았다. 보트 대여점 아저씨는 그에게 이렇게 말했다. "처음으로 마음을 준 여자이니 그럴 만도 하지"라고 말하고, "그래도 상대가 너무하는군"라고 말했다. 그는 관광객의 발길이 끊겨 수입이 없는데도 중을 해고하지 않고 임금을 지불하였다. 그리고 나는 점점 더 중을 괴롭혀, 점점 더 제멋대로 행동하는 남자로 만들어갔다.

12월 19일 수요일

나는 겨울이다.

적당한 양의 눈을 동반하고 예년과 비슷한 시기에 마호로 마을을 찾아와 몇 시간이 지나면 완전히 주도권을 장악할 그저 그런 겨울이다. 일개 생물에 지나지 않는 인간들은 작년처럼 체념한 얼굴로 나를 받아들이고, 읍장 선거의 앙금이 아직도 가시지 않은 마을이 백색에 갇혀버리면 좋겠다고 은밀하게 바라고, 풍류를 즐기는 자는 잠시 일손을 쉬고 인간 세상의 색과 다소 다른 하늘을 올려다보았다. 어리석음의 극치이다.

그런데 뼈에 사무치는 이 추위는 어쩐 일인가. 나는 타인의 근심을 너그럽게 보아주는 도량을 키우고, 타인을 위해서는 절대로 발 벗고 나서지 않는 간사한 장사꾼의 무분별을 깨우치고, 출처가 불분명한 무가치한 정보를 얼어붙게 하고, 버스 터미널에서 훗날을 기약하며 헤어지는 오랜 친구들의 마음을 더욱 애틋하게 하고, 겉으로 드러난 집안싸움을 누그러뜨리고, 연을 끊은 사람들을 다시 한번 만나게 하고, 아직도 국체의 획득을 염원하고 있는 역전의 용사들의 머리를 식히고, 좀처럼 지갑을 열지 않는 여자의 지갑끈을 느슨하게 풀어놓고, 잠은 고사하고 쉬지도 않고 어머니를 간병하고 있는 딸에게는 죽음이 무엇인지를 말로 전하여 가르치고, 무력의 출구를 찾아 민심이 떠난 정부의 견해에 여전히 동감하고 있는 자를 냉소하고, 옷을 몇 겹이나 껴입고서도 추위에 떠는 야윈 노인네들을 따뜻한 온천으로 걸음하게 하고, 길이 빛날 정도의 영예도 없으면서 자신의 송덕비를 세우게 한 졸부를 비웃는다.

오늘, 소년 요이치는 새장에 전기담요를 덮고서 내게 이렇게 말했다. "올 테면 와보라지."

12월 20일 목요일

나는 시큰둥한 표정이다.

새 생활의 출발을 축하하는 온갖 물건에 둘러싸인 요이치 누나의 마음마저 떡떡하게 굳히는 시큰둥한 표정이다. 나를 눈치챈 남편은 사흘 일정의 부담 없는 여행 계획을 얘기하면서, 이런 때는 만사 제쳐놓고 기분전환을 하는 게 최고라고 말했다. 그러자 아내는 아직 그리 퇴색하지 않은 신혼여행을 떠올렸다. 가옥 수도 많지 않고 부딪쳐야 할 현실뿐인 마호로 마을과는 전혀 무관한 인간이 되었다고 생각했던 그때의 착각을 떠올렸다.

그러나 바로 다음, 돌아온 마호로 마을에서 기다리고 있던 것, 좋은 일은 하나도 없던 지금까지의 경과를 떠올렸다. 그녀는 "여행 같은 거 끝나면 그만이지"라고 말하고, "차라리 안 가는 게 더 낫다"라고 말했다. 그런데도 남편은 끈질기게 설득하였다. 청혼에 응낙해주었던 날의 기쁨에 대해 말하고, 외국까지 안 나가도 겨울이 없는 섬이 있다고 말하고, 돌아올 때는 배편을 이용하자고 말했다.

그러나 그녀는 도무지 마음이 내키지 않았고, 나는 더욱 흉하게 일그러졌다. 마침내 그녀는 눈물 섞인 목소리로 이렇게 말했다. 어차피 떠나는 거라면 유랑의 길을 떠나고 싶다고 말했다. 그후 두 사람의 생각은 크게 어긋나 부창부수의 습관은 어디론가 사라지고 말았다. 남편은 집 뒤쪽 일터로 가 불꽃 뒤에 몸을 숨기고 무거운 철판을 망치로 쾅쾅 두드렸다. 한편 아내는 거울에 비친 나를 마주하고는 점점 더 삐딱해져, 언덕 위의 집으로 돌아가는 길에 들른 동생에게 괜한 신경질을 부렸다.

12월 21일 금요일

나는 감이다.

높은 가지 끝에, 어쩌면 마호로 마을 사람들의 이상보다 높은 곳에 덩그마니 매달려 있는 감이다. 먼 길을 날아온 빨강과 노랑 두 종류의 물까치 떼는 내게 관심을 보이면서도 먹으려고는 하지 않았다. "사양할 거 없어"라고 나는 말했다. 그리고 "너희들을 위해서 남아 있는 거니까"라고까지 말해주었지만 역시 소용이 없었다.

겨울이 막 시작된 터라 아직 그리 배가 고프지 않은 듯했다. 어쩌면 분배 문제를 둘러싸고 싸움이 벌어지면 어쩌나 하고 우려하는지도 몰랐다. 괜한 참견을 했다고 후회했지만, 지나가는 소년 요이치를 본 나는 적적해서 또 말을 걸고 말았다. "너를 기다리고 있었어"라고 넉살좋게 말하고, "막대기 던져서 좀 떨어뜨려줘"라고 말했다.

그러나 요이치는 나를 제대로 보려고도 하지 않고, 어차피 곧 죽을 만큼 배고픈 새가 올 거야, 라면서 가버렸다. 그후 티티새와 제주직박구리가 내게 눈독을 들였으나 역시 먹어주지는 않았다. 그리고 일몰이 가까웠을 때, 제법 까다로운 책도 읽고 귀에 거슬리는 반역의 시를 읊을 줄도 아는 영악한 초등학생이 찾아왔다. 그는 내 바로 아래서 걸음을 멈추더니 내게 세상에 가득한 온갖 부조리를 따발총처럼 쏟아부었다. 이어 그는 땅으로 툭 떨어진 나를 짓밟아 뭉개놓고는 뒤돌아가버렸다.

12월 22일 토요일

나는 교육이다.

도저히 시대에 적합하다 할 수 없는, 퇴행적이고 또다시 인권을 침해할 소지가 있는 교육이다. 나를 둘러싸고 제자리만 맴돌던 갑론을박도 점차 시들해지자, 사람들은 언제인지 모르게 권력의 타성에 따라 움직이며 타성의 사상 속에 썩어가고 있다. 마호로 마을의 초중고생들은 국가라고 하기에는 너무도 문제가 많은 그 노래를 억지로 부르고, 과거 피투성이었던 그 깃발을 똑바로 쳐다보지 않으면 안 되는 지경에 처했다. 대체 이 무슨 일이냐.

지금 나는 흙 속에 묻혀 있는 인재를 발굴해내기 위해서 있는 게 아니다. 또한 개개의 인간을 독립된 정신을 지닌 존재로 만들기 위해 있는 것도 아니다. 그리고 또 내재하는 '부정한 힘'에 반기를 드는 불굴의 혼을 기르기 위해 있는 것도 아니다. 나는 필요 이상으로 이 세상에 오래 머물고 싶어하고 필요 이상으로 물질을 소유하고 싶어하는 무리를 위해 있으며, 나아가서는 세력의 확장을 위해 신명을 바치는 자들을 위해 있다.

사람들은 번영의 이익과 맞바꾸어 나를 받아들이고, 그렇게 함으로써 언젠가는 위쪽에서 돌발적으로 강요해올 불합리한 요구를 단호하게 배척할 힘을 잃어가고 있다. 지(知)의 육성에 편중된 나의 앞날에는 국민을 옭아맬 법과 보도 통제와 두 차례에 걸친 대비극과 조국을 진호(鎭護)한다는 거짓 명분과 대량학살의 공적을 칭찬하는 현인신(顯人神)이 기다리고 있을 뿐이다. 고질적인 병 덕분에 다행히 나의 해독을 면한 소년, 이 세상은 그의 독무대다.

12월 23일 일요일

나는 눈가의 주름이다.

요이치의 누나는 더럽게 훼손되어 반납된 책을 손질하는 도중에 문득 창문에 비친 내 모습을 보고는 열심히 쓰다듬다가 끝내는 손가락 끝으로 비벼댔다. 그리고 자신의 인상이 늘 보던 것과는 상당히 다른 것에 놀랐다. 그녀는 얼른 거울을 꺼내 들여다보고는 마치 오랜 흉터 같은 내게 당황하여, 좀더 자세히 보려고 화장실 벽에 붙은 커다란 거울 앞에 섰다. 나는 그런 그녀에게 실로 큰 타격을 준 것 같았다.

한참이 지나 정신을 차린 그녀는 나를 증오하고 불평을 늘어놓으면서 덤벼들었다. 그녀는 내게 이렇게 말했다. 이 가슴으로 안을 수 있는 아기만 있다면 너 따윈 문제도 되지 않는다고. 그리고 그녀는 동생의 몸을 뒤틀어놓은 열성인자에 대해 생각하고, 평생 아이를 가질 수 없을지도 모르겠다고 생각했다. "요이치 같은 아이의 부모는 되고 싶지 않아." 그녀는 남자보다 낮은 목소리로 중얼거리고 헛되이 얼굴을 씻기 시작했다.

그녀는 손바닥으로 나를 비벼대면서 눈물도 닦아냈다. 그리고 이번에는 거꾸로 나를 때려눕히고 보기보다 실속을 중시하는 여자로 돌아가, 시간이 조용히 흘러가는 일인천하의 자기 일에 임했다. 잠시 후 요이치가 홀연 나타나 싸늘하게 언 몸을 난롯불에 녹이면서 누나가 끓여준 차를 마시고는, "조류의 공통점은 날개에 있다"라는 따위의 말을 툭 한마디 던지고, 돌풍이 휘몰아치는 밖으로 다시 나갔다.

12월 24일 월요일

나는 피다.

차가운 비를 맞으며 언덕으로 올라가고 있는 요이치의 아버지가 목 졸린 닭 같은 소리와 함께 왈칵 토해낸 피다. 소심한 지방 공무원은 소스라치게 놀라 처음에는 나를 인정하려 하지 않았다. 과음하고 나면 늘 하는 구토라고 믿으려 하였다. 그러나 단순한 구토물이 아닌 게 분명하다는 사실을 인정하지 않을 수 없게 되자, 이번에는 일변하여 급사란 결론을 내리고는 웅크리고 앉은 채 나를 따라 찾아올 죽음을 기다렸다.

아직 취기가 가시지 않아 알코올 기운으로 다소 위축되어 있는 그의 뇌는, 목숨이 다하는 순간의 쾌락을 바라며 갑자기 활기를 띠기 시작했다. 그러나 목숨에는 별 이상이 없고 견디기 힘든 고통도 찾아오지 않고 기절하지도 않았다. 그런데도 그는 초저녁 어둠을 배경으로 내 옆에 누워 비뚤어진 가발을 똑바로 고쳐 쓰고 두 손을 가슴 위에 얹고, 비운의 최후를 맞는 연기를 계속하였다.

그리고 그는 자기 나이가 과연 몇 살인지 재빨리 계산하고서, "이만큼 살았으면 됐지"라고 중얼거리고 눈을 감았다. 그러나 죽음을 앞두고 절실하게 떠오르는 생각 따위는 하나도 없었다. 별일이야 있겠느냐는 생각만 오한과 함께 등줄기를 조여올 뿐이었다. 아무리 기다려도 죽지 않자 그는 천천히 일어나 땅으로 스며든 나에게 침을 퉤 뱉고는, 엉망이 된 양복에 신경을 쓰면서 다시금 비탈진 언덕길을 연극적인 걸음으로 오르기 시작했다.

12월 25일 화요일

나는 화창하게 갠 저녁 하늘이다.

피를 쏟은 세대주 때문에 한바탕 시끄러웠던 언덕을 조금씩, 그러나 확실하게 진정시키고 있는 화창하게 갠 저녁 하늘이다. 입원을 시키려 해도 그 남자를 업고 언덕을 내려갈 자가 없었다. 그의 아들은 물론이고 아내의 체력으로도 다소 무리였다. 소식을 듣고 일찌감치 달려온 장녀의 손을 빌려서도 옮길 수가 없었다. 장녀는 남편에게 전화를 걸어 빨리 오라고 하였다. 어른 세 사람은 아직 죽어서는 곤란한 병자를 데리고 가랑비가 뽀얗게 내리는 마을로 내려갔다. 이래저래 하다보니 한나절이 다 가고 말았다.

나는 지금 집 밖에서 평소처럼 혼자 놀고 있는 요이치의 몸을 따스하게 녹이고, 벼랑 끝 흔들바위의 물기를 말리고, 물거품 호수에 겨울 풍경을 적갈색으로 투영하고, 마호로 마을에서 키우고 있는 온갖 조금류에게 비장의 지저귐을 채근한다. 그리고 똑바로 서 있는 그림자 너머에서 나선을 그리며 비행하는 솔개들을 위해, 요이치가 던지는 빵 부스러기를 대기중에 선명하게 부각시킨다. 또는 언덕에 부는 바람의 힘을 빌려, 요이치를 기다리고 있는 누군가의 영혼과 쫓고 있는 누군가의 영혼을 멀찌감치 쫓아버린다.

남편의 속옷을 가지러 집으로 돌아온 요이치의 어머니는, 나는 무관하다는 표정의 아들을 보자 대뜸 고함을 지른다. "아버지는 언제 죽을지 모르는 지경인데!"라고 거짓말을 한다. 나는 그 말의 뒤를 비춘다. 너 같은 놈은 건강해봐야 아무 도움이 안 된다는 뜻을 분명히 한다. 그러나 오히려 내 쪽이 기가 죽어 한 줌 어둠이 되어 밤으로 도망친다.

12월 26일 수요일

나는 돈가스 덮밥이다.

돌아오지 않는 다리 밑 식당에서 일하는 아가씨가 흥얼거리는 노랫소리에 맞춰, 계율을 지키는 일 따위는 먼 옛날에 포기한 젊은 중이 우적거리는 돈가스 덮밥이다. 나는 울분을 풀 길 없는 그의 위를 채우면서, 아무리 생각해도 좋은 해결책이 떠오르지 않는 문제를 껴안은 채 위축된 기분을 조금씩 다잡으려 한다. 그리고 더이상 몸부림쳐봐야 수치심만 더하게 할 뿐이라는 것도 깨우치려 한다.

그의 고용주인 보트 대여점 아저씨는 쇠귀에 경 읽기인 상대에게 넌더리가 나서, 어쩌면 백조가 돌아왔을지도 모른다는 기대감을 안고 한 발 앞서 물거품 호수로 돌아간다. 젊은 중은 지난 열흘 동안 계속 나만 주문하였다. 그는 하루도 거르지 않고 나를 주문하면서 부정한 동물성 지방을 대량 섭취하여, 도저히 단념할 수 없는 여자에게 쳐들어갈 힘을 비축하려 하고 있다. 아니면 혼자서 마호로 마을을 떠날 힘을 얻으려 하는지도 모르겠다.

바로 옆 테이블에서는 라면을 얻어먹은 소년 요이치가 용단을 재촉하는 코골음 소리를 내면서 무심히 잠들어 있다. 중은 "맛있군"이라고 말하며 한 그릇을 더 부탁하고, "잘 부르는군"이라고 말하며 아가씨가 노래를 그치지 않도록 부탁한다. 밖에서는 눈 섞인 토사를 마호로 마을 밖으로 옮기는 덤프트럭의 행렬이 폭주를 계속하고 있다. 다리가 흔들흔들 흔들리고, 다리 밑 거지의 집도 흔들리고, 식당도 흔들리고, 나도 흔들리고, 황폐해졌어도 생기발랄한 중의 혼도 흔들리고, 아가씨의 고운 목소리도 흔들리고, 요이치의 몸은 더욱 흔들린다.

12월 27일 목요일

나는 집이다.

소리 없이 눈 내리는 밤, 외딴 언덕에 덩그마니 서 있는 아담한 집이다. 때로 등대처럼 보이기도 하는 그 집의 좁다란 부엌에 서서 일하는 여자는 강건함과 밀려오는 나이의 파도에 굴하지 않는 듬직함으로 오늘도 나의 실질적인 주인으로 군림하고 있다. 거실에서는 막 퇴원한 남자가 가발을 벗고서 몸을 추스르고 있다. 내게 어울리는 남자다.

또 이층에서는 갖가지 파랑을 모두 두르고 있는 새가 전기담요에 싸인 새장 속에서 한여름을 재현하는 선율을 지저귀고 있다. 그리고 그 옆에서는 차가운 유리창에 얼굴을 딱 붙인 소년이 무와 통하는 어둠과 외부의 거대한 자본으로 변모하고 있는 마을의 밤풍경을 즐기고 있다. 불단이 있는 방에서는 내가 지켜주며 살다가 죽어간 사람들의 냄새가 미미하게 떠다니고 있다.

어느 누구도 나를 버릴 수 없었다. 나로부터 완전히 도망친 자는 많지 않았다. 나를 떠난 자는 세상이 좀처럼 만만하지 않다는 것을 알게 되고, 나중에 발생한 문제에 고통스러워하다가, 나밖에 돌아갈 곳이 없다는 것을 새삼 깨닫고는 결국 처음으로 다시 돌아갔다. 그런데 하물며 나를 단념하다니, 불가능한 일이다. 그런데 요이치의 부모는 나를 포기하였다. 요이치는 몰라도 요이치의 누나는 그에 찬성했다. 어차피 나는 불에 타 없어질 것이라고 한다. 그들이 과연 제정신인가. 할테면 해보라지.

12월 28일 금요일

나는 자반 송어다.

세밑이 다가오자 '삼광조' 여관의 여주인이 선물이라면서 소년 요이치에게 건네준 자반 송어다. 요이치는 남들에게 자랑하려고 나를 상자에서 꺼내 둘러멨다. 그러나 들개가 덮칠지도 모른다는 걱정에 서둘러 언덕을 오르려 하였다. 그런데 어찌된 영문인지 요이치는 도중에 마을로 되돌아가, 다리 밑 거지의 종이상자 집을 찾아가 나를 내밀었다.

거지는 "난 괜찮아, 먹을거리는 충분하니까"라고 거짓말을 하였다. 그리고 그는 설날에 먹으려고 남겨두었던 찰떡을 꺼내 요이치에게 구워주면서 늘 하던 얘기를 시작했다. 물론 그가 지어낸 얘기다. 발을 씻으려고 어선을 타고 북쪽 바다로 떠난 뒤 돌아오지 않는 친구가 있었다고 말하고, "그놈 생각이 나서 그 바다에서 잡아들인 생선은 안 먹는 거야"라고 말했다. 말은 그렇게 하는 주제에 나를 쳐다보는 그의 눈은 고양이의 눈처럼 번들거리고 있었다.

그러고서 거지는, 요이치가 쭉쭉 늘어나고 들러붙는 떡과 악전고투하는 틈에 어디선가 부엌칼을 꺼내와 내 꼬리께 살을 쓱싹 잘라내서 화덕에 올려놓았다. 구수한 냄새가 피어오르자 그는 이런 말을 했다. "먹기 위해서만 사는 것도 썩 괜찮아"라고 말하고, "너는 알 테지"라고 말했다. 간신히 찰떡 한 개를 해치운 요이치는 나 따위는 벌써 잊어버리고 싸락눈이 펄펄 날리는 다리 위를 향해 강둑을 올라갔다.

12월 29일 토요일

나는 변동이다.

언덕 위 외딴집의 텔레비전 안테나로 모여드는, 각 방송국의 전파가 지난 일 년을 돌아보며 전달하는 사회의 급격한 변동이다. 끝까지 나를 예측한 전문가는 한 명도 없었다. 그들은 내가 잇달아 들이미는 뜻밖의 해답에 당황하고 앞뒤를 맞추기에 여념이 없었다. 그들은 신용을 잃었다.

올해도 역시 정부는 지극히 곤란한 상황에 처한 일이 한두 가지가 아니었다. 또 하잘것 없는 일에 관계하고, 사람들에게 존경과 복종의 마음을 심으려다가 반발을 사 권력의 자리를 하루아침에 빼앗긴 자들도 적지 않았다. 뭇사람들이 다투어 상찬한 남자는 인권을 유린하고 민주주의를 압살하였으며, 대적한 사람들은 첫 힘겨루기에서 맥없이 무너지고 말았다. 급진주의자들은 낭만에 취해 무작정 나서려고만 하고, 의사는 혼란을 넘어서지 못하고, 대중의 면전에서 서로를 매도하는 위정자들의 언행은 여전히 몰상식하고, 두 나라가 맺은 화친의 맹약은 하나같이 웃음거리가 되고 말았다.

세상을 놀라게 하는 사건은 늘 돌발적으로 발생하여 뜻하지 않은 곳으로 번졌고, 다른 나라 전쟁의 실황을 중계하는 자들의 표정은 전쟁 이상으로 비극적이며, 목적에 부합되는 정치활동은 찾아볼 수가 없고, 한 나라를 대표하여 소신을 표명하는 자의 얼굴은 모두 창조주처럼 자신감에 차 있었다. 그리고 의사로부터 금주령이 내린 요이치 아버지의 눈은 내가 아니라 주류 광고만 쫓고 있었다.

12월 30일 일요일

나는 일 년이다.

쉬지 않고 내리는 눈으로 조용히, 그러나 어딘가 모르게 들뜬 분위기 속에서 막을 내리고 있는 마호로 마을의 일 년이다. 실얼음을 밟는 마음으로 지낸 자에게나, 촌금을 아껴가며 노동에 정진하여 소망을 이룬 자에게나, 대를 잇는 문제를 둘러싸고 으르렁거리며 싸운 자에게나, 아무 일 없었던 자에게나, 나는 평등하게 이별을 고한다.

또 마음고생이 심한 가풍에 염증이 나 집을 나가려는 며느리와, 인연이 있는 사이든 없는 사이든 가리지 않고 사귈 수 있게 된 내성적인 아가씨와, 잠깐의 실수로 큰 부상을 입은 장인과, 좋은 물건과 나쁜 물건을 묶어서 파는 재주를 터득한 장사꾼의 아들과, 타인의 비밀을 폭로한 탓에 얻어맞아 코뼈가 부러진 촐삭꾼과, 큰 전쟁에 두 차례 참가했던 전력만이 자랑거리인 노인네와, 남편의 보수적인 태도에 신물이 나서 이혼을 종용한 늙은 아내와, 운좋게 희망을 이듬해로 이어갈 수 있게 된 행운아와, 납세 독촉을 받고서도 눈 하나 깜빡하지 않는 신혼부부에게 나는 평등하게 안녕이라 말한다.

그들이 내게 말한다. "늘 이렇지 뭐"라고. 또는 "이제 진저리가 나"라고. 혹은 또 "전혀 희망이 없는 건 아니지"라고. 그리고 소년 요이치가 기르고 있는 큰유리새와 이승 산 산사의 종소리는 가는 세월의 아쉬움을 사람들의 마음에 새기려고 물심일여의 세계를 향하여 소리를 발하고 있다. 오늘밤 마호로 마을에서 숨을 거둔 자는 한 명도 없다.

12월 31일 월요일

나는 찹쌀떡이다.

소년 요이치가 열심히 뒤집으면서 노릇노릇하게 굽고 있는, 오조니* 에 넣을 찹쌀떡이다. 설날이라고 오랜만에 한잔 술을 꺾은 요이치의 아버지는 마냥 켜놓은 텔레비전을 상대로 맞장구를 쳐가면서 큰 소리로 떠벌리고, 눈물짓고, 바보 같은 웃음을 터뜨린다. 그러던 그가 갑자기 뒤를 돌아보면서 말한다. 요이치에게는 "대체 너는 성장을 하는 거냐 마는 거냐?" 라고 묻고, 나에게는 "그까짓 것 한 입도 먹고 싶지 않다"고 말한다.

부엌에서 그 말을 들은 요이치의 어머니는, 한 줌 쌀로 연명하던 옛날을 잊었느냐며 나를 비호한다. 이어 그녀는 세 끼를 제대로 먹을 수 있는 것만 해도 행복이라고 생각해야지, 라고 중얼거리면서 "이 집에서 지내는 설날도 올해로 마지막이로군"이라고 말하고, 그 다음은 영문을 알 수 없는 눈물로 말이 멘다. 요이치가 푸, 하고 웃음을 터뜨린 나를 콕 쥐어박으면서 나무란다.

엄청난 눈보라가, 이 언덕과 오랜 바람을 이루려는 언덕 위 외딴집의 설날 분위기를 휘몰아가고 있다. 타지 않도록 주의 깊게 구워지고 있는 내가 그나마 황량함을 덜고 있다. 나는 푸른 채소와 닭고기와 함께 사발에 담겨, 새로 꺼낸 나무젓가락 사이에 끼여, 행복하지도 불행하지도 않은 세 사람의 입에 들어가 씹히지고, 과음과 당사자도 의식하지 못할 만큼의 스트레스에 짓무른 위와, 깊은 실망이 희망으로 바뀌면서 탐욕스러워진 위와, 과거와도 미래와도 무관한 위로 아무튼 무사히 미끄러진다.

1월 1일 화요일

---

* 채소와 고기류를 넣어 끓인 국에 구운 찹쌀떡을 한두 덩이 넣어 먹는 일본의 떡국.

나는 야단법석이다.

경기가 좋아질 조짐에 들뜬 마호로 마을의 젊은이들이 공민관에 모여 벌이는 신년 하례식의 야단법석이나. 각자 들고 온 싸구려 술을 마음껏 들이켜며 유쾌하게 밤을 새우려는 그들의 마음은, 어쩐 일인지 마시면 마실수록 거칠어진다. 가정 사정 때문에 마호로 마을에 갇힌 자, 정년이 다 되었음에도 마호로 마을을 뛰쳐나갈 용기가 없는 자, 각지를 떠돌다가 끝내 마호로 마을로 되돌아오는 길밖에 없었던 자.

처음 한동안 그들은 시큰둥한 표정으로 찔끔찔끔 술을 마시면서 안주를 주섬주섬 주워먹고, 턱을 괴고 생각에 잠겨 있다가 어쩌다 한 번 말을 뱉는 식으로 전혀 분위기를 타지 못했다. 그런데 뒤늦게 어슬렁어슬렁 멍청한 얼굴을 들이민 한 작자가 보란 듯 숨도 쉬지 않고 한 되를 들이켜자 그들은 총구에서 발사된 총알처럼 갑자기 법석을 떨기 시작했다. 나는 그들을 허탈 상태에서 해방시키고, 올해는 여느 해와 다른 도약의 해라는 것을 깨닫게 하였다.

그들은 지금의 마호로 마을을 깎아내리면서 마호로 마을의 미래에 관해서 왁자지껄 떠들어대고, 여전히 아무것도 변하지 않은 그들 자신을 깨닫고 고함을 지르고, 그리고 마침내는 분노가 나를 지배하게 되었다. 그들은 여세를 몰아 눈 쌓인 거리로 쏟아져나가 축제의 날처럼 큰길을 행진하였다. 삼층짜리 검은색 빌딩에 사는 사람들은, 그들이 퍼부어대는 욕지거리와 눈덩이에도 내가 수그러들지 않자 그만 기가 죽어 얼굴도 내밀지 못했다. 잠시 후 소년 요이치가 그들에게 가세하면서 나는 정점에 달했다.

1월 2일 수요일

나는 새전함*이다.

마호로 마을의 선남선녀가 천우신조와 소원 성취를 위해 던지는 동전을 받아 챙기는 아마비토 신사의 새전함이다. 정초 사흘 동안 모인 동전의 총액은 작년의 꼭 세 배로, 이는 다름아닌 마호로 마을의 올해 운수를 대변하는 것이다.

오늘 나를 찾아 마음속 깊숙한 비밀을 털어놓은 사람들은 대충 이러했다. 둘의 수입이 똑같다는 이유로 말다툼이 끊이지 않는 부부, 어디로 보나 무위도식할 게 뻔할 유약한 젊은이, 마치 금족령에서 해방된 자처럼 등을 구부리고 종종걸음으로 걷는 연배의 여자, 도락이 지나쳐 몰락의 길을 걷고 있는 치과 의사, 순수하지 못한 사랑의 암로에 헤매는 어리석은 처자, 대화로 성립될 만한 화해를 지향하는 마음 약한 깡패, 아는 사람을 통하여 실력자에게 탄원하기를 완전히 포기한 노파, 고작 이런 정도였다.

히말라야 산맥에서 셋째로 높은 봉의 등정을 성공하기를 비는 자, 약관의 나이에 세상에 이름을 떨치려는 자, 다원적 국가론을 주장하면서 적화를 두려워하는 척하며 정권욕을 만족시키려 하는 자, 권력의 강압에 저항하는 자, 일신의 영욕에 관한 난제를 껴안은 자, 앞서 저지른 잘못을 후회하면서 참회하는 자, 평소의 소망을 이루려는 자, 그런 사람들이 찾아왔던 날들이 먼 옛날처럼 여겨진다. 지금 나는 불만을 호소하는 쓰레기통으로 전락하였다. 보다못한 소년 요이치가 반짝반짝 빛나는 동전 한 닢과 자신은 어떻게 해야 하는가란 물음을 던져주었다.

1월 3일 목요일

---

* 신사에 바치는 동전을 넣는 함.

나는 흡수다.

방관과 관찰에 투철한 인상 더러운 소설가, 그가 마호로 사람들에게서 집요하게 빨아들이는 흡수다. 그는 오늘도 새끼 곰을 닮은 삽살개를 데리고 반나절이나 사람들이 복잡하게 오가는 마을의 중심을 어슬렁거렸다. 그리하여 나는 사람들이 많이 모이는 곳을 소굴 삼아 꼬여든, 늘 임전 태세를 갖추고 있는 악당들에게서는 분규의 기운을 감지하였고, 요즘 들어 갑자기 씀씀이가 헤퍼진 자들에게서는 언젠가 무일푼이 될 조짐을 간파하였다.

이어 나는 성대한 결혼 피로연에 참석한 가족들로부터는 번영의 기쁨을 나누어 받았고, 고향으로 돌아와 도시의 먼지를 떨구는 젊은이에게서는 머지않아 탕아가 될지도 모르는 위태로움을 느꼈고, 사랑하는 고양이의 행방을 찾아 집집을 돌아다니는 늙은 여자에게서는 발광을 예감하였고, 혼란에 편승하여 파병을 획책하는 무리의 손발이 되어 움직이는 자들에게서는 타국을 병탄하여 세력을 확장하고 아시아 전토를 휘하에 거머쥐고 대정(大政)을 익찬하는 시대의 악취를 맡았다.

술만 마셨다 하면 큰소리를 쳐대는 불그죽죽한 얼굴의 남자는, 드디어 살아서 이 세상을 탈출할 방법을 찾아냈다고 고함을 질렀다. 창백하고 병치레를 잘하는 어린 자매는, 활력을 증진하고 백 살까지 살게 하는 음식이라는 부모의 말에 자라탕을 먹고 있었다. 풍류객은 살집 좋은 두 여인네 사이에 끼여 기분 좋게 웃고 있었다. 갓 부모가 된 부부는 사랑하는 아기의 사진을 넣을 액자를 사고 있었다. 소설가는 "과연 저자들이 살아 있는 것일까"라고 중얼거렸고, 나는 그 말을 단박에 주워들었다.

1월 4일 금요일

나는 재원이다.

삼층짜리 검은색 빌딩에 소굴을 틀고 암투를 계속하고 있는 조직의 고갈 직전인 재원이다. '삼광조' 여관에 드나드는 손님들 중에 파산하는 자가 속출하였고, 그 가운데 한 사람은 자살까지 한 사건이 있어 경찰이 본격적으로 나를 감시하게 되었다. 그리고 다른 손님들 사이에서도 변화가 일었다. 이기고 지기를 되풀이하다가 한 번은 크게 돈을 잃는다는 것을 간신히 깨닫고서 일제히 손을 턴 것이다.

또한, 아무리 색을 좋아하는 남자라 한들 한 명밖에 없는 창부에게 싫증이 나는 것은 뻔한 일이고, 당사자인 창부도 성실하게 일하고 싶은 마음이 사라진 상태였다. 동남아시아에서 데리고 온 여자들은 하나같이 병을 지니고 있는데다 신출내기 조직원을 통해 멋대로 손님을 받았다. 이렇게 조그만 마을에서 그녀들의 움직임은 너무도 눈에 잘 띄었다. 개입할 만한 민사사건이 갑자기 늘어나는 반면, 적대파가 당당하게 마호로 마을에서 영역을 넓혀가게 되었고 정신을 차렸을 때는 이미 끝장이 난 후였다.

이리하여 궁지에 몰린 나에게 오늘밤 열 발 이상의 총탄이 날아와 박혔다. 그중 한 발은 하얀 외제 승용차에 명중하였고, 들새 소리를 녹음한 카세트테이프에 맞아 마침 우짖고 있던 큰유리새의 울음소리가 산산이 부서졌다. 패색이 짙어졌음에도 키 큰 청년 혼자만 여전히 적개심을 불태우고 있었다. 아직 죽고 싶어하지 않는 그들에게 그가 말했다. 사설 마권을 취급해보면 어떻겠냐고.

1월 5일 토요일

나는 코피다.

딱히 어떻게 한 것도 아니고 달 쪽으로 몸을 쑥 내밀었을 뿐인데 소년 요이치의 코에서 주르륵 흘러나온 코피나. 의지와는 상반되게 몸이 움직이는 탓에 늘 얼간이 짓만 하는 요이치지만, 오늘 그는 돌부리나 혹은 누군가가 버린 새해 첫 꿈의 조각에 걸려 넘어지지도 않았고 전신주나 누군가가 보낸 일말의 동정과 부딪치지도 않았다. 또 부모의 지나친 기대에 부응하지 못하여 짜증이 난 아이의 적정선을 모르는 펀치를 얻어맞지도 않았고, 막 배운 유도 기술을 시험하고 싶어 근질근질한 아이와 우연히 마주친 일도 없었다.

요이치는 그저 늘 그렇듯 마을을 천천히 어슬렁거리면서 보고 싶은 것을 보고 만지고 싶은 것을 만지고, 머리 위에서 불타는 태양을 상대로 생각하는 바를 얘기하고, 남편의 자살을 방조하였다는 죄로 재판을 받았으나 증거불충분으로 풀려난 노파의 손을 살며시 잡고서 그 온기를 확인하고, 그리고 큰유리새가 기다리는 집으로 돌아갔을 뿐이었다.

요이치 자신은 아직 나를 모르고 있다. 요이치를 대신하여 나를 알아주는 사람도 없다. 그러나 내게는 이 병자에게 기필코 전하고 싶은 것이 있다.

1월 6일 일요일

나는 과거의 잘못이다.

요이치의 삼촌이 눈에 보이는 모든 것이 쓸쓸한 겨울 산을 찾아다니며 거듭거듭 뉘우치는 과거의 잘못이다. 그는 나의 기세에 짓눌린 채, 눈 밑에서 여전히 선명한 색을 유지하고 있는 낙엽을 보고는 피의 바다를 연상하고 우뚝 돌부처가 되고 만다. 그러고서 그는 긴 칼로 사람을 죽였을 때 어깨에서 두 팔로 흘렀던 독특한 전율과, 목덜미에서 피가 뿜어져나오는데도 한동안 그대로 서 있었던 상대방의 소름끼치는 형상을 떠올린다.

한때는 호기와 불굴의 정신을 자랑하였던 그였건만 형기가 끝날 즈음에는 바람 소리가 가슴에 구슬프게 스며들고, 어딘가 모르게 떳떳하지 못한 느낌에 사로잡히고, 하늘하늘 떨어지는 황매화 꽃잎에 넋을 잃고, 두려움에 등줄기가 서늘해지고, 둥글둥글한 달에서 봐서는 안 될 것을 보고, 그러다 끝내는 암울한 나날을 보내는 처지가 되고 말았다.

그리하여 비단잉어와 함께 산에 은거하였으나, 그에게 나는 상처를 어루만지는 약이 아닌 독이 되었거나 아니면 통절함의 원초가 되었다. 그런데도 그는 비단잉어를 대신할 무엇을 아직도 찾지 못하였고, 죽임을 당한 비단잉어의 원수를 갚는 것 외에는 달리 결착지을 방법을 찾지 못했다. 그런 그의 앞을 가로막고 선 나는 "한 번만 더 하면 끝장이야"라고 말하고, 이어 "다시는 새로 시작할 수 없어"라고 말한다. 그러나 효과는 없었다. 그는 나를 물리치고, 술을 한 잔 들이켜고는 법률로 휴대가 금지된 물건을 꺼내 오늘밤 역시 산을 내려갔다.

1월 7일 월요일

나는 공명이다.

중학교 음악 선생이 연주하는 시타르의 선율과 요이치네 큰유리새의 한겨울 우짖음 소리 사이에 생긴 공명이다. 마치 겹겹이 중첩된 폭넓은 음이 샘처럼 솟아나는 그 현악기 소리는 언덕 아래에서 안개처럼 기어올라와 파란 새를 자극한다. 한편 속내가 알알이 드러나 있는 유리색 울음소리는 안개비처럼 언덕을 내려가 성적인 형상의 우아하고 요염한 악기의 현을 미묘하게 자극한다.

언덕 중턱에서 부딪친 두 소리는 서로를 간섭하면서 주자의 의도와는 다른 강약을 빚어내고, 신비로운 그 선율은 오늘을 살며 내일도 살아야 하는 마호로 마을 사람들에게 이렇게 말한다. 인간 세상은 한 번뿐이니 안달복달 걱정할 것이 못 된다고 강조하고, 이 세상에는 회의할 정도로 가치 있는 곳이 아니라고 단언하고, 황천은 불행한 처지에 몰린 이들의 망상의 산물에 지나지 않는다고 단정하고, 죽음의 순간까지 대범하게 대처하며 살라고 훈계한다.

그러고 나서 나는 약하고 고독한 사람들의 마음을 겹겹이 에워싸고 있는 마음의 울타리를 걷어내고, 이질적인 존재로 두드러지는 사람들을 한 명 한 명 격려한다. 시타르와 큰유리새의 울음소리는 아귀를 맞춘 증언처럼 한 치도 어긋나지 않고 똑같아 속임수 같지만, 그렇다고 일일이 진실이라 여기는 자도 없으니, 나는 마침내 큼직한 타원형을 그리며 물거품 호수의 수면 위를 돌다가 안면을 방해하지도 못한 채 소멸한다.

1월 8일 화요일

나는 토론이다.

정초부터 물거품 호수의 생사 판정을 놓고 마을 회관에서 펼쳐지고 있는 시끌벅적하고 난장판에 가까운 토의다. 전직 대학교수는, 호수의 오염도는 지극히 낮은 수준이라는 읍장의 말을 앵무새처럼 따라 하더니, "웃기는 소리 하지 마시오!"라고 고함을 지르고, "탐욕에 눈이 먼 당신이 물거품 호수가 빈사 상태에 있다는 것을 인정할 리 없지"라고 말했다.

그러자 읍장은 기다렸다는 듯이 읍의 예산으로 고용한 학자를 청중에게 소개하였다. 권력가의 눈과 입처럼 움직이며 자기 보전을 위해서라면 무슨 짓거리든 마다 않는 그 남자는 "자자, 그렇게 흥분하지 마시고"라고 말을 꺼내고, "학자에게는 무엇보다 냉정함이 필요합니다"라고 말하고서, 담수에 관한 오랜 연구가 결실을 맺어가고 있다고 자랑스럽게 말한다. 그리고 이틀 치에 불과한 수질조사 결과를 발표한다. 다소 탁하기는 하지만 이 정도면 어류나 플랑크톤에게 거의 영향을 끼치지 않는다고 말한다.

그것은 수치를 모르는 개발추진파 취향의 사실 왜곡이다. 그는 이렇게 말을 맺는다. "인간의 병에 비유하자면 가벼운 감기 정도라 할 수 있지요." 그러자 야유의 폭풍이 휘몰아치면서 쌍방은 격렬하게 욕설과 고함을 주고받았고 의자가 공중을 날았다. 읍사무소의 한 직원이 가발이 뜯겨나가지 않게 주의하면서 사람들 사이를 헤치고 들어가 "선생님, 이쪽으로 오시죠"라고 말하고, 견식은 없으되 간사한 지식은 풍부한 학자를 밖으로 데리고 나가 대기시켜둔 차에 태워 탈출시킨다.

1월 9일 수요일

나는 반응이다.

마호로 마을에서는 그나마 사람들의 발길이 잦은 거리를 걷는 소년 요이치에게 보내는 마을 사람들의 올해 반응이다. 나를 구성하는 것은 작년과 마찬가지로 주로 연민의 정이다. 그 점은 예년과 거의 다름이 없지만 그래도 상당히 퇴색한 상태다. 모두가 징그러운 벌레를 보듯 거리를 두는 정도는 아니지만 격의 없는 태도를 보이는 것도 아니다.

나는 요이치를 들개 보듯 보고, 그가 짊어지고 있는 비극에 아무런 변화도 없음을 간파하고는 그 다음 순간 이미 요이치 따위는 잊고 만다. 지금 요이치란 존재는 고향의 발전을 방해하는 부정적인 요소의 상징이며 마을 사람들을 불안케 하는 역병신(疫病神)이다. 그렇게 생각하는 이가 늘어났다. 요이치를 한 번 보는 것으로 큰 구원을 얻었던 사람들이 지금은 아무에게도 들리지 않을 작은 소리로 요이치를 조소한다. 공공연하게는 말할 수 없는 말을, 예를 들면 너 같은 놈이 대낮부터 길거리를 어슬렁거리니 될 일도 안 될 것 같다든가, 그렇게까지 살 필요가 있느냐는 악담을 퍼붓는다.

그러나 당사자인 요이치는 나 따위에는 여전히 관심을 보이지 않는다. 그는 올해도 신에게 버림받은 몸으로 비틀비틀, 마호로 마을에 부는 바람을 받아들이기도 하고 거부하기도 하면서 우주를 관통하는 일정한 법칙을 따라, 어슬렁어슬렁, 칭찬과 폄훼가 반반인 인간 세상을 통과한다.

1월 10일 목요일

나는 눈길이다.

다른 지방에 있는 유명한 정신병원으로 떠나는 여자를 배웅하는 남편의 조용하고도 애틋한 눈길이다. 남편은 지금도 이것이 과연 현명한 처사인지, 정말 다른 방법은 없는 것인지 생각하고 있다. 그는 하루에도 몇 번이나 달리는 자동차에 몸을 던지려는 아내의 목숨을 구하고 싶었다기보다 아무 관계도 없는 타인을 가해자로 만들고 싶지 않았던 것이다.

그는 그런 생각으로 결단을 내렸다. 그녀의 늙은 아버지도 그의 생각에 동의하였다. 장인은 남편에게 이렇게 말했다. "내 딸이니 내가 병원으로 데리고 가겠네." 그리고 "더이상은 자네를 힘들게 하고 싶지 않네"라고 말하고, "자네는 정말 잘해주었어"라고 말하고, "그만하면 충분하네"라고 말했다. 그리고 그는 앞으로 무슨 짓을 저지를지 모르는 병자를 차에 태웠다. 그녀의 눈은 이미 죽어 있었다. "제 아내입니다"라고 남편은 말했다. 장인은 "이 아이는 이제 그만 잊어버리게, 잊어버려. 그리고 앞으로는 편안히 살게나"라고 말하고 "자네는 아직 젊으니까 말이야"라고 덧붙였다.

부녀를 태운 차는 고갯길에 접어들어, 커브를 돌 때마다 유리창이 번들번들 빛났다. 남편은 집 앞에 우뚝 서서 아직도 그쪽을 보고 있다. 그리고 차가 십 년에 걸쳐 완공된 낡은 터널 속으로 사라지자 햇수로 이십 년을 함께한 부부의 연은 뚝 끊어지고 말았다. 마침내 남편이란 올가미에서 벗어난 남자는 눈을 감고, 큰유리새의 지저귐 소리를 흉내 낸 휘파람 소리에 가만히 귀 기울였다.

1월 11일 금요일

나는 이웃이다.

때로는 눈에 거슬리고, 때로는 비교의 대상이 되는 마호로 마을 사람들이 매일 마주치는 이웃이다. 사람들은 나와 견주어 표면적인 행복의 정도를 가늠하고, 털끝만한 일로 기가 죽고, 운명을 점칠 때인지 아닌지를 결정하고, 고초를 겪고 있는지 여부를 판단하고, 공들여 키운 아들이 남자다운지 어떤지를 저울질한다.

그들은 나를 붙들고 얼토당토않은 사건의 대강을 얘기하고, 아무래도 상관없는 후일담을 늘어놓는다. 그들은 또 나를 통하여 부재중이기는 하나 관심을 보일 만한 타인의 슬픈 사건을 알고, 내 덕분에 더더욱 마호로 마을의 소식통이 되어 일단은 안심하고 잠자리에 든다. 사소한 일에 집착하는 그들은 용납할 수 없는 배신 행위라 하여 나를 호되게 질책하고, 흠잡을 데 없는 나를 시기하고, 또 새빨간 거짓말을 회람과 함께 내게 전달한다.

그들은 나를 통하여 세인들이 평가하는 진리가 무엇인지를 알고, 내게 뒤지지 않으려고 일하지 않아도 좋을 가족까지 일하게 하고, 나의 다소 억지스런 부탁을 쾌히 승낙하고는 금방 뒤돌아서서 후회한다. 그들은 항상 나의 속내를 의심하고, 내가 취한 태도를 뜻밖이라 여기고, 족보가 확실한 내 가문을 무시하고, 때로는 내게 터무니없는 신뢰를 보이며 우는소리로 민폐를 끼친다.

그러나 언덕 위의 외딴집을 떠난 지 오래지 않은 요이치의 누나는 아직 나를 어떻게 접해야 하는지 터득하지 못했다. 터득은커녕 그녀는 현관에서 한 발만 나서면 보이는 나를 송충이 보듯 싫어하는 눈치다.

1월 12일 토요일

나는 반론이다.

공사장 옆 밥집의 콧대 센 아줌마들에게 거지가 목소리를 쥐어짜며 펼치는 반론이다. 남은 밥을 얻으려 공사가 한창 진행되고 있는 황량한 현장을 가로질러 이곳을 찾은 거지는, 싫다는 대답에 기가 꺾이고 살이 피둥피둥 찐 아줌마들의 가시 돋친 태도에 겁에 질렸다. 그래서 그는 부엌 입구에 진을 치기를 포기하고 일찌감치 물러나려 하였다.

그러나 때는 이미 늦어, 거지가 엉덩이를 들자 동시에 집중 공격이 시작되었다. 아줌마들은 사지가 멀쩡한데도 일하지 않고 살려는 남자를 빙 둘러싸고 몰아세웠다. 다들 열심히 일해서 먹고사는데, 라고 한 사람이 말문을 열자, 다른 사람들도 일제히 그의 게으름을 비난하였다. 누군가가, 도둑이나 깡패가 그나마 낫지 않느냐고 말했다. 차라리 그만 사는 게 어떻겠냐고 말하는 이도 있었다.

이렇게 하여 양자의 충돌은 불가피해져, 드디어 내가 나설 차례가 되었다. 처지야 애당초 다들 아는 것, 나는 해도 너무하다 싶은 상대방을 하나하나 물고 늘어졌다. 그러나 차원 높은 논쟁으로 전개되는 일은 없었으니 내 말은 피임구나 서약서보다 허망하게 끝나고 말았다. 호되게 당한 거지는 도망치는 수밖에 없었다. 도망치는 도중에 그는 눈과 진흙탕에 발이 엉켜 꼴사납게 쓰러졌고, 쓰러질 때마다 나는 힘을 잃어, 호숫가에서 만난 소년 요이치의 휘파람 소리에도 그 힘을 되찾지는 못했다.

1월 13일 일요일

나는 노목이다.

하찮은 눈의 무게 때문에 픽 쓰러진다 해도 전혀 놀랍지 않은, 고사 직전의 노목이다. 삭막한 겨울 들판을 홀로 가는 소년 요이치가 내게 기대어 잠시 휴식을 취한다. 우리는 이미 몇 번이나 만난 적이 있다. 그래서 나는 멋대로 그의 후견인을 자처하고 나섰다. 그런데 요이치는 나의 위용에 감복하거나 나를 통하여 신명의 가호를 얻으려는 노인네들 같은 반응은 전혀 보이지 않았다. 두 손을 모으고 뿌리 뽑기 어려운 병을 낫게 해달라고 빌거나, 자기는 아무 노력도 하지 않으면서 전도를 가로막고 있는 어둠을 어떻게 해달라는 둥 넉살 좋은 소원도 빌지 않았다. 또 야비한 모양의 칼날이 달린 수동 드릴로 내 툭 튀어나온 배에 구멍을 뚫어 얼마 남지 않은 수액과 위신마저 들어내는 짓도 하지 않았다.

요이치는 버섯을 닮은 귀를 내게 바짝 붙이고, 내가 이런 계절에도 어김없이 대지로부터 빨아올리는 미미한 양의 물소리를 확인하고서는 감탄을 뱉었다. 그러고는 내게서 떨어져 드넓은 마음으로 좁고 긴 지형을 가로지르고, 누구에게도 경계심을 자극하지 않는 평소의 걸음으로 마을과 이어진 샛길을 지나, 추호의 사심도 없는 나날로 걸어갔다. 요이치의 승산 없는 모습이 점처럼 작아지고 끝내 사라져버리자, 이번에는 백조든 순록이든 닥치는 대로 쏘아대는 일말의 양심도 없는 남자가 나타났다. 그는 세공품의 재료로 팔아먹으려고, 날카로운 칼날로 나를 찌르고, 내 껍질을 벗겨낸다.

1월 14일 월요일

나는 일시적인 격정이다.

이 계절에 무슨 영문인지 쉬 지지 못하고 뉘엿뉘엿 해가 넘어가는 서편 하늘을 올려다보는 미친 여자, 그런 그녀의 투명한 눈에 재빨리 오가는 일시적인 격정이다. 나는 별장지대를 덮고 있는 겨울 메마른 숲을 헤치고 나아가, 털빛 고운 들고양이의 부드러운 등을 쓰다듬고, 절반이 토사로 메워진 뼛속까지 추위가 스미는 골짜기를 지나, 술 취한 노동자들의 번들거리는 얼굴을 피해 언덕을 빙글 반 바퀴 돌고, 그리고 벼랑 아래 깊고 따뜻한 동굴로 밀고 들어가 목표를 향하여 돌진한다.

나는 춤을 추기 위해 살고, 살기 위해 춤을 추는 그 젊은이를 찾고 있다. 그러나 그의 모습은 어디에도 없어, 나는 소름끼치도록 딱딱한 벽에 부딪쳐 메아리처럼 허망하게 튕겨나와 다시금 격리병동이나 다름없는 호숫가의 별장으로 돌아간다. 그리하여 아무 불편 없이 앞으로 천 년인들 못 살 리 없는 호화로운 방에서 홀로 쉬고 있는 미친 여자 옆에 살짝 눕는다. 지난 며칠 동안 그녀는 입술과 피부가 거칠해지도록 한풍 속을 헤매고 다녔다. 그러나 찾고 있는 상대는 어디에도 없었다. 아니 딱 한 번, 미어터지는 봉고를 타고 먼 공사장으로 가는 그의 생기 없는 옆얼굴을 힐긋 보기는 하였다. 그 눈은 아무것도 보고 있지 않았다. 그가 마호로 마을에 있다는 것은 안다. 알게 모르게 나긋나긋한 몸짓을 익힌 미친 여자는 오늘 소년 요이치를 붙들고 물었다. 그러나 돌아온 것은 모른다는 의미의 얼빠진 표정뿐이었다.

나는 그런 그녀의 가슴을 애태우게 하고, 그런 그녀의 마음을 휘젓는다.

1월 15일 화요일

나는 연각(緣覺)이다.

이승 산 선사의 고승이 가혹한 한행(寒行)을 앞둔 수행승들에게 얘기하는 연각이다. 나는 부처의 가르침에 의지하지 않고 스승도 없이 혼자 힘으로 깨달음을 얻었으며, 그렇다고 하여 다른 사람에게 가르침을 설파하려 들지도 않는 고고한 성자다. 즉 나는 소년 요이치다. 요이치는 지금 여름철에는 시원한 바람이 불지만 겨울철에는 혹독한 추위에 갇히는 산골짜기에서 머리로는 반짝이는 별을 이고 몸은 경련하는 뇌 속을 오가는 무수한 생각에 맡기고 있다.

눈 아래 펼쳐지는 마호로 마을은 추운 하늘 아래 몸을 웅크린 자들의 기척과 곡하는 자의 목소리로 가득할 뿐 놀랄 만한 것은 전혀 없다. 그럼에도 요이치는 뒤틀린 그 얼굴 어딘가에 온화함을 띠고 단애절벽에 태연히 서서, 자주와 자립을 유지하면서 장차 어떻게 될지 아무도 모르는, 아마 신들도 모를 우주 만물의 근원에 녹아들어 야음을 지나가는 한 줄기 광망에 미래의 모든 것을 위탁한다.

그때 인간을 닮은 짐승이 한마디 말을 던지면서, 털끝만한 사심도 없이 수마가 할퀴고 지나간 자리가 남아 있는 계곡을 조용히 침착하게 건너간다. 그 너머에서 순록 부부 한 쌍이 달빛을 받으며 험한 길을 넘어 눈 쌓인 능선을 종주하려 한다. 나는 요이치며 그들이다. 나는 요이치이기도 하지만 그가 키우는 큰유리새이기도 하다. 그리고 나는 다른 모든 살아 있는 생물이며 물상이다. 나는 누구를 후원하지도 보좌하지도 시중들지도 않는다.

1월 16일 수요일

나는 최후다.

물거품 호수의 주인이라 할 수 있는 거대한 잉어의, 스스로를 지키려는 본능에서 비롯된 무참하면서도 장렬한 최후다. 오랜 세월 동안 이 산 위 호수를 주관한 자부심과 아울러 맑은 물을 더럽힌 인간에게 항의하는 뜻을 담아 그런 죽음을 선택한 것이다. 죽기 전에 거대한 잉어는 소년 요이치에게 작별을 고하려고, 당장이라고 얼음이 쨍쨍 얼 것처럼 차가운 수면 가까이로 올라와 기다렸다. 그러나 이틀을 기다려도 뒷일을 부탁할 요이치는 나타나지 않고 휘파람 소리조차 들리지 않았다. 또하나의 산이 무너졌다.

하는 수 없이 거대한 잉어는 작별인사도 없이 죽기로 결심하고, 요이치의 집을 향한 채 있는 힘을 다해 지금까지 시도해본 적이 없는 도약에 도전했다. 혼마저 대지에 짓눌러버릴 만큼 막강한 중력을 거역하고, 강인한 근육의 힘을 한곳에 모았다가 한꺼번에 풀어놓았다. 그러자, 보라. 고색창연한, 그러나 탄탄한 거대한 몸이 수면을 박차고 올라 살을 에는 한풍과 단청의 묘를 다한 햇살 속으로 도약한다. 야생 잉어로 살 수 있을 만큼 충분히 살았다는 생각은 그대로 상승하여 언덕을 넘고, 만수기에 몇 번이나 꾸었던 꿈을 따라 한층 더 상승한다. 그러나 몸은 그렇지 못하니, 요이치가 좋아하는 썩어가는 널다리를 향하여 떨어지더니 그대로 산산조각으로 부서지고, 창처럼 뾰족한 말뚝 하나가 긍지와 항의에 싸인 심장을 푹 찌른다. 그러나 목격자는 없고, 과도한 무게를 견디지 못한 말뚝도 끝내는 부러져, 검붉은 피와 함께 다시금 호수 바닥으로 돌아간다.

1월 17일 목요일

나는 구름 낀 하늘이다.

호경기가 되면 들끓을지도 모르는 마호로 마을 사람들의 기분을 무겁고 암울하게 짓누르는 납빛 구름 낀 하늘이다. 반신불수의 청년은 내 탓에 휠체어의 사소한 고장으로 이길 수 있는 절호의 기회를 놓쳤던 장애인 마라톤 대회 때 일을 떠올린다. 또 마을에서 제일가는 허영꾼은 나를 물리치지 못하여 자기란 인간이 결국은 어떤 자인지를 알고 만다.

그리고 매사에 빈틈없이 사는 나날을 좋다 여기는 냉혈한 무뢰한들은 언제 어디서 수수께끼의 죽임을 당할지 모르는 처지를 새삼 깨닫고 간담이 서늘해진다. 그리고 온갖 희생을 치러 비원을 달성한 자는 갑자기 자만심을 버리고 구악의 발각을 두려워하고, 가산을 팔아먹고 사는 얼굴이 희고 갸름한 미망인은 발길 잦은 전당포 여주인을 보자 말보다 앞서 멱살을 움켜쥔다.

그렇게 이 나라가 좋으면 아예 이 나라 국민이 되지 그러느냐고 핵심을 건드리면 말을 얼버무리는 마호로 마을에 사는 외국인은, 피부가 희고 키가 크다는 것만으로는 이미 대접받기 힘들다는 것을 알게 된다. 돈벌이를 하러 나간 사람들이 밤낮으로 일하는 공사현장에서는 갑자기 도난 사고가 빈발하고, 토박이들 사이에 남아 있던 상부상조의 정신이 무너진다. 이 모두가 내 수작이다. 그러나 내 힘이 소년 요이치에게 미치는 일은 없다. 한 올의 광명조차 절대로 바라지 않는 이 소년은 어쩌면 나와 비슷한 종류인지도 모르겠다. 그렇지 않다면 전혀 다른 종류의 전형일까.

1월 18일 금요일

나는 지갑이다.

늙어서도 기력이 왕성하여 목적을 향해 쉬지 않고 한 길을 매진하는 노인네가 꺼낸 사슴 가죽 지갑이다. 오직 현금만을 믿고, 잠을 잘 때도 나를 몸에 지니는, 머리칼 부스스한 그는 언젠가 그랬던 것처럼 오늘도 그 소년을 불러세웠다. 물거품 호숫가의 공사가 어느 정도 진척되었는지 살피러 나온 그는 눈 따위 아랑곳하지 않는 진전에 흡족하여, 도저히 손을 쓸 수 없는 병에 걸린 소년을 보자 영구차를 연상케 하는 거창한 자동차를 세우려 하였다.

불러세운 노인도, 걸음을 멈춘 소년도 그것이 세번째 만남이란 것을 까맣게 잊고 있었다. 노인은 지난번처럼 침을 묻혀 끈적끈적한 손가락으로 내 안에 들어 있는 두툼한 지폐 중 한 장을 꺼냈다. 그리고 주름 하나 없이 빳빳한 그 지폐를 일부러 구깃구깃 구겨서 떨림이 멈추지 않는 소년의 손에 쥐여주고서 싸늘하게 웃었다. 늘 말쑥한 양복을 입는 비서가 소독약을 묻힌 탈지면으로 노인의 손을 정성껏 닦았다.

소년은 지난번에는 받은 돈을 주머니에 쑤셔넣었지만 이번에는 달랐다. 그는 호숫가에 쭈그리고 앉아, 감자를 먹기 전에 깨끗이 씻는 원숭이처럼 그것을 밀려오는 파도에 몇 번이나 헹궜다. 그러고는 곁에 있는 전신주에 딱 붙였다. 소년은 눈을 환영하는 걸음걸이로 멀어져갔다. 지폐 한 장만큼 가벼워진 나는 노인의 심장 박동이 흐트러진 것을 그제야 깨닫는다.

1월 19일 토요일

나는 괴조다.

팽팽하고 힘차게 펼친 날카로운 날개로, 내린 지 오래지 않은 밤의 장막을 헤치면서 나는 괴조다. 나 자신도 아직 나의 성체를 모르니, 저 호랑티티새도 못 되는 인간들이, 자기 힘으로는 영원히 날 수 없는 자들이 하늘을 우러러 열심히 고개를 갸웃거리는 것도 무리는 아니다. 나는 시대의 흐름을 따르기를 싫어하고, 행성의 역행운동을 좋아하는 새이다. 대설원을 망망하게 흐르는 큰 강을 거슬러 마호로 마을에 도착한 나는 허무의 바람에 맞추어 천천히, 그러나 종횡무진 날면서 때로 모든 것을 부정하는 기성을 폭탄처럼 흩뿌린다. 나의 안하무인격인 처세를 알아챈 자는, 몇 사람이 되었든 편안한 잠을 자지 못하고 늘 마시는 주량에 취하지 못하고 평소의 웃음을 되찾지 못한다.

병든 몸으로 누워 있는 방년 열여덟 살의 정숙한 처녀는 연신 자기와 자기 몸을 학대하는 가시 돋친 말을 중얼거린다. 고인이 애지중지하였던 유품인 침대에서 자고 있는 노파는 모교에서 교편을 잡았을 정도의 지식인인데, 이 세상에 머문다는 혼백의 그림자 따위에 겁을 먹고 있다. 얼어붙은 아스팔트 위에 대자로 쓰러진 술주정뱅이는 괴로운 나머지 나에게 "그냥 이대로가 좋다니까!"라고 고함을 지른다. 그런데, 큰유리새가 새장에 사는 새인 처지에 모든 것을 긍정하는 지저귐 소리를 대공포화처럼 퍼붓는다. 그러나 나는 절대로 맞고 떨어지는 일이 없으니, 어둠이 스민 사람들의 마음속을 제 세상인 양 날아다닌다.

1월 20일 일요일

나는 접대다.

쌓인 눈을 마다 않고 일부러 언덕을 올라 찾아와준 방문객에게 소년 요이치가 정성을 다하여 마련하는 접대다. 나는 푸석푸석한 머리칼 때문에 더욱 쇠약해 보이는 창부를 집 안에 들이고, 따뜻한 차를 끓여 진한 맛의 전통 과자와 함께 내밀고, 큰유리새의 울음소리를 들려주었다. 창부는 꾀병을 부려 일을 쉬고 있노라 말하고, 정말 식구들이 모두 나갔느냐고 확인하고, 저녁때까지는 아무도 돌아오지 않는다는 것을 알자 안심하고서, "너무너무 보고 싶었어"라고 중얼거리면서 눈물을 머금은 눈길로 요이치를 쳐다보았다.

요이치는 창문 너머로, 까마귀와 일대 전쟁을 치러 간신히 끝장을 보고 이승 산으로 패주하는 솔개 떼를 바라보고 있었다. 그런 요이치의 입에서 나오는 말은 늘 그렇듯 비단벌레의 날개색 같은 것들뿐이었지만, 그래도 창부는 열심히 귀를 기울였다. 큰유리새는 자기 영역을 확보하려는 의도에서가 아니라, 요이치 같은 소년을 찾을 수밖에 없는 여자의 심정을 헤아려 아낌없이 우짖어주었다. 나는 차를 따르고 요이치 몫의 과자까지 권했다. 창부는 어린애처럼 입을 오물거리며 간혹가다 화장기 하나 없는 얼굴을 새장으로 돌리고, "풀어주지 그러니"라고 말하고, "하지만 지금 밖에 나가면 얼어죽을지도 모르지"라고 말했다. 그러고서 그녀는 고타쓰에 파고들어 잠이 들었다.

얼마 후 잠이 깬 창부는 내게 너무 폐를 끼쳤다고 생각했는지 서둘러 돌아갔다. 눈이 "요이치, 잘 있어!"란 인사말을 빨아들였다.

1월 21일 월요일

나는 소생이다.

운집한 구경꾼들의 호기심 어린 눈길에 갑자기 기운을 되찾은 남녀 한 쌍의 소생이나. 밀치고 빌리는 야단법석이 나를 거들고 있다. 아무튼 물거품 호수는 두 사람이 자진하여 내민 목숨을 받아들이려 하지 않았다. 더이상 오염되고 싶지 않았던 것일까. 나는 캠프장에 가까운 호숫가로 밀려올라온 두 개의 유사한 생명을 따뜻하게 덥히고 있다.

구급차가 도착할 때까지, 보트 대여점 아저씨는 어제까지 자기 밑에서 일했던 젊은 중을, 그리고 '삼광조' 여관의 여주인은 창부를 꼭 껴안아 몸을 녹여주었다. 두 사람을 잇고 있는 인연의 끈을 본 자는 물론 한 명도 없다. 하지만 두 사람의 왼손과 오른손을 검푸른 멍이 들도록 꽉 묶고 있는 빨간 끈은 그 자리에 있는 모든 사람의 눈에 띄었을 것이다. 그 끈은 원래 어디에 쓰는 것일까.

창백한 남자와 가냘픈 여자가 번갈아 토해내는 물은 썩은 콩처럼 싯누렇다. 죽지 못한 자는 살지 못한 자보다 볼썽사납다. 머지않아 해가 질 하늘에는 뜻하지 않은 먹이를 놓친 솔개가 양 날개를 펼치고 아쉽다는 듯 배회하고 있다. 나는 불길한 그 새를 쫓아버리고, 바로 곁까지 밀려온 살풍경한 무인 보트를 호수 건너편으로 몰아낸다. 항상 그렇듯 대응이 느린 경찰이 어정어정 나타난다. 창부를 산 적이 있었던 남자가 가발 쓴 머리를 이리저리 흔들며 언덕 위의 집으로 돌아간다.

1월 22일 화요일

나는 신파다.

몇 년에 한 번, 그것도 계절에 관계없이 마호로 마을을 찾는 떠돌이 극단이 보여주는 흔해빠진 신파다. 얼치기 배우들로 구성된 나는 유독 강설량이 많은 올해 같은 겨울에는 큰 인기를 모을 터였다. 그런데 어째 좀 이상하다. 분명 손님은 예년보다 많이 들어오는데, 내가 아무리 분발을 하여도 별다른 반응을 얻을 수 없었다.

사랑의 도피 행각을 그린 연애물로 정평이 나 있는 볼거리의 감흥을 깎아내리고 있는 것은 나이 들어 색기를 잃은 배우가 아니라, 이 시골 마을에서 어제 실제로 있었다는 동반자살 사건이다. 관객들은 나 따위 제쳐놓고, 전해들은 사건의 일말을 거듭 얘기했고, 그 감상이 과찬의 말이 되어 좁은 무대를 난무하였다. 그 얘기에 푹 빠진 관객들은 내가 순서대로 만들어 보이는 감동의 흐름을 막아버렸다.

객석은 줄곧 시끌시끌했고, 나를 제대로 봐주는 자는 거의 없었다. 오기로 연기를 하는 여배우도, 화장을 지우면 그저 볼품없는 남자에 지나지 않는 여장남자 배우도, 목소리가 쉬도록 열연하는 조역들도, 구겨진 지폐 한 장은커녕 박수조차 받지 못했다. 그런데다 돈도 내지 않고 어디로 숨어들었는지 한 소년이 민달팽이처럼 꿈틀대는 몸짓으로 무대로 기어올라와, 몇 번이나 끌어내렸는데도 포기하지 않고 관객과 함께 마지막까지 나를 우롱하였다. 그리고 그들은 자기들이 사는 마을에서 생긴, 내 취향에 딱 맞는 창부와 중의 연애 이야기에 크게 만족하여 돌아갔다.

1월 23일 수요일

나는 인간이다.

아무리 오래 살아도 이 세상에 친숙해지지 않는, 희귀하고 불길하며 다른 동물들처럼 일률적으로는 논할 수 없는 생물인 인간이다. 이 별에서 특별 취급을 받고 다른 생물들로부터 예외 취급을 받는다 한들 불평할 수 없는 나는, 나날이 신분에 걸맞지 않은 생활을 획득하고 유감없이 실력을 발휘하면서 묵과할 수 없는 행패를 부리고 있다.

나는 구구한 의견을 토하고, 개성을 사랑하면서도 때로는 일사불란하게 움직여 비극을 낳고, 몇 가지 방법으로 살 수 있다고 착각한다. 그러다가 한 번 순서가 뒤바뀌어 혼란이 빚어지면 당장에 자신감을 잃고 무질서를 경원하면서 자기 이상의 누군가에게 매달리려 한다. 영원한 어둠이며 텅 빈 무(無)에서 이 우주를 창조하였다는 환영의 누군가에게 딱 달라붙어, 그자의 조언에 귀 기울이고 그자가 어쩔 수 없이 나서줄 순간을 기대한다.

나는 밤에도 뚜렷하게 구별할 수 있는 선과 악을 모호하게 만들고, 번거로운 철학을 퍼뜨리고, 제멋대로 새로운 예를 만들어내고, 자신의 긴 그림자를 굴복시킬 수 없는 악마라 여긴다. 또 때로는 흔해빠진 파란 새의 고풍스런 울음소리를 이유도 없이 고마워하거나 아니면 다른 새의 삶과 죽음까지 자기 권한 안에 있다고 우쭐해한다. 그리하여 지금의 나는 수치를 모르는 얼굴로 불신과 거짓만 얘기하게 되었으며 정사의 약속을 나눌 힘마저 잃어 쇠퇴 일로를 걷고 있다. 태어난 지 삼 주밖에 안 된 갓난아기가 흘리는 저 눈물의 의미는 대체 무엇인가.

1월 24일 목요일

나는 수명이다.

새벽이 희미하게 밝아올 무렵, 마호로 마을 병원으로 옮겨진 백발의 남자가 거둬들인 수명이다. 동반자살에 실패하여 이웃한 병실에 따로 입원해 있는 남녀는 마음에 받은 상처야 어떨지 몰라도 몸은 완쾌를 향하고 있었다. 그런데 소름끼치도록 선견지명이 있고 만사에 신속하고 요지부동의 확신을 지닌 이 노인의 심장은 두 번 다시 움직이지 않았다.

객지에서 불귀의 객이 된 그는 이제 더이상 어떤 대사업도 추진할 수 없고, 이익이 확실하게 보장된 땅을 방방곡곡 사러 돌아다닐 수도 없고, 치졸한 문장으로 추잡한 사랑을 그려 문인인 척할 수도 없고, 독단적인 조치를 취할 수도, 이제 막 시작된 물거품 호숫가의 휴양지 개발 계획을 끝까지 지켜볼 수도 없게 되었다. 또 재계의 괴짜나 풍운아라 불려 우쭐할 수도, 버터 대신 마가린을 듬뿍 바른 식빵을 한입 가득 오물거릴 수도, 입가가 반듯하고 몸집 큰 남장여인에게 매일 밤 안길 수도, 타산적인 나날을 계속할 수도, 천천히 지갑을 꺼내 빳빳한 새 지폐를 헐렁헐렁한 파란 셔츠를 입은 병든 소년의 손에 쥐여줄 수도 없게 되었다.

그의 측근은 대소사에 미칠 영향을 고려하여 발표를 연기하기로 결정하고 관계자들의 입을 막았다. 그리고 급히 전용 헬리콥터를 불러 향년 여든세 살 남자의 싱싱한 사체를 납색 기체로 옮겨 마호로 마을 밖으로 데리고 나갔다.

1월 25일 금요일

나는 비둘기 모양 피리다.

폭설에 갇힌 마호로 마을 한 어귀에서 곱상한 눈먼 소녀가 진종일 불어대는 비둘기 모양 피리다. 단조롭기에 한없이 깊은 선율은 그녀의 사랑하는 개에게 짐승이 지니는 긴장감을 풀어주고, 뒷골목으로 흘러들어 편안한 죽음을 기다리기에 지친 노인네들에게 한 번 더 봄을 맞이할 수 있는 기력을 선사하고, 길을 건너 다음 밀회를 애타게 기다리는 젊은 아가씨의 머리를 식혀준다.

그러고서 나는 눈 덕분에 정연하게 보이는 거리거리를 따라 소리 없이 미끄러져, 신문을 좋아하는 정의파 남자에게 아무리 분개해봐야 소용없는 일이라고 훈계하고, 시어머니에게 차마 듣기 민망한 욕설을 퍼붓는 후처의 목소리를 낮추고, 이 세상은 덧없는 것이라 여기는 청년에게는 언젠가는 반드시 마음이 맞는 친구를 만날 수 있을 것이라 약속하고, 학부모에게 야비한 성격을 질책당해 낙담한 교사에게는 세상의 평가 따위에 일일이 신경쓸 것 없다고 말해준다. 이어 나는 술에 취한 나머지 싸움을 벌이는 바람에 싹싹 빌고 다니는 남자에게 자살을 권하고, 잡다한 사무에 쫓기고 있는데도 태만하다는 비난에 몸서리를 치고 있는 여자에게는 자기의 능력이 어느 정도인지를 다시금 곰곰이 생각하게 하고, 교기 앞에서 국가를 합창하는 무력한 고등학생들에게는 획일주의가 초래하는 위험성에 대해 설명한다.

그러나 눈 따위엔 아랑곳하지 않고 걷는 소년 요이치는 내게 마음을 허락하는 일 없이 유난스레 어른스런 표정으로 단조로운 나날을 푸르디푸른 혼으로 헤쳐나가면서 오늘도 전진한다.

1월 26일 토요일

나는 혼미다.

마치 모래 장난을 하듯이 돈을 낳는 땅과 유희를 즐겼던 노인, 그의 갑작스런 죽음으로 빚어진 혼미다. 나는 마호로 마을을 단숨에 내달리고 다시 돌아와서는 한층 기세를 더하여 마음껏 횡포를 부린다. 휴양지 개발 계획이 중단된다는 소문은 순식간에 온 동네에 퍼져 관계자들을 당혹케 하였고, 사정 설명을 위한 집회장은 입추의 여지도 없었으며 벌써부터 위약의 책임을 묻는 소리가 난무했다.

특히 토지 매매 계획을 정식으로 맺지 않은 주민들의 술렁거리는 마음은 무엇으로도 진정시킬 수 없었다. 그들은 공손한 태도로 열심히 대처하는 읍사무소의 가발 쓴 직원을 추궁하였고, 집무실에 숨어 있던 읍장을 끌어냈다. 당할 대로 당한 읍장은 절반의 책임을 지겠노라 맹세하고 모두가 보는 앞에서 사방에 전화를 걸어, 간신히 믿을 만한 상대와 통화한 끝에, 회장 한 사람이 죽었다고 당장에 무너질 그런 시시한 기업이 아니라는 판에 박은 대답을 듣는다.

사람들은 일단은 안심하면서, "그러면 그렇지"라고 주절거리면서 스스로를 납득시키려 한다. 그리고 그들은 똘똘 뭉쳐 대처해야 할 사항과 만장일치로 가결해야 할 사항을 얘기하고, 이 손에 돈을 움켜쥘 때까지는 절대로 마음을 놓아서는 안 된다고 얘기하면서 별이 반짝이는 하늘 아래 밤길을 걸어 집으로 돌아갔다.

그런데 밤이 깊어, 외국인 노동자가 이백몇십 명이나 일제히 모습을 감춘 엄연한 사실이 다시금 나를 되살아나게 한다.

1월 27일 일요일

나는 신문이다.

뒤늦게 거물 기업가의 죽음을 대대적으로 보도하는, 세간에서는 우파라 일컬어지는 신문이나. 나는 그의 비열하고 악덕한 공적에 찬란한 빛을 부여하고, 뻔뻔스럽게 문인으로도 일류였다고 칭송하고, 경제계의 크나큰 손실일 뿐만 아니라 우리나라의 문화에 대한 영향도 적지 않을 것이라고 치켜세웠다. 또 그와 상조하는 관계에 있었던, 속으로는 무슨 생각을 하고 있는지 모를 패거리의 코멘트도 줄줄이 늘어놓아 주었다. 나로서는 구역질이 날 일이다.

물론 나는 "원래는 무일푼"이었다는 말을 더없이 사랑한 그의 묵과할 수 없는 부정에 대해서는 한 줄도 언급하지 않았다. 대신, 그가 세운 바다에 교량을 설치하는 대계획의 개요를 설명하고, 그의 꿈과 방침을 그대로 이어받는다는 후계자의 자신만만한 담화와 번질거리는 얼굴 사진을 실었다. 그러나 마호로 마을의 휴양지 개발 계획의 향방에 대해서는 일체 언급하지 않았다. 그가 착수한 일 중에서는 가장 규모가 작아 비리에도 끼지 못하는 사업이었기 때문이다. 내가 시골 촌구석에 사는 일개 회사원과 농민과 장사꾼에 지나지 않는 그들의 운명까지 일일이 걱정할 필요는 없었다.

비단잉어를 등에 지고 태양을 향하고 있던 남자는 요점만 짚어 읽은 후, "편안히 죽게 놔두는 게 아니었는데"라고 중얼거리고, 눈 위에다 나를 펼쳐놓고 눈을 희번덕거리면서 긴 칼로 나를 난도질했다.

1월 28일 월요일

나는 과거다.

병원의 낡아빠진 침대에 누워 있는 창부의 손거울에 투영된 그녀 자신의 창백한 과거다. 그녀는 지금, 옆 병실에서 간호사에게 같이 자살하려 한 여자의 안부를 집요하게 물으며 만나게 해달라고 고함을 지르는 남자의 기척에 전혀 동요하지 않고, 파고들 듯한 눈으로 오로지 나를 좇고 있다.

나는 거울에, 메마른 겨울 풍경 속에서 봄을 고대하는 벽촌으로 비친다. 그리고 농사만으로는 자식을 키울 수 없어 터널 뚫는 일에 나선 아버지의 뒷모습으로, 재회를 기약하며 헤어진 후 소식이 끊긴 둘도 없는 친구의 웃는 얼굴로, "죽지 못해 산다"가 입버릇인 할머니와 함께 눈 쌓인 길을 걸어 처음 읍내로 나간 밤으로 비치며 그녀에게 다가선다.

또는 볕에 내다 넌 감이 꼭두서니빛 저녁 하늘에 녹아드는 광경으로, 가볍게 안아올릴 수 있을 정도로 어린 여동생을 위해 구운 찹쌀떡의 구수한 냄새로, 처음 신은 살색 스타킹의 감촉으로, 처음 남자를 받아들인 밤에 오직 참기 위해 바라보았던 빨간 시클라멘 꽃으로, 또는 어두컴컴한 숲속에서 남몰래 피는 향그런 하얀 꽃과 나뭇잎 사이로 스미는 빛을 받아 푸르게 빛나는 작은 새의 지저귐으로 그녀를 뒤흔든다. 그러나 거기까지뿐, 그 다음은 아무것도 비추지 않는다. 창부의 길을 걷기 시작한 이후의 날들에 대해서는 단편조차 보여주지 않는다. 그녀는 나의 잔상을 약과 함께 꿀꺽 삼킨다.

1월 29일 화요일

나는 계시다.

미처 죽지 못한 젊은 수행승을 적막한 황야를 헤매는 꿈으로 유인하는 선명한 계시다. 찬란하게 빛나는 태양 아래서 황무지를 개척하라고 나는 말한다. 빗나간 희망은 품지도 말고 혼의 성립 따위에도 관심을 갖지 말며, 그저 오로지 논할 값어치도 없는 존재를 지향하라고 말한다.

그러나 그는 나를 거부하고 지극히 드문 예가 되기 위한, 방정한 인사가 되기 위한 길을 아직도 필사적으로 찾고 있다. 나는 계속 일러준다. 많은 사람들 앞에서 부끄럼 살 짓을 하라고 말하고, 하는 일마다 실패하라고 말하고, 이원론을 버리라고 말한다. 그리고 언제 죽었는지도 모르는 인물의 그림자를 좇아서는 안 된다고 말하고, 말해봐야 부질없는 소리를 한껏 늘어놓아보라고 말하고, 널리 의견을 묻는 짓은 잘못된 것이라고 말하고, 높은 곳에서 나를 내려다보아서는 안 된다고 말하고, 머지않아 발견될 혜성이 머리 위로 보이는 곳으로 가라고 말하고, 그러기 위해서는 먼 바다로 출항하는 어선을 타라고 말한다.

그런 다음에도 나는 억지스런 난제를 퍼붓는다. 그러나 그 역시 만만찮게 무모한 소리만 해댄다. 살아서 이 세상을 탈출할 방법이 분명히 있을 것이라고 말하고, "지금이 죽을 때"라고 연발한다. 내가 신을 모독하라고 말한 즈음에서 그는 눈을 뜨고 불안한 눈길을 창 밖으로 보낸다. 거기에는 내 취향의 가마 없는 파란 소년이 우두커니 서 있다.

1월 30일 수요일

나는 활기다.

물거품 호숫가의 휴양지 개발 계획 공사현장에서 눈에 두드러지게 꺼져가고 있는 활기다. 어제까지 대활약을 하던 중장기는 밤사이에 한 대도 남지 않고 사라졌고, 초대형 덤프트럭도 새벽을 알리는 산사의 종소리와 함께 어디론가 모습을 감추어 두 번 다시 나타나지 않았고, 현장 사무소와 간이식당 건물도 하나하나 분해되어 실려나가고 있다. 지금 이곳에는 황량하고 스산한 바람이 불 뿐이다. 그러나 마호로 마을 사람들은 누구 하나 나의 이변을 알아차리지 못한다. 벌써 오분의 일로 줄어든 외국인 노동자들도 때를 보아 해산할 준비로 분주하다. 그들을 일괄하여 부리는 일로 먹고사는 배짱 두둑한 사내는 다른 일거리를 찾아 먼 길을 떠나고 말았다.

나는 이 마을을 포기하였다. 애당초 내가 발붙일 만한 마을이 아니었다. 이 고장에 어울리는 것은 휑한 분위기이며, 고색창연한 숲이며, 잠정적인 조치이며, 달빛 영롱한 밤에 남하하는 철새들이며, 발이 쑥쑥 빠지는 바닥 모를 늪이며, 나이가 들어 수족이 불편한 몸을 고생스럽게 움직이는 염소수염의 노인네이지 내가 아니었다.

지금 그 요란하던 소음과 진동은 뚝 끊겨버렸다. 내가 더럽힌 호수의 수면에는 잔물결 하나 일지 않는다. 그리고 내가 깎아내린 산허리를 향하여 퍼지고 있는 완전히 철수한다는 풍문은 반드시 근거가 없는 것도 아니다. 헐렁헐렁한 고무장화를 신고 걷는 소년 요이치가 여전히 정계에 내밀한 세력을 행사하고 있는 기업가의 죽음과 죽어가고 있는 나를 짓밟고 지나간다.

1월 31일 목요일

나는 헛수고의 사자(使者)다.

자식을 남기는 대신 소설을 남기겠다는 확고한 결의로 글을 쓰고 있는 남자의 펜 끝에서 끊임없이 튀어나오는 헛수고의 사자다. 때로 악의마저 느껴지는 미적 범주에서 빠져나온 나는 딱히 이렇다 하게 하는 일 없이 무미건조한 나날을 보내는 자를 기습한다. 그러고 나서 나는 면밀하게 세워진 계획을 흠잡을 데 없이 완벽한 방법으로 추진하는 자를 조소하고, 며칠 전부터 절개를 지킬 것인가 어쩔 것인가를 고민하고 있는 자를 매도한다.

나는 또 번거로움과 수고를 마다 않고 치매를 앓고 있는 노인네의 간호에 열심인 자의 귓전에다 근거 없는 결론을 속삭이고, 끈기와 인내로 부단히 노력하면 파괴와 파국도 막을 수 있다고 믿는 자의 허점을 찌르고, 반석 같은 태세로 뿌리 깊은 편견과 밤낮없이 투쟁하는 자의 기력을 빼앗는다. 그리고 교통사고로 고아가 된 아이를 자기 돈을 써가며 보호하고, 매사에 있는 마음을 다하여 임하는 자에게 술을 권하고, 퇴직금으로 편안한 노후를 위하여 적당한 땅을 찾으려는 자에게 단 아홉 번의 주식 매매로 으리으리한 저택을 지은 젊은이를 소개한다. 나는 허섭스레기다.

그러나 그만한 일로 기가 꺾일 만만한 자들이 아니다. 그들은 상상을 넘어서는 저력을 발휘하고, 자신만만하게 곰팡내나는 정의를 휘두르며 끊임없이 기득권을 주장하고, 다소 지나친 미의 예찬을 반복하고, 무턱대고 나아가 끝내는 나를 몰아낸다. 그들은 대부분의 과제가 머지않아 해결될 것이라 말하고, 요이치의 한결같은 휘파람 소리가 그에 찬동한다.

2월 1일 금요일

나는 뜻밖의 기쁨이다.

엄동설한에 오류 강 기슭을 걷다가 예기치 않은 우연으로 유리관음의 흉상을 발견한 요이치 누나의 뜻밖의 기쁨이다. 더 큰 나무들도 눈에 묻혀 있는데 어찌된 일인지 흉상 주변만은 눈이 녹아 고스란히 드러나 보였던 것이다. 그녀는 세 번이나 구르면서 강둑 비탈을 내려가 오래되었음에도 온기가 느껴지는 목조를 껴안았다.

그녀는 자기 머플러로 흉상의 얼굴을 닦고 강둑 너머에 있는 남편을 불렀다. 남편은 흉상을 손에 들고 빤히 쳐다보다가, "참 이상한 일이군"이라고 중얼거렸다. 물살에 떠내려가다가 목 아래쪽만 돌부리에 부딪혀 상처가 났을 뿐, 이목구비 반듯한 얼굴은 흠집 하나 없이 완벽한 미소를 띠고 있었다. 그리하여 나는 유산 이후 가끔 의기소침해지곤 하는 여자에게 미래 지향적인 힘을 부여하고, 그녀의 남편에게도 슬픔의 종식을 예고해주었다.

아내는 가보로 삼겠다고 말하고, 남편은 그리 나쁜 일만 계속되는 것은 아니로군, 이라고 말했다. 그들은 관음상을 소중하게 껴안고 집으로 돌아가, 도코노마* 한가운데 방석을 깔고 그 위에 올려놓고는 군청색 꽃을 바쳤다. 그러고서 두 사람은 늘 그러듯 불현듯 나타난 소년 요이치를 전에 없이 따뜻하게 맞이하고 여느 때보다 반찬이 세 가지나 많은 식사를 준비하였다. 누나는 동생에게 관음상을 보여주었다. 그러나 동생은 쳐다보지도, 어디선가 본 적이 있다는 말도 하지 않은 채, 성가신 몸을 뒤틀면서 먹을 수 있을 만큼 배불리 먹었다.

2월 2일 토요일

---

* 손님을 위해 장식을 놓아두는 방 한쪽의 공간.

나는 일반 대중이다.

마호로 마을에 사는 대부분의 사람이 속한다고 해도 과언이 아닌 일반 대중이다. 비유하자면 나는 자생식물류이며 길바닥 어디에서나 볼 수 있는 많고 많은 물질과 마찬가지로 가장 많은 개체이다. 나는 엿보아서는 안 될 많은 금기가 있는 자이며 위정자에게는 속내를 들키고 권력자에게는 허점을 내보이는 자이다.

나는 항상 만인이 우러러 마지않는 큰 인물의 출현을 기대하다가, 정작 등장하면 험담과 비난을 쏟아붓는 자이다. 나는 일의 옳고 그름을 판단하는 요령을 알고, 영원한 평화를 간절히 바라면서도 교묘하게 책임을 회피하는 자이다. 나는 언제까지고 구습을 탈피하지 못하는 자신의 소신에 안주하며 정재계의 꼭두각시와 뒤에서 실을 잡아당기는 인물의 기도를 끝까지 간파하지 못하는 자이다. 나는 풍성한 행사에 속고, 거국적인 축하행사가 얼마나 수상쩍은 일인지에 대해서는 거의 생각하지 않는 자이다.

나는 여론을 재연할 수 있는 힘을 갖고 있음에도 개별적으로는 늘 그 존재를 무시당하는 자이다. 나는 응분의 사례를 기대하는 자이며, 빈둥거리며 살 수 있는 팔자를 동경하는 자이며, 아무리 불편한 임지라도 마다 않고 내려가는 자이며, 어떠한 체제에도 순종하며 쏟아지는 탄알과 빗속을 돌진하는 자이며, 결국은 수난의 일생을 보내는 자이다. 그리고 나는 겨울의 기운을 느끼는 동시에 꽃 소식을 기다리는 자이며, 소년 요이치에게서 이 세상의 양극단인 빛과 그림자를 발견하지 못하는 자이다.

2월 3일 일요일

나는 낭패다.

마호로 마을의 찬란한 미래를 보장해줄 기업의 완전 철수, 그 확고부동한 정보를 접한 요이치 아버지의 낭패다. 아버지는 파랗게 질린 얼굴로, "어떻게 지금에 와서 이럴 수가"라고 몇 번이나 중얼거리고, 어머니는 입술을 파르르 떨면서, "틀림없는 얘기야?"를 연발하였다. 그리고 남편은 이 사태에 대한 문책과 책임 추궁으로 읍장이 사퇴하게 될 것이라고 말하고, 아내는 앞서 받은 계약금은 어떻게 되는 것인지 그 걱정이 태산이었다.

요이치는 이층에서 나 몰라라 휘파람을 불어대고, 큰유리새 역시 목청껏 우짖고 있었다. 그들이 서로 자기 역량을 비교하듯 우짖는 소리는, 이 행성과 절묘한 위치에 있는 항성의 광도를 더하고, 검은 방울새 떼가 노랗게 모여 있는 점을 향하여 급강하하는 매의 눈을 속이고, 생살을 깎아내어 모습이 바뀐 산 때문에 미관을 해친 물거품 호수의 수면을 위로의 빛으로 가득 채운다.

아내는 말했다. "평생 이런 데서 살 작정이야?"라고 투덜거리고, "퇴직금 가지고 어떻게 안 되겠어?"라고 몰아붙였다. 그러자 남편은 "나한테 투덜거려봤자 무슨 소용이 있어"라고 말하고, 아무튼 오늘밤은 나를 핑계삼아 한잔 걸치자는 생각으로 머리가 가득하여, 다른 일은 아무래도 상관없어지고 말았다. 꼼짝 않는 저기압 속에서 세 사람은 향긋한 버섯을 넣어 지은 버섯밥을 먹었다. 작년 가을 언덕에서 딴 그 버섯에는 나를 진정시키는 성분이 약간 들어 있었다.

2월 4일 월요일

나는 큰 웃음소리다.

요동치는 파도와 끈질기게 머물러 있는 한기에도 아랑곳하지 않고 호숫가를 따라 보트를 젓고 있는 전직 대학교수의 하늘을 우러른 큰 웃음소리다. 나는 대기업을 상대로 시작된 투쟁의 싱거운 종막을 비웃고, 사후에 명예가 될 일을 남기지 못한 그 자신을 비웃고, 그런 남편을 염려하여 돌아오라고 호숫가에서 부르고 있는 늙은 아내를 비웃고, 공사현장에서 흘러나온 경유와 중유 탓에 뒤집힌 몸으로 떠오르는 물거품 호수의 잔물고기들을 비웃는다.

지금은 그저 노인네에 지나지 않는 그는 아내와 함께 지낸 삼십팔년이란 세월을 비웃고, 깎여나간 산에 남은 바람에 펄럭이는 갈색 사기(社旗)와 붉은색 국기를 비웃고, 그런 깃발을 방패로 비도덕적인 일을 태연하게 일삼는 인간이란 생물을 비웃고, 이 나이가 되어서 어떤 압력에도 철두철미하게 저항할 수 있는 부동의 신념이란 환상을 새삼 믿게 된 자신을 웃는다. 나아가 나는, 사십여 년 동안 빈틈없이 파고들었을 민주주의를 비웃고, 주도권을 둘러싼 갈등과 더불어 투쟁한다는 기치가 흐트러진 자연보호 운동가들을 비웃고, 이름난 지식인의 애장품이라면 무엇이든 고마워하는 풍조를 비웃고, 마호로 마을뿐만 아니라 전국 각지에서 펼쳐지고 있는 크고 작은 꼴사나운 각축전을 비웃고, 당장이라도 뒤집힐 듯하면서 뒤집히지 않은 보트를 비웃고, 모두가 나쁜 것은 아니라는 사고를 비웃고, 늙은 소나무 가지에 올라 새의 날갯짓을 터득하려는 소년 요이치를 비웃는다. 그리고 나는 나를 비웃는다.

2월 5일 화요일

나는 연회다.

지금까지의 일을 깨끗이 흘려버리자는 의도에 반하여 분통을 터뜨리는 자리가 되고 만 연회다. 나는 술의 힘을 빌려 소곤소곤 주고받는 밀담을 그치게 하고, 불필요한 말을 부채질하고, 규탄해야 마땅한 상대를 몇 명으로 좁히고, 그들의 실책과 무성의함을 논란한다. 누군가가 읍장의 태도에 의심가는 점이 있다고 지적하자, 곧이어 지켜지지 않은 약속이 이어지고, 빈정거림과 말꼬리 잡고 늘어지기가 뒤따르고, 끝내는 말싸움의 태풍이 휘몰아쳤다.

처음에는 농담으로 사태를 얼버무리려 했던 읍장은 임기응변으로 방어에 애쓰면서, 본래의 취지에 어긋나는 것은 아니라고 시치미를 뗀다. 그러고는 누구에게 하는 소리냐고 눈알을 부라리면서 서슬 퍼렇게 소리를 지르고, 중단된 다른 얘기를 꺼내 말머리를 돌리면서, 이 건은 원래 현이나 나라 차원에서 매듭지어야 할 문제라면서 꽁무니를 빼고, "그 일에 관해서는 뭐라 말할 수 없다" "나만 나쁜 놈이냐, 나도 할말이 있다"라는 말을 되풀이하고, 마지막에는 제일 시끄러운 자에게 술을 먹여 입을 다물게 하려다 실패하고는 사과의 말을 늘어놓는다.

총무 격인 가발 쓴 남자가 때를 보아 "자자, 이쯤 해서 끝내지요"라면서 질책을 중단시키고 모두를 채근하여 한기 속으로 나간다. 내게 작별을 고하는 순간 그들은 원래의 모습으로, 하고 싶은 말도 제대로 하지 못하는 남자로 돌아간다.

2월 6일 수요일

나는 인사다.

창부가 되기 위해 태어난 것이나 다름없는 여자가 난생처음으로 하는, 어색하나 애틋한 작별의 인사다. '삼광조' 여관의 여주인은 "허전해지겠네"라고 중얼거리고, 가지색 기모노를 꺼내 "이거 가지고 가"라고 말하고, "철저하게 이용해먹는 작자들인데 용케 허락해주었군"이라고 참 별일이라는 말투로 말한다. 그러자 창부는 "사장님을 봐서 허락하는 거라고 하더군요"라고 말하고, 나긋나긋한 손으로 기모노를 쓰다듬는다.

구름 사이로 비치는 햇살이 백조에게 버림받은 호수를 비추고, 갑자기 이해관계가 줄어든 시골 마을에 쌓인 눈을 반짝반짝 빛나게 하고, 두 사람의 대화가 갈림길에 접어들어 눈물이 어리는 것을 간신히 막아주고 있다. 창부는 친절하게 대해줘서 고맙다는 인사를 하고, 어디 멀리로 떠나는 것이 자기를 위해서도 좋을 것이란 솔직한 기분을 전하고, 더이상 출발을 연기하면 모처럼의 결심이 무너질지도 모른다고 말하고, 어디에 있든 마호로 마을을 잊지 못할 것이라고 말한다.

"아마 난 이곳을 떠나지 않을 테니까, 보고 싶으면 언제든 와"라고 여주인은 말하고, 빨간 꽃이 활짝 핀 시클라멘 화분을 건네면서 이별을 아쉬워하며 마련한 돈이 든 봉투를 꽃 옆에 살짝 꽂는다. 그러고서 두 사람은 버스 정류장으로 향한다. 여주인이 갑자기 걸음을 늦추고 "그 사람은 정말 안 보고 가도 괜찮아?"라고 재삼 묻는다. 창부생활을 그만둔 여자는 고개를 끄덕이며, "네, 안부나 전해주세요"라고 말한다.

2월 7일 목요일

나는 재넘이다.

눈발을 휘날리면서, 이승 산을 넘어 마호로 마을을 향해 똑바로 불어오는 각성의 재넘이다. 나는 나무란 나무를 모두 잃어 이미 산이라 할 수 없는 산과, 아슬아슬하게 목숨을 구한 외딴 언덕을 미끄러지듯 강하하여, 여전히 죽음이 깊어가고 있는 언어도단의 호수를 가로질러서, 퇴폐와 위축을 법정 전염병처럼 만연시키기 위해 용감하게 마을로 잠입한다.

그러나 그곳에는 내게 대등하게 맞설 아무것도 없다. 사람들은 그럭저럭 오늘도 살아 있는 듯 보이고 여느 때와 다름없는 일상을 지내는 듯 보이지만, 그 표정은 구천을 떠도는 자들과 별 차이가 없다. 비난의 손가락질은 여전하고, 손바닥만한 땅 때문에 눈에 쌍심지를 돋우면서 아직 대외적으로는 추태를 보이지 않는 읍장과 그 일파에게 욕설을 퍼붓고는 있어도, 그들은 이미 죽은 것이나 다름없다.

그들에게는 이미 지지 않겠노라 분발할 힘도 없고, 여흥에 돈을 쏟아부을 힘도, 괜한 큰소리를 치고 다닐 힘도, 신 앞에 머리를 조아릴 힘도 없다. 하물며 마음을 새롭게 다질 힘 따위가 있을 리 없다. 있는 것은 쇠퇴한 풍습의 잔재, 때로 의미도 없이 뒤를 돌아보는 노인네의 끔찍한 몰골, 별다른 이유도 없이 사이가 나빠진 사람들이 뱉어내는 한숨 소리, 부모의 지나친 기대에 짓눌린 수험생의 창백한 얼굴, 축 늘어진 가로수, 진척이 없는 교섭, 젖을 얻어 먹이며 소년 요이치를 키운 어머니의 고생담, 그 정도다. 나는 "이제 다 끝났어"라고 마호로 마을에 귀띔한다.

2월 8일 금요일

나는 별자리다.

그 어떤 예상도 다 맞아떨어질 듯한 파르스름한 밤, 소년 요이치가 눈먼 소녀에게 설명하는 겨울의 별자리다. 나를 제대로 알고 있는 사람은 마호로 마을에서 오직 요이치뿐이다. 요이치는 다른 것은 몰라도 천체에 대해서만은 세상에 널리 퍼져 있는 지식에 맞추려 하지 않았다. 요이치는 자기가 좋아하는 별과 별을 곡선으로 이어, 깊어가는 밤하늘의 중심에 대담하기 그지없는 형상을 그린다. 그러고는 금세 잊어버리고 다음날 밤에는 다른 별들을 짝지어 전혀 다른 형상을 만들어낸다.

오늘밤 나는 하늘 가득한 큰유리새가 되어 찬란한 빛을 발하면서 죽음의 그림자를 지운다. 요이치는 어른스러운 말투로 말한다. 큰유리새의 눈에서 정북으로, 그러니까 물거품 호수 쪽으로 떨어지는 별은 틀림없이 슬픔의 눈물일 것이라고. 그리고 갈고리 모양의 부리에 해당하는 곳에 흩어져 있는 은회색 별들은 영롱한 지저귐일 것이라고 자랑스럽게 말한다.

하기야 요이치의 혼의 흔들림에서 직접 튀어나오는, 저 피안의 언어는 대부분 이해되지 못한다. 그런데도 소녀는 나의 어중간한 형태와 내가 의미하는 바를 가슴에 새길 수 있었으며, 내가 발하는 빛이 아닌 다른 것까지 읽어내고, 우주의 얼개를 파악하였다. 나는 두 아이를 위하여 운다. "용케 살아 있군"이라고 큰 소리로 울고, "언어도단"이라고 작은 소리로 운다.

2월 9일 토요일

나는 허탈감이다.

목표를 잃은 마호로 마을 구석구석으로 매연처럼 퍼져나가는 속수무책의 허탈감이다. 나는 불과 반나절 만에 큰길을 장식하고 있는 꼬마전구의 수를 절반으로 줄여놓았고, 깊은 밤까지 이어지는 회의의 수를 세 배로 늘려놓았다. 그리고 나는 출처가 분명치 않은 헛소문을 마을 여기저기에 퍼뜨렸다. 혼란스러운 사람들 가운데에는 가업에 정진할 기력도 없어 일찍 잠자리에 드는 자가 많아졌다. 덕분에 초저녁인데도 마을은 조용하기 그지없었다.

산림과 논밭을 남의 손에 넘긴 자, 은행에서 거액의 돈을 빌린 자, 술책을 부리고, 돈 많은 외지인에게 아부하던 자, 그들의 표정은 벼락을 맞아 그 자리에서 죽은 상이었다. 오늘밤, 그토록 요란스럽게 사람들이 드나들던 마호로 마을은 눈 덮인 골짜기 마을처럼 조용하고, 고무장화를 신고 얼어붙은 눈길을 돌아다니는 소년 요이치의 발소리만 유난히 크게 울려, 피로 탓에 당분간 휴양이 필요한 마을 사람들의 마음을 헤집었다.

사람들은 요이치가 지나가는 동안 마음대로 되지 않는 세상을 원망하고, 스스로 자기 마음을 쥐어뜯었다. 마호로 마을에 작별을 고하는 자들의 소리 없는 소리가 요이치의 휘파람 소리를 뒤따랐다. 다방면으로 악의 활약을 기대했지만 결국 기대를 채우지 못한 세 남자가 당장 용돈 한 푼 없는 비참한 처지를 잊고 싶어 삼층짜리 검은색 빌딩에서 나왔다가, 화풀이할 상대가 없자 다시 소굴로 들어갔다.

2월 10일 일요일

나는 둑이다.

독이 완전히 빠져나간 연못을 신선한 물로 채우기 위하여, 봄을 기다리지 못하고 터져버린 둑이다. 우뚝 솟은 산들을 단숨에 달려내려간 차가운 물은 솟구치는 샘물 같은 기운으로, 밀물 같은 힘으로 콸콸 밀려왔다. 폭력의 탈출구를 잃고 몸부림치며 사는 요이치의 삼촌은 그 광경에 다소나마 가슴이 후련해졌을 것이다. 그는 물소리에 맞추어 "좋아, 그런 식으로!"라고 외친다.

나는 단순히 산허리에 안긴 눈 덮인 휑한 연못을 맑은 물로 채운 것이 아니다. 슬픈 눈의 비단잉어를 짊어지고 있는 사내의 가슴속 또한 물을 닮은 무엇으로 가득 채워주었다. 그의 발치에는 벚나무 가지를 수도 없이 베어 날이 무디어진 긴 칼이 나뒹굴고 있다. 남자는 그것을 주워들더니 주저 없이 연못 한가운데를 향해 내던진다. 칼은 물과 눈이 반반씩 뒤섞인 연못에 떨어져, 천천히 가라앉으면서 부드러운 모래 속에 박힌다.

칼은 복잡하게 흩어진 빛의 원천이 되어 연못 전체를 비추었을 뿐만 아니라, 이제 더이상 사람을 죽이지 않게 된 사내의 앞날도 희미하게 비추고 있다. 연못을 메운 물은 넘치고 넘쳐 강둑 아래를 흘러, 관용의 마음과 더불어 물거품 호수로 통하는 골짜기 쪽으로 재기를 권하는 상쾌한 소리를 내면서 미끄러진다. 나는 복원을 재촉하며, 그 길밖에 없다고 말한다. 고개를 크게 끄덕거린 사내는 지난날의 무거운 죄를 가볍게 들어올려 연못에 던진다. 나는 그런 그를 옳다 여기고 더욱 많은 물을 보내어 비단잉어가 싫어하는 불순물을 깨끗이 씻어낸다.

2월 11일 월요일

나는 우짖음이다.

소년 요이치의 보살핌을 받으며 그를 비호하는 큰유리새의, 절대로 신이나 벌 따위는 두려워하지 않는 진정한 우짖음이다. 그러나 요이치의 가족은 물론 요이치 자신도 나를 듣지 못한다. 내가 사람들 앞에 나서기를 좋아하지 않기 때문이다. 요이치의 부모는 오늘도 생활을 위해 거의 억지로 일터로 나갔고, 요이치는 마호로 마을의 구심력을 이기지 못하고 점심때도 되지 않아 도시락을 해치우고는 잠시 눈이 멎은 틈을 타 얼어붙은 언덕을 내려갔다.

창문과 문이 삐걱거리는 이 오래된 외딴집에서, 나는 이 집도 이제는 생명이 다한 것 같다고 가녀리게 말한다. 아버지나 어머니나 오로지 일에만 급급하고, 수월하게 마음의 면죄부를 얻으려 하고, 수중에 있는 것에는 눈길도 주지 않고 커다란 것을 잃었다고만 생각하고 있다. 그저 목숨이 붙어 있어 살아왔을 뿐인 두 사람은 한때 요이치를 위해 살았던 적도 분명 있기는 하지만, 그것은 이미 먼 옛날 일이고 지금은 신경도 쓰지 않는다. 내가 그렇게 말하자, 불단이 있는 방에서 누군가가 반론한다. 그래도 그 두 사람은 지금껏 요이치를 키웠고, 적어도 벼랑 아래로 밀어 떨어뜨리는 짓은 한 번도 하지 않았다고 중얼거린다. 나는 앞으로가 문제라고 되받는다. 십 년 후, 이십 년 후는 과연 어떨까, 하고.

어느 틈엔가 요이치가 돌아와 우리 사이로 티격태격 오가는 과격한 말을 듣고 있다. 불단이 있는 방의 누군가는 당황하여 걱정할 것 없다고 말하고, 나도 재빨리 꼬리를 감추고 다음 일은 격려와 위로로 구성된 지저귐에 맡긴다.

2월 12일 화요일

나는 허세다.

홀로 살면서 연금으로 간신히 입에 풀칠하고 사는 노인네가 부리는 허세다. 그 나이가 되도록 잔병 하나 앓지 않고 여유로움을 즐기는 심경을 지켜준 것은 바로 나였다. 오늘, 태만하다고 문책당한 읍사무소 직원이 그를 찾아 양로원에 들어갈 것을 원했다. 그는 무료라고 해서 굳이 사양할 것은 없다고 간사스러운 목소리로 말하고, 만약에 혼자 있을 때 무슨 일을 당하면 어떻게 하겠느냐고 위협하고, 고독은 그 어떤 병보다 성질이 고약하다고 꽤나 마음을 써주듯 설득했다.

나는 그의 말투가 마음에 들지 않았다. 고집만 부리고, 사람들과의 교제를 소홀히 하면 죽어서도 외롭다는 식이었다. 그래서 나는 노인에게 이렇게 대답하게 했다. 바로 며칠 전에 오래도록 연락이 없던 아들한테서 소식이 왔다고. 그러나 그의 서투른 거짓말은 단박에 들통이 났다. 직원은 히죽 웃고서 정색을 하더니, "할아버지가 양로원에 안 들어가면 내가 또 상사한테 혼이 난다구요"라고 말했다.

나는 일흔다섯 살의 뱃살이 축 늘어진 사내를 열심히 부추겼다. 노인은 말했다. "그런 데 들어간 작자들은 이미 죽은 것이나 다름없지"라고 말하고, "지저분한 쓰레기를 한군데로 모으고 싶다는 뜻인 것 같은데 그리 쉽지는 않을 거야"라고 말하고, 가발 쓴 상대방의 머리를 가리키면서 "머리숱 없는 사람부터 먼저 들어가는 게 어떻겠나"라고 말했다.

그날 밤 그는 나를 베개 삼아 곤히 잠든 척했다.

2월 13일 수요일

나는 백조다.

고요가 돌아왔다는 소문을 확인하기 위해 이웃 마을의 저수지에서 날아왔는데, 여전히 탁한 물거품 호수의 물에 어쩔 줄을 모르는 백조다. 호숫가를 둘러싼 산은 쌓인 눈에 덮였어도 비참한 상황은 다 숨기지 못하고, 사방에는 삭막한 공기가 감돌고, 눈 밑에서는 가공할 내적 요인이 꿈틀거리고 있었다. 노반이 뒤틀려 함몰된 곳과 꼴사나운 돌기물처럼 보이는, 정원석으로 쓸 만한 가치도 없는 거대한 바위가 여기저기서 설경을 망치고 있었다. 마호로 마을을 영원히 포기해야 할 것인가.

그보다 보트 대여점 아저씨의 모습이 어디에도 보이지 않아 가장 염려스러웠다. 나는 그의 집 위를 날면서 열심히 울며 신호를 보냈지만 감감무소식이었다. 볼일이 있어 외출을 했는지도 모를 일이었다. 아니, 그렇지 않았다. 창문을 등지고 고타쓰에 파고들어 귤을 까먹고 있는 아저씨의 모습이 똑똑하게 보였다. 아무리 나이가 들었어도, 내 울음소리와 날개 소리를 듣지 못할 리는 없었다.

아마도, 아저씨는 나를 볼 낯이 없다고 생각하는 것이리라. 신경쓸 것 없다고 말하고 싶어서 나는 동료들과 함께 더욱 낮게 비행하였다. 그러자 그때 소년 요이치가 소나무 숲에서 불쑥 나타나, 우리에게 고개를 크게 저었다. 그 몸짓은 병으로 인한 것이 아니라 요이치의 의사를 전달하기 위한 신호가 틀림없었다. 그 뜻을 알아챈 우리는 그대로 늪지가 많은 이웃 마을로 돌아갔다.

2월 14일 목요일

나는 반발심이다.

슬슬 으름장이 몸에 배었을 신참 조직원 소년, 그런 그가 웬일로 드러내 보이는 폭력에 대한 반발심이다. 나는 오늘을 경계로 삼층짜리 검은색 빌딩에 접하고 있는 모든 것에 반응하게 되었다. 의미를 알 수 없는 거창한 불단, 하나하나에 조직의 이름을 써서 배신을 막는다는 초롱, 문신한 팔뚝에 푹 꽂혀 에페드린을 공급하는 주삿바늘, 추잡한 문제에 관계하지 않고서는 들어오지 않는 현금, 반쯤 감은 눈으로 상대방을 보고 우는 시늉을 하며 너그러운 용서를 구하는 동남아시아계 여자들, 주인 행세를 하면서 거드름을 피우는 다른 조폭의 우두머리와 젊은 행동대장, 수치심이라고는 전혀 느끼지 못하는 그들의 감각, 마작의 점수 막대기 하나 제대로 셀 줄 모를 정도로 낮은 지능, 자가당착의 협기, 어깨 단단한 형사 앞에서 그들이 보이는 아부, 그런 것들에 나는 넌더리를 내고 있다.

또, 친척들이나 아는 사람들 앞에서는 한결같이 감추어지는 그들의 입장, 때로 마호로 마을로 출장 와서는, "어떻게 된 거야, 너희들!"이라고 기합을 주는 간부들의 성도착자 같은 행동, 오직 위협을 위해서만 입는 위장복, 충분한 준비를 갖추었음에도 적을 맞아 공격하지 않는 엉거주춤한 태도, 간혹 분명하게 제 색깔을 드러내는 어린애 같은 공포심, 포르말린에 잠겨 영원히 보존되는 인간의 손가락, 나는 그런 것들에서 얼굴을 돌리고 싶다.

나를 부추기고 부채질하는 소년 요이치의 휘파람 소리는 지금, 우선은 자기 자신 속의 악을 근절하라고 호소하고 있다. 오늘 나는 어떤 소리라도 들을 귀를 갖고 있다.

2월 15일 금요일

나는 미래다.

읍장에 대한 요란스런 비난이 일단락된 후, 지금은 잠잠하기만 한 마호로 마을의 맥빠진 미래다. 높은 파도처럼 밀려오는 우울이 나를 내분과 함께 삼켜버리고 말았다. 가짜가 당당하게 거리를 활보하던 도읍의 기운은 소멸하고, 빈부의 격차가 다시금 불분명해졌으며, 잠든 사이에 목을 베어가는 정도로 가볍게 해치울 외지인도 사라지고, 이웃의 독주를 경계하는 눈길도 볼 수 없어졌으며, 지붕에서 떨어지는 눈소리가 유난히 크게 울리며 이곳이 벽지라는 것을 확실하게 증명하고 있었다.

요설을 늘어놓으며 대담하게 나를 보장하는 자는 이미 한 명도 남아 있지 않고, 내게 분노를 터뜨리거나 불평을 털어놓을 만큼 혈기왕성한 자도 없으니, 하물며 허리를 구부리고 내게 행복을 점치는 자 따위 있을 리 없다. 나는 제자리를 찾지 못하는 쓸모없는 것으로 전락하였고, 아무에게도 특전을 부여할 수 없게 되었고, 희망의 별로서의 직무를 내던졌고, 마을 사람들과 소원한 사이가 되어 끝내는 있을 곳마저 잃어버렸다.

사람들은 어슴푸레한 불빛 아래서 자기의 고향이 생각했던 것보다 훨씬 좁은 땅임을 알고, 세상의 유행을 이끌 만한 아무것도 없음을 깨달았다. 그럼에도 불경기의 여파만은 제일 먼저 찾아올 것이란 확신은 있어, 남자들은 싸구려 술로 얼룩진 험악한 과거로 다시금 돌아갔다. 나와 나란히 앉아 있는 것은 오직 소년 요이치 한 사람뿐이다.

2월 16일 토요일

나는 헛기침이다.

어둠에 싸인 말발굽 모양 길을 꾸부정한 모습으로 터벅터벅 걷는 늙은 기생, 그녀의 노인다운 헛기침이다. 산들이 도박나는 굉음이 뚝 끊기면서 일거리가 없어졌는데도 그녀는 여느 때의 버릇을 고치지 못하고, 밤이 되면 요란스럽게 몸을 치장하고 읍내를 한 바퀴 돌지 않고서는 편안한 잠자리에 들지 못했다.

그녀의 머리에서 흔들리는 그리 흔치 않은 작은 새 모양 비녀는 광란의 연회를 몇 번이고 헤쳐온 셈 치고는 청명한 소리를 내면서 오래도록 여운이 없어지지 않으니, 적어도 아이를 앞세우고 슬픔에 겨워 우는 어미를 위로할 정도의 힘은 발휘할 터였다. 그러나 내 쪽은 찍소리 한 번 내지 않고 살면서, 어지간히 돈에 쪼들려 공깃밥 하나 수북이 먹지 못하는 노인네에게 전생의 업이란 말을 생각나게 하고, 아직 죽지도 않은 자신의 혼이 비구름처럼 흩어지면서 없어지고 있음을 깨닫게 한다.

변기를 껴안고 병원의 긴 복도를 느릿느릿 걷고 있는 병자들은 내가 다 지나가도록 벽에 기대어 있지 않으면 그 자리에서 쓰러질 것 같았다. 또 이승 산을 넘어온 눈구름에서 튀어나온 은은한 천둥 소리는 믿으면 상을 받을 것이요 믿지 않으면 벌을 받을 것이란 종교와 권선징악의 사상을 단숨에 격퇴하고 낡아빠진 운명론을 흩뿌린다. 그리고 나는 그 북새통을 틈타 늙은 기생에게 이제 다 끝났다고 말한다. 그러나 소년 요이치가 스치고 지나가는 바람에 나는 그 말을 삼키고 만다.

2월 17일 일요일

나는 우월감이다.

정사(情死)에 실패한 젊은이에게 여자가 마호로 마을을 떠났음을 알리는 거지한테 솟아나는 억누를 길 없는 우월감이다. 영양실조 탓에 오늘에야 겨우 퇴원한 중은 나무 틈으로 새어드는 달빛과 쏴쏴 불어대는 솔바람 소리를 들으면서, 또는 혈관 속을 흐르는 피를 느끼면서 낮게, 아주 낮게 신음하였다. 입원해 있는 동안 내내 그를 간병한 보트 대여점 아저씨는 입원비를 지불하고 중을 밖으로 데리고 나와, 돌아오지 않는 다리 밑 식당에서 돈가스 덮밥을 두 그릇 사주었다. 식당에서 일하는 처자가 제 특기인 노래를 흥얼거리자 아저씨는 중에게 말했다. 이젠 더이상 사람을 쓸 수 있는 처지가 아니다, 라고 말하고, 설사 백조가 돌아온다 해도 다시 보살펴줄 수 있을지 모를 정도다, 라고 말했다. 그리고 포근한 옥색 스웨터를 사주고, 마호로 마을을 떠나기 위한 비용을 건넸다.

나는 중에게 충고했다. 이 마을에서 더이상 버텨봐야 소용없다고, 전국 방방곡곡을 산 넘고 물 건너 돌아다니는 수밖에 없을 거라고, 아니면 고층 빌딩이 즐비한 도시로 나가서 차림새 번듯한 회사원이나 되라고 말했다. 거지는 말했다. "자네에게는 애당초 고뇌랄 만한 고뇌가 없었어. 저 혼자 고뇌를 만들어서 즐겼을 뿐이지." 그러고는 소년 요이치를 불러 모닥불을 쬐고 가라고 권했다. 보트 대여점 아저씨는 나를 불 속에 내던질 기회를 엿보고 있었다. 그들의 침묵은 이 겨울처럼 오래 지속되었다.

2월 18일 월요일

나는 조화다.

하루하루 적막을 더해가는 마호로 마을과 나이는 어려도 여전히 표표하게 살고 있는 듯 보이는 소년 요이치의 조화다. 나는 요이치에게 눈과, 눈 밑에 있는 비옥한 땅과, 거기에서 올해도 풍성하게 자랄 작물의 기운을 느끼게 한다. 또는 믿기 어려울 정도의 재력을 과시하고 싶어하는 자가 물거품 호수와 주변의 산에 남긴 깊은 상흔과, 사고로 파손되어 산더미처럼 쌓여 있는 자동차들과, 양쪽 길가에 멋대가리 없는 전신주처럼 늘어선 허무에 녹아들게 한다.

손님의 발길이 뚝 끊긴 상가, 출장지에서 객사한 남자의 이른 죽음을 겉으로나마 애석해하는 목소리, 눈보라 저편에서 일찌감치 비가 많은 계절을 예감하는 걱정 많은 농부, 금방이라도 얼어붙을 듯 차가운 물거품 호수의 물이 찰랑찰랑 뱃전을 때리는 소리, 빛을 가리는 두꺼운 구름, 요이치에게는 그런 것들이 잘 어울린다.

그리고 나는 가슴 언저리가 술에 절어 있는 말 많은 여자와 맑은 날에는 저세상이 보일 정도로 전망이 좋은 외딴 언덕과, 철새를 정확하게 인도하는 지구의 자기와, 대류권 내를 비행하는 항공기에서 깜박이는 선명한 점조등과, 이승 산의 원천에서 끓어오르는 열탕과, 우연히 발생하는 무수한 사고와, 정년이 머지않자 끝내 퇴직을 권고당한 공무원의 한숨 소리와, 도처에 나타나 있는 쇠퇴의 징후와, 그 밖의 모든 것을 새의 날개처럼 살랑거리는 머리카락을 통해 요이치의 뇌파에 동조시키고 있다. 그러나 마호로 마을은 요이치가 없어도 쉬지 않고 돌아가리라.

2월 19일 화요일

나는 강변(强辯)이다.

신기할 정도로 멀리까지 내다보이는 외딴 언덕 꼭대기에 서서 고향을 내려다보는 읍장의 구질구질한 강변이다. 나는 보다못해 마호로 마을의 궁상을 일체 무시한다. 또 공연한 야단법석으로 끝났기에 망정인 그 휴양지 개발 계획에 대해서도 한마디도 언급하지 않는다. 오점을 남겼다는 자각도 없고 수치심조차 느끼지 않는 읍장에게 차선책을 강구하겠다는 생각 따위는 애당초 없다. 나는 오로지 놀림감이 된 마호로 마을을 찬미하고, 입은 상처가 깊지 않음을 강조하고, 이 또한 어쩔 수 없는 신진대사라고 주장한다. 술냄새를 풍기는 읍장은 살을 에는 추위 따위엔 아랑곳하지 않고 눈 덮인 산을 바라보면서 아무리 뭐라 그래도 이 마을에 새바람을 불러일으킬 수 있는 사람은 나밖에 없다고 중얼거리며 컬컬 웃는다. 그의 뻔뻔스럽고 탁한 목소리가 울릴 때마다 추종자인 조역은 깊이 고개를 끄덕이고, 그의 뒤에서 마치 물건처럼 대기하고 있는 가발 쓴 직원은 고개를 움츠린다.

이미 읍장의 모순된 언행과 빗나간 착상과 시류에 영합하지도 못하는 무능함은 모두가 아는 바이다. 그런데도 여전히 나는 물러설 줄 모르고 실현이 불가능한 장대한 꿈을 줄줄이 늘어놓는다. 그러나 거친 북풍의 포효가 나를 일격에 분쇄하고, 아직도 제 주제를 모르는 남자와, 너무도 잘 아는 남자와, 위가 따끔따끔 아픈 남자를 부들부들 떨게 하고, 그들의 등뒤에서 한여름을 노래하는 파란 새를 꾸짖는다.

2월 20일 수요일

나는 배기음이다.

갑자기 공사가 중지되어 울퉁불퉁한 채로 방치된 현장을 마음껏 질주하는 트라이얼 바이크의 배기음이다. 소년 요이치의 뒤틀린 몸을 자포자기한 기분으로나마 정기적으로 봐주는 의사는 지식계급에 속하는 자답지 않은 대담함을 발휘하여 눈 쌓인 험악한 지형을 실로 매끄럽게 달린다. 이렇게 황폐한 산을 이토록 유용하게 이용하며 노는 자가 달리 없을 것이라고 자부한다.

그는 지금 촌각을 다투는 수술을 잊고, 먼 친척 여자와의 관계를 별 탈 없이 청산한 기쁨을 대자본에 우롱당한 대지에 내던진다. 그리고 나는 해방된 남자와 해방된 산들의 견줄 길 없는 기분을 대변하여 살을 에는 매서운 바람에게 전한다. 그 바람은 마침내 본격적으로 얼기 시작한 호수를 건너 앞날이 암담한 마을로 흘러가지만, 지금까지 그래왔던 것처럼 옛사람을 좇아 살 도리밖에 없음을 절실하게 깨달은 사람들에게 아무런 영향도 주지 못하고, 마을 어귀에서 불타오르는 대나무지붕 오두막을 몇 분 빨리 무너뜨리기가 고작이었다.

할 수 없이 나는 히말라야 등정에 오른 자처럼 뚜벅뚜벅 확고한 걸음으로 언덕을 올라가는 소년을, 또는 불법의 벌을 받은 자처럼 휘청휘청 눈 쌓인 언덕길을 올라가는 소년을 돌아보게 하려고 이렇게 말한다. "너를 고칠 수 있는 의사가 있을 리 없지." 하지만 그런 내 말은 언덕에 반사되어 난봉꾼인 의사의 심장에 쿵 부딪친다.

2월 21일 목요일

나는 어망이다.

물거품 호수를 덮은 얼음을 깨고 던져져 정확하게 스물네 시간 후에 끌어올려진 나일론 어망이다. 보트 대여점 아저씨는 감기로 욱신거리는 머리와 살을 에는 추위 따위엔 아랑곳하지 않고 끙끙거리며 나를 잡아당겨 얼음 위에 펼쳤다. 황어, 빙어, 블랙배스 등 온갖 물고기가 올라왔던 것은 작년 겨울까지의 일이다.

이번 겨울은 잡아들인 물고기를 종류별로 일일이 나눠야 하는 성가신 일도 없거니와, 그 삼분의 일을 거지와 길 잃은 새에게 선심을 베풀 만큼 풍성한 기분도 얻을 수 없고, 삼분의 일을 '삼광조' 여관에 갖다주고 푼돈을 벌 수도, 삼분의 일을 매콤달콤하게 졸여 술안주로 삼는 즐거움도 없다. 아저씨는 그저 호수를 확인하고 싶었을 뿐이었다. 그런데 내가 끌어올린 것이라고는 썩은 이파리 몇 장과 돈냄새 나는 몇 방울의 물과, 턱없이 큰 잉어의 비늘 몇 개뿐이었다.

곁에서 나를 내려다보는 소년 요이치는 거대한 잉어에게 찾아온 틀림없는 죽음에 감정이 북받쳐 어쩔 줄 몰라하며, "어엉, 어엉, 어엉" 하고 슬픔과 분노가 절반씩 섞인 기괴한 소리를 질렀다. 그 소리는 얼음에 증폭되어 낭랑하게 울렸다. 이어 요이치는 무슨 생각을 했는지, 갑자기 비늘을 입에 물더니 나를 잡아당겨 온몸에 빙빙 휘감고 몸부림쳤다. 아저씨가 막지 않았더라면 얼음 구멍으로 풍덩 빠졌을 것이다.

2월 22일 금요일

나는 밤 울음소리다.

죽은 아이를 낳은 지 오래지 않은 여자를 고통에 잠 못 이루게 하는, 건너편 십 삿난아기의 밤 울음소리다. 그녀는 황급히 이불에 파고들어 두 손으로 귀를 막는다. 그러나 나는 손의 방어막을 풀지 않고서도 공격할 수 있으니, 그녀의 금 간 가슴속으로 침입하고, 텅 빈 자궁을 휘젓고, 혼의 깊은 곳을 막무가내로 자극한다. 하복부의 통증은 참을 수 있었지만 나는 참을 수 없었던 그녀는 끝내 소리를 지르고 만다.

그녀는 도움을 청한다. 옆에서 잠자는 남자가 아니라, 방 한구석에 놓여 있는 관음상을 껴안는다. 그녀는 그것을 방 한가운데로 가져오지만 그 나무 조각품은 안 그래도 낮은 그녀의 체온을 금세 빼앗고, 도움은커녕 오히려 내 편이 된다. 나는 그녀에게 말한다. 너 자신 또한 남동생 이상으로 저주받은 존재이다. 네 동생과 마찬가지로 자손을 남길 자격이 없다, 라고.

그녀는 입술을 일자로 꽉 다물고, 연꽃을 손에 쥔 관음상을 꼭 껴안은 채 아직도 견디고 있다. 마침내 조금씩 따스해진 관음상은 슬픔 때문에 거칠어진 그녀의 피부에 무상의 온기를 나누어주고, 눈물로 밤을 새우려 했던 비장한 각오를 너무도 간단하게 부숴버린다. 그리하여 나를 오류 강으로 몰아버리고 불침번을 선다. 두 시간 후에 나는 다시 돌아왔으나, 그 방은 이미 편안히 잠든 숨소리로 가득했다. 그러나 그것이 그녀의 숨소리인지 그녀가 껴안고 있는 것은 숨소리인지는 불분명하다.

2월 23일 토요일

나는 보검이다.

한겨울에도 그럭저럭 지낼 수 있는 동굴 속에서, 그날 기분에 따라 사는 젊은이와 함께 우아하게 춤추는 도난당한 보검이다. 그는 마음 같아서는 알몸으로 춤추고 싶었지만, 흔들리는 성기가 내게 닿을까봐 겁이 나 수건으로 만든 속옷만 걸치고 있다. 그러고는 자외선을 통과하는 태양처럼, 또는 태양의 주위를 돌고 도는 어두운 별처럼, 조그만 모닥불 주위를 천천히, 당당하게 돌면서 칼집을 벗겨낸 나에게 혼 그 자체를 맡겼다.

가끔씩 불어오는, 매섭게 몸을 에는 한기는 젊은이의 기세와 나의 기백에 압도되어 퇴각하고 말았다. 젊은이는 내가 이름이 있는지 없는지 전혀 관심을 보이지 않고, 또는 내가 얼마나 오랜 전통을 갖고 있는지도, 나를 팔아넘길 때의 값어치에 대해서도 전혀 생각지 않았다. 그는 오직 내가 허공에 그리는 선의 곡선과 악의 직선을 즐기고, 그를 향해 한없이 밀려오는 무수한 번거로움의 파도를 잘라내는 나의 힘에 매료되어 있을 뿐이다. 그는 자신의 실패를 자책하면서 틈을 노려 자신의 흔들리는 그림자를 몇 번이고 몇 번이고 베어냈다.

나는 그에게 몸부림치며 울기를 허락하지 않고, 육체만 성숙한 미친 여자의 몸을 안기를 절대 용납하지 않으며, 정신만 발달한 소년 요이치를 디딤돌로 삼으려 함을 단호히 수락하지 않았다. 그 또한 내가 유전하는 교의와 나의 마음이 아마비코 신사로 옮아가기를 허락하지 않았다.

2월 24일 일요일

나는 유언이다.

죽을 듯하면서도 좀처럼 죽지 않는 늙은 여자가 다시금 가족을 베갯머리에 불러놓고 열번째로 고하는 유언이다. 나를 믿는 자는 아무도 없었다. 그런데도 몇 명씩이나 모인 까닭은 만에 하나라도 자신의 몫이 줄어들지는 않을까 염려해서이다. 오늘 그녀는, 입으로 전하는 방법은 소홀히 여겨지리라 생각하고 붓을 놀려 나를 종이에 남겼다.

그러나 그것은 거의 위조에 가까운 것이었다. 글자가 의미하는 바는 분명했지만, 언제나처럼 있지도 않은 재산만 기록해놓았으니 말이다. 그녀가 소유하고 있는 재산은 덧문을 꼭꼭 닫아도 찬바람이 솔솔 불어드는 이 집과, 백오십 평에 달하는 정삼각형 모양의 이 땅뿐, 다른 것은 하나도 없었다. 고액의 정기예금이며 주식이나 채권, 산림과 보석 모두 그녀의 메마른 뇌와 고독한 혼의 산물에 지나지 않았다.

모두들 혀를 차면서, 지난번과 마찬가지로 다시는 절대로 들어주지 않으리라 중얼거리면서 돌아갔다. 그러자 늙은 여자는 새빨간 남남에 불과한, 이따금 큰유리새의 울음소리 같은 휘파람 소리를 내며 지나가는 소년에게 물거품 호수를 물려주겠노라고 말했다. 그 한마디에 마지막까지 남아 있던 자들이 일제히 자리에서 일어나, 좋은 일은 하나 없고, 별볼일 없는 일만 가득한 나날로 돌아갔다. 늙은 여자는 건장한 몸을 햇살에 잘 말려 보송보송한 이불 위에 살며시 누이고 희미하게 웃었다.

2월 25일 월요일

나는 물레방아다.

시냇물과 함께 얼어버려 꿈쩍도 하지 않는 방앗간의 물레방아다. 다른 장소야 어떻든 내 주변에서는 시간의 흐름이 완전히 정지하였고, 때로는 거슬러오르는 조류(潮流)처럼 반대 방향으로 흐르는 일마저 있으니, 빛과 어둠을 아쉬워하는 목소리 따위는 전혀 들을 수 없다. 즉 이곳에서는 하루아침에 이름을 날린 자와, 반세기에 걸친 긴긴 세월의 노력을 쌓은 자의 가치에 한 치의 차이도 없다.

통나무 다리를 건너려는 소년 요이치는 한쪽 발을 내디딘 자세로 미동조차 하지 않고, 바람 소리 속에 울리는 마을 공장의 사이렌 소리는 차가운 기단 속에 갇혀버렸고, 부스스 깃털을 세운 참새 떼는 달 밝은 밤처럼 차분히 가라앉은 과거를 향해 뒤로 날아간다. 또 근방의 농촌지대에서 피어오르는 하얀 연기 역시 짙은 안개처럼 움직이지 않는다. 땅 속에서 한 줌 흙으로 변한 누군가의 정숙하게 죽은 육체는 저 잘난 척 유전의 말을 중얼거린다. 그러나 사이즈가 작은 작업 바지를 입은 농부가 막 베어 넘어뜨린 왜소한 과수는 그야말로 영원한 죽음을 맞았다.

그리고 전하여 들은 바에 따르면 이 나는, 유수(流水)와 정수(靜水) 사이를 오가며 이승의 균형을 유지하는 자이며, 무르익은 계몽 사상과 지나치게 확대된 상대주의를 휘저었다 한데 엮었다 하는 자이며, 변질되기 쉬운 뭇사람들의 심성을 일정하게, 균일하게 유지하는 자라고 한다. 그럴지도 모르겠다. 때마침 동결과 역류의 계절이다.

2월 26일 화요일

나는 첫 울음소리다.

눈먼 소녀의 예민한 청각이 포착한, 교실 창가에 줄줄이 모여들어 넘어진 요이치를 놀려대는 중학생들의 목소리에 뒤지지 않는 갓 태어난 아기의 발랄한 첫 울음소리다. 몸을 저미는 한기에 딱딱하던 소녀의 얼굴에 단박에 화사한 미소가 번지고, 어린 주인을 성실하게 지키는 하얀 개는 낙천적인 성품을 드러내며 "멍" 하고 명랑하게 짖었다.

나는 시대에 발맞추어 길을 걸을 수 있는 자신감에 넘치고, 자연계에서 발생하는 무수한 이변에 대처할 수 있는 강건함을 담고 있다. 나는 이 세상에 길든 무리를 파먹는 긴장의 완화를 기도하고, 한서의 차가 심하고 얘깃거리에 궁하지 않으며 신선한 바닷물고기를 구경하기 어려운 이 땅에 기대의 꽃을 피우고, 특히 처녀들의 윤기 흐르는 얼굴에 화사한 미소를 선사한다. 이곳은 좋은 마을이다.

나는 다루기 쉬운 남자이며, 바깥나들이를 꺼려하는 남편이며, 이분자가 되는 것만은 극단적으로 거부한 국민이며, 두 번 정도 견책 처분을 받은 회사원이며, 경솔한 처신과 실추의 연속이었던 아버지이다. 어떤 경우에든 어중이떠중이 중 한 명에 지나지 않았던, 그런 인간의 단말마의 비명에 상쇄될 만큼 약하지 않고, 그런 남편의 비보를 듣고 방바닥에 쓰러져 우는 여자의 목소리에 조심스러워할 만큼 정에 약하지도 않다. 이렇게 태어난 이상 모든 것을 숙지하고 살아 보이리라, 고 나는 드높이 선언한다. 단내 나는 숨을 토하며 언덕을 올라가는 직원이 "그렇게 큰소리칠 수 있는 것도 지금뿐이지"라고 투덜거린다.

2월 27일 수요일

나는 신호다.

물거품 호수 위를 빈틈없이 메운 얼음을 뒤흔들며, 마호로 마을 사람들에게 보내는 신호다. 사고력을 빼앗아갈 정도로 강한 한기단은 얼음을 더욱 두껍게 만들고, 얼음의 압력을 한층 높인다. 보트 대여점 아저씨는 나를 알면서도, 늘 그러듯 "아아, 얼음이 울고 있군"이란 평범한 감상을 흘릴 뿐. 그의 몸을 오그라들게 하는 것은 추위지 내 말이 아니다.

나는 그저 단순히 물거품 호수의 생사 문제를 호소하려는 것이 아니다. 내 딴에는 숨가쁘게 다가오는 암흑의 시대에도 경종을 울리고 있다. 나는 원래 사회의 중추를 이뤄야 할 사람들이 그렇지 않은 사람들에게 밀려나고 있다고 말하고, 거국일치하여 국난을 극복하라는 선동이 다시금 되살아나도 좋으냐고 말하고, 사십몇 년 전의 저 치욕적인 대실패의 전철을 밟아도 상관없느냐고 말한다.

그러나 나는 마호로 마을에 만연해 있는 퇴폐의 기풍에 내몰리고, 음탕하고 난잡한 현상에 가로막히고, 장삿속이 아니면 얘기조차 할 수 없게 된 사람들에게 쫓겨나고, 관존민비의 악습에 걷어차이고, 학력 편중의 벽에 앞길이 막히고, 스승의 연줄을 타기만을 제일로 여기는 예술집단에 걸려 넘어져 사람 그림자 하나 없이 적적한 거리에 삼켜지고 만다. 그래서 나는 내 말에 귀 기울여줄 만한 사람을 찾아 언덕을 뛰어올라가 구름 낀 하늘로 흩어진다. 나의 진의를 파악하고 공감해줄 자는 지금, 파란 새의 비호를 받으며 지친 모습으로 애처롭게 잠들어 있다.

2월 28일 목요일

나는 실속 차리기다.

잠에서 깨었는데도 꾸물꾸물 이부자리를 떠나지 못하는 아이를 짜증난 목소리로 꾸짖는 어머니의, 본인도 그런 줄 모르는 실속 차리기다. 나는 언제까지고 젖냄새를 떨쳐내지 못하는 형제에게 너희들의 장래를 생각하기에 하는 소리다, 라고 말했다. 그러나 어머니는 결국 자신의 장래가 걱정스러워 하는 소리라는 말은 하지 않았다. 나는 계속했다. 자식을 생각하는 부모 마음을 왜 모르느냐, 라고. 그러나 어머니는 자신의 안정된 노후를 위해 정신을 차리라는 소리는 하지 않았다.

또 그녀는 너희 아버지에 대해서는 이미 오래 전에 포기했다는 소리도 하지 않았다. 결혼한 지 그리 오래지 않아, 술만 있으면 다른 것은 하나도 필요 없다고 내뱉은 한마디에 의지할 만한 배우자가 못 됨을 깨쳤노라는 소리도 하지 않았다. 따르기에 값하는 상대를 남편에서 자식들로 바꿨다는 소리도 하지 않았고, 형제 중 누구 하나는 아버지 이상의 남자로, 특히 수입면에서 아버지를 능가해주었으면 좋겠다는 소망에 대해서도, 그것밖에 기대할 것이 없는 자신의 비참한 신세에 대해서도 한마디도 하지 않았다.

형제는 나의 속셈 따위는 이미 꿰뚫고 있었다. 그러나 부모의 비위를 건드리면 어떻게 되는지 잘 알고 있었다. 그리고 그들의 어머니는, 하루에도 몇 번이나 소년 요이치와 눈먼 소녀와 미친 여자를 만남에도 불구하고 건강 외에는 바라지 말자는 생각은 한 번도 하지 않았다. 그녀는 고함을 질렀다. "대체 누구를 위해서 이러는데!"

3월 1일 금요일

나는 수런거림이다.

불길한 색으로 물거품 호수를 덮은 얼음 위에 파문 모양으로 퍼져 나가는 사람들의 수런거림이다. 뭐 그렇다고 간담을 서늘케 하는 대사건이 나의 근원인 것은 아니다. 한 청년이 휠체어를 탄 채 얼음 위를 건너고 있다, 그뿐이다. 그러나 언제 죽음이 그를 덮칠지 방심할 수 없는 상황이다. 얼음의 두께가 일정하지 않아서가 아니다. 계절이 어느새 3월에 들어선 탓이다.

그 청년이 만약 소년 요이치였다면 내가 나설 자리는 없었을 것이다. 요이치는 얇은 얼음을 교묘하게 피해다니는 데 달인으로 알려져 있기 때문이다. 그렇지 않았다면 마호로 마을 사람들에게 요이치의 생과 사의 무게는 거의 비등하게 받아들여졌을지도 모른다. 당사자인 요이치는 지금 구경꾼들과 함께 잠시 후, 아니 몇 초 후면 일어날지도 모르는 참사를 예상하고 열심히 호수 위를 지켜보고 있다.

청년은 급한 용건이라도 생각난 듯 다리보다 굵은 팔로 바퀴를 휙휙 돌리면서 갑자기 속도를 높여 호수 한가운데를 향해 돌진하고 있다. 그를 막으려는 자는 아무도 없다. 인명 구조로 포상을 받은 적도 있는 보트 대여점 아저씨조차 뒷짐을 지고 있다. 그들이 사태가 어떻게 될지 숨을 죽이고 있고, 소심한 자들은 뜨끔뜨끔 아파오는 위를 느낀다. 그러나 청년이 무사히 건너편 호숫가에 도착하자 나는 다시금 호수 위로 퍼져나가, 이번에는 감격과 경의의 울림을 거느리고 노고를 치하하는 박수 소리로 이어진다.

3월 2일 토요일

나는 석별이다.

결국은 아무것도 얻지 못하고 방랑의 나날로 떠나려는 젊은 수행승의 마호로 마을에 대한 석별이다. 돌아오지 않는 다리 밑에서 그를 배웅하는 거지는 새벽녘 소년 요이치에게서 받은 사과를 깨물면서, 성격이 온순하고 착실한 사람이나 뛰어난 수재나 불세출의 철학자, 그런 사람들의 덕을 사모하고 신불을 추앙하고 우상을 섬기는 한 아무리 버둥거려야 소용이 없을 것이다, 라며 의기양양한 얼굴로 장황하게 늘어놓는다.

거지는 아마도 시원시원한 태도를 연기함으로써 자신이 빙그레 미소 지으며 죽어갈 자임을 보여주고 싶었으리라. 그러고서 그는 입가에 스스로 인격자임을 자부하는 듯한 미소를 띠면서 이렇게 말을 이었다. 먹을 것과 입을 것, 푼돈을 얻으려 한다면 그저 평범한 거지지만, 타인에게 물건 아닌 무언가를 얻으려고 매달리는 자는 거지 이하다, 라고. 마호로 마을의 수치인 그의 그런 야유는 단박에 나를 맥빠지게 만든다.

간신히 출발할 마음을 굳힌 수행승은 방한복 위에 걸친 너덜너덜한 옷을 펄럭이며 터벅터벅 걸어간다. 그는 다리 한가운데서 걸음을 멈추고 돌아보면서 마호로 마을의 모든 것에 공평하게 작별을 고한다. 그러자 거지는 "잘난 척하지 마!"라고 고함을 지르고, "웃기고 있네!"라고 소리를 지른다. 수행승은 다시 걸음을 내디디고, 나는 병에 시달리고 있는 소년에 발에 걷어차여 오류 강으로 떨어진다.

3월 3일 일요일

나는 합창이다.

경제가 호전될 전망이 어두워진 마호로 마을에 느닷없이 울려퍼진 듯 여겨지는 아이들의 합창이다. 심한 착각에 빠져 도저히 궁여지책조차 떠올리지 못하고 맹신과 혼란의 길을 걷는 어른들은 쇠약한 감각으로 간신히 나를 느낀다. 그들은 잠시 일하는 손길을 멈추고, 눈에 쌍심지를 켜고 남을 헐뜯는 일도, 의미 없이 희죽거리는 웃음도, 진기한 것을 좋아하는 마음도, 심술을 부리는 버릇도 멈추고 내게 귀를 기울인다. 나는 그런 그들의 고충을 간파하고, 비뚤어진 마음을 이해하고, 불평을 늘어놓을 일밖에 없는 나날로부터 그들을 잠시 떼어놓는다. 나는 그들을 위해 이견을 내세우고, 또는 적절한 조언을 해주고, 그리고 다시 살고자 하는 열의가 충만해지도록 그들을 자극한다. 예를 들면, 이 정도 손실로 끝난 행운을 허투루 여기지 말라고 말해준다.

체면이 땅에 떨어졌으면서도 아직 사직할 뜻을 밝히지 않은 읍장은, 다시금 죽어서 영예로운 자가 되고자 한다. 외근이 많아 늘 점심을 거르는 남자는 정오가 약간 지나자 서둘러 단골 식당으로 뛰어간다. 부모의 눈을 피해 방탕한 생활에 몸을 맡겼던 못난 자식은 가업을 이을 결심을 굳힌다. 사방에 연신 신경을 쓰는 조직원은 가만히 눈을 감고 살색이 투명했던 어린 아기를 회상한다. 주색에 빠져 무절제한 나날을 보내는 자는 목숨을 가벼이 여기는 자신의 어리석음을 깨닫는다. 인심이 향하는 바를 알고자 하는 소설가는 자신 속에서 그 답을 찾는다. 그리고 소년 요이치가 부는 휘파람은 나와 조화를 이루며 마호로 마을의 총의가 된다.

3월 4일 월요일

나는 권태다.

곤드레가 되어, 희미하게 봄내를 풍기며 뿌리치는 비도 아랑곳하지 않고 길가에 누워 있는 남자를 감싸는 권태다. 뻔한 심경에서 태어난 나는, 이 아침의 베테랑에게 가발을 쓰지 않아도 좋았던 옛날을 기억해보라고 말하고, 빗나간 꿍꿍이셈 따위 다 잊고 퇴직금의 사용처나 생각하라고 말한다. 그러고서 나는 이렇게 덧붙인다. 앞으로 몇 년 더 살아봐야 특별한 일은 없을 것이라고.

이 남자에게 있는 것이라고는 그저 잡무에 쫓기는 나날과, 술냄새가 진동하는 길고 긴 밤과, 너저분한 행적에 대한 씁쓸한 기억과, 다양한 원인에서 비롯된 것처럼 보이나 실은 한 가지 이유에서 발생한 불행들과, 간을 전혀 맞추지 않은 음식과, 그리고 다음은 도저히 똑바로 쳐다볼 수 없는, 조금도 사정을 봐주지 않는 죽음뿐이다. 그 밖에는 아무것도 없다.

이것저것 기다리다가 끝내 기다림에 지친 그는 이미 나를 물리칠 기력도, 망상에 고뇌하고 비하할 기운도 잃어버렸다. 그는 첫서리를 사박사박 밟으며, 헉헉 숨을 헐떡이며 언덕을 올라가는 자기 아들 꿈을 꾼다. 이어 "이런 데서 졸면 감기 들어"라는 죽은 아버지의 목소리를 분명하게 듣는다. 그대로 잠들면 필시 얼어죽을 것이다. 그가 눈을 뜨자 눈앞에, 마중을 하러 나온 그의 아들이 불치의 병을 앓고 있는 소년이라고는 도저히 여겨지지 않을 만큼 꼿꼿하게 서 있다.

3월 5일 화요일

나는 군가다.

뿌연 벽을 향해 장시간 두서없는 열변을 토한 노인이 이윽고 드높은 목소리로 불러대는 예의 군가다. 그는 병석에서 일어난 기념으로 받은 술잔을 꿀꺽꿀꺽 기울이면서 나와 더불어 열렬한 의기를 동네 사람들과 스스로에게 과시하려 한다. 그러나 그는 인물이나 기량면에서 탁월한 직업 군인이 아니었고, 또 맨손으로 적을 섬멸한 영웅도 아니었다.

그는 그저 아무 생각 없이 당시의 국가에 맹종한 남자 중 하나에 지나지 않고, 사람을 죽이기 위해 필요한 물자를 이 섬에서 저 섬으로 운반하는 범주선 선원의 한 명에 지나지 않았다. 더구나 그는 전쟁 전후를 막론하고 나를 제대로 상대한 적조차 없으며, 높으신 분과 국기 같은 것에 진심으로 엎드려 절한 적도 없었다. 오히려 그는 가능하면 전쟁에서 멀어지고, 가능하면 잊어버리려 아름다운 것만 보며 살아온 남자 중의 한 사람이었다.

그런 그가 일흔 살 생일을 앞두고, 아내를 잃고 자식마저 떠난 지금, 웬일인지 갑자기 내게 아부를 떤다. 그는 전쟁보다 더한 체험은 끝내 얻을 수 없었음을 깨닫고, 그 살육의 삼 년이 없었더라면 그야말로 따분한 인생이었을 것임을 깨닫는다. 나는 그의 허세를 거들고, 그에게 세상에 판을 칠 힘을 준다. 게다가 중학교 쪽에서 바람을 타고 날아오는 낭랑한 트럼펫 소리마저 만심(慢心)의 편안함을 노래하고 있다. 큰유리새를 흉내내는 휘파람 소리도 지금은 내 기세에 압도된 듯하다.

3월 6일 수요일

나는 가해심(加害心)이다.

지난 잘못을 뉘우치고 정당한 일을 하리란 마음 따위 애당초 없는 남자들의, 사소한 계기로 발동된 가해심이다. 마호로 마을에서 식욕을 채우고, 색욕을 채우기 위해 좀더 큰 마을로 가려는 때, 그들은 보일 듯 말 듯 뒤를 쫓아오는 한 무리를 눈치챘다. 그들은 적을 앞지르려 배기량이 큰 양쪽 승용차는 물거품 호숫가 눈길을 최고 속도로 질주하여, 공사 차질로 인해 대규모 사업의 잔해만 남은 산으로 들어서자마자 뜸들이지 않고 목숨을 건 한판 승부를 개시하였다.

그들은 서로에게 나를 보여주려고 있는 무기를 다 꺼냈다. 그러나 그것들이 모두 유효하게 사용된 것은 아니었다. 공포를 위해 값비싼 총탄을 함부로 주고받을 뿐이었고, 법률에 저촉되는 긴 칼은 무턱대고 허공만 가를 뿐이었다. 그리고 총알이 다 떨어지자 그들은 그 다음 어찌해야 좋을지를 모르고, 자동차 뒤에 숨어 욕설이나 퍼부어대는 꼴을 연출했다. 그런 그들을 떼어놓은 것은 다가오는 경찰차의 사이렌 소리와, 할 만큼 했다는 자기만족이었다. 그들은 체포되기 전에 재빨리 자동차를 몰아 자기들의 영역으로 돌아갔다.

마호로 마을의 일파는 자동차와 함께 숨어 경찰을 따돌리고, 허리에 총을 맞은 사람처럼 걷는 소년을 스치고 달려, 명랑하고 쾌활한 웃음소리며 나를 창 밖으로 내던지고, 어둠 속 어딘가로 사라졌다.

3월 7일 목요일

나는 감상이다.

누나가 겨우 다 뜬 빨간 털실 모자를 쓴 소년 요이치, 그의 정직하고 지당한 감상이다. 귀를 절반이나 덮은 그 모자는 요이치를 절대로 큰유리새에게 근접시키려 하지 않았다. 그런데 어디로 보나 큰유리새와 똑같다고 누나가 말하고, 그녀의 남편까지 큰유리새 바로 그 자체라고 뻔뻔스러운 거짓말을 하였다. 하지만 나는 새의 머리가 아니라 새에게 먹히는 곤충의 머리를 닮았다고 생각했다. 예를 들면 청초 속에 숨어 마성을 드러낼 기회를 엿보고 있는 사마귀나, 그 사마귀의 먹이가 되어 머리부터 통째로 삼켜지는 귀뚜라미 같았다.

그러고서 누나는 동생의 구각염을 낫게 해주겠다면서 풀냄새 나는 주스를 만들고, 그것을 마시면 온몸이 큰유리새와 같은 색이 될 것이라고 말했다. 진짜로 알아들은 요이치는 장작 난로에 몸을 녹이면서 그것을 꿀꺽꿀꺽 마셨다. 나는 요이치에게 술을 너무 마셔 추태를 부린 다음날의 아버지 얼굴 같다고 말하고, 한참 낚시를 하다가 물거품 호수에 머리를 처박고 죽은 할아버지를 닮았다고도 말해줬다.

그런데 다시금 찬바람이 몰아치는 밖으로 나오자 나는 불쑥 요이치가 다름아닌 새, 그것도 큰유리새라는 생각이 들었다. 그리고 죽어서 태어난 자신의 아이와 남동생의 불행의 정도를 비교하며 가슴을 쓸어내리는 누나가 "조심해서 가"라고 하는 말을 등뒤로 들으며 요이치는 별 하나하나가 긍정의 의미를 던지고 있는 헛된 기쁨의 밤을 향해 날갯짓했다.

3월 8일 금요일

나는 별빛이다.

역경에도 초연하게, 정기적으로 마호로 마을을 찾는 물고기 장수의 딸, 그녀의 매끈하게 젖은 머리카락을 비추는 청명한 별빛이다. 얘기에 몰두하다 그만 마지막 버스를 놓치고 권유에 못 이겨 요이치의 집에 머물게 된 그녀는, 어머니에게 전화를 걸어 상황을 설명하고, 목욕을 하고 정성이 담긴 따끈한 밥을 깨끗이 비운 후 요이치와 함께 언덕 꼭대기에 섰다.

바람은 잠잠하고 기온도 3월 초순치고는 꽤 높고, 멀리 봄빛이 보였다. 둘은 나를 올려다보면서 피를 나눈 남매처럼 사이좋게 얘기를 나눴다. 요이치는 늘 그러듯 큰유리새를 자랑하고, 한없이 성격이 밝은 처녀는 요이치가 아직 보지 못한 바다를 자랑스럽게 얘기했다. 그러고서 둘은 불을 환하게 밝힌 집과 나의 개수를 비교하고는 비슷할지도 모르겠다는 터무니없는 결론을 내렸다.

그런 다음 둘은 알고 있는 모든 언어를 구사하여, 손짓 발짓까지 섞어 마호로 마을에 대한 의견을 교환했다. 내가 보기에 양자의 견해는 우연의 일치를 보였고, 거의 그릇됨이 없었다. 마호로 마을을 능가하는 곳은 얼마든지 있을 테지만 역시 마호로 마을보다 못 한 곳도 얼마든지 있을 것이다, 이것이 둘의 결론이었다. "요이치에게는 이곳이 어울려"라고 처녀가 말했다. 그리고 이번에는 둘이 발하는 희미한 파란색이 나를 비췄다. 요이치의 엄마가 부엌 창문을 열고 둘에게 말했다.
"감자 다 삶았다!"

3월 9일 토요일

나는 또하나의 자신이다.

본의 아니게 집을 내놓게 된 외팔이 사나이가 버스에서 내리는 순간 마주치게 된 또하나의 자신이다. 그는 마호로 마을을 에워싼 눈을 의심할 정도로 아름다운 저녁노을을 향해 맥없는 걸음을 내디디다, 버스 소리가 사라지면서 나를 깨달았다. 그러나 처음에는 조금 전까지 이웃 마을에서 돈을 구하느라 돌아다니면서 지친 탓에 헛것을 봤을지도 모르겠다고 생각하는 듯했다.

우리는 붉은빛 속에서 서로를 멀뚱멀뚱 쳐다보았다. 그리고 의외로 영리하다는 말을 듣는 한편 겁쟁이라는 말도 듣는 그는 낯선 사람과 마주선 듯한 표정을 짓고는, 그저 아무 일도 없었던 듯 잠자코 지나가기로 결심한 모양이었다. 그 점에서 우리의 생각은 궤를 같이하고 있었지만, 스치는 순간 나는 그만 입이 간질거렸고 번뜩 정신을 차렸을 때는 이미 입냄새와 함께 말이 튀어나가 있었다.

그렇다고 뭐 입바른 소리를 할 생각은 없었다. 다만 이것만은 분명하게 확인하고 싶었다. "정말 지금 이대로 좋은 거냐?"라고 나는 물었다. 물론 그의 인생을 뜻하는 것이다. 그렇게 나는 상대방의 마음에 상처를 주고, 자부심을 짓뭉개주었다. 그러자 그는 안색을 바꾸며 자포자기한 눈빛을 보이는가 싶더니, 자기 목이라도 조를 듯한 뭉툭한 의수를 확 휘둘렀다. 하지만 그는 나에게는 한마디도 하지 않고 한참이나 걸어가서, 봐야 할 가치를 무한하게 지니고 있는 소년 요이치에게 이렇게 말했다. "좋고 나쁘고가 어딨어, 안 그러냐?"

3월 10일 일요일

나는 장례식이다.

눈 녹은 현관 앞 양지바른 곳에서 서로 몸을 기대듯 죽은 풍뎅이 두 마리를 정성스레 묻는 장례식이다. 소년 요이치는 아름답게 세공한 보석을 연상시키는 곤충을 살짝 집어 손바닥에 올려놓고, 얼굴을 바짝 들이밀고 쳐다보았다. 그러다 요이치는 그것이 한 마리가 아니라 두 마리라는 것에 몹시 감동하고는 한 쌍이라 제멋대로 생각하고 금슬 좋은 생애에 감격하였다.

그러고서 요이치는 어떻게 해줘야 할지 한참을 생각하다가, 일단 자기 방으로 가지고 들어갔다. 창가에 나란히 놓인 그것은 유리창으로 새어드는 햇빛을 한껏 받자 가느다란 털 한 올 한 올이 황금빛으로 반짝이면서 오색 구름이 떠 있는 파란 하늘과 조화를 이루었다. 달리 없을 정도로 완벽하고 행복하고 아름다운 그 죽음을 요이치는 넋을 잃고 바라보았다. 새장에 갇혀 있기는 하지만 답답하다 여기지 않는 듯 보이는 파란 새가, "사인은 불명이다"라고 지저귀고, "나도 닮고 싶다"고 울었다.

요이치는 무슨 생각이 났는지, 이번에는 그 두 마리를 부엌으로 가져갔다. 그러고는 그것을 전자레인지에 넣어 파삭파삭할 때까지 태워서는 손가락으로 문질러 가루를 만들어, 절반은 새 모이에 섞고 나머지 절반은 자기 도시락에 뿌렸다. 새도 소년도 자못 맛있다는 듯 먹어댔다. 모이 그릇을 비운 큰유리새는 하늘을 향해 온 마음과 혼을 담아, 삶에 무게를 둔 일련의 아름다운 소리를 발했다. 요이치는 몸을 비틀면서 땅을 향해 해와 달을 노래한 장편시를 발했다.

3월 11일 월요일

나는 길이다.

일 년에 고작 한두 사람이 지나갈까 말까 한, 도처에 아직 눈이 남아 있는 마을 어귀의 한적한 길이다. 반듯하게 포장도 돼 있고 도로 폭도 충분한데 어찌된 일인지 이용되지 않는 내 위로, 오늘 오후 올해 들어 처음으로 인간이 통과했다. 남루한 차림새에 어린아이들의 호의라도 기꺼이 받아들일 표정에 얼굴에는 물욕이 넘실대는 남자가, 북쪽에서 지방으로만 구성돼 있는 듯한 몸을 뒤뚱뒤뚱 움직여 내게로 다가왔다.

이미 아무것도 꺼릴 게 없어 보이는 그 남자는 세상 체면 따위 아랑곳하지 않았고 자신을 비하하는 말투를 쓰지도 않았다. 아니 오히려 그는 문득 걸음을 멈추고 자랑스러운 표정으로 나를 쳐다보더니, 예사롭지 않은 일이 허다한 세상을 향해 만장의 기염을 토했다. 그런 그의 주위로 옳지 못한 생각들이 파문을 그리며 흘렀다. 계속 거들먹거리는 그를 나는 꽤 혹독한 말투로 꾸짖었다. 자화자찬은 대충하라고 말하고, 지금이라도 늦지 않았으니 제대로 된 인간이 되라고 말하고, 선인들의 가르침을 따르라고 말했다.

그러나 철면피인 그에게는 전혀 통하지 않았다. 거지는 그 자리에서 대답했다. "내가 안 지나가면, 너 따위는 길기만 한 그냥 공터에 지나지 않느냐"라고 말하고, "주제넘는 짓 하지 마라"라고 말하고, 어깨로 바람을 가르며 어디론가 가버리고 말았다. 그후 몇 년 전에 한 번 지나간 적이 있는 병든 소년이 왔다. 그러나 그는 내 바로 앞에서 발길을 되돌렸다.

3월 12일 화요일

나는 교접이다.

요이치의 누나와 그의 남편이 같은 꿈을 꾸고 꿈속에서 계시받은 하늘의 뜻에 따라 열중하고 있는 절실하고도 동물적인 교접이다. 여자는 오류 강 원천에서 주워온 관음상을 베갯머리에 놓고, 색정을 자극하는 속옷을 입고, 그윽한 향기를 풍기는 액체를 몸에 뿌리고 이부자리에 누웠다. 이리하여 나는 출범한 지 오래지 않은 배처럼 순조롭게 운항해, 자웅의 구별을 명백하게 하는 도취의 바람을 가득 안고 질주하였다.

둘은 전혀 눈치채지 못하고 있었지만, 관음상은 눈을 똑바로 뜨고 나를 빤히 쳐다보고 있었다. 그 눈이 어딘가 모르게 요이치의 눈을 닮았다. 그리고 남자의 체내에서 기운차게 발사된 양의 물질은 멋들어지게 여자의 몸이 만반의 태세를 갖춘 채 기다리고 있는 음의 물질에 명중하였다. 그 순간에, 물질과 암흑 물질이 융합하여 우주의 탄생과 전혀 다름없는 절차를 밟아, 어떤 곳을 향하여 똑바로 돌진하여 신불(神佛) 너머까지 뻗어나가 진리를 추구할지도 모르는 하나의 생명이 만들어졌다.

그 순간을 자궁으로 감지한 여자는 통풍이 잘 되는 전두엽을 번뜩이는 토파민으로 가득 채우고 희열의 눈물을 흘렸다. 그런 그녀를 보고 관음상마저 눈물을 흘렸다. 남자는 그저 스스로 얻은 경지에서 허둥거리기만 할 뿐, 급격한 위축 외에는 달리 느끼는 것도 없었다. 또다시 하늘의 술수에 걸려들고 말았다는 여느 때의 무념에 사로잡혀 마음까지 위축되고 말았으니, 그 다음은 아무 생각도 없었다.

3월 13일 수요일

나는 여행가방이다.

어떻게 하다보니 태어난 집을 뛰쳐나오고 만 젊은이가 당장 의지할 유일한 언덕인 낡은 여행가방이다. 대규모 아파트 단지의, 부모의 체면에 미치지 못하는 좁은 방에서 태어난 그는, 자칫하다 이 방에서 평생을 끝낼지도 모른다는 생각을 했다. 그리고 그는 그날 당장 오층 위에 사는 세 살 연상의 애인을 모른 척하고, 나를 껴안고 도망친 후 갈 곳도 정하지 않은 채 기차에 몸을 실었다.

그렇게 그는 땅을 두드리는 빗소리를 들으면서 잠들 수 있는 고장과 집을 찾아 각지를 떠돌아다녔다. 하지만 그가 본 것은, 들판에서 꾸는 적막한 꿈과 아무 재미도 없는 일상과, 권력에 아첨하는 비굴한 근성과, 예상외로 강한 세풍과 자갈처럼 이리저리 구르는 정신의 타락과, 욕망을 향한 그칠 줄 모르는 진출이었다. 하지만 그것들이 그의 견문을 충분히 넓힌 것은 사실이었다.

오늘 처음 마호로 마을을 찾은 그는 물거품 호수를 건너오는 바람을 맞으며 그 여행의 허망함을 비로소 깨달았다. 그는 호수 위에 마지막 남은 얼음 조각을 주워서 핥다가 퉷 하고 뱉고는, "이제 알겠다"고 중얼거리며 나를 쓰레기통에 버리고 과거의 나날로 되돌아갔다. 그후 나는 어딘가 새를 닮은 소년의 눈에 들었다. 그는 나를 들고 다리를 건너면서 한바탕 가출 흉내를 내며 놀았다.

3월 14일 목요일

나는 땅울림이다.

무지막지하게 깎인 채 그대로 방치된 산이 눈이 녹는 물과 함께 붕괴될 때마다 물거품 호수를 뒤흔드는 땅울림이다. 나는 허탈감에 빠져 있는 보트 대여점 아저씨의 몸통을 푸르르 떨게 하고, 지금은 거의 수입이 끊긴 '삼광조' 여관 여주인에게 "차라리 이 마을을 송두리째 묻어버려라"라고 읊조리게 하고, 아직도 거만한 태도를 고치려 하지 않는 읍장에게는 반성의 기회를 준다.

그러나 어떤 사태가 닥치든 마호로 마을에 안주할 구십구 퍼센트의 사람들은 나의 단조로운 위협 따위에 전혀 신경을 쓰지 않는다. 일 년에 한 번은 집을 바꿔 빌리지 않으면 성이 풀리지 않는 자도, 별 대수롭지도 않은 집안을 내세워 거드름을 피우는 자도, 널찍한 저택에 살면서 유산으로 놀고먹는 자도, 툭하면 사람들 앞에서 놀림을 당하는 자도, 늘 말차 냄새를 풍기며 얘기하는 자도 아무런 불안을 느끼지 않았다. 말하기 좋아하는 사람들조차 어찌된 셈인지 모르는 척 시침을 떼고, 예의 전직 대학교수 역시 나를 자연보호 운동에 이용하려고 하지 않았다. 적어도 내게는 그렇게 보였다. 나는 이렇게 상상했다. 어쩌면 그들은 알게 모르게 마호로 마을을 포기했는지도 모른다고. 그렇지 않다면 자기 자신을.

오늘, 아무한테나 격의 없이 다가가 얘기하는 노파가 나에게 "무슨 일이 벌어지든 놀랄 것 없지"라고 말하고, 지나가는 요이치를 상대로 "이 세상 이치는 벌써 다 알고 있어"라고 큰소리쳤다.

3월 15일 금요일

나는 그늘이다.

마호로 마을에 사는 유별난 자, 유별나기에 소설을 쓰는 남자가 제법 미인이라 인정하는, 어깨선이 고운 여자의 그늘이다. 아름답다는 점에서는 타의 추종을 불허하는 그녀에게 남자의 접근을 금하고 있는 것은 바로 나이다. 그녀에게서 관능을 하나하나 빼앗고 있는 나는 처참하기 짝이 없는 교통사고 현장에나 어울릴 것이다.

그렇다고 그녀가 가슴에 담아두기에 벅차 누군가에게 털어놓지 않으면 견디지 못할 심각한 문제를 껴안고 있는 것은 아니었다. 또 언제 야반도주를 해도 이상하지 않을 만큼 절박한 상황에 처해 있는 것도 아니었다. 그녀는 가리는 것이 많은 여자도 아니고, 처음부터 나무 냄새가 나는 새집에서 살고 싶어하는 여자도 아니고, 점원이 없는 틈을 타서 화장품을 몰래 주머니에 집어넣는 여자도 아니고, 남자의 외모나 학력을 중시하는 여자도 아니고, 그날의 기분에 따라 여행을 미루는 여자도 아니었다. 요컨대 나는 지고한 아름다움의 부산물이며 추함과 경계를 이루는 어쩔 수 없는 벽이었다.

오늘, 가엾은 동생에게 군고구마를 사주던 여자가 그녀를 보고 잠시 넋을 잃었다. 그러나 여자는 마침내 나를 알아차리고 무슨 착각을 했는지 서둘러 옆에 있는 쇼윈도에 비친 자기 얼굴을 빤히 쳐다보았다. 그러자 그녀의 동생이 잇몸을 드러내고 웃었다. 누나는 동생의 머리를 톡 때려 입을 다물게 했다.

3월 16일 토요일

나는 욕설이다.

요이치 삼촌의 신청을 매몰차게 거절하는 아마비코 신사 신관의 정나미 떨어지는 욕설이다. 요이치의 삼촌은, 병든 조카의 쾌유를 빌기 위해 신사 연못에 방생한 비단잉어를 돌려달라고 이마를 몇 번이나 조아렸다. 또 그는 다른 잉어가 전멸하여 어쩔 수 없다고 말하고, 증식과 양식에 성공하면 반드시 더 훌륭한 잉어를 봉납하겠다고 약속했다.

그러나 신관은 조금도 양보하지 않았다. 아무런 사전예고도 없이 후사가 집을 나가버려 내내 울화를 가라앉히지 못하고 있던 그는 화풀이할 상대를 찾고 있었던 것이다. 한적한 경내가 두 사람의 대화를 삼켜버렸다. 흔치 않게 자제력을 잃은 신관은 이렇게 말했다. 이곳에 있는 모든 것은, 설사 그것이 공기라도 밖으로 가지고 나가서는 안 된다고 말하고, 요이치가 드릴로 신목에 구멍을 뚫고 있다는 말까지 했다.

그는 계속 말했다. 마호로 마을 사람들도 추락할 데까지 추락했다, 고르고 골라 보검까지 훔쳐갔다, 그리고 인색한 사람들은 늘어나고 자애로운 자는 줄어들었다고 말했다. 울컥 화가 치민 전과자가 나를 쏟아놓아 상황이 걷잡을 수 없어졌다. 그런데도 상대의 등에서 춤추는 비단잉어와 그 문신에 얽힌 전력까지 잘 알고 있는 신관은 동요는커녕 도발적인 말을 던졌다. "나를 죽이고 또 형무소에 들어가보시지."

3월 17일 일요일

나는 염불이다.

어두컴컴한 봉당 한구석에서 좌욕을 하면서 지병인 위경련을 참고 있는 늙은 여자의 귀기 넘치는 염불이다. 어둠과 빛의 중간에 비쩍 마른 몸을 둔 그녀의 모습은 관조하는 구도자의 모습을 닮았으며, 또 무리가 자신을 필요로 하지 않는다는 것을 깨달은 늙은 원숭이의 모습과도 닮았다. 이미 그녀는 괜한 억측을 하며 역정을 낼 기력도 없다. 떫은 차를 마시면서 인물을 평하는 일에도, 약한 자를 괴롭히는 악동들을 혼내주는 일에도, 작은 새를 예뻐하는 일에도, 맛있는 먹을거리를 찾는 일에도 일찌감치 흥미를 잃었다. 사랑하는 손자가 불러도 건성으로 대답할 기운조차 없었다.

플라스틱 대야 속에 들어앉은 그녀는 탄력을 잃은 지 오랜 손가락으로 통증을 완화시켜준다는 경혈을 찾는다. 그녀는 지금 막 마신, 비교적 쓰지 않은 한방약과 마찬가지로 내 효험을 거의 믿지 않는다. 그녀에게 나는 호흡에 리듬을 주기 위한 소도구에 불과하고 극락정토행 복권을 줄곧 사들이는 정도의 의미밖에 없다. 그녀는 지금 허영심 많은 여자라는 소리를 듣고, 의협심에 넘치는 남자가 치근거린 것 외에 별 대수로울 것 없이 대하처럼 유유히 흘러간 지난 세월을 그리워하고 있다. 그리고 그녀는 늙은 기생의 과거를 장식하며 비녀에서 짤랑거리는 작은 새의 청명한 소리와, 몹쓸 병에 걸렸어도 죽지 않는 소년의 새울음소리를 흉내낸 휘파람 소리를 듣고, 나를 침과 함께 꿀꺽 삼켜버렸다.

3월 18일 월요일

나는 비난이다.

어찌된 셈인지 요즘 들어 갑자기 드세진, '삼광조' 여관 여주인에 대한 신랄한 비난이다. 그저 남들처럼 살 줄밖에 모르는 사람들에게 반감을 사는 일 정도야 익히 알고 있는 그녀지만 그렇다고 뒤가 켕기는 일을 한 적은 지금까지 한 번도 없었다. 또 그녀를 중상하는 사람들의 따가운 시선을 등으로 느끼면서도 일일이 되쏘아본 일이 없는 그녀였다.

그런데 오늘 그녀는 시장을 보는 중에 견딜 수 없을 정도의 경멸을 분명하게 느꼈다. "참 당당하군"이란 야유와 "하기야 누군들 그렇게 망하고 싶겠어"란 욕설을 들었다. 그리고 어떤 가게에서는 처음 온 손님도 아니고 외상이 쌓여 있는 것도 아닌데, "미안하지만 당신한테는 팔 물건이 없어"란 소리까지 들었다. 나는 엎친 데 덮친 격으로 그녀를 집요하게 따라다녔다. 그녀를 몰아세우기에는 지금이 적기였다. 법을 어겨야 사는 패거리의 뒷배가 없어진 그녀는 이미 돈 벌 길이 막혔다. 보통 숙박객들의 발길도 끊겼다. 은행도 나 몰라라 하는 상황이다. 곰곰이 생각건대 사람들은 울적한 마음을 풀 대상이 필요했던 것이다. 그럴싸한 화젯거리가 없는 그들은 누구에게든 화풀이를 하고 싶어 견딜 수 없었던 것이다. 그런 때 제일 건드리기 쉬운 상대를 고르는 것은 그들 공통의 습관이었다. 그러나 여주인은 동요치 않고 차분하게 '삼광조' 여관으로 돌아가 소년 요이치를 위해 있는 음식으로 재빨리 점심을 장만했다.

3월 19일 화요일

나는 미생물이다.

쇠에 버금가리만큼 딱딱한 흔들바위 속 비좁은 틈새를 삶의 터전으로 삼고 있는, 아직 세상에 알려지지 않은 미생물이다. 어떤 악조건에도 적응하며 집요하고도 왕성한 번식을 거듭하고 있는 나 역시 다른 모든 생물과 마찬가지로, 그렇게 하면서까지 살아야 하는 슬픔에 늘 젖어 있다. 때로는 죽을 생각으로 자연의 섭리를 거역하고, 때로는 심신의 상쾌함을 느끼며, 또 때로는 날씨의 변화무쌍함에 발광하고, 그리고 우주의 근원을 파헤치는 근원적 질문인 "왜?"를 연발해보지만, 대답해주는 이는 없고, 내 안의 나에게 물어보아도 질문은 허망한 메아리가 되어 증폭될 뿐이다.

한겨울 혹독한 추위와 한여름 열기에 견디지 못하고 사멸하는 절반을 넘는 수의 동료들, 그러나 따사로운 햇살과 밤중에 내리는 적당한 비와 바람의 힘을 빌려 스물네 시간 이내에 그 수는 다시 채워진다. 그리고 언 물이 바위를 가르면서 동시에 새어든 강렬한 빛이 나를 당황하게 한다. 하필이면 봄을 예고하는 뜨뜻미지근한 돌풍이 몰아쳐 바위를 흔들흔들 흔들어, 우리는 날려가고 또는 광선과 방사선을 직접 쐬어 순간적으로 엄청난 수의 생명을 잃었다.

그럼에도 간신히 살아난 나는 박애를 지저귀는 큰유리새의 노랫소리에 이끌렸다가, 태어나면서부터 이타주의자인 듯한 소년의 휘파람에 다시금 날려, 언젠가는 인류를 멸망으로 이끌 힘을 비장하면서 드디어 본격적으로 이 세상에 참가한다.

3월 20일 수요일

나는 금메달이다.

국제마라톤 대회에서 재차 우승한 이 고장 출신 선수를 본인 이상의 인물로 치켜세우는 금메달이다. 지금 이 청년은 마호로 마을에서 가장 중요한 위치를 차지하고 있다. 자신감을 잃어가고 있는 이 시골 마을에서 나는 감은의 마음에 값하는 물건이 되었다. 유별스럽게 애향심을 강조하는 청년, 그의 가슴에서 흔들리는 나를 본 사람들의 입에선 한결같은 감탄이 새어나온다.

기세등등한 나는 이렇다 할 견해가 없음을 미련 없이 드러낸 어리석은 사람들에게 이래도 권력의 위광을 모르겠느냐는 양 과시하였다. 효과는 만점이었다. 그들은 이전보다 한층 아첨하며 빌붙고, 타인의 가랑이 사이를 기어가기를 마다 않는 추종자가 된다. 모두들 그를 그저 철각을 자랑하는 남자라 여기지 않으며, 고생 끝에 거머쥔 영광이 다른 누구의 것도 아닌 그만의 것이라고는 생각지 않는다.

이렇게 하여 나는 늘 추종하는 사람들과 추종시키고자 하는 사람들을 단단히 맺어주는 강력한 접착제로서의 역할을 다하고, 독립과 자립의 정신을 배제한 거짓 스포츠의 상징이 된다. 마호로 마을 사람들의 눈은 나의 표면밖에 보지 않으며 당사자 또한 나의 이면에 가려진 의미 따위 생각해본 적이 없다. 그들은 내가 발하는 황금빛 광채 속에 숨어 있는 거무튀튀한 그림자를 알아차리지 못하는 것이다. 달리기는커녕 똑바로 걷지도 못하는 소년이 떨리는 손을 내게로 뻗었다. 그게 싫은 청년은 서둘러 윗몸을 일으키며 가슴을 쫙 펴고 어리석은 군중을 향해 손을 흔들었다.

3월 21일 목요일

나는 글이다.

보트 대여점 아저씨가 격에 맞지 않게 눈물을 머금고 읽는, 진심이 담긴 편지의 글이다. 수많은 수치와 화제를 남기고 마호로 마을을 떠난 젊은 수행승이 보낸 그 편지는 정확하게 정오에 아저씨의 손에 배달되었다. 산사의 종소리와 마을 공장의 사이렌 소리와 읍사무소의 차임벨 소리가 뒤섞인 가운데, 나는 우선 진정한 마음으로 감사를 표시했다. 이어 여러 가지로 폐를 끼쳤음을 사과하고 용서를 구했다.

그러고서 나는 마호로 마을을 열심히 칭찬했다. 마호로 마을에 비하면 잇달아 지나가는 마을 따위는 유난히 '상중' 이라는 종이 쪼가리만 눈에 띄는 삭막한 공간이라고 전했다. 수행승은 하루하루를 도망치듯 발 닿는 대로 하염없이 걸었다. 너덜너덜한 옷을 바람에 나부끼면서, 에어슈즈의 바닥이 닳고 닳도록 탁발을 하면서, 스스로 자신을 망신시키면서 아무튼 걸었다.

나는 이렇게 말했다. 돌고 돌아 언젠가는 마호로 마을을 다시 찾을지도 모르겠다는 기분이 든다고. 또, 이미 고독한 혼과는 의기투합하여 친구가 되었다고 말하고, 고매한 최후를 맞이하는 인간을 지향하기보다는 일생의 불찰과 종생의 치욕과 교분을 나누는 편이 지름길이란 생각이 든다고도 말했다. 그리고 깨닫지 않으려다 깨달았을지도 모르는 거지와, 이미 깨달았을지도 모르는 소년 요이치에게 안부를 전해달라는 말로 끝을 맺었다.

3월 22일 금요일

나는 권리다.

당사자는 물론 주위에 있는 모든 사람이 재미 삼아서도 생각해본 적이 없는 소년 요이치의 살 권리다. 고칠 수 없는 병에 걸리지 않았다면 요이치는 재기발랄하고 재주 많은 젊은이로 성장할 수도 있었다. 또는 아버지에게서 물려받은 애주가의 소질을 지닌 그저 평범한 어른으로 성장하여, 약삭빠른 주제에 감언에는 넘어가기 쉽고 악의는 별로 없으나 후줄근한 모습이 어울리는 지방 공무원으로 맥빠진 일생을 보낼 수도 있었다. 아니면 또 밑바닥까지 추락한 혼과 불발의 의지를 아울러 지니고 후세에 남을 예술작품을 빚어내는 남자가 될 수도 있었다. 그렇지 않으면 이렇다 할 선행도 하지 않거니와, 절개와 의리에 어긋나는 행동과도 인연이 없고, 겸허한 인간성과 차림새가 때로 만인의 마음을 감동시키는, 차분하고 긴 일생을 무사히 치르고 임종 때에 미소지을 수 있는 그런 인간이 될 수도 있었다.

그러나 나는 있는 그대로의 요이치를 인정한다. 지금 이렇게 이 세상에 존재하는 요이치를, 천체의 순행과 함께 때의 흐름을 막는 요이치를 편애도 동정도 하지 않고 긍정한다. 그리고 나는 요이치가 선불리 나서거나 반항하지는 않아도 세상 한구석으로 밀려나야 할 존재는 결코 아님을 주장한다. 오늘 나는 습원 한가운데 서서 구름 낀 저편을 바라보는 요이치의 모습을 나타내고 있다. 그러나 요이치는 불길한 별의 출현에 겁먹은 산토끼처럼 온몸을 부들부들 떨 뿐, 한마디 말도 꺼내지 않는다.

3월 23일 토요일

나는 넋두리다.

언덕을 팔지 못하여 아쉬움이 큰 요이치의 부모, 그들이 줄줄이 늘어놓는 넋두리다. 아버지는 "내 주제에 읍내로 들어가 살아봐야 그저 별볼일 없는 인간이 될 뿐이지"라고 쓰잘데 없는 말로 억지를 부린다. 그러자 엄마는 "여기 있어도 별볼일 없기는 마찬가지예요"라고 말한다. 잠시 동안 아버지는 이층에 있는 큰유리새의 울음소리와 아들의 노랫소린지 중얼거림인지 모를 소리에 귀를 기울인다. 엄마는 바늘구멍이 잘 보이지 않는 눈을 비비면서 머지않아 들어올 남편의 퇴직금에 대해 이 생각 저 생각을 하고 있다.

다시 아버지가 입을 연다. "그럴지도 모르지"라고 중얼거리고, "하지만 말이야, 이렇게 불편한 곳에서 오래 살고 있다는 것만으로 경의를 표하는 사람도 있어"라고 말하고, 읍사무소를 드나드는 업자에게 받은 비싼 술을 꿀꺽 삼킨다. 그렇게 말하고 벌게진 얼굴로 웃는 남편에게 아내는 이렇게 말한다. "올겨울에도 지난 겨울처럼 눈이 많이 내리면 다들 죽을 수도 있어요"라고 심각하게 말한다. "걱정 없어, 대설은 칠 년에 한 번 내리니까"라는 남편. "그럼 칠 년 후 겨울에는 우리 둘 다 죽겠군요"라는 아내. "칠 년 사이에 좋은 일이 있겠지"라는 남편. "그 칠 년 사이에 나쁜 일이 없으란 법도 없죠"라는 아내.

그러고서 두 사람은 결혼해 언덕 아래서 사는 딸을 부러워하고, "그 애가 잘한 거지"라고 말하고, "옳은 말이지"라고 대꾸하고, "병든 자식 낳지 않게 됐으니 다행이고"라고 받는다.

3월 24일 일요일

나는 폐차다.

아직도 군데군데 눈이 남아 있는, 쌀 경작이 금지된 논 한가운데 높이 쌓여 있는 폐차다. 겨울을 넘기고서도 여전히 살고 싶은 들쥐들의 좋은 거처이며 사람들의 마음을 대변하고 마호로 마을의 전망을 흐리게 하는 나지만 그래도 다소는 취할 점이 있다. 서글픈 바람이 부는 저녁나절 일부러 나를 찾아오는 사람이 몇 명 있기 때문이다. 어린애에서 노인네까지 있다. 그러나 어인 까닭인지 여자는 한 명도 가까이 오지 않는다.

내가 지켜보는 가운데 외롭게 하룻밤을 보내는 이들은 전부 남자다. 궁지에 몰린 청빈한 남자, 퇴근하면서 평생 출세하지 못했음을 깨닫는 회사원, 사랑하는 딸의 결혼 날짜를 잡아야 하는 아버지, 산책 겸 도둑질을 하는 버릇이 도저히 고쳐지지 않는 노인, 고생스런 앞길이 조금씩 보이는 중간 성적에 중간 키에 몸집까지 중간인 고등학생, 선거법 위반으로 고소당하여 상고를 하였으나 어이없을 정도로 간단하게 기각당한 피고인. 말재주가 없고 단념하지 못하는 성질을 타고난 그들은 나를 상대로 짜증스럽고 두서없는 푸념을 늘어놓고, 홀연 모습을 감출 좋은 방법은 없겠느냐고 망언을 내뱉는다. 온순한 성품에 힘이 세기로 유명한 남자는 주절거리는 사이 울화가 치미는지, 바위처럼 우둘우둘한 거구를 내게 부딪혔다. 나는 그런 그들의 마음을 누그러뜨리고 용기를 북돋워준다.

그런데 오늘 찾아온 진귀한 손님 소년 요이치는 나에게 수고한다는 말만 던지고는 사라져버렸다.

3월 25일 월요일

나는 양자택일이다.

요이치의 삼촌이 신변의 안위 따위 돌아보지 않고, 언덕 아래 동굴에서 사는 사면초가에 몰린 젊은이에게 재촉하는 양자택일이다. 나는 바짝바짝 다가간다. 젊은이는 상대방의 침입을 적대 행위라 간주하고, 아마비코 신사에서 훔쳐온 보검을 쓱 빼내들고 모닥불 너머에 서서 더 이상 가까이 다가오면 불꽃과 함께 단칼에 베어버리겠다는 태도를 보인다. 그러나 요이치의 삼촌이 모닥불 바로 앞까지 다가오자 정좌를 하고 조용히 눈을 감았다.

아직 몸조심할 줄 모르는 젊은이는 상대의 심중을 헤아릴 수 없어 야수처럼 웅얼거린다. 그런 그에게 나는 말한다. 베든지 그렇지 않으면 그 칼을 건네라고. 둘은 미동도 하지 않는데 그들의 그림자는 불꽃의 움직임을 따라 바위 표면을 핥듯이 '생사의 갈림길'을 춤추고 있다. 젊은이의 웅얼거림은 점차 격렬함을 더해가고, 마침내 높이 쳐든 번쩍이는 칼이 떨기 시작한다. 요이치의 삼촌은 무릎을 움직여 더 가까이 다가간다.

젊은이는 이유를 묻는다. 두 번이나 되묻지만 요이치의 삼촌은 대답하지 않고, 말없이 두 손을 쑥 내밀고 택일을 채근한다. 두 사람의 머리 위에서 빛나는 칼은 초승달을 닮았고 그 반사광은 달빛을 닮았다. 젊은이의 낮은 목소리가 점차 수그러들면서 뚝 끊기는가 싶더니, 나를 무색하게 하는 대답을 내린다. 칼을 모닥불 속에 던져버린 것이다. 그러나 순간적으로 요이치 삼촌의 팔이 뻗어나와 무사히 나를 건져낸다. 그때까지 잔뜩 긴장하고 있던 젊은이는 그 자리에서 맥없이 푹 고꾸라졌다.

3월 26일 화요일

나는 숨결이다.

거의 예년과 다름없이 적당한 때라 여기고 마호로 마을 구석구석을 포근히 감싸 싸늘한 날을 북쪽으로 몰아내는 봄의 숨결이다. 나를 느낀 변덕 심하고 주제를 모르는 처자는 한 동네에 사는 과묵하고 야무지고 사내다운 남자를 동경하기를 그만둔다. 나를 느낀 진취적이고 상술에 민감한 수완가는 벌떡 일어선다. 나를 느낀 지조가 굳기로 이름난 남자는 가끔은 웃음거리가 될 만한 짓을 하여 주흥을 돋우어도 좋지 않겠느냐고 생각한다.

조방농업에 종사하는 중년 부부는 올해야말로 농한기 채소 경작에 성공하겠다고 의연하게 말한다. 남이 싫어하는 언동을 하여 집에서 근신하는 남자는 꼬물꼬물 피어오르는 반항심을 바람직하다 여긴다. 화석 세공에 남은 생애 모두를 쏟아부은 노인은 예술로 자부할 만한 대작에 도전할 결의를 굳힌다. 필요 이상으로 자신을 낮추고 사람의 뜻을 받아들이기에 능란한 판매원은 가끔은 우쭐거리며 본연의 자기를 되찾자고 생각한다.

나는 세상의 도리와 인심을 교란시키고 그럴싸한 말로 사람을 낚고 허튼소리를 뿌리고 약삭빠르게 처신하고 달콤한 말로 술을 권하고 경애와 성애의 울타리를 무너뜨린다. 곤궁한 자는 느닷없이 침묵을 깨고 현대사회 하나하나를 혹독하게 비난하고, 예리한 두뇌와 냉철한 피를 지닌 앞날이 걱정되는 아이는 서민을 무시하는 발언을 계속하면서 암흑의 시대를 향해 피식 웃는다. 그리고 원인은 분명하지 않지만 물거품 호수가 빠르게 정화되기 시작한다. 지금 소년 요이치의 큰유리새는 그런 마호로 마을의 중견이다.

3월 27일 수요일

나는 정년퇴직이다.

근속 이십여 년을 헤아리는 요이치의 아버지를 순식간에 직장에서 내몰아 마치 도둑고양이라도 되듯 세상 밖으로 쫓아낸 정년퇴직이다. 나는 이 지극히 평범한 남자에게 조촐한 꽃다발과 맥없는 박수를 안기고, 많다고도 적다고도 할 수 있는 일정 금액을 건네주는 대신 있을 자리를 빼앗았다. "애 많이 썼네"라며 어깨를 툭 치고 힘주어 손을 잡는 읍장의 연기는 늘 봐온 것이다.

요이치의 아버지는 잡다한 잔무를 재빨리 정리하고 읍사무소 밖으로 나간다. 그리고 뒤를 돌아본다. 그러나 거기에는 이미 누구의 모습도 없고 창 너머로 배웅하는 시선도 없다. 이어 그는 몸둘 곳 없는 봄 속으로 상쾌하게 나아간다. 그러나 열 걸음도 채 걷지 못하고 등이 구부러지면서 걸음걸이가 질질 끌린다. 그러고는 반생을 바친 일에 아무런 가치도 없었음을 깨닫고, 첫번째 모퉁이를 돌 무렵에는 어찌된 셈인지 마호로 마을에서 발붙이고 살 곳 없는 외지인 같은 심경에 빠진다.

왠지 사람들의 눈길에 신경이 쓰이는 요이치의 아버지는 마치 알몸으로 걷고 있는 기분이라고 생각한다. 그는 나를 털어내려 하지만 뜻대로 잘 되지 않는다. 그는 자동판매기에서 캔맥주를 사 단숨에 꿀꺽꿀꺽 마신다. 마시면서 늘 다니는 언덕길을 올라간다. 그를 맞이하는 아들에게 "내일부터는 너하고 같은 신세로구나"라고 말하고, 잠시 후에는 "너보다 못 할지도 모르지"라고 말하고, 빈 캔을 등뒤의 빛을 향해 던진다.

3월 28일 목요일

나는 스파게티다.

먹는 모습이 우습다는 이유로 깡패 녀석들이 소년 요이치에게 먹이는 스파게티다. 요이치의 그칠 줄 모르는 몸의 떨림은 고스란히 내게 전해지고, 나의 꿈틀거리는 움직임에 맞추어 요이치의 안구가 격렬하게 흔들리면서 요이치의 온몸의 경련은 한층 활발해진다. 자신이 심심풀이 땅콩이 되어 있음을 잘 아는 요이치는 나와 하나가 되어 테이블 위에서 고맙다는 뜻을 담은 춤을 춘다.

아무리 머리를 써도 무슨 짓을 해도 잘 풀리지 않고, 그 수법이 온 마을에 알려져 있는 그들의 요즘 나날은 요이치와 별다른 차이가 없다. 대낮부터 술을 잔뜩 마신 세 사람은 삼층짜리 검은색 빌딩에 틀어박혀 요이치와 나의 문어춤에 배를 잡고 폭소를 터뜨리고 있다. 위스키 칵테일을 만들고 있는 신참 소년은 웃어도 웃어도 절대 허망함의 벽에 부딪치는 일이 없는 그들의 무의미함을 이제야 겨우 알아차린 모양이다.

조직 폭력배의 본성을 안 소년은 지금 악을 응징하는 힘에 기대를 걸고 있으며 천벌을 가하는 자의 출현을 고대하고 있다. 그러나 감시용 카메라의 모니터에 비친 것은 이른 봄 특유의 먼지 낀 회오리바람뿐이다. 그는 때를 보아 도망치기로 결심한 듯 한바탕 웃음소리가 잦아들자 엄마가 데리러 왔다고 거짓말을 하여 나와 요이치를 떼어놓고서, 요이치를 밖으로 데리고 나가 "다시는 여기 오지 마"라고 말하고, 그의 등을 툭 민다.

3월 29일 금요일

나는 연기다.

아직 군데군데 눈이 남아 있는 이승 산 중턱에서 파란 하늘을 향하여 똑바로 피어오르는 숯 굽는 연기다. 귓구멍까지 새카맣게 물들이고 바지런하게 일하는 부부의 짧지만 행복한 대화는 나와 함께 주홍색 황혼으로 빨려들어간다. 두 사람은 옛일을 되새겨 얘기하지 않고, 한창인 나이에 투병으로 세월을 보내는 맏딸 얘기도 꺼내지 않고, 숯 붐이 언제까지 이어질지도 예측하지 않으며, 집에 있으면서도 없는 척해야 했던 가난한 시절을 돌이키지도 않는다. 또 지난 겨울 내린 눈 때문에 얼마나 많은 나무가 쓰러졌는지 일일이 계산하지 않고, 올겨울에 발생할지도 모르는 뜻하지 않은 사건을 상상하며 겁을 먹지도 않는다.

단단히 두 다리를 대지에 붙박고 오늘을 살아가는 두 사람은 머지않은 봄 얘기밖에 하지 않는다. 이른 봄의 상쾌한 공기. 이루 형용할 수 없는 준동의 기운. 얼음이 녹아 살랑살랑 물결이 이는 물거품 호수의 수면. 이른 새벽에 일어나 우는 큰유리새. 이제 곧 시작될 달밤의 벚꽃놀이. 화기애애한 두 사람의 사랑은 새싹 움트는 계절을 맞이한 잡목림을 살랑살랑 지나가는 훈훈한 바람을 타고 마을 쪽으로 날려간다. 그렇다고 전혀 무해한 것은 아니다. 내가 다소나마 재를 떨어뜨리는 것과 마찬가지로 두 사람의 대화 또한 애절함을 흩뿌리고, 불치병에 미래를 빼앗긴 아들을 데리고 머위의 어린 꽃대를 뜯으러 온 어머니의 눈을 허망하게 만들고, 그리고 산속 한적한 절에서 수행에 정진하는 자들의 어깨를 늘어지게 한다.

3월 30일 토요일

나는 거래다.

요이치의 삼촌과 아마비코 신사의 신관 사이에서 어느 쪽에도 무리 없이 원활하게 성립된 거래다. 돌아온 보검을 본 신관은 상대의 요구를 그 자리에서 승낙하고 보검을 가슴에 꼭 껴안더니 이렇게 말했다. "잉어든 뭐든 다 가져가게." 요이치의 삼촌은 자기 짓이 아님을 재차 분명히 하고, 보검을 훔친 자는 개전의 정을 보이고 있으므로 경찰에 알려 일을 크게 벌이지 말라고 부탁했다.

그러자 신관은 "돌려받았으니 그것으로 족하네"라고 말하고, "나도 모르는 사이에 제자리에 돌아와 있었던 것으로 하지"라고 약속했다. 심령의 존재를 더욱더 확실히 믿게 된 그는 칼집에서 칼을 빼 칼날을 점검했다. 이어서 그는 보검이 없는 동안 신전에 둥지를 틀었다는 악령을 퇴치하기 위해 사방을 향해 보검을 휘두르고는 칼집에 다시 꽂다가 실수로 손가락 끝을 살짝 베었다.

요이치의 삼촌은 "그럼 가지고 가겠습니다"라고 말하고, 아마비코 신사를 크게 셋으로 나누고 있는 연못에 가서 준비해온 그물을 조용히 넣었다. 그러고는 과거 신사에 봉납한 비단잉어를, 그가 아니면 절대 만들어내지 못했을 하양과 검정의 예의 진품을 살며시 떠올렸다. 파란 플라스틱 용기에 옮겨진 잉어는 오랜만에 대면하는 어버이의 만족스런 얼굴을 멀뚱멀뚱 쳐다보고, 옛 은혜를 잊지 않았음을 알리기 위해, 또는 우애의 정을 다시금 맺기 위해 주인의 집게손가락을 쪽쪽 빨았다.

3월 31일 일요일

나는 성벽(性癖)이다.

화창하게 비치는 햇살 아래 툇마루에서 느긋하게 자고 있는 혼자 사는 노인, 그의 교정하기 쉽지 않은 완고한 성벽이다. 한 시간 전에 죽 훑어본 신문 기사가 그의 격감한 뇌세포 사이를 여전히 빠른 속도로 돌아다닌다. 그리고 그는 늘 그러듯 죽음의 형상이 나타나 있는 얼굴을 흉물스럽게 일그러뜨리는가 싶더니 콧잔등을 비끗거리면서 갑자기 큰 소리를 질렀다.

그러고 그는 사내다운 의젓한 자세를 취하더니 어딘가 모르게 요염한 자태를 연상케 하는 흑송을 상대로 "감히 직언하노라!"라고 상투적인 서두를 꺼내고서, 나약하기만 한 서민을 불문곡직 비난한다. 초창기 신문 기자였던 아버지처럼 그 역시 지방신문의 기자로 기탄없는 말을 늘어놓으며 발랄한 삼십 년을 지내왔던 것이다. 적어도 본인은 그렇게 생각하고 있다.

설사 국익에 지장이 있거나 외부의 반대가 있더라도 결코 물러서지 않는 나는 지금도 이 노인네를 부채질하고 있다. 그는 거품을 물고 물욕 일변도로 치닫고 있는 세상을 꾸짖고, 권력을 이용하여 영향력을 행사하는 자들을 신랄하게 깎아내리고, 곡학아세의 무리를 줄줄이 비평하고 둔화한 군중을 계발하고, 마지막에는 비탄의 눈물을 주룩주룩 흘리며 운다. 그의 노후를 뒷받침하며 그를 살게 하는 것은 바로 나다. 마침내 그는 울적한 조문객의 발소리와 큰유리새의 지저귐 소리를 닮은, 가슴을 저미는 휘파람 사이에서 자기 자신으로 돌아온다. 그리하여 내가 구원의 손길을 뻗기 전에 회오의 정에 굴복하고 만다.

4월 1일 월요일

나는 외관이다.

한때의 북적거림이 없어진 버스 터미널 부근과 또다시 들개가 어울리게 된 상점가가 장식하는 외관이다. 봄의 힘을 빌려 조금이라도 매상을 올리려는 사람들을 위해 나는 유치한 색의 조화를 도처에 피우고, 만화영화의 우스갯소리 같은 주제가를 쉴새없이 틀어놓고, 정직하게 영업하고 있음을 내세우고, 진열된 모든 제품이 적정 가격임을 강조한다.

그러나 내가 아무리 애써본들 손님 대부분은 그냥 스치고 지나가 마을 외곽에 진출한 대형점으로 흘러간다. 대사의 갈림길에 선 가게 주인들의 인상은 나날이 어두워지고 있다. 지금이야말로 대목이라고 가슴 펴고 얘기할 수 있는 날이 정말 다시 찾아올 수 있을까, 하고 그들은 하나같이 걱정하고 있다. 오래 전 석유 파동 때문에 전국적으로 불경기가 몰아닥쳤을 때 충분히 배운 그들이지만, 이 지역적이고 부분적인 불황에는 손쓸 방법이 없으니 의욕만 땅에 떨어져버렸다.

발이 닳도록 드나들던 중개상의 험상궂은 모습은 이미 어디에도 없다. 그런데도 젊은 가게 주인은 성능 좋은 고급 승용차를 몰고 다니면서 주식 매매에 웃고 울고, 매상과 술값을 구분 못 하는 버릇을 버리지 못하니, 생각나는 것은 오로지 급한 불을 끄는 방법뿐이다. 나는 그들의 초조한 마음으로 파고들어 수지결산을 교란한다. 어째서인지 그들은 가끔 지나가는 소년 요이치를 잡아먹을 듯 노려본다.

4월 2일 화요일

나는 남쪽이다.

겨울의 독기에 줄곧 노출돼 있던 마호로 마을 사람들의 탁한 눈이 알게 모르게 향하는 남쪽이다. 나날이 물이 따스해지는 물거품 호수를 뒤로하고 빈곤해진 마음의 양식을 찾아 내 쪽으로 일그러진 얼굴을 향할 때, 그들의 기분은 풍선처럼 갑자기 부푼다. 내가 장난삼아 태양에 안겨 보이면 그들의 마음은 싫어도 고양되고, 모두가 한결같이 궁핍하기 짝이 없는 자신들의 미래에 얼토당토않은 값을 매기려 한다.

즉 그들은 행운이란 잠시 동안 부유하다 없어지는 것임을 잊고, 덧없는 마지막도 잊고, 자숙과 경계심도 잊고, 자신에게 더없이 어울리는 나날이 드디어 바로 코앞에 다가와 있으며 나무 뒤로 언뜻언뜻 보인다고 착각한다. 그리고 오랜만에 나와 마주한 그들은 볼썽사납게 퇴색한 어제까지의 일상을 깨닫고, 지난 반생은 그렇다 치더라도 남은 반생은 어떻게든 될 것이라 확신하고, 일단은 무언가 새로운 것에 달려들어보자고 생각한다.

그런 그들에게 나는 문제 해결의 실마리를 안겨주고, 평소의 마음가짐을 버리게 하고, 이 세상은 아직 살 만한 곳이라 생각하게 하고, 썩은 판자벽을 과감하게 벗겨내는 쾌감을 가르쳐주고, 답답한 얘기일랑 듣고서 잊어버리는 힘을 선사한다.

오늘, 소년 요이치는 유유히 천지의 중심에 서서 희망을 표상하는 휘파람을 불면서 나를 거들었다. 요이치의 누나가 보트를 내 쪽으로 저어와서는 숫처녀처럼 두 볼을 붉게 물들였다.

4월 3일 수요일

나는 기모노다.

오래도록 서랍장 바닥에 처박혀 있던 탓에 도저히 입을 수 없을 정도로 색이 바래버린 기모노다. 그런 나를 세상 밖으로 나오게 한 것은 요이치 엄마의 울적한 마음이었다. 그녀는 느닷없이 이 세상의 냄새를 역겨워하며 내게서 처녀 시절의 잔향을 맡으려 했다. 그녀는 요이치가 욕조에서 미역 감는 새를 흉내내는 동안 재빨리 나를 꺼내 몸에 걸치고 경대 앞에 섰다.

그러자 그녀는 흐드러지게 핀 풀꽃에 에워싸이고, 발치에도 온통 빛바랜 추억의 꽃잎이 우수수 떨어졌다. 나는 아무 어려움 없이 그녀를 처녀 시절로 인도하였다. 처녀 마음으로 돌아간 그녀에게 이미 남편의 재취직을 걱정하는 시름도 없거니와, 발병한 이후 십 년이 지나도록 죽지 않는 아들도 없으며, 초산에 실패한 딸도 없었다. 나는 그녀의 양심을 이완시키고, 이 언덕 위의 외딴집으로 시집온 이래 보고 들은 모든 것을 꿈의 기억 선반에 올려놓았다.

처녀 시절의 자신과 마주한 그녀는 화장으로 지난 세월을 단숨에 만회하고자 생각했다. 나도 그랬다. 그만 그녀의 기분에 맞춰, 잘하면 될지도 모르겠다는 무책임한 말로 그녀를 격려했다. 거울 속으로 지분이 폴폴 날아다니고, 그녀는 시간의 흐름을 억지로 거역하려 했다. 온 방에 청춘의 애증이 소용돌이치며 설렘이 되살아났다. 그런데 그때 욕조에서 나온 요이치가 우리를 방해했다. 요이치는 엄마를 보더니 비명을 지르고 쪼그라든 성기를 계단에 부딪치면서 허둥지둥 이층 자기 방으로 도망쳤다.

4월 4일 목요일

나는 만세다.

이전 천황만 인정하고 싶었던 남자가 오늘 무슨 사연인지 간신히 새로운 천황을 인정하여 부르는 어딘지 모르게 어색한 만세다. 거의 한계까지 살이 찐 그 노인네는 아무리 억지를 써도 손을 머리 위로 올릴 수가 없었다. 게다가 왼팔은 신경통 탓에 전혀 말을 듣지 않았다.

그런데도 그는 남의 눈을 꺼리지 않고 읍내 각처에서 오른팔을 비스듬히 앞으로 쑥 내밀고는 쉰 목소리와 함께 나를 세상에 발표했다. 그런데 내게 주목하는 이는 없고 호감을 품는 자도 없었다. 또 이유를 물으면서 다가오는 자도 없고 중대시하여 성가시게 시비를 거는 자도 없었다. 돌아보는 이조차 없을 정도였다.

따라서 그런 그의 존재는 절해고도보다 허망하고, 나는 대양에 내리는 눈처럼 고독했다. 애당초 그는 나와 친숙해질 이유 따위 전혀 없었다. 군국주의와 자본주의 어느 쪽에도 일절 은혜를 입지 않았기 때문이다. 그의 유일한 행복은 싼 음식을 배불리 먹는 것이었다. 지난 이십 년 동안 배불리 먹는 것을 낙으로 살아왔다. 그에게는 땅도 없고 살고 있는 집 역시 빌린 것이어서 살면 살수록 비참해질 뿐이었다. 그 비참함이 우리 사이의 정을 돈독히 하고 있는지도 몰랐다. 나는 가문을 중시하는 부인의 헛기침 소리에 무릎을 꿇고 오랜 병에도 끄떡없는 소년의 휘파람 소리에 나자빠졌다.

4월 5일 금요일

나는 들불이다.

소년 요이치의 집을 향해 언덕 비탈면을 엄청난 기세로 뛰어올라가 하루라도 빨리 본격적인 봄을 불러들이려 하는 들불이다. 예측하지 못한 사태에 대비하여 소방차 두 대가 산기슭에 대기하고 있다. 또 집 주위에 탈 만한 것은 전부 치워 제아무리 용을 써도 큰불로 번지지 못하도록 해놓았다. 이런 안을 내놓은 것은 읍장이었지만, 그래봐야 새싹이 잘 돋도록 산의 마른풀을 태웠다는 어느 유명한 관광지를 흉내냈을 뿐이었다. 읍장은 막 퇴직한 부하에게 말했다. "이왕에 이렇게 된 거 내 힘으로 마을을 재건하겠다."

나는 새싹을 위해 마른풀을 태우고 병원균과 해충과 쇠퇴를 모두 태우려 한다. 간신히 사경을 벗어난 듯 보이는 개구리는 큰 화상을 입어 몇십 분밖에 남지 않은 목숨이다. 부모와 누나가 입에 침이 마르도록 괜찮다고 말했음에도, 막상 불을 놓자 요이치는 큰유리새의 충고를 따랐다. 그는 새장을 옆구리에 끼고 집을 뛰쳐나와 언덕을 뛰어내려가 내 쪽으로 돌진한다.

그런데 내 바로 앞까지 와서는 겁을 먹고 발길을 돌려 집 쪽으로 돌아간다. 나는 주춤거리는 요이치를 쫓고, 쫓기는 요이치는 벼랑 끝에서 흔들바위를 덥석 껴안는다. 집에 있는 가족은 "이리 와!"라고 소리를 지르고 큰유리새는 "날아!"라고 부추긴다. 요이치는 새장을 입에 물더니 벼랑 쪽으로 몸을 돌리고 두 다리를 바짝 구부린다. 만약 아버지의 필사적인 태클이 일 초라도 늦었더라면, 요이치는 틀림없이 파란 새의 지시를 따랐을 것이다.

4월 6일 토요일

나는 비파다.

중학교 음악 선생이 그럭저럭 연주할 수 있게 된 시타르와 격렬하게 다투는 용장하며 활발한 비파다. 나를 꼭 껴안고 퉁기는 노파는 절반은 잠들어 있고 나머지 절반은 죽어 있다. 인도의 악기가 빚어내는, 무엇이든 존재하는 아름다운 밤을 나는 조금씩 그러나 확실하게 파괴한다. 또 나는 하는 일도 없이 나날을 보내고 있는 마호로 마을 대부분의 사람들에게 세속의 초월을 채근하고, 야비한 처신을 그만두게 하고, 문란한 고장 여기저기에 이성과 감정, 현실과 이상의 상극이란 씨앗을 뿌린다. 나는 사람들의 대책 없는 혼과 그들의 유전자에 물결치는 향토정신을 이끌고 자연의 응보를 초대한 물거품 호수를 건너, 천고의 수수께끼를 간직한 호수 바닥을 스치고, 대나무 잎이 사각사각 소리를 내는 이승 산을 헤치고 들어가, 이 세상의 연원을 향하여 생과 빛이 기인하는 죽음과 어둠을 보여준다.

그러고서 나는 싸늘한 엄동의 아침 옆에 타오르는 한여름의 태양을 나란히 놓아 사람들을 혼란케 하며 이렇게 말한다. 여러모로 타인에게 신세를 지면서도 어깨에 힘주고 살고, 상황이 불리해지면 어둠에 몸을 움츠리는 사람들이 바로 너희들이다. 한쪽 무릎을 세우고 밥을 먹으면서 말도 없이 흐느껴우는 자가 바로 너희들이다. 얕은 강물을 건너는 도중에 이끼로 미끈미끈한 바위에 발이 미끄러져 격류에 휩쓸리는 자, 타오르는 번뇌의 불길에 사로잡혀 몸부림치는 자, 그것이 바로 너희들이다. 시타르는 언덕 위의 집 파란 새에게 응원을 요청한다. 봄의 천둥소리가 나를 도우려 달려온다.

4월 7일 일요일

나는 식목이다.

물거품 호수 주위의 죽은 산을 되살리려고, 그리고 잘 되면 거목이 울창한 숲으로 만들고자 행하는 식목이다. 전직 대학교수와 그의 동조자들은 현청에 마호로 마을의 자연보호 대책안을 제출하여 얻은 자금으로 너도밤나무 묘목을 대량으로 구입하였다. 리조트 계획에서 갑자기 손을 뗀 기업은 사과의 뜻을 담아 매입하여 깎아낸 산을 고스란히 읍에 기증해 읍장의 면목을 살려주었다. 뒷마무리에 드는 비용과 기업 이미지를 생각하면 그쪽이 싸게 먹힐 것이라고 판단한 모양이다.

공원을 조성하자는 안도 제출되었지만 그러기에는 예산이 부족하여 결국은 '휴식의 너도밤나무 숲' 으로 낙착되었다. 그 편이 흔해빠진 공원보다 훨씬 운치 있을뿐더러 산을 위하고 호수를 위하고 새와 짐승을 위하고, 나아가 인간을 위하는 길일 것이다. 어쩌면 그것은 관계자가 생각하는 이상의 정답이고, 마호로 마을이 지금까지 선택해온 모든 대안 중에 가장 바람직한 것일지도 몰랐다.

마지막 한 그루, 튼튼하고 활착이 쉽지 않을 듯한 묘목을 무사히 심자, 사람들의 마음에는 영원히 계속될 세상에 대한 믿음이 생겨났고, 자손들의 장구함을 희망할 마음이 생겨났다. '마호로 마을의 자연을 지키는 모임' 의 회장은 모두에게 이렇게 말했다. 내가 살아 있는 동안에는 가능하지 않겠지만 이 정도 나이의 아이라면, 이라고 말하고는 소년 요이치를 가리킨 손가락을 서둘러 그 옆에 있는 오체가 완전한 다갈색 눈빛의 건강한 아이에게로 옮겼다.

4월 8일 월요일

나는 물거품 호수다.

둥글둥글 꿈길을 더듬는 눈먼 소녀의 흥미진진한 가슴에 또렷하고 선명하게 비친 물거품 호수다. 그간의 일이야 어떻든 찰랑찰랑 물을 채운 나는 소리 없이 다가오는 소생의 발소리를 느끼면서 느긋하게 물결치고 있다. 기적적으로 살아남은 송어가 이따금 은비늘을 휘날리며 물색에 농염을 만들고, 산자락에 비친 저녁해와 어우러져 더욱 깊은 색을 연출한다.

이미 내 주변 어디에서도 폐해를 동반하고 후회를 남기는 개발은 이루어지고 있지 않다. 그토록 심하게 대지를 흔들었던 캐터필러의 굉음도 지금은 거짓말처럼 뚝 끊겼다. 또 말할 만한 가치도 없는 인간이면서 돈의 힘만 과시한 남자의 기운도 사라지고, 단박에 돈에 쏠리는 사람들을 허둥대게 하는 근거 없는 소문도 들을 수 없다. 내가 감지할 수 있는 것은 진종일 봄 소식을 찾아 산책하는 노인의 발소리와 보호색으로 몸을 감춘 곤충의 날갯짓 소리와 춘분점을 통과하는 태양의 한숨 소리, 그 정도이다.

수생식물에 에워싸여 있는 나는 다양한 종류의 담수어를 키우고, 무수한 물새에게 영양과 휴식을 제공하고, 사방 녹초지대를 비옥하게 한다. 즉 나는 눈먼 소녀 덕분에 살아 있는 것이다. 그녀가 그리는 나는 겨우겨우 목숨을 유지하고 있는 자가 아니라 충천의 기세 한가운데 있는 자다. 그녀의 아버지는 기특한 딸과 하얀 개를 배에 태우고 힘차게 노를 젓는다. 그리고 소녀는 보일 리 없는 눈을 외딴 언덕 쪽으로 향하고, "요이치이이—!" 하고 기운차게 이름을 부른다.

4월 9일 화요일

나는 과일이다.

화창하게 맑은 봄의 오후, 읍립 병원에 형을 면회하러 온 동생이 슬며시 내미는, 수입품이지만 풍윤하고 꽤 신선한 과일이다. "주제넘은 짓 하고 있네"라고 말하고서 형은 나를 받아들고는 껍질도 벗기지 않고 와삭 깨물었다. 시큼한 맛이 강한 조청색 과즙은 일시적이나마 술을 먹을 수 없는 형의 목구멍을 매끄럽게 통과하여 축 늘어진 위장에 도착하자 거칠어진 위벽에 스며든다.

"더 좋은 걸 먹어야지 안 되겠다"라고 말하는 형의 목소리에서 힘이 쭉 빠지더니 "갑자기 굉장히 피곤하다"라고 말한다. 동생은 밝은 빛이 들어오는 창 쪽으로 시선을 돌리고 "어렸을 때는 이렇게 사치스러운 거 못 먹었어"라고 중얼거리고, 내 쪽을 턱으로 가리키며 "본 적도 없었다구"라고 말한다. 그리고 그는 아버지가 처음 바나나를 사준 먼 옛날의 일을 추억 어린 목소리로 얘기했다. "그랬나"라고 형은 말하고 상태를 살피러 온 간호사에게 식은땀이 많이 난다고 말하고, "잘라냅니까?"라고 묻는다. "정년퇴직병이에요"라고 간호사는 웃으면서 말한다.

간호사와 스치듯 들어온, 비쩍 마른데다 손발은 제멋대로 움직이는 소년이 침대에 누워 있는 아버지는 쳐다보지도 않고 나를 집더니 입으로 가져간다. 그러고는 앞으로 일백 년이고 이백 년이고 살 수 있을 듯한 기세로 와작와작 먹는다. "피곤할 정도로 일한 기억도 없는데"라고 소년의 아버지는 말한다. "살아 있는 것만으로도 피곤하지"라고 소년의 삼촌이 말한다.

4월 10일 수요일

나는 출가다.

고작 며칠을 다니다 말고 고등학교를 자퇴한 후 부모의 반대를 무릅쓰고 취직의 길을 택한 소년의 출가다. 나를 위해 일부러 모여든 자들은 입을 모아 격려의 말을 건넸다. 어머니는 엄마 곁을 빨리 떠난 애였다고 모두에게 말하고, "학교는 이제 진저리가 난대"란 말만 되풀이한다. 아버지는 헤어지기가 아쉬워 현관 밖으로 나가지도 못하고 잔뜩 긴장한 채 답답한 시간이 지나기만을 기다리고 있었다.

소년의 담임이었던 중년의 납작코 선생은 친구를 배웅하기 위해 모인 제자들 앞에서 사는 방법은 얼마든지 있다는 뜻의 말을 한다. 또 모처럼 장래가 촉망되는 소년을 만났는데 마음이 변할까 싶어 걱정스러운 탓에 몸소 데리러 온 조원업자는 얼마간의 돈을 어머니의 손에 쥐여주었다. 어머니는 그 돈이 눈에 띌세라 재빨리 옷섶에 쑤셔넣고, 사람들의 시선을 의식하면서 다시금 작별의 연극에 몰두했다.

새로 산 청바지와 스니커를 신고 싸구려 스포츠 가방을 메고 머리는 지글지글 파마한 소년은 헤어지면서, 마호로 마을에 돌아올 때마다 벚나무를 열 그루씩 심을 것이다, 라고 말하고 라이트밴에 올라타 손을 흔들었다. 뒤에 남은 사람들도 손을 흔들었다. 아버지도 도로로 뛰쳐나와 손을 흔들었다. 친척도 아무것도 아닌 파란 소년까지 손을 흔들어주었다. 마호로 마을에 벚꽃이 피는 것은 먼 훗날의 일이다.

4월 11일 목요일

나는 일기다.

유서 있는 혈통과 벼락부자에 버금가는 자산을 자랑하는 집에서 보기 좋게 쫓겨난 미친 여자의 일기다. 늘 그렇듯 나는 고독한 저녁식사를 마친 그녀의 놀이 상대가 되어준다. 그녀는 오늘도 한 달에 열흘은 발정하는 자기 몸을 어쩌지 못하여 요염한 미소를 흘리면서 춤추는 젊은이를 찾아 온 마을을 반나절이나 서성거렸다. 그러나 오늘 역시 어제와 마찬가지로 만나지 못했다. 소년 요이치도 모른다고 할 뿐이었다.

나는 그녀의 미칠 듯한 마음을 줄줄이 엮어나갔다. 찾다 지친 그녀는 헉헉거리며 호숫가의 집으로 돌아가 수도꼭지에 입을 대고 물을 벌컥벌컥 마시고, 집에서 택배로 보내준 꾸러미를 뜯었다. 넘치도록 많은 식료품과 영양제와 의류. 그러나 그 밖에는 아무것도 들어 있지 않았다. 아무리 찾아도 편지 따위는 없었고, 한참을 기다려도 물건이 제대로 도착했는지를 확인하는 전화조차 걸려오지 않았다. 나는 그 점 역시 빈틈없이 기록했다.

그리고 그녀는 저녁때 먹은 음식을 조미료까지 자세하게 떠올리면서, 결국 먹을 만한 것은 공기뿐임을 깨닫는다. 나는 그것도 썼다. 이어 그녀는 나와 함께 테라스에 나가 나무 사이로 비치는 싸늘한 달빛과 숲 너머로 언뜻언뜻 보이는, 어쩌면 되살아날지도 모르는 물거품 호수를 한없이 바라보았다. 나는 산들산들 부는 미풍 속에서, 그 점에 대해서도 덧없는 목숨이란 페이지에 자세히 묘사하였다.

4월 12일 금요일

나는 고동이다.

유전하는 만물이 정애에 허우적대는 일 없이 새기는 만고불변의 율동에 정확하게 맞아떨어지는 소년 요이치의 고동이다. 나는 병아리가 안쪽에서 달걀 껍데기를 깨는 소리와 겹치고, 떼지어 날아 귀향하는 기러기들이 주고받는 울음소리와도 중첩된다. 나는 또 갈대밭으로 밀려오는 잔물결과, 두상화에 모여드는 꿀벌들의 날갯짓 소리와, 산과 산에 울려퍼지는 가지치기 소리와, 나이가 들면서 아름다움이 더해가는 여자의 농염한 웃음소리와, 사방에 공포를 흩뿌리며 단숨에 골짜기를 달려내려가는 낙석의 굉음과도 친숙하다.

그리고 나는 눈이 갑자기 녹은 탓에 범람한 강물이 발하는 물소리에도, 뱀을 손아귀에 움켜쥐고 휘휘 돌리는 들에서 자란 아이의 불사신 같은 외침 소리에도, 크게 번지지 않고 진화되고 있는 산불의 빠직빠직 소리에도 동조한다. 나는 오늘 아침 미명에 영면한 독학자(篤學者)의 쑤셔박을 대로 쑤셔박은 지식이 부패하면서 내는 작은 소리에도, 끝없는 영락의 길을 걷고 있는 전 귀족이 암루에 흐느끼는 소리에도, 크게 다쳐 거의 숨이 끊어질 상황에도 심심한 보살핌을 받고 있는 환자의 신음에도, 애완 송아지가 도망치지 못하도록 울타리에 비스듬히 못을 박는 소리에도 실로 매끄럽게 녹아든다.

나는 청명하게 빛을 발하는 달과 휘황한 별빛의 파동에도, 대지 밑에서 장렬하게 끓어오르는 성난 마그마의 진동에도, 장편소설을 단숨에 써내려는 남자의 콧숨에도 잘 어울린다. 그리고 무엇보다 나는 큰 유리새의 지저귐과 죽이 맞는다. 지금 언덕 꼭대기에 서서 가느다란 팔을 휘두르면서 새의 날갯짓을 배우고 있는 요이치는 나를 대기의 소리에 맞추려 하고 있다.

4월 13일 토요일

나는 고갯마루다.

튼튼한 장작 난로와 철제 투박한 풍경을 만드는 남자가 버스를 타고 종종 찾아가는 깎아내린 고갯마루다. 그는 오늘도 나를 찾아와 마호로 마을을 등지고 어딘가 먼 곳을, 아마도 필생의 용기를 떨치지 않아도 좋은, 인간의 뜻 따위 없어도 상관없는, 은애의 정에 얽매이지 않아도 좋은, 자화자찬을 비난하는 소리 따위 듣지 않아도 좋은, 그만큼 먼 곳을 물끄러미 바라본다.

이어 그는 헤어진 아내가 당연하게 맡은 자기 자식에게 말을 걸고, 나를 상대로 두번째 결혼에 대해 장황하게 늘어놓는다. 두번째 여자와 꾸린 생활 역시 사산으로 삐걱거리기 시작했고, 이후 그녀와 왠지 어색한 사이가 되었다고 말한다. 이대로 가면 머지않아 감정의 괴리와 의견 차이 사이에 끼여 지난번 결혼과 마찬가지로 뻔한 결말을 맞을지도 모르겠다고 말한다. 일 역시 지금은 목적도 없고 다만 먹고살기 위한 수단이 되어가고 있다고 말한다.

나는 나를 넘어가는 말 많은 바람을 이용하여 오래 전부터 생각하고 있던 것을 그에게 말해준다. 바보 같은 소리 작작 하라고. 아무리 말해봐야 소용없는 일이라고. 살아가면서 그런 정도의 일은 사소한 것이라고. 흘려버림을 즐기라고. 그러고서 나는 그의 시선을 마호로 마을로 돌려놓고, 물거품 호수에 또렷하게 비친 언덕 위에서 보이지 않는 것은 여기서도 보이지 않는다고 말하고, 이제는 이곳에 오지 말라고 말한다.

4월 14일 일요일

나는 짐승이다.

놓인 처지나 생긴 모습이나 소년 요이치와 엇비슷한, 인간과 아주 흡사한 짐승이다. 야생 원숭이의 세계에서 이채를 발하는 나는 그리 세지도 않은 바람이 뜻하는 대로 조종되는 소년, 태어나기를 병자로 태어난, 유례없는 인생의 달인, 부모보다 잘난 이 아이가 몹시 마음에 들어 그가 이승 산에 들어오면 늘 따라다닌다. 그런데 나보다 더한 자가 있다. 그것은 인간으로 나이 사오십에 겸양의 미덕과는 절대 인연이 없으나 그렇다고 어디 하나 내놓을 것도 없는 남자다.

그 촌스런 남자는 늘 새끼 곰을 닮은 멍청하기 짝이 없는 삽살개를 데리고 다닌다. 그리고 그는 늘 메모장을 가지고 다니고, 요이치뿐만 아니라 관심 있는 모든 것을 기가 찰 정도의 악필로 기록해간다. 지금 그는 또 요이치를 바라보고 있는 나에 대해 뭐라고 바쁘게 쓰고 있다. 그래서 나는 불쑥 뒤돌아 상대를 노려보며 이렇게 말했다. 이 세상은 절대 소설가가 기대하는 대로 움직이지 않는다고 말하고, 대부분의 사람들은 극적인 나날의 외부에 있다는 것을 잊지 말라고 말한다. 그러자 절제가인 주제에 예의는 없어 타인을 소홀히 다루는 그 남자는 "그런 거야 처음부터 알고 있지"라고 말하고 삽살개를 부추긴다. 나는 놀라서 숲으로 도망쳐 높은 나무에 기어오른다. 요이치의 모습은 어디에도 없고, 심보가 못됐기 짝이 없는 남자가 봄의 들 한가운데 서 있을 뿐이다. 그야말로 짐승이다.

4월 15일 월요일

나는 봄이다.

서서히가 아니라 갑자기 상승한 기온과 함께 찾아온, 마호로 마을 모두가 인정하는 봄이다. 나는 산의 그늘진 곳에 끈질기게 남아 있는 잔설에게 즉각 퇴각하라 명령하고, 생명 있는 것은 반드시 멸한다는 겨울의 사상의 노폐물을 일소한다. 그리고 아무리 발버둥쳐본들 돌아가는 곳은 똑같다는 철학의 녹을 떨쳐내고, 그 대신 나뭇가지 끝에서 노래하는 작은 새와 꿈틀거리는 벌레와, 소년 요이치의 육체를 유일무이한 우주로 삼고 눌러사는 세균들에게도 어떤 의미를 갖게 한다.

그러고서 나는 민주주의의 기반을 이루는 온갖 의견에 활기를 부여하고, 회의장으로 꾸역꾸역 들어오는 사람들의 신청을 헤아리고, 실행을 주저하는 자의 얼굴을 결심의 빛으로 빛나게 하고, 시세의 추이를 모두 긍정한다. 이어 나는 견고하기 이를 데 없는 삼층짜리 검은색 빌딩에 꼬여 있는 조직원들과 신참 소년을 늘 쫓아다니는 겁쟁이 기질을 날려보내고, 이 사람 저 사람 가리지 않고 별난 행동을 유발시키고, 자랑할 것 하나 없는 자에게는 선인의 위업을 세상에 알리는 일을 추천하고, 갱년기에 들어 폭삭 늙은 여자에게는 설령 가짜라도 사들이는 편이 낫겠다는 생각이 들게 하고, 한참 나이가 지난 남자에게는 노후의 사랑을 꿈꾸게 하고, 남몰래 재기의 기회를 노리는 자에게는 때가 왔다는 착각이 들게 한다.

그러자 언덕 위의 집에서 키우는 파란 새가 "이런 사기꾼!"이라고 말하면서도 나를 환영한다.

4월 16일 화요일

나는 해산이다.

삼층짜리 검은색 빌딩에 둥지를 튼 패거리들이 당국의 압력과는 상관없이 자발적으로 정한 당연한 해산이다. 그러나 절대 위장은 아니다. 본부는 나의 신청을 기꺼이 수락하였고, 해마다 발전할 가능성이 없는 고장에는 있어야 할 의미가 없다는 결론에 도달해 철수를 명했다. 그리하여 오늘 아침 일찍 두 명의 구성원이 떠나는 김에 행패라도 부리자는 생각도 못 한 채 휘파람새의 얼빠진 노랫소리의 배웅을 받으며 더이상 아무것도 남아 있지 않은 고장을 떠났다.

그들 중 한 명은 시골 촌구석의 대장이 되느니 도시에서 간부가 되는 편이 낫다는 본심을 드러내고, 다른 한 명은 걱정스런 표정으로 어쩌면 책임 추궁을 당할지도 모른다고 중얼거리고, "이번에는 발가락이라도 자르겠다고 해야 하나"라고 말했다. 그들을 배웅하는 키 큰 청년은 토지와 건물을 처분하기 위해 혼자 마호로 마을에 남았다. 그는 요즘 들어 늘 표정이 시큰둥한 신참 소년에게 약간의 돈을 주면서 해고를 고하고, "다른 파를 소개해줄까?"라고 묻고, "너 정도면 십 년 안에 대장이 될 수 있을 거야"라고 허세를 부리고, "단, 살해당하지 않으면 그렇다는 거지"라고 말하고, "뭐 손을 씻는 게 제일 좋겠지만"이라고 친절하게 말했다.

그러고서 청년은 빌딩을 사들일 사람을 찾아 어디론가 가버리고, 소년은 앞으로 어떻게 하면 좋을지 몰라 돌아오지 않는 다리 밑 식당에 가서 먹고 싶지도 않은 밥을 먹었다. 도중에 젓가락을 내던지고 얼굴을 들자, 과거 자기가 독살한 비단잉어의 주인이 길 건너를 걸어가고 있었다.

4월 17일 수요일

나는 딱딱이다.

노년기에 접어든 아마비코 신사의 신관이 자신의 흐트러진 마음을 다잡기 위해 두드리는 딱딱이다. 나는 첫번째 '딱' 소리로 꽃샘추위로 서늘한 밤을 단숨에 깊게 하고, 발뺌할 길이란 길을 모두 막아버린다. 그 다음 '딱'으로는 신사를 신사답게 하는 삼나무 거목에 기분 좋게 공명하여 원한이 맺혀 있는 마음속을 알알이 드러내게 하고 그것을 일소에 부치도록 한다.

얼마 후 천공에서 사방을 물리치는 중저음이 내 여운을 물리치고 신관의 신불을 때린다. 하고 싶은 말이 있으면 해보라고 어둠의 목소리가 말한다. 신관은 신위를 두려워하면서도 의문을 묻기 위해 소년 요이치를 언급한다. 왜 그런 아이가 존재하느냐고. 저 높은 하늘 천둥소리가 우르릉거리는 곳보다 더 높은 곳에 있을 상대는 말을 얼버무리며 즉답을 피하고 핵심에서 비켜난 장광설을 늘어놓기 시작한다. 이 세상에는 가엾게 여겨야 할 것은 아무것도 존재하지 않는다고.

신관은 배알이 꼴려 그 말을 가로막고 강경하게 항변하며 반박한다. 체통이 말이 아니라고 생각한 것인지 상대는 열심히 번개를 날린다. 그러나 신관은 조금도 겁내지 않고 기발한 논리를 전개하고 마지막으로 통렬하기 그지없는 말을 던진다. "실패작은 당신 자신이 아니더냐"라고. 그리고 나는 세번째 '딱' 소리로 고작 인간 주제에 큰소리를 치느냐는 음성을 되받아치고, 신관은 "당신의 목소리를 듣는 것도 오늘밤이 마지막이야"라고 말하고 무릎을 쭉 편다.

4월 18일 목요일

나는 바닷물이다.

바다를 모르는 소년 요이치를 위해, 말린 생선을 파는 처녀가 일부러 병에 담아 마호로 마을까지 들고 온 바닷물이다. 그녀는 뚜껑을 열면서 "이게 바다야"라고 말했다. 손바닥으로 나를 받은 요이치는 먼저 냄새를 맡고 그리고 카레를 먹고 난 누런 혓바닥으로 맛을 보았다. 뜻밖의 맛에 놀란 요이치는 괴성을 지르고 메뚜기처럼 몇 번이나 팔짝팔짝 뛰었다. 한창 나이의 처녀는 깔깔 웃고 가져온 보람이 있다고 말했다.

요이치의 그런 일련의 반응이 적어도 일주일분의 행복을 그녀에게 약속한 것만은 틀림없다. 신이 난 그녀는 입가심이라면서 요이치에게 주스를 하나 사주었다. 그리고 요이치의 키만큼이나 되는 무거운 짐을 짊어지고 남자를 꺼리는 여자 같은 걸음걸이로 마을 중심부를 향했다.

요이치는 벤치에 느긋하게 몸을 맡기고 나와 주스를 번갈아 마시면서, 한 모금 마실 때마다 "아아" 하고 황홀한 한숨을 내쉬었다. 그러다가 그런 자신의 모습이 술을 마실 때의 아버지와 똑같다는 것을 알고는 단박에 정나미가 떨어졌다. 요이치는 나를 병째 보트 대여점 앞에 놓고 봄 속으로 사라졌다. 잠시 후 보트 대여점 아저씨가 나를 보고는 고개를 갸우뚱하며 뚜껑을 열었다. 여는 순간, 물에 대해 잘 알고 있는 그는 내 정체를 간파하였다. 그는 나를 상대로 바닷가에서 아내와 함께 살았던 지난날을 돌아보고, 그러고서 조용히 나를 호수에 던졌다.

4월 19일 금요일

나는 배신이다.

공금을 횡령하고 잠적한 이전 상사의 갑작스런 부름에 응한 요이치 아버지의 별 주저함이 없는 배신이다. 두 사람은 마을 어귀 인기척 없는 묘지에서 만났다. 뭉글뭉글 쉬지 않고 피어오르는 향의 연기 너머에 서 있던 상사는 홀쭉하게 야윈 얼굴을 숙이고 퇴직한 지 오래지 않은 부하에게 이렇게 부탁했다. 슬슬 관심이 식을 때가 되었으니 가족들과 함께 도시로 이사를 했으면 좋겠는데, 라고 말하고, 가족에게 그 뜻을 전하고 준비시키고 싶다고 말한 뒤, 전화를 걸어도 아무도 안 받는다고 말했다.

그는 얘기하는 동안 자수를 권하거나 판단을 미루지 않는 부하를 수상히 여기고, 끝내 그런 인간을 믿은 것이 잘못이었음을 깨달았다. 그러나 이미 때는 늦었으니, 그가 서둘러 렌터카에 올라탔을 때 이미 한 대의 자동차가 묘지를 가로막고 있었다. 오랜 수배 기간을 무사히 버텼는데 끝내 경찰에게 덜미를 잡힌 남자는 창 너머로 과거의 부하를 뚫어져라 쳐다보았다.

만약 그 얼굴에서 동정과 후회와 괴로움의 흔적을 읽을 수 있었다면 그는 나를 용서했을 것이다. 그러나 그때 요이치의 아버지는 큰 공이라도 세운 듯 자랑스러운 표정이었다. 더구나 상대의 탁한 목소리에도 억울한 눈물에도, 골수에 사무치는 증오심에도 꿈쩍하지 않았다. 또 "이렇게까지 협력해주는 주민은 흔치 않은데 말이죠"라는 형사의 빈정거림조차 알아차리지 못했다. 그리고 그는 "이런 일이라도 없으면 따분해서 어떻게 살겠어"라고 내게 말하고 의기양양하게 돌아갔다.

4월 20일 토요일

나는 빗이다.

이미 애교와 요염함을 자랑할 수 있는 명기도 아니고, 그저 병든 몸을 견디면서 조용히 여생을 보내는 늙은 기생, 그녀가 애용하는 회양목 빗이다. 내가 지금 빗고 있는 것은 살아 있음에 지칠 대로 지친, 죽을 때가 가까운 머리가 아니다. 이토록 풍성하고 이토록 까맣고 이토록 매끈한 머리를 다뤄보기는 거의 반세기 만이다.

눈먼 소녀의 머리에는 그 한 가닥 한 가닥에 삶에 대한 한결같은 마음과 상대방의 심중을 헤아리는 자상함이 담겨 있으며, 청춘의 조짐인 희미한 향내가 풍기고 있다. 기생은 소녀가 사랑스러워 열심히 말을 거는데 벌써 왕래가 끊긴 지 오랜 소녀의 엄마에 대해서는 한마디도 하지 않는다. 아무리 친절하게 대해주어도 버릇없이 굴지 않는 소녀는 새치름한 표정으로 통 모양의 빨간 꽃이 풍기는 향기에 젖어 있다. 그리고 소녀가 아니면 거의 따르지 않는 그녀의 하얀 개는 마호로 마을로 날아온 경비행기에서 쏟아져내리는 선전 소리에 마음을 빼앗기고 있다.

나는 소녀의 머리에서 절망 끝에 죽는 비참한 결말의 가능성을 제거하고, 모든 사람이 평등하다는 자비를 선사한다. 때마침 처음 보는 사람이라도 금방 속을 드러내는 소년이 나타난다. 그러나 요녀를 예감케 하는 소녀의 아름다운 얼굴에 주춤주춤, 말도 걸지 않고 되돌아가 버린다. "지금 왔던 사람 요이치야?" 라고 소녀가 묻자 개는 "멍" 하고 대답한다. 기생은 내게 묻은 소녀의 향내를 자기 머리에 정성껏 비벼대고 있다.

4월 21일 일요일

나는 그림자 그림이다.

벼랑 아래 동굴에서 생활하는 젊은이가 모닥불의 빛을 이용해서 두 손을 교묘하게 조작하여 잇달아 만들어내는 그림자 그림이다. 꼬박 이틀 동안 물밖에 먹지 않은 그는 더이상 춤출 기력이 없다. 그는 고향 사람들이 보내는 시선의 중압감을 끝내 이기지 못하고, 하루 종일 함께 있어야 하는 내게 넌더리를 내면서 이 세상에 대해 쌓인 혐오감을 어쩌지 못하고 허송세월을 보내고 있다.

그는 자신의 대리물로, 희미한 빛에 의지하여 울퉁불퉁한 바위벽에서 나를 춤추게 한다. 나는 신의 은총 따위 절대 받아들이지 않는 비둘기가 되고, 또는 들뜬 무리를 뱀과 전갈처럼 싫어하는 독수리가 되고, 또는 언제 어떤 경우에든 구경의 '파랑'을 노래할 수 있는 큰유리새가 된다. 그리고 나는 강자의 말에 추종할 수밖에 없는 어리석은 자가 되고, 수긍할 수 없는 불합리한 의견에 정면으로 반론을 제기하는 인자가 되며, 현세에서는 내면을 거의 표출하지 않는 국외자가 된다.

그리고 나는 처음으로, 아니 그 이하로 돌아간 마호로 마을의 연약한 기풍이 되고, 늘 공염불로 끝나는 공약이 되며, 일반 사면의 은전을 입은 미적지근한 처분이 된다. 그리고 마지막으로 나는 마비되고 있는, 간헐적인 발작을 동반하는 손발을 사용하여 우주에 충만한 물질과 암흑 물질을, 선과 악을 휘젓는, 예의 소년 요이치가 된다. 젊은이는 그런 내가 마음에 든 모양이지만, 머지않아 깊은 잠에 떨어진다. 그러나 나는 그를 상관하지 않고 남은 불꽃을 사용하여 '자기 변혁'을 제멋대로 춤춘다.

4월 22일 월요일

나는 등급 매기기다.

이제 충분히 살았으니 더이상 아무것도 바라지 않는다고 호언하는 보트 대여점 아저씨의, 타인에 대한 등급 매기기다. 사람을 보는 그의 눈은 물거품 호수를 찾는 관광객들을 접하면서 연마되고 육성되었다. 그런데 안타깝게도 뛰어난 재능은 없었던지라 지금까지 무수한 불찰이 있었으며, 그때마다 그는 인간이란 생물을 점점 더 이해할 수 없어 관찰의 도를 한층 높여갔다.

그리하여 현재의 나는 좋지 않은 인간이 대략 어떠한지는 파악할 수 있게 되었다. 즉 그들은 유난히 매듭짓기를 원하는 자이며, 자세한 지도를 늘 휴대하고 다니는 자이며, 나라의 위세를 믿고 뻐기는 자이다. 또는 보수 합동을 외치는 자이며, 한 번도 물의를 빚는 발언을 해본 적이 없는 자이며, 대수로운 인물도 아닌 남자의 손발이 되어 움직이는 자이며, "세상에는 늘 우열과 승패가 있는 법"이라고 입버릇처럼 말하는 자이다.

아니면 또 말로 다할 수 없는 추억에만 잠겨 있는 자이며, 이유다운 이유도 없으면서 끊임없이 사의를 암시하는 자이며, 손아랫사람에게는 항상 제멋대로 구는 자이며, 의도적으로 낭설을 퍼뜨리는 자이며, 늙은 몸을 채찍질하는 자이며, 오직 위인의 출현을 학수고대하는 자이다. 그들 중에는 당연히 요이치의 아버지도 포함된다. 그러나 나를 제일 싫어하는 것은 누구랴, 다름아닌 보트 대여점 아저씨 자신이다.

4월 23일 화요일

나는 사과다.

요이치의 엄마가 틀니를 걱정하면서도 와삭 베어무는, 작년 한창 때에 수확한 파란 사과다. 스스럼없는 동료 두 명과 함께 상품에 손을 대어서는 안 된다는 가게 규칙을 깬 그녀의 마음은 나를 한 입 깨물 때마다 범죄자처럼 거칠어져갔다. 입을 쩍 벌렸을 때의 얼굴에는 탐욕이 덕지덕지 붙어 있었다.

그리고 그녀의 눈은 조소를 사는 것 따위 조금도 두려워하지 않는 뻔뻔스러운 빛을 발하고, 이마에 새겨진 깊은 주름 한 줄은 교활함에 능한 표정을 짓고, 또 한 줄은 슬픔에 묻혀 있었다. 그나마 다행인 것은 당사자는 전혀 눈치채지 못하고 있다는 것이리라. 오래된 탓에 제 맛을 잃어 아무도 거들떠보는 이 없는 신세인 나로서는 그녀에게 친근감을 느끼지 않을 수 없었다. 늙어가는 여자의 비참함이 나뒹굴고 있었다.

누리끼리한 송곳니를 받치고 있는 잇몸이 찢어지면서 피가 뿜어나온 바로 그때, 갑자기 문이 열리고 올봄부터 가게를 맡게 된 젊은 점장이 들어왔다. 어색한 공기가 흘렀다. 그러나 점장은 고압적인 태도를 보이지 않았고 강경한 말도 입에 담는 일 없이 휴게실을 나가려 했다. 그러자 요이치의 엄마는 점장의 등에다 대고 "돈은 반드시 낼 거니까요!"라고 내뱉듯 말하고, 다시금 피투성이 이로 나를 깨물었다.

4월 24일 수요일

나는 상처다.

열에 들떠 헛소리를 중얼거릴 때마다 욱신거리면서 입을 쩍 벌리는 키 큰 조직원 청년의 마음의 상처다. 삼층짜리 검은색 빌딩에서 혼자 사는 생활을 계속하다가 감기에 걸린 그는 오한에 부들부들 떨면서 침대 대신으로 사용하고 있는 긴 의자에 푹 쓰러졌다. 그 순간 내가 등장했다. 나는 빌딩과 토지 매각 외에는 할일이 아무것도 없어진 그 앞에, 그 자신 잊기에 성공했다고 착각하고 완전히 치유되었다 믿고 있던 유년기의 체험을 끌어내 보여주었다. 젊어 부모가 된 것에 한없는 불안을 느끼고 짜증을 부리며 툭하면 소리를 질렀던 엄마. 자기 자식을 때리는 것으로 울적함을 달랬던 아버지. 그러나 그런 기간조차 잠깐, 나머지는 거의 가정에서 생기는 사소한 비극이었다.

실제로 수입이 늘어나고 가정이 안정되면서 엄마는 신경질을 덜 부렸고 아버지는 엄격한 현실을 직시하고 어떤 경우에든 대처할 수 있는 아버지가 되었다. 두 사람은 세월이 흐르면서 점차 부모다운 부모가 되었다. 그런데 나는 그후에도 오래도록 잠복하여 때를 기다리면서 차가운 피와 폭력을 키워나갔다.

비록 병은 앓고 있어도 하등생물은 아닌 소년이 현관 앞에서 지르는 괴성에 놀라 벌떡 일어난 청년은, 느닷없이 나에게 회전식 권총을 난사했다. 그러나 총알과 총성은 콘크리트 두꺼운 벽에 튕겨 나에게 흡수되었고, 그 다음은 아무 일도 없었다.

4월 25일 목요일

나는 여생이다.

호수의 봄 풍경을 감상하며 노니는, 마음이 인자하고 남자로 태어난 혜택을 톡톡히 누린 반생을 보낸 노인의 여전히 빛나는 여생이다. 몸가짐이 가뿐한 그가 소나무 숲을 지나 조용히 호숫가에 서자 나는 떨어지는 해의 광휘에 감싸인다. 그러나 그것은 지나치게 사회의 은총을 입으면서 노쇠한 자에게 흔히 있는 어둠과 일체가 된 찰나적이며 자포자기적인 빛이 아니다.

오늘 아침 일찍 그는 마지막 친구의 부고를 들었다. 그 친구와는 같은 전장을 기어 전진한 일이 있으며, 같은 귀국선을 타고 있다가 적의 잠수함에 당하여 미쳐 날뛰는 대해로 내던져진 사이였다. 그후 두 사람은 편지는 주고받았지만 재회한 적은 없었다. 만나고 싶다는 생각도 없었다. 상대방을 보며 동병상련의 기분에 젖고 싶지 않아서였다.

그는 저 멀리 산 너머에 떠 있는 비의 전조인 높층구름을 바라보면서, 지금 그저 타성에 살고 비뇨기까지 너덜너덜해진 육체와 하루하루 슬금슬금 다가오는 자신의 종언을 긍정한다. 그리고 나는 도랑으로 내버려지는 생활 폐수 같은 앞날을 잘 알고 있으면서도 무수한 지류를 모아 도도하게 흐르는 대하라 착각하는 여유로움을 즐길 수 있으며, 네거리에 서서 좌우를 살피는 들개를 비웃고, 한 줄기만 길쭉하게 핀 잡초 앞에서 움직이지 않는, 울어 눈두덩이 부은 소년 요이치를 웃는다. 때는 바야흐로 무르익은 봄이다.

4월 26일 금요일

나는 눌러 말린 꽃이다.

'삼광조' 여주인의 처녀 시절 일기에, 상상으로 쓴 독수공방의 시와 함께 끼여 있는 달개비의 눌러 말린 꽃이다. 오늘 우리의 우연한 재회는 그저 반가움만으로는 끝나지 않았다. 여주인은 나를 옛 친구라 인정하기 전에 그로부터 흐른 세월의 길이를 생각하면서 조심스러워했다. 아무리 살아도 얻는 것 하나 없는 삶이었다는 생각에 휘둘리고, 잃은 것밖에 없는 이십 년이었음을 깨달았다.

정관주의를 관철하고 있을 그녀는 평소의 그녀답지 않게 허둥대고, 마호로 마을 사람들에게 빈축을 사는 것에 위협을 느끼고, 끝내는 견딜 수 없는 고독에 홀로 갇혀 있는 자신의 처지를 알아차렸다. 그리고 "조금도 변하지 않았네"라고 스스로에게 중얼거리는 그녀의 얼굴에 당시의 기품 따위 이미 사라지고 없었다. 입가에 떠 있는 미소에는 팽팽함과 윤기가 없고, 애모의 정이 받쳐주었던 얌전하고 아름다운 몸가짐도 반감돼 있었다. 더이상 대책이 없어서, 연애도 정사를 빼고는 생각할 수 없는 전성기를 살았고 오직 그 시절을 회고하는 것밖에 없는 여자가 거기에 있었다.

여주인 앞에는 단것이라면 사족을 못 쓰는, 어딘가 모르게 기생 식물을 연상케 하는 동작이 느린 소년이 두껍게 썬 양갱을 맛있게 우물거리고 있다. 여주인은 먼 옛날을 떠올리는 표정으로 나를 살며시 집어 소년의 손에 들려 있는 찻잔에 던져넣었다. 소년은 차와 함께 나를 단숨에 꿀꺽 마셔버렸다.

4월 27일 토요일

나는 메아리다.

전직 대학교수가 혈기왕성한 젊은이인 척 이승 산에 외쳐대는 목소리를 일일이 되받아치는 메아리다. 그는 위엄 있는 용모에 학식과 재간이 모두 출중한 학자를 동경하여 사뭇 그럴듯한 외침 소리를 물거품 호수에 던지고 있다. 또는 성정이 격하고 어떤 어려움에도 굴하지 않는 정신을 지닌 강한 사나이가 되어 오류 강 쪽을 향해 있는 힘껏 고함을 지른다. 제법 좋은 목소리다.

그런가 하면 그는 의기충천하여 위험한 여행을 떠나는 모험가를 떠올리며 거칠게 포효한다. 그리고 고리타분한 시대의 사고방식을 벗어던지고, 새로울 것 없는 노년의 생활은 오늘로 마지막이라 여기고, 학자로서 유종의 미를 거두지 못한 결말을 잊기 위해 비참할 정도로 크게 소리를 지른다. 그러나 나는 그의 그런 애틋한 바람과 애당초 잘못되었던 소망을 매정하게 다루고, 콧방귀를 뀌고, 땅으로 되돌려보낸다. 사실은 만년을 편안하게 보내고 싶은 주제에, 적당한 충실과 안전한 자극을 바라 마지않는 범인의 목소리로 변화시켜 호숫가 별장지대로 되돌려보낸다. 한심한 목소리다.

많은 책을 통해 타인이 내놓은 답은 얻었으나 그 자신은 아무런 답도 얻지 못했다. 아니 답을 얻고자 애쓴 일조차 없는 남자의 목소리는 금붕어 장수의 목소리나 소년 요이치의 얼빠진 목소리에도 지고 만다. 지금 새삼스레 구태를 버리고 새로움에 빌붙을 수 없는 그는 자신의 탁한 목소리를 듣고 싶지 않아, 스스로 원하여 곤란과 마주하고 모든 난관을 극복하는 자의 목소리를 언제까지고 흉내내고 있다.

4월 28일 일요일

나는 금고다.

눈 녹은 물의 유입이 줄어들어 물거품 호수의 수위가 이십 센티미터나 내려간 탓에 다시금 사람들 눈에 띈 금고다. 그러나 다가와 나를 보는 자는 있어도 손을 내미는 자는 없었다. 온통 녹이 슨데다 문까지 열려 있어, 속이 텅 비었다는 것을 한눈에 알 수 있기 때문이다. 내가 범죄의 희생자임을 아는 경찰관조차 더이상 일거리가 느는 것을 꺼려하여 보고도 못 본 척하며 재빨리 지나갔다. 정말 박정한 사람들이다.

그런데 오늘 가발 쓴 주제에 차림새는 그리 단정치 못한 백수 같은 남자가 다가왔다. 그는 바지 자락을 걷어올리고 물로 들어와 오래도록 나를 이리저리 만지작거리다가 끝내 일인극을 시작했다. 그는 나를 부드러운 풀로 덮여 있는 호숫가로 낑낑 끌어냈다. 그리고 그는 주위에 아무도 없음을 확인하더니 갑자기 나를 끌어안았다.

그리고 그는 배불뚝이 자산가를 연기하면서, 초라한 자신을 향해 이렇게 허세를 부렸다. "자네를 믿고 돈을 내주지"라고 말하고, "필요한 만큼 가지고 가게나"라고 말하고, "갚지 않아도 되네"라고 말했다. 그렇게 말한 직후 무슨 영문인지 그는 벼락같이 화를 내며 쇠약해진 위도 잊고 혼신의 힘으로 사지를 긴장시키고 나를 다시 물 속으로 되돌려보내려 했다. 내가 기우뚱 기울어 구르기 시작하자, 그저 추종자로 읍사무소에서 일했던 남자는 승리를 뽐내기에는 슬프디슬픈 목소리로, "아하하" 하고 짧게 웃었다.

4월 29일 월요일

나는 커브미러다.

마주 오는 차와 보행자, 흐르는 재주밖에 없는 구름과 눈부시게 치장한 새들 외에도 수시로 바뀌는 것들을 비추어 보이는 스테인리스제 커브미러다. 오직 사색 하나로 숨이 막힐 듯한 나날을 보내고 이 세상에 대해 다양하게 상상하고 본 것을 마호로 마을 사람들을 통해 하나하나 확인하고 있는 소설가는, 나를 들여다볼 때마다 내 안에서 소년 요이치의 모습을 보았다. 선글라스를 낀 그는 내 안의 요이치를 늘 무지개나 신기루 아니면 대기현상의 한 조화로 여기며 실상을 마주했을 때처럼 정에 얽매이는 일은 없었다. 가까이 지나갈 때마다 나를 향해 "안 속아"라고 말하는 것이 그 증거다.

오늘 그는 스로틀을 지나치게 열어놓고 마호로 마을에 염증이 난 이유를 곰곰이 생각하다가 내 바로 앞에서 스쿠터와 함께 뒤집혔다. 꼴좋다. 그는 제일 먼저 자신의 무사함을 확인하고, 이어 검정 삽살개의 무사함을 확인하고, 그리고 스쿠터를 일으켜세운 다음 나를 올려다보았다. 나는 여봐란듯이 요이치의 얼굴을 한가득 비추어주었다. 그는 몇 번이고 몇 번이고 뒤를 돌아보고, 거기에 자기밖에 없음이 분명해지자 이번에는 자기 얼굴을 열심히 꼬집어댔다. 요이치는 키들키들 웃으면서 "나는 네가 아니니까"라고 말했다. 나도 이렇게 말해주었다. "네가 속은 거야." 개는 기분이 영 안 좋은지 휑하니 도망쳤다. 소설가가 그 뒤를 쫓았다.

4월 30일 화요일

나는 편안함이다.

나무 그늘에서 낮잠을 자는 유치원 아이들 사이에 슬쩍 끼여 누운 소년 요이치, 그를 부드럽게 감싸는 편안함이다. 보모들은 하나같이 피곤하여 누구 하나 이 침입자를 눈치채지 못했다. 그런데 아직 잠도 들지 않고 피곤하지도 않은 원생들의 눈은 요이치를 정확하게 포착하고 있다. 그러나 유아기에 있는 그들은 학령기에 있는 경련이 끊이지 않는 병자를 보고서도 전혀 동요하지 않았고, 또 필요 이상의 관심을 보이지도 않았다. 원아들은 얌전하게 누운 채, 과거에 같이 놀고 싶어서 산을 들락거렸던 새끼 원숭이처럼 요이치를 받아들였다. 그리고 요이치는 자기를 보는 아이들과 보모들의 잠든 얼굴을 번갈아보고서 심호흡을 한 후 천천히 눈을 감았다.

이리하여 그들은 친밀한 사이가 되고, 그들의 숨결과 새근거리는 소리가 나를 키운다. 봄날의 햇살에 데워진 나는 조금씩 부풀어 요이치뿐만 아니라 성장을 향하여 급진전하고 있는 쉰두 명 아이들의 혼을 포근하게 감싸안는다. 요이치는 자고 있다. 어쩌면 그 잠은 부모나 큰 유리새가 지켜보는 가운데 자는 잠보다 더 깊을지도 모르겠다. 원아들의 잠 역시 그럴지도 모르겠다. 내가 그들에게 줄 수 있는 것은 아무것도 없다. 그들이 내게 인자함을 베풀고 있는 것이다. 오래오래 살라고 내게 말하게 하고, 마호로 마을을 오는 세기의 초엽으로 인도하는 것은 바로 그들이다. 나는 보모 한 명이 절규하기 바로 전까지 유지되었다.

5월 1일 수요일

나는 분재다.

현세란 무엇인지를 그 조그만 형태로 단적으로 표현하고 동시에 자세히 설명하고 있는, 아침저녁으로 애지중지 여김을 받고 있는 잣나무 분재다. 전시회장이 이토록 조용한 것은 아마도 나 때문일 것이다. 열석한 애호가들은 함께 전시된 다른 화분에는 눈길 한번 주지 않고 오직 내게 감동하고, 아울러 자신의 미숙함을 자각한다. 우주 전체를 포괄하고, 모든 것의 요람 시대를 일축하고, 현대풍을 조소하는 나는 절대 화려한 아름다움에 쏠리지 않는다. 나는 보는 자를 녹음이 우거진 숲속 그늘로 인도하고, 초록이 짙은 깊은 산으로 인도하고, 돌고 도는 시간이 무엇인지를 알게 한다. 그리고 나는 급히 얻으려 하면 실패한다는 것을 암시하고, 만사 순조롭게 진행되는 일은 없음을 얘기하고, 엉뚱한 실수가 뜻하지 않은 아름다움을 빚어낼 수도 있음을 속삭이고, 성공과 완벽함, 영원이란 조건을 눈앞에 죽 늘어놓는다.

그리고 사람들은 내게 내재하는, 완급이 조화를 이룬 철학과 사상을 각각 배우고, 급히 처리해야 할 문제 따위 어디에도 없다고 단언하고, 살아 있다는 것의 확증을 얻어간다. 그들은 고작 삼십 센티미터짜리 화분 속에 내 목숨을 지탱하고 있는 흙덩이에서 마호로 마을을 받쳐주고 있는 거대한 암반을 생각하고, 내 구불구불한 가지에서 섬 그늘 뒤로 언뜻언뜻 보이는 배를 생각하고, 내 가지 끝에서 광활한 들을 비추는 싸늘한 달빛을 본다. 또 뜻밖에 정교하게 구성돼 있는 소년 요이치의 두뇌는 내게서 완성과 미완성 두 양상의 의미를 해석하고, 생과 사가 귀결되는 곳을 감수한다.

5월 2일 목요일

나는 아지랑이다.

요이치의 삼촌 밑에서 비단잉어를 키우고 있는 전직 조직 폭력단의 신참 소년, 그의 발견으로 목숨을 건진 젊은이를 감싸고 있는 아지랑이다. 먹고 마시지도 않고 반나절 동안 '종말'을 춤춘 젊은이는 계속 춤추면서 산으로 들어가 연못물을 마시려다가 내 안으로 풀썩 쓰러지고 말았다. 몸은 그렇다 치고 그는 이미 살 기력을 잃은 상태였다. 그 탓에 동공마저 풀려 있었다.

제자의 부름으로 달려온 요이치의 삼촌은 엎어져 있는 상대가 누구인지 확인한 후에도 잠시 어쩌면 좋을지 몰라 망설이고 있었다. 그러니까 살려내지 않는 편이 오히려 살리는 길일지도 모르겠다고 생각한 것이다. 그러나 그때, 바로 얼마 전까지 공갈 협박을 일삼던 제자가 "아무쪼록 살려주십시오"라고 하는 말에 그의 마음은 절반쯤 움직였다. 그리고 아마비코 신사의 연못에서 원래 있던 연못으로 돌아온 하양과 검정의 기적에 가까운 잉어가 활짝 핀 벚꽃 아래서 높이높이 도약하는 것을 보는 순간, 나머지 절반의 마음이 움직였다.

그러나 그 잉어가 낸 물소리의 진정한 의미는 "죽게 해달라"는 것이었다. 그것을 뒤틀어 반대 의미로 바꾼 것은 바로 나였다. 나는 봄의 산과 들을 흐물흐물 일그러뜨려놓고, 정이 많은 남자의 마음속을 뒤틀어놓고, 그의 등에서 춤추는 비단잉어를 뒤틀었다. 이 세상 모든 것이 환영에 지나지 않는다고 말하는 나를 뿌리친 남자는 죽어가는 젊은이를 제자의 손을 빌려 판잣집으로 옮겼다. 아무래도 나는 그들의 내일까지는 뒤틀지 못한 모양이다.

5월 3일 금요일

나는 달걀이다.

연휴 중에도 돌아오지 않는 다리 아래의 식당에서 일하는 노래 잘하는 아가씨가 그 풍만한 가슴에 껴안고 데우는 달걀이다. 수정을 끝낸 나는 풋풋한 연심을 품고 있는 젊은 아가씨의 체온을 빨아들이고 시시각각 부화를 향하고 있다. 쉼 없이 나를 만져주는 그녀의 손가락이 뜨겁다. 그러나 그것은 자손을 남기기에는 문제가 너무 많은 세상을 한탄하는 자의 온기 따위가 절대 아니다.

또 그녀가 흥얼거리는 노래는, 설사 그것이 이루지 못한 사랑에 애태우는 노래라 할지라도 내 생명을 촉진하기에 부족함이 없는 울림을 간직하고 있다. 그리고 태어나지 않는 편이 좋았을지도 모르는 소년 요이치의 흔들리는 눈빛에 에워싸여도, 또는 늘 가슴에 품고 다니는 호신용 무기 탓에 뼛속까지 얼어 있는 키 큰 야쿠자의 찌르는 듯한 시선을 받아도, 또는 매일 음식찌꺼기를 얻으러 들르면서도 목하 중동의 정세를 논하는 거지의 시야에 갇혀도, 나는 절대 주눅들지 않는다.

나는 잠시의 방심도 허용하지 않으며 조의금이 난무하는 잔혹한 세상을 향해 돌진한다. 지금 시작은 아주 순조롭다. 매사가 뜻한 바대로 풀리지 않고, 사납게 고함을 지르고, 울며불며 따르고, 터벅터벅 걷고, 나태한 마음에 굴복하고, 원한을 품고, 정사에 울적한 마음을 더욱 축내고, 충고를 흘려듣고, 불성실한 태도를 취하고, 그저 오로지 애원할 뿐인 사람들의 체온까지 다 빨아들여, 나는 닭일 수밖에 없는 생을 착실하게 살아간다.

5월 4일 토요일

나는 평균대이다.

마호로 마을의 녹지대에 있는 현립 고등학교의 체육관에 있으며, 소년 요이치가 애착을 갖고 있는 경기용 평균대이다. 그러나 유감스럽게도 나는 지난 몇 년 동안이나 한 번도 사용되지 않은 채 체육관 한 모퉁이에 밀려나 있다. 의자 대신으로 삼는 이조차 하나 없다. 그 사고는 그야말로 비참한 것이었다. 갑자기 나타난 소년 요이치가 연습중인 그녀에게 역병신이 되고 만 것이다.

희멀건 어둠 속에서 불쑥 나타난 요이치의 기괴한 모습에 눈길을 빼앗기는 순간 그녀는 방금 전까지 완벽하게 유지하고 있던 균형감각을 잃고 전후좌우는 물론 상하조차 구별할 수 없게 되었다. 그리고 요이치는 그즈음 부쩍 두각을 나타내기 시작한 그녀의 목뼈가 부러지는 소리를 분명하게 들었고, 그녀의 재능이 산산조각나는 모습을 두 눈으로 똑똑히 보고 말았다. 오 년 전 바로 오늘, 즉사였다. 목격자는 요이치뿐이었다. 그녀는 내게 한쪽 다리를 댄 채 뭐라 형용할 수 없는 모습으로 죽었다. 두 번 다시 움직이지 않았던 그녀의 눈은 똑바로 요이치를 향하고 있었다. 요이치는 쭈그리고 앉아 그 눈을 들여다보았다. 그러자 양자 사이에 삶과 죽음을 초월한, 공경을 동반한 영원의 빛이 튀었다. 내게는 그렇게 보였다.

요이치는 오늘 그 사고가 발생한 시각에 나를 찾아와 내 몸에 기어올랐다. 그러다가 떨어지고 다시 기어오르다 떨어지기를 몇 번이나 거듭했다. 그런데도 작은 뼈 한 마디 부러지지 않자 요이치는 풀이 죽은 채 집으로 돌아갔다.

5월 5일 일요일

나는 진화다.

아무 두려움 없이, 마호로 마을에 사는 주민들 삶의 끝자락을 지키고 있는 요이치의 혼에서 현새진행중인 진화다. 나는 요이치에게만 한하는 현상일 뿐, 덩굴풀처럼 끈질기게 제 사는 곳에 집착하는 다른 이들과는 전혀 인연이 없다. 평소 심보 고약한 대부분의 사람들은 자신과 요이치를 절대 동급으로 취급하지 않는다. 요이치와 친하게 지내는 사람들 눈에도 그는 기피해야 마땅하고 애써 사귈 필요가 없는 기괴한 인간으로 비칠 뿐이다.

그런데도 나는 시시각각 저 높은 곳을 향하여 탈피를 거듭하면서, 소년 요이치를 변화하는 세상의 움직임에 적응케 하고, 목숨을 갉아먹는 어리석은 짓을 함부로 하지 않도록 한다. 그리하여 요이치는 날마다 만나고 접하는 모든 사물을 세밀하게 고찰하고 그 감상을 깃털이 우주의 색을 닮은 큰유리새에게 있는 그대로 털어놓는다. 요이치는 산 자를 풍자하고 죽은 자를 헐뜯는다. 또는 죽은 자의 덕을 추앙하고 산 자를 사숙한다.

그러자 파란 새는 대뜸 되묻고, 요이치에게 대관절 무엇을 좋고 옳다고 해야 하는지에 관해 설전을 펴며 나를 자극한다.

오늘 나는 요이치에게 이렇게 귀띔했다. 고작 새 따위에 그렇게 의지하다니 위험하지 않은가, 큰유리새가 없어지면 어떻게 할 작정이냐, 라고 묻고, 새는 무릇 인간만큼 오래 살지 못하는 생물이라고 충고했다. 요이치는 잠시 생각하더니, 새장을 머리맡에서 얼마간 떼어놓고 자기로 했다. 나는 일단은 그것을 바람직한 일이라 여겼다.

5월 6일 월요일

나는 창립기념일이다.

진위 여부는 아무도 모르지만, 올봄에 꼭 백주년을 맞는다는 마호로 마을의 창립기념일이다. 하지만 그리 대단하게 기념식을 치른 것은 아니다. 폭죽이 몇 발 발사됐지만, 나를 떠올리는 마을 주민은 많지 않았다. 옷깃을 여미고 자리한 참석자들도 실은 모두 허튼 생각에 젖어 있었다. 조역 혼자서만 대단한 의식이라도 치르듯 신이 나 있었다.

인사말을 하는 읍장은 시시껄렁한 원고를 그저 읽어내렸고, 이어진 내빈들의 축사도 그저 길기만 했다. 그 가운데에는 마호로 마을을 헤이세이* 이후 더욱 쇠퇴한 곳이라 규정하고, 발전을 저해하는 요소를 일일이 열거하며 개탄을 금할 수 없다고 투덜거리는 자도 있었다. 가장 건설적이고 미래 지향적인 의견은 "정재계의 힘을 얻어 어떻게든 손을 써보는 도리밖에 없다"였다. 늘 그렇듯 독지가도 그와 유사한 자도 나타나지 않았다.

기꺼이 초대에 응한 자는 정년퇴직한 지 오래지 않아 따분함을 어쩌지 못하는 가발 쓴 남자 한 명뿐이었다. 그는 전에 하던 버릇대로, 누가 해달라고 부탁하지도 않는데 모두에게 기념품을 나눠주었다. 그런데 그 기념품이란 것이 내가 봐도 속이 뒤틀릴 정도로 시답잖은 물건이었다. 조그만 홍백색 찹쌀떡을 받아든 손님들은 한결같이 낙담한 표정이었다. 솔직한 사람은 "뭐야, 겨우 이게 다야?"라고 빈정거렸고, 입이 가벼운 자는 "이 동네도 다 끝났군" 하고 말했다. 읍장은 달리 볼일도 없으면서 서둘러 읍사무소로 돌아가, 집무중이란 팻말을 내걸고 집무실에 틀어박히고 말았다.

5월 7일 화요일

---

* 平成, 일본의 연호. 원년은 1998년.

나는 그림이다.

이곳저곳 골동품 가게를 떠돌다가 마호로 마을로 흘러들어 마지막으로 난로장이 남자의 손에 넘겨진 낙관 없는 그림이다. 그는 마누라가 강가에서 주워왔다는 아리따운 관음상에 어울리겠다 여기고 나를 선택한 것이다. 나는 봄날의 하늘에 해와 달을 나란히 다루고, 낮과 밤, 옳고 그름, 위와 아래를 혼연하게 융화시키고 있다. 그리고 나는 어둠을 배경으로 골짜기의 위험한 길을 가는 나그네의 영락한 뒷모습을 뚜렷하게 그려내고, 해질녘의 물가에서 노니는 물짐승과 서로 사랑하는 젊은 남녀의 내일을 보장하고, 소슬바람 부는 초원 한가운데에서 고고한 목소리를 발하고 있는 영아에게 일찌감치 만장의 기염을 토하게 한다.

하늘가에 떠다니는 성운과 젖은 빛으로 빛나는 황매화 사이에 별 차이가 없고, 아침해와 상현달이 함께 발하는 빛에는 순간의 깨달음을 선사하는 양의 기운이 담겨 있고, 평소의 염원은 부단한 노력에 따라 빛을 더하고 있다. 가족들이 지켜보는 가운데 마지막 물을 마신 눈을 감은 노인과 한곳에서 죽어 금수조차 그 죽음을 알지 못한 청년 사이에도 아무런 차이가 없다. 한창 꽃필 철이 지난 들판에 서 있는 여자는 속내를 털어놓을 기력을 아직도 잃지 않고 죽은 후에도 일정치 않은 문인의 진가는 미래로 목숨을 이어간다. 이렇게 나의 정신은 수미일관하고, 나무 한 그루 풀 한 포기에 이르기까지 빈틈없이 침투해 있으며, 끊임없이 비난하고 싶어하는 자의 기선을 제압한다. 난로장이 사내의 아내는 나를 보고서는 감격의 눈물을 머금었다.

5월 8일 수요일

나는 꺾꽂이다.

'삼광조' 여주인이 달랠 길 없는 마음을 어떻게든 해보려고 아무도 없는 객실을 하나하나 장식하고 있는 꺾꽂이다. 수입이 급격히 줄어 또다시 궁지에 몰린 그녀는 일부러 이웃 마을까지 걸음하여 행운을 불러다준다는 꽃만 사들고 왔다. 짙은 갈색 바탕에 흑백의 얼룩무늬가 있는 자기에 더할나위없는 모양으로 옮겨진 나는 여관 전체에 보란 듯이 활기를 불어넣고, 물거품 호수에서 비치는 빛을 몇 배나 강하게 반사하며 누군가를 기다리는 듯한 표정을 짓고 있는 여주인의 가슴까지 비춘다.

여주인은 내게 어떤 운명이든 받아들이겠노라 말하고, '삼광조'를 찾는 사람은 누구든 묵게 하겠노라 맹세했다. 말은 그렇게 하지만 그녀는 이미 폭력배나 창부 따위의 사람은 원하지 않았다. 또한 불륜을 청산하려는 여자와 부끄러운 줄도 모르고 들꽃을 감상하는 것이 취미라고 말하는 요즘 젊은이들도 딱 질색이었다. 그녀가 기다리는 사람은 작품이 완성될 때까지 오래 묵으면서도 시중들 것이 없는 예술가 같은 사람이었다. 그런 손님이 홀연히 나타나주기를 기다리고 있었다. 하지만 손님은 없었다. 장사치는 물론 수금원 하나 모습을 보이지 않았다.

밤이 되자 여주인은 모든 객실에 불을 밝히고 "요이치라도 와주면 좋겠군"이라고 중얼거렸다. 뒷문에서 사람 목소리가 들렸다. 여주인은 조직 폭력단 생활에서 손을 씻은 후 비단잉어를 키우는 일을 거들겠노라며 떠나간 소년을 보았다. 소년이 말했다. "여기서 일할 수 없을까요?"

5월 9일 목요일

나는 깊고도 조용히 흐르는 강물이다.

의수를 단 사내가 재주를 피워 던지는 투망을 삼켰다가는 뱉어내고, 또다시 삼키는 오류 강의 깊고도 조용히 흐르는 강물이다. 그러나 걸려드는 것은 뼈만 많고 살은 없는 잔물고기들뿐, 게다가 그 수는 예년의 십분의 일에 미치지 못한다. "강물의 원류인 호수가 망가지더니, 이 강도 이제 수명이 다한 모양이로군"이라고 그는 중얼거린다. 투망을 한 번씩 던질 때마다 그는 누구에게 침을 뱉듯 원망을 늘어놓는다. 하지만 물은 아직 죽지 않았다.

강둑을 덮고 있는 풀 위로 내던진 물고기를 주워 양동이에 담고 있는 사람은 입으로 들어갈 수 있는 것이면 무엇이든 먹는 것을 신조로 하는 거지이다. 소년 요이치가 그를 돕고 있다. 아마 그는 까맣게 잊었을 테지만, 나는 과거 요이치를 삼키려다 실패한 적이 있다. 요이치의 몸이 가라앉지 않았던 것이다. 그는 그날 수영을 처음 체득했다.

나는 당장 쓸 용돈 한푼 없는 외팔이 사내에게 이렇게 말했다. 투망이나 던지지 말고 그 목숨을 던지는 게 어떻겠냐고. 그러나 사내는 아무 대꾸 없이 군더더기 하나 없이 완벽한 일련의 동작을 되풀이할 뿐이었다. 순서가 바뀌는 일은 없다. 물의 흐름이 빠른 곳에서는 들고 나는 물의 세력이 격렬하게 충돌하고 있다. 물거품 호수가 되살아나고 있는 것이다. 하지만 그것을 아는 이는 아직 없다. 요란하게 치장하고 서로의 아름다움을 겨루는 아가씨들이 하늘 높이 나는 종달새 지저귐 소리 아래를 지나간다. 사내는 급기야 나를 외면하고 오류 강을 다시 거슬러올라간다. 거지와 요이치가 그의 뒤를 따른다.

5월 10일 금요일

나는 하얀 분이다.

늘그막에 부쩍 게으름뱅이가 된 기생이, 술자리가 있는 것도 아닌데 열심히 칠해대고 있는 하얀 분이다. 나로서는 주름이란 모든 주름을 가렸다 여겼는데도 그녀는 만족하지 않았다. 나에 대한 그녀의 기대가 너무 큰 것이다. 나를 마치 환부에 바르는 약으로 여기는 듯하다. 그렇지 않으면 벽지처럼 생각하는 것일까.

그리고 그녀는 연지를 바르고 작은 새들이 떼지어 나는 모양의 금은 비녀를 꽂고 몸단장을 끝낸다. 이어 그녀는 경대 앞에 서서 지나간 날들을, 악덕업자를 거느리고 전쟁 덕분에 떼돈을 번 자가 집요하게 따라다녔던 옛날을, 그리고 바랄 수 없는 상대를 남몰래 연모했던 더욱 먼 옛날을 떠올렸다. 그리고 또 그 자리의 분위기에 따라 재빨리 화제를 바꿀 수 있었고, 요염한 눈짓 하나로 원하는 것을 얻을 수 있었던 왕년을 그리워한다.

시야가 흐린 눈이 내 편을 들어준 덕분에 늙은 기생은 자신의 전부를 직시하지 않을 수 있고, 봄기운에 들뜰 수 있는 용기마저 지닐 수 있다. 그녀는 대담하게 대낮의 거리로, 아직 술 한 방울 입에 대지 않은 사람들이 오가는 거리로 나간다. 벚꽃이 나를 봄 풍경의 하나로 받아들여줄 것이라 여겼는데 오히려 무참한 존재로 부각시키고 말았다. 사람들은 어리둥절해하며 길을 비켜주었다. 소년 요이치까지 판자 울타리에 들러붙었다. 비녀 속의 새가 절해고도에 서식하는 바닷새처럼 슬픈 목소리로 운다.

5월 11일 토요일

나는 동전이다.

소년 요이치의 바지 주머니에서 흘러 떨어지자 순식간에 눈먼 소녀가 주워든 백 엔짜리 동전이다. 소녀의 귀는 요이치의 눈보다 빨리, 그리고 정확하게 내 위치를 파악했다. 그런데 소녀는 나를 주인에게 돌려주려 하지 않았다. 손에 꼭 쥔 채, 아주 잠깐이지만 자기 것으로 하고 말았다. 요이치가 오른손을 내밀고 말없이 권리를 주장했다.

그런데도 소녀는 모르는 척 시치미를 떼고 고개를 돌렸다. 하지만 둘 사이에 메울 수 없는 골이 생긴 것은 아니다. 내 가치는 요이치에게 있을 때에는 주머니 속 쓰레기나 다름없었는데 소녀의 손으로 옮겨지는 순간 백 엔을 뛰어넘는 것이 되었다. 요이치는 여전히 주장하고 있다. 그런데 떨리는 몸 때문에 요이치가 잠시 한눈을 파는 사이, 나는 투명한 비닐지갑에 담기고 말았다. 속이 훤히 보이는 지갑이었다.

그러자 요이치는 지갑 속의 나를 가리켰다. 그전까지 나는 아무 상관 없다는 태도를 취하고 있던 개가 고맙다는 뜻으로 요이치의 무릎을 핥았다. 소녀의 머리를 묶은 노란색 리본이 물거품 호수에서 불어오는 따스한 바람에 나부끼면서 요이치의 코를 간질여 포기하도록 했다. 그때 소녀가 말했다. "돈을 많이 모아야지." 헉 하고 숨을 삼킬 듯한 놀람이 요이치의 흐느적거리는 몸을 관통하여 잠시 떨림이 멈췄다.

5월 12일 일요일

나는 가훈이다.

요이치의 아버지가 술기운에 휘갈겨 쓴, 평소 생각하는 것을 그저 한마디로 표현하여 웃음거리밖에 안 되는 가훈이다. 나는 우선, 이 세상을 살면서 명심해둘 것을 두툼한 합판에 새긴다. 그러고는 이도저도 아니라며 썼다가는 지우기를 몇 번이나 거듭한 끝에 아무도 그렇게 살 수 없다는 것을 깨닫고, 결국은 자기 얼굴에 침 뱉는 말에 지나지 않는다는 것을 알아차리고 붓을 내던진다.

그리고 그는 뒤늦었지만 대체 누구를 위해 이런 것을 남기려 하는가란 의문에 봉착하고, 열심히 큰유리새의 모이를 주무르고 있는, 자식을 사랑하는 아비 마음이 통하지 않는 아들을 돌아본다. 오래도록 이렇게 아들을 가만히 쳐다본 적이 없다고 그는 생각한다. 병에 시달리고, 아무리 좋게 보아도 좋은 구석이 없고, 사회에서 밀려난 요이치. 시름 많은 인간 세상을 상징하고, 말세에 어울리고, 훗날을 기약할 수 없는 업을 짊어진 요이치.

"너를 까맣게 잊고 있었구나." 아버지는 이렇게 중얼거리고, 합판 표면을 더럽힌 나를 대패로 쓱쓱 밀어내면서 "아니, 너를 잊으려 했는지도 모르지"라고 또 중얼거리고는, 비애가 가슴을 짓누르기 전에 다시 붓을 든다. 살 수 있을 만큼 살면 족하다 여기라. 그는 그렇게 쓴 합판을 벽에 걸었다. 하지만 요이치는 나를 거들떠보지도 않았고 큰유리새 역시 "말 안 해도 다 안다"고 지저귀며 나를 조롱한다.

5월 13일 월요일

나는 경제다.

절대 좋은 것도 아니지만 그렇게 나쁜 것도 아닌, 그리고 주민들 그 누구도 중요시하지 않는 마호로 마을의 경제다. 그후 내게 눈독을 들일 만큼 자금이 풍부한 유력 기업은 전혀 나타나지 않았다. 또 거의 법률에 가까운 힘을 지닌 자에게 사례금을 두둑이 지불할 만한 회사도 두 번 다시 내게 접근하지 않았다. 그런데도 식솔을 데리고 깊은 밤에 다른 고장으로 밀행하는 자는 없고, 따라서 상주인구도 변하지 않았다.

일자리가 없는 남자가 몇 명 있기는 하지만, 그들은 아무짝에도 쓸모가 없는 게으름뱅이이거나 병자들에 한한다. 평균을 사는 평범한 사람들은 이런저런 일로 분주한 나날을 보내고 있고, 이런 시골 동네에 동물원이 있다는 것을 자랑으로 여기고, 먹고사는 데 불편을 느끼지 않고, 정사에 탐닉하고, 어쩌다 찾아오는 휴일을 즐기면서 요행히 성대에 태어났음을 만끽하고 있다. 그 거지조차 기운 옷을 입고 있지는 않다.

가게 앞에 진열된 상품의 수는 어찌된 셈인지 날로 늘어나고 있다. 아니 오히려 물건의 종류가 모자라다 싶을 정도이다. 그런데도 주민들 모두는 간혹 울적한 표정을 짓는다. 겨우 빚을 갚고 속이 후련해진 이조차도 그런 기분을 오래 지속시키지 못한다. 겨우 끼니만 때울 수 있었던 삼사십 년 전을 예로 들고, 소년 요이치의 행태를 관찰하며 현재의 행복을 알려 하는 자가 줄어들고 있다. 그들 대부분은 내게 마을의 모습을 일변시킬 황금색 물결을 기대하고 있다.

5월 14일 화요일

나는 오한이다.

어쩌다 요이치의 옆구리에 생겨나 거절을 표시하고, 때와 경우에 따라 감정의 격발로 이어지기도 하는 오한이다. 예를 들어 학자연하고 있는 전직 대학교수의 작금의 세계 정세에 대한 분석, 이류에 따른 기온의 변화가 시작되기 직전의 답답한 분위기, 사냥철이 되어 앞을 다투어 마호로 마을로 밀려든 사냥꾼들이 잇달아 쏘아대는 총소리, 다른 학군에 있는 학교에 들어가려는 부모 자식의 밀담, 가슴 언저리에 주독이 올랐는데도 소리 없이 자작을 즐기는 남자의 한숨, 그런 것들이 나를 자극한다.

또는 막 잠이 들었는데 두드려 깨울 때, 역대 총리대신의 이름을 외우는 초등학생과 마주쳤을 때, 난립한 국회의원 후보들이 천하를 향하여 목청을 돋울 때, 손님과 허풍을 좋아하는 여자의 잡아먹을 듯한 시선과 날카로운 눈빛이 그의 몸을 관통할 때, 길거리 한가운데에서 기를 채우기 위해 여행길에 올랐다가 돌아오는 길에 하와이에 들를 것이라고 두 번이고 세 번이고 강조하는 남자를 만났을 때, 낯선 산길에서 오도가도 못할 때, 붉은 주발에 엉덩이가 가벼운 여자의 두툼한 입술이 닿는 순간을 보았을 때, 한 번도 본 적이 없는데 기억에 있는 풍경이 꿈속에 나타났을 때, 위로회에서 돌아오는 길에 큰 소리로 음담을 늘어놓는 노인네들을 보았을 때, 외관이 서양식인 집에서 독경 소리가 흘러나올 때, 미약한 전기를 품은 냉기를 느꼈을 때.

그리하여 나는 유리창과 물에 비친 요이치 자신의 허망한 모습과 요이치가 물거품 호수의 물가 너머로 투시하는 또다른 마호로 마을에 예민하게 반응한다.

5월 15일 수요일

나는 초상이다.

오직 돈이 필요해서 그 시답잖은 일거리를 맡은 늙은 화가, 그의 눈에 포착된 조직원의 초상이다. 어떤 위협에도 불리한 말은 절대 하지 않는 입, 어떤 경우에도 변사에 대비하여 주변을 살피는 조그만 두 눈, 만만치 않은 상대에게도 턱없는 요구를 들이밀 수 있는 배짱, 빈틈을 노리고 재빨리 반격을 가하는 기민한 행동력, 불구대천의 적이 생길 때마다 여실하게 느끼는 생의 보람, 그것이 나다.

이 사람이다 싶은 맞수와는 단박에 친밀한 교분을 맺고 성심을 다하며, 받은 은혜는 반드시 보상하는 넉넉한 성품과 한번 마음먹으면 끝까지 해내는 의지와 눈앞을 가로막고 선 적의 급소를 향해 거침없이 날아가는 오른팔과 적당한 자학성을 겸비하고, 충동을 억제하고 기다릴 줄도 알며, 남들이 기피하는 인물이 되는 것 또한 아무렇지도 않게 여기는 청년, 그것이 나다.

절대 마음속에 오래 새겨지지 않은 살인 경험, 공갈 협박에 딱 어울리는 타고난 위협적인 목소리, 뒤로 넘긴 긴 머리가 잘 어울리는 주걱턱에 긴 얼굴, 그런 얼굴에 역시 잘 어울리는 호리호리한 체구, 말쑥하게 차려입은 양복, 훗날 화젯거리가 될 조건을 갖추고 있을지도 모르는 앞날이 걱정되는 인물, 그것이 나다.

목욕을 하고 마실 맥주 생각밖에 머릿속에 없는 화가는, 사인 대신에 파란 새를 그려달라는 청년의 주문에 순순히 응한다.

5월 16일 목요일

나는 악전고투다.

몸을 뒤틀며 봄 태풍의 무지막지한 풍압을 견디고 있는, 외딴 언덕 꼭대기 소박한 집의 악전고투다. 날로 늙어가는 주인과 날로 지쳐가는 그의 아내는 오랜 옛날에 이 집을 포기했으니 수리할 마음은 전혀 없어 그저 내게 맡기고 있을 뿐이다. 어쩌면 두 사람은 집은 물론 자신들의 남은 인생까지 산산조각나기를 기다리고 있는지도 모르겠다. 그들은 집이 어떻게 되지 않는 한, 지붕이라도 날아가지 않는 한 언덕 아래로 옮겨 살겠다는 결심을 하지 못할 것이다. 퇴직금에는 아직 손을 대지 않았다. 그럴싸한 땅을 봐두기는 했지만 두 사람은 여전히 행동에 나서지 못한다. 남편은 술을 끊지 못하고 아내는 일을 그만두지 못한다. 또 함께 사는 것도 그만두지 못한다.

유일하게 내 편을 들어주는 것은 소년 요이치도 아니거니와 그와 동거하면서 이 세상의 온갖 모습을 간파하는 큰유리새도 아니고, 오래전에 쳐진 쇠줄이다. 그것은 굵은 단풍나무 가지와 집의 기둥을 단단히 연결하고 있다. 그것은 흔들림을 최대한 줄이고 사방팔방에서 몰아치는 돌풍을 가르고 그 자신도 비명을 지르면서 내게 말한다. 단말마의 고통에는 아직 이르지 않았다고. 나를 꾹 참고 견디면서 태연한 태도로 일관하는 가족에게 말한다. 죽을 때는 함께 죽는다고. 그때는 이제 목숨은 다한 것이라 체념하라고. 하지만 누구도 아무 대꾸를 하지 않는다. 큰유리새만 "좋고말고"라고 울어주었다.

5월 17일 금요일

나는 인형이다.

눈먼 소녀의 품에 꼭 안겨 있는, 그녀보다 크지만 정서는 결핍된 손으로 만든 인형이다. 소녀의 어머니는 열흘 걸려 나를 완성하고는 태풍이 지나간 오늘 아침 딸의 손에 나를 건넸다. 그런데 어머니는 중요한 말을 못 하고 말았다. 딸이 기뻐하는 틈에 올해가 가기 전에 동생이 생길 것이라고 말하려고 했다. "가을이면 너는 언니가 되는 거야." 어머니가 이렇게 말하지 못한 이유 따위 소녀는 알 리 없었지만 나는 알고 있었다. 어머니는 앞이 보이지 않아 손이 많이 가는 딸을 내게 떠맡기고 싶었던 것이다. 적어도 마음의 부담을 절반은 덜고 싶었던 것이다. 그리하여 앞으로 태어날, 반드시 오체가 완벽하고 늙어서도 의지할 수 있는 아이에게로 도망치고 싶었던 것이 아닐까.

소녀가 사랑하는 개마저 어머니와 똑같은 이유로 나를 환영해주었다. 그러니까 하루에도 몇 번씩 비극의 조짐을 강요당하는 중압감에서 조금이라도 해방될 수 있다면, 어깨를 짓누르는 짐을 조금이라도 덜 수 있다면 하고 생각한 것이리라. 하지만 소녀의 친구는 기뻐하지 않았다. 병든 소년은 나를 보자마자 가벼운 발작을 일으키더니 금방 회복하여 소녀의 손에서 나를 낚아챘다. 그런데도 소녀는 울지 않았고 소녀의 충견도 짖지 않았다. 그러고는 순식간에 내가 없는 일상으로 돌아가고 말았다.

다리에서 강물로 던져진 나는 머리가 헝클어진 꼴사나운 몰골로 급류를 타고 마을을 떠났다.

5월 18일 토요일

나는 자살이다.

어딘가 모르게 세상사를 초월한 일면이 있는 장년기 사나이의, 비장한 각오와 처연한 풍정과는 무관한 미련 없는 자살이다. 그는 난치병에서 오는 고통을 견디고 있었던 것도, 거액의 빚을 짊어지고 도탄의 괴로움에 시달리고 있었던 것도, 고락을 함께한 반려를 앞세우고 넋을 잃은 나날을 보내고 있었던 것도 아니다.

그는 또, 이번 대전에서 잃은 영토가 문제시될 때마다 전범이란 전력을 떠올리는 자도, 금기를 깬 탓에 얼굴을 들고 살 수 없는 자도, 살아 있기가 성가실 만큼 마음의 병을 앓고 있는 자도 아니었다. 그런데도 그는 오늘 아침 기분 좋게 잠에서 깨어나 내일을 보장하는 햇살을 한껏 쏘이는 순간, 죽을 때가 왔다고 생각했다. 지금까지 산 것은 바로 오늘을 위해서가 아닐까 하는 생각이 굳어지자, 그는 집을 나섰다.

가족에게는 아무 말도 하지 않았다. 물론 유서도 쓰지 않았고 옷차림을 단정히 하지도 않았고 머리를 깎지도 않았고 목욕을 하지도 않았다. 그는 앞뒤 아무것도 생각하지 않고 돌아오지 않는 다리를 향했다. 다리 한가운데에서 그는 늘 갈지자로 걷는, 간혹 마주치는 소년과 맞닥뜨렸다. 그는 그 소년과 두세 마디 말을 나누고는 마치 뛰어넘기 위해 있는 난간이라는 듯 난간을 훌쩍 뛰어넘었다. 다리 밑에 사는 게으름뱅이의 현현인 거지는 바로 눈앞에서 신선한 뇌가 사방으로 튀는 것을 보았다. 두번째 체험이었다. 거지는 "또야?"라고 말하고 "말세로군, 말세야"라고 중얼거렸다. 소년은 다리 위에서 "날개가 있어야 날지"라고 말했다.

5월 19일 일요일

나는 도서관이다.

여전히 이용자는 극히 적지만 이국적인 정취를 풍기는 외관 탓에 홀로 여행하는 여자의 눈길을 끄는 도서관이다. 표면적인 이유야 어떻든 지금 내가 존속해야 하는 그럴싸한 이유는 없는 것이나 마찬가지다. 요컨대 마호로 마을 사람들은 책 없이도 살 수 있고 또 죽을 수도 있는 것이다. 그들은 굳이 책을 읽지 않아도 미래에 화근이나 오명을 남길 일이 없다. 설사 있다 해도 그것은 책을 가까이하지 않은 탓은 아닐 것이다.

그런데도 대개는 웃고 떠들다보면 끝나는 마을회의에서 내가 문제시된 적은 없다. 하물며 폐관이 거론되었다는 소문을 들은 적도 없다. 주민들은 모두 응접실을 장식한 백과사전처럼 내가 여기에 이렇게 있다는 것만으로 만족하고 있는 것이다. 관장을 겸하고 있는 읍장만 해도 개관식을 거행한 그 여름날 후로 얼굴 한 번 들이밀지 않았다. 나는 대체 무엇인지.

그리고 벌써 몇 년 동안이나 혼자서 나를 유지하고 관리하고 있는 표정이 멍청한 여자는 지금은 연애소설을 졸업하고 요리책에도 손을 대지 않으며 오직 건강한 아이를 출산하기 위한 책을 탐독하고 있다. 나는 조금도 변하지 않았는데 여자는 점점 나와는 어울리지 않는 여자가 되어가고 있다. 특히 결혼한 후의 그녀는 그녀의 어머니를 닮아가고 있다. 아니 똑같다.

오늘 오후, 그녀의 동생이 들러 문 닫을 시간이 되도록 새가 되기 위한 책을 찾았다.

5월 20일 월요일

나는 참마국이다.

조직 폭력단의 신참생활을 청산하고 그들의 수하를 떠난 소년이 '삼광조'의 여주인과 함께 먹는 참마국이다. 둘은 꼬박 사흘을 들여 호숫가의 여관을 말끔하게 청소하면서 무법과 무뢰의 때를 벗겨냈다. 그리고 여정을 달래주는 분위기를 되찾았다. 소년이 여주인에게 말했다. 마을에 있는 일품 요릿집에서 일을 배워 요리사가 될 것이라고. 여주인이 소년에게 말했다. "그래도 여름이 되면 손님이 들겠지"라고 말하고, "그래, 기다릴게. 그때가 되면 잘 부탁해"라고 말했다. 그녀의 말에 가슴이 벅차오른 소년은 나를 물리고 서둘러 집으로 돌아갔다. 다른 발소리가 다가왔다.

들며나듯 나타난 사람은 키가 호리호리하고 기침 소리가 이상하고 극한 상황을 즐길 듯한 인상이었다. 나는 그의 싸늘하게 식은 몸을 데우고 거칠어진 마음을 부드럽게 어루만졌다. 그는 잠자코 나를 먹었다. 그러나 오래 눌러앉아 있으려 하지는 않았다. 술도 청하지 않고 묵어갈 생각도 하지 않았다. 그는 "아직 많으니까 더 먹어요"라는 여주인의 말을 등지고 밖으로 나갔다. 대신 그가 앉아 있던 방석 밑에 현금이 한 다발 남았다.

그러고서 나는 빛과 그림자를 가르고 나타난 병든 소년의 위장을 채웠다. 그는 "파 많이 넣어줘"라고 말하고, "큰유리새가 기다리고 있어서"라며 현관에 놓인 신발들을 가지런히 방향을 바꿔놓고 돌아갔다. 여주인은 빈 국사발 앞에서 재건을 위한 돈을 세었다.

5월 21일 화요일

나는 망각이다.

아무리 살아봐야 독립된 개체가 될 수 없는 사람들을 시간을 두고 천천히, 다시금 전체주의로 돌아가게 하는 망각이다. 나는 사십여 년이란 세월을 걸쳐 그 말도 안 되는 전쟁을 집어삼키고, 벌레보다 못 한 죽음을 강요당한 전몰자들 유족의 눈물을 빨아먹고, 평시 산업의 대성공 위에 패권주의를 은밀히 싹틔운다. 한때 좋은 시절을 경험했던 자들과 그의 후손들은 군사대국의 성시를 회고하며 민주주의의 존재양식에 반하는 말을 일삼는다.

나는 심보가 더러운 무리를 키우고, 그들로 하여금 인간을 인간이라 여기지 않는 시대를 초래케 하고, 다음 세대를 책임질 젊은이들의 얼을 빼어놓는다. 그렇게 있는 것이 편하다는 이유로 일개 어리석은 국민이 되고 만 사람들, 그들은 날마다 타협을 일삼고 하필이면 권력 따위에 감사하고, 암암리에 황실을 비난하는 힘조차 잃어가고 있다. 졸부의 전형인 무리가 시골 사람인 탓에 비뚤어졌던 자신감을 회복하고 날로 돈을 탐하면서 기아 수출이 만성화된 약소국을 군침을 흘리면서 힐금거리고 있다. 그들이 싫증난 돈을 대신하여 모아들이고 있는 명화는 결코 미적 정서를 드높이기 위한 것이 아니다. 그런 거래를 어용 문화인이 천박한 지식을 내세우고 원호한다. 이렇게 하여 눈물에 의지해왔던 평화의 수명이 정해졌다. 머지않아 사람들의 입은 무거워질 것이고 명언도 회피하게 될 것이다. 언덕 위의 집의 큰유리새가 "늘 그랬지, 늘 그랬어"라고 지저귄다.

5월 22일 수요일

나는 새싹이다.

깎아낸 채로 방치된 산에 심어진 어린 너도밤나무의 만물유전의 법칙을 여실하게 말해주고 있는 새싹이다. 전직 대학교수와 그를 거들어 나무를 심은 사람들은 내 앞에서 감격하여 잠시 할말을 잊는다. 감동에 겨운 그들은 저마다 한마디씩 말을 꺼낸다. 이제 훗날에 시비를 물을 수 있게 되었다고 말하고, 이제 훗날까지 얘기할 화젯거리가 생겼다고 말한다.

'마호로 마을의 자연을 지키는 모임'의 회장은 숨을 고르면서 유감없는 언변을 발휘한다. 이 마을의 장래는 이 너도밤나무 숲의 생장에 달려 있다고 말하고, 언젠가는 이 나무 한 그루 한 그루가 야심을 불태우는 이기적인 무리를 물리치고, 불신 행위를 정화하고, 향국에 대한 그리움을 잊게 할 것이며, 사선에서 헤매는 호수를 소생시키고, 웅대한 뜻을 지니고 전도가 양양한 젊은이들을 세상으로 내보내고, 신기원을 펼치게 될 것이라고 말한다.

그리고 그들은 하늘을 가린 울창한 숲을 상상하고, 상쾌한 공기를 상상하고, 맛있는 열매를 찾아 모여들 동물들을 상상하고, 샘솟는 석청수를 상상하고, 천태만상을 보여주는 곤충들의 세계를 상상하고, 그들이 선사해줄 무한한 가치를 상상하면서, 머지않아 대두될 숲의 시대를 확신한다. 그 뜻에 합류하여 우쭐해진 나는 모여든 사람들에게 이렇게 말했다. "죽을 때는 모두 함께 죽는다." 그들은 어리둥절한 표정을 짓더니, 언덕 위에서 들려오는 큰유리새의 울음소리를 듣고는 다시금 낙천적인 미소를 띤다.

5월 23일 목요일

나는 결론이다.

요이치의 누나가 전전긍긍 마음 앓기를 그만두고 내린, 다소 억지스럽기는 하지만 지극히 당연한 결론이다. 나는 그녀가 한시도 잊지 않았던 사산의 악영향을 떨쳐내고 이렇게 단호하게 말한다. 마음껏 낳으라고. 설령 다음 아기 역시 이 세상 빛을 보지 못한다 해도 또 그 다음 아이를 계획하라고. 진정한 삶은 죽음을 바탕으로 하는 것이라고 말하고, 삶과 죽음 사이에 어떤 틈이 생기든, 양자 간의 알력이 얼마나 심하든, 이라고 말한다.

나는 여전히 열변을 토한다. 열이 죽고 하나가 산다 해도 임신을 망설여서는 안 된다고. 삶에는 그만한 가치가 있다고. 설령 태어난 아이가 요이치 같은 아이라도 그 점은 마찬가지라고. 설령 그 아이가 귀중한 목숨을 함부로 여기는 청년으로 성장한다 해도 그렇다고. 어머니가 되지 않으면 아내란 의미가 없으며, 어머니의 삶은 자식의 삶 속에만 존재하는 것이라고. 그러기 위한 모체이며, 세상의 상식이나 예로부터 전해지는 관습, 또는 단순한 문화 전승을 위한 출산이 아니라고 말한다.

그리고 어머니가 되기에 한 번 실패하기는 했어도 아직은 궁지에 몰리지 않은 요이치의 누나는 나를 방패 삼아 관음상과 마주하고는 "그렇지 않느냐"고 몰아붙였다. 그러나 그저 선조의 유물이라 하기에는 너무도 생생한 연꽃을 손에 쥔 관음상은, 단정하고 엄숙한 얼굴 절반에 잔인한 미소를 띤 채, 뭐라고든 해석할 수 있는 깊은 침묵을 지키고 있다.

5월 24일 금요일

나는 폭력이다.

가두를 활보하던 키 큰 깡패가 사람들이 지켜보는 가운데 자신의 울분을 터뜨리려 갑자기 휘두른 폭력이다. 나는 이유다운 이유 따위는 없고 계기조차 없이 돌연 튀어나왔다. 아니, 구실이 전혀 없는 것은 아니었다. 깡패 자신은 자각하고 있지 않았지만, 내 먹이가 된 사내는 얼굴 모양은 전혀 닮지 않았어도 어딘가 모르게 그 깡패의 아버지와 공통되는 모습을 지니고 있었던 것이다.

요컨대 그 남자의 얼굴에 소심함과 교활함, 욕심과 상황에 따라 돌변하는 태도가 어려 있었던 것이다. 갑자기 얻어맞고 포박된 짐승처럼 웅크린 사내는 자신의 신상에 무슨 일이 벌어졌는지를 알고, 상대의 정체를 아는 순간 저항하기를 포기했다. 보통 사람을 뛰어넘는 무력을 지니고 있으며 치러야 할 희생의 정도가 애당초 다른 입장에 있는 사내라는 것을 알자, 길 가던 사람들도 구경하기를 포기하고 뒤를 돌아보며 발길을 돌렸다. 목격자는 다수였는데, 굳이 경찰에 신고하는 자는 한 명도 없었다.

나는 사내의 머리를 움켜잡고 가짜 머리를 벗겨내고는 하늘 높이 내던졌다. 그것은 가로수 가지에 걸렸다. 그러는 동안에도 표정 하나 변하지 않았던 깡패는 나는 그 자리에 내버려두고 말쑥한 신사 같은 걸음걸이로 삼층짜리 검은색 빌딩으로 사라졌다. 피해자는 머리를 되찾기 위해 나무로 기어올랐다. 나의 막강한 힘을 새삼 인식한 사람들의 안면이 굳은 아교풀처럼 팽팽해졌다.

5월 25일 토요일

나는 빙수다.

보트 대여점 아저씨가 소년 요이치와 눈먼 소녀에게 올해 들어 처음으로 만들어준 색상이 선명한 빙수다. 막 낮잠에서 깨어난 소녀의 눈은 보이지는 않아도 빨간 나와 파란 하늘을 번갈아 비춰내며 반짝반짝 빛나고 있다. 그리고 오늘도 기운찬 요이치는 시럽으로 노랗게 물든 혀를 쩝쩝거리며 지나치게 모든 것이 잘 보이는 눈을 감고 있다.

여름처럼 무더운 날이다. 마냥 켜져 있는 라디오에선 더위가 일주일이나 계속되고 있다고 전하고 있다. 소년과 소녀의 땀의 배출을 막고 있는 나는 둘이 안고 있는 부정적인 조건마저 동결시키고 만다. 지긋한 나이에 아직도 정염을 불태우는 메기입의 사내는 "너희들, 맛난 것 먹고 있구나"라 말하고 지나가고, 정감 넘치는 노래가 주특기인 식당에서 일하는 처자는 "배탈나지 않게 조심해"라고 상냥하게 말한다. "나도 한 입 먹어보자"고 한 사람은 만사를 낙관적으로 여기는 젊은이이고, "어머나, 옛날 생각이 나네"라고 말한 것은 별장에서 여생을 보내고 있는 은발의 기품 있는 부인이다. 흐트러진 머리칼을 하나로 묶은 거지는 "그것만은 준다고 해도 사양하겠어"라고 말하고, "아무리 그래도 그렇지, 너무 이른 거 아냐"라고 말한 것은 종일 옛 추억에 잠겨 있는 노인이다.

나를 깨끗이 해치운 요이치가 숟가락으로 유리그릇의 테두리를 두드려 쨍그랑 소리를 내자 소녀도 따라 한다. 그 순간 물거품 호수의 물결이 잦아든다. 보트 대여점 아저씨가 짐짓 꾸중한다. "그만 해, 불길하게시리."

5월 26일 일요일

나는 투기다.

천고의 모습을 간직하고 있는 물거품 호숫가라 말하기에는 너무도 황폐해진 산에 무단으로 이루어지는 쓰레기 투기다. 현의 경계 밖에서 밤을 새워 달려온 대형 트럭은 호숫가 길에 접어들자 라이트를 끄고 속도를 줄이더니 주변을 충분히 살피고는 공사용으로 닦아놓은 언덕길을 단숨에 달려올라가, 주로 폐자재인 쓰레기를 일 분 동안 쏟아붓고, 왔던 길을 서둘러 돌아갔다.

나는 장소를 가리지 않는다. 법으로 금지된 일도 주저치 않고 행한다. 따라서 버릴 곳이 없어지는 일은 없다. 어쩌면 마호로 마을 전체가 나의 대상이 될 수도 있다. 이곳은 내가 좋아하는 조건을 두루 갖추고 있다. 멀리서 보면 아름다워도 막상 가까이 다가가 보면 쓰레기에나 어울릴 산과 골짜기가 있고, 해가 기울면 칠흑 같은 어둠이 깔리고, 자기밖에 모르는 주민들이 많으며, 그들은 또 앞일까지 깊이 생각하는 사고력이 없다. 이 고장이라면 나는 내 마음대로 처신할 수 있을 듯하다. 그러나 소문을 듣고 이곳을 찾는 동업자들의 수가 날로 늘어나고 있어 그만큼 발각될 확률이 높아지고 있다.

오늘밤 나는, 사람이 있는 줄도 모르고 달빛보다 파란 기묘한 소년 위에다 쓰레기를 쏟아붓고 말았다. 다행히 부드러운 쓰레기여서 소년은 생채기 하나 나지 않았다. 하기야 나 같은 자의 눈에는 그 소년 역시 언제 버려져도 상관없을 인간쓰레기였다.

5월 27일 월요일

나는 칼깃이다.

새장 속의 새가 된 지 몇백 일이 지났는데도 여전히 퇴화하지 않은 큰유리새의 칼깃이다. 나는 지금도 드넓은 해원을 가로지를 힘을 잃지 않았다. 그럴 마음만 있으면 이 파란 새의 크기는 작아도 완벽하게 조성된 혼을 단숨에 언덕 아래로 날려보내 마호로 마을 사람들의 희비가 엇갈리는 삶과 죽음의 제상을 활사(活寫)할 수 있다. 또 천체의 위상의 다름에서 생겨나는 극단적으로 좁은 공간을 날아가 다른 우주로 파고들 수도 있다.

그런데 큰유리새는 나의 간절한 권유를 무시하고 느긋하게 목욕이나 즐기려는 자처럼 언제까지고 마호로 마을을 떠나지 않고, 겉모양만 허접한 주인인 소년과 함께 천태만상의 부자유스러움 속에 오직 하나밖에 없는 자유를 애써 추구하며 살아가고 있다. 나는 화와 복 사이를 헤치고 나아가, 아직 그 전체의 모습을 아는 자가 없는 현세의 구석구석을 비행하고, 관용의 정신을 지닌 성품 좋은 사람들과 편협한 자기주장을 고집하는 편벽한 남자들을 가르고, 이미 알고 있는 사실과 미지의 사실로 가득한 인간 세상을 날아다니고. 서로 반복하면서 공존하고 있다. 온갖 유상무상과 함께 진정한 은하계의 희열의 소용돌이를 만드는 것이다.

그리하려 결국 나는 언덕 위의, 후계자가 있다고도 없다고도 할 수 없는 외딴집에 살며, 아무도 그 앞날을 마음 아파하지 않지만 본인은 늘 생의 절정에 있는 소년에게로 돌아간다.

5월 28일 화요일

나는 문제다.

마호로 마을이 새로이 껴안게 된, 일고의 가치는 있으나 모두들 그 책임을 회피하려 하는, 마을의 위신에 관계된 문제다. 의회는 삼층짜리 검은색 건물을 땅과 함께 매입하자는 읍장의 제안에 난색을 보이고 있다. 가격이 시세보다 지나치게 높은데다 불한당들의 소굴이었던 건물이므로 결국은 철거할 수밖에 없다는 이유 때문이었다.

그렇다고 대조되는 견해가 전혀 없는 것은 아니다. 모두의 의심을 사고 있는 누군가가 다른 폭력단에 전매하면 어떻겠느냐고 말하고, 그들의 술책에 말려들어 다소 비싼 값을 치른다 해도 긴 안목으로 보면 이득이라고 결단력이 뛰어난 누군가가 말했다. 제론은 결렬되고 말았지만, 그후에도 나는 여기저기에서 자극에 굶주린 자들의 입에 오르내렸다.

그들은 말한다. 경찰에 중재를 요청하여 가격을 내리라고 하자. 잠자코 상황을 살피다보면 상대가 먼저 가격을 내릴 것이다. 마호로 마을에는 여분의 예산이 한 푼도 없을 것이다. 하루빨리 그들을 떠나게 하기 위해서는 모금운동을 벌이는 등 적극적으로 대처해야 하지 않을까.

읍사무소의 전 직원이었던 가발 쓴 남자는 읍장의 집까지 찾아가 건물을 매입하고 그들을 쫓아내라고 진언했다. 그러자 읍장은 "그렇게 얻어맞았는데 경찰에 고발하는 게 어떤가. 그럼 금방 쫓아낼 수 있을 텐데"라고 말했다. 남자는 풀이 죽어 그대로 돌아가고 말았다.

5월 29일 수요일

나는 투명도다.

한때 죽어갔던 물거품 호수가 유사 이래 왕성한 회복력을 발휘하여 다시금 되찾기 시작한 투명도다. 보트 대여점 아저씨는 요이치의 아버지를 붙들고 말했다. 마치 밤새 물의 절반을 갈아치운 듯하다고. 딱 맞는 말은 아니어도 그리 틀린 말도 아니었다. 아직은 아무도 모르고, 겨우 살아남은 물고기들도 알아채지 못한 일이지만, 호수 바닥의 중심부에 샘물이 샘솟는 새로운 구멍이 뚫린 것이다. 그곳에 힘차게 솟아오르는 대량의 물은 삼십 년 전쯤 이승 산에 침투한 빗물이었다.

오늘 나는 물거품 호수를 바라보는 두 사람의 눈에 호수 바닥을 분명하게 비추어주었다. 지난 열흘 동안, 산에서 흘러든 모래와 흙이 대부분 오류 강으로 떠내려가고 원래대로 고운 석영 모래층이 나타난 것이다. 둘은 보트를 타고 다니며 호수 구석구석을 조사했다. 나는 새하얀 모래 말고도 그들 자신의 가슴속까지 보여주었다. 그제야 둘은 거의 동시에 물거품 호숫가에서 살아갈 수밖에 없는 자신들의 운명을 깨달았다.

그러나 이 호수가 완전히 되살아났다는 증거는 없었다. 도처에서 물고기들의 짙은 그림자가 발견되는 수준에는 이르지 못한 것이다. 요이치의 아버지는 "물이 이 정도로 맑으면 물고기들도 돌아올 거야"라고 말했다. 보트 대여점 아저씨는 "글쎄, 과연 어떨지"라고 말하고는 고개를 갸우뚱하고, 죽음을 앞둔 사람의 심경이 유독 맑아진다는 말을 덧붙였다.

5월 30일 목요일

나는 선별이다.

이웃 마을에서 반입한 비단잉어의 치어에 대한 요이치 삼촌의 신속하고도 엄정한 선별이다. 나는 연못에 풀어놓고 기를 수 있는 치어와 그럴 가치가 없는 치어를 순간적으로 구별한다. 선명한 색상, 아름다운 무늬, 병이나 기형의 유무가 나의 기본 조건이지만, 그것이 전부는 아니다. 한눈에 시흥을 유발하는지 아닌지, 그것이 아주 중요한 관건이다.

옆에서는 요이치의 삼촌 덕분에 목숨을 구했고, 조직 폭력단의 신참 노릇을 그만둔 소년에게 평생을 바쳐도 좋을 만한 일을 물려받은 젊은이가 내게서 밀려난 치어들을 모아 물이 담긴 양동이에 던져넣고 있다. 사실 이런 치어들은 죽이는 것이 보통인데 여기에서는 살려준다. 스승이 제자 입문을 자청한 젊은이에게 "자네가 비단잉어였다면 틀림없이 이런 부류에 속할 거야" 라고 말하고 잠시 후, "나 역시 마찬가지지만"이라고 작은 소리로 덧붙였다. 그러고서 그는 자작나무 숲 속 오솔길을 걸어오는 조카를 턱으로 가리키며 "저 녀석이야말로 그 전형이지"라고 중얼거리고, 자신이 한 말의 중대함을 깨닫고 웃음으로 날려보내려 하지만 잘 되지 않는다. 내가 보기에 인간들은 코가 성긴 채로 더욱 엄정하게 걸러내는 듯하다.

저녁때가 되자 양동이에 담긴 그것들은 물거품 호수로 옮겨져 요이치가 보는 앞에서 살며시 호수에 방류되었다. 몇천, 몇만의 알록달록한 생명이 뜻하지 않은 해방에 환호하며, 그림에 조예가 있는 노파를 크게 자극하고는 호수 바닥으로 사라졌다.

5월 31일 금요일

나는 태동이다.

하룻밤 사이 정성을 다하여 다시금 임신을 시도한 요이치의 누나가 그로부터 몇 달 후 새로이 느끼는 가슴 두근거리는 태동이다. 그녀는 나를 손바닥 안에서 작은 새가 날갯짓을 하는 것 같다고 남편에게 표현했다. 남편은 쇠로 풍경을 만들던 손길을 멈추고 그 손을 아내의 배에 갖다대면서, 마음을 편히 가지라고 말하고 이번에는 출산휴가도 받고 몸조심을 해야 한다고 말했다.

새삼 누구의 배로 돌아갈 수도 없는 요이치는 누나의 배에 귀를 밀어붙이고 물었다. 이 안에 큰유리새가 있는 거야, 라고. 방 안에 안치된 관음상도 귀를 기울이고 있었다. 나로서는 이 어머니를 딱히 성역에 끌어들이고 싶은 것은 아니었다. 나는 아주 평범한 아이를 그녀의 품에 안겨주고 싶을 뿐이었다. 그런 나의 소망을 이루어줄 수 있는 것은 자신을 믿는 그녀의 힘이지 신적인 힘이 아니다. 나는 그녀에게 충고했다. 앞날은 걱정하지 말라고. 괜한 마음고생을 사서 하지 말라고. 결코 쉬운 일은 아닐 테지만 마음을 편히 갖고 기다리라고.

올해 들어 첫 풍경이 완성되었다. 작년에 만든 것과는 모양이 조금 다르게 곡선을 많이 살린 풍경이 처마에 걸렸다. 나는 그 끝없는 소리에 반응했다. 그러고서 나는 들으면 늘 마음이 편해지는 요이치의 휘파람 소리에 반응하고, 살짝 상기된 얼굴로 "자, 이제 하나 완성이다" 라고 말하는 남편의 목소리에 반응했다. 그때 관음상은 만사를 앞서 다 알고 있다는 표정에 미소를 담고 고개를 끄덕이며 임신한 여자를 안심의 경지로 인도했다.

6월 1일 토요일

나는 비애다.

정년퇴직한 후 아무 할 일도 없고 할 마음도 없어 대낮부터 술에 절어 사는 요이치의 아버지를 겹겹이 에워싸고 있는 비애다. 나는 언덕 아래 들판에서 놀고 있는 아이들의 발랄한 웃음소리에서 생겨나, 쨍쨍 내리쬐는 햇볕에 발육하고, 이승 산에서 기우는 태양 속에서 단숨에 팽창했다. 앞으로는 아들이나 상대하면서 살아야겠다는 그의 말은 일찌감치 사라지고 말았다.

그는 불과 반나절 동안의 관찰을 통해, 요이치가 생각했던 것만큼 고독하지도 불행하지도 않다는 것을 알았다. 해질녘의 종소리와 우환에 살고 안락에 죽은 사람들의 깊은 한숨이 내게 힘을 실어주었다. 고독하고 불행한 사람은 다름아닌 그 자신이었다. 그러자 있는 힘을 다해 일한 적 한 번 없고, 이기느냐 지느냐에 목숨을 거는 도박에 빠진 일도 없고, 여가를 살려 취미생활에 몰두한 적도 솜씨를 발휘하지 못해 허망해한 적도 없이 그저 구질구질하게 생을 살았을 뿐인 이 사내는 내게 이렇게 말했다. 뭐 내가 좋아서 인간으로 산 것은 아니라고. 차라리 새가……, 라고.

그는 마시고 취할수록 초췌해졌고, 장수의 혈통을 자랑하고 싶은 마음마저 잃고, 퇴직할 때까지 한 직장을 지켰다는 자신감도 잃은 채 언덕 위의 외딴집과 자신이 살아온 오십여 년간의 주위를 서성거렸다. 잔별까지 또렷하게 보이는 밤과 밤에도 생장을 계속하는 초목들 사이에 끼인 이 사내의 모습이 중력에서 해방된 직후의 시신과 어딘가 모르게 닮아 있었다.

6월 2일 일요일

나는 피뢰침이다.

재난을 불러들이고 말아 차라리 달지 않은 편이 나았던 아담한 집의 피뢰침이다. 직접적인 원인은 접지를 제대로 설치하지 않았기 때문이었지만 어차피 벼락의 강도가 너무 셌다. 파괴의 전류가 단숨에 읍장의 집을 덮쳤다. 그러나 당장은 별다른 변화가 없었다. 전기제품도 모두 무사했다. 집안사람들도 내가 정상적으로 작동한 덕분이라고 생각했을 것이다.

'쾅' 하는 묵직한 소리가 잦아들고 나자 읍장은 가족들에게 말했다. 내 역할이 얼마나 중요한지에 대해서 자랑스럽게 말하고, 대부분의 재난은 이성과 과학으로 미연에 방지할 수 있다고 말하고, 운명이 다했다는 말을 함부로 입에 담아서는 안 된다고 말했다. 그리고 그들은 오늘과 다름없을 내일을 믿고 잠자리에 들었다.

그러고서 한 시간쯤 지나, 정이 격한 뇌운과 굉음이 저 멀리 사라졌을 즈음, 지붕 군데군데가 연기를 뿜어냈다. 부끄러워 견딜 수 없었던 나는 불길에 휩싸인 집과 함께 와르르 무너져내렸다. 잿더미가 된 자리에 망연자실한 표정으로 서 있는 읍장과 그 가족은 검게 그은 나를 멍하니 바라보다가, 구경꾼들도 떠나가고 소방차도 돌아가고 나자 모여들어 짓밟아댔다. 지금도 읍장의 수하임을 자부하는 가발 쓴 사내까지 나를 짓밟으며 "이런 쓸모없는 것!"이라 말하고는 "차라리 내 집을"이라고 중얼거렸다.

6월 3일 월요일

나는 맹인용 시계다.

소리로 시각을 알려줄 뿐만 아니라 방향까지 가르쳐주는 맹인용 시계다. 눈먼 소녀는 나를 친구에게 보여주려고 왼손을 앞으로 쑥 내밀었다. 그런데 하필이면 나는 상대의 얼굴에 부딪치고 말았다. 몸이 비틀거리는 바람에 안 그래도 불안정한 그 소년은 뒤로 벌렁 나자빠지고 말았다. 나는 간살스러운 소리로 정오를 알렸다.

하얀 개가 고개를 갸웃거렸다. 앞이 보이지 않는 소녀의 눈은 허공의 한 점을 응시하면서 그 소리에 넋을 잃었다. 소년 역시 내가 발하는 가짜 목소리에 감격하고는 의지와는 무관하게 제멋대로 표정을 짓는 지저분한 얼굴을 내게 들이밀었다. 그리고 둘은 꽃이 한창 만발하는 계절 속에서 반짝반짝 빛나는 물거품 호숫가에 가서, 사람에 따라 낯을 가리는 노란 벤치에 앉았다. 소녀는 또 조그만 스위치를 누르면서 나를 재촉했다.

사실 둘에게는 정확한 시간 따위 아무래도 상관없었다. 둘 다 흐르는 시간 속에 사는 자는 아니었다. 소녀는 밤이 낮이든 낮이 밤이든 별 차이가 없었다. 소년 역시 체내시계조차 필요치 않은 몸이었다. 둘은 내가 내는 소리 자체에 정신이 팔려 있었다. 곁에서 하얀 개가 속임수라는 뜻으로 끙끙거렸다. 그러자 동시에 둘의 손이 개의 머리를 때렸다. 개는 물살이 살랑거리는 곳까지 도망치기는 했지만 그대로 물러나지는 않았다. 그런 것을 엄마 대신이라 여겨서는 안 된다고 열심히 짖어댔다.

6월 4일 화요일

나는 뒷모습이다.

부슬부슬 내리는 비를 맞으면서 호숫가 길을 지나 별장으로 돌아가는 미친 여자의 수심에 차 있을 뒷모습이다. 나는 늙은 소나무의 굵은 가지 뒤에 몸을 숨기고 그녀를 배웅하고 있는 젊은이의 마음을 뒤숭숭하게 했다. 그로서는 최소한의 충고라도 해주고 싶었을 것이다. 예를 들어 달콤한 말로 유복한 사람에게서 금품을 뜯어내는 비열하고 인간 축에도 못 끼는 인간이 있다는 것과, 여자 한창 나이의 몸을 노리고 기회를 엿보는 색마가 있다는 정도의 말은 하고 싶었을 것이다. 그리고 또 아무리 쫓아다녀도 자신이 해줄 수 있는 일은 하나도 없다는 말도 전하고 싶었을 것이다. 만약 그녀에게 그런 말을 이해할 수 있는 능력이 있었다면 말했을 것이다. 아니 그런 말을 알아들을 수 있는 상대였다면 애가 타는 것은 그였을지도 모른다.

그녀의 정신이 돌아올 수 없는 것처럼 그도 광기에 발을 들여놓을 수는 없었다. 나 역시 양자의 접근을 바라지 않는 터라, 앞날을 약속하지 않는 젊은이의 분별력은 바람직하게 여기고 있다. 그는 나를 보내며 선별에서 밀려난 비단잉어의 치어와 유어를 물거품 호수에 방사했다. 그리고 그는 고개 숙인 채 '심우(心憂)'를 춤췄고, 나는 길게 늘어진 그림자와 함께 처음으로 이성을 그리워하게 된 여자를 따랐다. 춤추는 젊은이와 미친 여자의 딱 중간에 있던 소년 요이치가 나를 알아차리고 이쪽으로 걸어왔다. 그러나 따라갈 마음도 없고 말을 걸 마음도 없어, 그녀의 잡목림 사이로 난 길로 접어들자 왔던 길을 되돌아가고 말았다.

6월 5일 수요일

나는 병풍이다.

먹의 농담만으로 현세와 내세를 실로 엄연하고 멋들어지게 구분한 두 폭짜리 병풍이다. 마을 어귀에 딱 한 채 있는 골동품 가게 앞을 지나가던 거지는 옛것을 좋아하는 것도 아니면서 내게 호기심 어린 눈길을 보냈다. 그는 우선 길가에 쓰러져 초목의 이슬에 젖어 있는 수행승을 보고, 이어 전염병이 돌고 있는 고장에서 맹위를 떨치는 악성 유행병을 보고, 그리고 절대 원인이 규명될 리 없는 무수한 횡사를 본다. 또는 우박과 서리 때문에 심한 타격을 입고 대지에 웅크리고 있는 야윈 농부를 보고 또 격렬한 사랑 끝에 동반자살하는 새파랗게 젊은 남녀와, 주색에 빠져 몸부림치는 협기만 가득한 남자를 본다.

하지만 거지는 동요치 않는다. 그는 눈을 감고 마음의 귀를 기울인다. 시정을 불러일으키는 풍취 있는 강물에서 목욕하는 사람들의 청렬한 물소리를 듣고, 흐드러지게 핀 충매화가 바람에 흔들리며 내는 옷자락이 스치는 듯한 소리를 듣고, 격의 없는 교류가 가능한 사람들의 웃음소리를 듣는다. 그곳에 수라의 망집을 풀려는 자는 없고, 손님을 대접하는 법을 모르는 자도 없고, 시신에 채찍질하는 자도, 그 짓을 하는 도중에 쓰러지는 자도, 강물에 몸을 던지는 자도 없다.

그후 거지는 이 세상과 저세상을 가슴속에 받아들이고 타산이란 천칭에 올려놓는다. 그러나 제상을 분명히 할 수 있는 큰유리새의 울음소리는 쌍방으로 울려 천칭이 좌우로 흔들리고 있다. 그때 거지가 불현듯 폭소를 터뜨렸다. 그가 내쉬는 콧숨에 나는 퍽 하고 뒤로 쓰러졌다.

6월 6일 목요일

나는 변장이다.

무슨 사연인지 두 번 다시 보고 싶지 않아하던 마호로 마을을 다시 찾은 젊은 남녀의 대대적인 변장이다. 하지만 굳이 내게 의지하지 않아도 사람들의 기억에서 그들과 그들의 보라색 사이드카는 이미 사라지고 없다. 또 그들 때문에 벌어진 형사사건도 그 결과인 배신 행위도 흘러간 시간보다 훨씬 더 멀어지고 말았다.

그들이 맨얼굴로 마호로 마을을 어슬렁거린다 해도 누구 하나 그들을 알아보지 못할 것이다. 법률에서 해방되어 다시금 운신할 수 있게 된 그들은 예전처럼 흙먼지를 일으키며 호숫가 길을 질주했고, 뭉글뭉글 피어오르는 흙먼지 속에 씁쓸한 추억과 거슬러올라가면 효력이 있는 벌칙 등을 내던지고 그 대신 백미러에 비치는 지난날들의 충실함을 마음껏 즐기고 그리워했다.

여자가 외쳤다. "하나도 안 변했네!"라고. 남자가 외쳤다. "대체 어떻게 된 거야, 이 동네는!"이라고. 그리고 둘은 대마가 자생하는 골짜기로 눈길을 돌렸지만, 관헌에 끌려가 혼쭐이 난데다 개심하겠노라 맹세한 일을 떠올리고는 그쪽으로 가지 않고 마을 중심부로 차를 몰았다. 그런데 나를 간파한 자가 있었다. 그 소년이 손을 흔들자 남녀도 웃으면서 손을 흔들었다. "저 녀석, 아직 살아 있네"라고 남자가 말하자 "저런 애들이 의외로 안 죽는다니까"라고 여자가 말했다. 둘의 가슴에서 빛나는 파란 새 배지가 병든 소년에게 이별을 고했다.

6월 7일 금요일

나는 수탉 모양의 풍향계다.

난로와 풍경을 만드는 남자가 늘 반복되는 같은 일에 싫증이 난 나머지 기분전환 삼아 만든 금색의 수탉 모양 풍향계다. 그런데 나는 세 들어 사는 집의 지붕에서는 볼품이 없어, 바람을 맞으며 돌기는 돌아도 결국은 그러모은 쇠판대기의 회전에 지나지 않았다. 몸이 무거운 그의 아내도 태교에 좋지 않은 소리를 낸다며 나를 꺼려했다. 반나절을 묘안이 떠오르지 않아 고개를 갸우뚱하고 지낸 그는 도저히 나를 버릴 수는 없어 퍼뜩 떠오른 생각에 처가가 있는 언덕 위로 향했다.

그는 나를 이층집 꼭대기에 철사로 단단히 묶었다. 조로를 막을 방법이 없는 장인이 "자네는 좋겠군, 할일이 있어서"라고 중얼거렸을 때, 마치 호수 쪽에서 바람이 살랑살랑 불어왔다. 둘은 나의 민첩한 움직임과 태양의 빛을 반사하는 빛과, 어떤 방향이든 평등하게 가리키고 그 모든 것을 긍정하는 관대함을 보고 만족스러워했다.

그들은 나를 바라보면서 맥주를 마셨다. "역시 이 집이 어울리는군요"라고 나를 만든 난로장이 남자가 말했다. 장인은 그 말을 자신에게 하는 것이라 받아들이고 "그런가" 하고 말했다. 그러나 그리 싫어하는 표정은 아니었다. 구름이 떨군 그림자가 잇달아 우리를 밟고 지나가고, 이리저리 어지럽게 방향이 바뀌는 바람이 우리를 갖고 놀았다. 이층에 있는 큰유리새가 짐짓 불쾌한 듯한 땅울림 소리를 발했다. 둘의 내세관이 어떠하든 나는 그때 분명하게 저세상을 가리키고 있었다.

6월 8일 토요일

나는 기침이다.

삼층짜리 검은색 빌딩을 토지와 함께 마호로 마을에 팔아넘기고 떠나가는 키 큰 조직원, 그를 짜증스럽게 하는 기침이다. 그는 아직도 나의 위험성을 전혀 눈치채지 못하고 있다. 감기가 가벼운 폐렴으로 발전했을 뿐이라고 제멋대로 생각하고 있는 것이다. 그는 읍사무소 직원에게 열쇠를 건네고서, 자신들이 떠나도 다른 패거리가 다시 들어올지도 모른다는 말을 남기고 이름만 외제차인 고물 자동차에 올라탔다.

그리고 그는 가도를 향하여, 살인의 경험만 쌓았던 길을 향하여, 요절의 길을 향하여 조용히 차를 몰았다. 나는 몇 번이나 끈질기게 충고했었다. 아직은 다른 길을 선택할 수 있다고. 손가락 하나 대지 못했을 만큼 마음에 들었던 연상의 여인과 어디 먼 곳으로 떠나 살 수 있을 만큼의 돈도 가지고 있지 않느냐고, 이 기회에 착실하게 살 수 있는 세계로 도망치라고.

그러나 그는 허브 사탕을 한 알 입에 넣어 내 입을 다물게 하고는 '삼광조' 앞으로 그대로 지나치고, 달밤에는 들떠서 나돌아다니는 낯익은 소년을 보고서도 속도를 늦추기는커녕 손도 흔들지 않았다. 그는 돌아오지 않는 다리를 오 초 만에 건너 고갯마루로 올라서는 총성을 닮은 천둥 소리 속으로 질주했다. 그가 나아가는 길 앞과 뒤에서 동시에 산의 공기를 짓찢는 파열음이 울렸고, 그때마다 그의 뒤틀린 정열이 들끓어 나는 조금씩 위험을 더해갔다. 나와 함께 튀어나온 가래 속에 실처럼 가느다란 진홍색 피가 섞여 있었다.

6월 9일 일요일

나는 큰북이다.

아무리 고지식한 사람이라도 사사로운 정에 휘둘리고 말 듯한 밤, 휘황하게 밝힌 등불 아래 신관이 두드리고 있는 큰북이다. 오늘밤 나는 예로부터 전해져내려오는 습관과 옛 형식 그대로 행해지는 신사와 전통을 위한 전통을 따라 아무 멋 없는 소리를 사방에 흩뿌리고 있는 것이 아니다. 또 무사히 돌아온 보검을 정결히 하기 위한 소도구로 사용되고 있지도 않다.

외동아들이 떠나자 십 년은 늙어버린 신관은 아주 개인적이며 내밀한 혼란을 진정시키기 위해 한쪽 소매를 걷어붙이고 북채를 잡은 것이다. 그는 고작 육십여 년밖에 살지 않은 자신이 천 년의 역사를 짊어지거나 계승할 자격은 없다고 중얼거리면서 나를 두드리고 있다. 그리고 또 이렇게 허풍스러운 말을 주절거리기도 한다. 만약 진정 존경하기에 값하는 자가 있다면 그 아이가 아닐까, 그저 거대한 삼나무에 지나지 않는 신목에 수동 드릴로 구멍을 뚫고 싶어하는 그 소년이 아니겠는가. 그는 그렇게 중얼거리며 있는 힘을 다해 나를 두드린다.

묵직하고 둔탁하며 어지러워 사람의 마음을 교란하는 힘을 지닌 소리는 마호로 마을 구석구석까지 퍼져나간다. 그러고는 하염없이 내리는 따스하고 고결한 비의 양을 한결 늘리고, 마음이나마 편하라고 약을 복용하고 있는 자를 분발케 하고, 오래된 사진을 보며 왕년을 그리워하는 자의 등을 툭 치고, 도덕의 퇴폐를 개탄하는 자를 호되게 꾸짖고, 애완동물과 함께 잠든 벌거벗은 소년의 고고한 혼에 활기를 불어넣는다. 신목은 그런 나를 언제까지고 소리 없이 바라보고 있다.

6월 10일 월요일

나는 주먹밥이다.

소년 요이치가 난생처음으로 엄마에게 만들어달라고 부탁한, 매실 상아찌를 박고 김으로 싼 주먹밥이다. "이런 게 먹고 싶었니?" 라고 엄마가 물었다. 요이치는 나를 담을 도시락을 보자기에 싸서 허리춤에 단단히 묶었다. 그런 모습을 본 엄마는 "언제 그런 것을 배웠니?" 라고 감탄스럽다는 듯 말하고는, 빛으로 가득한 언덕을 내려가는 아들의 모습을 오래도록 바라보았다.

돌풍이 몰아치는데도 내 무게 덕분에 요이치의 몸은 그리 휘청거리지 않았고, 한 번 구르지도 않은 채 언덕 아래에 도착했다. 그러고서 요이치는 요즘 들어 잉어 낚시를 시작한 아버지 바로 뒤를 그냥 지나치고, 여전히 기운차게 일하는 보트 대여점 아저씨도 힐금 쳐다만 보고, 돌아오지 않는 다리 밑으로 내려갔다. 종이상자 집 속에서 엉금엉금 기어나온 거지가 소년이 내민 나를 빤히 쳐다보며 물었다. "내게 주는 거야?"

요이치는 고개를 끄덕였다. 거지는 "정말 내가 먹어도 되는 거야?" 라고 다시금 묻고는 "같이 먹자"고 말했다. 둘은 물고기의 짙은 그림자가 어른거리는 수면을 바라보면서 나를 먹기 시작했다. 거지가 또 물었다. "어떻게 내가 뭘 먹고 싶어하는지 알았지?" 그는 나를 통해 지난날을 돌아보고 살아 계셨을 적 어머니의 모습을 그리워하면서 "어째……"라고 두 번을 거푸 중얼거리고는 아무 말도 하지 않고 먹어댔다.

6월 11일 화요일

나는 영원이다.

예기치 않은 때 이 세상에 사는 사람들에게 목격되곤 하는, 순간에 갇힌 유리색 영원이다. 뇌운이 소멸하여 천체의 파랑이 마호로 마을로 접근한 오후, 잠든 어린아이의 천진한 얼굴을 들여다보는 일찍 결혼한 싱그러운 신부가 나를 본다. 고갯마루에서 고향 산천을 멀리 바라만 보고는 곧바로 발길을 돌리는 모자란 사내가 나를 본다.

물건을 훔친 주부가 경찰의 취조에 거짓말을 둘러대다가 문득 창밖으로 눈길을 돌렸을 때 나를 본다. 길 가는 사람들에게 백인들의 신에 대해 유창한 일본말로 얘기하는 매부리코의 외국인이 아마비코 신사의 기둥문 언저리에서 나를 본다. 수학 실력으로는 견줄 자가 없는 여중생이 선생조차 절절매는 어려운 문제를 푼 직후에 나를 본다. 일당에 모여 훤한 대낮부터 추태를 부리는 동년배의 취객들이 술잔 속에서 나를 본다. 사소한 사정 때문에 젊은 나이에 세상을 허망하다 여기게 된 청초한 아가씨가 적갈색 인공토를 깐 경기장 한가운데에서 나를 본다. 얼굴은 빈상인데 풍만하고 아름다운 몸을 어쩌지 못하는 절조 없는 여자가 외설적인 내용의 여성지 속에서 나를 본다.

병상이 안정된 환자가 효과 좋은 진정제 속에서 나를 본다. 안심하고 죽음의 길을 떠나려는 노인이 "아아, 이제 무거운 짐을 내려도 되겠구나"란 중얼거림 속에서 나를 본다. 두번째 임신에 희망을 걸고 있는 여자가 선조 대대의 무덤 속에서 나를 본다. 그리고 나는 성가신 병마에 시달리면서 합병증의 위험을 늘 안고 사는 소년 요이치의 몸 속에서 나 자신을 본다.

6월 12일 수요일

나는 가발이다.

물거품 호수에서 낚싯줄을 드리우고 있는 요이치의 아버지가 무슨 이유 때문인지 갑자기 화를 버럭 내며 자신의 머리에서 벗겨낸 가발이다. "이게 다 뭐야!"라고 고함을 지르면서 그는 호숫가를 메운 콘크리트 블록에 나를 힘껏 내던졌다. 아마도 그렇게 그는 자기 자신을 내동댕이친 것이리라. 물거품 호수의 물 앞에서, 내가 애써 감춰온 것이 벗겨진 머리가 아니라는 것을 겨우 알아차린 그는 몇십 년 만에 거짓없는 자기 자신과 마주했다.

그는 "이게 나야"라고 말하고 "뭐, 불만 있어?"라고 말했다. 그러고 그 축 늘어진 나를 바늘에 꿰고 낚싯대를 휘둘렀다. 그렇게 나로 몇 번이나 수면을 때리고는 끝내는 라이터를 켜고 불을 붙여서 또 휘둘렀다. 매캐한 냄새를 풍기며 타오를 나는 돌아볼 가치도 없는, 읍사무소 직원으로 지낸 죽음과 다름없던 반생을 길동무로 삼았다.

그러자 그의 가슴속에 평생 소중하게 간직되었던 무언가가 뜨거운 물이 증발되듯 사라졌다. 그는 "앗" 하고 짧게 외치고는 반사적으로 뒤로 물러났다. 그리고 그는 시원해진 머리를 쓱 만져보고는 낚싯대를 거두어 내가 뿜어내는 연기와 악취를 뒤로하고 다음 일거리를 찾기 위해 마을로 돌아갔다. 마음고생이 심했던 나 역시 속이 다 후련해졌다. 나는 아직도 연기를 피워올리며 재로 변하여, 잠시 후 기쁜 마음으로 죽음을 맞았다.

6월 13일 목요일

나는 팽창이다.

시흥을 살찌우기에 더없이 좋은, 푸르스름한 대우주의 혼과 함께 시시각각 진행되는 소년 요이치의 혼의 팽창이다. 그러나 우주는 공소에서 다시 무로 돌아가는 데 반해 나는 끝없는 횡일로 돌진할 따름이다. 날마다 마호로 마을을 떠다니는 요이치는 때로 깊은 밤까지 정태사회학 이상의 무언가를 터득하고, 현세의 실상을 탐구하며 여심까지 만끽한다.

그렇게 요이치가 흡수한 모든 것이 나의 원천이 된다. 요이치는 예리한 관찰력으로 무너진 집에서나 창궐이 극을 이루는 유역에서나 어떤 에너지를 얻고 있다. 우는소리로 인조인간 장난감을 사달라고 떼를 쓰는 아이에게서도, 불길이 빨리 번져 손을 쓸 수 없는 산불에서도, 먼 길을 찾아왔는데 여자에게서 문전박대를 당한 남자에게서도, 세상 사람들을 놀라게 한 폭력 사태에서도, 밑바닥 생활에 신음하는 일가족에게서도, 변성기에 얼굴에는 여드름이 가득하고 정액 냄새까지 풍기는 중학생에게서도 무언가를 얻는다.

이렇게 나는 멈출 줄을 모른다. 내게서 발생하는 열로 요이치는 오늘도 살아가고 있다. 그리하여 지금 나는 요이치 육체의 영역마저 벗어나려 하고 있다. 온전치 못한 요이치의 몸은 이미 그 혼을 보통 사람들 크기로 유지할 수 없게 되었다. 요이치를 진찰하는 의사는 아무 이상도 없다고 딱 잘라 말하지만, 요이치의 큰유리새는 열심히 위험신호를 보내고 있다. 하지만 그 누구도 나를 멈추게 할 수는 없다.

6월 14일 금요일

나는 신기루다.

여름이 코앞으로 다가왔다고 느끼지 않을 수 없는 더위와 빛이 아스팔트 노면 위로 만들어내는 신기루다. 읍립 도서관의 창 너머로 나를 멍하니 바라보고 있는 한 명뿐인 직원, 날이 갈수록 부풀어오르는 배를 껴안은 여자, 그녀의 눈에는 지금 동생의 모습이 물 속을 걷고 있는 것처럼 언뜻언뜻 비친다. 그녀가 눈을 찌푸리면 찌푸릴수록 나는 소년의 존재를 애매하고 만들고 살아 있는 인간에서 멀어지게 한다.

그녀가 갑작스레 술렁거리는 가슴을 느낀 것은 그때였다. 그녀는 동생이 훌쩍 소멸해버리는 것은 아닐까 하고 걱정스러워 확인하지 않을 수 없는 심정에 급히 밖으로 뛰어나갔다. 그러고는 내 쪽을 향해 잰걸음으로 걸어온다. 나는 마을 쪽에서 뜨뜻미지근한 바람이 불어올 때마다 요이치의 모습을 지웠다가, 누나가 걸음을 멈출 때마다 다시 출현시킨다. 누나가 동생의 이름을 부른다. 그녀는 오래도록, 어쩌면 한 십 년은 동생의 이름을 부르지 않았던 것 같다고 생각한다.

누나가 계속 동생을 부른다. 하지만 그녀의 목소리는 마호로 마을과 더불어 살 수밖에 없는 사람들의 귀에 들리지 않고 적요한 한낮에 허망하게 빨려들어가고 만다. 쑥쑥 자라나는 태아에 배를 차여 퍼뜩 정신을 차린 그녀는 다시 아무 할 일 없는 직장으로 돌아간다. 그녀는 애수를 자아내는 휘파람 소리가 들린 듯하여 뒤돌아보지만, 그때는 이미 내가 소년 요이치를 완전히 집어삼킨 후였다.

6월 15일 토요일

나는 경련이다.

급격한 수축과 이완의 반복으로 요이치의 몸을 구성하는 근육이란 모든 근육을 집요하게 공격하는 경련이다. 사지를 버둥거리며 몸부림치는 요이치의 모습이 자지러지게 웃는 모습과 아주 흡사하다. 그런데 집 안의 사람들은 모두 곤히 잠들어 아무도 알아차리지 못한다. 당황하여 어쩔 줄 모르는 것은 큰유리새뿐, 좁은 새장 안에서 이리저리 날뛰면서 나를 물리치려 날카로운 소리로 울어대고 있다.

나는 파란 새를 비웃으면서 "네 주제에 할 수 있는 게 뭐가 있다고"라고 욕을 퍼부어댄다. 그리고 새는 새답게 자기 처지가 걱정하라고 말하고, 만에 하나 주인에게 불상사가 생기면 자신은 어떻게 될지 그 걱정이나 하라고 말한다. 그리고 이런 말도 덧붙인다. 좋아서 요이치를 괴롭히고 있는 것은 아니라고 말하고, 나는 지진과 마찬가지로 전체의 균형을 유지하기 위해 발생하는 것이라고 말한다. 간혹 이렇게 해서 요이치 안에 쌓인 나쁜 힘을 몰아내고 잡것을 제거하는 것이라고 말하고, 이것도 결국은 요이치를 위한 일이라고 말한다.

그러나 큰유리새는 나의 설명을 믿지 않고, 날개를 퍼덕거리며 비난의 지저귐을 퍼부어댄다. 내가 마지막 여진을 남기고 물러나려 할 때, 요이치의 입에서 뜻밖의 말이 새어나왔다. 이제 다 살았다, 이제 다 살았다. 요이치는 분명 그렇게 말했다. 그 말을 나만 들은 것이 아니다. 큰유리새는 횃대에 앉은 채 박제처럼 꿈쩍하지 않았다. 요이치는 깊은 잠에 빠졌다.

6월 16일 일요일

나는 변색이다.

큰유리새가 예사롭지 않은 소리로 울어대는 가운데 느닷없이 시작된 소년 요이치의 머리칼의 선명한 변색이다. 나는 검정을 파랑으로 변화시킨다. 그러나 가마 없는 머리 전체를 변화시킬 힘은 없다. 겨우 앞머리 한 줌만 파랑으로 변했다. 하지만 요이치 자신은 아직 나를 모르고 있다. 요이치의 어머니는 이미 알고 있지만, 페인트를 새로 칠한 곳에 머리를 부딪친 탓이라고 생각할 뿐 별 신경을 쓰지 않는다. 그녀는 "목욕탕에 들어가서 잘 씻어"라고 말하면서 퇴직한 후 살만 투실투실하게 쪘을 뿐 그럴싸한 일자리를 찾지 못하고 있는 남편을 노려보았다.

목욕탕에 들어간 요이치는 샴푸로 두세 번 머리를 쓱쓱 비비고는 거울 앞에 섰다. 요이치는 페인트 탓이 아니라는 것이 분명해졌는데도 그다지 이상하게 여기지 않고, 생채기 하나보다 손쉽게 나를 받아들이고는 그것도 모자라 환영까지 한다. 이어 요이치는 온몸을 푸들푸들 떨고는 두 팔을 옆으로 쭉 벌려 수평을 유지하고서 천천히 위아래로 흔들고는, 두 다리가 가지런한지 확인하려 몇 번이나 굽혔다 폈다를 반복한다.

새장 속의 큰유리새는 잠자코 요이치의 행동을 지켜만 볼 뿐, 올바로 나는 법에 대한 조언 따위 절대 하지 않는다. 그 새의 앞머리를 검게 변색시키는 것도 나다. 아래층에서는 요이치의 부모가 또 말다툼을 하고 있다. 거센 바람에 철썩거리며 밀려오는 물거품 호수의 거친 물결이 거듭 덧없는 세상을 호소하고 있다.

6월 17일 월요일

나는 양력이다.

물거품 호수와 닿아 있는 깎아지른 벼랑 끝에 있는 흔들바위, 그 꼭대기로 기어올라간 소년 요이치가 확신하는 양력이다. 바위의 흔들림은 떨리는 요이치의 몸 탓에 한결 증폭되고 지금은 언제 굴러떨어질지 모를 지경이다. 그러나 나는 것은 요이치이지 바위가 아니다. 비행에 앞서 요이치는 새장 문을 활짝 열고 새를 풀어주었다. 그것은 초여름의 빛 속에서 한 줌 유리색으로 변했다. 그리고 한 번도 우짖지 않고 한 번도 돌아보지 않고 한 번도 선회하지 않은 채 요이치가 향하려는 방향으로 똑바로 날아올라, 현세의 파랑 속으로 사라져버렸다.

이제 요이치의 눈은 지상을 향하고 있지 않다. 백몇 미터 아래에는 지난밤 내린 비에 무너져내린 뾰족한 바위들이 널려 있다. 그 너머에는 호숫가를 따라 아스팔트 도로가 있고 그 너머에 물거품 호수가 있다. 굴러떨어진 바위는 호수는커녕 도로에도 이르지 못한 상태이다. 그러나 지금 요이치의 머리는 호수의 물로 가득하다. 흔들바위가 한 번도 그렇게 기운 적 없는 각도로 기운다. 요이치는 그 움직임에 거역하지 않는다. 오히려 몸을 앞으로 기울이고 천천히 빛 속으로 날아오른다. 경련이 두 팔에 집중된다. 그렇게 믿고 있는데 아무 도움도 주지 않을 수는 없어서, 나는 조금이나마 하늘에 머무는 시간을 늘리려 한다. 앞머리가 파랗게 변색된 만큼이나마 그 날갯짓을 받쳐주려고 애쓴다. 지금 요이치는 평소와 다른 강한 상승 기류 덕분에 헤아릴 수 없이 막막한 공간의 일각을 말 그대로 날고 있다.

6월 18일 화요일

나는 무상이다.

자정이 조금 지났을 무렵, 큰유리새가 어둠 따위는 아랑곳하지 않고 우수의 정념을 담아 마호로 마을에 뿌려대는 무상이다. 나는 벼랑 아래 바위너설과 잡목림 속에서 소년 요이치를 찾고 있는 사람들이 서로를 부르는 소리를 지우고, 그 언저리에서 쉴새없이 교차되는 손전등의 어지러운 불빛의 움직임을 멈추게 한다. 사람들은 모두 이런 시간대에 이토록 영롱한 큰유리새의 우짖음 소리에 놀라 우뚝 서 있을 뿐이다.

이어 그들은 그 소리가 예사롭지 않다는 것을 깨닫고, 나를 자각하고 파란 밤 속을 들여다본다. 그리고 나는 이 세상이 무엇으로 이루어졌는지를 묻고, 만물 생성의 진정한 의도를 묻고, 언제 끝날지 모르는 생과 사의 반복의 의미를 묻는다. 그러나 대답해주는 이는 없고, 하늘에서도 대답 비슷한 것조차 내려올 기미가 보이지 않는다. 돌아오는 것은 절벽에 메아리치는 요란스러운 지저귐 소리뿐이다.

그렇다고 무릇 이 세상에 상주하는 것은 없다는 따위의 거슬리는 소리가 그대로 돌아오는 것은 아니다. 나는 이의를 제기하는 소리가 되어 돌아온다. 즉 그 목소리는 모든 존재에게는 나름의 의미가 있다고 말하고, 무의미하다고 단언하는 사람 자신에게도 의미는 있다고 말한다. 그리고 소년 요이치에게도 넘치고 흐를 정도로 빛나는 의미가 있었다고 단언한다.

정신을 차린 사람들이 도무지 어디 있는지 알 수 없는 소년 요이치를 찾기 위해 다시 움직이기 시작한다.

6월 19일 수요일

나는 직접 하는 말이다.

마호로 마을 경찰이 여기저기서 끌어모은, 소년 요이치의 불가사의한 죽음에 대해 관계자들이 직접 하는 말이다. 요이치의 부모는 이렇게 말했다. 벼랑 끝에 빈 새장이 버려져 있었던 것으로 보아, 아마도 아들은 날아간 새를 쫓아간 모양이라고. 그런데 밤을 새워 벼랑 아래를 수색했음에도 누구 하나 요이치를 발견하지 못했고 실마리가 될 만한 것조차 찾지 못했다.

그리고 오늘 아침 일찍, 보트 대여점 아저씨가 노 젓는 이 없는 낡은 보트가 정북 방향에서 다가오는 것을 보고는 망원경으로 확인했다. 그러자 보트 바로 뒤에 파란 셔츠를 입은 소년의 몸이 엎드린 상태로 떠 있는 것이 보였다. 아저씨는 좌우로 벌린 팔이 위아래로 흐늘흐늘 움직여 마치 새가 날갯짓하는 것처럼 보인 것은 아마도 물결 탓이었을 것이라고 말했다.

그후 보트 대여점 아저씨가 요이치의 시신을 건져올렸다. 무인 보트는 바람도 없는데 점점 멀어져 호수 어딘가로 모습을 감췄다. 소나무 숲속에서 자고 있었다는 부랑자에 버금가는 거지는 이렇게 말했다. 자다가 퍼뜩 눈을 떴는데, 벼랑 위에서 인간의 형상을 닮은 무언가가 날아올랐다고. 경찰은 "어떻게 하면 그런 곳에서 호수로 떨어질 수 있지" 하며 고개를 갸우뚱했고, 끝내는 이 사건을 어떻게 처리하면 좋을지 몰라 나를 방기하고 말았다. 누군가가 모두의 기분을 이렇게 대변했다. "이 아이, 혹시 새 아냐."

6월 20일 목요일

나는 애도다.

소년 요이치의 그 자신에게 어울리는 죽음의 소식을 들은 마호로 마을 사람들이 보이는, 비통함을 견디지 못하는 정도는 아니어도 절대 가식은 아닌 애도다. 나는 "아, 그애가……"라고 말하고 "정말이야?"라고 되묻고, "역시, 그랬군"이라고 말한다. 그리고 요이치와 한 번이라도 말을 나눈 사람은 "동네가 썰렁해지겠는데"라고 말하고, 그저 요이치의 모습을 보기만 했을 뿐인 사람은 "그 아이, 이 동네의 명물이었는데"라고 말하고, 요이치를 보고 싶어하지 않았던 사람들은 "미안하지만, 난 왠지 안심이 되는걸"이라고 말한다. 그러나 웃는 이는 없다.

나는 여전히 계속되고 있다. "차라리 죽어 없어지는 편이 나은 인간도 많은데 말이야"라고 말하고, "그 아이가 효도를 한 건지도 모르지"라 말하고, "그래도 그렇지, 참 묘하게 죽었어"라고 말한다. 아무튼 요이치의 죽음은 통탄이나 애석함과는 무연하다. 하지만 요이치의 죽음만큼 수많은 사람들의 마음을 뒤흔든 동시에 뭐라 말할 수 없는 편안함을 선사해준 예는 달리 없을 것이다. 나는 소나기와 함께 마호로 마을을 스쳐 지나간다. 좍좍 쏟아지는 비가 아들 잃은 어머니의 슬픔을 말끔하게 씻어내린다. 천둥 소리가 사람들의 귓속에 각인되어 있는 큰유리새의 울음소리를 닮은 휘파람 소리를 지운다. 나와 소나기가 이 시골 동네에 남기고 간 것은 똑같다.

오늘 하루, 마호로 마을에는 옥신각신이 없었다.

6월 21일 금요일

나는 물고기 떼다.

엄청난 기세로 오류 강에서 물거품 호수로 거슬러올라가는, 일곱 가지 색으로 빛나는 무수한 물고기 떼다. 나를 충동질하고 부추기는 것은 되살아나고 있는 물의 힘이다. 또는 화창한 날씨에 자극을 받는 번식 본능인지도 모르고 또는 현세의 중추를 장악하고 있는 누군가의 교묘한 조작 때문인지도 모른다. 아니면 많고 적음의 균형을 맞추지 않을 수 없는 자연의 섭리를 따랐을 뿐일까. 아무튼 나는 그쪽으로 가고 싶다.

마호로 마을 사람들은 돌아오지 않는 다리 위에 줄줄이 늘어서서, 우리의 대이동이 신기한 듯 소란을 떨며 바라보고 있다. 하지만 투망을 던지거나 떨채를 휘두르는 자는 한 명도 없다. 마음과 일치하지 않는 자신의 수많은 행위와 나이를 먹어도 뜻한 바대로 살지 못하는 자신에게 넌더리를 내고 있는 사람들 거의 모두가 나를 틀림없는 길조라 여기는 듯했다.

다리 밑에 살며 나와 가장 가까이 있는 거지는 무슨 생각을 했는지 내 안으로 불쑥 오른팔을 내밀었다. 그러나 저녁 찬거리를 위해 그런 것은 아니었다. 우리와 함께 강을 거슬러 올라가는 유리색 덩어리의 정체를 알고 싶었던 것이다. 하지만 우리도 그것이 새의 날개를 닮은 어떤 것이라는 것밖에 모른다. 온갖 파랑을 머금은 그것은 호숫물에 섞이자마자 녹아버렸다.

6월 22일 토요일

나는 운명이다.

남편을 위해 술안주를 준비하는 요이치의 어머니가 등뒤에서 아들의 기척이 느껴져 돌아볼 때마다 절감하는 운명이다. 하지만 아무리 돌아보아도 거기에는 텅 빈 새장이 있을 뿐이다. 나는 이 여자와는 오래 전부터, 요이치가 불치의 병을 앓고 있다는 것을 알았을 때부터 아무런 교섭이 없었다. 불화의 원인은 아마도 내게 있을 것이다. 내가 사태는 얼마든지 회복될 수 있다는 따위의 경솔한 말을 했기 때문일 것이다.

또 그녀가 한때 내게 너무 기댄 것도 탈이었다. 정밀검사 결과 요이치가 손을 쓸 수 없는 환자이며 환멸과 비애의 원천이 될 것이라고 판명되었을 당시, 그녀는 이렇게 받아들였다. 뜻하지 않은 재난이 덮쳤다고. 그 점은 그녀의 남편 역시 마찬가지였다. 하지만 그녀는 이런 생각도 했다. 이 아들 때문에 큰딸의 혼담에 악영향이 미칠 것이라고.

그래서 요이치의 어머니는 내게 매달렸다. 그 무렵의 그녀는 내게는 "왜?" 라고 물어댔다. 일일이 대답을 얼버무리기도 귀찮아 나는 그때마다 살다보면 알게 되겠지, 라는 안이한 대답을 강심제라도 처방하는 심정으로 그녀에게 던졌다. 의사는 최근 의학의 눈부신 발전을 무슨 주문처럼 거푸 늘어놓았다.

그로부터 십여 년의 세월을 보낸 그녀는 남편이 권하는 술을 마시고 구운 오징어와 함께 나를 잘근잘근 씹고 있다. 둘 다 공연히 융점이 높은 말을 토하며 내게 시비를 걸지는 않는다. 나는, 새장을 태워버리라고 말한다.

6월 23일 일요일

나는 수면이다.

시상으로 넘치는 오후, 다름아닌 소년 요이치의 모습을 한가득 비춰내고 있는 물거품 호수의 수면이다. 나는 어머니와 하얀 개와 함께 요이치의 집을 찾은 눈먼 소녀를 위해 일부러 그런 재주를 부렸다. 요이치를 위해 들꽃을 따고 요이치를 위해 향을 피우고 요이치를 위해 합장한 그녀는 지금 요이치의 유품이라는 만화경을 손에 쥐고 있다. 요이치의 어머니가 그녀에게 말했다. 요이치가 제 손으로 만든 유일한 물건이니까 받아달라고. 소녀는 기꺼이 그것을 받아들었다.

그리고 지금, 나를 가득 메우고 있는 거대한 요이치가 언덕을 내려가는 소녀에게 손을 흔들고 있다. 하지만 물론 소녀는 보지 못하고 눈이 밝은 그녀의 어머니도 그것이 너무 커서 오히려 보지 못한다. 잠시 후, 하얀 개만 알아보고 내 쪽을 향해 꼬리를 흔들며 열심히 짖어댄다. 그때 보이지 않는 눈을 만화경에 갖다댄 소녀가 만화경 끝을 마치 망원경처럼 이쪽으로 향하면서 동시에 이렇게 두 번을 외쳤다. "앗, 요이치다!" 어머니는 씁쓸하게 웃으면서 그 말을 상대하지 않았지만 "살아 있으니 그나마 다행이야"라고 혼자 중얼거렸다.

소녀가 내게 손을 흔들었다. 만화경 속에 복잡한 무늬를 그려 보여주고, 뱃속에 아이를 잉태한 어머니의 걸음까지 멈추게 한다. 그러나 나는 곧 하늘과 산을 충실하게 비추고 마호로 마을의 현상을 올바르게 반영할 뿐인 평소의 거울로 돌아간다.

6월 24일 월요일

나는 "어이"다.

과도한 허탈감이 요이치의 아버지로 하여금 푸른 하늘을 향해 외치게 하는 너무도 애절한 "어이"다. 나는 흔들바위가 있는 벼랑 끝에서 튕겨나와, 저 높은 하늘에서 뭉글뭉글 피어오르는 구름에 닿았다가, 오늘도 청렬한 물의 흐름에 깊이 깎여나가고 있는 골짜기를 지나 울창한 숲속으로 하염없이 헤치고 들어간다. 그러나 요이치의 죽음을 슬퍼하는 나의 부름에 답하는 이는 어디에도 없다.

요이치가 살아 지냈어야 할 여름이 바로 코앞까지 다가와 있다. 바로 거기에서 번들거리는 태양이 비추고 있는 것은 잡다한 생물들의 아등바등하는 삶이며, 그래서 뭐가 어쨌다는 것이냐고 덤벼들고 싶어지는 보편의 진리이며, 그렇지 않으면 틀린 것은 아니나 그렇다고 별 재미도 아무것도 없는 시시껄렁한 사상과 짜증스러울 만큼 지당한 철학뿐이다. 그리고 그것들을 겹겹이 감싸고 있는 부차적인 온갖 현상들은 수심에 겹고, 한심함에 참을 수 없는 그야말로 말세적인 나날이 단단히 뒷받침하고 있다.

내가 눈부신 수면에 반사되어 다시 언덕 위로 돌아오자 그곳에는 하루하루 생채를 잃어 앞으로 어떻게 살아가면 좋을지조차 모르는 남자가 여전히 서 있다. 그에게는 흔들바위를 밀어뜨릴 힘도 "차라리 잘된 거지"라고 중얼거릴 힘도 없다. 있는 것이라고는 고작 영정 앞에 시든 파란 꽃을 내던질 정도의 힘뿐이다. 하지만 그 꽃은 한 송이도 호수까지 가 닿지 않았다.

6월 25일 화요일

나는 후광이다.

향을 피워올리고 언덕길을 다시 내려가는 생선 파는 처자, 그녀를 비추는 명실상부하고도 완벽한 후광이다. 물거품 호수에 자욱하게 낀 아침 안개와 막 떠오른 태양 사이에 끼인 그녀의 배후에 나는 동그란 고리 모양으로 출현했다. 하지만 그녀 자신은 발 디딜 곳을 확인하는 데 정신이 팔려 나를 전혀 알아차리지 못한다. 그런데 그녀가 언덕 아래로 다 내려왔을 때, 탁발을 위해 이승 산에서 내려온 선승의 무리가 단박에 나를 알아보았다. 화들짝 놀라는 얼굴, 얼굴, 얼굴.

수행승들은 일제히 걸음을 멈추고 이쪽을 올려다보았다. 막 깎은 머리가 파르스름하게 빛나고 있었다. 그들의 눈에는 생선 파는 처자의 모습이 인간을 초월한 자로 비쳤을 것이다. 그들은 언덕에서 내려온 처자를 향해 합장하고, 좀더 가까이 다가오자 이번에는 무릎을 꿇었다. 그것이 바로 그 증거다. 살아 있는 동안에는 절대 만날 수 없을 것이라 여겼던 상대를 본 그들의 감명이 도를 넘어 호흡을 거칠게 하고 혈압까지 단숨에 올려놓았다. 금방 기절이라도 할 듯한 그들은 내게서 눈을 떼지 못했다.

만약 그후에도 태양와 안개의 관계가 적절히 유지되었다면 아마도 나는 기가 약한 수행승을 기절케 했을 것이다. 그런데 여름을 부르는 햇볕이 안개를 몰아내고 나를 지우기 시작했다. 처자는 소나무 숲속으로 들어가 보트 대여점 아저씨에게 맡겨둔 말린 생선상자를 어깨에 메고 마을 쪽으로 걸어갔다. 내가 사라진 공간을 큰유리새의 지저귐 소리가 채웠다. 수행승들은 아직도 움직이지 않는다.

6월 26일 수요일

나는 늘 부는 바람이다.

물거품 호수의 풍요로운 샘물과 순서를 밟아 마호로 마을로 밀려드는 기단에서 생겨나는, 딱히 이렇다 할 이름 없이 늘 부는 바람이다. 오늘, 별다른 힘도 없는 내게 몸을 실어 날아가는 큰유리새 한 마리가 있었다. 그 녀석은 나를 타고 논으로 에워싸인 하얀 집 창가로 날아가 그곳에 앉아 잠시 날개를 접고 쉬었다. 그러고는 그 아름다운 목소리에 애상의 정념을 담아 한바탕 풀어냈다.

잡목만 눈에 띄는 마당에서는 이미 그리 젊지 않은 소설가와 문학 따위는 아무것도 모르는 그의 아내와 새끼 곰을 똑 닮은 검정 삽살개가 함께 점심을 먹고 있었다. 아내가 남편의 얼굴을 보지 않고 물었다. "앞으로는 뭘 보며 살 거야"라고. 소설가는 큰유리새가 한껏 목청을 돋우어 노래하는, 어쩌면 새의 소리를 능가할지도 모르는 지저귐에 귀 기울이고 있다가 이렇게 대답했다. "볼 것이야 얼마든지 있지"라고 말하고 "끝이 없을 정도로 말이야"라고 장담했다. 모든 빛을 흡수하는 털로 뒤덮인 개가 그 말을 지지하며 "멍" 하고 짖었다. 그 소리에 놀란 큰유리새가 지저귀는 동시에 피를 토했다. 진홍색 피 한 방울이 책상 위로 날아가 새 원고지 위에 똑 떨어졌다.

큰유리새가 침묵하자 소설가는 어설픈 휘파람 솜씨로 그 푸른 울음소리를 흉내내려 했지만, 소년 요이치의 발치에도 못 미친다는 것을 알고는 그만두었다. 나는 큰유리새를 데리고 갔다. 산들의 초목이 무성하게 숨쉬는 6월 27일 목요일, 환하디환한 한낮의 일이었다.

6월 27일 목요일

옮긴이의 말

매정한 시간이 쉼없이 흐르는 동안, 무수한 일들이 있었습니다.

더러는 제 가슴에 생채기를 긋고 지나갔고, 더러는 제 삶의 그릇을 조금 더 풍요롭게 보태주고 지나갔습니다.

천 일 동안 천 개의 시각으로 펼쳐지는 '마호로 마을'의 일상 역시 세월과 더불어 변화하고 크고 작은 일에 일희일우하는 우리네 인간사와 비슷하지 않을까 싶습니다.

어떤 이는 몸이 아파 삶이 무겁고, 어떤 이는 사랑을 얻지 못해 삶이 서럽고, 어떤 이는 복수심이 들끓어 삶이 핏빛이고, 어떤 이는 물욕에만 눈이 어두워 삶이 불만스럽습니다. 또 어떤 이는 혼자 잠드는 밤의 외로움에 몸을 뒤척이고, 어떤 이는 사랑과 현실 사이에서 방황하고, 어떤 이는 첫사랑의 황홀경에 이성을 잃고, 어떤 이는 지난 영예를 회복하려 아등바등하고, 어떤 이는 자기만의 세계에 갇혀 고요한 행복을 누립니다.

그 한편에, 철철이 훑고 지나가는 꽃샘바람과 흐드러지게 핀 꽃과 장마와 폭풍과 결실과 겨울잠이 있고, 또 그 한편에 산을 무너뜨리는 불도저 소리와 밤을 밝히는 공장의 불빛과 마천루처럼 치솟은 건물들이 있고, 인간다움을 강조하는 시민운동가의 쉰 목소리와 정치권의 우격다짐과 암투와 경쟁을 표어로 삼는 재벌이 있습니다.

어느 것 하나라도 빠지면 우리네 삶의 고리가 완성되지 않는 것처럼 마호로 마을에 사는 사람들의 하루하루가 꼬리에 꼬리를 물고 이어져, 마호로 마을이란 환영의, 또는 가상의 공간을 만들어나갑니다.

그 마호로 마을의 드넓은 하늘에서 청량하고 고결한 소리로 우짖는 새가 바로 큰유리새입니다. 세상의 여느 새와는 달리 지성과 혜안을 지니고 우리네 삶을 때로는 재단하고 때로는 채찍질하며 때로는 폄하하고 때로는 어루만져줍니다.

그리고 큰유리새의 성장을 지켜보면서 그 우짖음 소리와 날갯짓을 한없이 닮으려 했던 소년 요이치는 지상의 온갖 맑음을 구현한, 마치 구세주와도 같은 존재입니다.

그의 흐물흐물한 손짓발짓은 세상사의 오탁에 부화뇌동하지 않는 자유로움이며, 한시도 고정되지 않는 몸은 고여 있지 않은 정신이며, 정상적인 인간의 뇌에 미치지 못하는 뇌기능은 그렇기에 오히려 무한한 수용이 가능한 그의 가슴입니다.

천 일의 막바지에 흔들바위에서 스스로 몸을 날려 큰유리새가 된 요이치의 혼이 오늘도 세상 어느 하늘을 드높이 날아다니며, 파란 우짖음으로 자유를 노래하고 있지 않을까 싶습니다. 살랑 부는 봄바람을 타고 제 귀에도 그 노랫소리가 들렸으면 합니다.

2007년 이른 봄

김난주

옮긴이 **김난주**

1958년 부산 출생. 경희대학교 국문과와 동대학원 수료 후, 쇼와 여자대학에서 일본 근대문학 석사 학위를 취득하였다. 이후 오쓰마 여자대학과 도쿄 대학에서 일본 근대문학을 연구하였다. 현재 전문 번역가로 활동중이다. 옮긴 책으로 『노르웨이의 숲』 『바람의 노래를 들어라』 『1973년의 핀볼』 『천 년 동안에』 『소설가의 각오』 『창가의 토토』 『키친』 『N · P』 『아르헨티나 할머니』 『반짝반짝 빛나는』 『울 준비는 되어 있다』 『바람에 휘날리는 비닐 시트』 『겐지 이야기』 등이 있다.

문학동네 세계문학

천 일의 유리 2

초판인쇄 | 2007년 3월 28일
초판발행 | 2007년 4월 4일

지 은 이 | 마루야마 겐지
옮 긴 이 | 김난주
펴 낸 이 | 강병선
책임편집 | 양수현 최유미
펴 낸 곳 | (주)문학동네
출판등록 | 1993년 10월 22일 제406-2003-000045호

주 소 | 413-756 경기도 파주시 교하읍 문발리 파주출판도시 513-8
전자우편 | editor@munhak.com
전화번호 | 031) 955-8888
팩 스 | 031) 955-8855

ISBN 978-89-546-0300-3
978-89-546-0301-0 (세트)

www.munhak.com